Manuel Vázquez Montalbán
Die Vögel von Bangkok

SERIE PIPER

Zu diesem Buch

Am liebsten würde sich Privatdetektiv Pepe Carvalho aus allem heraushalten, sich seiner Freundin Charo, der Nutte, widmen, gut kochen und essen. Doch als er ein besorgniserregendes Telegramm und ein noch dringenderes Telefongespräch aus Bangkok erhält, muß er den Fall annehmen: Teresa Marsé, ein Flirt aus vergangenen Tagen, ist in Thailand spurlos verschwunden. Im Auftrag der Familie reist Carvalho nach Bangkok, um Teresa zu suchen. Es steht schlecht um sie und ihren zwielichtigen Begleiter, denn eine brutale Umweltorganisation trachtet ihnen nach dem Leben. Bald begreift Pepe Carvalho, daß er zwischen allen Fronten steht und nicht einmal seine eigene Haut retten kann. Ein Klassiker der Kriminalliteratur.

Manuel Vázquez Montalbán wurde 1939 in Barcelona geboren. Nach dem Studium der Geisteswissenschaften und Journalistik war er bei verschiedenen Zeitschriften als Redakteur tätig. Er gilt als einer der profiliertesten spanischen Autoren der Gegenwart, der mit der Figur des Meisterdetektivs Pepe Carvalho einen Klassiker geschaffen hat.

Manuel Vázquez Montalbán
Die Vögel von Bangkok

Ein Pepe-Carvalho-Roman

Aus dem Spanischen von
Bernhard Straub

Piper München Zürich

Von Manuel Vázquez Montalbán liegen in der Serie Piper vor:

Wenn Tote baden (3146)
Die Küche der läßlichen Sünden (3147)
Die Einsamkeit des Managers (3148)
Die Meere des Südens (3149)
Die Vögel von Bangkok (3577)
Die Rose von Alexandria (3622)
Quintett in Buenos Aires (3704)
Unmoralische Rezepte (3735)
Die Meere des Südens / Wenn Tote baden (Doppelband, 3888)

Ungekürzte Taschenbuchausgabe
1. Auflage Mai 2002
2. Auflage Oktober 2003

Titel der spanischen Originalausgabe:
»Los pájaros de Bangkok«, Editorial Planeta, Barcelona

Umschlag / Bildredaktion: Büro Hamburg
Isabel Bünermann, Julia Martinez, Charlotte Wippermann
Foto Umschlagvorderseite: Kate Connell / photonica
Foto Umschlagrückseite: Isolde Ohlbaum
Gesamtherstellung: Clausen & Bosse, Leck
Printed in Germany ISBN 3-492-23577-8

www.piper.de

Für Oriol Regás, der mir als erster die Pforten Asiens aufschloß, und für Javiert Nart und Martin Capdevila, die mir die Truhe ihrer Erinnerungen öffneten.

Die Hauptpersonen

José ‹Pepe› Carvalho	verschlägt es auf der Suche nach einem neuen, lukrativen Auftrag nach Bangkok, obwohl er genau weiß, daß ihm dieser Fall außer Ärger nichts einbringen wird.
Biscuter	fühlt sich von seinem Chef Carvalho allein gelassen – für wen soll er jetzt kochen?
Celia Mataix	wird von beiden Geschlechtern gleichermaßen begehrt, kommt ihr launisches Liebesleben teuer zu stehen.
Marta Miguel	wird von mehr als nur einem Minderwertigkeitskomplex geplagt.
Teresa Marsé	treibt der Leichtsinn einem tödlichen Schicksal entgegen, vor dem sie nur Carvalho retten kann.
Archit	liebt Teresa Marsé, doch seine Vergangenheit bringt eine mächtige Unterweltorganisation auf den Plan und das Liebespaar in Gefahr.
Madame La Fleur und Jungle Kid	verfügen über tatkräftige Mitarbeiter: aber für ihre Jagd auf das Liebespaar haben sie ganz unterschiedliche Gründe.
Uthain Charoen	arbeitet ebenfalls für eine große Organisation, deren Macht nicht unterschätzt werden darf.

Der Fall des Fisches *ceratia*, einer Art Seeteufel, ist vielleicht der ungewöhnlichste von allen. Das junge *ceratia*-Männchen sucht sich eine Stelle an den Flanken oder auf der Stirn des Weibchens aus, das im allgemeinen fünfzehnbis zwanzigmal größer ist als er selbst. (Die *ceratia*-Weibchen werden ca. 1 m lang.) Dort beißt er sich fest, und dieser Biß bestimmt seine Zukunft. Von nun an ist er wie in einer Falle gefangen, er kann sich nie wieder von seiner Gefährtin trennen. Seine Lippen verwachsen mit dem fremden Fleisch. Er kann sich nicht mehr von ihr lösen, es sei denn, er würde das miteinander verwachsene Gewebe zerreißen. Maul, Kiefer, Zähne, Verdauungstrakt, Kiemen, Flossen und sogar das Herz unterliegen einer fortschreitenden Degeneration. Reduziert auf eine parasitäre Existenz, ist er bald nicht mehr als eine Art Testikel in Gestalt eines Miniaturfisches, dessen Funktion durch den Hormonhaushalt über die Blutbahn des Weibchens gesteuert wird.

Ein *ceratia*-Weibchen kann drei bis vier solcher Miniaturmännchen am Körper tragen.

Jean Rostand
‹Bestiarium der Liebe›

Plötzlich fühlte sie sich durch die Anwesenheit der anderen Frau gestört. Sie wollte allein sein, sich auf den sauberen Bettlaken ausstrecken, den Schmerz lindern, der wie ein dunkler Nebel ihren Kopf erfüllte, sich an das erinnern, was sie an diesem Abend erlebt hatte, und nicht an die vielen anderen Dinge denken, die ganz sicher am nächsten Tag geschehen würden. Vielleicht sollte ich ihr einfach nicht mehr antworten. Vielleicht versteht sie mein Schweigen als eine Aufforderung, mich allein zu lassen, zu gehen. Aber um dieses Ziel zu erreichen, mußte sie zuerst den Arm loswerden, der auf ihrer Schulter lag, und die Hand, die dort wie ein Reptil herunterbaumelte, ab und zu ihren Hals liebkoste oder sich fallen ließ und dabei fast ihre Brustwarze streifte. Der Monolog endete nicht. Sie redete nun nicht mehr über die Probleme anderer Leute, der Gäste der eben zu Ende gegangenen Party, sondern über ihre eigenen Probleme. «Frauenprobleme, die nur wir Frauen verstehen können!» sagte sie. Wie hieß sie doch gleich? Zu dumm, daß ihr das entfallen war. Wie war noch mal ihr Name? Sie konnte die andere nicht einfach unterbrechen und danach fragen, nachdem sie sie erst vor wenigen Minuten eingeladen hatte, bei ihr zu bleiben. Denn sie hatte diese Situation selbst herbeigeführt, den Blick der anderen erwidert und dabei geflüstert: «Willst du hierbleiben?» Alle hatten es gehört, weil sie es ja ihretwegen gesagt hatte, damit sie aufbrechen sollten. Sie waren tuschelnd gegangen und unten auf der Straße würden sie laut über sie herziehen. «Celia gehört jetzt auch zum anderen Ufer. So hübsch und so dumm!» würde der enttäuschte Dalmases sagen, oder: «Ich hatte ihre Affäre mit der Donato nur für eine Laune gehalten.» Und Rosa Donato selbst würde zornig oder beleidigt immer wieder zu den erleuchteten Fenstern ihrer Penthauswohnung heraufschauen und sich in ihrer Phantasie ausmalen, was dort alles geschah zwischen Celia und ... wie hieß sie bloß? Sie nutzte eine Pause im Monolog der anderen, sprang abrupt auf und führte die Hand zum Mund, um einen kleinen Aufschrei zu unterdrücken. «Ich habe doch noch eine Flasche Sekt im Kühlschrank!» Ihre Brüste wippten beim Laufen frei unter dem Pullover hin und her, und ihr goldblondes Haar folgte der großen, schlanken Gestalt wie der Schweif eines Kometen. Die andere erhob sich halb vom Sofa, wußte aber angesichts des schnellen Abgangs nicht, ob sie der Flüchtigen folgen oder sich wieder in die Polster fallen lassen sollte. Mit einem Seufzer entschied sie sich für die Polster und studierte im Vorgefühl der erhofften Liebesnacht das Paradies, in dem sich ihre Träume erfüllen sollten, Wand für Wand und Gegenstand für Gegenstand. Wenn sie wiederkommt, muß ich sie beeindrucken. Ich muß es schaffen, sie zu überrumpeln. Sie blickte auf die Uhr. Halb drei, genau die richtige Zeit. Etwas früher wären die Hemmungen noch zu groß gewesen, etwas später würde die Müdigkeit alles verderben, aber jetzt war genau der richtige Zeitpunkt, um endlich den Körper dieser Frau zu erobern, die sie schon so lange von fern begehrt hatte. Sie wußte jetzt, was zu sagen war und was sie fragen wollte, wenn die goldbraune Gestalt aus der Küche treten und mit der sinnlichen Elastizität ihres blühenden Körpers auf sie zukommen würde. Celia konnte nicht viel jünger sein als sie selbst, aber es gab eben Körper, die von der Jugend verwöhnt wurden, und andere, an denen die Erde haftete wie an Steinen oder Gestrüpp. Ich frage sie: «Warum hast du dich heute abend für mich entschieden?» Dann sage ich: «Seit Monaten habe ich auf diesen Augenblick gewartet, seit dem Tag, als wir einander im *Palau de la Musica* vorgestellt wurden. Aber was sage ich, eigentlich sehne ich mich schon seit Jahren nach dir, seit vielen Jahren! Du wirst es nicht glauben, seit der Universität, ja, seit der Universität. Du warst ein oder zwei Semester unter mir, damals, als Jura und Geisteswissenschaften noch nicht getrennt waren. Ich glaube, es war das letzte Jahr, in dem noch alles zusammen war, in der alten Universität. Ich sah dich von unten, vom Kreuzgang aus, und konnte beinahe deinen Duft riechen. Lach nicht. Du hast einen von den Körpern, deren Duft man riechen kann.» Aber aus diesem Dialog wurde nichts, denn Celia kam nicht zurück.

«Celia? Wo bist du denn? Ist etwas passiert?» Sie stand auf und ging breitbeinig zur Küche, während sie sich die Hose über Hüften und Hintern zurechtzog. Zu wenig Hose für zu viel Fleisch. Sie bemühte sich, leicht und locker zu gehen, um beim Betreten der Küche möglichst natürlich zu wirken. Die Situation betrachtend, lehnte sie mit dem Oberkörper am Türrahmen. Celia saß unbeweglich am Küchentisch und schien ganz in den Anblick des Eises auf der Champagnerflasche versunken zu sein, das unter dem Licht der Hängelampe langsam zerschmolz. Ihr langes Haar fiel ihr über Stirn und Nase. Ihr starrer Blick schien ganz der Champagnerflasche zu gelten, konnte aber ebensogut auf ihre Haare gerichtet sein. Die Züge der Frau im Türrahmen wurden weich. «Kann ich dir etwas helfen?» Celia schreckte aus ihrer Versunkenheit auf und musterte den Eindringling kritisch. «Ich bin müde, das ist alles, weiter nichts.» Ihre Stimme sollte so neutral wie möglich klingen, um die andere nicht zu verletzen und ihr trotzdem klarzumachen, daß sie die Nacht als beendet ansah. Aber die andere hörte nicht auf zu lächeln, kam näher, trat hinter sie und begann ihre Haare zu streicheln, erst vorsichtig, dann immer heftiger, bis sie sie regelrecht durchpflügte und Furchen durch die dichte Mähne zog. Als ihre Finger auf die Kopfhaut trafen, um dort die Elektrizität ihres Begehrens anzudeuten, schüttelte Celia ihren Kopf, um sich den fordernden Fingern zu entziehen.

«Bitte!»

«Magst du das nicht?»

«Du tust mir weh!» Sie hielt den Kopf weiterhin gesenkt. Geh doch, geh doch, du Dummkopf, geh doch von selbst, bevor *ich* es zu dir sagen muß.

«Ich bin sehr glücklich darüber, daß du mich zum Bleiben aufgefordert hast.»

«Eigentlich weiß ich gar nicht mehr, warum. Ich bin so müde.»

«Heute abend haben wir uns so viel mit den Augen gesagt.»

«Kann sein. Du hast eine Menge intelligenter Dinge gesagt, und ich mag intelligente Menschen.»

«Seit vielen Jahren habe ich auf diesen Moment gewartet.»

«Wie bitte?» Celia hob den Kopf und blickte sie stirnrunzelnd an. Die Situation irritierte sie. Ein harter Mund kam auf sie zu, traf ihr gequältes Gesicht, legte sich auf ihre Lippen, und sie fühlte, wie ein eiskaltes Seziermesser versuchte, in sie einzudringen.

«Laß mich endlich in Ruhe!»

Celia nutzte den Überraschungsmoment, um aufzustehen. Sie stellte die Flasche auf dem Tisch an einen anderen Platz, fand tausend Dinge, die sie unbedingt aufräumen mußte, und hatte es plötzlich sehr eilig, nach dem nicht allzu gelungenen Fest wieder Ordnung zu schaffen.

«Es ist besser, du gehst!»

Die andere schluckte. Nach Celias Worten hatte ihr Körper seine alte Schwerfälligkeit wieder angenommen, die engen Hosen kniffen erneut, und sie dachte mit Sorge an ihren Anblick, der Celia anscheinend gar nicht gefiel.

«Ich verstehe dich nicht.»

«Du bist doch sonst so intelligent. Ist das so schwer zu verstehen?»

Celia trat jetzt die Flucht nach vorn an, um ihr schlechtes Gewissen zu beruhigen und die peinliche Situation zu beenden.

«Du sollst gehen. Ganz genau. Ich will allein sein. Verstanden?»

«Aber du warst es doch, die sagte ...»

«Ich weiß überhaupt nicht mehr, warum ich es gesagt habe.»

«Wenn du willst, helfe ich dir.»

«Ich brauche überhaupt keine Hilfe! Ich brauche meine Ruhe!»

Die ganze Wucht der Abscheu, die ein menschlicher Körper spüren kann, traf die andere Frau. Breitbeinig stand sie da und schwankte unter der Last der Verachtung.

«Erzähl mir nichts! Du hast mich zum Bleiben aufgefordert, weil du die anderen eifersüchtig machen wolltest, den blöden Dalmases und diese alte Nutte Rosa.»

«Sag nichts gegen meine Freunde!»

«Was glaubst du eigentlich, wer du bist? Glaubst du, ich lasse mich von dir wie ein Spielzeug behandeln?»

Ihre Hand schnellte nach vorn und griff in die feine Wolle von Celias Pullover. Beide starrten auf diese Hand, die eine voller Schrecken, die andere finster. Einem blinden Impuls gehorchend, riß dieses fremdartige Tier an der feinen Wolle, bis die rosige, warme Haut freilag. Eine Brustwarze kam zum Vorschein und verschwand wieder, im Rhythmus von Celias gehetztem Keuchen.

«Stell dich doch nicht so an! Morgen reden wir in Ruhe darüber.»

«Ich soll mich nicht so anstellen? Weißt du überhaupt, was du getan hast, du Dreckstück?»

Zwei Ohrfeigen trafen die schönen Wangen, die sofort schamrot wurden. Celia ließ sich zu einer blinden Attacke hinreißen. Ihre Hände schlugen wild auf die andere ein, aber diese wich kaum zurück, sondern ergriff die Gelegenheit, um ihr zwei weitere Ohrfeigen zu verpassen.

«Du widerst mich an! Du bist ein Kotzbrocken! Du bist der letzte Macho, ein ekelhaftes Mannweib!»

Die Schläge prasselten nun auf Celia nieder mit der Absicht, sie fertigzumachen. Ihre verschränkten Arme schützten sie nicht vor den haßerfüllten Schlägen. Durch die Luft sauste schließlich ein Gegenstand kaum mehr als der leere Raum, den er ausfüllte, eine Flasche, die den kleinen Kopf zerschmetterte. Blutverschmiertes Haar, plötzlich erschlafft und totenbleich: eine zerbrochene Puppe.

«Wie oft habe ich zu mir selbst schon gesagt: ‹Erkundige dich nach dem Namen dieser Vögel!›, aber getan habe ich es nie. Glaub mir, es waren Tausende, Millionen! Sie saßen auf den elektrischen Leitungen, wenn es Abend wurde, und versuchten, den abebbenden Lärm Bangkoks mit ihren Rufen zu übertönen. Es klang fröhlich oder traurig, je nachdem, ob man selbst fröhlich oder traurig war.»

«Und wieso saßen die Vögel auf den Drähten, Chef? Der Dschungel ist doch ganz in der Nähe. Sitzen sie auf den Drähten etwa besser als auf den Bäumen? Das kapiere ich nicht. Unsere Vögel hier sind da ganz anders. Wenn sie Bäume haben, braucht man sie in der Stadt nicht zu suchen. Sie sind nicht so blöd!»

Carvalho hörte Biscuter zu und schaute sich den Himmel über den nächtlichen Ramblas an, als betrachte er den Himmel über Bangkok vom Eingang des Hotels *Dusit Thani*. Er überflog das Telegramm, das geöffnet vor ihm auf dem Tisch lag wie eine zerfetzte Papierschwalbe. «Bangkok ist Spitze. In Bangkok werde ich der Liebe begegnen. Teresa.» Es war das dritte Telegramm, das er von Teresa Marsé erhielt, seit sie aufgebrochen war, um Asien zu entdecken. Sie hatte eine Flugreise gebucht, die ein Tanzlokal der Stadt organisiert hatte. Ein Telegramm kam aus Singapur. Es enthielt ein Zitat von Somerset Maugham, das sie auf einem wackligen Marmortischchen im Garten des Hotels *Raffles* entdeckt hatte, inspiriert durch den Singapur Sling. Aus Djakarta hatte sie ihm eine Botschaft geschickt, die die Erinnerung an Bing Crosby, Bob Hope und Dorothy Lamour in ihm wachgerufen hatte: «Unterwegs nach Bali. Teresa.» Und jetzt, aus der Südsee zurückgekehrt, war Teresa Marsé in Bangkok und sah zu, wie die Eingeborenen mit der Vagina Pingpong spielten und die Kinder in die schlammigen Fluten des Klong Dan kackten, nur wenige Meter von dem Schwimmenden Markt entfernt.

«Erzählen Sie mir von Bangkok, Chef! Ist es schön?»

«Eine verwesende Stadt. Der moderne Teil geht an den Menschen zugrunde, der schwimmende Teil ertrinkt in der Scheiße. Und das war schon vor Jahren so, Biscuter, was ich dir erzähle. Das ist alles.»

Damit war das Gespräch beendet, und Biscuter ließ Carvalho allein bei seinem imaginären Spaziergang über die Ramblas. «Singapur Sling», murmelte Carvalho wie ein Stoßgebet.

«Und die Pagoden, Chef?» rief Biscuter aus der Küche.

«Sie heißen *wats*. Sie sehen aus wie die Holzstöße, die in Valencia am Josephstag angezündet werden, die *fallas*, aber es gibt keinen Gott, der sie abbrennt.»

«Mögen Sie die *fallas* nicht, Chef?»

«Doch, weil sie verbrannt werden. Wenn sie nicht verbrannt würden, wären sie abscheulich.» Singapur Sling: ein Viertel Zitrone, zwei Viertel Cognac, ein Viertel Gin, Eiswürfel, Soda nach Belieben. Darüber die Kuppel aus feuchter Luft, die über Singapur hängt wie eine Käseglocke, vor allem über diesem malerischen Stück Käse aus der Kolonialzeit, dem *Raffles*, in dem heute keine englischen Kolonialherren mehr absteigen, sondern europäische Ehepaare, die zu Hause einen Kramladen besitzen und im Reisebüro erfahren haben, daß sich in diesem Hotel ein bedeutender englischer Schriftsteller so lange betrunken hat, bis seine Leber nicht mehr mitspielte.

«Asien ruft», sagte Carvalho zu sich selbst, während er die Kälte bis in die Knochen spürte, obwohl der Kalender der örtlichen Sparkasse immer noch Oktober anzeigte. «Es gibt Regen», murmelte Carvalho vor oder nach dem ersten Blitz, in dessen Widerschein sich das wie ein Briefbeschwerer geformte Pitarradenkmal zu bewegen schien. Die Regentropfen versuchten die Passanten auf den Ramblas festzunageln, die ihre Schritte beschleunigten oder sich eine Zeitung über den Kopf hielten.

‹Die katalanische Regenzeit beginnt. Die Tage werden auch immer kürzer›, dachte er empört, als würde er um einen Teil seines Lebens oder einen Teil der Welt betrogen. ‹Der Herbst ist da und geht vorbei. Dann der Winter. Ich muß einen Pullover anziehen und dann wieder ausziehen. Dann ist es Frühling. Was für ein Stumpfsinn!›

«Ein wichtiges Ereignis steht bevor, Biscuter, aber ich weiß nicht mehr was. Ich weiß nicht, ist es die Fußballweltmeisterschaft oder kommt der Papst?»

«Die Weltmeisterschaft war schon. Der Papst kommt Ende des Monats.»

«Was, die Weltmeisterschaft ist schon vorbei? Bist du sicher?»

«Ganz sicher, Chef.»

«Wer hat gewonnen?»

«Natürlich die andern.»

Biscuter lachte in seiner Kochnische und fühlte sich zu einer Erklärung verpflichtet. «Das war nur Spaß, Chef. Was uns bevorsteht, das sind die Wahlen.»

Carvalho faltete das Telegramm von Teresa Marsé zusammen und warf es in den Papierkorb. Aber das Telegramm erregte im Vorzimmer des Todes von neuem seine Aufmerksamkeit. Wieder nahm er es zur Hand, entfaltete und las es noch einmal durch. Darauf legte er es zuerst auf den Tisch und dann in eine Schublade, die er mit einem gewissen Nachdruck schloß. Eine gute Zeit, um Asien zu besuchen, vor allem für einen Europäer. Die Tropen sind eine klimatische Hoffnung, wenn es in Europa regnet und schneit, wenn die Sonne über der Ägäis untergegangen ist und der Nordwind die besten Tage der Costa Brava weggefegt hat.

Teresa hatte ihm am Telefon erklärt: «Ich bin total deprimiert und muß hier raus. Mein Mann und mein Sohn stehen mir bis hier oben.»

«Was ist mit deinem Jungen?»

«Er ist kein Junge mehr, wenigstens nicht, was gewisse Dinge angeht. Er hat einer Klassenkameradin einen dicken Bauch gemacht. Und jetzt bin natürlich ich an allem schuld, weil ich ihn nicht richtig erzogen habe. Sogar dieser Zyniker von einem Ehemann mußte mir das sagen. Gerade er, der von zu Hause abgehauen ist und sich keine Sekunde lang auch nur in Gedanken um seinen Sohn gekümmert hat. Du warst doch schon mal in Asien, du kannst mir ein paar gute Tips geben.»

«Es hat sich bestimmt alles sehr verändert. Als ich dort war, hatte der Vietnamkrieg noch nicht alles verdorben.»

«Aber ich fahre doch gar nicht nach Vietnam. Ich will nach Singapur, Bali, Bangkok ... Was hältst du davon?»

«Nicht gerade originell.»

«Was willst du denn? Ich bin nicht Jaqueline Onassis. Ich habe drei Wochen Zeit. Sag mir einen guten Cocktail, mit dem ich mich in Asien betrinken kann.»

«Kräuter von Montserrat.»

«Idiot.»

«Singapur Sling.»

«Das klingt besser. Was ist das?»

«Ein Cocktail, der angeblich für Singapur typisch ist. Vor allem für das Hotel *Raffles* in Singapur.»

«Stimmt das auch?»

«Darauf kommt es nicht an. Die Hotelangestellten kultivieren den Mythos, und wenn du einen Singapur Sling bestellst, wird er dir mit wissendem Lächeln serviert.»

«Das ist hübsch. Es klingt gut, und das genügt mir. Kannst du dir vorstellen, um die ganze Welt zu reisen, nur um etwas zu finden, das gut klingt? Schmeckt er auch so gut, wie der Name klingt?»

«Kann schon sein.»

«Ich schicke dir Ansichtskarten und schreibe, wie es mir geht.»
«Du wirst vor deinen Karten wieder hier sein.»
«Dann schicke ich dir Telegramme. Findest du das besser?»
«Nein.»
Kurzes Schweigen.
«Ist es dir unangenehm?»
«Auch nicht.»
«Soll ich dir etwas mitbringen? Seide ist billig in Bangkok.»
«Eine Flasche Maekong.»
«Was ist das?»
«Thailändischer Whisky. Ich weiß nicht, woraus er hergestellt wird, aber er schmeckt sehr gut.»
«Das ist wohl das einzige, was dich interessiert!»
Vor seinem inneren Auge erschien ein orientalisches Lächeln. Es gehörte zu dem abgerissenen, schmuddeligen Zollbeamten, der vor fünfzehn Jahren die Innereien seiner Koffer durchwühlt und dabei mit seinen Händen die versteckten Flaschen zum Klirren gebracht hatte. Sechs Flaschen Maekong. Seine Mandelaugen wurden groß und rund. Er sah Carvalho mit einem komplicenhaften Blick an, wie ihn nur ein Säufer haben kann, spreizte die Finger seiner Hand und verwandelte sie in eine unerschöpfliche Flasche, aus der er trank, indem er mit der Gier eines Säuglings am Daumen lutschte, der entwöhnt werden soll, und dann lachte er mit einer unzivilisierten Unschuld, die mehr als einen der hinter Carvalho wartenden Europäer irritierte. Carvalho nickte und grinste aus Leibeskräften. Er mußte den komplicenhaften, fröhlichen Verdacht bestätigen. Du hast recht, Freund, ich bin Alkoholiker.

Seit er den Fall Daurella angenommen hatte, wurde er das ungute Gefühl nicht los, nach einem festen Zeitplan arbeiten zu müssen. Es sah verdammt nach einer rechtschaffenen, katalanisch-japanischen Gepflogenheit aus, ein Drittel des Tages mit Arbeit zu vergeuden, um acht Stunden schlafen zu können und während der restlichen acht Stunden den geschundenen Körper und die Seele zu pflegen. Dies verdankte er zum Teil dem Umstand, daß der alte Daurella ihn regelmäßig morgens zwischen neun und halb zehn Uhr in sein Büro kommen ließ. Er besaß ein großes Geschäft für Sonnendächer und Schwimmbecken in Pueblo Nuevo. Dazu kam, daß er die einzelnen Fäden des Falles, die alle bei dem alten Patriarchen zusammenliefen, nur während der üblichen Arbeitszeiten verfolgen konnte. Die Daurellas, ob schuldig oder unschuldig, legten beim Ertönen der Fabriksirene alles an den Platz, wo es am nächsten Tag zu sein hatte, um sich dann in alle Winde zu verstreuen. Sie wohnten vernünftigerweise in der Umgebung Barcelonas, aber doch so weit voneinander entfernt, daß ihre vier Wohnsitze die vier Himmelsrichtungen des familiären Universums markierten, in dessen Zentrum sich die Wohnung der Eltern im Ensanche befand. Das war der Grund, weshalb der alte Daurella, wenn er von seinen Kindern sprach, jeweils eine Kopfbewegung nach Norden, Westen, Süden oder Osten machte, denn Jordi wohnte in einem Häuschen in San Cugat, Esperança hatte ein altes Landhaus am Rand von Esplugas de Llobregat, dort, wo es zur Schlafstadt wird, Núria lebte in einem Neubauviertel von El Maresme, und Ausiàs, der Jüngste, der Makrobiotiker, bewohnte etwas, das mehr Garten als Haus war, in Prat. Aber eigentlich bestand kein Grund für den Alten, seinen Kopf nach allen Himmelsrichtungen zu wenden, denn ab acht Uhr morgens waren alle Daurellas an ihrem Arbeitsplatz auf dem riesigen Gelände der Daurella GmbH.

«Die GmbH, das sind *sie*. Denken Sie ja nicht, daß hier amerikanisches Kapital drinsteckt.»

Dies hatte ihm Daurella in Gedanken an die Rechnung mitgeteilt. Sie, das waren Jordi, Esperança, Núria und Ausiàs, alle dunkelhäutig, nur verschieden dick. Sie glichen dem Vater, alle hatten mehr oder weniger seine Gesichtszüge, als hätte der alte Daurella nur unter der Bedingung mit seiner Frau geschlafen, daß die Kinder ihm alle gleichsehen mußten. Vielleicht war die Liebe auch durch die Chromosomen bestimmt, denn die Kinder hatten sich alle Partner von ähnlichem Aussehen gesucht, bis auf Ausiàs, das Nesthäkchen, wie ihn sein Vater auch in seinem Beisein immer noch nannte. Ihm war es gelungen, ein blondes Wesen zu ehelichen, eine Holländerin, die erst vor fünf Jahren die Mittelseiten des *Playboy* geziert hatte und jetzt durch Geburten und Makrobiotik aus den Fugen geraten war. Sie leitete die Auslandsabteilung der Firma, weil sie Englisch sprach wie eine Engländerin und Französisch wie General de Gaulle. Dies behauptete jedenfalls der alte Patriarch. Die angeheirateten Kinder gehörten auch zur GmbH. Der Mann von Esperança, der Älteste, leitete den Außendienst, bereiste ganz Spanien und absolvierte selbst auch Kundenbesuche. Núrias Mann war für das Lager zuständig, und die Frau des ältesten Sohnes, Jordi, erledigte die Verwaltungsarbeiten in einem Schuppen aus Fertigbauteilen, dem ein

Plakat der *Folies-Bergère* mit der Ankündigung des spanischen Superstars Norma Duval eine exotische Note verlieh. Herr und Frau Daurella hatten es vor kurzem aus Paris mitgebracht, wo sie ihre goldene Hochzeit gefeiert hatten. «Ich hatte keinen Urlaub mehr seit dem Winter, als es geschneit hat», sagte der Alte. «Das heißt also, seit 1962», fügte er hinzu, nicht weil er die Geschichte der Wetterkarte auswendig kannte, sondern weil 1962, seit der letzten Eiszeit, der einzige Winter gewesen war, in dem man in Barcelona Ski fahren konnte.

Keiner der Daurellas war irgendwie untätig. Das war Carvalhos Eindruck, als er die Lagerhallen und die Laderampen durchstreifte. Das Gelände war von einer alten, oben mit Glasscherben gespickten Mauer umgeben. Erstaunlicherweise gediehen überall Pflanzen. Oleander, Akazien, eine Palme und Bougainvillea sprossen zwischen Schuppen aus der Jahrhundertwende, deren Backsteinmauern im feuchten Klima verwittert waren. Diesem Klima verdankte Pueblo Nuevo die üppige Vegetation seiner Innenhöfe und brachliegenden Bauplätze. Das Durcheinander von Lagerhallen und Vegetation, Lastwagen und Geißblattranken übte auf Carvalho eine ebenso starke Anziehungskraft aus wie Friedhöfe, die dem Verfall und dem Unkraut preisgegeben waren. Sein alter Traum, daß die Vegetation plötzlich durch den Asphalt bricht und überall, wo es möglich ist, zu wachsen beginnt, wurde wieder in ihm wach. Das Grün würde die stumpfsinnigen Strukturen der Fertigbauwelt korrigieren, ohne diese jedoch gänzlich zu zerstören. Tomatenstauden, die Verkehrsampeln überwuchern, Farnwedel, die wie Federbüsche aus den Gullys sprießen, gefräßiger Efeu, der mit der trügerischen Zartheit seiner spitzen Blätter an verglasten Hochhausfassaden emporklettert. Das Schicksal der monumentalen Ruinen von Angkor oder Mykene war schon abzusehen, der bearbeitete Stein würde wieder zu seiner ursprünglichen Form als Felsblock zurückkehren, den Bereich menschlicher Geometrie wieder verlassen. Ebenso in Ayuthaya, wenige Kilometer nördlich von Bangkok. Teresa Marsé war bestimmt dort gewesen, die buddhistische Tempelarchitektur hatte dort ihren ganzen Reichtum entfaltet und verdiente Respekt auch noch während des Verfalls. Er selbst allerdings gab zeitgenössischen Ruinen den Vorzug, wie den altmodischen Palästen am Montjuich, die anläßlich der internationalen Ausstellung von 1929 gebaut worden waren, oder dem Thermalbad von Kalitea an der Küste nordöstlich von Rodas, das seit dem Versiegen seiner Thermalquelle kein Kurgast mehr besucht hatte. Etwas von dem

Charakter zeitgenössischer Ruinen besaß auch das Gelände von Pueblo Nuevo, wo die Daurellas seit drei Generationen dafür sorgten, daß die Spanier im Sommer Schatten hatten, und seit einiger Zeit aufblasbare Swimmingpools in allen Größen herstellten, die man auch auf einer Veranda aufstellen konnte.

«Wir verkaufen heute schon mehr Schwimmbecken als Sonnendächer. Früher war das nicht so, da war es umgekehrt.»

Wann früher? Diese Frage stellte Carvalho nicht. Wahrscheinlich vor dem Schneewinter oder vor der Unterschlagung. Als Carvalho das Wort ‹Unterschlagung› aussprach, schloß der alte Daurella die Augen, um nicht von einem tiefen inneren Schmerz überwältigt zu werden.

«Ich werde bestohlen. Wir alle werden bestohlen.»

Das waren Daurellas erste Worte gewesen, als er damals in Carvalhos Büro am Schreibtisch gesessen hatte. Seine Frau, Señora Mercè, hatte monatelang jedes Wochenende in ihrer kleinen Villa in Vallirana die Bücher nachgeprüft und war dabei auf ein ungeheures Loch von sechs Millionen Peseten gestoßen.

«Meine Frau weiß, wovon sie spricht. Sie ist keine verkalkte alte Schachtel. Sie weiß genau Bescheid», hatte Daurella mit Nachdruck gesagt. «Sie war eine der ersten Frauen, die an der Akademie Cots Buchhaltung gelernt haben. Das war noch vor dem Bürgerkrieg, glaube ich. Mein Schwiegervater war ein kluger Kopf, er wollte, daß Mercè wie ein Mann studiert. Er war ein hundertprozentiger Katalane.»

Wochenende um Wochenende hatte Daurella seine Frau dabei unterstützt, die Abrechnungen der Kinder zu kontrollieren, vor allem die von Jordi und seiner holländischen Schwägerin.

«Ich nenne die beiden, um keinen falschen Verdacht zu erwecken, wissen Sie? Einen Verdacht hat jeder.»

Es fehlten also sechs Millionen in der Buchführung von Mercè, und Daurella rief die Familie zusammen. Alle wiesen den Verdacht der Eltern empört zurück, und Jordi und die Holländerin verlangten, daß zur Prüfung der Bücher ein Sachverständiger beigezogen würde. Der Sachverständige bestätigte die Bilanz von Señora Mercè, einer der ersten Buchhalterinnen aus der Akademie Cots, und er war des Lobes voll über die exakt geschriebenen Zahlenkolonnen der alten Dame und die korrekte Verwendung des roten und blauen Farbstiftes Marke Hispania, den sie seit Jahren besaß.

«Ich glaube, ich habe ihn damals im Deutschen Kaufhaus gekauft.»

Das Deutsche Kaufhaus hatte seit dem Bürgerkrieg einen anderen Namen, aber der Stift stammte zweifellos aus dem Deutschen Kaufhaus und hatte dazu beigetragen, eine Unterschlagung von sechs Millionen nachzuweisen.

«Jemand aus der Familie?»

Diese Frage Carvalhos, die eher eine Feststellung gewesen war, hatte Daurella mit einem «Unmöglich!» beantwortet, aber seine Augen hatten dem widersprochen, und jetzt berichtete er Carvalho Tag für Tag über die Tugenden und Laster seiner eigenen und seiner angeheirateten Kinder. Jordi war makellos, genau wie der Vater, aber er war unzufrieden mit seinem Leben und wußte nicht warum. Die Holländerin qualmte wie ein Schlot. Ausiàs lebte makrobiotisch und schrieb Gedichte.

«Der Mann von Esperança, Pau oder besser Pablo, wie ihr im Spanischen sagt, also der gibt sein ganzes Geld für Pullover und Schuhe aus. Die Pullover kauft er in London und die Schuhe in Rom. Die andern sind Dutzendmenschen, aber fleißig. Wenn sie das nicht wären, würde ich sie keine fünf Minuten unter meinem Dach dulden.»

Carvalho hatte drei Wochen lang regelmäßig gearbeitet, um sich über die einzelnen Vorzüge und Schwächen der Daurellas zu informieren. Es sah fast so aus, als hätte ihn der Alte mit seiner Arbeitsmoral angesteckt.

Jordi verstand sich gut mit seiner holländischen Schwägerin. Es entwickelte sich von seiner Seite her sogar eine Art Leidenschaft, unterstützt durch die Kälte seiner eigenen Frau, die immer mehr Konsumgüter anhäufte, je älter sie wurde. Ausiàs wußte nichts davon oder hielt es für unnötig, etwas anderes zum Problem zu machen als das lustlose Überleben in einer Welt, die im Norden vom Geschäft seines Vaters und im Süden von seiner Plantage begrenzt war. Dort baute er die Grundbestandteile seiner Ernährung an. Die Daurella-Töchter waren fleißig, sauber und ordentlich, und was die Schwiegersöhne betraf, so war der Lagerverwalter ein Mensch, der die Woche über im Halbdunkel und am Wochenende absolut im Dunkel lebte. Die Werktage arbeitete er im Lager, und das Wochenende verbrachte er damit, 16 mm-Filme anzusehen, die er wie besessen sammelte. Der andere Schwiegersohn, Pau, machte Carvalho am wenigsten Arbeit. Seine Kreditkarte war in allen Massagesalons von Barcelona bekannt, und die Türsteher diverser Bingolokale zogen die Mütze, wenn er kam, und fragten, freudige Überraschung mimend: «Señor Pau, Sie hier? Na dann, viel Glück!»

Er hatte monatelang eine Witwe in einer möblierten Mietwohnung im Tal von Hebron ausgehalten und benutzte seine Geschäftsreisen, um mit dem Flugzeug ab und zu einen Abstecher zu machen und wie eine Motte die Lichter der bekanntesten Touristenorte anzusteuern. Die Costa del Sol, Puerto de la Cruz, ja, er war sogar bis Casablanca gekommen, die Tochter des sevillanischen Vertreters der Daurella GmbH hatte ihn dabei begleitet. Carvalho wußte alles über Señor Pau, Gesellschafter der Daurella GmbH, und daraus ging klar hervor, daß er es war, der sich im Verlauf von sechs Jahren im Schoße der Familie die sechs Millionen ausgeliehen hatte. Er war der Sohn eines Anwalts, der sein Büro an der Avenida Diagonal hatte. Nach drei Jahren Jurastudium war er zwischen 1967 und 1970 ein Star der Bohème gewesen, hatte 1971 wegen Haschisch sieben Monate in Algeciras im Knast verbracht, bis ihn sein Vater dank der Beziehungen seiner Schwester, einer Nonne, wieder herausgeholt hatte. Dann hatte er die Daurella-Tochter geheiratet, die vier Jahre älter war als er und für seinen Geschmack zu dunkle Brustwarzen hatte. So jedenfalls hatte er sich in einem der Massagesalons geäußert, wo La Andaluza als Madame fungierte, eine alte Freundin von Charo und Pepe.

«Also, ein Mann, der von den Titten seiner Frau erzählt, während er mit einer andern im Bett liegt, ist für mich kein Mann, das ist eine Null.»

Das war das Urteil von La Andaluza.

Carvalho legte den Ordner auf den Schreibtisch und tat, als hätte er nicht bemerkt, wie sich die Augen des Alten verengt hatten und ihn anstarrten, als wollten sie ihn durchbohren. Er nahm Platz auf der anderen Seite des Schreibtisches und machte es sich in seinem Sessel bequem.

«Nun?»

«Alles klar.»

«Wer?»

Welche schauspielerische Richtung würde der alte Daurella einschlagen? Es gibt kein menschliches Wesen, das sich nicht nach einem bestimmten Rollenschema verhält, vor allem in Ausnahmesituationen, die ihm sonst nur aus dem Theater, dem Kino, dem Fernsehen oder der Literatur bekannt sind. Dem Alter nach stand Daurella die Rolle von Lee J. Cobb zur Verfügung. Er konnte den gewalttätigen

Vater spielen, der sich von seinen Kindern verraten sieht, oder John Gielgud, der Vater, der immer intelligenter ist als seine Kinder, oder die Rolle von Frederick March, des frustrierenden und frustrierten Vaters aus «Tod eines Handlungsreisenden». Aber als sei die Geschichte des Films und des Fernsehens an ihm vorbeigegangen, griff Daurella auf das soziale katalanische Drama zwischen den Kriegen zurück, schlug sich die Hand vors Gesicht, als wolle er seine Gesichtszüge wieder ordnen, murmelte «mein Gott, mein Gott», starrte ins Leere und richtete seinen Blick zwischendurch auf Carvalho, um die Wirkung seiner Verzweiflung nachzuprüfen.

«War es Jordi?»

«Nein.»

Ein Seufzer der Erleichterung, der Stammhalter war es also nicht.

«Eins meiner Kinder?»

«Nein.»

Daurellas Gesicht drückte Stolz aus. Immerhin war es nicht sein eigen Fleisch und Blut gewesen.

«Pau?»

«Ja.»

«Mein Herz wußte es.»

Und dabei legte er sich die Hand aufs Herz, wie ein fahrender Sänger in alten Zeiten die Hand hob, wenn er vom Himmel sang. Carvalho hatte einen Bericht über Paus Aktivitäten verfaßt und dabei nur die verächtliche Bemerkung über die Brustwarzen seiner Frau ausgelassen. Er deutete auf die Blätter, damit der Alte sie zur Hand nahm. Vielleicht war das Zittern ja spontan, aber die Neigung des Alten zum Dramatischen bewirkte, daß es bei den Ellbogen begann und von dort auf die Hände überging, während es viel logischer gewesen wäre, es bei den Händen beginnen und von dort aus auf die Arme übergreifen zu lassen. Carvalho versuchte, das Zittern nachzuahmen, bezweifelte aber schnell die Richtigkeit seines Gedankenganges. Allerdings zitterte er so diskret, daß der Alte nichts davon bemerkte, denn er sollte nicht glauben, Carvalho mache sich über ihn lustig.

«Dieser unverschämte Kerl!» rief er während der Lektüre aus. Er mußte bei der Reise nach Casablanca angelangt sein.

«Mit der Tochter eines Vertreters! Eine so wichtige Position wie Sevilla aufs Spiel zu setzen! Wissen Sie, wie viele zwölfeckige Swimmingpools wir diesen Sommer im Gebiet von Sevilla aufgestellt haben?»

«Keine Ahnung.»

«Fünfzig. Und das, wo es dort kaum Wasser gibt.»

«Unglaublich. Unglaublich», sagte Daurella ab und zu, und schlug, als er den Bericht zu Ende gelesen hatte, mit beiden Händen auf den Tisch. «Man muß die Eiterbeule herausschneiden. Ein fauler Apfel verdirbt den ganzen Korb. Was würden Sie an meiner Stelle tun? Sie haben ermittelt, daß er das Geld beiseite geschafft hat, indem er die Spesenrechnungen gefälscht hat. Wenn das an die Öffentlichkeit dringt, erfahren es alle Filialen und das Ansehen der Daurella GmbH ist im Eimer, vulgär ausgedrückt.»

So vulgär war das gar nicht, dachte Carvalho. Er hätte «im Arsch, beim Teufel, verschissen» sagen können, hatte sich aber statt dessen für ein diskretes «im Eimer» entschieden, nicht ganz so antiseptisch wie ein Gurgeln, aber sehr nahe daran.

«Man muß die Eiterbeule mit dem Seziermesser entfernen. Mein Sohn Jordi ist nicht hier, er mußte nach Frankreich reisen, um mit den Herstellern zu verhandeln, aber heute abend kommt er zurück, und es bleibt uns nichts anderes übrig, als morgen früh eine Familienkonferenz einzuberufen und reinen Tisch zu machen. Ich zähle auf Sie!»

«Meine Arbeit ist beendet.»

«Aber ich bitte Sie, kommen Sie morgen zu der Familienkonferenz. Ich habe vor, die Karten auf den Tisch zu legen. Es tut mir leid für Esperança, sie ist ein gutes Mädchen und weich wie ein Pfirsich, es tut mir auch leid für meine Enkel, aber dieser unverschämte Kerl braucht einen Denkzettel! Ein Schandfleck! Noch mehr als das! Dabei habe ich ihn aus der Gosse geholt und einen ordentlichen Menschen aus ihm gemacht! Was treibt ihn, bei dem Gehalt, das er hat, und mit einer so jungen, gutaussehenden Frau, dort hinzufahren und den Playboy zu spielen?»

Fragen über Fragen. Carvalho zögerte aufzustehen, sein Geld zu verlangen und sich von Daurella zu verabschieden oder ihm zu versprechen, daß er am nächsten Tag beim letzten Akt der Tragikomödie dabeisein würde. Es fiel ihm nicht zuletzt deshalb so schwer, weil er sich an die Routine der täglichen Arbeit gewöhnt hatte und wußte, er würde die frühmorgendliche Plauderstunde mit dem Alten vermissen, ebenso die Spaziergänge in dem Durcheinander von Schuppen und Freiräumen für die tapfere Vegetation, diese Schönheit stillgelegter Bahnhöfe, die die ältesten Lagerhäuser von Pueblo Nuevo umgab.

Als er sich fragte, woher dieses Vorgefühl von Heimweh kam,

lieferte ihm sein Gedächtnis eine Reihe von Bildfragmenten, Schrott, Ruinen, kaum erkennbare, erstarrte Bilder aus seiner Kindheit. War das nicht Eisenkraut in einem Lagerschuppen von Letona, wo ein entfernter Verwandter als Nachtwächter gearbeitet hatte? Oder die alte Werft in Badalona, wo sein Neffe Nicolás aus Cartagena Schiffe gebaut hatte? Oder eine Eisenwarengroßhandlung an der Brücke von Marina? Er befreite sich von den Bildfragmenten und erhob sich, entschlossen, den Zauber zu brechen.

«Ich komme morgen, um mein Geld abzuholen und beim Jüngsten Gericht zu assistieren.»

«Morgen werden Nägel mit Köpfen gemacht, Sie werden schon sehen. Ich spreche noch einmal mit Mercè und überschlafe die Sache, aber da, sehen Sie her, sehen Sie, wie mir das Blut in den Adern kocht!» Dabei zeigte er ihm seine weißen Unterarme. Sie waren voller Adern und Sommersprossen und kamen aus den aufgekrempelten Ärmeln eines Hemdes hervor, das weder aus London noch aus Italien stammte, sondern aus dem *Corte Inglés*, dort hatte es Mercè im Sonderangebot erstanden.

«Mord mit der Champagnerflasche» lautete die Schlagzeile im *El Periódico*. Carvalho überflog hastig den Artikel, um herauszubekommen, mit welcher Marke die Tat begangen worden war. Keine Spur. Es ist schließlich ein Unterschied, ob man mit einem Codorniu Gran Cremant oder einem Brut Nature Torelló erschlagen wird, mit einem Juvé y Camps Reserva Familiar oder einem Martí Solé Nature. Es hätte sogar der Fall sein können, daß die Schlagzeile wirklich genau war und der Mord mit einer Flasche Champagner aus Frankreich begangen worden war, aber selbst dann wäre es mit einer Flasche Moët & Chandon dasselbe gewesen wie mit einer Krugg oder Rollinger? Der Todeskampf des Opfers muß lange gedauert haben. Die Hausangestellte hatte die Leiche erst um neun Uhr morgens entdeckt. Die Polizei wollte sich auf keine genaue Tatzeit festlegen, und der Journalist erging sich in Spekulationen über die Alibis der Partygäste von Celia Mataix Cervera. Die Zeugin Marta Miguel war zwar verhaftet, aber nach einer Nacht auf der *comisaría* wieder auf freien Fuß gesetzt worden. Sie war die letzte gewesen, die Celia Mataix mit heilem Kopf gesehen hatte. Carvalho sagte sich, daß es im Falle einer verlängerten Agonie unmöglich war, die genaue Tatzeit festzustellen, und daß ein Spielraum von einer halben Stunde genügte, um über die Hieb- und Stichfestigkeit eines Alibis zu entscheiden. Das Foto zeigte eine romantische blonde Schönheit in Luxusoutfit und von strahlender Jugend, obwohl aus ihrem Personalausweis hervorging, daß sie schon die Vierzig erreicht hatte. Als er die Zeitung weggelegt hatte und die Ramblas hinaufging, Celias Gesicht immer noch vor Augen, wurde er das Gefühl nicht los, ihr irgendwo schon einmal begegnet zu sein.

Sie mußte gut ausgesehen haben in weiten Pullovern und Glokkenröcken, die die Bewegungen ihres elastischen Körpers unterstrichen. Auf die Brust fallende Haare und die Geste, sie aus dem Gesicht zu streichen, mit einer leichten, kleinen Hand, die gut gegliedert war, einer sensiblen Hand, wie es die Schriftsteller früher genannt hätten, um sich eine genauere Beschreibung zu ersparen.

Er hätte ihr zum Beispiel im *Boadas* begegnet sein können, wo sie alleine, mit einem Cocktail in der Hand, an der Bar saß. Er hätte unter irgendeinem Vorwand ein Gespräch angeknüpft, auf den Ramblas wäre es dann zu Vertraulichkeiten gekommen, zunächst ironisch, dann immer ernster, Herausforderungen mit Blicken und Worten und Rangeleien, die die Nacktheit der Sexualität vorbereiteten. Sie war eine Frau für eine Nacht oder ein ganzes Leben. Es wäre sinnlos gewesen, eine kurzlebige Beziehung mit ihr zu beginnen, um die erste Nacht auszunützen, zwecklos und unanständig, denn es hätte den Traum davon zunichte gemacht, was hätte sein können. Sie war auch gut geeignet für Abschiede auf Bahnhöfen und an Kais, aber nicht auf Flughäfen. Es sollte überhaupt verboten werden, sich auf Flughäfen zu verabschieden. Es ist wie ein Abschied in einer modernen Apotheke oder in der Waschmittelabteilung eines neonerleuchteten Supermarkts. Vielleicht hätten sie geheiratet und in einer Hütte am Meer gelebt, an einem kilometerlangen Strand, möglichst in Kalifornien. Verlangen Sie den Garantieschein! Ein Gefühl der Lächerlichkeit zerstörte das Bild, das im Märchenkristall seiner Phantasie aufgetaucht war, und bei dem vertrauten Geräusch splitternden Glases bog er abrupt nach links ab und ging zum Boquería-Markt.

Er war sich noch nicht über den Speisezettel im klaren, aber es stand fest, daß er in dieser Nacht etwas kochen würde, um jemanden mit einer Einladung zum Essen zu überraschen. Vielleicht Charo, wenn sie nett zu ihm war und ihm keine Vorwürfe machte, daß er sie in letzter Zeit vernachlässigt habe. Er kaufte drei Scheiben Räucherlachs, mageres Schweinefleisch in gleichmäßigen Scheiben und einheimischen Schinken, ebenfalls in Scheiben. Ein so bescheidener Einkauf konnte die Leere in seinem Herzen nicht ausfüllen, die bei der Erkenntnis entstanden war, daß Celia Mataix und er nicht gemeinsam alt werden würden, und er beschloß, entweder ein Paar Schuhe oder einen ganzen Schinken zu kaufen. Für Schuhe war es schon fast zu spät, aber es reichte noch, um einen Schinken sorgfältig auszuwählen. Im Feinkostgeschäft Pérez in der Calle del Hospital gab es Schinken aus dem Grenzgebiet zwischen Huelva und Extremadura, bei dessen Auswahl der Patron ein gutes Auge hatte. Mit dem Schinken beladen, wollte er dann über die Plaza del Padró gehen, um die jüngsten Bauarbeiten zu begutachten, das Wunder der Wiederherstellung dieses Platzes im alten Stil, wie er ihn aus seiner Kindheit in Erinnerung hatte. Er war verschandelt worden, um für den Barbarenansturm der Automobile Platz zu schaffen, dann hatten sich unverhofft die Erzengel der Demokratie über Carvalhos tiefe Melancholie erbarmt. Sie hatten wieder Platz geschaffen für Alleen und die romanische Kapelle, und die alten Palazzi wieder in den Platz integriert, welche die Calle del Hospital und die Calle del Carmen verbinden. Sie hatten Rondelle angelegt und vielversprechende Bäumchen gepflanzt. Erst kommt der Schinken, dann kommt die Moral, sagte Carvalho und schwadronierte mit dem Ladenbesitzer über Legenden und Fakten des spanischen Schinkens.

«Es gibt gar nicht so viele Eicheln auf der Welt, um das zu produzieren, was als Eichelmastschinken verkauft wird. Aber in Huelva gibt es eine Quelle für erstklassigen Schinken, und zwar nicht nur den aus Jabugo, sondern auch aus Cortega und Cumbres Mayores. Irgendwo gibt es auch noch einen anonymen Schinken, wie man ihn in der Gegend von Ronda findet.»

«An einem der nächsten Wochenenden fahre ich in ein Dorf zwischen Marbella und Ronda, wo es einen hervorragenden Schinken geben soll.»

Der Ladenbesitzer sah Carvalho skeptisch an.

«Ich bin fest entschlossen. Das Dorf heißt Montejaque.»

«Sagen Sie mir Bescheid, wie es war, denn wenn er Ihnen so gut schmeckt wie meiner, fahre ich selbst hin und sehe ihn mir an.»

Der Feinkosthändler suchte einen Schinken mit Patina aus und spießte ein Scheibchen davon auf, um es Carvalho zum Kosten zu geben. Das Spießchen muß aus Schinkenknochen sein, um Kostproben edler Herkunft zu reichen, die für Menschen gemacht sind und nicht für Proteinfresser. Mit solchen Betrachtungen und dem Schinken unter dem Arm überquerte Carvalho die Calle del Hospital, ging rechts den Gehweg entlang, blieb wie immer vor den Fenstern des Orthopädieschusters und des Messerschmieds stehen, zwei magischen Geschäften, und trat dann hinaus in den neuerworbenen Glanz der Plaza del Padró, dem Zentrum des Viertels. Er dachte an die Semana Tragica des Bürgerkriegs mit dem Brand des Klosters der Jerónimas, dessen Platz heute die moderne Iglesia del Carmen einnahm, und betrachtete die romanische Kapelle, die jahrhundertelang als Kiosk und Schusterwerkstatt gedient hatte. Er lehnte sich an das ehemalige San-Lazaro-Hospital an, das später eine öffentliche Waschanstalt gewesen war, ein Ausgleich für die vielen Leprakranken, die in diesen Mauern verfault waren.

Die Plaza del Padró roch nach Kindheit und Herbst. Unerschütterlich waren ihre neu angelegten Rondelle, alt der Brunnen, der an das hintere Ende des Platzes verlegt worden war, mit seinen steinernen Gesichtern, die durch die Feuchtigkeit und die ehrfürchtigen Blicke der Kinder verwittert waren. Die Kinder waren beeindruckt von dem Geheimnis, das die steinernen Köpfe umgab, aus denen Wasser floß. Darüber erhob sich eine Heilige Eulalia aus der Franco-Zeit, die damals als Sühne für die von den Anarchisten zerstörte Statue aufgestellt worden war. Carvalho war voller Dankbarkeit und fühlte sich solidarisch verbunden mit den Anwohnern des Platzes. Sobald irgendwo ein Meter Gehweg oder Platz restauriert war, wurde er in Besitz genommen von Kindern, Alten und Hunden, den drei besten Haustierarten, die es Carvalhos Meinung nach gab. Katzen hatte er schon immer für nicht domestizierbare Gäste auf der Durchreise gehalten und Kanarienvögel für Gefangene der gefährlichen Gefühlsduselei der Menschen.

Es war nicht die beste Zeit, um Charo anzurufen, denn sie empfing gerade die ersten Kunden, aber es war wichtig, ihr zu zeigen, daß er sie brauchte, um das unsichtbare Band zwischen ihnen zu festigen.

«Du bist sehr beschäftigt.»

«Beschäftigt? Womit denn? Hast du einen Blick in die Zeitung geworfen? Es gibt soviel Prostitution, daß die Arbeitslosigkeit bald vorbei sein wird. Was ist plötzlich in dich gefahren, daß du mich anrufst?»

«Ich mache heute abend etwas zu essen, und wenn du Lust hast, bist du nach Vallvidrera eingeladen.»

«Ich bin nicht in Stimmung.»

«Es gibt nichts Schlimmeres, als andere mit seiner schlechten Laune anzustecken.»

«Stimmt. Ich komme aber trotzdem. Siehst du immer noch so aus wie damals, als wir uns das letzte Mal gesehen haben?»

«Was soll die Frage?»

«Ich weiß gar nicht, wie lange das schon her ist.»

«Zehn Tage.»

«Elf.»

Der weitere Gesprächsverlauf war vorhersehbar, so genau, daß Carvalho aus der Telefonzelle floh und sich plötzlich genierte wegen des Schinkens, den er trug, dieses mächtigen Schinkens mit dem Eichelaroma, ein Produkt einer altertümlichen Konservierungstechnik, die nicht in das Zeitalter tiefgefrorener Langustenschwänze und Retorten-Hamburger paßte. Als er sich umschaute, um einen Gesamteindruck von der neuen alten Plaza del Padró zu gewinnen, stieg ein tiefer Zorn in ihm auf, weil sie ihm zu spät zurückgegeben wurde.

Er hielt mit dem Auto vor Fusters Haus, klingelte, und Sekunden später erschien Fuster auf der Terrasse in einem Schlafrock, der sein mönchisches Aussehen noch verstärkte.

«Spaghetti Annalisa und Saltimboca à la Romana», rief ihm Carvalho von der Straße aus zu.

«Du denkst auch nur an deine Wähler, wenn die Wahlen bevorstehen. Genau wie die Politiker. Was für Wein?»

«Chianti Jahrgang '76.»

Fuster dachte nach und hielt ihm vor: «Du schuldest mir immer noch die zweite Rate für die Einkommensteuererklärung. Das Abendessen ist kein Ersatz dafür! Machst du das Kaminfeuer an?»

«Selbstverständlich.»

«Verbrennst du ein Buch?»

«Versteht sich.»

«Festival Carvalho total. Dann komme ich. Ich gebe dir eine Stunde Zeit, damit du mit dem Kochen beginnen kannst. Dafür bringe ich eine Flasche Trüffel in Cognac aus Villores mit, einen Topf gepökelte Lende, *flaons* und ein Paar Bastschuhe.»

«Alles aus Villores?»

«Absolut alles. Meinst du, es kommt aus Tripolis? Hoffentlich ist dein Essen meiner Geschenke würdig!» Carvalho nahm sich nicht die Zeit, den Briefkasten zu leeren. Die ganze Post bestand sowieso aus Werbung für Dinge, die er nie kaufen würde, und Kontoauszügen, die ihn in schlechte Laune versetzten, denn auf seinen Konten war jedesmal weniger, als er erwartete. Die Aussicht, im Alter nicht genug Geld zu haben, damit ihm jemand den Arsch putzte, empörte ihn, weil er es empörend fand, Angst zu haben, vor allem um sich selbst.

Aus der Speisekammer holte er ein elektrisches Küchengerät, dem man seinen Zweck nicht sofort ansah. Es hätte ebensogut ein Fleischwolf wie ein tragbarer Entsafter sein können. In Wirklichkeit war es eine Maschine zur Herstellung italienischer Teigwaren. Die Bedienung war denkbar einfach. Man mußte nur Mehl und Wasser oder Eier durch ein transparentes Plastiksieb geben, je nach der gewünschten Teigwarensorte einen Filter aufsetzen und warten, bis die zarten Geschöpfe herauskamen. Wenn sie die gewünschte Länge hatten, brauchte man ein scharfes Messer, um sie abzuschneiden, damit sie schön regelmäßig aussahen. Ein Zuviel an Wasser oder Eiern konnte eine Katastrophe auslösen, deshalb prüfte Carvalho die Genauigkeit des Meßbechers, als ginge es dabei um die Erlösung des Auserwählten Volkes. Die Maschine begann sich quietschend zu drehen. Als der Teig genügend durchgerührt war, öffnete Carvalho die Schleuse, und der Teiggletscher schob sich durch den Ausgang, gedrückt von einem spiralförmigen Kolben, der ihn unausweichlich durch den Filter in eine Form preßte, ohne sich darum zu kümmern, ob Tagliatelle, Spaghetti, Lasagne, Spaghettini oder Makkaroni entstehen sollten. Carvalho wartete mit gezücktem Messer und machte einen Schnitt, sobald die zarten Würmchen eine Länge von vierzig Zentimetern erreicht hatten. Sterbend fielen sie in eine Duralexschüssel, wo sie sich noch ein paarmal aufbäumten, bevor sie in Totenstarre verfielen und Carvalho sich auf den nächsten Massenmord an der Kaskade von unermüdlichen Würmern vorbereitete, die aus dem wunderbaren Filter hervorkamen. In einer Hand hielt er das Messer, mit der anderen tätschelte er den Spaghettihaufen, der da im Entstehen war, und bemerkte dabei ein Gefühl, wie es Gott wahrscheinlich hatte, als er den Seeteufel erschuf und ihn in einen Primaten verwandelte, aus dem einst der Mensch entstehen sollte. Er brauchte nur Mehl und Wasser, und das Wunder geschah, das Wunder einer Metamorphose, die durch die Banalität, die der Sprachgebrauch dem Wort Spaghetti verleiht, nicht annähernd gewürdigt wurde. Hätten diese wundervollen Fäden mit der magischen Textur einen Namen aus dem Deutschen, dem Latein oder dem Griechischen, einer der drei Sprachen, die nicht banalisierbar sind, dann wären sie so hoch geschätzt, wie sie es verdient hätten, und würden in jedem anthropologischen Museum einen Ehrenplatz einnehmen.

Er bedeckte die Teigwaren mit einem Tuch und ging in den Garten, um frische Salbeiblätter zu holen, die unbedingt zu Saltimboca gehören, und Basilikum, das er in einer Blumenschale extra für seine Teigwarengerichte züchtete. Die Basilikumpflanze begann zu vertrocknen. Sie hatte ihren Lebenszyklus vollendet, und Carvalho verabschiedete sich von ihr bis zum nächsten Frühjahr. Inzwischen würde er von der Sonne getrocknetes und gehacktes Basilikum verwenden. Er begann mit der Zubereitung der Saltimboca. Eine Scheibe Fleisch, ein Blättchen Salbei, eine Schnitte Schinken und ein Zahnstocher, um die drei Elemente zu vereinigen. Das wiederholte er so lange, bis vierzehn kleine, aufgespießte Körper dalagen, die ganz kurz, bevor man sich zu Tisch setzte, gebraten werden mußten. Die Zubereitung der Spaghetti machte auch nicht viel Mühe. Er schnitt Zwiebeln, dünstete sie in Butter an, bis sie glasig waren, nahm dann die Pfanne vom Feuer und schüttete ihren Inhalt in einen Napf. In einem anderen Gefäß schlug er sehr kalte Sahne, bis sie steif wurde, und gab sie zu Butter und Zwiebeln. Darauf schnitt er den Lachs in Stücke, die gerade noch groß genug waren, um von der Zunge wahrgenommen zu werden, und mischte sie unter die Sauce, die er schließlich noch mit gehacktem Basilikum verfeinerte. Schon war alles für Fusters Ankunft vorbereitet. Er kam mit Geschenken beladen, deutete gebieterisch auf den kalten Kamin, prüfte den Wein und begann, den Tisch zu decken. Carvalho holte inzwischen aus der Bibliothek Bücher, die zur Entzündung des Kaminfeuers dienen sollten. Er wählte eine Gedichtsammlung von Justo Jorge Padrón aus und ein kleines Buch mit Stücken von Beckett ‹Das letzte Band› und ‹Akt ohne Worte›. Fuster sah sich die Bücher an, bevor Carvalho sie zerreißen und verbrennen würde.

«Warum?»

«Vor allem, weil es Bücher sind, und einfach so, aus Spaß.»

«Hast du sie gelesen?»

«Vor Jahren, als ich noch gelesen habe.»

«Wer ist Justo Jorge Padrón?»

«Ein spanisch-schwedischer Dichter, der Vicente Aleixandre ins Kanarische übersetzt hat und damit berühmt geworden ist.»

«Und warum das andere?»

«Ich bin kein geborener Literaturkritiker. Sagen wir mal, ich verbrenne es, weil es mir früher gefallen hat und weil ich mit zunehmendem Alter in die Versuchung komme, es noch einmal zu lesen.»

Fuster las einen Abschnitt aus ‹Das letzte Band› mit komischem Pathos vor: «Vielleicht sind meine besten Jahre vorbei. Die Zeit mit einer gewissen Wahrscheinlichkeit, glücklich zu sein. Aber ich wünsche mir keine Wahrscheinlichkeiten mehr. Schon gar nicht jetzt, wo ich dieses Feuer in mir fühle. Nein, ich wünsche mir keine Wahrscheinlichkeiten mehr.»

Er übergab Carvalho das Buch, wie ein mißtrauischer Zollbeamter einem verdächtigen Touristen seinen Paß zurückgibt. Carvalho schichtete Holz auf und ließ dabei unten einen Hohlraum frei, wo er die Seiten der zerrissenen Bücher hineinstecken konnte. Er zündete das Papier an, eine Flamme flackerte auf und wurde heller und heller, so daß beide ein paar Sekunden lang wie hypnotisiert waren, bis Carvalho in die Küche ging und Fuster sich daran machte, den Tisch fertig zu decken.

Carvalho schüttete die Spaghetti in sprudelndes Salzwasser. Während sie kochten, begann er, die Saltimboca anzubraten. Er machte den Backofen an, um zu gegebener Zeit das Fleisch warmstellen zu können, und probierte die Spaghetti. Er konnte sie beißen, ohne sie zu zerquetschen, sie schmeckten noch leicht nach Mehl, waren also genau *al dente*. Er goß das heiße Wasser ab, schlug noch zwei Eigelb in die Soße und goß sie über die dampfenden Spaghetti. Er hob und senkte sie wie geschmeidige Haarsträhnen, bis sie gut mit der marmorierten Soße imprägniert waren. Fuster öffnete den Wein und schloß die Augen, um genießerisch den Duft des Essens einzuatmen.

«Porca miseria!»

Fuster begann, eine Romanze aus ‹Così fan tutte› zu trällern.

«Leg irgendeine Platte auf, die zum Essen paßt!»

Carvalho legte ‹Segel und Winde› auf, ein Gedicht von Ausiàs March, vertont von Raimon.

«Ausgezeichnet! Die Symbolik von Meer und Wind, Herausforderung des Schicksals, dazu paßt nichts besser als diese Spaghetti ... Wie nennst du sie noch mal?»

«Annalisa. Das ist eine viel präzisere Bezeichnung als *à la bonne femme* zum Beispiel.»

«Ich habe noch nie ein Gericht gegessen, daß *à la femme fatale* hieß.»

«Eine *femme fatale* kocht auch nicht.»

Fuster ließ die Spaghetti auf der Zunge zergehen und konzentrierte Gaumen und Gehirn darauf, den adäquaten Kommentar zu finden.

«Nordisch und mediterran zugleich!» verkündete er schließlich, und als Carvalho keine Antwort gab, beschloß er, sich auf die Saltimboca zu stürzen, bevor sie kalt würden.

«Sie schmecken nach Zitrone, wenig orthodox.»

«Ich gebe den Saft einer halben Zitrone zu dem Fond und gieße ihn heiß über das Fleisch.»

«Wundervoll, einfallsreich, schnell. Dieses Gericht ist mediterran und genial!»

«In Rom nennen sie es ‹Nuttenessen›.»

«Wieso?»

«Weil es so schnell geht.»

«Und was weißt du über den Ursprung der Spaghetti Annalisa?»

Carvalho verzehrte die dritte Portion Saltimboca, leerte ein halbes Glas Wein, schnalzte mit der Zunge und fixierte Fuster mit dem Blick eines Schlangenbeschwörers.

«Über den Ursprung dieses Gerichts kann ich dir nichts Genaues verraten, aber es trägt den Namen Spaghetti Annalisa, und ich stelle mir vor, daß gerade die Duplizität des Namens den Doppelcharakter eines Gerichts widerspiegelt, in dem sich die elementare Küche des Südens mit der Wikingerinvasion des Räucherlachses und der Sahne vermischt.»

«Die Wikinger haben die Küste Italiens erreicht.»

«Damals gab es aber noch keine Spaghetti.»

«Waren die Wikinger etwa vor den Spaghetti dort?»

«Ohne Zweifel.»

«Und vor den Wikingern waren die Lachse da. Das gute Gedächtnis der Lachse läßt den Schluß zu, daß diese Fische älter sind als der Mensch, sie schwimmen die Flüsse hinauf zu ihrem Ursprung. Auf jeden Fall hat die sogenannte Annalisa eine nord-südliche Synthese erzielt und uns ein historisches Rätsel hinterlassen: Was war früher da, die Wikinger oder der Räucherlachs? Dazu kommen italienische Einflüsse wie das Basilikum und ein typisch nordisches Element, die Sahne. Gerichte mit Sahne stammen aus regenreichen Ländern, wo es selbstverständlich grüne Wiesen gibt, viele Kühe und die Möglichkeit, eine ganze Reihe verschiedener Milchprodukte herzustellen, anstatt sie nach Affenart einfach so zu trinken, wie wir das schon immer gemacht haben, wir primitiven Spanier, immer durstig in einem trockenen Land ohne viele Wiesen, viele Kühe und viel Milch.»

«Seit Franco tot ist, gibt es mehr Sahne in den Supermärkten.»

«Das ist mir auch aufgefallen.»

«Was hatte Franco eigentlich gegen Sahne?»

«Ich weiß es nicht. Der Caudillo war sehr zurückhaltend. Aber eins steht fest, seit er tot ist, wimmelt es in diesem Lande von Sozialisten und Sahnebechern.»

«Wo steckten sie eigentlich früher, die Sozialisten und die Sahne?»

«Das wäre noch zu untersuchen.»

«Eigentlich interessiert mich das einen Dreck.»

Fuster war zufrieden, daß Carvalho, wie er sagte, diesmal etwas Leichtes gekocht hatte, nicht eine der Kalorienbomben, die er manchmal um drei Uhr morgens zu servieren pflegte.

«Kalorienbombe hin oder her, du kommst immer.»

«Das Fleisch ist schwach», gab Fuster zu, bevor er sich auf die zweite Flasche Chianti stürzte. Er wollte über Musik reden, Carvalho lieber über das Nichts, und in den Pausen des Gesprächs verschwanden die vierzehn Saltimboca. Fusters Aufforderung, ihn mit einem Dessert zu überraschen, das der Qualität des Abendessens entsprach, kam Carvalho mit einem Lächeln nach und servierte einen Gorgonzola, der den Steuerberater vollends in Entzücken versetzte. Während Fuster seine empirischen Kenntnisse darüber ausbreitete, wann der Gorgonzola im Gegensatz zum Roquefort oder Cabrales den richtigen Reifegrad erreicht hat, schwebte Carvalho in Sphären fragmentarischer Bilder: Schinkenkeulen, die Plaza del Padró, eine Akazie im Hof der Daurella GmbH, eine Champagnerflasche, die an einem Kopf zersplitterte, Charo, die ungeduldig auf und ab ging und auf seinen Anruf wartete, Biscuter in seiner Kochnische, geräucherte Schlangen, die an einem Marktstand in Bangkok vom Dach baumelten, und der Duft krauser Petersilie, der die Stadt erfüllte. Von der Petersilie kam er zum Basilikum und vom Basilikum zu der irrealen Situation, die er soeben erlebte: ein Essen und das Gespräch zweier Verrückter, von denen jeder sein eigenes Thema verfolgte, aber mit dem anderen verbunden war in der Kommunion der kulinarischen Genüsse.

«Die Wahlen stehen bevor», bemerkte Fuster, ohne daß Carvalho verstand, in welchem Zusammenhang dieses Monologfragment stehen sollte.

«Es ist interessant. Die Demokratie besteht darin, zur Wahlurne zu gehen und Steuern zu zahlen. Das ist die entwickelte Demokratie. Man wählt ein bestimmtes politisches Programm und bezahlt Steuern, um eine bestimmte soziale Ordnung oder Unordnung zu garantieren, je nach Geschmack. Vergiß nicht, mir die zweite Rate zu überweisen!»

«Steuern zu zahlen raubt mir den letzten Rest guter Laune, den ich noch habe. Ich bezahle, um keine Überraschungen zu erleben. Überraschen können einen heute nur noch neue Restaurants und die Leute, die diese Restaurants führen. Einer meiner Anwälte, Victor Sen, hat ein Restaurant eröffnet, es heißt *Sukursaal*, und er versucht sich in französischer Küche mit Spezialitäten aus Lyon.»

«Früher wurden Lokale von Köchen geführt, heute sind es die Feinschmecker. Es gibt kein einziges neues Restaurant, das nicht aus dem Traum eines Feinschmeckers entstanden wäre, also daraus, was dieser oder jener Feinschmecker gerne essen wollte.»

«Im *Sukursaal* gibt es hervorragenden Carpaccio.»

«Bei Carpaccio kommt es sehr auf Qualität und Zuschnitt des Rindfleisches an.»

«Aus deinem Munde spricht die Wahrheit.»

«Und nirgends gibt es so gutes Rindfleisch wie in Villores. Wenn du willst, bestelle ich einen ganzen Ochsen, und du bekommt ein Viertel davon. Das kannst du dann ganz nach deinem Geschmack zerteilen.»

«Das würdest du für mich tun?»

Fuster versuchte sein Entgegenkommen zu relativieren.

«Hast du überhaupt Platz für ein ganzes Ochsenviertel?»

«Ich kann mir eine Tiefkühltruhe kaufen.»

«Und wo willst du die aufstellen?»

«Dann kaufe ich mir eben ein neues Haus.»

«So einfach ist das nicht», stellte Fuster philosophisch fest und ergriff das Glas eisgekühlten Grappa aus dem Bierzo, das Carvalho ihm anbot.

«Du mußt dir das Bierzo einmal in Ruhe ansehen, Enric. Es ist in Galicien, eine verzauberte Gegend, die manchmal unsichtbar wird, ohne daß es jemand bemerkt.»

Es klingelte an der Tür. Carvalho schaute zum Fenster hinaus und sah sie stehen, dort unten, klein und zerbrechlich, im schwachen Licht der Straßenlaterne. Sie schaute herauf, um sich durch Carvalhos Anblick die Gewißheit der erleuchteten Fenster bestätigen zu lassen. Er betätigte den automatischen Türöffner, und sie kam die Stufen heraufgerannt, um dem Nieselregen zu entgehen.

Carvalho kehrte an den Tisch zurück und ließ sich auf seinen Stuhl fallen.

«Wer war das?»

«Charo.»

«Verdammt! Wir haben alles aufgegessen.»

«Sie kommt nicht zum Essen.»

«Ich gehe. Ich habe noch eine Menge zu erledigen.»

«Immer mit der Ruhe. Es ist völlig in Ordnung, wenn du bleibst.»

Charo stürmte geräuschvoll in die Wohnung, nahm sich aber zusammen, als sie Carvalhos Gast erblickte, und brachte sogar ein Lächeln zustande, trotz ihrer ohnmächtigen Wut auf Carvalho.

«Bist du knapp bei Kasse?»

Ihr Kinn zitterte, sie lächelte schwach mit traurigen Augen.

«Nein, wieso?»

«Meine Mutter sagte immer, wo zwei essen, wird auch ein Dritter satt.»

«Es war eine spontane Idee. Außerdem hatte ich gedacht, du würdest arbeiten.»

«Früher hast du nicht so viel gedacht.»

Carvalho bot ihr den Rest Gorgonzola an.

«Spare ihn dir für morgen! Für dein Frühstücksbrot.»

Damit ging Charo hinaus ins Badezimmer, brach aber schon unterwegs in Schluchzen aus und verstummte erst mit dem Knall der Tür, die sie hinter sich zuschlug. Carvalho sah Fuster an und zog die Brauen hoch. Fuster trank sein Glas leer und machte Anstalten zu gehen.

«Wenn du noch bleibst, hole ich einen Portwein, der garantiert zwölf Jahre alt ist.»

«Pepe, das tut man einem guten Nachbarn nicht an.»

«Wenn du etwas Geduld hast, entlädt sich das Gewitter, und dann trinken wir den Portwein zu dritt.»

Damit holte Carvalho die Flasche Fonseca 12, und Fuster betrachtete sie hingerissen.

«Die Welt verdankt den Engländern die Liebe zu den Hunden, zum Sherry, zum Portwein und zum Rhododendron.»

Fuster hielt sein Glas gegen das Licht, um die Farbe des Weines zu begutachten, und sah aus dem Augenwinkel, daß Charo wieder hereinkam, sehr langsam, als wolle sie Zeit gewinnen, um ihr verweintes Gesicht wieder in Ordnung zu bringen.

«Komm, Charo, sieh mal, was für eine wunderbare Farbe!»

Ihr Gesicht hellte sich trotz ihrer traurigen Stimmung auf, und sie lächelte.

«Es könnten hundert Jahre vergehen, und ihr beide würdet immer noch hier sitzen und euch die Farbe eines Weines ansehen oder über ein ausgefallenes Gericht sprechen. Und wenn die Welt untergehen würde, euch würde es beim Ausprobieren eines neuen Rezeptes erwischen.»

«*Bebamos, mea Lesbia, atque amemus!** Komm, Charo, trink und laß die Sorgen zu Haus', wie die Klassiker sagen.»

«Das stammt von meiner Mutter, nicht von den Klassikern!»

«Deine Mutter war eben ein Klassiker.»

«Ach, du!»

Carvalho beobachtete, wie das Gespräch zwischen der lustlosen Charo und dem sich bemühenden Fuster in Gang kam. Er füllte ein Glas mit Portwein und reichte es Charo. Sie nahm es, ohne ihn dabei anzusehen, und probierte. Sie schien dünner geworden zu sein in den elf Tagen, die sie sich nicht gesehen hatten, ihr mädchenhafter Hals wirkte länger, die Falten um die Augen tiefer, die Haut an den Schläfen und die Wimpern durchsichtiger, ein feuchter Schleier lag über den geröteten Augen, und sie bewegte sich gehemmt wie ein Tier, das an einer inneren Krankheit leidet. Das Mitleid irritierte ihn, das in ihm aufstieg. Er erhob sich und legte sich auf das Sofa, schaute ins Kaminfeuer und lauschte dem Gespräch von Charo und Fuster. Dabei tat er so, als bemerke er die grollenden Blicke nicht, die ihm Charo zwischendurch zuwarf. Irgendwann schlief er ein, und Fuster mußte ihn wecken, als er sich verabschieden wollte. Er ließ ihm keine Zeit, aufzustehen und ihn zur Tür zu begleiten, denn er wollte auf der Stelle nach Hause. Carvalho fügte sich in das Unvermeidliche. Er setzte sich auf, hörte, wie die Tür hinter Fuster ins Schloß fiel, und machte sich auf eine Szene gefaßt. Charo saß da mit ihrem Glas, scheinbar in Gedanken versunken. Sie suchte nach dem richtigen Anfang, und er wartete angespannt, bereit, ihr keinen Schlag schuldig zu bleiben: Auge um Auge, Zahn um Zahn.

«Ihn brauchst du, um nicht alleine zu sein beim Essen. Ich wasche deine Wäsche nicht, ich putze deine Wohnung nicht, ich ziehe auch deine Kinder nicht groß. Du hältst es wochenlang aus, ohne mit mir zu schlafen. Wozu brauchst du mich eigentlich? Oder bildest du dir vielleicht etwas darauf ein, daß ich wegen dir besser dastehe als die

* Trinken wir, meine Lesbia, und laß uns lieben! (Catull) d. Ü.

Nutten mit Zuhälter und dem ganzen Elend, ist es das, wofür du mich brauchst? Für die tägliche gute Tat?»

Er gab ihr weder eine zornige Antwort, noch ging er in stummer Verachtung aus dem Zimmer, sondern lehnte sich einfach im Sofa zurück und setzte eine Charos Angst angemessene ernste Miene auf.

«Ich bin müde», sagte Charo und brach in Tränen aus. Ich auch, dachte Carvalho, aber er weinte nicht. Dann erinnerte er sich an den Gefühlsausbruch des alten Daurella. Zum Teufel mit den ganzen Leuten und ihrer Art, Gefühle in Szene zu setzen. Charo war nicht mehr widerspenstig, sie kam zu ihm, setzte sich neben ihn, wollte umarmt werden und suchte Zuflucht an seiner Brust, wie man in einer Höhle Zuflucht sucht, wenn es draußen regnet. Du gibst mir deine Angst, und ich bewahre sie für dich auf. Ich bin die Bank deiner Ängste, deiner Furcht. Er strich ihr übers Haar und ließ sie weinen.

Er hielt mit dem Auto an einem Zeitungsstand. Die Morgenzeitungen schrieben über den bevorstehenden Papstbesuch und die Vorverlegung der Wahlen – offensichtlich war es ihnen nicht möglich, das Kommen des Papstes vorzuverlegen und mit den Wahlen zu warten. Superman Wojtyla war der erste Oberhirte der Christenheit, der Spanien besuchte, abgesehen von Papst Luna und den Aposteln Jakobus und Paulus, die zwar bedeutend waren, ganz bestimmt, aber keinen festen Platz in der kirchlichen Hierarchie einnahmen. Nach der gedanklichen Abschweifung, zu der ihn die Titelseite angeregt hatte, suchte Carvalho einen Bericht über den Champagnermord und las den Artikel, bevor er sich zum Familientreffen der Daurellas aufmachte. Die Berichterstattung war mager, es sah fast so aus, als sei diese Sensation schon erschöpft und die Nachricht von dem Verschwinden eines Mädchens in Ulldecona viel wichtiger als die Geschichte der erschlagenen blonden Schönheit. Dafür brachten sie ein besseres Foto von dem Opfer als am Tag zuvor. Carvalho studierte jede Einzelheit dieser ausgewogenen Kombination aus weichen, romantischen Linien mit jener naiven, schmachtenden Erotik, die die schönsten Blondinen besitzen. Die Polizei hatte ihren geschiedenen Mann verhört. Es wurde auch die Möglichkeit erwogen, daß es sich um einen Racheakt handelte, denn man hatte ein ganzes Arsenal von Amphetaminen in der Wohnung der Toten gefunden. Carvalho hielt kurz an einer Ecke, um sich die Namen der vier Hauptverdächtigen zu notieren. Es waren Pepón Dalmases, ihr ständiger Begleiter, in Musikerkreisen bekannt als einer der Väter der ‹Nova Cançó›; Alfonso Alfarrás, der Ex-Ehemann, ein Architekt ohne festen Arbeitsplatz, wie der Journalist betonte; Marta Miguel, die letzte, die sie noch lebend gesehen hatte, eine Universitätsdozentin, und Rosa Donato, die Geschäftspartnerin von Celia Mataix, die mit ihr ein Antiquitätengeschäft geführt hatte. Die kleine Muriel, die Tochter von Celia und Alfonso Alfarrás, hatte noch keine Ahnung davon, warum Mama nicht nach Hause kam. Sie lebte weit weg vom Schauplatz des Dramas im Hause ihrer *mütterlichen* Großeltern. Es fehlten nur noch achtzehn Jahre bis zum Ende des Jahrhunderts, und immer noch gab es Kinder, die *weit weg vom Schauplatz* bei den mütterlichen Großeltern Zuflucht suchen mußten. Es gab immer noch Großeltern. Auch mütterliche. Er wollte nicht vor sich selbst angeben, aber er rechnete nach, wieviel Zeit vergangen war, seitdem die ersten Frühsozialisten die systemstabilisierende Rolle der Familie angeprangert hatten, bis zu der kleinen Muriel, die weitab vom Schauplatz im Hause der mütterlichen Großeltern Zuflucht gefunden hatte. Mütterlich, wiederholte Carvalho ein ums andere Mal, überrascht von einer gewissen grundsätzlichen Redundanz der Formulierung ‹mütterliche Großeltern›. Genügte es nicht einfach, Großeltern zu haben? Mußten sie auch noch mütterlich oder väterlich sein? Die schöne Blonde hatte keine Großeltern mehr. Celia, Muriel. Spaghetti Annalisa. Lachs und Basilikum. Wenn das Mädchen Muriel hieß, würde sie wohl blond sein wie ihre Mutter.

Jener Teil von Pueblo Nuevo war fest in der Hand einer Reihe von Speditionsunternehmen, und nur in den Randbezirken am Meer oder an der Via Meridiana konnte so etwas Leichtfertiges entstehen wie Lagerhallen für Luxusartikel. ‹Sonnendächer und Schwimmbecken Daurella GmbH› stand auf einem Schild, das ein Schildermaler vom alten Schlag mit viel Geduld gemalt hatte, damals, als die Familie Daurella beschlossen hatte, aufblasbare Schwimmbecken in ihr traditionelles Sortiment aufzunehmen. Carvalho fuhr unter dem Schild durch auf einem asphaltierten Weg zu dem Büro aus Fertigbauteilen, in dem der Schlußakt des Dramas stattfinden sollte, die Apotheose unter der Regie des Alten, der entschlossen war, sich für Carvalhos Rechnung schadlos zu halten, indem er selbst die Hauptrolle spielte: König Lear von Pueblo Nuevo entlarvt den mißratenen Sohn, der sein Vertrauen verraten hat.

Der Alte enttäuschte ihn nicht. Alle waren anwesend, die zur Familie gehörten. Verkäufer, Mechaniker und Büroangestellte waren in das dunkle Hinterzimmer des Geschäftes geschickt worden, und die ganze Familie Daurella saß da in blauen Ärmelschonern, bis auf Pablo, der natürlich einen Übergangsanzug aus London und eine italienische Krawatte trug. Den Gesichtern von Daurella und seiner Frau sah man die Erschütterung an. Die Töchter scharten sich um die Mutter, die Söhne um den Vater. Pablo, der Witzbold, war ganz unbeschwert, er nannte Carvalho scherzhaft einen Schnüffler und zwinkerte ihm zu. Die Männer vermieden es, sich anzusehen. Die Frauen dagegen brauchten einander nicht anzusehen, sie kannten ihren Part auswendig und warteten nur noch auf den Auftritt des Regisseurs. Der alte Daurella ging hinter dem Tisch in Stellung und hob beide Hände. Die Vorstellung konnte beginnen. Er faßte die Ereignisse kurz zusammen, pries die Ausdauer von Mercè, ihren Scharfsinn, schilderte dann die anfängliche Überraschung und Besorgtheit und schließlich Empörung, nachdem der *verdienstvolle* Señor Carvalho alles aufgeklärt hatte. Verdienstvoll ... ein ganz neues Attribut, das Carvalho da bekam.*

«Kurz und gut, alles in allem fehlen sechs Millionen Peseten ...»

Er musterte einen nach dem anderen mit prüfendem Blick, um plötzlich wie ein Raubvogel auf Pablo herabzustoßen.

«Und wir erwarten, daß du, Pablo, uns eine Erklärung gibst!»

Pablo blickte nach rechts und nach links, dann hinter sich und schließlich auf sich selbst.

«Pablo, das bin ich. Hast du mich gemeint?»

«Genau dich meine ich, Pablo. Wo sind die sechs Millionen?»

«Ja, ja, ja.» Pablo begann, die Geduld zu verlieren und trat vor den Tisch des Patriarchen. «Natürlich ich. Ich wußte es ja gleich, daß es mich treffen würde.»

Pablos Frau wollte zu ihm eilen, aber ein drohender Blick von Mercè hielt sie zurück.

«Beweise! Beweise!»

Daurella übergab ihm den Ordner, den Carvalho ihm am Vortag gegeben hatte. Pablo öffnete ihn mit der ganzen Geringschätzung, zu der er fähig war, überflog die Papiere zuerst mit Mißfallen, dann mit Besorgtheit, schließlich knallte er den Ordner vor dem Patriarchen auf den Tisch und wandte sich ab.

«Zahlen, Zahlen, Zahlen. Ich arbeite nicht mit Zahlen, sondern mit Menschen.»

* die Verdienstvolle, Standardattribut der Guardia Civil Anm. d.Ü. «La Benemérita»

«Du Gauner, du Obergauner!» schrie der Alte und warf einen Kugelschreiber nach ihm. Ein mehrstimmiger Aufschrei kam aus der Ecke der Frauen, und die Holländerin erklärte sinngemäß, sie würde gehen, wenn es zu physischer Gewaltanwendung käme. Señora Mercè hielt den Moment für gekommen, um einzuschreiten, ging auf ihren Mann zu, nahm seine Hand und zog sein gramgebeugtes Greisenhaupt an ihre Brust.

«Ich kann ihm sagen, wo die sechs Millionen sind!»

Der Beschuldigte hatte sich plötzlich umgewandt und zeigte wütend auf den Ordner, der die Anklage enthielt.

«Sie stecken im Geschäft! Ich habe das alles ausgegeben, weil ich beweisen wollte, daß wir kein Tante-Emma-Laden sind! Was glaubt ihr, wie man so etwas heutzutage anpackt? Vielleicht, indem man bei den Kunden mit einem klapprigen alten Seat vorfährt, wie der Vater des verwitweten Brius oder Señor Esteve? Heute muß man etwas darstellen, und wehe uns, wenn unser Kredit in ganz Spanien von dem hier abhängen würde ...!»

Als er das sagte, machte er eine Kopfbewegung, die das ganze Gelände der Daurella GmbH und die Daurellas selbst umfaßte.

«Wie teuer ist zum Beispiel ein Abendessen in der *Hacienda* in Marbella?» fragte er unvermittelt seinen Schwager Jordi. «Keine Ahnung, das war mir klar. Dreißigtausend Peseten!»

«Dreißigtausend für ein Abendessen?» Der alte Daurella rechnete im Kopf aus, wie oft man für dieses Geld Ente mit Birnen oder Escudelles amb carn d'olla essen konnte.

«Nicht einmal etwas Extravagantes! Sechs Kunden. Eine Flasche Reserva Vega Sicilia. Was kostet eine Flasche Vega Sicilia Gran Reserva?» Wieder wandte sich Pablo an seinen verblüfften Schwager Jordi.

«Vierundzwanzig- bis fünfundzwanzigtausend Peseten», antwortete Carvalho aus seiner Ecke.

«Halten Sie bloß das Maul, Sie haben mir schon genug eingebrockt», fuhr ihn Pablo an, und seine Frau fiel ein: «Seien Sie bloß still, nach allem, was Sie schon angerichtet haben!»

Die Frauen sahen Carvalho an, als hätte er die Summe unterschlagen.

«Ein Abendessen, hör bloß auf. Dreißigtausend Peseten zum Fenster hinausgeworfen.»

«Sie sind nicht zum Fenster hinausgeworfen, Vater, ganz im Gegenteil. Es ist für die Public Relations!» widersprach ihm seine Frau, während sie ihm über die Stirn streichelte.

«Auch du, meine Mercè?»

«Er hat es in bester Absicht getan. Ein bißchen leichtsinnig, aber gut gemeint.»

Das war das Stichwort für Esperança, um ihrem Gatten in die Arme zu sinken, aber Pablo stieß sie zurück.

«Weg da! Geh zu deinen Eltern! Ihr wollt mir die Schuld in die Schuhe schieben, nur weil ich keiner von euch bin. Ihr habt mich schon immer wie einen Fremden behandelt!»

«Das stimmt aber nicht, Pablo, das ist nicht wahr!» rief der alte Daurella aus.

«Und ich mußte die ganze Zeit für das Geschäft geradestehen. Ihr glaubt wohl, es genügt, morgens um acht die Tür aufzuschließen, irgendwann abends wieder abzuschließen und zwischendurch die Lastwagen beladen zu lassen, wie? Und die Aufträge? Wißt ihr überhaupt, was das heißt, heutzutage in Spanien etwas zu verkaufen, bei der Krise, in der wir stecken? Sechs Millionen? Wieviel Umsatz haben wir in diesem Jahr gemacht? Wie viele hundert Millionen? Ich habe in einem Jahr hundertmal ganz Spanien abgeklappert, nur damit ein Herr Niemand daherkommt, irgendwelche Ammenmärchen erzählt und sagen kann: ‹Der da, der war's!›, nur weil er gut abkassieren will.»

«Wir verlassen dieses Haus!» schrie Esperança hysterisch, Esperanceta, wie ihr Vater sie nannte. Sie war genauso dunkelhäutig wie er, ein kleines dunkelhäutiges Mädchen von vierzig Jahren.

«Und die Kinder seht ihr nie wieder!» rief sie aus, nahm ihren Mann bei der Hand und zerrte ihn zur Tür. Mit erhobenen Händen versuchte der Alte von weitem die Flucht der Tochter, die Entführung der Enkel aufzuhalten. Und in seiner Verzweiflung sah er Carvalho an, als habe er ihm die ganze Sache eingebrockt, und seine Frau, als könne sie die Rettung bringen. Carvalho hatte genug. Er ging zu der Holländerin und gab ihr die Rechnung. Sie beugte sich über den Tisch, füllte einen Scheck aus und reichte ihn an den alten Daurella weiter. Dieser unterbrach den eben begonnenen Vortrag, um den Scheck zu unterschreiben und ihn Carvalho auszuhändigen, ohne ihn eines Blickes zu würdigen.

«Vielleicht haben wir uns alle zu sehr aufgeregt. Wenn man miteinander redet, versteht man sich wieder. Du, Pablo, gib zu, du bist übers Ziel hinausgeschossen. Denn wenn du öfter solche Abendessen um die dreißigtausend Peseten gibst, dann sind wir in einem Jahr bankrott. Was gab es denn überhaupt zu essen, Affenhoden in Sauce Bechamel?»

Alle lachten über den Witz des Vaters, die Señora Mercè und die Töchter ganz besonders, aber auch die Söhne. Nur Ausiàs lachte nicht, sondern starrte traurig in eine Ecke des Hofes. Am Ende ließ sich sogar Pablo anstecken und lachte über den Witz seines Schwiegervaters. Seine Frau hatte die Richtung gewechselt und zog ihn nicht mehr zur Tür, sondern an den Tisch, damit er sich mit dem Patriarchen versöhnte. Als Pablo zum Tisch ging, streifte er Carvalho, der gerade gehen wollte, und nur die nächsten Umstehenden bemerkten, wie dieser ihm in die Wange kniff und ihm zuflüsterte: «Alle Ganoven haben Glück!» Damit verließ er den Raum, erleichterte bis ärgerliche Blicke folgten ihm, aber der Patriarch hatte sein inneres Gleichgewicht wiedergefunden.

In der Bar *Egipto* an der Plaza Gardunya gab es schon am frühen Morgen drei oder vier verschiedene Gerichte aus dem Schmortopf und frische Tortillas, die sich wohltuend unterschieden von den mumifizierten Eierkuchen, die man normalerweise vormittags in spanischen Bars bekommt. Carvalho aß fast niemals Hackfleischbällchen in einer Bar oder einem Restaurant. Er aß sie einfach zu gerne, und er wußte genau, welche üblen Fleischsorten für dieses iberische Gericht verwendet werden, das ohne das Schweinenetz, das die Franzosen nehmen, hergestellt wird, nur mit Mehl und Eiern als Bindemittel, ein dünner, ehrlicher Film, damit das Bällchen so wird wie es werden soll, eben ein Bällchen und nicht eine Kugel wie die Erde. Fast alle guten Fleischbällchen sind an den Polen abgeplattet. Die Fleischbällchen in der Bar *Egipto* besaßen genau die richtige Festigkeit, weil das Verhältnis von Fleisch und Brot stimmte. Wenn das Bällchen zuviel Fleisch enthält, sieht es aus wie der dunkle Tumor eines Tieres, wenn dagegen zuviel Brot verwendet wird, hat man das Gefühl, etwas Vorgekautes zu essen. Man darf nicht versäumen, bei der Sauce reichlich Tomaten zu verwenden. Obwohl Carvalho als Freund kultureller Vermischung ein begeisterter Anhänger der Tomate war, konnte er nicht akzeptieren, daß sie überall zur Verstärkung von Farbe und Geschmack herhalten mußte, so daß alle übrigen Geschmacksnuancen des Körpers und die Seele der Lebewesen darin untergingen. Wenn also ein Gericht die richtige Menge Tomaten enthalten soll, vor allem vormittags, dann darf man sich den Genuß eines Pan con tomate nicht entgehen lassen, geröstetes Weißbrot mit Tomate und Olivenöl. Es paßt ausgezeichnet zu einer guten Tortilla mit Kartoffeln und Zwiebeln, und sogar zu Fleischbällchen, die in der Bar *Egipto* nur ein ganz leichtes Tomatenaroma haben.

Bemerkenswert sind auch die Kasserollen mit marinierten Sardinen, Schweinsfüßen oder Kaldaunen. Die Wahl fällt also nicht leicht. Carvalho bestellte normalerweise Fleischbällchen und Tortilla, denn Marinaden machte er selbst zu Hause, es war schwierig, das richtige Material im Mikrokosmos der Fleischbällchen zu finden. Im *Egipto*, der Bar am Markt, frühstückten viele Künstler, Schauspieler und junge Leute von zweifelhafter Volljährigkeit. Sie befand sich neben der Bar *Jerusalem* in einem Viertel, das sich hinter dem Boquería-Markt zu einem barcelonesischen Harlem entwikkelte. Wenn es Nacht wurde, bevölkerten die Schwarzen die Straßen, die mit ihrem herrlichen Gang die Elastizität des Körpers verkündeten. Sie trafen sich in einfarbigen Bars in den Gäßchen, die das Labyrinth der Boquería mit der Calle del Carmen und der Calle del Hospital verbinden. Aber um diese Zeit des Vormittags war die Plaza Gardunya der Arsch des Boquería-Marktes, Anlaufstelle der kleinen Lieferwagen und Stapelplatz der Abfallcontainer, deren Inhalt sofort in Fäulnis überging, sobald er den Tempel verlassen hatte. Halbwilde Katzen waren sich einig in der gnadenlosen Bekämpfung der Mäuse, die die geringste Unachtsamkeit ausnutzen würden, um die Macht an sich zu reißen, den Markt in Besitz zu nehmen, das *Barrio Viejo* und dann die ganze Stadt. Diese Stadtkatzen standen in vorderster Front und führten den entscheidenden Kampf gegen die unterirdischen Feinde der Menschheit. Die Schrammen und Narben in ihrem Fell erzählten von schmutzigen Begegnungen mit der Nagerbande und von mysteriösen Kämpfen hinter dem Rücken der Menschen, so als hätten Leibwächter und Mörder ihren eigenen Raum, ihre eigene Zeit und ihre eigenen Konventionen über Leben und Tod.

Das Hupkonzert der vielen Autos, die in der Schlange auf einen Parkplatz auf der Plaza Gardunya warteten, und der unschuldige, morgendliche Optimismus eines wohlgefüllten Magens überzeugten Carvalho davon, daß er seine Beine benutzen sollte. Er ging durch den Mittelgang des Marktes, in dem die dichtgedrängte, schwerfällige Menge der Käufer von hin und her geschobenen Handwagen gepiesackt wurde, die die Waren verteilten. Er ging den Früchtekorso entlang, der die ganze Geographie der Welt repräsentierte, aber die geschichtliche Tradition der Früchte, das Bewußtsein von Sommer und Winter nicht kannte. Der Pfirsich aus

Chile lag neben dem Salat aus dem Gewächshaus. Dann trat er hinaus auf die Rambla der Blumen und Floristen und hielt auf seinem Weg ins Büro kurz inne. Er überflog noch einmal die Notizen, die er sich zu dem Champagnermord gemacht hatte, blieb stehen, riß das Blatt aus dem Notizbuch, ballte es zu einer Kugel zusammen und sah sich zwischen den Blumenständen nach einem Papierkorb um. Schließlich steckte er sie in seine Hosentasche und beschleunigte seine Schritte, um so schnell wie möglich sein Büro zu erreichen. Dort überraschte er Biscuter beim «Fenster machen».

«Weil man vor lauter Dreck nicht mehr hinaussieht, Chef!»

«Ich bezahle dir eine Frau, die die Fenster putzt.»

«Was eine Frau kann, kann ich auch, Chef. Was sagen Sie jetzt? So sieht man die Straße doch viel besser!»

«Ja, so sieht man sie wirklich besser.»

«Das mache ich mit links. An einem Tag die Scheiben, an einem anderen den Staub. Bleiben Sie zum Essen da? Es gibt Fleisch mit Auberginen und Reizker.»

Carvalho hörte sich ohne Interesse Biscuters Erklärungen über die Gewissenlosigkeit der Pilzverkäufer an.

«In einem halben Kilo sind mehr Würmer als in diesem Käse, der ihnen so gut schmeckt, Chef.»

Carvalho blätterte im Telefonbuch. Er suchte die Namen, die er auf dem zerknüllten Zettel entziffert hatte. Er hatte ihn aus der Hosentasche gezogen und mit der Handfläche glattgestrichen. *El Periódico* hatte den zweiten Familiennamen von Dalmases unterschlagen, ebenso den von Rosa Donato und Marta Miguel und sogar den des getrennt lebenden Ehemannes von Celia Mataix. Deshalb rief er in der Wohnung der Ermordeten an, Calle de Taquígrafo Serra 66. Am anderen Ende meldete sich eine Frau, sie sprach langsam und unsicher. Ich bin nur die Frau vom Putzdienst, erklärte sie. Wenn es um eine Versicherung geht ... Schließlich rückte sie mit der Telefonnummer des Ehemannes heraus, aber sie wollte nicht einsehen, warum er die Nummern von Pepón Dalmases, Rosa Donato oder Marta Miguel brauchte.

«Das waren Augenzeugen, verstehen Sie!»

«Die Polizei hat die ganzen Nummern. Hier gibt es kein Notizbuch, das Notizbuch ist nicht mehr da, das immer neben dem Telefon lag.»

Immerhin etwas, sagte sich Carvalho, als er den Hörer auflegte und die Telefonnummer von Alfonso Alfarrás vor sich liegen hatte. Aber es war zu wenig, denn dort meldete sich niemand, und Carvalho kam zu dem Schluß, daß ein Mann, der sich von einer solchen Schönheit getrennt hatte, nicht den Fehler machen würde, zum zweitenmal mit einer Frau zusammenzuleben, die zu jeder Tageszeit ans Telefon gehen würde. Er telefonierte noch einmal mit der Frau vom Putzdienst und erklärte ihr, daß er Alfarrás nicht erreicht habe. Er habe einen Brief für ihn, der sehr wichtig sei.

«Wissen Sie die Adresse?»

Die Antwort stieß in Carvalhos Bewußtsein eine Tür auf, die bis dahin verschlossen gewesen war: Der Ehemann wohnte noch in dem Haus, in dem die beiden früher zusammen gelebt hatten, in der Calle Mayor in Sarriá. Er sah Celia vor sich, sie stand in der Schlange in einem Supermarkt, dem letzten am Stadtrand von Barcelona vor Vallvidrera. Celia Mataix bewegte sich mit der Schlange vorwärts, groß, gelenkig, mit langen, honigblonden Haaren und Mandelaugen, die Carvalho prüfend ansahen, als sie sich umdrehte. Dabei witterte er ihren Geruch. Sie roch intensiv nach Frau und nach halbdunklem Doppelzimmer. Was hatte Celia Mataix in ihrem Einkaufskorb? Nudeln, ein kleines Päckchen Aufschnitt, Spülmittel, eine Packung tiefgekühlte Langustenschwänze und achtlos ausgewählte Früchte. Auch die Strickjacke, die sie trug, konnte ihre Körperformen nicht verbergen. Sie war genau wie jene Frauen, in deren Erinnerung er in der Pubertät geschwelgt hatte, flüchtige Erscheinungen, Schatten in Omnibussen, die ausstiegen und für immer in Hauseingängen verschwanden, sobald Carvalho begann, sich ihre Vergangenheit und ihre Zukunft auszumalen.

«Heb das Essen für mich auf, Biscuter! Bis heute abend.»

«Aber Chef! Die Auberginen werden zu weich, wenn man sie aufwärmt!»

Aber Carvalho ignorierte einen Einwand, der ihn zu jedem anderen Zeitpunkt zur Vernunft gebracht hätte.

«Ich weiß von nichts und ich will auch nichts wissen.»

Alfarrás trug sein schütteres Haar lang, es bildete einen Kranz um seinen melonenförmigen, kahlen Schädel. Der schwarze Bart verlängerte sein Asketengesicht bis zum Brustbein. Falten sind schön, propagierte die Werbung für neue Männermoden, aber das faltige Aussehen von Alfarrás hatte andere Hintergründe. Es war die Folge der asketischen Vergangenheit der marxistischen katalanischen Rasse, zu der Zeit, als die Söhne aus gutem Hause ihre eigene soziale Klasse verleugneten und sich als Baumwollpflücker aus dem tiefen

Süden der Vereinigten Staaten verkleideten, ohne daß je ein Soziologe untersucht hätte, wie es zu diesem weit hergeholten ästhetischen Vorbild gekommen war. Der nicht mehr ganz junge Architekt – er war etwas über vierzig – hoffte darauf, daß ihm das Projekt eines Vergnügungsparks zugeschlagen wurde, der auf einem freien Platz einer Emigrantenvorstadt entstehen sollte. Die junge demokratische Stadtverwaltung war sich nicht darüber im klaren, ob der wenig vergnügte Geist der Emigranten aus dem Süden eine Folge ihrer gesamten Lebensauffassung war, oder ob dieser Lebensauffassung einfach ein Vergnügungspark fehlte, wo man die Natur wiederentdecken und Versteck spielen konnte. Carvalho saß in dem kleinen Architekturbüro und hörte zu, wie Alfarrás dies alles Leuten erklärte, die ähnlich gekleidet waren wie er. Das Konzept mußte fertiggestellt werden, und Alfarrás forderte seine Hilfskräfte auf, mehr Poesie zu wagen.

«Weniger Ziffern und Infrastruktur und mehr Philosophie!» Er ignorierte Carvalhos Gegenwart, als hätte er mit dem schlichten Satz ‹Ich weiß nichts und will auch nichts wissen› alles gesagt, was er zu sagen hatte. Aber Carvalho hatte ihm mit einem Blick auf die Klienten zu verstehen gegeben, daß er warten würde. Er hatte auf einem Sessel Platz genommen, der 1969 einen Designerpreis gewonnen hatte, jetzt aber nur noch aus einem eisernen Skelett bestand, und es zu genießen schien, zuzuhören, mit welcher Strategie man Architekturwettbewerbe gewinnt. Alfarrás dozierte mit singender Stimme: «Es geht nicht mehr darum, den Entwurf irgendeinem kleinen Bauherrn zu verkaufen, dem Opa eines Freundes oder einer Genossenschaft von wohlhabenden jungen Ehepaaren, verdammt noch mal, sondern einer ganzen Stadt! Die Sozialisten und Kommunisten in der Stadtverwaltung werden von den anderen Parteien scharf kontrolliert.»

«Deshalb sagte ich ja, wir sollten das bewegliche Objekt mit den Schnecken aufstellen. Das würde den Erzkatalanen von der Convergència gefallen.»

«Warum sollen Schnecken den Anhängern der Convergència gefallen?»

«Es ist ein Nationalsport der Katalanen, Schnecken und Reizker zu sammeln.»

«Aber nur, wenn die Schnecken auch Trachtenmützen tragen!»

«Dann setzen wir ihnen eben welche auf.»

«Bloß nicht, verdammte Scheiße, bloß nicht! Was hat denn ein Mobile mit Schnecken in einem Park in San Magín zu suchen?»

Damit war die Besprechung beendet, und Alfarrás zog eine Zigarette aus seiner Jeansjacke.

«Ich biete Ihnen keine an, weil das meine letzte ist. Eigentlich habe ich Ihnen sowieso nichts zu sagen. Dasselbe habe ich auch der Polizei schon gesagt. Celia und ich hatten keinen Kontakt miteinander. Wir sahen uns ab und zu, wenn wir das Kind abholten. Das ist alles. Wir lebten schon seit über vier Jahren getrennt. Was kann ich Ihnen noch mehr sagen? Daß ich ihren Tod bedaure? Klar, vor allem wegen unserer Tochter. Ich kann sie nicht zu mir nehmen, sie war auch kaum in der Lage, ihr ein richtiges Zuhause zu bieten. Eine Katastrophe! Celia war selbst noch ein Kind und hatte mit vierzig die Entdeckung gemacht, daß die Welt nicht so war, wie sie es sich vorgestellt hatte: Ich habe keinen Grund, sie zu bedauern. Sie lebte so, wie sie es eben konnte. Genau wie Sie oder ich.»

«Gehen die Geschäfte gut?»

Alfarrás war eine Sekunde lang verblüfft, dann folgte er mit dem Blick dem ausgestreckten Zeigefinger Carvalhos und sah den Ordner mit den Plänen für den Vergnügungspark.

«Ach, das meinen Sie? Nein. Seit sieben Monaten hatten wir keinen Auftrag mehr, und der letzte, den wir hatten, war der Umbau einer Villa. Entweder es klappt mit diesem städtischen Wettbewerb, oder wir schließen das Büro. Die Stadt ist voll von leerstehenden Wohnungen, aber niemand hat das Geld, sie zu kaufen, geschweige denn, neue zu bauen. Um so besser. So komme ich jedenfalls nicht in die Gefahr, eines Tages ein reicher Mann zu werden.»

«Haben Sie Ihre Frau finanziell unterstützt?»

Ein schlüpfriges, gekünsteltes Lachen kam über seine verkniffenen Lippen.

«Ich und unterstützen? Soll das ein Witz sein? Wie käme ich dazu? Etwa aus dem kleinbürgerlichen Komplex heraus, den Verlust ihrer Jungfräulichkeit wiedergutmachen zu müssen? Oder aus der nicht weniger kleinbürgerlichen Vorstellung von der Zerbrechlichkeit der Frauen? Lächerlich. Den Lebensunterhalt des Kindes haben immer die Großeltern bestritten, ihre Eltern natürlich. Meine Eltern schickten ihr ab und zu eine Melone.» Er hielt Carvalhos Pokermiene für den Ausdruck von Überraschung.

«Meine Eltern sind katalanische Bauern, sie sind reich, nehme ich an. Aber was haben sie schon davon? Und Sie, was haben Sie mit der ganzen Angelegenheit zu tun?»

«Ich las davon in den Zeitungen. Da ich Privatdetektiv bin, würde ich den Fall gern übernehmen.»

«Ach so, Sie sind ein ... ein Arbeitsloser wie ich und wollen Celias Tod aufklären. Und da kommen Sie einfach so zu mir in mein Büro, ins Büro eines Arbeitslosen, um Arbeit zu finden. Verstehen Sie doch! Die Situation ist grotesk. Es interessiert mich überhaupt nicht, wer Celia umgebracht hat. Es würde sie nicht wieder lebendig machen, und was ich nicht weiß, macht mich nicht heiß. Dann ist da noch das Motiv. Das Motiv ist immer schäbig. Oder grotesk. Ich kenne diese Typen nicht, mit denen meine Frau in der letzten Zeit Kontakt hatte. Sie war zu passiv. Als sie noch mit mir zusammenlebte, waren meine Freunde auch ihre Freunde, und als wir uns getrennt hatten, wechselte sie auch den Freundeskreis.»

«Wissen Sie, ob sie mit dem Antiquitätenhandel Erfolg hatte?»

«Das nehme ich kaum an. Ihre Eltern hatten ihr den Laden gekauft, damit sie ihr Auskommen hatte und nicht in Depressionen versank. Ich bedaure, so etwas zu sagen, weil sie tot ist, aber sie war ein Versager, eine Tochter aus gutem Hause, die nicht so werden wollte wie ihre Mutter, aber auch nicht in der Lage war, sich zu emanzipieren.»

«Und auch nicht dazu, mit Ihnen zusammenzuleben.»

«Sie war geistig unterentwickelt.»

«Mit einem Abschluß in Kunstgeschichte.»

«Sind Sie Akademiker?»

«Das ist schon zu lange her. Manchmal denke ich, es war nur ein Traum. Aber es stimmt, ich bin Akademiker.»

«Wie viele Leute mit unterentwickelter Intelligenz haben Sie dort kennengelernt?»

«Es war nicht beunruhigend.»

«Aber überraschend, jawohl, seien Sie ehrlich!»

«Überraschend viele, das stimmt.»

«Die Bourgeoisie ist bei der Tarnung ihrer geistig unterentwikkelten Sprößlinge sehr einfallsreich. Früher genügte es schon, wenn sie ein gutes Gedächtnis hatten, damit konnten sie sogar Ärzte oder Anwälte werden, denn sie brauchten nur alle Knochen beziehungsweise alle Gesetze auswendig zu lernen. Heute studiert man auf andere Art und Weise, der Student muß zeigen, daß er ein Minimum verstanden hat. Aber es genügt völlig, wenn er die Dinge so sieht wie sein Professor, und er hat Erfolg, ohne deshalb weniger geistig unterentwickelt zu sein. Das soll heißen – ich will Sie nicht aufhalten, weder Sie noch mich –, es war ein Wunder, daß Celia das Abitur geschafft hat und fähig war, die ‹Venus von Willendorf› von Watteaus ‹Frühstück im Freien› zu unterscheiden. Sie hatte keinerlei künstlerische Begabung, ich meine, sie hatte keine Sensibilität. Sie war ein Sensibelchen. Ihr kamen die Tränen, wenn jemand mit DDT Fliegen vernichtete. Vielleicht übertreibe ich auch. Aber so war sie eben. Unfähig, Erfahrungen zu verarbeiten und umzusetzen. Im ersten Monat unserer Ehe hat sie es gleich viermal geschafft, die Waschmaschine kaputtzumachen.»

«Sind Sie sicher, daß das ein Rekord ist?»

Alfarrás schloß die Augen und grinste in seinen Bart.

«Sie haben also Partei ergriffen. Celia ist Ihnen sympathisch, ich fühle es. Und doch stimmt da etwas nicht. Sind Sie vielleicht nekrophil? Lieben Sie die Toten? Lieben Sie den Tod?»

«Verstehen Sie mich nicht falsch. Ich bin nur ein Opfer der Bücher über den guten Ton. Da ich etliche Jahre älter bin als Sie ... jedenfalls bin ich noch im Geist absurder Konventionen erzogen worden.»

«Zum Beispiel?»

«Respekt vor den Toten.»

«Ich respektiere die Toten, die etwas geleistet haben, das Respekt verdient. Franco zum Beispiel. Ich habe gegen den Franquismus gekämpft, Señor ...?»

«Carvalho.»

«Señor Carvalho. Aber ich habe Respekt vor diesem Toten, der uns bis zum letzten Atemzug das Leben zur Hölle gemacht hat, als er schon an den Schläuchen der Apparate hing, von Kanülen durchlöchert, und einfach nicht sterben wollte, weil er uns diese Genugtuung nicht gönnte. Verstehen Sie? Aber warum soll ich vor einer Frau Respekt haben, die stirbt, ohne es zu wollen, die einfach mit einer Sektflasche zusammenstößt?»

«Vielleicht wegen der Erinnerung, oder dem Fragment einer Erinnerung. Das erste Mal, als Sie miteinander geschlafen haben. Das erste Lächeln Ihrer Tochter. Etwas Verbindendes.»

Alfarrás schüttelte sich und riß die Augen weit auf, um Carvalho besser zu sehen oder von ihm besser gesehen zu werden.

«Es hat acht Jahre gedauert, bis mir klar war, daß ich sie haßte, und vier Jahre, bis ich wieder ich selbst war. Ich habe kein Verlangen danach, mich an sie zu erinnern. Ich will wegen Celia Mataix keine einzige Sekunde mehr verlieren. Es mag sein, daß auch das kleinste Steinchen für das Gleichgewicht des Universums von Bedeutung ist, aber es gibt Menschen, die keinerlei Bedeutung haben, und Celia war eine davon.»

Pepón Dalmases' Haut sah aus, als hätte er den Sommer bis zum letzten Sonnenstrahl ausgenutzt, um zu bräunen. Sie schimmerte dunkel, schwarzbraun, und war mit den besten Feuchtigkeits- und Trockenheitscremes verwöhnt, je nachdem, was die Situation gefordert hatte. Etwas Ballettschülerhaftes lag in seinen Bewegungen, wie er die Auftritte in den Tonstudios Laser dirigierte. Dort wimmelte es von Kindern und Musikern, die nach dem Cello verrückt waren und ihr eigenes Cello anstarrten, als wollten sie es gleich masturbieren. Die Eltern der Kinder waren ebenfalls zahlreich vertreten. Sie trugen die betonte Lässigkeit zur Schau, die von Eltern musikalischer Kinder im ausgehenden 20. Jahrhundert erwartet wird, das heißt, sie standen weit über den aufgeregten, ehrgeizigen oder kindischen Eltern früherer Zeiten. Durch die Trennscheibe sah Carvalho, daß Dalmases sich wie ein Musiker bewegte, wenn er mit den Musikern sprach, wie einer der Chorknaben, wenn er mit den Chorknaben sprach, und wie der Vater eines Chorknaben, wenn er sich mit dem Vater eines Chorknaben unterhielt. Es waren blonde Sängerknaben mit teuren Schuhen und gutsituierten Eltern, vom Chemiker an aufwärts, es waren sogar Söhne von Chemikern dabei, die sich vor zehn oder fünfzehn Jahren selbständig gemacht hatten, als Chemiker sich das noch leisten konnten. Da war doch die Mutter eines Chorknaben, eine ältliche Jugendliche oder verjüngte Alte mit schlecht eingefärbtem Blondhaar und Krampfadern, von denen sie nicht wußte, ob sie sie veröden oder wegoperieren lassen sollte. Statt dessen benutzte sie Cremes, aber nur halb so oft wie erforderlich war, damit man die Anwendung auch bemerkte. Das Buch, das ihr Mann ihr empfohlen hatte, hatte sie auch nur halb gelesen, denn mit der letzten Einladung in Aiguafreda, Lloret, Salou oder Llansa hatte sie ebensoviel Mühe gehabt. Das Buch hieß ‹Freud und Leid› von Torrente Ballester.

«Die Heldin im Roman ist nicht so schön wie im Fernsehen.»

«Das ist eben nicht immer gleich.»

«Und Cayetano war im Fernsehen viel draufgängerischer.»

«Gut, aber im Roman war er auch ganz schön frech.»

«Aber es ist eben nicht dasselbe, nicht wahr?»

«Nein, es ist nicht dasselbe. Natürlich nicht.»

«Also mir gefällt es im Fernsehen einfach besser als beim Lesen.»

«Der Roman ist ja auch immer wieder sehr langatmig.»

«Nein, das gefällt mir schon. Aber weil ich es schon im Fernsehen gesehen habe, kenne ich schon alle. Man weiß schon, wie sie aussehen und alles, und wenn man es dann liest, dann paßt es gar nicht immer zusammen.»

«Entschuldigen Sie bitte. Wir machen eine Schallplatte für eine Schule.»

Mit dieser Entschuldigung bat Pepón Dalmases Carvalho um Verständnis für die lange Wartedauer und um Solidarität für den Zweck der Aufnahme – einer freien Version von ‹Mary Poppins›, arrangiert von dem Lehrer Sureda Palols –, die selbstverständlich ausschließlich für einen wohltätigen Zweck bestimmt sei, wie die Eltern versicherten.

«Er ist ein Mann von großem Talent, aber wie die Dinge nun einmal stehen, muß er sich seinen Lebensunterhalt verdienen, indem er diesen Wilden hier Musikunterricht gibt. Ich sage immer zu meiner Frau, ich bewundere die Leute, die es mit deinen Kindern aushalten. Man denke nur an die Ferien! Plötzlich hat man sie dauernd um sich und weiß nicht, was man mit ihnen anfangen soll.»

«Worum handelt es sich denn genau?»

«Ich glaube, daß Sie in den Champagnermord verwickelt sind!»

«Nun, verwickelt, verwickelt ... ich war ein Freund der Toten.»

Aber Pepón Dalmases sah Carvalho nicht an. Die Musiker, die Kinder und die Eltern der Kinder nahmen seine Aufmerksamkeit voll in Anspruch.

«Manchmal ist es nützlich, wenn man eine eigene Informationsquelle hat. Ich will damit nicht sagen, daß Sie den Mörder suchen lassen sollen, aber Sie sollten über eigene Informationen verfügen. Ich bin Privatdetektiv und biete Ihnen an, parallel zur Polizei Nachforschungen anzustellen.»

«Warum?»

«Ich bin Profi.»

«Ich dachte immer, Privatdetektive würden in ihren Büros sitzen und warten, bis die Klienten zu ihnen kommen.»

«So ist es nur in Krimis und im Kino.»

«Und was soll ich mit den Informationen, wenn ich sie habe?»

«Sie werden schon sehen. Die Polizei könnte mit der Vorstellung liebäugeln, Sie seien der Mörder.»

«Die Polizei könnte mit der Vorstellung liebäugeln, ich sei der Mörder», wiederholte Dalmases, um ein Loch von Zeit und Raum zu schaffen, das sein Gespräch zwischen Tür und Angel im Korridor der Tonstudios rechtfertigte, mit einem Unbekannten von wenig sympathischem Äußeren, der eindeutig auf Arbeitssuche war.

«Aber ich weiß nicht einmal, wer Sie sind.»

«Ich habe über zehn Jahre Berufserfahrung.»

«Haben Sie einen Lebenslauf oder irgendein Empfehlungsschreiben?»

«Nein, aber ich besitze die Fähigkeit zu reden. Ich könnte Ihnen in wenigen Minuten alles erklären, die Kinder könnten inzwischen Pipi machen, und ihre Eltern könnten sich mit ihnen über die tollen Dinge unterhalten, die sie hier erleben.»

«Es ist nur leider so, daß wir dieses Studio gemietet haben und daß das Geld kostet. Was halten Sie davon, wenn wir uns für später verabreden? Zur Kaffeezeit?»

«Schätzen Sie ein gutes Essen?»

«Ich esse, um zu leben, aber ich lebe nicht, um zu essen.»

«Dann treffen wir uns lieber später. Um welche Zeit trinken Sie Ihren Kaffee?»

«Um vier zum Beispiel.»

«Wo?»

«Hier gleich nebenan. An der Ecke gibt es ein Café, und da ich hinterher wieder ins Studio gehen muß, wäre es mir angenehm, wenn wir uns dort treffen könnten.»

Die Musiker masturbierten ihr Cello in einem schwindelerregenden Rhythmus, und die Kinder waren teilweise zum Nahkampf übergegangen, Mann gegen Mann. Zwei von ihnen versuchten sogar, sich gegenseitig zu liquidieren, mit Judogriffen, die Carvalho entschieden kriminell fand. Wie müde, hungrige, eingesperrte Tiere würden die Kinder nicht lange zögern, einander gegenseitig aufzufressen, und wenn sie noch nicht genug hätten, würden sie vor Dalmases und ihren Eltern auch nicht haltmachen.

«Schon wieder ein Telegramm, Chef!»

«Von Teresa?»

«Ja, von Teresa Marsé muß es sein, denn es kommt aus Bangkok. Soll ich es Ihnen vorlesen?»

«Nein. Sie ist verrückt. Sie gibt mehr Geld für Telegramme aus als für die ganze Reise!»

«Haben Sie schon etwas gegessen?»

«Nein.»

«Dann ist es höchste Zeit! Drei Uhr! Warum kommen Sie nicht einfach hierher, und ich wärme Ihnen das Fleisch mit den Auberginen und Reizkern auf?»

«Ich bin am anderen Ende der Stadt, Biscuter, ich komme hier schon zurecht.»

Er hängte auf und ging die Straße entlang. Das *Cathay* war ganz in der Nähe, und sein Körper sträubte sich nicht, als er ihn befragte, was er von einem chinesischen Essen halten würde. Außerdem war das Gespräch mit dem Besitzer immer amüsant. Er war ein Geschichtsprofessor, er war schon viel in der Welt herumgekommen, dabei aber immer noch so nationalistisch eingestellt, daß er Mao als den großen, eigentlichen Schöpfer der chinesischen Nation vergötterte.

«Haben Sie gesehen, was sie mit dem Zwerg gemacht haben?»

Der Zwerg war der politische Führer, der mit Chinas Entmaoisierung begonnen hatte.

«Aber die anderen wissen es auch nicht zu schätzen, was der große Riese geleistet hat. Sie sind ein Haufen Pygmäen. Sie gehören auch zu den Zwergen.»

Der Wirt des *Cathay* wußte genau, was Carvalho bestellen würde, nämlich gebratenen Reis, Abalone, Kalbscurry und dazu eine Flasche eisgekühlten Sekt. Carvalho war seit der Zeit der Pekinger Prozesse nicht mehr dagewesen, sie hatten daher eine Menge Gesprächsstoff.

«Die Witwe weint jetzt, aber auch sie hat keinen Respekt vor dem Werk des Riesen.» Beim Dessert verkündete er die abschließende und in einem gewissen Sinne umfassende Einschätzung der Lage: «Was wäre aus China geworden ohne Ihn?»

Man hörte förmlich, wie er das Pronomen mit einem großen Anfangsbuchstaben aussprach, und Carvalho mußte akzeptieren, daß Sein oder Nichtsein der Weltgeschichte eine Funktion der Existenz Mao Tse-tungs war.

«Ich werde Biscuter in den nächsten Tagen zu Ihnen schicken, damit Sie ihm ein paar Rezepte beibringen.»

«Für meine Frau wird es eine Ehre sein, Herrn Biscuter zu unterrichten. Er war schon zweimal hier.»

«Ja, aber er sagte mir, er fühle sich in der Küche des Ampurdán noch nicht ganz zu Hause, die er sich gerade aneignet. Tatsächlich nimmt er mal ein Rezept von hier und mal von da. Er ist ein Japaner, ein Eklektiker. Ich will ihn nach Paris schicken, damit er lernt, wie man Suppen zubereitet.»

«Die Suppe ist ein magisches Gericht. Sie kann alles sein oder nichts.»

«Worauf kommt es an?»

«Darauf, ob die Zutaten miteinander oder gegeneinander kochen.»

«Stammt das nicht aus dem Tao?»

«Ich bin ein Anhänger des Konfuzius, kein Taoist.»

Beinahe wäre Carvalho zu dem Kaffee mit Pepón Dalmases zu spät gekommen. Als er in die Bar kam, sah Dalmases gerade auf die Uhr. Die Bar war voller Leute, die eben vom Mittagessen kamen, Opfer eines umwerfend typischen Tagesmenüs: Botifarra mit Bohnen und katalanischem Salat.

«Wenn Sie sich das Gespräch ersparen wollen, kann ich Ihnen gleich sagen, daß ich nicht die Absicht habe, Ihre Dienste als Privatdetektiv in Anspruch zu nehmen. Ich war vorhin nicht ganz bei der Sache, denn heute ist ein ganz besonderer Arbeitstag, verstehen Sie? Aber dann, als ich einen kleinen Imbiß zu mir nahm, dachte ich nach und kam zu dem Schluß, daß die ganze Geschichte mit mir nichts zu tun hat. Ich verließ das Haus zusammen mit allen anderen, wir gingen etwas trinken, und sie blieb mit Marta Miguel zurück, die ich nur flüchtig kannte, ich glaube, wir waren uns einmal auf einer Party begegnet, an der Costa Brava. Gut. Marta Miguel kam fast sofort hinter uns her und sagte, sie hätte sie mit sehr schlechter Laune zurückgelassen. Das ist alles. Also Marta Miguel war die letzte, die sie lebend gesehen hat, und was hatte sie für Scherereien deshalb, aber das heißt ja nichts, denn sehen Sie mal, denken Sie mal darüber nach, was ich Ihnen jetzt sage, und ich werde ganz offen mit Ihnen reden: Was wußten wir eigentlich von Celia? Daß sie mit einem Architekten verheiratet war, weiter nichts, oder daß sie mit der Donato zusammen ein Antiquitätengeschäft führte, und daß die Donato eine verdammte Lesbe ist, mehr nicht. Aber was Celia in ihrer Freizeit machte, davon habe ich keine Ahnung. Es stimmt, ich war ein paarmal aus mit ihr in diesem Sommer, weil mich dieses Flair von unerreichbarer Distinguiertheit anzog, das sie umgab, und doch, ich muß zugeben, sie interessierte mich, ich fühlte mich von ihr angezogen, ja, vom ersten Moment an, als ich sie sah, dort in Fanals an der Küste, inmitten einer Gruppe von Leuten, die jeden, der nicht schwul war, sehr bald dazu machten, es reicht ja schon, wenn man in einer solchen Umgebung, einem solchen, na, sagen wir mal, Künstlermilieu arbeitet, daß sie sich mit den Augen wie mit Polypenarmen an einem festsaugen und man sich hinten die Hand draufhalten muß, damit man nichts hineingesteckt bekommt, verstehen Sie, was ich meine? Also Celia gehörte zu dieser

Gruppe wie andere auch, fast alle geschieden oder zum zweitenmal verheiratet, und sie wurden von den kleinen Schwulen als Alibi benutzt. Sie zeigten sich am Strand mit diesen Damen, und auf diese Weise zerstreute sich jeder Verdacht oder so, den vielleicht jemand hatte. Wir flirteten auf den Sommerfesten und verabredeten uns für einen Abend im Winter, und das war es, worauf ich scharf war und worauf ich mich freute, klar. Sie lud mich zu dieser unseligen Fete ein, und ich ging mit der größten Vorfreude hin, denn die Frau war klasse und hatte Rasse, ich liebe Frauen aus gutem Stall, die gut gebaut sind und etwas zum Anfassen haben, also mit denen man sich überall sehen lassen und sich amüsieren kann, und Celia war so eine Frau, wenn sie nur gewollt hätte! Ich bin Mitglied der Gesellschaft Pro Musica und hatte vor, sie einzuladen, denn sie ist eine Frau, die man vorzeigen kann, was sage ich, die man vorzeigen konnte. An jenem betreffenden Abend dachte ich, ich gefiele ihr, denn sie hatte mich nach dem Sommerflirt eingeladen; nicht daß da viel gewesen wäre, denn die Donato war ihr dauernd auf den Fersen. Aber eines Nachmittags konnten wir uns absetzen, und ich dachte mir schon, sie lädt mich also zum Abendessen ein, mal sehen, was sie nachts noch zu bieten hat, und dann hatte die Alte nichts Besseres zu tun, als mit der Miguel anzubändeln! Und das war Absicht, jede Wette, entweder wollte sie mir eins auswischen oder die Donato verrückt machen, also ich weiß nicht, was ich sagen soll, aber zwischen der Donato und der Miguel geht es immer darum, wer den größeren Schwanz hat, also, mal sehen, welche von beiden den längeren hat, denn wenn die Donato wie der Unglaubliche Hulk* aussieht, dann ist die Miguel John Wayne, aber mit noch mehr Arsch in der Hose. Man sieht ihnen ja schon am Gang an, was sie sind, genau wie man einen Schwulen an der Form der Augenbrauen erkennt. Ist Ihnen schon mal aufgefallen, daß die Homos spitz abgewinkelte Augenbrauen haben? Und eine seltsame Symmetrie des Gesichtes, so daß es sehr großflächig wirkt, vor allem die aktiven, bei den passiven gibt es Ausnahmen, und wundern Sie sich nicht, daß ich so viel über Schwule weiß, das mit Fanals ist nämlich ein Skandal. Es hat damit begonnen, daß ein bekannter Homo aus Barcelona dort ein Haus kaufte, dann kamen seine Liebhaber, dann die Liebhaber seiner Liebhaber, und als ihnen klar wurde, was sie da für Mist gebaut hatten, kauften sie schnell noch Häuser für ihre Freundinnen, damit keiner etwas sagen könnte. Ich

* Comicfigur

hielt mich dort auf wegen Susi Sisquella, der früheren Señora Velate. Haben Sie noch nie etwas von Velate, dem Erfinder, gehört? Also Susi ist eine gute Freundin von mir, und sie sagte mir eines Tages: ‹Komm doch, du wirst dich amüsieren›, denn das mit den Schwulen finde ich erregend, ich wollte sagen, aufregend. Und tatsächlich! Alle wohnen sehr schön, und dann die Mädchen, die dort hingehen! Also: Eine will niemals heiraten, die andere ist geschieden und die dritte ist lesbisch, alles überflüssige Frauen, verstehen Sie? Und glauben Sie ja nicht, ich sage das nur, weil ich ein Miesepeter bin, der meint, es sei die Aufgabe der Frau, Kinder zu kriegen, zu heiraten und den Haushalt zu führen etc. etc. Das, nein, das widert mich an. Aber was mich ärgert, was mir total auf den Zeiger geht, das sind Leute, die weder Fisch noch Fleisch sind. Gerade Celia zum Beispiel. Sie lebte getrennt von ihrem Mann. Bravo. Also, ich an ihrer Stelle hätte wild durch die Gegend gevögelt. Aber sie? Im Gegenteil. Wenn man sie hier anfaßte, war es nicht der richtige Moment. Faßte man sie woanders an, brach sie in Tränen aus. Ich war in der zweiten Augusthälfte an vier verregneten Nachmittagen mit ihr allein, nur einmal, ein einziges Mal kam ich zum Schuß – und das auch nur, weil sie mal nicht aufpaßte, das nutzte ich aus, einmal rein, einmal raus, mehr nicht, weil ich das Gefühl hatte, eine aufblasbare Puppe zu vögeln. Sie wußte einfach nicht, was sie wollte. Sie machte große Augen und blickte zum Himmel, als ob ihr von dort die Erleuchtung kommen würde, aber es war nicht etwa, weil die Donato sie verdorben hätte. Celia selbst hat mir gesagt, daß sie mit der Donato nicht schläft, sie waren Geschäftspartner und fertig. Ich will Ihnen noch etwas sagen, das Geschäft kostete die Donato einen Haufen Kohle, und sie behielt es nur bei, um weiter mit Celia zusammenzuarbeiten und sie sehen zu können, das war Celia auch irgendwie klar, und sie war damit einverstanden, denn sie profitierte ja ihrerseits auch von dem Zusammensein und der Bewunderung der Donato. Aber im Bett spielte sich nichts ab, nicht etwa, weil sie frigide gewesen wäre, denn manchmal, wenn man ihre – wozu einander etwas vormachen –, also wenn man ihre Pflaume anfaßte, dann zuckte sie zurück, weil ihre Pflaume nämlich feucht wurde, und das ist das beste Zeichen dafür, daß eine Frau zwischen den Beinen etwas empfindet. Heute nacht läßt sie mich ran, sagte ich zu mir, ich war schon auf hundertachtzig, da begann sie, mit der Miguel zu diskutieren, und die hat ja eine Menge zu sagen, sie ist doch Dozentin für Ich-weiß-nicht-was an der Autonomen Universität, und sie kamen auf die Frauenfrage zu sprechen und darauf, daß man durch Irrtum zur Wahrheit kommt und daß die Fehler der ersten Generationen von Feministinnen notwendig waren, damit sie die nachfolgenden nicht mehr zu machen brauchten. Uns nannten sie kleine Machos, und ich mußte mich bei einer Gelegenheit in die Diskussion einschalten, weil sie unausstehlich wurden. Schaut mal her, Mädchen, sagte ich. Ich bin autark. Ich koche selbst, was ich esse, ich kaufe meine Kleidung selbst ein und lebe so, daß ich keine Frau ausbeute. Ich bumse nur mit Frauen, die mich lassen, alles andere interessiert mich nicht. Also das von wegen Macho, Ausbeuter, Vergewaltiger, mich trifft das nicht. Ich sagte das in demselben Ton wie jetzt, und die Miguel lachte, weil sie klug ist und weiß, daß man nicht alle über einen Kamm scheren darf, aber die andere, das braune Biest, die Donato, hätte mich beinahe angesprungen und warf mir vor, ich sei für meine Klasse mitverantwortlich: ‹Ihr Männer seid eine eigene Klasse, und du bist mitverantwortlich für alle anderen!› Und ich sagte zu ihr, mit Vorsicht, ich kannte sie ja nicht besonders gut, ich sagte also: ‹Red keinen Quatsch, Donato. Kann denn ein Sohn aus bürgerlichem Haus nicht auch Kommunist werden?› ‹Nein›, antwortete sie mir. ‹Er kann nie ein echter Kommunist werden.› ‹Und was ist mit Marx? Trotzki? Und Lenin selbst?› Das war meine argumentative Linie. ‹Aber das war früher›, sagte der Unglaubliche Hulk. ‹Früher als was?› ‹Bevor die Bourgeoisie erkannte, daß sie dabei war, selbst ihre Kinder dem Marxismus in die Arme zu treiben.› Haben Sie jemals einen solchen Quatsch gehört? Mich läßt die Politik kalt, aber Extremisten bringen mich in Rage, vor allem diese modernen feministischen, homosexuellen oder ökologischen Extremisten. Das sind schlimmere Frömmler als die alten Katholiken, und sie haben ein missionarisches Sendungsbewußtsein, das mich anwidert. Ich kam also diese Nacht nicht zum Bumsen, nein, und zufällig hatten wir alle vor, noch irgendwo hinzugehen und noch etwas zu trinken. Wir verabschiedeten uns also von Celia, und plötzlich ritt sie der Teufel, und sie sagte zu Marta Miguel: ‹Bleibst du hier?› Also die verliebten Lesbenaugen hätten Sie sehen sollen, die die Miguel machte, so habe ich die tollste Tante nicht angesehen, auf die ich scharf war, und ich war in meinen jungen Jahren Chansonsänger, Nova Cançó, und ich hatte eine Menge Flirts. Erinnern Sie sich nicht an mich? Pepón Dalmases! Ich begann meine Karriere mit ‹Don Quijote und die Southern Pacific› auf katalanisch. Also für die Miguel tat sich der Himmel auf, und wir anderen gingen ins *Ideal*, die Donato heulte und wollte gar nicht mehr aufhören. Kurz darauf kam die Miguel an und erzählte, Celia habe schlechte Laune gehabt, in Wirklichkeit habe sie auf jemand ganz anderen gewartet und sie nur als Vorwand benutzt, um uns alle loszuwerden. Sie bekam zwar diese Person nicht zu sehen, aber Celia sagte es ihr ins Gesicht, ohne mit der Wimper zu zucken. Sie hat ihr daraufhin die Meinung gesagt und ist gegangen, während Celia eine Flasche Champagner bereitstellte. Wer konnte das gewesen sein? Also niemand von den Partygästen, denn wer nicht mit einem Partner weggegangen war, saß hier mit uns zusammen im *Ideal* und trank seinen Kaipirina oder seinen Gimlet, und man kommt im Leben ja manchmal in verzwickte Situationen, auf der einen Seite mußte ich die Donato trösten und auf der anderen die Miguel beruhigen. ‹Sie ist wie ein Kind›, sagte die Donato. ‹Dann soll sich doch ihre Mutter mit ihr herumärgern›, sagte die Miguel, und so ging es weiter bis vier Uhr. Dann ging jeder nach Hause, und am nächsten Morgen kam die Nachricht in der Zeitung und fast gleichzeitig damit die Polizei. Sie kamen nämlich zu mir, zu mir und der Miguel, und sie hatte einen schweren Stand, weil sie noch dortgeblieben war, aber es ist so, wie ich sage, sie kannten sich kaum, es war die erste Nacht, in der sie miteinander Kontakt aufnahmen, und die Miguel blieb dort, so daß es alle wußten, eine Viertelstunde später war sie schon wieder bei uns, und wenn sie es getan hätte, dann müßte sie sie umgebracht haben, als wir sozusagen noch auf der Treppe standen. Es gibt keine andere Erklärung als die allereinfachste: Sie erwartete noch Besuch. Irgendeinen Mister X. Und da kann man einiges vermuten. Das Techtelmechtel mit mir im Sommer, so dachte ich mir hinterher, das war der Versuch, sich für etwas zu entschädigen. Sie hatte mit jemandem Krach gehabt und was aufs Maul bekommen. Jeder Mann hat mal einen schlechten Moment, und sie war ganz schön zickig. Ich bin ja ein ruhiger Mensch, ich rege mich nicht so schnell auf. Bumsen ist angesagt? Also bumse ich. Sie will nicht? Also bumse ich nicht. Aber so ist nicht jeder. Nur meiner Geduld habe ich es zu verdanken, daß ich noch am Leben bin, ein anderer an meiner Stelle hätte mitten in einer Aufnahme, wie jetzt gerade im Studio, also ein anderer hätte sich nicht so mir nichts dir nichts mit einem wildfremden Menschen verabredet. Privatdetektiv, sagten Sie? Ja, sehen Sie, Sie sind der erste Privatdetektiv, den ich kennenlerne. Würde es Ihnen etwas ausmachen, mir Ihren Ausweis zu zeigen? Nicht weil ich Ihnen mißtraue, sondern weil es heutzutage so wenig gibt, auf das man sich verlassen kann.»

Wie eine der blassen Damen der zwanziger Jahre im Plisseerock, mit einem ledernen Hut, der eng am Kopf anlag, einer Perlenkette bis zur Taille, einer langen Zigarettenspitze im angemalten Mündchen und ein halbes Jahrhundert alt, das war Rosa Donato, umgeben von englischen Antiquitäten, und die Haut ihres gebräunten Gesichts war faltiger als das Gesicht von Sitting Bull, als er sorgenvoll über die Konsequenzen von Custers Niederlage nachdachte. Rosa Donato schwamm jeden Morgen 1500 Meter im Schwimmbecken eines Sportvereins, trieb Unterwassergymnastik gegen die Zellulitis und liebte frische Luft, Sonne, jugendliche Bewegungen, die die ehemalige Turnerin einer Frauenriege verrieten, eins, zwei, eins, zwei, aus, ein, aus, ein!

«Das ist ja amüsant! Das ist das Amüsanteste, das ich seit langem gehört habe!» Und sie dankte es ihm, indem sie alle verfügbaren Runzeln ihres Sportlergesichtes zu einem Lachen zusammenzog. Dabei erlaubte ihr das Wort ‹amüsant›, ihr vorbildliches Spanisch unter Beweis zu stellen, Resultat des komplexbeladenen Strebens einiger Katalanen, ein so lupenreines Spanisch zu sprechen wie die Kinder von Ávila.

«Wie amüsant!»

Damit meinte sie den Umstand, daß Carvalho Privatdetektiv war.

«Mal sehen. Sagen Sie das noch mal! Privatdetektiv! Seit dem Putschversuch von Tejero habe ich nicht mehr so etwas gehört!»

Aber das Wort ‹amüsant› aus dem Mund der Donato bedeutete nichts weniger als etwas Amüsantes oder etwas, das zum Lachen reizt. Es war vielleicht ein Äquivalent für interessant, schockierend oder aufregend.

«Das werde ich nie vergessen. Und er sagt, er bietet mir seine Dienste an!»

«Ich muß gestehen, es ist das erste Mal, daß mich jemand amüsant findet. Ich bin sehr verunsichert. Meine Preise basieren auf der Tatsache, daß ich mich nicht amüsant finde, aber gut, wenn Sie mich vom Gegenteil überzeugen, muß ich eine Honorarerhöhung in Betracht ziehen.»

«Haben Sie bitte Verständnis, man stolpert nicht jeden Tag über einen Privatdetektiv. Zu welchem Typ gehören Sie? Marlowe? Spade?»

«Ich bin kein sehr gebildeter Privatdetektiv. Zwar habe ich einen Fernkurs über ‹Phänomenologie des Geisteslebens› belegt, aber das ist schon viele Jahre her. Ich habe nichts gelernt.»

«Wie amüsant! Wieviel Esprit dieser Mensch besitzt! Also Sie sind der Meinung, ich brauche einen Privatdetektiv?»

«Hier in Spanien sind wir noch nicht so weit in der Entwicklung. In den Vereinigten Staaten zum Beispiel ist es schon obligatorisch. Es liegt in Ihrem Interesse, den Fall im Griff zu haben, in den Sie verwickelt sind, nicht umgekehrt.»

«Ich bin in überhaupt nichts verwickelt. Ich habe ein Alibi von der Größe einer Kathedrale. Ich verließ Celias Haus mit einer Gruppe von Leuten und blieb mit denselben Leuten zusammen bis um fünf oder sechs Uhr morgens.»

«Vielleicht interessiert es Sie zu erfahren, wer Celia umgebracht hat.»

«Das schon, ja, das würde mich interessieren, ich würde ihn in kleine Stücke zerfetzen. Das größte Stück davon wäre so.»

Damit zeigte sie ein winziges Stückchen, und die kriegerischen Runzeln der sportlichen Donato zogen sich zusammen, um eine Reihe langer Zähne von unverwüstlichem Weiß und starkem Biß zu entblößen.

«Als Sie Celias Haus verließen, weinten Sie.»

«Wer hat Ihnen das erzählt? Dieser warme Bruder, Pepón? Er war es, der blaß aussah, als wir das Haus verließen, er war den ganzen August hinter Celia her gewesen, ohne das Geringste zu erreichen. Es war seine letzte Gelegenheit, so zu tun, als sei er ein Mann.»

«Pepón ist also ...»

«Er bezeichnet sich selbst als bisexuell, aber wenn er mit einer Frau ins Bett geht, dann kitzelt er sie nur. Er schnappte sich die arme Celia, weil sie lahmarschig war und immer bereit, mit dem letzten zu gehen, der gerade angekommen war.»

«Er behauptet, Sie seien lesbisch und auf wenig natürliche Art hinter Celia her gewesen.»

«Was verstehen die Männer schon von Beziehungen zwischen Frauen? Was kann so ein widerliches Wesen schon verstehen, das sein Leben lang so ein Dingsda vor sich herträgt?»

Rosa Donatos Hand zeigte genau auf die Stelle, wo sich Männer und Frauen anatomisch am eindeutigsten unterscheiden.

«Sind Sie bei der Polizei als Lesbierin registriert?»

«Was geht Sie das an?»

Sie machte zwei Schritte auf ihn zu, und ihre Nase, eher eine eingeschlagene Boxernase als eine Stupsnase, befand sich knapp zehn Zentimeter vor Carvalhos Gesicht.

«Absolut nichts. Aber wenn die Polizei Sie registriert hat und die andern Leute aussagen, was sie über Ihre Beziehung zu Celia denken, dann sind Sie im gleichen Moment in der Schußlinie.»

«Und Sie wollen meinen Namen aus der Kartei streichen?»

«Nein. Ich will eine parallele Untersuchung führen, damit Sie auf dem laufenden sind und reagieren können, wie Sie es für richtig halten, aber mit Beratung.»

«Wenn ich einmal einen Chauffeur brauchen sollte, werde ich auf Sie zurückkommen. Aber jetzt gehen Sie dahin, wo Sie hergekommen sind!»

«Wenn es ein finanzielles Problem sein sollte, kann ich Ihnen Rabatt geben.»

«Wenn ich etwas will, bezahle ich es bar.»

«Das kann nicht jeder von sich behaupten. Schon seit vielen Jahren nicht mehr.»

«Warum sprechen Sie so mit mir, mit diesem Zynismus? Soll ich es Ihnen sagen? Weil Sie ein kleiner, ekliger Macho sind; Sie sind gewohnt, Frauen zu unterdrücken, und wenn Sie eine Lesbe treffen, sind Sie verunsichert, weil wir Sie nicht brauchen, nicht mal für eine kleine Schweinerei, absolut zu gar nichts.»

«Ich bin gekommen, um Ihnen meine Freundschaft anzubieten. Aber heute ist nicht mein Tag.»

«Gehen Sie! Los, raus! *Hors d'ici*, wie die Franzosen sagen.»

Hors d'ici, wie die Franzosen sagen. Snobismus der vierziger oder fünfziger Jahre. Ein altes junges Mädchen, die Donato. In zwei Tagen wird man dich erwischen, wie du einer Angestellten im *Corte Inglés* den Arsch tätschelst. Geschieht dir ganz recht, Pepe, du hast gegen die Berufsehre verstoßen, du hast dich selbst angeboten, um mit einem Fall von Nekrophilie beauftragt zu werden, um den Fluß des Todes hinaufzuschwimmen, der von dem Zeitungsbild zu einem wirklichen Menschen führt, einem Menschen aus Fleisch und Blut, geistig unterentwickelt, wie ihr Gatte behauptet, überflüssig, wie Dalmases meint, und lahmarschig, wie die Donato sagt. Vielleicht war sie nur für Carvalho ein ansprechendes Gesicht und ein Wesen, dessen Präsenz er in der Schlange eines Supermarktes gespürt und wieder verloren hatte. Scheiß-Voyeur, sagte er zu sich selbst, drehte sich auf dem Absatz um und ging zur Tür des Antiquitätengeschäftes Nefer. An der Tür rief ihm die Donato mit hoher Stimme nach: «Warten Sie. Ich habe Ihnen noch nicht alles gesagt, was ich Ihnen zu sagen habe.»

«Gehen Sie nicht zu weit. Ich bin deprimiert. Mein Psychiater hat mir strikt verboten, mich zweimal an demselben Tag zu streiten.»

«Sie arbeiten bestimmt für Pepón!»

«Ich schwöre Ihnen, daß ich arbeitslos bin.»

«Ich will Ihnen einen guten Rat geben. Lassen Sie die Finger von der Sache, denn mir wird die Polizei kein Haar krümmen, aber Ihnen. Seit wann dürfen Privatdetektive in Spanien überhaupt Mordfälle untersuchen?»

«Sie vergessen den Unterschied zwischen dem offiziellen und dem wirklichen Spanien.»

«Ich habe gute Freunde und einen gewissen Einfluß, und ich schwöre Ihnen, daß es Ihnen beim geringsten Anlaß an den Kragen geht, und dem schwulen Sack Pepón ebenfalls!»

«Seien Sie nicht so böse auf den Jungen. Ich schwöre Ihnen, er ist nicht mein Klient.»

Er hatte das dringende Bedürfnis, seine Fassung wiederzugewinnen, und zwar in seinem eigenen Büro, seiner gewohnten Umgebung, um seine berufliche Selbstachtung wiederzufinden nach einem Tag voller Abfuhren, die er sich aus eigenem Antrieb geholt hatte. Wenn er einen Spiegel gehabt hätte, in dem sich der Ärger über sein eigenes Verhalten reflektiert hätte, hätte er ihn mit einem Faustschlag zertrümmern können. Aber so mußte er sich damit begnügen, sich in seinen Drehsessel fallen zu lassen und einfach sitzenzubleiben, ohne Licht anzumachen, in der Dunkelheit des Büros, nur erhellt durch das erleuchtete Rechteck der Tür zu Biscuters Zimmerchen.

«Sind Sie's, Chef?»

«Ja, ja, Biscuter.»

«Brauchen Sie irgend etwas?»

«Nein.»

Biscuter war zu dieser ungewöhnlichen Zeit auf den Beinen, er erschien in dem erleuchteten Rechteck und hatte eine Plastiktüte in der Hand.

«Gehst du aus?»

«Ja, Chef.»

«Gehst du einkaufen? Wo kann man denn um diese Tageszeit noch etwas kaufen?»

«Nirgends, Chef», sagte Biscuter mit belegter Stimme.

«Geht's dir schlecht?»

«Nein, Chef. Aber ich muß weg. Heute nacht bin ich nicht hier.»

«Was ist los?»

«Meine Mutter ist gestorben, Chef, im San-Pablo-Krankenhaus. Ich geh und halte Totenwache bei ihr.»

Biscuter hatte also eine Mutter, und er hatte nichts davon gewußt. Er unterdrückte den Impuls, die Tischlampe anzuknipsen. Er wollte Biscuters Trauer nicht bloßstellen, die Tränen in seinen Augen und die verschwollenen Gesichtszüge eines Mannes, der nicht erwachsen geworden war, eines alten Kindes.

«Ich wußte nicht, daß sie krank war.»

«Ich auch nicht, Chef. Ich erfuhr es erst vor zwei Tagen. Da besuchte ich sie, und heute kam die Nachricht. Das Telegramm aus Bangkok habe ich Ihnen auf den Ordner gelegt. Wenn Sie wollen, mache ich Ihnen schnell noch das Essen warm.»

«Geh nur, Biscuter. Um wieviel Uhr ist die Beerdigung?»

«Ich weiß nicht, Chef. Aber kommen Sie nicht hin. Ich habe niemandem Bescheid gesagt. Ich möchte ganz alleine hingehen. Sie war keine gute Mutter, aber ich war auch kein guter Sohn. Und jetzt schließen wir Frieden.»

Er wartete, bis Biscuter gegangen war, bevor er das Licht einschaltete, dabei fiel ihm plötzlich eine alte Geschichte ein, die er wie viele andere vergessen hatte. Vielleicht hatte er sie auch vergessen, weil es eine von Biscuters Geschichten war und Biscuter als Mensch nicht so wichtig war, daß er sich seine Geschichten gemerkt hätte. Die Mutter hatte Biscuter mit acht Jahren verlassen. Sie hatte ihn bei den Großeltern abgegeben wie ein Möbelstück, das nicht in eine Wohnung paßt, ein Kind, das nicht in ein Leben paßt.

«Und eines Tages, Chef, ich hatte gerade einen Renault Gordini geklaut, einen der ersten Gordinis, die es gab, da sah ich sie, genau vor mir, mitten auf der Straße. Ich konnte gerade noch bremsen, sie fing an zu zetern, da kurbelte ich die Scheibe herunter und sagte: ‹Ich bin dein Sohn.› Aber anstatt mich zu umarmen, wollte sie mir ihre Handtasche um die Ohren schlagen.»

Biscuter, der Autoknacker. Carvalho fuhr sich mit der Hand über die Augen, um eine kleine Trübung wegzuwischen, und entfaltete das Telegramm von Teresa.

«Anrufe Mittwoch nachts Vallvidrera. Nicht vergessen. Bin in Gefahr. Teresa.»

Ein ereignisreicher Tag. Mittwoch. Carvalho verließ das Büro und ging zu seinem Auto, das er neben Pan Am geparkt hatte. Der Nieselregen hatte die Passanten von den Ramblas vertrieben, ein herbstlicher Dunstschleier umgab die Lichter der Straßenlaternen, und Carvalho spürte eine leichte Kälte wie zur Bestätigung, daß der Sommer weit entfernt war, obwohl sich alle Kräfte des Universums zusammenschließen würden, um ihn in sieben Monaten wiederzubringen. Er begrüßte die Kälte, er genoß es, in seinem Auto geborgen an das brennende Holz im Kamin zu denken. Er würde ein wenig Musik hören, eine Tomatenpizza essen, dazu kalten, entgräteten Fisch, gebratene Auberginen und Paprika, ein gut gekühltes Carlsberg trinken und dann langsam einen Armagnac schlürfen, im geheimen Rhythmus der Flammen im Kamin. Dann würde er auf den Anruf aus Bangkok warten, die neueste Frivolität von Teresa Marsé, das, was die Katalanen «eine Suppe für einen Groschen» nennen, eine Mahlzeit für einen Groschen, also einen schönen Wunschtraum.

Und Charo? Vom Allzweckmöbel zum Möbel, das im Weg steht. Obwohl er vielleicht eine flüchtige Zuneigung zu ihr empfand, stand doch fest, daß er sie nicht brauchte, und es existierte auch nicht das Gefühl, gebraucht zu werden. Genau wie bei einem Sparkonto für Gefühle: Carvalho wollte die Beziehung zu dem Mädchen nicht beenden. Daran hinderten ihn die Gefühle, die er investiert hatte, und es wäre eine Dummheit gewesen, sie einfach dem Nichts zu überlassen. Sie waren wie ein altes Ehepaar, des Zusammenlebens überdrüssig, aber ohne die Notwendigkeit, es aufrechtzuerhalten, ihre Uhr nach den moralischen Konventionen zu stellen und den äußeren Schein zu wahren, nur damit die Kinder in dem irrigen Glauben aufwuchsen, es sei möglich, als Paar zu leben. Sie würden später mit einer großen Bereitschaft zum Selbstbetrug ebenfalls als Paar leben, aber das würde ihnen nichts nützen, sie würden als Erwachsene eingeholt werden von dem späten, aber absoluten Gefühl, getäuscht worden zu sein.

«Wenn ich sie verlasse, wird ihr bewußt, daß sie eine Hure ist, und dann wird sie wirklich eine. Wer weiß, sie könnte einem Zuhälter in die Hände fallen.»

Aber vielleicht wäre ein Zuhälter für Charo in diesem Moment nützlicher als Carvalho. Er würde mit ihr schlafen. Er würde sie zum Arbeiten zwingen. Er würde sie in ein Abhängigkeitsverhältnis drängen, das Carvalho nicht aufbauen konnte, weil er damit beschäftigt war, einem Leben nachzuspüren, das die ermordete blonde Frau schon nicht mehr hatte, oder damit, vor dem Telefon zu sitzen und auf den Anruf einer Neurotikerin aus Bangkok zu warten, so daß er nicht einmal in der Lage war, mit Biscuter zusammen bei seiner mangelhaften Mutter Totenwache zu halten. Zum

Glück entsprach der Geschmack der tadellosen Tomatenpizza seinen Erwartungen, und der magische Einklang von Festigkeit und Geschmack überraschte wieder einmal einen Carvalho, der bereit war, sich überraschen zu lassen. Ein Glück auch, daß die ‹Ästhetische Theorie› von Theodor W. Adorno ein hervorragendes Buch war. Ein hervorragender Wärmespender, der das Feuer im Kamin nährte, ausgehend von der brennenden Seite 241, die mit der Überschrift begann: «Die Weltgeschichte als Konstituens. Verständlichkeit.» Es ging weiter wie folgt: «Der historische Zeitpunkt ist konstitutives Moment der Kunstwerke. Jene sind authentisch, die rückhaltlos und ohne Arroganz den historischen Inhalt ihrer Zeit aufgenommen haben.» Er war gerade dabei, den nötigen Zynismus wiederzufinden, um schläfrig zu werden, als das Telefon klingelte.

«Teresa?»

«Nein, ich bin nicht Teresa.»

Aber es war eine Frau, und es war nicht Charo. Carvalho schüttelte seinen Kopf, um die Schlaftrunkenheit zu überwinden.

«Bitte.»

«Mein Name ist Marta Miguel. Sagt Ihnen das etwas?»

Carvalho brauchte länger, als es höflich war, um den Namen Marta Miguel mit etwas in Verbindung zu bringen, das ihn betraf.

«Sagen Sie bloß nicht, daß Sie meinen Namen nicht kennen!»

«Sie haben zwei ‹M› als Anfangsbuchstaben, das ist immer interessant.»

«Es wurde mir schon berichtet, wie amüsant Sie sind.»

Sie hatte das Wort ‹amüsant› mit derselben dummen Ironie ausgesprochen wie Rosa Donato.

«Aah, ich verstehe, Sie sind die Hauptverdächtige des Champagnermordes.»

«Wer hat Ihnen gesagt, daß ich die Hauptverdächtige bin?»

«Das ABC der Kriminologie. Der Hauptverdächtige ist erstens der, den das Testament begünstigt. Und zweitens der, der das Opfer als letzter lebend gesehen hat.»

«Weder profitiere ich vom Testament, noch bin ich der, ‹der als letzter das Opfer lebend gesehen hat›, und zwar aus dem einfachen Grund, weil der letzte, der das Opfer lebend gesehen hat, ihr Mörder war, wie ich annehme.»

«In der Tat. Dieses Detail war mir entgangen.»

«Ich nehme an, Sie wollen mit mir sprechen.»

«Die Annahme ist falsch. Ich habe mich entschlossen, den Fall nicht weiter zu verfolgen.»

Schweigen, ein tiefer Seufzer, der aber nicht erleichtert klang, sondern so, als sende Marta Miguel eine beruhigende Botschaft von den Lungen zu ihrem Gehirn.

«Das heißt also, Sie machen erst einen riesigen Wirbel, fallen allen Leuten auf die Nerven, und schließlich und endlich verläuft alles im Sande.»

«Ich bedaure, aber ich bin kein Amateurdetektiv, und niemand hat mich mit dem Fall beauftragt, weder der Ehemann noch der Liebhaber noch die alte Fregatte.»

Die Frau lachte über seine Charakterisierung von Rosa Donato.

«Sind Sie vielleicht bereit, mich mit dem Fall zu beauftragen?»

«Selbst wenn ich wollte, wäre ich nicht in der Lage dazu. Ich bin eine bescheidene Dozentin. Wissen Sie, was das bedeutet?»

«Ich habe heute abend keine Lust, das Problem der Pädagogik zu diskutieren.»

«Aber es wundert mich, daß Sie nicht mit mir sprechen wollen.»

«So ist das nun mal. Ihre Freunde haben mich schlecht behandelt, und unsereins besitzt auch eine gewisse Sensibilität.»

Die Frau machte keine Anstalten, den Hörer aufzulegen.

«Ich rufe Sie an, weil ich nichts dagegen hätte, mit Ihnen zu sprechen. Ich bin nur schwer zu erreichen, da ich den ganzen Tag in der Universität verbringe.»

«Pech. Vielleicht hätte ich bei Ihnen beginnen sollen. Aber Ihre Komplicen haben mich entmutigt. Ich bin völlig niedergeschmettert.»

«Ich habe meine eigene Theorie über den Fall. Interessiert Sie das nicht?»

«Ich bin entschlossen, die ganze Sache zu vergessen.»

«Eigentlich ist der Fall äußerst interessant.»

«Sicherlich.»

«Und die Tote war eine einzigartige Person.»

«Den Eindruck hatte ich auch. Obwohl wir beide sie nicht allzugut kannten.»

«Warum sprechen Sie für mich? Sie kannten sie nicht. Ich schon.»

«Die Zeitungen und Señor Dalmases behaupten, Sie hätten sie praktisch an jenem Abend kennengelernt.»

«Ich kenne sie seit Jahren. Allerdings aus der Entfernung. Sie war eine einzigartige Frau. Interessiert es Sie wirklich nicht, mit mir zu reden?»

«Es läßt sich anscheinend nicht vermeiden. Morgen, um welche Zeit?»

«Ich habe nachmittags bis sieben Uhr frei. Dann muß ich zurück ins Institut zu dem Seminar für die Studenten über fünfundzwanzig. Kennen Sie den Garten des Santa-Cruz-Hospitals, wo sich jetzt die Katalanische Nationalbibliothek befindet?»

«Wie meine Westentasche.»

«Um fünf?»

«Würde es Ihnen etwas ausmachen, die 400 Meter spazierenzugehen und zu mir ins Büro zu kommen?»

«Und Ihnen, würde es Ihnen etwas ausmachen, dasselbe zu tun? Ich halte es in geschlossenen Räumen nicht aus.»

«Woran erkennen wir uns?»

«Ich bin etwas dick, besser gesagt, kräftig gebaut, habe kurze Haare und trage ein Buch von Anthony Burgess bei mir, ‹Das Reich der Verderbnis›, ein sehr dickes Buch.»

«Ich habe kein Buch dabei, und ich beschreibe mich auch nicht gerne selbst, ich könnte mich täuschen.»

«Bis morgen.»

Der Fall der freiwilligen Zeugin, ein Titel, der von Stanley Gardener sein könnte. Er streckte sich wieder auf dem Sofa aus und kam wieder einmal zu dem Schluß, daß das Haus dringend neu gestrichen werden mußte, es brauchte eine Schönheitsoperation zur Verjüngung seiner Haut. Weiß, nein, nicht ganz weiß, Marmor, ein gebrochenes Weiß. Das Betrachten der Zimmerdecke hatte eine hypnotische Wirkung auf ihn, er schlief ein und erwachte, mit den Armen rudernd, um nicht unterzugehen in einem Meer von schrillem Geklingel und um sich vor den Bissen des Telefons zu schützen, das sich in ein wutschnaubendes Tier verwandelt hatte.

«Ein R-Gespräch aus Bangkok. Nehmen Sie es an?»

«Was für ein Gespräch?»

«Ein R-Gespräch.»

«Es geht also auf meine Rechnung?»

«Genau.»

«Sind Sie sicher?»

«Sicher worüber?»

«Daß es als R-Gespräch angemeldet wurde?»

«Ganz sicher.»

«Also gut.»

Es folgte eine Pause oder ein Geräusch, sehr kurz im Vergleich zu der riesigen Entfernung, aus der es kam.

«Pepe?»

«Ich bin's, Teresa. Es ist ein Wunder, daß ich dich anrufen kann. Ich bin in Zeitdruck. Sie wollen uns umbringen!»

«Euch umbringen? Wen denn, die ganze Reisegesellschaft? Die weiße Rasse? Die Katalanen?»

«Archit und mich.»

«Wer ist Archit?»

«Das ist eine lange Geschichte, und ich bin hier in Gefahr. Er ist mein Begleiter. Sie sind hinter uns her, Pepe. Das ist mein Ernst. Tu was!»

«Was kann ich tun?»

«Sag jemandem Bescheid, oder komm selbst hierher, Pepe!»

In ihrer Stimme lag Angst, eine radikale, ursprüngliche Angst, die Angst vor dem Tod.

«Die U-Bahn fährt jetzt nicht mehr. Bis morgen früh um sieben geht auch keine Bergbahn.»

«Mach dich nicht lustig über mich, um Gottes willen! Die Zeit drängt!»

«Geh doch zur Botschaft!»

«Unmöglich.»

«Was soll ich denn unternehmen? Ich bin in Vallvidrera! Hast du daran nicht gedacht?»

«Pepe, bei allem, was dir teuer ist! Ich flehe dich an, alarmiere die Leute! Unternimm etwas, dort, wo du bist! Es ist kompliziert zu erklären, aber ...» Das ‹Klick› ist überall auf der Welt gleich, und dieses ‹Klick› schnitt Teresa Marsé das Wort ab. Carvalho lauschte gebannt in den Hörer, als warte er auf das Wunder, ihre Stimme oder wenigstens irgendeine Stimme zu hören.

«Hier Barcelona. Sind Sie fertig?»

«Wir wurden getrennt.»

«Das war dort, es war nicht hier.»

Carvalho placierte den Hörer auf der Gabel, ganz vorsichtig, wie auf einem unberechenbaren Tier. Er legte sich wieder aufs Sofa, aber diesmal genügte die Zimmerdecke seinen Augen nicht, sie hatten das Bedürfnis, im Rhythmus seiner Gedanken umherzuschweifen oder dem Rauch einer guten Zigarre zu folgen. Er zündete sich eine Condal Nr. 6 an, eine Rarität in einer Zeit vielgestaltiger und allgegenwärtiger Umweltkatastrophen. Er hatte sie sich für kritische Situationen aufbewahrt und ging nun damit auf und ab, zuerst im Wohnzimmer, dann im ganzen Haus, dann draußen im Garten, und genoß den Anblick der Stadt zu seinen Füßen, die Einsamkeit des einzigen Betrachters einer schlafenden Stadt. In dieser Stadt gab es eine Menge Zeugen für den Mord an Celia Mataix und eine Menge Leute, die mit Teresa Marsé verwandt waren, aber er, er allein war berufen zum allmächtigen Retter oder Zerstörer eines Lebens, er und Biscuter waren die einzigen Wesen im Besitz des Schlüssels zu Leben und Tod, er auf der Höhe der Berge und der arme Biscuter im allerkältesten Winkel eines Krankenhauses neben einer Frau, die schuld daran war, daß er Biscuter und nicht General Galtieri oder Maradona oder Johannes Paul II. geworden war. Und ohne weiter nachzudenken, ging Carvalho zur Straße hinunter, stieg in sein Auto und fuhr zu dem Krankenhaus, wo er zuerst lange Zeit wie ein UFO angestarrt wurde, bevor die Diensthabenden an der Pforte endlich begriffen, daß er zu einem Freund wollte, der am Totenbett seiner Mutter wachte. Es wurde schon hell, als er bei Biscuter ankam. Der lag zusammengekauert auf einer gekachelten Bank, die vom Leichenzimmer durch eine Stellwand abgetrennt war. Der ganze Raum erinnerte an eine öffentliche Toilette ohne Pissoirs, er diente nur dem Zweck, eine Bahre zu beherbergen, auf der eine alte Frau lag, vertrocknet wie ein Stockfisch, mit gestopften Strümpfen und einem Goldzahn im halboffenen Mund, aus dem der dünne Faden einer gelben Flüssigkeit rann. Er kehrte zu Biscuter zurück und setzte sich neben ihn, ohne ihn aufzuwecken. Die sieben stumpfblonden Haare hinter seinem rechten Ohr waren durcheinandergeraten. Seine Lider, genauso ungewöhnlich rund wie seine Augen, waren geschlossen, und sein eiförmiger Kopf ruhte auf der Plastiktüte, die er von zu Hause mitgebracht hatte. Biscuter lächelte im Schlaf.

Teresa Marsés Boutique war «wegen Urlaubs geschlossen», der Aufenthaltsort ihres Ehemanns war unbekannt, der Sohn hielt sich vermutlich mit der schwangeren Jugendlichen in irgendeinem Schlupfwinkel versteckt, und es war unmöglich, alle Marsés im Telefonbuch anzurufen, bis er jemanden ausfindig gemacht hatte, der mit Teresa verwandt war. Alles in allem war es am wichtigsten, sich mit dem Reisebüro in Verbindung zu setzen, das die Reise organisiert hatte, und herauszufinden, wie lange sie dauern sollte und welche Neuigkeiten über Teresa Marsé bekannt waren. Was er als erstes herausfand, war wenig ermutigend. Unternehmen verschiedenster Art, von der Fluggesellschaft bis zum Reisebüro, hatten die Möglichkeit, Flugzeuge nach Bangkok oder zu jedem anderen Ort der Welt zu chartern. Am wahrscheinlichsten war es, daß ein privates Unternehmen ein Reisebüro mit einem vorher festgelegten Reiseprogramm beauftragt hatte. Plötzlich erinnerte er sich daran, daß die Reise von einem bekannten Tanzlokal organisiert worden war, und es dauerte nicht lange, bis er den Namen des Reisebüros, das normalerweise für dieses Tanzlokal arbeitete, in sein Notizbuch geschrieben und in seinem Gehirn gespeichert hatte. Er wiederholte ihn sich so lange, als wollte er ihn sich einhämmern, um ihn ja nicht zu vergessen. Gegen Mittag saß Carvalho dann dem zweiten oder dritten Vizepräsidenten des Reisebüros gegenüber und hörte sich eine ganze Reihe von Beschwerden über die unbequeme Reisende Teresa Marsé an.

«Am zehnten Tag der Reise wurde die betreffende Person per Telex als vermißt gemeldet. Dann tauchte sie wieder auf, reiste aber auf eigene Faust und auf eigene Rechnung weiter. Die Schwierigkeiten begannen in Bangkok, und unser Reiseleiter hatte den letzten Kontakt mit ihr in Chiang Mai, im Norden Thailands. Dieser Ausflug war nicht obligatorisch, aber fast alle Reisenden nahmen daran teil. In Chiang Mai verschwand diese Señora oder Señorita, und gestern erhielt ich ein sehr besorgtes Telegramm von dem Reiseleiter, der mitteilte, er habe die Botschaft eingeschaltet, aber alle Versuche, etwas herauszufinden, seien gescheitert. Sie ist verschwunden. Und alles weist darauf hin, daß sie freiwillig verschwunden ist.»

«Ich bekam gestern abend einen Anruf von ihr, sie machte einen sehr verängstigten Eindruck, so, als würde sie verfolgt.»

«Bitte haben Sie Verständnis dafür, daß ich vor der Rückkehr der Reisegruppe keine anderen Informationen habe. Im Moment muß ich davon ausgehen, daß sie sich freiwillig abgesetzt hat, daß die Botschaft geeignete Maßnahmen ergriffen hat, um sie aufzufinden, und daß die Polizei sie nicht auffinden kann oder nicht will. Sie wissen ja, die Polizei in diesen Ländern ist nicht dasselbe wie in Europa.»

«Und die Botschaft kann nichts herausfinden?»

«Wie man uns sagte, nichts. Wenn ein Familienangehöriger sich an die Botschaft wenden würde, das wäre etwas ganz anderes. Sind Sie ein Verwandter?»

«Nein.»

«Die Reisegesellschaft fliegt übermorgen zurück. Die Señora hat also noch genug Zeit, sich ihrer Gruppe wieder anzuschließen, dann wäre alles in Ordnung. Wenn Sie zwischenzeitlich die Familie verständigen könnten, wäre uns das eine große Hilfe.»

Von wo aus hatte Teresa angerufen? Sie hatte jedenfalls keinen festen Aufenthaltsort, sonst hätte sie ihm eine Adresse oder eine Telefonnummer gegeben. Und wenn das Ganze nur ein schlechter Witz war? Aber warum dann zu diesem Zeitpunkt, gerade jetzt, der erste schlechte Witz in einer Freundschaft, die beinahe einen schlechten Anfang genommen hätte?*

Die Nachbarinnen der Boutique waren über fast alles im Bilde. Über die Enttäuschung, die ihr ihr Sohn Ernesto bereitet hatte, darüber, daß der Junge seit zwei Monaten nicht mehr aufgetaucht war und daß er sich irgendwo in der Gegend von La Floresta aufhalten sollte, angeblich in einer Kommune, in einer dieser alten, halbverfallenen Villen. Und der Ehemann? Wie sollte man wissen, wo der sich herumtrieb? Er lebte als Hippie auf Ibiza. Die Eltern von Teresa? Die sind schon sehr alt und verstehen überhaupt nicht, was in diesem Hause vor sich geht. Die Nachbarinnen wußten also, daß die Eltern von Teresa überhaupt nicht verstanden, was in diesem Hause vor sich ging. Womit sollte er beginnen? Villa für Villa, Haschischhöhle für Haschischhöhle durchkämmen, bis er Teresas Sohn gefunden hatte, das war wie ein Lotteriespiel, während in demselben Augenblick Teresa irgendwo in Stücke gehauen werden konnte. «Das Ehepaar Marsé wohnt nicht mehr hier. Seit sich Señor Marsé vom Geschäft zurückgezogen hat, sind sie in ihre Villa in Masnou gezogen. Sie kommen nur alle vierzehn Tage hierher.» «In Masnou?» Es ist leicht zu finden. Sie wohnen in der Villa Mas Maymó. «Sie können es gar nicht verfehlen. Sie fahren einfach bis zu einem Geschäft für gebrauchte Autos, es heißt Eurocasión, und direkt daneben sehen Sie den Wegweiser zu Mas Maymó.»

Der Besuch bei den Eltern Marsé war ein willkommener Anlaß, um im *Hostal d'en Binú* in Argentona zu Mittag zu essen und sich eine Landschaft anzusehen, die er selten zu Gesicht bekam. Als Großstadtindianer hatte Carvalho sein Urwaldrevier an den Abhängen des Tibidabo und bekam ab und zu auf einer Hafentreppe einen Spritzer Meerwasser ab. Ein schmutziges, seichtes Meer. Was saubere Meere mit unendlichem Horizont betraf, so genügte ihm die Aussicht, die er von Vallvidrera auf das Mittelmeer hatte. An stürmischen Tagen, wenn die Stadt von ihrer Dunstglocke befreit war, hatte er plötzlich den überraschenden Anblick des Meeres und mächtiger Schiffe, deren Kielwasser bis zu den Balearen oder dem Golf vom Lyon reichte.

* ‹Carvalho und die tätowierte Leiche›

Eine Landschaft in Weiß oder Beige mit den regelmäßigen Linien der Weinberge, das war El Maresme, in weißes Licht getaucht und mit Stränden ohne besonderen Charakter, vielleicht als Kontrast zu der malerischen Schönheit seiner alten Dörfer, die die Barbarei des Baubooms fast vernichtet hatte. Jedes dieser Dörfer war am Fuß einer Schlucht entstanden, die sich im Lauf der Zeit in ein laubreiches Trockental mit schattigen, feuchten Tiefen verwandelt hatte, buschig und trügerisch, denn Regengüsse konnten sie plötzlich in einen reißenden Fluß verwandeln, der langsame Menschen und geparkte Autos ins Meer spülte. Carvalho fuhr die Rambla von Masnou hinauf bis zu dem Gebrauchtwagenmarkt Eurocasión und dem Schild ‹Mas Maymó›. Zwischen verwitterten Lehmmauern fuhr er durch Weingärten, Agaven und Feigenkakteen, Eukalyptus und Pinien. Der helle Feldweg führte zu dem schmiedeeisernen Gittertor, das die Zufahrt zum Haus Maymó versperrte. Eine Sprechanlage zwang ihn zu einem unangenehmen Vorstellungsgespräch, das sich letzten Endes auf einen Satz reduzierte: «Ich komme von Teresa.»

Ein Klicken ertönte, die beiden Flügel der schmiedeeisernen Pforte wurden entriegelt, so daß Carvalho sie aufstoßen und den Weg für sein Auto freimachen konnte. Ein kiesbestreuter Weg führte zu einer Rotunde mit Teich und vier Palmen an jeder Ecke. Das riesige Landhaus war im traditionellen Stil gehalten, hell gestrichen, mit cremefarbener Fassade und einer Sonnenuhr an der Giebelseite. Ein alter Mann mit Strohhut arbeitete mit einem Motorrasenmäher, und eine philippinische Hausangestellte kam die Treppe herab, die zur Eingangstür führte. Sie geleitete ihn in eine Eingangshalle, die ein riesiger Zierkrug von Manises beherrschte, von Zimmerschlingpflanzen umrankt. Dahinter begann eine Granittreppe mit einem bunten Glasfenster, vergeblich versuchte die Sonne hindurchzudringen, und als hätte er sich die vielfarbige Rosette als geeigneten Hintergrund für seinen Auftritt gesucht, stand dort ein riesenhafter alter Mann, auf einen Stock gestützt und in einen seidenen Schlafrock gehüllt, der trotz seines hünenhaften Körpers viel zu groß war. Dieser Mann richtete seinen Stock auf Carvalho und donnerte auf ihn herab: «Ein Gespräch zwischen uns ist völlig sinnlos! Ich hatte einmal eine Tochter namens Teresa, aber sie ist für mich gestorben.»

Ein kleines, altertümliches Porzellanfigürchen kam die Treppe herabgehüpft und ermahnte den Riesen: «Higinio, reg dich bitte nicht so auf! Beruhige dich! Denk an deine Gesundheit!»

«Entweder sie oder ich!» dröhnte der Señor Marsé weiter, während er einen Abstieg begann, der einem Emil Jannings alle Ehre gemacht hätte. Als er Carvalho erreicht hatte, machte er kehrt und geleitete ihn im Triumphzug in einen Salon mit Piano und einer Sitzgarnitur aus der Empirezeit. Der Riese setzte sich und schloß die Augen, deren Lider von Mitessern übersät waren. Seine Frau gab Carvalho indessen durch Zeichen zu verstehen, er solle ihn nicht zu ernst nehmen.

«Was hat diese Verrückte jetzt schon wieder angestellt?»

«Reg dich nicht so auf, Higinio, denk an deine Gesundheit!»

«Schweig, du hast die Seele einer Kupplerin! Wenn es nach mir gegangen wäre, hätten deine Kinder eine andere Erziehung genossen. Los, reden Sie schon! Je schneller, desto besser. Ich bin auf das Allerschlimmste gefaßt.»

Carvalho erzählte der Reihe nach, vom ersten Anruf Teresas, von dem Problem mit ihrem Sohn und ihrem Bedürfnis, wegzufahren. Dann von den Telegrammen und dem Hilferuf. Von dem letzten Anruf, ihren Zweifeln und ihren Befürchtungen. Der Alte nickte, als sähe er durch Carvalhos Erzählung alles bestätigt, was er von seiner Tochter dachte.

«Ich wundere mich über nichts mehr. Nicht im geringsten! Hast du das gehört? Es mußte ja so kommen. Zuerst die Hochzeit mit diesem Verrückten, er war ja noch verrückter als sie selbst. Dann die Scheidung und die ganzen Leute, mit denen sie verkehrte. Eine Zeitlang interessierte sie sich sogar für Politik, nach Francos Tod. Sie wurde Sozialistin! Wahrscheinlich, um ihrem Vater eins auszuwischen. Sie wußte genau, daß die Roten mir 1936 alles genommen haben und daß ich ganz von vorne anfangen mußte. Dann ihre Männergeschichten! Jede Woche hatte sie einen anderen, manchmal ging sie mit Jünglingen aus, die ihre Söhne sein konnten. Und zu allem übrigen noch der Enkel, der Apfel fällt nicht weit vom Stamm, der Enkel ist genauso ein Verrückter, er läßt sich einfangen, und – hopplahopp! – ich bekomme einen Urenkel. Anstatt dem Unglück ins Auge zu sehen, steigt sie ins Flugzeug und reist ab nach ... wohin sagten Sie? Nach Bali, zu den Kamelen oder zu den Affen. Und jetzt nach Bangkok. Und kaum ist sie dort angekommen, schon sitzt sie in der Tinte.»

Der Riese fuhr sich mit beiden Händen durch seine imposante, weiße Mähne und verstrubbelte sie derart, daß sein Kopf noch größer wirkte. Voller Zorn und Verachtung schaute er Carvalho an.

«Hat sie jemals an den armen alten Mann gedacht, der im Sterben liegt? Wissen Sie, wie hoch mein Blutdruck ist?»

«Higinio, beruhige dich doch, es ist nur zu deinem Besten. Denk an deine Gesundheit!»

«Hat sie jemals an ihre Mutter gedacht, an diese Schwachsinnige, die ihr alles gegeben hat und die sie jetzt immer noch in Schutz nimmt? Sie hatte alles, was man braucht, um glücklich zu sein. Um über die ganze Welt lachen zu können. Und wie wird sie enden? Ich darf gar nicht daran denken.»

«Doch, denken Sie schleunigst daran, denn ein Eingreifen Ihrer Familie wäre nötig, damit das Außenministerium die Sache in die Hand nimmt.»

«Ich? Welchen Einfluß habe ich denn noch? Ich hatte früher sehr gute Freunde in der Regierung, aber alle sind sie entweder Säuberungen zum Opfer gefallen oder in die Luft gesprengt worden wie der arme Viola, der frühere Bürgermeister von Barcelona, einer meiner Studienfreunde, ein echter Caballero. Ich kenne heute niemanden mehr.»

«Es würde schon genügen, es im Namen der Familie zu tun.»

«Das sollen ihr Mann oder ihr Sohn versuchen.»

«Sie sind nicht aufzufinden.»

«Ich bin ganz sicher, das Ganze ist nur ein Komplott, um an mein Geld heranzukommen. Ich rücke keinen Centimo heraus.»

Der Alte erschauerte, klammerte sich an die Armlehnen seines Sessels, schloß die Augen und biß die Zähne aufeinander. Das kleine, altertümliche Porzellanfigürchen warf sich mit einem Aufschrei über ihn, aber der Alte kam ihr zuvor. Er hob einen Arm und stoppte seine Frau mit einer solchen Grobheit, daß sie taumelte und beinahe zu Boden gefallen wäre.

«Weg da! Mir geht es gut. Ihr wollt mich alle ins Grab bringen. Warum hat sie nicht mich oder ihre Mutter angerufen? Warum Sie? Ganz einfach, ich brauche nur den Klang ihrer Stimme zu hören, um zu wissen, ob sie es ernst meint oder nicht. Diese Verrückte hat mir schon so viel Geld aus der Tasche gezogen, aber sie bekommt keinen Centimo mehr.»

«Es geht nicht darum, daß Sie Geld bezahlen sollen, Sie sollen etwas unternehmen!»

Er hatte die Augen geschlossen und schüttelte hartnäckig den Kopf. Die Alte legte einen Finger an die Lippen und gab Carvalho mit einem Augenzwinkern zu verstehen, daß er gehen solle. Sie begleitete ihn zur Tür. Dabei steckte sie ihm einen Zettel zu und flüsterte: «Es ist die Adresse des Jungen. Er soll tun, was er kann. Ich werde in der Zwischenzeit versuchen, ihn umzustimmen.»

«Maria!» rief der Riese von seinem Sessel aus.

«Gehen Sie jetzt, aber halten Sie mich auf dem laufenden! Glauben Sie, sie ist in Gefahr?»

Carvalho zuckte die Achseln und trat in den Garten hinaus, wo es nach Erde und regennassen Pflanzen duftete. Es regnete, und seine Armbanduhr zeigte ihm, daß die Zeit nicht mehr reichte, um im *Hostal d'en Binú* essen zu gehen, wenn er zu der Verabredung mit Marta Miguel nicht zu spät kommen wollte.

Biscuter hatte sich einen Meter schwarzes Band gekauft und sich daraus zwei Trauerbänder gemacht, eins für seine einzige Krawatte und das andere für sein Hemd, das ihm Charo einmal geschenkt hatte, genau wie den ärmellosen gelben Pullover.

«Mach mir das Essen warm, das seit zwei Tagen herumsteht!»

«Geht nicht, Chef, Auberginen sind ganz schlecht aufzuwärmen, und was ich nicht gegessen habe, habe ich weggeworfen.»

«Dann gibt es also nichts zu essen?»

«Sie haben Glück, Chef. Heute früh nach der Beerdigung ging ich über den Boquería-Markt und entdeckte Murgula-Pilze. Ich koche sie mit Schweinebauch und einer Sauce. Es ist schon alles vorbereitet, es dauert keine Minute.»

Carvalho hatte keine Lust auf einen schweren Wein, sein Gaumen verlangte nach der Frische eines leichten, beschwingten Weines aus einem dazu passenden, langstieligen Kelch. Er füllte seinen Kelch mit einem gutgekühlten Rosé aus Cigales und genoß seinen frischen, erdigen Geschmack. Dann verzehrte er mit Genuß zwei Teller Schweinebauch mit Pilzen. Zwei würzige Sülzen, die des Schweinemagens und die der Pilze, die nach dem Humus herbstlicher Wälder schmeckte. Danach trank er zwei Tassen Kaffee, ein Glas eisgekühlten Trebernschnaps aus Bierzo und steckte sich eine Sancho Panza an, die er erstaunlicherweise in einem Kiosk an der Calle Puertaferrisa entdeckt hatte. Er rief Charo an.

«Ich lade dich für heute abend ins Kino ein. Um vier Uhr muß ich noch etwas erledigen, um fünf könnten wir uns am Eingang des *Catalunya* treffen.»

«Was läuft im *Catalunya*?»

«Ich weiß nicht genau, aber die Sitze sind bequem.»

«Eine schöne Art, ins Kino zu gehen! Ich erkundige mich, was läuft. Ich sehe mir doch nicht irgendeinen Mist an, nur weil das Kino bequeme Stühle hat.»

Carvalho war sehr mit sich zufrieden. Er hatte für alle getan, was er konnte, für Teresa Marsé, für Charo, für Celia Mataix und für Biscuter, und der Scheck von den Daurellas erlaubte ihm, den Stand seines Sparkontos auf eineinhalb Millionen Peseten zu erhöhen. Das war sein ganzes Kapital, er hatte es zu Fusters Entsetzen mit einem Zinssatz von sechs Prozent bei der Caja de Ahorros angelegt.

«Bei jeder anderen Bank bekommst du zwölf bis dreizehn Prozent!»

«Die Cajas de Ahorros sind absolut krisensicher.»

«Was nutzen dir denn die sechs Prozent bei dem Tempo, in dem heute das Geld entwertet wird? Du solltest eine größere Anschaffung machen, kauf dir eine Eigentumswohnung, und wenn du alt bist, kannst du sie wieder verkaufen.»

«Wer weiß, was in den nächsten zehn oder fünfzehn Jahren alles passiert! Das Privateigentum ist heute keine Selbstverständlichkeit mehr, die Sozialisten gewinnen die Wahl!»

«Stimmt nicht.»

«Oder es werden so viele Wohnungen zum Verkauf angeboten, daß ich auf meiner Wohnung sitzenbleibe und dann dort meine Wochenenden verbringen kann.»

«Dann vermietest du sie eben.»

«Ganz bestimmt nicht. Mit siebzig auch noch Ärger mit den Mietern! Wenn ich siebzig bin, will ich zu Hause in Vallvidrera bleiben, die Pension kassieren, die mir als selbständigem Arbeiter zusteht, dazu die paar Prozente, die meine Spargroschen abwerfen, und exotische Rezepte ausprobieren. Was wissen wir denn zum Beispiel von der afrikanischen Küche?»

«Genug, um lieber französisch zu kochen.»

Es war ein besonders guter Abend, und nur die Sorge um Teresa verhinderte, daß er rundum zufrieden war. Aber schließlich und endlich war er für Teresa Marsés Schicksal nicht verantwortlich. Ab vierzig ist jeder für sein Gesicht selbst verantwortlich, hatte einmal jemand gesagt, und das war gut so. Leute über vierzig hatten kein Mitleid verdient, wenn sie noch nicht sechzig oder siebzig Jahre alt waren, davon ging er aus.

Als er die Ramblas hinaufging, entdeckte er zwischen den Wahlkampfplakaten die ersten Ankündigungen des Papstbesuches. Der weiße, christliche Athlet mit den mächtigen Schultern eines Superman, der um die Welt fliegt, zeigte auf den Propagandaplakaten ein schlaues slawisches Lächeln. Er bog in die Calle del Hospital ein, auf die Meile der kaputten Nutten und der schüchternen Bauerntölpel, die auf der Suche waren, aber so taten, als interessierten sie sich nur für die Schaufenster. Er ging in der Nähe der Boquería vorbei und kam zu dem Portal, das zu den Gärten des ehemaligen Santa-Cruz-Hospitals führt. Diese Gärten mit ihrem romantischen Spiel von Licht und Schatten im Wechsel von Gotik und Neugotik, mit den alten Leuten auf den Bänken und jungen Müttern mit Kindern, die unterhalb der Gürtellinie noch ein pflanzliches Dasein führten, Studenten, die von einer Straße zur andern wollten oder von einem Hörsaal zum andern oder von der Katalanischen Bibliothek zur Escuela de Artes y Oficios Massana. Klösterliches Licht, klösterliche Geräusche, ein künstliches Paradies, über dem sich ein makelloser Herbsthimmel wölbte. Unter allen Gestalten, die ein Buch unter dem Arm trugen, mußte er nun die eine herausfinden, die vierzig Jahre alt war und ein Buch trug mit dem Titel ‹Die irdischen Mächte› von Anthony Burgess, ein Buch, groß genug, um in einer Umgebung aufzufallen, die alle Reize dämpfte. Und da war sie schon, Marta Miguel, klein und dick, aber mit Taille, mit kurzem schwarzen Haar, einem weißen, etwas dicklichen Gesicht, Augen, die eine Konferenz einberufen und leiten konnten, und einem traurigen Mund mit weichen, feuchten Lippen, ähnlich ihren Haaren, die denselben feuchten Eindruck machten. Sie hob kurz die Augenbrauen, als Carvalho vor ihr stehenblieb und einen Blick auf das Buch warf.

«Sind Sie ...?»

«Jawohl, die bin ich.»

Sie blies sich eine imaginäre Locke aus der Stirn.

«Ich habe mir Detektive immer anders vorgestellt.»

«Im Trenchcoat wahrscheinlich.»

«Na klar.»

«Ich trage nie einen Trenchcoat. Das wäre genauso, wie wenn man verlangen würde, daß Dienstmädchen immer Häubchen tragen.»

«Das ist vielleicht ein Beispiel!»

Carvalho wies mit einer Handbewegung in die Runde.

«Bleiben wir hier, oder gehen wir irgendwo anders hin?»

«Wenn Sie einverstanden sind, gehen wir ein Stück und setzen uns dann auf eine Bank. Ich bin oft hier. Ich schreibe an einer Arbeit in der Katalanischen Bibliothek.»

«Sie sind Professorin.»

«Jawohl, Universitätsprofessorin.»

Dieses ‹Universitätsprofessorin› hatte sie besonders betont, um dem Superlativ ihrer Professur, der überdurchschnittlichen Qualifikation ihrer Lehrtätigkeit, Nachdruck zu verleihen. Sie gingen los, und Carvalho wartete darauf, daß sie etwas sagen würde, aber die Frau ging einfach neben ihm, ohne ein Wort zu sagen, starrte auf die Spitzen ihrer alten, schmutzigen Schuhe oder nahm das Buch von der einen in die andere Hand, während sie sich mit der freien Hand ihr billiges T-Shirt über dem hervortretenden Bauch glattstrich. Das einzig Bemerkenswerte an ihrer Kleidung war eine Kette aus rosa Perlen, die trotz ihrer offensichtlichen Wertlosigkeit schön war.

«Und?» sagte sie endlich.

«Ich bin ganz Ohr. Sie haben diese Begegnung herbeigeführt.»

«Entschuldigen Sie, aber Sie sind es, der sie herbeigeführt hat, indem Sie nämlich überall herumgeschnüffelt und herumgefragt haben. Rosa Donato rief mich an und erzählte mir, was Sie vorhaben. Finden Sie es nicht klüger, den Dingen ihren Lauf zu lassen? Man kann das Verbrechen nicht ungeschehen machen, und keiner von uns will schmutzige Wäsche waschen. Und dann ist da noch Muriel, Celias Tochter. Glauben Sie, etwas damit zu erreichen, wenn Sie sie mit diesen unangenehmen Dingen konfrontieren?»

«Ist Rosa Donato immer so schlecht gelaunt?»

«Das ist ganz verschieden.»

«Sie machte den Eindruck eines müden Lkw-Fahrers, der gerade sein einziges Ersatzrad kaputtgefahren hat.»

«Wieso vergleichen Sie sie gerade mit einem Lastwagenfahrer?»

«Weiß ich nicht.»

«Sie ist nicht gerade meine Busenfreundin, aber eine hervorragende und sehr gebildete Frau.»

«Das glaube ich Ihnen gern. Die Welt wimmelt von hervorragenden und sehr gebildeten Leuten, die unausstehlich sind.»

«Sie ist ein verwöhntes Kind, das ist alles. Genau wie Celia.»

Er ließ sie mit ihrem strammen Gang ein wenig vorausgehen, mit ihren kurzen dicken Beinen, die zum Fettansatz neigten, im Gegensatz zu ihrer schmalen Taille und ihrem Oberkörper, der zwar auch kräftig gebaut, aber besser proportioniert war als die Beine.

«Die beiden haben es im Leben immer leicht gehabt und reagieren sofort humorlos, wenn etwas nicht nach ihrem Willen geht oder ihnen Schwierigkeiten bereitet. Ich hätte sie einmal in meiner Lage sehen mögen, mit achtzehn Jahren, neu in dieser Stadt, total verschüchtert und ohne eine Pesete. Ich hatte nicht einmal das Geld, um mir ein Antragsformular für ein Stipendium zu kaufen.»

«Sind Sie eine *Selfmadewoman*? Haben Sie sich aus eigener Kraft hochgearbeitet?»

«Wer hätte mir denn helfen sollen, wenn nicht ich selbst?»

«Und Sie haben es bis zur Universitätsprofessorin gebracht.»

Carvalho pfiff anerkennend durch die Zähne, als er an die ganze Energie dachte, die diese kleine, starke Frau aufgebracht hatte. Sie starrte ihn entgeistert an.

«Ich dulde nicht den geringsten Scherz über das, was ich bin, denn ich verdanke alles ganz allein mir selbst, und ich weiß, was es mich gekostet hat.» Sie war, ohne es selbst zu bemerken, in einen ungewöhnlichen Akzent verfallen, den Akzent einer Grenzprovinz, welche, spielt keine Rolle. Es war der Akzent einer Arbeitsimmigrantin, dessen Herkunft nicht genau bestimmbar war, es war nicht der übliche Akzent der Arbeitsimmigranten aus Andalusien, Galicien oder Aragón, sie war nicht einmal aus Murcia. Ihr Spanisch war das einer Grenzprovinz, und sie fiel automatisch in diesen Akzent, wenn sie Dinge sagen wollte, die tiefer gingen als der Firnis ihrer Bildung.

«Fast jeder hat alles, was er hat, sich selbst zu verdanken, die einen mehr, die andern weniger. Aber die Relation ist immer dieselbe. Was lehren Sie?»

«Pädagogik. Geschichte der Pädagogik, um es genauer zu sagen.»

Carvalho machte ein beeindrucktes, der Situation angemessenes Gesicht, wodurch Marta wieder zu einer gewissen Ruhe fand. Sie ging jetzt trotz ihrer kurzen Beine mit ausgreifenden Schritten, als ergreife sie beim Denken und Sprechen Besitz von einem Territorium, das ebenso real wie unsichtbar war und in das sie Carvalho einführte.

«Sie können sich kaum vorstellen, wie ich war, als ich in diese Stadt kam. Ich hatte gerade in meiner Heimatstadt das Abitur gemacht. Bei uns gab es zwei Lehrer für vierhundert Schüler, und alle waren in einer Klasse zusammengefaßt, die entweder Abitur machen oder Handelsschullehrer werden wollten, ganz egal, zu welchem Kurs sie gehörten. Und dann wurde wiedergekäut. Wir mußten alles auswendig lernen. Ich kann Ihnen noch die Definition von Geschichte aufsagen, die wir auf meiner Schule lernen mußten: ‹Geschichte ist die Wissenschaft, die sich mit den Tatsachen beschäftigt, die das Leben der Menschheit bestimmen, indem sie es entwickeln, und die auch die Ursachen erklärt, die sie bedingt haben.› Und dann hieß es die Ellbogen wund scheuern und lernen, und meine Mutter hatte nichts anderes zu tun als die Ellbogen meiner Pullover auszubessern.»

Carvalho schielte argwöhnisch auf ihre Ellbogen. Tadellos in Ordnung. Marta ging breitbeinig und setzte die Schritte nach außen wie ein Seemann. Ab und zu stieß sie Carvalho an und hinterließ ihm dabei die Botschaft eines intensiven Parfums. Wahrscheinlich hat sie stark behaarte Achselhöhlen und schwitzt leicht, dachte Carvalho und stellte sich ihren Körper nackt vor, gedrungen und muskulös wie ein kleines Ackerpferd. Beim Tanzen würde sie wahrscheinlich bestrebt sein, Geschmeidigkeit vorzutäuschen, wie alle Leute von gedrungener Statur.

«Und als ich in Barcelona ankam, o Gott!»

Wieder blies sie sich eine nicht vorhandene Locke aus der Stirn.

«Und als ich mein Studium begann, o Gott! Wenn ich Ihnen noch sage, daß es genau in dem Jahr war, als diese Geschichte mit der Aula passierte! Erinnern Sie sich noch? Es war das Jahr der ersten größeren Studentenunruhen, das Hochschuljahr 1956/57. Als ich sah, mit welcher Sorglosigkeit diese reichen Bürgerkinder das ganze Studienjahr aufs Spiel setzten und mit der Polizei Fangen spielten, war ich wütend. Ich selbst mußte Jahr für Jahr die besten Zeugnisse vorlegen, um mein Stipendium nicht zu verlieren. Und wissen Sie, daß ich nicht das Geringste verstand?»

Sie hatte mit ihrer kurzen, starken Hand Carvalho am Arm genommen.

«Wirklich absolut nichts!»

«Warum, waren Sie plötzlich taub geworden?»

«Nein, es lag an der Sprache. Zum Beispiel die theoretischen Begriffe, die Sprache der Philosophie. Was eine Leibnizsche Monade ist, hatte ich auswendig gelernt und konnte es jederzeit herunterbeten, aber ich hatte Leibniz nicht verstanden, verstehen Sie? In den Seminaren machte ich mich klein, ganz klein, wenn es um Philosophie ging, zu Hause weinte ich, weil ich nichts verstanden hatte. Und in Literatur! In jenem Jahr hatte Juan Ramón Jiménez den Nobelpreis bekommen. Der Literaturprofessor legte uns ein Gedicht von Juan Ramón vor, wir sollten es interpretieren. Ich kannte den gesamten Lebenslauf von Juan Ramón auswendig, die Titel aller seiner Bücher und ganze Abschnitte aus ‹Platero y yo›, aber ich wußte nicht, wie man ein Gedicht interpretiert. Ich mußte alles Wort für Wort mitschreiben und dann auswendig lernen. Ich arbeitete zwanzig Stunden am Tag und wurde auch noch ausgelacht von denen, die als die hellsten Köpfe der Klasse galten, die Revolution machen wollten, indem sie die Polizei als Mörder beschimpften. Morgens die Polizei und abends Feten, während ich in meiner elenden Bude vom vielen Lernen und dem schlechten Licht entzündete Augen bekam. Es war das billigste Zimmer in einer Pension in der Calle Aribau. Und dann Kunstgeschichte! Außer Kalenderbildern hatte ich mein Leben lang noch kein Gemälde gesehen. Die ‹Klassische Archäologie› von Melida und die ‹Geschichte der Kunst› von Angulo kannte ich auswendig, das schon. Aber die Professoren wollten, daß ich etwas über die Qualität der Reproduktionen und den Stil der Gemälde sagte. Es hat mich ungeheuer viel gekostet, einen Zugang zur abstrakten Kultur der Bourgeoisie zu bekommen, ungeheuer!»

«Die bürgerliche Kultur ist also Ihrer Meinung nach abstrakt und die proletarische konkret.»

«Meine Kultur bestand aus einer Mischung konventioneller religiöser Moral, der kollektiven Erfahrung meiner sozialen Klasse und dem, was mein wunderbares Gedächtnis geschafft hatte zu speichern. Und dann sah ich die andern, diese Dilettanten, wie sie sich ungestraft über Gott und die Welt lustig machten, zum Beispiel über Ortega y Gasset. Sie waren ja die Herren der Welt und konnten es sich leisten, ironisch zu sein und sich selbst gegenüber nachsichtig zu sein. Und ich, Marta Miguel, saß bis zum Morgengrauen über den Büchern und war bei allen unbeliebt außer bei den Nonnen. Ich war damals selbst wie eine Nonne.»

«Haben Sie damals Rosa Donato kennengelernt?»

«Als ich zu studieren begann, machte sie gerade ihr Examen. Sie gehörte zur Sección Femenina und war in der SEU sehr engagiert. Heute ist das anders, heute steht sie so weit links, daß es keine Partei gibt, die ihren Ansprüchen gerecht wird. Ich selbst arbeitete auch ein wenig in der SEU mit, der Mittagstisch dort war der billigste. Allerdings wurde ich dick von dem vielen Brot mit Öl, Salz und Essig. Wenn die Suppe kam, war ich meistens schon zur Hälfte satt, so viel Brot hatte ich in mich hineingestopft.»

«Und Celia?»

«Ich sah sie immer im Innenhof. Sie gehörte damals noch nicht zur Geisteswissenschaftlichen Fakultät, oder doch? Jedenfalls war sie immer mit Jura- oder Architekturstudenten zusammen, in diesen Fakultäten gab es mehr Jungs. Wenn sie den Innenhof betrat, richteten sich alle Augen auf sie. Sie war groß, blond und schlank, hatte eine herrliche, sportliche Figur, und immer trug sie ein Buch und eine Blume, meistens eine Rose.»

«Waren Sie mit ihr befreundet?»

«Nein. Tatsächlich haben wir in den ganzen Jahren sehr wenig miteinander geredet, erst in letzter Zeit hatten wir uns etwas näher kennengelernt. Als ich damals mit meinem Spezialgebiet begann, lebte ich nicht mehr ganz so zurückgezogen und sah sie fast jeden Abend, immer im Mittelpunkt, immer umschwärmt von Typen und Frauen. Mit der Donato unterhielt ich mehr Kontakt, sie lud mich auch manchmal zu Versammlungen oder Festen ein, wo ich Celia begegnete. Aber ich hatte nie etwas Ordentliches anzuziehen. Und ich beherrschte den normalen Umgangston nicht. Mit der Zeit fand ich einen Begriff für das, was mit mir nicht stimmte: Ich hatte Kommunikationsschwierigkeiten. Ein oder zwei Jahre lang sah ich sie überhaupt nicht mehr, dann eines Tages, ich hatte gerade mein Studium beendet und war bei der Vorbereitung meiner Arbeit für das Institut, gab Fernando Fernán Gómez aus Anlaß des Todestages von Machado ein halblegales Konzert in einem Institut, das damals ganz neu war, ich glaube, es war das Institut für Ingenieurwissenschaften. Ich ging hin, und dort war Celia, wie immer von einer Menge Leute umgeben, sie sah wundervoll aus. Die Donato erzählte mir, daß sie mit einem jungen Maler zusammenlebte, und von ihr erfuhr ich auch, daß sie einen Architekten geheiratet hatte. Dann sah ich sie nicht wieder bis zu dem Tag, als Pasolinis *‹Matthäus-Evangelium›* uraufgeführt wurde.»

«Hatten Sie sie immer noch nicht angesprochen?»

«Nein. Wozu? Ich war immer noch damit beschäftigt, mir hier und dort meine Bildung zusammenzuklauben. Damals ging es mir finanziell schon besser. Ich hatte mir auf Raten die Wohnung gekauft, in der ich wohne. Meine Mutter war verwitwet, und ich hatte sie aus dem Dorf zu mir geholt. Ich las alles, wozu mir immer die Zeit gefehlt hatte. Eines Abends traf ich sie wieder in einem Kino. Sie war schwanger, ich nehme an, mit ihrer Tochter Muriel. Aber sie sah so blendend aus wie immer, mit diesem abwesenden Lächeln, Kopf und Locken immer nach ihrer vorteilhaften Seite geneigt.»

Carvalho sah das schlechte Pressefoto vor sich, durch Marta Miguels Schilderung war es deutlicher geworden.

«Man mußte sie einfach lieben», murmelte Marta Miguel, und sie bemerkten, daß sie am Ende des Parks angelangt waren und am Ausgang der Calle del Hospital standen. Um sie herum, vor den Pforten der gotischen Oase, schoben und drängten sich Tausende von Menschen, leicht beschwingt, müde oder nachdenklich.

«Schade.»

«Was ist schade?»

«Daß mich niemand mit dem Fall beauftragt. Ich bin ein Profi. Ich muß davon leben und kann es mir nicht leisten, aus Lust und Laune Nachforschungen anzustellen.»

«Es gibt nichts nachzuforschen. Ich verließ sie, und sie erwartete jemanden. Eigentlich hatte sie mich nur als Vorwand mißbraucht, um die anderen loszuwerden, vor allem die Donato und den blöden Dalmases.»

«Worüber unterhielten Sie sich?»

«Wir sprachen fast nichts miteinander. Sie ließ mir praktisch keine Zeit dazu. Sie sagte mir, sie habe Kopfweh, die andern seien ein Haufen Trottel und ... schließlich forderte sie mich auf zu gehen.»

«Schade.»

«Schon wieder schade?»

«Es war immerhin die erste Gelegenheit für Sie, mit ihr zu sprechen, nachdem Sie sich so lange Jahre danach gesehnt hatten.»

«Gesehnt? Wie kommen Sie darauf, ich hätte mich danach gesehnt, mit ihr zu sprechen? Sie war wie ein Gemälde, oder besser gesagt, sie hätte für ein Bild Modell stehen können, das nie gemalt wurde. Vor einigen Jahren sah ich einen Film von Milos Forman, ich weiß den Titel nicht mehr, oder doch, er hieß ‹Taking Off›. Ganz plötzlich wurde eine blonde, nackte Frau gezeigt, die Cello spielte. Bei Forman war die Blonde eine Rubens-Schönheit, sehr üppig, sehr holländisch und walkürenhaft. Das war eine Szene für Celia. Nackt. Cello spielend.»

Marta Miguel hatte die Augen geschlossen und lächelte. Als sie aus ihrer Ekstase auftauchte, sah sie, wie Carvalho auf die Uhr schaute. Charo stand garantiert schon am Kinoeingang und war wütend darüber, daß er sie anscheinend versetzt hatte.

«Sind Sie in Eile?»

«Ja.»

«Und Sie wollen den Fall nicht weiter verfolgen?»

«Nein.»

«Das ist auch besser so. Es wäre eine Dummheit gewesen.»

Sie verabschiedete sich mit einem lebhaften Händedruck und machte sich auf den Rückweg. Carvalho blickte ihr nach, der Stipendiatin aus einer Grenzprovinz, dem richtigen Typ für Gruppenreisen nach Amsterdam oder Kyoto, mit Fotoapparat und einer intimen Freundin.

Der Film beschrieb die Langeweile zweier Ehepaare und die verschiedenen Partnertauschspiele, die sie trieben, um die Langeweile zu überwinden. Charo hatte sich bei ihm angeschmiegt und schien den Film eher aufzusaugen als anzusehen. Ab und zu entzog sie sich der Hypnose der Leinwand und wandte sich Carvalho zu, um zu sehen, welchen Eindruck die Dialoge auf ihn machten. Die Hauptdarstellerin gefiel Carvalho, aber das war alles, und die Szenen, in denen viel gesprochen wurde, nutzte er, um sich seinen eigenen Film anzusehen und sich in Zeitlupe an seine Begegnung mit Celia in dem Supermarkt zu erinnern. Sie trug einen weichen Mantel aus einem Material, das wie feines Leder aussah, aber keines war. Eine parfümierte Hitze ging von ihr aus, wie sie nur Körper ausstrahlen, die für die Liebe geschaffen sind. Er genoß den sanften Schwung ihres langen Haares, die Musikalität der Linien ihres Gesichts, die unverdorbene Tiefe ihrer Augen und ihr Lächeln, das von einem persönlichen und ganz eigenen Geheimnis erzählte. Als sie sich zur Kassiererin gebeugt hatte, waren unter ihrem Rock zwei schlanke Beine zum Vorschein gekommen, und die zarten Fesseln eines Mädchens, das noch keine Schwangerschaft hinter sich hatte. Als sie wegging, entfernte sie sich endgültig von Carvalho, der noch den Inhalt seines Einkaufskorbes vorzeigen, auf den Bon warten und bezahlen mußte, bevor er ihr folgen konnte. Ein pubertärer Gefühlsstau verdichtete sich zu einem Angstknoten in seiner Brust, und eine unaussprechliche Wut packte ihn angesichts des logischen Zwanges, das zu bezahlen, was man im Supermarkt gekauft hatte. Dann stand er auf der Straße, die voller Menschen und doch gleichzeitig leer war, keine Spur, nicht einmal die Andeutung eines blonden Kopfes, der sich im Verkehrs- und Menschengewühl entfernte, wieder einmal sehnsüchtige Träume von dem, was hätte sein können, aber nicht war.

«Hat es dir gefallen?»

«Ganz amüsant.»

«Also ich finde, das Problem, um das es ging, war gut gebracht. Es geht vielen Leuten genauso, stimmt's?»

«In den Vereinigten Staaten schon. Hier liegen die Dinge wieder anders.»

«In diesen Dingen sind die Menschen überall gleich.» Charo sah auf die Uhr. «Ich muß los.» Sie sagte es wie jemand, der zum Schafott geführt wird. Sie wollte Carvalho daran erinnern, daß sie ein Callgirl war und ab acht Uhr Dienst hatte, genau zu der Zeit, wo die Büros schließen und die Angestellten ihren Instinkt aus der Hose holen.

«Seit es die ganzen Massage-Salons gibt, läuft es sehr schlecht.

Zum Glück habe ich keinen Stammkunden verloren, aber ich habe auch keinen einzigen dazugewonnen. Und das bei den Preisen, die in den Massage-Salons verlangt werden! Was glaubst du, was eine Massage mit allem Drum und Dran kostet?»

«Keine Ahnung.»

«Also wenn man noch ein Glas Whisky dazu trinkt, ist man sofort bei zehntausend Peseten. Und dann kommt es noch darauf an, ob es ein Franzose oder ein Grieche war.»

«Wieso, gibt es verschiedene Preise für die Franzosen und die Griechen?»

«Nein, so heißen die Massagen, also die Schweinereien. Der Franzose, das bedeutet eben französisch, und der Grieche, das heißt ‹Der letzte Tango›, damit wir uns richtig verstehen. Und dann gibt es noch den Thai.»

«Das kenne ich, ich weiß schon, was das ist, der Thai.»

«Na also.» Charo stellte sich auf die Zehenspitzen und küßte Carvalho auf die Wange, drückte seinen Arm und lief die Ramblas hinunter. Carvalho unterdrückte den Wunsch, sie zurückzurufen, sie für sich zu behalten. Er wollte nicht ihr Besitzer sein, und nichts entfernte sie radikaler voneinander als ihr Beruf, diese Pufferzone gegen den Besitzinstinkt. Auf der Plaza Gardunya stieg er wieder in sein Auto und fuhr dieselbe Strecke wie immer nach Vallvidrera, aber an der Kreuzung, wo eine Straße zum Tibidabo und die andere nach Las Planas abzweigt, nahm er unvermittelt die letztere und fuhr auf der andern Seite des Gebirges wieder hinab. Seine Kühlerhaube zeigte in Richtung Vallés. Es war eine herrliche Abfahrt durch den schattigen Bergwald, einem Dschungel gleich mit Lianen, murmelnden Bächen in steilen Bergschluchten und Bäumen, die vom Dickicht überwuchert wurden. Am Ende der Abfahrt bog die Straße in ein kleines Tal ein, in dem es ab und zu größere Grünflächen gab. An diesen Plätzen genossen alle Volksschichten sonntägliche Picknicks mit Tortilla oder Paella, Seilhüpfen oder einem familiären Fußballspiel und den staunend und mit offenem Mund genossenen Sonnenuntergängen hinter den Bergen, einem Gratis-Schauspiel von hervorragender Qualität, fast immer in Technicolor. Seit die Uhren umgestellt waren, war das Tageslicht schon leicht herbstlich geworden. Er bog bei dem Straßenschild nach La Floresta ab und fuhr hinein in das Reich der kleinen Sommervillen, die in der freigebigen Feuchtigkeit des Tales vermoderten. Diese Villen hatten von jeder Stilrichtung etwas, ihr buntes Stilgemisch beschränkte sich allerdings auf die Geschmacklosigkeit der Nachkriegsschieber, die es zu etwas Besitz gebracht hatten, Kleinbürger, die in kleinem Rahmen Schiebereien getätigt oder etwas gespart hatten, um sich den Traum vom Häuschen im Grünen zu erfüllen, hier an den schattigen Abhängen des Gebirges um Barcelona, hinter dem die scheinbar grenzenlose Weite des Westlichen Vallés beginnt. Es waren modernistische, funktionalistische Miniaturhäuschen, manchmal oberhalb der Gürtellinie modernistisch und unterhalb rein funktional, manchmal weder noch, sondern das glatte Gegenteil, alt und baufällig. Vor allem war diese Art von sogenanntem Sommerurlaub im Schrebergarten aus der Mode gekommen. Jetzt lebten dort alte, pensionierte Büroangestellte, die ihre letzten Tomaten hackten, Jungrocker aus der Generation ihrer Enkel, die sich in Opas sagenhaftes Hüttchen geflüchtet hatten, weil sie zwar alles hinter sich lassen wollten, aber doch nicht ganz; weil sie einen Stengel rauchen wollten, ohne daß der Vater ihnen die *Vanguardia* zusammengerollt um die Ohren schlug, oder mit ihrer Klassenkameradin schlafen und dabei die Illusion haben wollten, es sei ihr eigenes Zuhause. Irgendeine Kommune von Übersetzern, die wenig zu übersetzen hatten, und Flötensolisten junger Orchester, die kaum Auftritte hatten, homosexuelle Pärchen in den Vierzigern, die die Hoffnung auf Kinder aufgegeben und sich damit abgefunden hatten, in Würde und auswegloser Treue alt zu werden. Dazwischen stand ab und zu noch ein echtes altes Bauernhaus, vor dem sich alte Bauern mit sonnengegerbten Gesichtern zur Erde bückten, auf der Suche nach den Schnecken, die ihre Kohlköpfe abfraßen, oder vom Rheuma gebeugt. Diese Siedlungen sind keine Alternative mehr zu den Vierteln von Barcelona, wo Einfamilienhäuser mitsamt ihrer Akazie oder ihrer Palme der Spitzhacke zum Opfer fallen, ja, sogar der Teich mit dem bunten Fisch, der auch zur Familie gehört hat. Eingehüllt in feuchte Nebel und bestraft durch die Unentschlossenheit ihres eigenen Stils mußten sie zusehen, wie die junge Generation der Selbständigen weiter wegzog, nach San Cugat, wo es eine Universität gibt, einen Golfplatz, Zentralheizung und Apotheke, sogar ein argentinisches Restaurant und ein französisches Käsegeschäft, unerläßliche Bestandteile einer katalanischen Kleinstadt am Ende des Zweiten Jahrtausend, die als ‹bewohnbar› gelten wollte.

Aber Carvalho liebte den altmodischen Charakter dieser Siedlungen, die in früheren Zeiten den Traum von der Rückkehr zur Natur verkörpert hatten, als die Leute noch nicht wußten, daß die Stadt ungeheuerlicher sein würde als alles, was sie sich vorstellen konnten mit ihrer Phantasie, die so begrenzt war wie ihre kleinen

Wünsche. Diese Häuschen erlaubten ihnen, die Schnecken wiederzufinden und den Distelfink, die Raupe und den Reiher, die Kaulquappe und das Gewitter.

Teresas Mutter hatte der Adresse noch eine Skizze beigefügt mit dem Weg zu Can Torruella, wo Ernest wohnte – für die Weltgeschichte hieß er Ernesto wie Ché Guevara, denn der Junge war im vollen Orgasmus der permanenten Revolution geboren. ‹Neben der Rieseneiche›, stand da. Die Eiche, nicht ganz so riesig, sah eher aus, als wolle sie ihren Riesenwuchs dem Maßstab der ganzen Möchtegernhäuser anpassen. Ein verschnörkeltes eisernes Gartentörchen, ein kleiner Vorgarten, dessen Oleanderbüsche von Blattläusen kahlgefressen waren, eine Fassade wie ein Außenposten der Guardia Civil, bemerkenswert nur die Treppe, die den verrückten Mosaiken Gaudis nachempfunden war. Am Ende der Treppe stand die Haustür offen, sie führte auf einen Korridor mit guterhaltenem Mosaikfußboden. Er mündete in ein großes Zimmer mit klassizistischem Kamin, am Boden riesige Sitzpolster mit indischen Bezügen. Auf einem der Polster saß ein kleines Mädchen, das ihr Haar im Nacken zu einem Knoten geschlungen hatte. Sie hielt sich eine Flöte an die Lippen und bemühte sich mit seitlich geneigtem Kopf zu erkennen, wer der Eindringling war. Dabei hörte sie nicht auf, eine Musik zu spielen, die an Mozart erinnerte und nicht recht zu dem Eric-Burdon-Poster an der Wand paßte oder dem riesigen Foto von Mick Jagger, der sich gerade eine Gitarre aus dem Hosenschlitz zog. Aus einer Seitentür trat ein Paar mit Unisex-Haarschnitt, mager wie streunende Katzen und jung wie frischgepflanzte Bäume. Die beiden wollten den Zauber der Musik nicht stören, um Carvalho nach seiner Identität zu fragen, und die Flötenspielerin hypnotisierte Carvalho mit dem Blick ihrer großen Augen, dem einzigen, was wirklich schön war an diesem nichtssagenden, jugendlichen Gesicht. Ihre Lippen hörten nicht auf, die Musik aus der Flöte zu saugen. Erst als diese ihr eigenes Ende ankündigte und schließlich verstummte, kam langsam wieder Leben in die Gestalten und damit die Fähigkeit, sich zu wundern über diesen Mann um die Vierzig, der, gekleidet wie einer ihrer Väter, in die Rumpelkammer des Paradieses eingedrungen war. Aus der Rundung des Bauches, der den Umhang aus der Dritten Welt nach außen wölbte, schloß Carvalho, daß die Flötistin die zukünftige Schwiegertochter von Teresa Marsé sein mußte. Das eingeschlechtliche Paar zerfiel in seine Bestandteile, und der Teil mit der männlichen Stimme trat einen Schritt vor.

«Was wünschen Sie?»
«Die Tür stand offen. Ich suche Ernesto.»
Die drei Jugendlichen blickten einander an und antworteten nicht.
«Es geht um seine Mutter, um Teresa.»
«Sie ist verreist.»
Das hatte die Schwiegertochter gesagt.
«Ich weiß. Eben darum geht es ja. Ich möchte mit Ernesto sprechen.»
«Er ist auf der Arbeit.»
«Kommt er bald nach Hause?»
«Er arbeitet als Kellner und macht heute Nachtschicht. Er ist eben erst weggefahren.»
Der Junge mit den Ringen unter den Augen, der geboren war, um Ché Guevara oder der Erbe von Can Marsé zu werden, arbeitete als Kellner.
«Können Sie mir sagen, wo?»
Sie konnten vielleicht schon, aber sie wollten nicht.
«Ich weiß es nicht. Irgendwo in Barcelona, aber ich weiß nicht genau, wo. Wie haben Sie uns denn gefunden?»
«Die Großmutter von Ernesto gab mir die Adresse.»
«Ach, die ‹iaia›!»
Das Mädchen war sichtlich erleichtert. Als sie ‹iaia› sagte, blickte sie zu einer Tür, hinter der man die gesprungenen Fliesen der Küche sehen konnte. Ohne Zweifel trug die Großmutter zum Betrieb dieser Küche bei.
«Entschuldigen Sie. Mein Vater sucht mich nämlich, und wir wollen keine Schwierigkeiten haben. Das Haus hier gehört unseren Freunden.»
Das eingeschlechtliche Pärchen nickte zur Bestätigung.
«Ernest arbeitet im *Capablanca*, einem Transvestiten-Kabarett am Ende der Ramblas. Er arbeitet als Kellner», beeilte sie sich hinzuzufügen, damit Carvalho keine Sekunde lang auf die Idee kommen könnte, er arbeite als Transvestit. Die siebzehnjährige schwangere Flötenspielerin schaute Carvalho an, nicht mehr argwöhnisch, aber fragend.
«Ist Teresa etwas passiert?»
«Das ist es genau, was ich herausbekommen will.»

Warum kleidet sie sich in Seide,
die dunkelviolette Lilienblüte,
warum kleidet sie sich in Seide,
ach, Glöcknerin, was ist der Grund?

Wie eine blutrote Blume; mit zerzauster, rotblonder Mähne, alles übrige flammend rot, Rouge auf den Wangen, in einem Frack mit weißen Tupfen, Tupfen von einem errötenden Weiß, das war La Pipa – die Pfeife –, einsachtzig groß ohne Absätze und mit Absätzen so lang wie ein Mastbaum, mit einem Brustkorb wie ein Boxer der Welterklasse, zum allgemeinen Neid der Konkurrenz vergrößert durch zwei Silikontitten. Sie hatte Waden wie aus dem Anatomiebuch, und wenn sie den Rock hob, zeigten sich marmorne Schenkel, die das Geheimnis verbargen, was ein Skalpell in Casablanca respektiert oder nicht respektiert hatte. Der dunkelhäutige, als blondes Mädchen verkleidete Junge, hatte ein freches Homosexuellengesicht, schelmisch wie das Lied, das er sang. Dazu Steppschritte, knallende Absätze und Staubwolken im dunstigen Licht der Scheinwerfer, Begleitung des körperlichen Ausdrucks, mit dem La Pipa die Tragödie von der Glöcknerin vortrug, ein tieftrauriges Lied, am Flügel begleitet von einem winzigen, uralten Pianisten mit der Nickelbrille eines Studenten, den die Kosaken des Zaren erschlagen hatten. Im Gegenlicht das Publikum, dicht gedrängt in der Tiefe des Raumes, alle Tische besetzt von Ehepaaren, die gerade ein Abendessen für sechstausend Peseten hinter sich hatten, Seite an Seite mit den fortschrittlichen Kräften, die das orale Tamtam eines unwiederholbaren Ambiente angelockt hatte: La Pelucas, die Perücke, Rosalinda, La Adefesio, die Alberne, La Toro, die Stierin, Spezialisten in der Imitation von Rocío Jurado, Amanda Lear, Astrud Gilberto, und Rafaela Carrá. Der ehemalige Lastwagenfahrer Rosalinda war Vater von zwei Kindern, La Pelucas war der kleine Junge der verwitweten Mama geblieben, La Adefesio war von Beruf Dreher gewesen, und La Toro ein bisexueller Prostituierter, der mit seiner Nummer *‹Luigi el Amoroso›* jedesmal Erfolg einheimste.

«Verehrtes Publikum, wir bringen nun den großen Erfolg von Rafaela Carrá in einer freien Interpretation von Juana La Toro.»

La Toro stürmte in die Arena, bevor die Ankündigung des Pianisten zu Ende war.

«... am Klavier begleitet von Maestro Rosell.»

Rosell, der alte Pianist, ein bleicher Buster Keaton der Nacht, der nebenbei die Katastrophen von Tempo und Stimmlage der fröhlichen, starken Mädchen auf den Tasten seines Flügels ausglich.

«Ich habe Unterleibskrämpfe», sagte La Pelucas, der noch der Schweiß von ihrem Auftritt auf der Stirn stand.

«Wenn ich meine Tage kriege, blute ich jedesmal beinahe aus», betonte La Pelucas, umringt von einer Gruppe von Stammgästen, die sich mokierten oder lachten, je nachdem, wie sie angesichts des Riesenweibes die Nerven behielten.

«Einmal, bei einem Auftritt in Mallorca, stand ich auf der Bühne und bekam eine solche Blutung, Junge, Junge, die Bühne sah hinterher vielleicht aus!»

Man raunte sich zu, einer der amtierenden Bürgermeister sei anwesend, und Luis Doria, der alte Genius der Poesie und Malerei, konserviert in Formol und Stärke. Luis Doria, von der Warte seines Tisches das Getümmel überblickend, war der Bezugspunkt für die Eingeweihten: «Luis Doria ist da!»

«Was, der lebt noch?»

«Hast du seine Ausstellung in der Maeght gesehen?»

Mit dem zufriedenen Gefühl, ihr Geld gut angelegt zu haben, absolvierten die Paare an den Tischen ihren wöchentlichen «ausgeflippten Abend» in Gesellschaft eines befreundeten Paares, von Geschäftspartnern oder Urlaubsbekanntschaften. Unter dem Publikum waren Privatdozenten, fortschrittliche Kleinverleger, ehemalige und zukünftige Verleger, Schriftsteller und Maler, ehemalige Protestsänger, Science-fiction-Spezialisten, Nummer zwölf oder sogar elf auf der Kandidatenliste der Kommunisten oder der Sozialisten, prestigeträchtige Namen, die die Liste füllen und den Politikern den Rücken stärken sollten, wenn sie tatsächlich mit einem Sitz im Parlament ausgezeichnet werden würden. Da war auch Juanito de Lucena, ein Gesinnungsgenosse der Bühnenstars. La Pelucas musterte ihn mit Spinnenaugen.

«Wie gut er aussieht!»

Juanito de Lucena trug ein Schönheitspflästerchen neben dem Knutschmund und hatte die Brauen nachgezogen wie ein junges, blühendes Mädchen. Über ihn beugte sich Ernesto, wie es ihm der Oberkellner beigebracht hatte, in dienstbereiter Haltung, eine Hand auf den Rücken gelegt, mit der anderen das Tablett haltend, und murmelte: « Sie wünschen, bitte?», gerade laut genug, um von dem Gast gehört zu werden, aber ohne dadurch La Toro aus dem Konzept zu bringen, jene Rafaela Carrá mit der dunklen Haut eines Tunesiers und dem Knochenbau eines Bauern.

«Ernesto! Da ist ein Herr, der dich sprechen möchte!»

Teresa Marsés Sohn hatte zwei Gin Tonic und einen Alexandra auf seinem Tablett. Carvalho hatte zu leise gesprochen, Ernesto verstand ihn nicht. Dann forderte er ihn mit einer Handbewegung auf, ihm in eine Ecke zu folgen, wo sie ungestört reden konnten, aber der Junge sagte, er könne jetzt nicht. Er bat ihn zu warten und brachte die Getränke zu einem Tisch. Währenddessen klopfte jemand auf Carvalhos Schulter. Als er sich umdrehte, entdeckte er zu seiner Überraschung das faltige Lächeln der Donato.

«Na hören Sie mal, Sie sind ja unermüdlich!»

«Ich versichere Ihnen, ich bin rein zufällig hier!»

«Wie bitte?»

«Es ist reiner Zufall!»

«Ich sitze dort drüben mit ein paar Freundinnen. Dort steht auch ein Glas für Sie!»

Dort drüben, das war ein Tisch zu Füßen von Luis Doria, an dem drei geschiedene Damen miteinander tuschelten, die unter sich sein wollten. Jetzt begann La Toro, von ihrer Sehnsucht nach ‹Luigi el Amoroso› zu singen, einem *Latin Lover* der Superklasse, der nach Hollywood gegangen war, um dort mit dem Penis sein Glück zu machen. Maestro Rosell erzeugte trotz der Parodie den Eindruck einer intimen, traurigen musikalischen Landschaft.

Ernesto kam mit leerem Tablett zurück und winkte Carvalho zu den Toiletten. Selbst dort hörte man noch die volltönende Schrillheit des Gesangs von La Toro, aber nicht mehr das Gebrodel der Stimmen und das unterdrückte Gelächter.

«Was ist los? Ich darf mich mit niemandem unterhalten. Ich bin auf Probe hier, und es war sehr schwer, diese Arbeit zu bekommen.»

«Es geht um Ihre Mutter. Sie ist in Thailand und sitzt in der Klemme.»

«Meine Mutter sitzt immer in der Klemme.»

«Es scheint ernst zu sein. Ihr Großvater will nichts davon hören. Gibt es eine Möglichkeit, Ihren Vater ausfindig zu machen?»

«Meinen Vater? Der will noch weniger davon hören. Es wird schwierig sein, ihn zu finden, und wenn Sie ihn finden, wird es nichts nützen. Er ist infantil. Die eine Hälfte des Jahres verbringt er in Ibiza, die andere Hälfte treibt er sich in Barcelona herum.»

«Irgendjemand muß sich doch um Teresa kümmern! Man müßte sich mit dem Außenministerium in Verbindung setzen.»

«Ist das nicht wieder eine der üblichen Falschmeldungen meiner Mutter?»

Der Kopf des Oberkellners tauchte an der Ecke auf.

«Ich darf mich nicht unterhalten. Hier fliegt man wegen der geringsten Kleinigkeit sofort raus. Ich will versuchen, meinen Vater zu erreichen. Geben Sie mir Ihre Telefonnummer!»

Carvalho gab ihm seine Karte, und Ernesto ließ sie in der Tasche seines Smokingjacketts verschwinden, als sei es ein Trinkgeld. Er hatte seine langen Haare zu einem Zopf geflochten, und dank der verzweifelten Weigerung, sich zu rasieren, zeigte sich auf seiner Oberlippe ein Anflug von jugendlichem Schnurrbart.

«Kommen Sie nun oder nicht?»

Das war die Donato. Sie nahm Carvalho am Arm und half ihm, sich einen Weg durch die wild applaudierende Menge zu bahnen. Durch ein Spalier von Gästen, die die Donato beiseite geschoben hatte, erreichte Carvalho den Tisch der Damen. Die eine war Konzertpianistin, die andere übersetzte feministische Romane, und die dritte hatte den wichtigsten Kurzgeschichtenpreis der Provinz Murcia gewonnen, erklärte die Donato und stellte Carvalho als arbeitslosen Privatdetektiv vor. «Nützt eure Chance, Mädels, der Señor sucht Arbeit.»

«Hätte ich ihn doch früher kennengelernt! Aber wozu braucht man einen Privatdetektiv?»

«Um Ihren Mann beschatten zu lassen, zum Beispiel.»

«Ich habe keinen Mann mehr.»

«Ich auch nicht.»

«Diese hübschen Frauen haben alle miteinander gescheiterte Ehen hinter sich und stehen zu Ihrer Verfügung.»

Die Konzertpianistin hatte ihre Sommerbräune gut konserviert und sah Carvalho über die Schulter an. Sie war eine gut gefärbte Blondine, gut gekleidet, mit einer guten Figur und einer gewissen Reife. Ihre Brüste waren in ein tief ausgeschnittenes, seidenes Mieder gezwängt.

«Stimmt's, er sieht gut aus? Er ist der bestaussehende Privatdetektiv, den ich kenne! Heute hatte ich schon einen Wortwechsel mit ihm, weil er ein Chauvi ist.»

Dabei drückte sie mit einer Hand seinen Arm und zwinkerte ihm zu.

«Was für eine schöne Nacht! Wie steht's? Haben Sie Doria schon gesehen?»

«Er ist nicht nach meinem Geschmack.»

«*Der* Maler, *der* Dichter! Sagen Sie mal, Mensch, lesen Sie denn keine Zeitung? Sehen Sie, das ist er! Er ist hier Stammgast und kommt nicht wegen der Mädchen, er kommt wegen des Pianisten. Er bleibt jedesmal bis zum Schluß, und bevor er geht, verbeugt er sich vor dem Pianisten.»

«Der Pianist!» flüsterte Carvalho und richtete seinen Blick auf den kleinen Alten, der in der musikalischen Untermalung der Szene schwelgte, wie ‹Luigi el Amoroso› in sein Heimatdorf und zu seinen früheren Geliebten zurückkehrt, nachdem sein Unternehmen, in Hollywood als Gigolo sein Glück zu machen, gescheitert ist. Die Figur des kleinen Pianisten wurde von der Musik bewegt. Seine Hosen waren zu kurz und seine weißen Altmännerwaden zur Hälfte entblößt, man sah seine alten, braunen, heruntergekrempelten Sokken und die blankgeputzten Schuhe an Füßen, die so nervös waren wie seine Hände.

«Sie kennen dieses Lokal schon, nehme ich an.»

«Das stimmt nicht.»

«Es war schon während der Diktatur geöffnet, wurde aber auf eine Anzeige hin geschlossen. Jetzt ist es wieder neu eröffnet worden. Die Mädchen von früher sind fast alle wieder hier. Sie haben nur fast zehn Jährchen mehr auf dem Buckel. Haben Sie sich La Toro angesehen? Zum Fürchten!» Rosa Donatos Lachen brach abrupt ab, als sie bemerkte, daß sich die Pianistin und Carvalho tief in die Augen schauten, und sie lächelte in sich hinein. Mit dem Mund an Carvalhos Ohr sagte sie: «Leisten Sie ihr Gesellschaft. Sie ist sehr allein. Lieben Sie Musik?»

«Es kommt darauf an.»

«Unterhalten Sie sich mit ihr über Musik!»

Carvalho trank seinen doppelten Whisky ohne Soda und Eis in einem Zug leer und beugte sich zu der Pianistin.

«Was ist mit Beethoven?»

«Was soll mit Beethoven sein?»

«Ich hörte, Sie sind Musikerin.»

«Oh, ich spiele nur Béla Bartók.»

Carvalho schüttelte den Kopf und sagte mit geheucheltem Entsetzen: «Das hätte ich nicht von Ihnen gedacht!»

Die Konzertpianistin lachte und entblößte dabei ein sehr teures Gebiß.

«So geht das nicht weiter!» verkündete die Donato, als niemand mehr übersehen konnte, daß sie das Lokal verlassen mußten. Doria hatte sich erhoben, braun gebrannt, eckig, seine weiße Mähne leuchtete im Halbdunkel des Lokals, sein Gang war wacklig, aber entschlossen. Seine beiden Begleiter ließen ihn nicht aus den Augen, als er die Stufen zum Mittelgang hinabstieg. Die Pianistin begrüßte ihn, und der alte Mann erwiderte die Begrüßung leutselig, küßte ihr die Hand und hielt sie fest, schäkerte ein wenig mit ihr und verabschiedete sich dann mit derselben Zeremonie, wie er sie begrüßt hatte. Der Aufbruch war allgemein, und Doria eilte zu dem Podest, wo der Pianist dabei war, sorgfältig seine Partituren zusammenzulegen.

Carvalho folgte den Damen in dem Bestreben, die Aufmerksamkeit der Pianistin wiederzugewinnen, und plötzlich befanden sie sich alle zusammen im Gefolge von Luis Doria, unter den wissenden Blicken der letzten Gäste. Luis Doria blieb unter dem Podest stehen und sagte: «Sehr gut, Alberto, sehr gut.»

Aber der Pianist beachtete ihn kaum. Er nickte mit dem Kopf und wandte dem bedeutenden Luis Doria weiterhin den Rücken zu.

«Immer alles in Ordnung?»

Der Pianist nickte wieder vage mit dem Kopf, ohne Doria anzusehen.

«Und Teresa?»

Der Pianist erbebte, und es war von hinten nicht zu erkennen, ob er lachte oder weinte. Er hatte seine Partituren zusammengelegt und ging zu den Stufen des Podestes, ohne Doria weitere Beachtung zu schenken, der sich mit seinen Begleitern auf dem Weg zum Ausgang befand. Die Donato nahm Carvalhos Arm.

«Es ist jedesmal dasselbe. Immer wenn ich Doria hier begegne, beschließt er so den Abend.»

Der Pianist übergab seine Noten der Garderobenfrau. Diese legte sie feierlich an ihren Platz und erschien wieder mit einer Bürste, die der Alte nahm, um sich bedächtig von oben bis unten zu entstauben. Am Ausgang trafen sie wieder mit dem Pianisten und Ernesto zusammen, der jetzt seinen Smoking ausgezogen hatte. Er trug die Uniform der Jugendlichen von 1982, die Haare fielen ihm offen über die Schultern. Ernesto grüßte kurz und schwang sich auf sein kleines Moped, mit dem er die Ramblas hinaufschoß und seinem Schlupfwinkel zustrebte, wo die schwangere Flötenspielerin auf ihn wartete. Carvalho dachte, daß der Junge frieren würde, denn der Oktober ging seinem Ende zu, und ein Moped war nicht das richtige, um den Tibidabo hinauf und dann die feuchten Straßen wieder hinab zu fahren, die ins Vallés führten. Aber Ernesto war schon ein weit entfernter roter Lichtpunkt. Dafür ging Alberto Rosell mit der Beschwingtheit eines Ausflüglers über den Mittelstreifen der Ramblas. Vielleicht erweckten seine kurzen Hosen diesen Eindruck, unter denen die braunen Socken aus der Nachkriegszeit hervorlugten.

«Rosa, meine Hübsche, ich wußte gar nicht ...»

Die Donato küßte sie und wurde geküßt von Rosalinda, die mit ihren vielen Pelzen wie ein schwuler Polarforscher aussah.

«Du behandelst mich schlecht, du liebst mich überhaupt nicht mehr. Hast du schon vergessen, daß wir ganz dick befreundet sind?»

«Wie könnte ich dich vergessen, mein Juwel! Aber du bist mir einfach zu männlich!»

«Ich, männlich? Oh, was du mir wieder sagst! Andrés, los, komm und hör mal, was ich mir für Ausdrücke anhören muß!» Ein Junge mit Backenbart und einem Zigarrenstummel im Mundwinkel näherte sich der Gruppe.

«Das ist mein Andrés, mein Verlobter. Wir wollen heiraten! Und das ist Rosa. Hör mal, was sie sagt, du, sie sagt, ich sei ihr zu männlich. Wie findest du das? Findest du mich männlich, Schätzchen?»

Andres sagte nein, steckte die Hände in die Taschen und blickte zum Himmel hinauf, um den Mond zu suchen. Rosalinda kniff die Donato in den Arm.

«Wie boshaft du bist! So etwas Gemeines, diese Alte! Stell mich lieber dem hübschen Jungen da vor! Was soll ich denn mit so vielen Frauen?»

«Er ist Privatdetektiv.»

«Ein Bulle!»

Abgrundtiefe Abscheu ließ die Kruste von Rosalindas Schminke mit Stärke sieben der Richterskala erbeben.

«Nein, ein Privatdetektiv wie im Kino. Wie Humphrey Bogart.»

«Ach, also mit dem hat er wenig Ähnlichkeit. Er erinnert mich mehr an ... ich weiß nicht ... an einen andern. Aber nicht an den, den du genannt hast. *Adiós*, meine Süße, und vergiß mich nicht! Hab ich dir gefallen?»

«Du hast sehr gut gesungen.»

«Ich nehme ja auch Gesangsstunden, hör mal, bei demselben Lehrer, bei dem die Caballé gelernt hat, wie man in die Eierstöcke atmet. Zeigen Sie mir das auch! sagte ich zu ihm. Und jetzt gibt er mir Unterricht.»

«Im Atmen mit den Eierstöcken?»

«Na klar, hör mal, und es stimmt tatsächlich, es geht. Schau her!» Sie knöpfte ihren Pelzmantel auf, und ein violettes Kleid kam zum Vorschein, das sich wie ein Handschuh der voluminösen, gebirgigen Geographie von Rosalinda anpaßte.

«Sieh her, jetzt atme ich in den Magen.» Und Rosalindas Magen wogte im Rhythmus ihrer Atemzüge. Dabei hielt sie den Mund geschlossen und blähte die Nasenflügel wie eine Kröte.

«Und jetzt atme ich in die Eierstöcke.»

Und sie atmete tatsächlich in die Eierstöcke, denn äußerlich bewegte sich kein Muskel, so daß alle davon überzeugt waren, der Atem müsse in der Tiefe ihres Bauches verschwunden sein.

«Es ist ja klar, daß die Luft von hier drinnen viel langsamer ausströmt und daß ich damit die Stimme viel länger halten kann. Deshalb halten die Caballé, oder was heißt hier Caballé, also die Callas oder Raphael, oder einer von denen, also deshalb können sie den Atem so lange halten und mit ihrer Stimme machen, was sie wollen. Die singen dir, was weiß ich, einen ganzen Kilometer lang, ohne mit der Wimper zu zucken.» Sie schloß die Augen, um neue Ideen für ihren Vortrag zu sammeln, aber die Donato küßte sie schnell auf die Wangen und erklärte die Audienz für beendet.

«Schau mal, Schätzchen, wir sind müde und wollen nach Hause. Ich gratuliere dir zu deinem Erfolg und wünsche dir viel Glück weiterhin!»

Rosalinda versuchte noch zu sagen, daß sie nur für die Kunst lebte, aber die Donato hatte sich schon umgedreht, und Carvalho ertappte sich dabei, wie er beim Gehen auf seine Schuhe starrte, während er neben sich die Gegenwart der Pianistin spürte. Rosa benutzte das Licht einer Straßenlaterne, um alle um sich zu versammeln und ihnen die letzten Instruktionen für die Nacht zu geben.

«Ich muß früh aufstehen und kann dich nicht begleiten, Joana. Unser Privatdetektiv ist bestimmt so freundlich und begleitet Joana nach Hause, nicht wahr?»

Joana ließ Carvalho den Rückzug frei und bemerkte, es gebe doch überall Taxis.

«Aber keine Privatdetektive!»

Damit war die Sache entschieden, denn die Donato gab der Pianistin Küßchen auf die Wangen, reichte Carvalho die Hand und hängte sich bei den beiden anderen ein, um sich auf den unvermeidlichen Heimweg über die Ramblas zu machen. Nach ein paar Metern drehte sie sich um und rief Carvalho zu: «Haben Sie Marta

Miguel getroffen? Ja, wirklich? Was halten Sie von ihr? Unmöglich, nicht? Ich kenne sie kaum.» Ohne seine Antwort abzuwarten, drehte sie sich wieder um und ging weiter. Joana schaute sich überall nach einem Taxi um.

«Machen Sie sich keine Mühe. Ich begleite Sie sehr gerne.»

«Also, ich bin wirklich wütend.» Ihre Stimme klang auch wütend, auch der Blick war wütend, den sie den drei Frauen nachschickte.

«Sie spielt mir immer den gleichen Streich!»

«Und was für einen, wenn ich fragen darf?»

«Na, daß sie mir jeden Mann aufhalst, der auftaucht.»

«Sie ist eben eine gute und großzügige Freundin.»

«Sie macht es extra, um mir zu verstehen zu geben, bitte schön, da hast du deinen Hengst, du bist eben nicht so wie wir.»

«Ich verstehe. Und warum gehen Sie weiter mit ihnen aus?»

«Rosa hat ein gewisses Etwas, das mich anzieht. Ich weiß nicht, was es ist. Ihr starker Charakter vielleicht.» Als sie Carvalhos Auto gefunden hatten, schauten sie einander in die Augen, dann senkte die Frau den Blick, um festzustellen, ob Carvalho einen Mund hatte, und als sie ihn sah, beugte sie ihren ganzen Kopf zu Carvalho und preßte ein kleines, saftiges, halbgeöffnetes Lippenpaar auf seinen Mund. Carvalho erwiderte den Kuß und lehnte sich dann in seinem Sitz zurück.

«Ein Glück, daß ich diese blöde Frage nicht stellen muß.»

«Welche denn?»

«Laden Sie mich noch auf einen Drink in Ihre Wohnung ein?»

«Mein Mann hat mich verlassen.»

Mit einer Hand das Glas und mit der anderen das Gleichgewicht haltend, ließ sie sich in den Lotussitz fallen, ohne einen Tropfen zu verschütten. Carvalho bewunderte die Geschicklichkeit dieser Bewegung. Er selbst versank beinahe im Treibsand von zehntausend Kissen, schaffte es kaum, sein Glas zu halten, zu verhindern, daß er in den Polstern versank, und gleichzeitig eine Haltung einzunehmen, die ihm eine weitere Annäherung an Joana gestattete. Er verfluchte den sogenannten Orientalismus, der bei der Einrichtung von Innenräumen überhand nahm. Immerhin hingen an den Wänden abstrakte Bilder von Modemalern, und im Hintergrund des riesigen Salons, im dritten Wohnbereich, thronte ein Flügel.

«Wir sind nicht im Streit auseinandergegangen. Er hatte es mir schon am ersten Tag unserer Ehe angekündigt. Wenn du fünfundvierzig bist, bin ich schon fünfzig. Dann werde ich dich verlassen. Ich hielt es damals für einen Scherz.»

Sie nippte aus ihrem Glas mit der Zartheit eines Vogels.

«Es war im letzten Juli. Ich habe im Juli Geburtstag, am zweiundzwanzigsten. Eduardo gab mir ein Kästchen und einen Umschlag. In dem Kästchen lag ein Smaragdcollier, das er mir seit langem versprochen hatte ... und ... und in dem Umschlag waren ein Zettel mit einem Rechtsanwaltstermin und ein Scheck über zehn Millionen Peseten ... Hörst du mir überhaupt zu? Was hältst du davon?»

«Ich finde, dein Mann hat ganz schön viel Geld.»

«Manchmal. Ja, es stimmt, er hat schon Geld. Nicht viel. Was verstehst du überhaupt unter viel Geld?»

«Fünfzig Millionen Peseten.»

«Das ist Kleingeld. Ja, so viel hat er schon.»

«Warum hat er dich verlassen?»

«Ich glaube, weil ich ihm nichts Neues mehr zu bieten hatte. Er selbst sagte mir, ich hätte ein zweites Leben an der Seite eines anderen Mannes verdient, außerhalb des häuslichen Rahmens ... und er natürlich auch. Er hat zwei Kinder mit einer Krankenschwester seiner Klinik.»

Sie blickte über den Rand des Glases, um die Wirkung ihrer Enthüllung zu beobachten.

«Sie ist jünger als ich.»

«Aber nicht hübscher. Ganz sicher nicht!»

Carvalhos Hände bewegten sich schnell. Er fuhr ihr durchs Haar, ihre kurzen weichen Locken umrahmten ein Gesicht, das auf die Titelseite von *Hola* gepaßt hätte. Man sah ihm die kalorienarme Diät an und die Gesichtsmassagen, die das Welken der Wangen und die Falten am Hals aufhalten sollten. Wieder bewegten sich seine Hände, streiften ihr die Träger des Mieders von den Schultern und befreiten die großen, exakt geformten Brüste. Sie waren braungebrannt und endeten in zwei rosigen Spitzen. Sie betrachtete ihre Brüste und ihren Körper und redete im selben Augenblick weiter.

«Wir hatten keine Kinder.»

«Um so besser. Was wäre aus ihnen geworden?»

«Stimmt.»

Jetzt machten sich seine Hände an ihrem Rock zu schaffen, und Joana mußte sich umdrehen, damit er ihren Reißverschluß öffnen konnte. Dabei ließ sie ihr Glas nicht los, sie verschüttete keinen

Tropfen, sondern erlaubte sich sogar das Kunststück, daran zu nippen, während Carvalho ihr den Rock auszog. Mit einem Höschen, das in eine Kinderhand gepaßt hätte, und dem Glas Portwein in der Hand wirkte Joana wie eine Fotomontage. Ihr Körper zeugte von dem fieberhaften Bemühen, die Zeit aufzuhalten. Kein Gramm zuviel, keine Falte, die nicht gepflegt würde, kein Fleckchen, das nicht von den zuverlässigsten Sonnen der Welt gebräunt war. Die ganzen Anstrengungen hatten trotz allem einen gewissen Verfall der Figur nicht verhindern können, den Carvalho anziehend fand und der ihn veranlaßte, mit den Fingerkuppen wieder und wieder ganz zart alle Linien dieses Körpers nachzuzeichnen, der den Jahren einen Kampf auf Leben und Tod lieferte.

«Rosa möchte, daß ich wie sie wäre. Daß wir alle wie sie wären.»

«Das wäre schrecklich!» sagte Carvalho und versuchte, auf einen Ellbogen gestützt, ihre Brustwarzen zu küssen, was allerdings aufgrund der ungünstigen Stellung etwas schwierig war. Als seine Lippen die linke Brustwarze umschlossen, warf Joana den Kopf in den Nacken, schloß die Augen und ließ sich in das Meer der Sitzkissen gleiten. Dies kam so unerwartet, daß Carvalho die Kontrolle über ihre Brustwarze verlor und ebenso sein Gleichgewicht. Irgendwie fiel er über Joana, was diese als überstürzten Angriff empfand, sie entschlüpfte in die Polster und stammelte ein paarmal ärgerlich: «Noch nicht!» Joana lag da, zwischen den tausend Kissen, mit ihrem winzigen Höschen und drehte gedankenverloren der Welt und Carvalho den Rücken zu. Carvalho wußte nicht, ob er nach Hause gehen oder versuchen sollte, die Situation zu retten. Er streckte sich in den Kissen aus und ließ sich bis auf den Grund sinken. Von dort aus bat er in aufgeräumtem Ton: «Es würde mir sehr gefallen, wenn du mir etwas auf dem Flügel vorspielen würdest!»

«Jetzt?»

«Ja, jetzt!»

«So?»

«Ja, so.»

Sie richtete sich auf, ordnete mit einer Hand ihre Frisur und ging zum Flügel. Ihr schöner, birnenförmiger Hintern paßte wie angegossen in den Drehstuhl, und ihre spitzen Ellbogen flatterten wie kleine Vögel eilig über die Tasten. Der Flügel schien auf die Hände seiner Herrin gewartet zu haben, denn er servierte die Töne mit der Promptheit eines Mayordomo. Zuerst klang es wie Albéniz, kurz darauf hätte Carvalho schwören können, daß sie Torre Bermeja spielte, aber da brach sie ab und entschuldigte sich, ohne sich umzudrehen.

«Entschuldigen Sie, aber ich erarbeite mir gerade ein Konzert von Albéniz und habe automatisch damit angefangen.» Sie setzte sich wieder in Positur und begann zu spielen, diesmal eine melancholische und gleichzeitig getragene Melodie. Sie spielte sie schleppend, aus Müdigkeit oder Sentimentalität, jedenfalls rührten die Töne etwas in den Tiefen des Gemütes an.

«Was ist das?»

«Ein Lied von Theodorakis, *O Perigal*, die Vertonung eines Gedichtes von Elitis. Gesungen ist es wunderschön, vor allem von Maria Farandouri.»

«So klingt es auch nicht schlecht.»

«Stimmt. Es klingt so auch nicht schlecht.»

Carvalho erhob sich und zog sich aus. Er ging zum Flügel und umarmte die Pianistin von hinten, dabei umschloß er ihre Brüste mit seinen Händen. Die Melodie brach ab, Carvalho nahm ihre Hände und legte sie auf den Deckel des Flügels, küßte sie in den Nacken und nahm sie von hinten. Bevor er in sie eindrang, fand sie noch Zeit zu fragen: «Warum?», aber Carvalho wollte oder konnte ihr nicht antworten. Ihre Knie wurden weich, ihre Beine gaben immer mehr nach, je näher der Höhepunkt kam, Carvalho mußte ihr einen Arm um die Hüften legen und stützte sie. Als es vorbei war, ließ er sie sachte los, und ihr Körper bildete einen Winkel zwischen Flügel und Fußboden. Als sich Joana erhob, schwankte sie wie Margot Fonteyn und ging, ohne Carvalho anzusehen, zu den Kissen, um sich darin zu vergraben. Carvalho unterdrückte den Impuls, ins Badezimmer zu gehen, und legte sich neben sie, um mit einem Finger imaginäre Wege auf ihrem Rücken nachzuzeichnen. Sie drehte den Kopf. Endlich sah er ihr Gesicht, erhitzt und gleichsam erweitert durch eine tiefe intime Befriedigung.

«Warum?»

«Warum was?»

«Warum haben wir es getan?»

«Mir fallen zwei gute Gründe ein. Erstens, weil es uns Spaß gemacht hat, und zweitens, weil es fünf Uhr morgens ist und der *Corte Inglés* noch nicht geöffnet ist.»

«Warum hast du es mir so gemacht, als ob wir Hunde wären?»

«Du hast einen schönen Rücken.»

«Du hast es mir so gemacht, weil du mich erniedrigen wolltest.»

Dabei zog sie die Augenbrauen zusammen, um ihren Ärger zu bekräftigen.

Carvalho stand auf und begann sich anzuziehen.

«Und was ist morgen?»

«Morgen ist wieder ein neuer Tag.»

«Sehen wir uns?»

«Morgen nicht. An einem anderen Tag.»

«Ich werde bald verreisen, wenn mir die Polizei und der Richter keinen Strich durch die Rechnung machen.»

«Was ist los?»

«Ich bin Zeugin in dem Mordfall, wie hieß sie doch gleich, Celia Mataix.»

«Warst du dort in der Nacht, als sie umgebracht wurde?»

«Ja. Rosa hatte mich mitgenommen, und ich ging auch wieder weg mit ihr.»

«Kanntest du Celia vorher schon?»

«Sehr gut. Zu gut.» Die ironische Betonung der Worte war nicht zu überhören.

«Probleme?»

«Sie war die Geliebte meines Mannes. Ich ging hin, um sie mir aus der Nähe anzusehen.»

«Und wie sah sie aus der Nähe aus?»

«Genau wie eine kleine Nutte, die so tut, als sei sie erwachsen.»

Ihre Hände fischten nach ihren Kleidern, und sie zog sich so weit an, daß sie Carvalho zur Wohnungstür begleiten konnte.

«Ich habe das Gefühl, eine Dummheit gemacht zu haben.»

«Warum?»

«Es war so ... so animalisch ...»

Carvalho schloß im Geist die Augen und gab ihr die Hand. Sie betrachtete die Hand, als verstehe sie nicht, was sie damit tun solle, und stellte sich dann auf die Zehenspitzen, um ihn auf die Wange zu küssen.

«Tust du es immer so?»

«Wie?»

«Als ob es dir schnurzegal wäre, was deine Partnerin für ein Gesicht macht!» Was sie dann sagte, paßte genau in den Moment, als sie die Tür hinter Carvalho schloß. «Ihr Männer seid doch alle gleich!»

Es dauerte eine ganze Weile, bis er bemerkte, daß es wirklich klingelte, daß irgend jemand, obwohl es zehn Uhr vormittags war und er noch keine vier Stunden geschlafen hatte, unüberhörbar an der Haustür klingelte. Er sprang nackt aus dem Bett und schaute zum Fenster hinaus. Dort unten stand Ernesto, fest entschlossen, nicht von der Stelle zu weichen, obwohl er genausowenig geschlafen hatte wie Carvalho. Der Detektiv öffnete das Fenster und rief so ärgerlich laut: «Ich komm ja schon!», daß die Schwalben von den Bäumen aufflogen. Eigentlich wollte er seinen Schlafrock holen, aber dann stand er erst einmal vor dem Kühlschrank und leerte einen halben Krug Wasser. Plötzlich fühlte er eine seltsame Desorientierung, als hätte er den Weg zu dem Schlafrock und zu der Haustür vergessen. Oder vielleicht hatte er gar keinen Schlafrock. Er erinnerte sich, daß im Badezimmer so etwas wie ein Umhang hing, und beeilte sich, ihn zu holen. Als er ihn anzog, wurde ihm klar, was eigentlich los war. Jemand hatte an der Haustür geklingelt, ohne darauf Rücksicht zu nehmen, daß eine Wolke seinen Kopf vernebelte, und ohne sein Schlafbedürfnis zu beachten. Barfuß ging er in den Garten hinaus und ließ Ernesto ein, ohne ein Wort zu sagen, aber eine Entschuldigung erwartend. Der Junge ging stumm an ihm vorbei und ergriff mit langen Schritten von dem fremden Grundstück und dem Haus Besitz. Carvalho hielt sich hinter ihm zurück und war erst wieder Herr der Lage, als Ernesto sich auf das Sofa fallen ließ und resigniert seufzte.

«Ich bin hundemüde, könnte tot umfallen vor Müdigkeit.»

«Also, da kenne ich noch einen anderen, der gleich tot umfällt. Ich dachte immer, die Jugend von heute hält nichts vom frühen Aufstehen.»

«Wenn Sie nichts dagegen haben, möchte ich so schnell wie möglich zur Sache kommen. Das mit meiner Mutter, Teresa, hat mir die ganze Nacht keine Ruhe gelassen. Was ist eigentlich passiert?»

Carvalho schilderte ihm kurz die Situation, und Ernesto schüttelte den Kopf, als erzähle man ihm Geschichten von jemandem, der unweigerlich immer wieder rückfällig wurde.

«Mama gehört zu den Leuten, die sich in jedes Abenteuer stürzen, ohne eine Ahnung, wie es ausgehen wird. Als ich zu ihr kam und sagte: ‹Meine Freundin ist schwanger›, fing sie an, mir etwas von Empfängnisverhütung zu erzählen. Es war absurd. Dann hielt sie mir einen Vortrag darüber, wie offen sie sei und daß sie so etwas nicht verdient habe. Und sie hätte keine Lust, Großmutter zu sein. Als ob ich sie darum gebeten hätte, Großmutter zu werden, oder als würde sich irgend etwas an ihrem Aussehen verändern, so daß ihr jeder ansehen könnte, daß sie Großmutter ist. Daß man Großvater ist, kann doch keiner erkennen. Daß man Vater ist, vielleicht. Als ich ihr das sagte, wurde sie wütend. Sie würde abreisen, und wir könnten uns nach ihrer Rückkehr noch einmal unterhalten. Und ich? Ich hätte mir das alles vorher überlegen müssen. Und jetzt stehe ich da.»

«Du hast Glück, daß du Arbeit gefunden hast.»

«Die beuten mich aus, aber ich tue so, als wüßte ich von nichts. Ich habe weder einen Vertrag, noch bin ich versichert. Aber immerhin habe ich Arbeit und brauche niemanden um Geld zu bitten. Was kann ich für Teresa tun?»

«Ich glaube nicht, daß du viel tun kannst. Wer eigentlich etwas unternehmen müßte, das sind deine Großeltern oder dein Vater. Mach deinen Vater ausfindig, wenn du kannst.»

«Ich habe seine Adresse schon. Er arbeitet als Hundeabrichter in einem Hundeheim an der Küste. Im Süden, bei Caladefell. Weil sie zu Hause immer Hunde gehabt hatten, kennt er sich aus. Wundern Sie sich nicht!»

«Nein, ich wundere mich nicht.»

«Mein Vater war nämlich früher Finanzberater bei Bankinter, weil er irgendwo einen einflußreichen Onkel hatte oder weil er der Schwiegersohn meines Großvaters war, ich weiß es nicht genau. Jetzt ist er gerade aus Ibiza zurück, weil das Mädchen, das ihn ausgehalten hat, nichts mehr von ihm wissen will. Er ist dick geworden und bekommt allmählich eine Glatze.»

«Wie alt ist dein Vater?»

«Uralt. So um die Vierzig. Ein oder zwei Jahre älter als Teresa, aber sie ist trotzdem die ältere von beiden. Er ist ein Vagabund. Seit er von zu Hause abgehauen ist, hat er alles mögliche ausprobiert. Zum Glück gibt er mir keine guten Ratschläge!» Er lachte auf. «Er ist irgendwie verrückt. Als ich ihm erzählte, daß ich Vater werde, sagte er zu mir: ‹Sehr gut, Ernesto, du bist ein Schürzenjäger wie dein Vater.› Aber zurück zu Teresa. Ich soll etwas unternehmen? Mit achtzehn Jahren wird man kaum ernst genommen. Mein Großvater hat Beziehungen, mein Vater auch, obwohl er sich mit allen seinen Freunden verkracht hat, weil er ihnen noch Geld schuldet. Der Vater meines Freundes Mercè hat ungeheuer viel Einfluß, er ist Abgeordneter im Parlament von Katalonien, aber er kann mich auf den Tod nicht ausstehen. Er gehört zu den Leuten, die nur oberhalb der Gürtellinie Demokrat sind.»

«Wir sollten zum Reisebüro gehen, falls die etwas Neues wissen, und dann deinen Vater besuchen, um zu sehen, ob er aktiv werden will. Willst zu etwas frühstücken?»

Ernesto verneinte und sprang mit demonstrativer Leichtigkeit auf, während er seine Haare zurechtschüttelte. Er begann Carvalhos Schallplatten zu begutachten, schüttelte den Kopf und lächelte wohlerzogen dabei.

«Sie sind ja von vorgestern! Nicht mal eine von den Stones dabei. Das Neueste, was Sie haben, ist ‹Penny Lane› von den Beatles.»

«Die muß ich wohl bei einer Tombola gewonnen haben. In Wirklichkeit bin ich nämlich bei Aznavour stehengeblieben.»

«Sie sind gar nicht so rückständig, wie Sie aussehen. Eine LP von Pink Floyd, aber bringen Sie sich mal auf den neuesten Stand, Mann, Sie werden ja bald taub. Man kann wirklich taub werden, wenn man nicht weiß, wie man die heutige Musik richtig hört.»

«Ein tiefschürfender Gedanke.»

«Wenn ich früh aufstehe, spucke ich die in Massen aus.»

Carvalho ging in die Küche. Er machte Kaffee, und während seine morgendliche Bluttransfusion in die Kanne tropfte, verzehrte er ein halbes Pfund Erdbeeren. Bromuro hatte ihm diese unfehlbare Kur gegen Harnsäure empfohlen.

«Wenn du eine Woche lang nur Erdbeeren essen könntest, dann wärst du die ganze Harnsäure für lange Zeit los, Pepe.»

Ein halbes Pfund Erdbeeren am Morgen mußte auch etwas nützen. Tief befriedigt darüber, seinem geschundenen Körper etwas Gutes getan zu haben, stellte er sich unter die Dusche und duschte abwechselnd heiß und kalt, denn Bromuro, der sich nicht mehr gewaschen hatte, seit er mit der Blauen Division die Oder oder Neiße überquert hatte, behauptete steif und fest, daß das gut für den Kreislauf sei.

«In deinem Alter, Pepiño, muß man anfangen, sich um seinen Kreislauf zu kümmern. Der ganze Körper ist so gesund wie das Blut. Deshalb bin ich so, wie ich bin. Mein Blut ist so dick wie das in einer Blutwurst.»

Er trat aus der Dusche und ging wieder ins Wohnzimmer, wo jetzt die ‹Romance de valentía› von Conchita Piquer lief. Ernesto grinste ihn aus seiner Sofaecke an.

«Das ist ja das reinste Museumsstück, hören Sie mal. Absolut antik! Klingt wie eine von den Mädchen aus dem *Capablanca*. Gefällt Ihnen das etwa?»

«Es erinnert mich an die Zeit nach dem Krieg.»

«Sie denken gerne an früher.»

«Jeder denkt, an was er kann.»

«Ich erinnere mich an ein Lied von Karina, es hieß ‹Wir beide sind nicht Romeo und Julia›. Sie sang es, als ich etwa sechs Jahre alt war. Aber dann kamen die Beatles, und ich bin bei den Beatles geblieben.»

«Ich sehe, du hast nicht aufgehört zu denken. Gehen wir.»

Als sie in den Garten hinausgingen, zeigte Ernesto mißbilligend auf die alles überwuchernden Efeuranken und den dünnen Gartenzaun.

«Der Garten ist ja total verwildert.»

«Also mein Garten gefällt dir auch nicht?»

«Pflanzen brauchen Liebe. Man muß mit ihnen sprechen und sie gern haben, sie brauchen sogar Musik. Wenn Sie wollen, komme ich mal und bringe den Garten in Ordnung. Ich verlange nicht viel dafür.»

«Du hast die reinste Rockefeller-Mentalität. Kellner, Gärtner, demnächst sehe ich dich auf der Straße als Zeitungsverkäufer!»

«Wenn man sie laut ausrufen könnte, würde mir das gefallen. Ich fahre mit dem Moped hinter Ihnen her.»

Sein Moped schoß wie eine klapprige Wespe hinter Carvalho her und wurde von diesem Moment an ein Gegenstand der Sorge für ihn, während er im Rückspiegel beobachtete, ob der Junge ihm folgen konnte. Ein Ding der Unmöglichkeit, daß dieses zweirädrige Insekt Ernestos Gewicht aushalten und dem Auto folgen könnte. Da er das Moped im Rückspiegel nicht aus den Augen lassen wollte, fuhr Carvalho ziemlich langsam den Berg hinab. Hinter ihm bildete sich eine ganze Karawane verärgerter Autofahrer, die dann, wenn sie das Moped und Carvalho überholten, wütende oder verächtliche Blicke herüberwarfen, die normalerweise Frauen oder Tattergreisen am Steuer vorbehalten waren. Unzufrieden mit sich selbst, beschleunigte Carvalho sein Tempo, soweit ihm das die Herden von Müttern erlaubten, die eben ihre Kinder zum Unterricht in einer der überall in den oberen Stadtteilen verstreuten Privatschulen gebracht hatten. Er parkte in der Tiefgarage unter dem Paseo de Gracia und eilte zum Reisebüro. An der Tür wartete Ernesto schon auf ihn.

«Sie werden ein hohes Alter erreichen. Sie fahren, als hätten Sie noch nie etwas von Eile gehört.»

Als Carvalho mit dem langhaarigen, schlaksigen Jungen das Reisebüro betrat, hoben sich einige Augenbrauen. Mehr als einer dachte, es sei ein Überfall, andere hielten Carvalho für einen älteren Schwulen, der für sich und seinen jungen Freund eine Kreuzfahrt in die Karibik buchen wollte. Die restlichen Gesichter blieben indifferent und geschäftsmäßig, woraus Carvalho schloß, daß keiner von ihnen auf die naheliegende Idee gekommen war, sie könnten Vater und Sohn sein, die sich beispielsweise nach einer Studienreise erkundigen wollten. Der Chef des Reisebüros hatte schon eine sorgenvolle Miene aufgesetzt und wandte sich, obwohl Carvalho ihm Ernesto als Teresas Sohn vorgestellt hatte, mit seinem Bericht ausschließlich an den Detektiv, mit dem er sich alters- und kleidungsmäßig verbunden fühlte. Die Reisegruppe war an diesem Vormittag angekommen, und Teresa war nicht dabei gewesen. Ihm lag ein sehr verkürzter Bericht des Reiseleiters vor, der Rückflug war sehr anstrengend gewesen, mit unglaublichen Turbulenzen über Indien und einem achtstündigen Reparaturaufenthalt in Bombay. Er enthielt praktisch nichts Neues. Teresa Marsé war in Chiang Mai verschwunden, nachdem es zu einigen Unregelmäßigkeiten gekommen war, die im Bericht des Reiseleiters aufgeführt wurden. Bis Bangkok war alles normal verlaufen, aber dort hatte sie sich von der Gruppe abgesetzt und eine Beziehung mit einem jungen Thai angeknüpft, der nach Auskunft der Polizei einen äußerst schlechten Ruf hatte. Als er den äußerst schlechten Ruf erwähnte, warf der Leiter des Reisebüros Carvalho einen vielsagenden Blick zu, als wolle er ihm etwas zu verstehen geben, das der anwesende Junge nicht hören sollte. Aber es war Ernesto selbst, der nachfragte.

«Was soll das heißen, äußerst schlechter Ruf?»

«Genau das.»

«Genau das sagt mir überhaupt nichts.»

«Drücken Sie sich ruhig deutlich aus. Der Junge kann einiges vertragen. Er steht schon auf eigenen Füßen und hat viel erlebt.»

Der Direktor holte tief Luft. «Um es klar zu sagen, und verzeihen Sie bitte, daß ich derartige Ausdrücke benutzen muß, aber es war genau so, wie der Reiseleiter es mir gesagt hat: ‹Er ging berufsmäßig der Sexualität nach.›»

«Ein Prostituierter?»

«Ja, das heißt, in Bangkok und auch sonst überall gibt es weibliche und männliche Prostituierte, und je mehr sich die Frauen emanzipieren, um so mehr männliche Prostituierte gibt es. Die Massagesalons waren zum Beispiel früher ausschließlich für Männer, aber jetzt werden auch Massagesalons für Frauen aufgemacht, wo diese von Männern bedient werden. Für Ausländerinnen, natürlich. Die ganze Prostitution in Bangkok ist nur für Ausländer.»

«Das heißt also, meine Mutter ist mit einem Strichjungen durchgebrannt.»

«Nach dem, was in dem Bericht steht, ist die Geschichte nicht ganz so klar, und die Polizei von Bangkok will der Sache auch nicht auf den Grund gehen. Mein Reiseleiter sagte zu mir: Die Sache stinkt. Die spanische Botschaft hat sich eingeschaltet, aber der Chef der thailändischen Polizei sagte, daß er in dieser Sache nichts ausrichten könnte, weil ‹dieses Paar sich in Kreise begeben hat, wo sie nicht erwünscht waren›. Bangkok – ich weiß nicht, ob Sie schon einmal dort waren – ist eine heimtückische Stadt. Es ist auf den ersten Blick eine festliche Touristenstadt, wo alles auf den Tourismus eingestellt ist. Aber wenn man hinter die Kulissen blickt, entdeckt man eine Stadt des Schreckens, in der jemand, wenn er nicht mit Rauschgift aus dem Norden handelt, mit burmesischen Rubinen oder mit Mädchen Geschäfte macht, und jeder von ihnen hat sein abgestecktes Revier. Wie der Reiseleiter sagte, die Sache stinkt. Und er weiß, was er sagt, denn er hat über zwanzig Reisen nach Asien hinter sich.»

«Können wir mit ihm sprechen?»

«Lassen Sie ihn ein paar Stunden ausschlafen, aber heute abend steht er zu Ihrer Verfügung.»

Hundeheim Pluto, das Zuhause für Hunde aus gutem Hause.

Zuerst sah man ein grünes Drahtgehege, in dem ein Mann dabei war, Hunde abzurichten. Er sah aus wie ein Löwenbändiger, trug hohe Stiefel, Reithosen und ein bequemes blaues Hemd. In der einen Hand hielt er einen Stock, die andere steckte bis zum Ellbogen in einem Armschutz, und seine ganze Körperhaltung zielte darauf ab, den Hund zu reizen, seinen Angriff abzufangen und diese Bewegung mit der vollkommenen Eleganz zu unterstützen, mit der nur ein Gentleman einem angreifenden Hund begegnen kann.

«Mein Vater», murmelte Ernesto resigniert und ging vor Carvalho durch das Eingangstor. Er trat an das Gehege und rief durch das ohrenbetäubende Hundegebell den Namen seines Vaters. «Señor Planas Riutort!» Der Hundebändiger wandte sich um, seine Haare, die ihm lang in die Stirn fielen, flatterten. Er lächelte, als sei eine Fernsehkamera auf ihn gerichtet, und lief mit athletischen Bewegungen auf seinen Sohn zu. Er öffnete das Gittertürchen, das das Gehege abschloß, nahm den Armschutz ab und gab mit der freien Hand seinem Jungen einen zärtlichen Klaps.

«Wie geht's, Tito?»

«Sehr gut, Papa. Laß mich zuerst etwas sagen, bevor du mit deinen eigenen Geschichten anfängst. Dieser Herr hier heißt Carvalho, Mama hat ihn aus Bangkok angerufen und gesagt, sie sei in Gefahr und brauche Hilfe. Sofort. Wenn es sein muß, fährt er nach Bangkok und kümmert sich um sie.»

«Deine Mutter! Ich wundere mich über nichts mehr. Kaum hat sie ihren Laden verlassen, steckt sie schon bis zum Hals in Schwierigkeiten.»

Er reichte Carvalho die Hand und ersetzte das Lächeln des zärtlichen Vaters durch das eines wohlwollenden Gastgebers.

«Ich bin ein begeisterter Verehrer Ihres Berufsstandes. Ich lese nichts anderes als Kriminalromane. Das mit Teresa ist eine unangenehme Geschichte.»

Er setzte eine ernste Miene auf und wandte sich an seinen Sohn.

«Eine unangenehme Geschichte.»

«Wir sind nicht hier, um uns dein Gejammer anzuhören, Papa. Man muß die richtigen Leute benachrichtigen, damit sie sich um Teresa kümmern, und einer muß nach Bangkok fahren und sie suchen.»

«Schau mich nicht so an. Mit mir kannst du nicht rechnen. Ich kann höchstens Leute anrufen und sie alarmieren, zum Beispiel den amtierenden Außenminister, wie heißt er doch gleich? Der Junge, der so eng mit Onkel Fernando befreundet war ... ach so, ja, Pérez Llorca ... er wird nicht mehr lange im Amt sein, aber irgend etwas wird er unternehmen können. Bestimmt wird er sich noch an mich erinnern ... Mensch! Wieso fällt mir das jetzt erst ein? Der Seni! Seni und ich gehörten den monarchistischen Zirkeln an bis ... ja, bis zum ... jedenfalls sehr lange. Ich rufe Senillosa an. Und was die Fahrt nach Bangkok angeht, Junge, überleg doch mal, was das für ein Aufwand ist, und wieviel Geld das kostet! Ich bin nicht in der Lage, irgend jemandem zu helfen, nicht einmal dir, Tito, und bestimmt nicht, weil ich nicht wollte! Ich helfe hier nur eine Zeitlang aus, und der Besitzer, ein guter Freund von mir, bezahlt mich außerordentlich gut, weil er weiß, wer ich bin, und weil ich wirklich etwas von Hunden verstehe. Wir hatten zu Hause nur Rassehunde und Rassepferde, das weißt du ja, Tito. Aber ich bin nicht in der Lage, irgend jemanden zu unterstützen, außer mich selbst. Du weißt ja, Tito, ich habe die Freiheit gewählt.»

«Du kannst immerhin etwas tun, ruf diese Leute an.»

«Hier? Jetzt?»

«Hier und jetzt.»

«Aber Tito, das gehört sich nicht. Es ist weder der Ort noch die Zeit...»

«Mama ist in Gefahr!»

Ernesto nahm seinen Vater am Arm, und der edle Hundebändiger beugte sein Haupt vor der Hartnäckigkeit seines Sohnes. Sie gingen zu dem Landhaus mit dem Schild *Hundeheim Pluto*. Der schleppende Gang des Mannes wurde schnell und leicht, sobald sie das Haus betreten hatten. Er führte sie in ein Büro, wo ein dunkelhäutiger Bursche mit sonnenverbranntem Gesicht irgendwelche Unterlagen durchblätterte.

«Alfonso, schau mal, Junge, das ist Tito, mein Sohn, und ein Freund. Meine Frau ist in Schwierigkeiten, und ich müßte dringend ein paar Freunde anrufen.»

«Ich hab dir schon hundertmal gesagt, ich will nicht, daß du während der Arbeitszeit telefonierst.»

«Aber, Junge, schau mal, das ist ein Notfall! Ich vergaß, euch Alfonso vorzustellen, die Seele des Geschäfts.»

Alfonsos Miene blieb finster trotz der Tatsache, daß er als die Seele des Ganzen bezeichnet wurde.

«Wie viele Hunde hast du heute vormittag drangenommen?»

«Drei.»

«Und den von Señora Carola?»

«Den auch.»

«Wo willst du anrufen?»

«Zuerst in Madrid, ich will mit Pérez Llorca reden.»

«Mit welchem Pérez? Mit Pérez und wie weiter?»

«Mit Pérez Llorca, dem Außenminister.»

Alfonso hatte sich noch nicht von dem Gongschlag erholt, der in seinem Kopf dröhnte, und riß erstaunt die Augen auf, als Ernesto nach dem Telefon griff und es seinem Vater in die Hand drückte.

«Wir bezahlen Ihnen die Gespräche und die Arbeitszeit, die mein Vater versäumt.»

Alfonso sperrte Mund und Augen auf, um genügend Luft zu holen für die harten Worte, die ihm auf der Zunge lagen. Während Teresas Mann das Außenministerium verlangte, richtete sich Alfonso zu seiner vollen Größe auf und wies mit seinem Zeigefinger anklagend auf Ernesto.

«In diesem Büro bestimme immer noch ich, und ich dulde es

nicht, daß irgendwelche schrägen Vögel ihre Nase in meine Angelegenheiten stecken. Du bist nicht einmal das Geld wert, das ich dir bezahle, noch viel weniger hast du das Recht, während der Arbeitszeit zu telefonieren!»

Damit ergriff er mit seiner Pranke das Telefon genau in dem Moment, als der Hundebändiger die Nummer des Außenministeriums herausbekommen hatte. Er schloß die Augen und richtete sich kerzengerade auf.

«Alfonso, jetzt reicht's mir aber! Du kannst dir dein Telefon sonstwohin stecken und dir einen anderen Dummen suchen, der dir deine Hunde abrichtet!»

Es dauerte eine Weile, bis Alfonso es begriffen hatte.

«So, so, du gehst also. Und wo willst du hingehen?»

«Ich habe genug Möglichkeiten.»

«Du? Du hast einen schlechteren Ruf als ...»

Carvalho stieß Ernesto in die Rippen, um zu verhindern, daß er sich mit dem Kerl anlegte, der ihnen mit kurzen Schritten folgte, dafür aber um so länger hinter ihnen herschimpfte.

«Und das, wo ich dir aus reinem Mitleid Arbeit gegeben habe? Wozu taugst du überhaupt noch, eh?»

Und als sei das Eingangstor des Anwesens die Grenze seiner Autorität, blieb er dort stehen und sah den anderen nach.

«Und dieser Typ ist dein Freund?»

«Wir drückten zusammen die Schulbank und waren auf der Universität. Aber sein Geschäft geht nicht gut, und er tobt innerlich vor Wut. Er hat keine gute Erziehung.»

«Willst du dich nicht umziehen?»

«Ich komme jeden Tag so hierher.»

«Und wie kommst du hierher?»

«Mit dem Zug oder, wenn ich ihn verpasse, per Anhalter. Kommt mit nach Barcelona, und ich rufe von Omi aus an. Die Ärmste, ich habe sie schon über ein halbes Jahr nicht mehr besucht.»

«Hast du kein Telefon in deiner Wohnung?»

«Ich wohne mit ein paar Jungs zusammen in einer Altbauwohnung im Zentrum, und dort gibt es kein Telefon, nein. Ohne Telefon lebt es sich besser, nicht wahr? Und du, Tito, hast du Telefon?»

«Nein.»

«Siehst du?»

Er lächelte, und auf seinem Gesicht erschien ein Geflecht feiner Runzeln, wie mit der scharfen Spitze eines Stiletts eingeritzt. In seinen lächelnden Augen lag eine Art Bitte um Entschuldigung, und mit einem Rest wiedererlangter Würde strich er sich die Haare aus der Stirn. Ernesto saß stumm und in sich gekehrt auf dem Rücksitz. Carvalho fuhr, und der Ex-Hundebändiger monologisierte mit lauter Stimme, scheinbar, um seinem Sohn etwas Wichtiges mitzuteilen.

«Eigentlich hatte ich diese Arbeit sowieso satt. Ich habe sie nur angenommen, Tito, weil ich dabei im Freien arbeiten konnte, du weißt ja, in den letzten Jahren halte ich es in geschlossenen Räumen nicht mehr gut aus. Ich rufe jetzt bei diesen Leuten an, und dann werde ich wohl nach Ibiza zurückfahren. Es ist zwar keine Hochsaison, aber als Kellner oder Leihwagenfahrer finde ich immer irgendwo einen Job. Mit ein wenig Sprachkenntnissen kommt man dort immer durch. Du weißt gar nicht, wie dankbar ich meinen Eltern bin, daß sie mich schon als Kind Deutsch lernen ließen, mein Junge, die Deutschen sind die Amerikaner Europas. Tito, mein Junge, es tut mir leid, denn sie ist deine Mutter, aber da ist nichts zu machen, die Sache ist nicht mehr in Ordnung zu bringen. Sie ist ein gutes Mädchen, das will ich nicht bestreiten, aber hier oben hat sie nichts.» Dabei zeigte er auf seine Stirn.

«Jetzt wartet auf mich, ich gehe hinauf zur Omi.»

«Ich komme mit!» sagte Ernesto mit einer Bestimmtheit, die keinen Widerspruch zuließ.

«Wie du willst, aber du weißt ja, daß Omi dir das mit dem Mädchen nicht verziehen hat.»

«Ich komme mit hinauf.»

Der Ex-Hundedresseur lächelte milde und legte Carvalho mit einer liebevollen Geste die Hand auf den Arm.

«Ach, lieber Freund, diese Kinder! Haben Sie selbst Kinder? Nein? Dann gratuliere ich Ihnen! Sie sehen es ja, Sie sehen ja, was man mit ihnen alles durchmacht!»

Ernesto winkte Carvalho, sein Seitenfenster herunterzukurbeln, und steckte seinen Kopf ins Auto herein.

«Nicht sehr vertrauenerweckend. Er hat Pérez Llorca gar nicht erreicht, aber immerhin bei seiner Sekretärin eine Nachricht hinterlassen. Mit Senillosa hat er gesprochen, er hat auch zugesagt, alles zu tun, was in seiner Macht steht, aber er sagte gleich dazu, daß dies nicht der erste Fall eines spanischen Staatsbürgers ist, der in Asien in

Drogengeschichten verwickelt wurde, und daß diese Dinge sehr kompliziert sind.» Carvalho wollte dem Jungen nicht in sein trauriges Gesicht sehen.

«Wenn ich Geld hätte, würde ich das nächste Flugzeug nehmen. Mal sehen, ob mein Großvater etwas unternommen hat. Treffen wir uns heute abend im Reisebüro. Ich muß jetzt noch einiges erledigen.»

Aber Carvalho ließ den Jungen noch nicht gehen.

«Hör mal, du hast deinem Vater erzählt, ich würde nach Bangkok fliegen, um deine Mutter zu suchen ...»

«Ja.»

«Daran habe ich nun überhaupt nicht gedacht.»

«Ich verstehe.»

Aber er verstand es nicht, und Carvalho verstand es ein paar Sekunden später auch nicht mehr, als er nämlich beschloß, im *Hostal d'en Binú* essen zu gehen, dem besten Restaurant in der Nähe des Hauses des alten Marsé. Obwohl er an nichts anderes dachte als einen exzellent zubereiteten Wolfsbarsch à la Papillot, wie er ihn vor einiger Zeit schon bei *Binú* gegessen hatte, fuhr er zunächst zum Tanken und wurde sich plötzlich bewußt, daß er schon für Teresa Geld ausgab, ohne daß ihn jemand mit dem Fall beauftragt hatte. In den letzten Tagen hatte er nichts anderes getan, als hinter dem Phantom einer toten Frau herzujagen und Teresa Marsés Spuren zu verfolgen, dieser verrückten Ausreißerin, und das alles gratis, als würde er, Pepe Carvalho, aus Liebe zur Kunst leben und seinen Beruf um seiner selbst willen ausüben. Als wären seine vierzig Jahre nicht schon schwer genug belastet mit einer Neun, die ihn an den Rand der Fünfzig brachte und damit an die Schwelle eines Alters, das irgendwelche Verrückten mit dem Euphemismus ‹Seniorenalter› bezeichneten. Außerdem hatte er noch nicht genug gespart, um beruhigt einem resignierten, aber würdigen Alter entgegenzugehen. Dieser Angst war es zu verdanken, daß er sich im Hotel *Binú* sehr zurückhielt und zu dem Wolfsbarsch eine zwar vorzügliche, aber bescheidene Vorspeise bestellte, die nicht dem sonstigen Niveau der Speisekarte entsprach: eine Sopa Maresme. Außerdem verzichtete er auf einen Nachtisch und verließ das Lokal mit dem zufriedenen Gefühl, daß die Ernährung für sein baldiges Alter wieder eine Woche länger gesichert war. Nachdem er sich so geistig mit seinem eigenen Alter auseinandergesetzt hatte, war Carvalho viel besser gerüstet, dem alten Marsé ohne Mitleid gegenüberzutreten, von Todeskandidat zu Todeskandidat, alles andere ist Onanie, rief er der Landschaft hinter seiner Windschutzscheibe zu. Ein bleierner Himmel ließ das weiße Licht des Maresme grau erscheinen, ein Himmel, auf den Schwärme von Zugvögeln, die den nahenden Winter fühlten, ihre Flugbahnen zeichneten. Die geheimnisvollen Rufe der Vögel von Bangkok. Jene elektrischen Leitungen, die Tausenden und Abertausenden von Vögeln einen trostlosen und ungenügenden Halt boten. Vielleicht war es eine außergewöhnliche Zeit gewesen, oder außergewöhnliche Vögel, oder sie hatten sich in einem außergewöhnlichen Geisteszustand befunden. Aber diese Geisteszustände bleiben nie exakt im Gedächtnis, immer werden sie modifiziert durch den momentanen Geisteszustand dessen, der sich erinnert, und er war damals in Bangkok gewesen, um die voraussichtlich verlorene Schlacht um Südostasien vorzubereiten, verwirrt angesichts der Sinnlosigkeit von Millionen menschlicher Wesen, die genau wie Fu Man-chu aussahen, und angesichts einer Stadt, deren Schilder mit ihren gemalten Schriftzeichen er nicht verstand. Er kannte nur den Weg von der amerikanischen Botschaft zum Hotel *Dusit Thani*; ein paarmal war er nachts mit anderen Agenten ausgegangen, die mit der Zunge das Geräusch imitieren konnten, das zu hören war, wenn der Ping-Pong-Ball, nur von der Scheidenmuskulatur bewegt, aus der Vagina der Eingeborenen hüpfte.

Carvalho hatte ein Vorgefühl von Abschied, von letztem Gang, über das er nicht genauer nachdenken wollte. Das Haus der Marsés verdrängte die beiden Bilder in seinem Bewußtsein, die ihn seit dem Verlassen des Restaurants beschäftigt hatten, die Vögel von Bangkok und die katalanische Landstraße. Als das philippinische Hausmädchen sagte, sie wisse nicht, ob Señor Marsé zu Hause sei, grinste er nur und ging durch die Eingangshalle. Die Philippinin versuchte, ihm zuvorzukommen, blieb jedoch stehen, als die Señora aus einer Seitentür trat. Sie schien nicht besonders überrascht über Carvalhos Anwesenheit, sondern blickte lediglich die Treppe hinauf, wie um anzudeuten, daß ihr Mann da sei. Sie ging auf Carvalho zu und legte ihm eine Hand auf den Arm. «Neuigkeiten?»

«Mehrere.»

«Schlechte?»

«Die Sache wird immer komplizierter. Ich habe mit Ihrem Enkel und mit Ihrem Schwiegersohn gesprochen. Ihr Schwiegersohn sagte, er habe Minister und Abgeordnete angerufen.»

«Er ist ein Schwätzer, und was wollen Sie von ihm?» Dieses ‹ihm› hatte einen großen Anfangsbuchstaben verdient. Was willst du von

Ihm, Pepe Carvalho? Was willst du von diesem polternden Alten, der jeden Moment oben an der Treppe auftauchen und dich aus seinem Xanadu hinauswerfen kann?

«Ich will, daß er all das tut, was Ihr Schwiegersohn nicht tun wird und Ihr Enkel nicht tun kann.»

«Ernesto ist ein guter Junge, aber er hat so viele Probleme, ach Gott, so viele, ein Schicksalsschlag nach dem anderen. Ich sage ihm, daß Sie da sind. Ich weiß nicht, wie er es aufnehmen wird.» Sie ging auf Zehenspitzen die Treppe hinauf, und Sekunden später hörte man, wie der alte Marsé lospolterte: «Schon wieder Arsène Lupin? Wo steckt er, dieser Arsène Lupin?»

Der Alte hielt sich am Geländer fest und nahm den ihm zustehenden Platz oben an der Treppe ein.

«Sie sind stur wie ein Maulesel!»

Carvalho gab ihm keine Antwort, er sah ihn nicht einmal an, sondern stand da, als warte er auf seinen Bus.

«Hören Sie? Sie sind stur wie ein Maulesel! Was können denn zwei alte Leute wie wir in diesem Fall ausrichten?»

«Es wäre von großem Nutzen, wenn Sie nach Barcelona kommen würden. Im Reisebüro findet eine Konferenz statt, und Entscheidungen müssen gefällt werden.»

«Ich bin im Ruhestand!»

«Aber Higinio ...» rief seine Frau dazwischen.

«Sei still. Du bist genauso im Ruhestand. Sie hat einen Mann und einen Sohn. Die sollen aktiv werden, so wie ich früher aktiv werden mußte. Außerdem ist sie kein Kind mehr. Deine Tochter ist Anfang Vierzig und dein Schwiegersohn geht auf die Fünfzig zu.»

«Aber du weißt doch, daß man sich auf ihn nicht verlassen kann, und das Mädchen ... die Arme ...»

«Sie ist weder ein Mädchen noch arm noch sonstwas.»

«Denken Sie daran, daß sie in Schwierigkeiten ist und daß Sie vielleicht die Folgekosten bezahlen müssen.»

Der alte Marsé wurde noch größer und breiter, als hätten Carvalhos Worte eine innere Explosion bei ihm herbeigeführt.

«Bezahlen, ich? Was bezahlen? Von mir aus können die Chinesen sie ruhig behalten, wenn sie wollen!»

«In einer Stunde findet eine Sitzung im Reisebüro statt, und es wäre von großem Nutzen, wenn Sie mit mir hinfahren würden!»

Der Alte schlug eine andere Taktik ein, gefangen in seinem Zorn wie ein Tiger im Käfig.

«Also gut. Ich komme mit, denen werde ich etwas erzählen! Damit sie wissen, woran sie sind.»

Die alte Frau lief die Treppe hinauf und kam mit ihrer Handtasche zurück.

«Was machst du?»

«Ich komme mit.»

«Du bleibst hier.»

«Du kannst ja hierbleiben, wenn du willst. Ich gehe jedenfalls mit.»

Die Frau kam die Treppe herab, fast ohne die Stufen zu berühren, gefolgt von den eher verwirrten als verärgerten Blicken ihres Mannes.

«Außerdem kannst du kein Auto fahren», sagte sie, als sie an der Tür war, und trat in den Garten hinaus, um hinter dem Steuer eines Seat 132 Platz zu nehmen. Carvalho ging zu seinem Auto, während der alte Marsé sich hinkend unter das Kommando seiner Frau begab.

«*Crieu fills, pares porcs*!»* schrie er mit geballten Fäusten und vor Wut zitternd in Richtung Gartenzaun, Gebirge und Meer. Er verschwand im Auto. Carvalho sah, wie er weiter gestikulierte, aber die Frau am Steuer ließ sich nicht beeindrucken und nahm ihm dadurch den Wind aus den Segeln. Carvalho ließ sie vorausfahren und folgte ihnen.

Der Alte beobachtete aufmerksam den Verkehr, wies seine Frau auf Verkehrsschilder hin und machte sie auf Autos aufmerksam, die sie überholen wollten. Er zögerte keinen Augenblick, das Seitenfenster herunterzukurbeln und einen Lastwagenfahrer zu beschimpfen.

«Sie haben Glück, daß Sie so alt sind!» sagte der Lastwagenfahrer von seiner hohen Warte herab zu dem Mann, der den Kopf und die geballte Faust zum Fenster herausstreckte.

«Alt oder nicht, du fährst wie eine gesengte Sau! Wo hast du deinen Führerschein gemacht, im Knast?»

Der Lastwagenfahrer rief seinen Beifahrer und alle, die hinter ihm auf Grün warteten, als Zeugen an.

«Wenn man ihn aufs Maul haut, hat man jede Menge Ärger, bloß weil er so alt ist.»

«Alt, aber immer noch solche Nüsse!» schrie Señor Marsé und

* Katalanisches Sprichwort, sinngemäß: «Ihr Schweineeltern, ihr habt Kinder gemacht, seht zu, wie ihr sie großzieht!»

streckte zwei Fäuste zum Fenster hinaus, während seine Frau, als die Ampel auf Grün schaltete, Gas gab, um Abstand zu gewinnen.

Carvalho bemühte sich, das Reisebüro vor den beiden Marsés zu erreichen, um die Anwesenden darauf vorzubereiten, was auf sie zukam. Ernesto, der Chef des Reisebüros und eine Frau, die wohl der Reiseleiter war, saßen schon an einem Tisch. Eine reife Schönheit, deren akzentlose Sprechweise verriet, daß sie viele Sprachen beherrschte.

«Die Eltern von Señora Marsé werden gleich eintreffen. Ich warne Sie, der Vater ist eine harte Nuß.»

Ernesto schnaubte und nickte zur Unterstützung dessen, was Carvalho gesagt hatte. Kurz darauf öffnete sich langsam die Tür, und die beiden Alten traten ein. Überraschenderweise begrüßte Señor Marsé den Chef des Reisebüros mit einer Höflichkeit, die einem Bankier alle Ehre gemacht hätte, und die Reiseleiterin mit sexueller Anzüglichkeit. Dagegen hob er eine Braue, als er seinen Enkel begrüßte und zu ihm sagte: «Du hier? Ich dachte, du bist zu Hause und gibst deinem Sohn die Flasche.»

«Kommt alles noch.»

«Manchmal kommt auch etwas, was man sich nicht gewünscht hat.»

Seine Frau zog ihn am Ärmel seines Jacketts, der Alte setzte sich auf ein Sofa und stützte sich auf den Stock zwischen seinen Knien. Der Chef des Reisebüros faßte kurz zusammen, was er Carvalho und Ernesto schon erzählt hatte, und erteilte dann der Reiseleiterin das Wort.

«Ich kann dem nur wenig hinzufügen. Vielleicht ein paar Einzelheiten, obwohl man natürlich bei einer über hundertköpfigen Reisegruppe nicht jede Sekunde jeden einzelnen im Auge behalten kann. Außerdem schloß sich Señora Marsé erst in Bangkok unserer Gruppe an, sie hatte vorher eine andere Reiseroute gehabt, nämlich Singapur, Penang, Sumatra, Java, Bali ...»

«Das heißt, sie war auf dem holländischen Kreuzfahrtdampfer», unterbrach sie ihr Chef.

«Genau, der holländische Kreuzfahrtdampfer. Dieses Schiff machte in Bangkok Zwischenstation, und Señora Marsé hatte mit dem Reisebüro abgesprochen, daß sie dort zu unserer Gruppe stößt, mit uns Thailand besichtigt und dann mit uns zurückfliegt.

So standen die Dinge in Bangkok. Alles war normal, alles hielt sich im Rahmen.»

«Und was hielt sich nicht im Rahmen?» bellte der alte Marsé. Die Reiseleiterin sah ihren Chef an, als sei sie nicht sicher, ob das, was sie sagen wollte, nicht eine Unvorsichtigkeit wäre.

«Reden Sie in aller Offenheit! Der Fall ist ernst, und wir müssen wie Erwachsene damit umgehen, was wir ja schließlich auch sind», sagte der Chef.

«Also gut. Señora Marsé freundete sich in der Folgezeit mit einem Einheimischen an, einem sehr jungen Mann, der sie überallhin begleitete. Manchmal entwickeln sich Liebesgeschichten zwischen Personen verschiedenen Geschlechts, die derselben Reisegruppe angehören, Affären, die mit dem Ende des Urlaubs vorbei sind. Manchmal suchen ein paar von den Männern weibliche Gesellschaft in dem Land, in das wir fahren, und es dauert ebenfalls nur so lange, wie die Reise dauert. Das ist ganz normal. Aber was Señora Marsé damals begann, das war nicht normal, obwohl wir zu diesem Zeitpunkt noch nicht wußten, womit der Junge sein Geld verdiente.»

«Als Zuhälter!» warf der Alte ein, aber eine Rüge seiner Frau schnitt ihm das Wort ab.

«Sei still, Higinio!»

«Nun, nicht ganz, aber ... in diesem Sinne. Also, Señora Marsé machte unser Besichtigungsprogramm in Bangkok nur zur Hälfte mit. Sie hat ihren eigenen Führer, dachte ich mir, dagegen ist nichts einzuwenden. Dann kam sie zu mir mit der Bitte, dem Jungen für den Flug und den Aufenthalt in Chiang Mai noch einen Platz zu besorgen. Ich sagte ihr, daß es mit dem Platz im Flugzeug keine Schwierigkeiten geben würde, ich müsse sie aber im Hinblick auf die übrigen Reiseteilnehmer bitten, mir zu erlauben, ihnen ein Zimmer in einem anderen Hotel zu suchen.»

Der Chef nickte und unterstützte damit die kluge Entscheidung seiner Angestellten.

«Sie kamen mit uns nach Chiang Mai. Am Abend besuchten wir ein traditionelles Folklorefest der Meos, und am nächsten Tag war ein Ausflug zu einem Meo-Dorf geplant, um Sitten und Gebräuche der Bergbewohner kennenzulernen. Es war ein Dorf am Rande des Opiumdreiecks. Als sie zur Abfahrt des Busses nicht erschienen waren, machte ich mir keine Gedanken. Aber als sie am nächsten Tag auch nicht auf den Flugplatz kamen, um mit nach Bangkok zurückzufliegen, war ich beunruhigt. Ich konnte die Gruppe nicht im Stich lassen, aber einer der eingeborenen Dolmetscher blieb zurück mit dem Auftrag, herauszufinden, was geschehen war.»

Wieder nickte der Chef bekräftigend.

«Der Dolmetscher kam am nächsten Tag nach Bangkok und berichtete mir, daß sie ihr Hotel überstürzt verlassen hatten, ohne ihre Zusatzrechnung zu bezahlen, und daß außerdem drei oder vier Männer aufgetaucht seien und sich mit wenig freundlicher Miene nach ihnen erkundigt hätten. Ich wartete noch ein paar Stunden, genauer gesagt, bis zur Ankunft des nächsten Fluges aus Chiang Mai. Ich war in der Zwickmühle, denn ich mußte die Reisenden nach Pattaya begleiten und zur gleichen Zeit diese Sache klären. Aus diesem Grund setzte ich mich mit der spanischen Botschaft in Verbindung und erzählte, was vorgefallen war. Sie beruhigten mich und sagten, das Paar würde wahrscheinlich wieder auftauchen, sie würden sich darum kümmern, und ich sollte ruhig nach Pattaya fahren. Als ich zurückkam, war das Gesicht des Botschaftssekretärs ein großes Fragezeichen. Nicht nur, weil sie nicht aufgetaucht waren, nein, er hatte sich zwischenzeitlich mit der Polizei in Verbindung gesetzt und dort erfahren, womit der Junge sein Geld verdient hatte, und daß man in einschlägigen Kreisen über ein Paar redete, das von einer Gang aus Bangkok verfolgt wurde. Der Junge hatte in einem dieser Etablissements gearbeitet, wo die Mädchen die Nummer mit dem Ping-Pong-Ball und mit der Zigarette vorführen, Sie wissen schon, was ich meine.»

«Ich weiß überhaupt nicht, was Sie meinen!» Damit fiel ihr der alte Marsé ins Wort und reckte seinen Kopf so weit vor, daß er gegen den Knauf seines Spazierstockes stieß.

«Nun, also, es ist wie Striptease hier in Europa, aber eben auf asiatische Art. Archit arbeitete in diesem Etablissement. Er mußte im Notfall einspringen. Nebenan in dem großen Mietshaus arbeiten fast weißhäutige Mädchen aus dem Norden für die Touristen. Sie gehören einer besonderen Rasse an und werden sehr hoch bezahlt. Entweder haben die Eltern sie schon als ganz kleine Mädchen verkauft, oder sie sind von richtigen Mädchenhändlern entführt worden. Aber manchmal wird dort auch ein Mann verlangt, und dafür war Archit zuständig. Archit ist der Name des Jungen.»

«Das heißt also, meine Tochter hatte ihn zum Pimpern engagiert.»

«Nicht unbedingt. Am wahrscheinlichsten ist, daß sie sich bei einem der nächtlichen Ausflüge kennenlernten, die die Gruppe unternahm, um sich die Nummer mit dem Ping-Pong-Ball anzusehen, und sie begannen eine Beziehung, die nicht unbedingt ökonomischer Natur war. Ich weiß nicht, ob ich mich verständlich ausdrücke. Es sah so aus, als wären sie verliebt.»

«Verliebt!» schnaubte der alte Marsé und schlug sich mit der Faust aufs Knie.

«Bitte fahren Sie fort!»

«Gut. Ich selbst ging daraufhin mit dem Botschaftssekretär zum Innenminister, und dort wurden wir mit der Wirklichkeit Asiens konfrontiert. Lächeln, Andeutungen, plötzlicher Ärger, Halbheiten und schließlich und endlich nichts, rein gar nichts. Es geht um den Schwarzhandel mit Ich-weiß-nicht-was, es ist wie ein Tunnel, von dem man das Ende nicht kennt. Hinter dem scheinbar chaotischen Durcheinander ist dort alles genau geregelt. Jeder weiß, womit man illegale Geschäfte machen kann, wer wo wann was beschaffen kann, es ist auch bekannt, welche konkreten Personen im Staatsapparat von den einzelnen Branchen profitieren, seien es nun Drogen, Dirnen oder Diamanten. Die Tage vergingen, und wir kamen keinen Schritt vorwärts. Das muß um die Zeit gewesen sein, als Señora Marsé Ihnen telegrafierte. Señor Tobias erzählte mir davon, und dann kam Ihr Anruf ... Wir mußten zurückfliegen, und ich gab der Botschaft noch jede Menge Anweisungen. Sie werden tun, was in ihrer Macht steht. Vor allem um zu verhindern, daß sie ins Gefängnis kommt, denn die Gefängnisse in Thailand sind so furchtbar, wie sie nur in unterentwickelten Ländern sein können. Ich will Ihnen keine Angst einjagen, aber mehr als ein Spanier, der wegen Drogen in einem thailändischen Gefängnis saß, hat sich schon umgebracht.»

Jeder blickte von einem zum anderen, schließlich hafteten alle Blicke auf dem alten Marsé. Ernestos Adamsapfel hüpfte auf und ab, während er verzweifelt versuchte, sich die Aufregung und die Angst nicht anmerken zu lassen. Endlich konzentrierte er sich auch auf den Alten, der noch ganz unter dem Eindruck der letzten Worte der Reiseleiterin stand. Plötzlich wurde er sich dessen bewußt, daß ihn alle anstarrten, und er gefiel sich darin, einem nach dem andern in die Augen zu sehen. Seine Stimme war äußerst sanft, fast säuselnd, als er sich an die Reiseleiterin wandte, um sie zu fragen: «Was meinen Sie. Sie besitzen die Erfahrung. Könnte das nicht alles blinder Alarm sein?»

«Das glaube ich nicht. Außerdem war da der Telefonanruf.»

«Nehmen Sie das nicht so ernst. Meine Tochter hat manchmal verrückte Ideen.»

«Wirklich, Señor Marsé, und ich sage das nicht, um Ihnen Angst einzujagen, die Sache steht sehr schlecht, äußerst schlecht.»

«Und was heißt das für uns?»

«Jemand sollte hinfahren und die Sache in die Hand nehmen. Unser dortiger Geschäftspartner ist auf dem laufenden, aber jemand von der Familie müßte hinfahren, oder ein Anwalt, oder eine Person Ihres Vertrauens.»

Jetzt war es der alte Marsé, der von einem zum anderen blickte.

«Und ich soll natürlich bezahlen.»

Um den empörten Ernesto zurückzuhalten, umarmte ihn Carvalho beinahe und drückte ihn in seinen Stuhl.

«Also gut, fangen wir mal an. Wieviel kostet eine Reise nach Bangkok, und wieviel Rabatt geben Sie mir für die Mitverantwortung, die Sie tragen?»

Die Frage war direkt, und die Bestürzung ging in ein langes Schweigen über, während der Chef sich seine Antwort überlegte.

«Ich möchte vorausschicken, daß ich vollstes Verständnis für den Schmerz habe, den Ihnen das alles bereitet ...»

«Es bereitet mir überhaupt keinen Schmerz. Ich mache mir lediglich Sorgen, das ist alles.»

«Aber ich muß darauf bestehen – bitte, lassen Sie mich ausreden –, daß das Reisebüro keinerlei Verantwortung für das Geschehene übernimmt. Ihre Tochter ist erwachsen, und an den Umständen ihres Verschwindens trägt das Reisebüro keine Schuld. Wir lehnen jegliche Verantwortung ab und sind deshalb in keiner Weise verpflichtet, irgendwelche Kosten zu übernehmen.»

«Wenn bei einem Ausflug ein Kind verlorengeht, dann ist der Lehrer schuld, nicht die Eltern!»

Der Direktor breitete die Arme aus und blickte alle, um Verständnis bittend, an.

«Aber bitte, Señor Marsé ... bitte, bleiben Sie bei der Sache, Señor Marsé, bitte, bleiben Sie doch ernst!»

«Sagen Sie nicht dauernd, ich soll bei der Sache bleiben! Ich bin voll und ganz bei der Sache. Fragen Sie meine Lieferanten und meine Kunden. Es gab in der ganzen Branche keinen, der mehr bei der Sache war als Higinio Marsé.»

«Aber das bezweifle ich doch gar nicht, Señor Marsé, das bezweifle ich überhaupt nicht.»

«Sie sagen, jemand müsse nach Bangkok fliegen und meine Tochter suchen. Eine Reise nach Bangkok ist keine Reise nach Las Planas!»

«Aber es ist auch keine Reise auf den Mond, Señor!»

«Wie teuer kann das werden?»

«Eine einfache Reise, jetzt sofort, etwa zweihunderttausend Peseten.»

«Komm, wir gehen.»

Señor Marsé war aufgestanden und forderte seine Frau auf, ihm zu folgen. Halb gebückt drohte er den Anwesenden mit dem Stock.

«Zweihunderttausend für Reise, Verpflegung, Spesen ... hunderttausend mindestens!»

«Mann, du schacherst um ein Menschenleben!»

Ernestos Aufschrei änderte nichts an dem Vorsatz des Alten, der immer noch stand und auf seine Frau wartete.

«Señor Marsé, ich bitte Sie! Setzen Sie sich! Wir können doch miteinander reden ...»

«Selbstverständlich können wir darüber reden, denn es liegt ja auch nicht in Ihrem Interesse, daß dies alles an die Öffentlichkeit dringt und es bekannt wird, daß bei Ihren Reisen Leute verschwinden ...»

«Also, wovon redet dieser Mensch eigentlich?»

Alle bis auf Carvalho versuchten nun, das, was der Alte gesagt hatte, in eine vernünftige Sprache zu übersetzen.

«Wenn wir nicht in Ruhe miteinander reden, kommen wir nicht weiter.»

Der Direktor des Reisebüros streckte die Hände aus und versuchte mit den Handflächen die Luft nach unten zu drücken oder die Lautstärke eines Orchesters zu dämpfen.

«Señor Marsé, setzen Sie sich bitte und lassen Sie uns in Ruhe miteinander reden! Es ist möglich, diese Summe ganz erheblich zu reduzieren.»

«Erheblich?»

«Jawohl.»

«Gut, wenn Sie es sagen ...»

Der Direktor hatte seine Selbstsicherheit wiedergefunden und erlaubte es sich sogar, eine bequemere Position in seinem Sessel zu finden und einen Zeigefinger an die Schläfe zu legen.

«Je nach Beginn und Dauer der Reise könnte die entsprechende Person an einer Gruppenreise teilnehmen, dies verbilligt den Flugpreis erheblich. Bei einer zehntägigen Reise würden Sie auf einen Preis zwischen neunzig- und hunderttausend Peseten kommen.»

«Das klingt schon anders», sagte der Alte zu seiner Frau.

«Und wie kommt diese Differenz zustande?»

«Nun, es kommt zum Beispiel darauf an, ob der Reisende auf einem Einzelzimmer besteht oder bereit ist, ein Zimmer mit einem anderen zu teilen.»

«Wozu sollte er ein Einzelzimmer wollen?»

«Vielleicht, weil er schnarcht», warf Carvalho ein.

«Wer?»

«Entweder der, der fährt, oder der andere, mit dem er das Zimmer teilt.»

«Man braucht nur so zu machen.» Der Alte schnalzte mit der Zunge. «Schon wacht er auf und schnarcht nicht mehr. Diese Summe ist schon eher akzeptabel, auf dieser Basis können wir uns weiter unterhalten. Ich gehe davon aus, daß Sie uns bei Barzahlung zusätzlich Prozente geben.»

«Wie bitte?»

«Rabatt bei Barzahlung, denn ich will kein langes Hin und Her mit Rechnungen und so weiter, damit hatte ich genug zu tun, als ich noch im Berufsleben stand. Ich bezahle bar auf den Tisch des Hauses, und dafür will ich Prozente.»

«Ja, was glauben Sie denn, wir sind doch hier nicht auf dem Viehmarkt!»

«Also gut, wenn wir von diesen Neunzigtausend ausgehen, glaube ich, daß wir mit Hundertfünfzigtausend die ganzen Unkosten abdecken könnten. Dann spiele ich mit. Mein Einsatz sind Hundertfünfzigtausend Peseten, basta. Wer fährt?»

Die Frage stieg wie eine Leuchtkugel zum Himmel auf und beleuchtete die gespannten Gesichter der Anwesenden. Ernesto blickte verstohlen auf Carvalho, wagte aber nicht, seinen Vorschlag laut zu äußern. Carvalho sah auf eine seiner Schuhspitzen. Der Chef meinte: «Vielleicht Ihr Familienanwalt?»

«Meine Familie hat keine Anwälte. Ich habe Schluß gemacht mit diesen Blutsaugern. Das letzte, wozu ich einen Anwalt brauchte, war mein Testament, und mehr als einen wird der Schlag treffen, wenn es eröffnet wird. Ich habe nur noch einen Notar.»

«Der Gatte Ihrer Tochter.»

«Der würde das Geld nehmen und alles im Puff lassen.»

Der Direktor war bei Ernesto angekommen. Er sagte fast unhörbar: «Der Sohn.»

«Auch wenn sonst niemand fährt, ich fahre. Ich bin achtzehn Jahre alt. Ich werde bald Vater. Ich habe einen Arbeitsplatz zu verlieren. Aber wenn sonst keiner fährt, fahre ich.»

«Und Sie?»

Dieses ‹Sie› kam wie ein Pistolenschuß. Es galt Carvalho. Dieser lehnte die Aufforderung mit einer Handbewegung ab, fügte jedoch hinzu: «Niemand hat mich zu dieser Beerdigung eingeladen. Ich kenne die Señora lange nicht so gut wie ihr Vater, ihr Mann oder ihr Sohn. Ich bin ein Profi und fahre nicht um die halbe Welt, um irgendwelche Bekannten zu suchen.»

Der alte Marsé zuckte die Schultern.

«Alle haben sie umgebracht, aber nur sie allein ist gestorben.»

«Sie sind der einzige, der in Frage kommt», sagte Ernesto schließlich. In seiner Stimme lag eine verzweifelte Bitte.

«Nur wenn mich jemand offiziell engagiert, bin ich bereit, zu fahren. Funftausend Peseten pro Tag, Spesen extra und Zweihunderttausend Erfolgsprämie. Keine Aufregung, bitte, bei Barzahlung gebe ich Ihnen zehn Prozent Rabatt, Señor Marsé.»

«Keinen Pfennig sehen Sie von mir, Arsène Lupin. Ich kenne die Welt, und in der Sammlung von Schmarotzern, die ich kennengelernt habe, hat mir ein Privatdetektiv gerade noch gefehlt.»

Er kniff kurz ein Auge zu und lehnte sich im Sessel zurück. Die Blicke der anderen ruhten immer noch auf Carvalho. Er überlegte kurz, ob er antworten oder gleich gehen sollte, und entschied sich für das letztere. Er trat hinaus in den Geschäftsraum des Reisebüros. Am Ausgang wurde er von Ernesto eingeholt.

«Das mit dem Geld kriegen wir klar.»

«Wer will das klarkriegen, du?»

«Wenn Sie mir Zeit lassen.»

Er drehte sich zu ihm um und sah ihm fest in die Augen.

«Nun hör mir mal gut zu, mein Junge! Ich habe deiner Mutter gegenüber keinerlei gefühlsmäßige Verpflichtungen. Sie hatte fünfundvierzig Jahre Zeit, um erwachsen zu werden und zu lernen, worauf sie sich einlassen kann. Wenn sie es immer noch nicht begriffen hat, dann deshalb, weil sie zu dem Teil der Gesellschaft gehört, den ich am meisten verabscheue, zur High-Society. Die Armen kommen bei Überschwemmungen ums Leben oder werden von Zügen überfahren, aber sie fahren nicht extra dorthin, wo Überschwemmungen drohen, sie spielen auch nicht auf den Schienen. Manchmal schießen sie aufeinander, wenn sie verrückt oder verzweifelt sind...»

«Jetzt ist nicht die Zeit, sie zu verurteilen. Es ist Zeit, sie zu suchen.»

Carvalho schluckte die Worte hinunter, die ihm auf der Zunge lagen, wandte dem Jungen den Rücken zu und verließ das Reisebüro. Er spürte ein Gefühl, als hätte er einen Vogel oder ein Kaninchen totgefahren. Jenes weißgraue Kaninchen, das sich eines Nachts, vom Licht seiner Scheinwerfer geblendet, auf die Hinterpfoten gesetzt und ihm mit den Vorderpfoten ein Zeichen gegeben hatte, ohne dadurch sein Leben retten zu können. Der dumpfe Aufprall des kleinen Körpers auf der Stoßstange hatte ihm noch Kilometer weiter im Herzen geschmerzt. Dabei war er ein Mann, der das Töten gelernt hatte und wußte, was Sterben heißt. Wer war das Kaninchen? Nein, nicht Teresa, es war Ernesto oder seine Großmutter. Beide waren fähig, diese Frau aus Kristall zu lieben, die zugleich durchsichtig und zerbrechlich war.

«Die können mich alle mal!» Er überquerte die Straße, betrat ein Konfektionsgeschäft und kaufte sich eine Tweedjacke.

Die Presse meldete das Scheitern eines Staatsstreiches, der für den Vorabend der Wahlen geplant gewesen war. Drei Offiziere waren vorläufig festgenommen worden, zwei Obristen und ein Oberstleutnant, und es war bekannt geworden, wie der Staatsstreich durchgeführt werden sollte. Die Obristen und der Oberstleutnant hatten laut Plan die Aufgabe gehabt, den Verschwörern einen geeigneten Vorwand zu liefern, aber die Regierung hatte die vorsichtige Zurückhaltung bewahrt, durch die sie sich seit ihrer Amtsübernahme ausgezeichnet hatte und die sie ohne Zweifel weiterhin bewahren konnte bis zu dem Tag, an dem sie durch einen effektiveren Staatsstreich ihres Amtes enthoben werden würde. Das Wunder, den Urknall des Universums überlebt zu haben, wurde im Tschad durch die Wasserknappheit relativiert, in Spanien dagegen durch das permanente, spontane Auftauchen von Rettern des Vaterlandes. Im Fall eines Staatsstreichs würden seine Geschäfte besser gehen, dachte Carvalho. In der Demokratie wurden die Leute zu liberal, und immer weniger Ehemänner ließen ihre Frau beschatten oder sie suchen. Ebenso wenig Eltern ließen nach Heranwachsenden suchen, die der Familienoligarchie entflohen waren. Es stand zweifelsfrei fest, daß eine Diktatur den Beichtvätern, den Privatdetektiven und den Anwälten am Arbeitsgericht mehr Kundschaft verschaffte. Die ethischen und ästhetischen Einwände waren nicht seine Sache. Das spritzende Blut und das Stöhnen, das die Repression mit sich brachte, würden ihn nicht erreichen. Er stand am Rand des Spielfeldes, wie ein Krämer, genau wie ein Krämer. Er ging zum Eingangsportal des Hauses, in dem sich sein Büro befand, und schaute nach oben, und als er sah, daß bei Biscuter noch Licht brannte, kehrte er um. Morgen war auch noch ein Tag. Aber die Kehrtwendung kam zu spät oder nicht schnell genug, denn vor ihm stand plötzlich Marta Miguel und versperrte ihm den Weg. Ein Ausdruck von Überraschung war ungleich über ihr Gesicht verteilt. Ihr Mund brachte ein «Oh!» heraus, während ihre Augen Carvalho musterten, als hätte sie ihn schon seit geraumer Zeit beobachtet. «Caramba! Was für ein Zufall!» Carvalho nickte und wartete ab, was sie tun würde. Sie entschuldigte sich nicht, noch machte sie Anstalten, sich zu verabschieden.

«Stochern Sie immer noch in der Geschichte mit Celia herum?»

«Nein.»

«Gut. So gefallen Sie mir, *hombre*. Anscheinend sind Sie doch noch zur Vernunft gekommen. Wissen Sie, daß die Polizei mich wieder angerufen hat? Nein, natürlich können Sie das nicht wissen. Sie fragten mich nach möglichen Freunden von Celia. Anscheinend haben sie jemanden im Verdacht, der vor Monaten eine kleine Affäre mit ihr hatte. Was sollte ich ihnen antworten? Ich kannte doch Celia kaum.»

Carvalho machte eine zustimmende Geste.

«Aber Sie wissen ja, wie diese Leute sind. Die tragen Scheuklappen.»

«Wenn sie keine Scheuklappen hätten, würden sie sich mit etwas anderem beschäftigen.»

«Haben Sie sich Ihre Hartnäckigkeit abgeschminkt?»

«Ich bin ein Profi. Ich übernehme Fälle nur nach Auftrag.»

«Ich lade Sie zu einem Kaffee ein.» Dieser Vorschlag kam überraschend schnell, als hätte sie dafür alle ihre dunklen inneren Kräfte zusammengenommen.

«Kaffee um diese Zeit? Wir könnten einen Gimlet trinken oder einen Mojito im *Boadas*. Wir brauchen nur die Ramblas hinaufzugehen. Weil das mein Vorschlag ist, lade ich Sie ein.»

«Kommt nicht in Frage. Ich lade Sie ein, Sie können trinken, was Sie wollen.»

Marta Miguel ging neben ihm her, als sei ihr die Situation ganz neu, zusammen mit einem Mann spazierenzugehen. Sie paßte weder ihre Schritte denen von Carvalho an, noch nötigte sie ihm ihren Rhythmus auf, manchmal rempelte sie Carvalho mit der Schulter an, weil sie wie ein Seemann ging, oder sie lief dicht vor ihm, so daß er beinahe stolperte.

«Welche Partei wählen Sie?» fragte sie ihn nach einem Blick auf die Schlagzeilen der Zeitungen und Zeitschriften, die in den Kiosken aushingen.

«Wirklich, die Temperatur ist ausgezeichnet, obwohl sie nicht der Jahreszeit entspricht, nur schade, daß es so feucht ist.»

Carvalhos Antwort brachte sie aus dem Konzept, sie blieb stehen und hielt ihn am Arm fest, damit er nicht weiterging.

«Ich habe Sie gefragt, welche Partei Sie wählen!»

«Ich glaubte, Sie hätten gesagt: ‹Was für ein herrliches Wetter heute!›»

«Also, das klingt aber doch völlig verschieden!»

«Dem Tonfall nach klang es absolut gleich.»

«Wollen Sie damit sagen, daß man mit mir nur über das Wetter reden kann?»

Carvalho schaffte es, weiterzugehen, ohne sich darum zu kümmern, ob Marta aus der Sackgasse herausfand, in die sie hineingeraten war. Er hörte das energische Klappern ihrer Absätze und spürte einen Luftzug, als sie den Platz an seiner Seite wieder einnahm.

«Ich habe die Schnauze voll von diesem Land», sagte sie. «Da verbringt man seine jungen Jahre damit, sich die Ellbogen wundzuscheuern, um sich eine Karriere aufzubauen. Dann entspricht nichts dem, was man erwartet hat, und ein paar Idioten können jederzeit einen Staatsstreich machen, und man wandert ins Gefängnis, oder sie verbrennen einem die Bücher. Wissen Sie, wie viele Bücher ich besitze?»

«Alle.»

«Das geht nicht. Aber ich habe fast siebentausend Bände. Meine Mutter und ich haben kaum Platz bei mir zu Hause. Alles ist voll von Büchern.»

«Warum sollten die Rechten nach einem Staatsstreich Ihre Bücher verbrennen? Haben Sie sich politisch exponiert?»

«Nein, zum Glück nicht. Dafür hatte ich keine Zeit. Aber ich bin Universitätsprofessorin, und das ist äußerst verdächtig.»

«Beruhigen Sie sich. Sie können davon ausgehen, daß mindestens dreißigtausend Leute vor Ihnen an die Wand gestellt werden.»

Marta überlegte hin und her, was Carvalho wohl damit gemeint hatte, und brach fünfundzwanzig Meter später in Entrüstung aus.

«Hören Sie mal! Die Tatsache, daß ich mich nicht politisch engagiert habe, heißt noch lange nicht, daß ich keine eigenen Ideen und Gefühle hätte. Ich würde es nie zulassen, daß dreißigtausend oder noch mehr Menschen umgebracht werden.»

«Töten ist nur ein qualitatives Problem. Wenn das Tabu einmal gebrochen ist, kann die Tat so oft wie nötig wiederholt werden.»

«Man kann aus einem Impuls heraus töten, in einem Wutanfall, aber kaltblütig und für politische Ziele ...»

«Töten ist ganz einfach.»

«Was verstehen Sie denn davon?»

Carvalho fuchtelte ihr mit den Händen vor den Augen herum.

«Diese Hände sind Mörderhände. Ich war CIA-Agent und habe so viele Menschen umgebracht, wie ich konnte. Hören Sie auf, sich um die Bücher zu sorgen. Machen Sie's wie ich! Verbrennen Sie sie! Jetzt ist es aber Zeit für den Mojito.»

Aber er dachte nicht daran, sich einen Mojito zu bestellen. Kaum hatte er sich im *Boadas* an den Tresen gelehnt, bestellte er sich bei der mondbleichen Bardame mit dem Cocktaillächeln einen Singapur Sling. Marta Miguel verzog angewidert das Gesicht und sah weg.

«Was ist das denn?»

«Ein asiatischer Cocktail, den aber ganz sicher ein Engländer erfunden hat.»

«Also ist so gut wie nichts daran asiatisch.»

«Doch, der Name. Singapur liegt in Asien, glaube ich.»

«Stimmt. Es ist ein freier Staat an der Spitze der malaiischen Halbinsel.»

«In den Geographiebüchern meiner Kindheit hieß sie noch die Halbinsel von Malakka. Warum, weiß ich nicht.»

Marta wollte etwas Leichtes, und Carvalho bestellte ihr einen Alexandra. Er selbst trank noch einen Singapur Sling.

«Trinken Sie immer so viel? Sie machen sich ja die Leber kaputt!»

«Die ist bereits kaputt.»

«Und wie gefällt es Ihnen, eine kaputte Leber zu haben?»

«Ich habe nicht das geringste Mitleid mit ihr. Ich kenne sie nicht einmal. Wir sind einander noch nicht vorgestellt worden.»

«Mit der Leber ist es anders als mit den Nieren. Man hat nur eine davon.»

«Sind Sie sicher?»

Der dritte Singapur Sling hatte in Carvalhos Augen Leuchtfeuer entzündet, aber trotzdem bemerkte er, daß Marta Miguel auf die Uhr schaute.

«Sind Sie in Eile?»

«Meine Mutter ist allein, und um diese Zeit geht die Frau, die sich um sie kümmert, nach Hause. Sie kann sich kaum bewegen. Ich lade Sie zum Abendessen ein. Ich habe gute Sachen eingekauft, und ich kann kochen. Nicht viel, aber das, was ich koche, mache ich gut. Außerdem habe ich Wurst vom Lande, Chorizo.»

«Aus welcher Gegend?»

«Aus Salamanca.»

«‹Chorizo› aus Salamanca, hervorragend!»

«Und Wein aus dem Bierzo, den mir ein Onkel mitgebracht hat. Er ist Zivilgardist in Astorga.»

«Haben Sie etwa noch mehr von diesen kulinarischen Wunderdingen auf Lager?»

«Ja, noch eine Tortilla in Fischmarinade.»

Mehr brauchte Carvalho nicht zu hören. Er hob die Hand, winkte mit einem Fünftausend-Peseten-Schein und drängte Marta Miguel zum Ausgang.

«Ein großes Abenteuer erwartet uns!»

Die Frau an seiner Seite ging ab und zu etwas schneller als er, um auf seinem Gesicht die Echtheit oder Falschheit dieser schnellen Begeisterung nachzuprüfen. Er hatte immer noch diesen Glanz in den Augen, aber eine innere Spannung hatte sein Gesicht mit einem dünnen Nylonstrumpf überzogen, die Angespanntheit des Bankräubers kurz vor dem Überfall.

«Mama, ich bin's.»

Marta Miguel zog den Schlüssel aus dem Schloß und ließ Carvalho den Vortritt in die nordisch gehaltene Empfangsdiele mit indirekter Beleuchtung und einem Spiegel, an dem sich Carvalho vorbeistahl, um ins Wohn- und Eßzimmer zu gelangen. Dort saß die alte Frau, ein Häufchen von 29 Kilo in einem Rollstuhl mit gigantischen Rädern. In einem dunkelvioletten Köpfchen bewegten sich ein Paar riesige Augen und starrten auf Carvalho, um sich dann fragend auf ihre Tochter zu richten.

«Ein Freund, ein Studiengenosse.»

Nachher entschuldigte sich Marta für ihre Lüge, als Carvalho ihr in die Küche gefolgt war, um nicht bei der alten Frau bleiben zu müssen, die ihn unentwegt anstarrte und ihr Köpfchen hin und her bewegte, als wolle sie es mit letzter Kraft von dem Körper trennen, der auf seinem Begräbnissessel thronte.

«Es würde zu lange dauern, Ihnen alles zu erklären. Aber ob Sie es glauben oder nicht, sie versteht alles. Ihr entgeht nichts. Die Arme! Seit acht Jahren befindet sie sich in diesem Zustand. Nachmittags kommt ein Mädchen und leistet ihr Gesellschaft, aber sie geht um acht. Dann mache ich sie sauber, bringe ihr das Abendessen, setze sie eine Weile vor den Fernseher und bringe sie dann zu Bett.»

Marta wickelte die Chorizos in ölgetränktes Küchenpapier und schob sie in den Backofen. Dann holte sie aus dem Kühlschrank eine Schüssel mit der Tortilla, die sich mit einer soliden Marinade vollgesogen hatte.

«Wenn Sie noch mehr möchten, ich habe noch einen Topf mit gebeizter Lende.»

Carvalho setzte sich an den Küchentisch. Er nahm sich Wein aus der Flasche, die sie aufgemacht hatte, schnüffelte daran und nippte davon, schnalzte mit der Zunge gegen den Gaumen und rief begeistert: «Leck mich am Arsch!» Marta lächelte.

«Ich habe nicht ganz verstanden, aber es scheint, er schmeckt Ihnen.»

«Das ist ein Palacio de Arganza, Auslese. Eines Tages wird der Wein aus dem Bierzo berühmt werden, und derjenige, der ihn berühmt macht, legt den Grundstein zu seinem Untergang.»

«Ich lebe nicht, um zu essen, ich esse, um zu leben.»

«Das hatte ich mir schon gedacht.»

Carvalho zeigte, daß er die Flasche zu schätzen wußte, und auch Marta trank ab und zu, mit kleinen Schlucken; nachdem sie einen Augenblick meditiert hatte, ob er ihr schmeckte oder nicht, hatte sie anerkennend genickt.

«Sí, Señor, ein guter Wein. So einen Wein gibt es hier nicht.»

«Nur ganz selten.»

«Und die dort unten wissen ihn nicht zu schätzen. Sie wissen gar nicht, was sie da Gutes besitzen. So ist das auf dem Lande.»

Marta Miguel wollte mit dieser Bemerkung über den Mangel an Bewußtsein auf dem Lande ihre eigenen Qualitäten ins rechte Licht rücken und wartete auf Carvalhos Zustimmung.

«Haben Sie noch mehr davon?»

«Noch drei Flaschen.»

«Die Nacht ist lang.»

«Trinken Sie, so viel Sie mögen. Was sollen wir beide denn damit? Meine Mutter darf nichts trinken, und ich setze mich nicht hin, um mir alleine einen auf die Lampe zu gießen. Ich bringe ihr jetzt das Abendessen. Kommen Sie bitte nicht mit herüber, es ist kein erhebender Anblick. Sie hat Schwierigkeiten beim Schlucken und spuckt manchmal alles aus, na ja.»

Carvalho studierte das Etikett des Palacio de Araganza, machte die Flasche leer und öffnete die nächste. Aus dem Eßzimmer drangen gurgelnde Laute zu ihm, wenn die alte Frau sich verschluckt hatte, und die Stimme der Tochter, der ihr gut zuredete.

«Iß, Mutter. Eins nach dem andern, langsam, komm, verschluck dich nicht, Frau, nicht so gierig, du bist ja richtig gierig!»

Der Fernseher wurde eingeschaltet, und Marta Miguel kam in die Küche zurück, seufzend. «Mein Gott, kostet das eine Geduld!» Sie hatte Tränen in den Augen und bemerkte, daß Carvalho es entdeckt hatte.

«Ich weine nicht, nein, keine Träne mehr. Die Ärmste! Glauben Sie, es gibt eine Gerechtigkeit?»

Das war eine Dostojewskijsche Frage, und Carvalho zog es vor, noch ein Glas Wein zu trinken und einen hoffnungsvollen Blick auf den Backofen zu werfen. Marta holte die Chorizos heraus. Das Papier war fast verkohlt, und aus seinem Innern kamen sechs vollkommene wächserne Chorizos zum Vorschein, herrlich glühend in ihrer eigenen Hitze. Carvalho nahm sich ein Stück Tortilla und goß mit dem Löffel Marinade über diese Mischung aus Kartoffeln, Eiern und Zwiebeln.

«In dieser Marinade war Fisch eingelegt.»

«Ja, Makrele. Makrelenmarinade schmeckt. Die von Sardinen nicht, die schmecken zu stark.»

Carvalho schwelgte in diesem sehr iberischen Abendessen, während sie nur kleine Bissen nahm; es war ein harter Kampf zwischen ihren hungrigen Augen und dem Gedanken an die Waage.

«Meine Mutter ruft!» Sie sprang auf.

«Ich habe nichts gehört.»

«Man hört sie kaum.»

Sie lief hinaus, durch die halboffene Tür konnte man einen Teil der Serie ‹Ramon y Cajal› sehen. Marta kam zurück, ließ sich auf den Stuhl fallen und blieb sitzen, die kurzen Beine gespreizt. Sie fuhr sich mit der Hand über die Augen.

«*Madre mía*, hab ich viel getrunken!»

Carvalho aß einen Chorizo aus der Hand.

«Heute vormittag hätten Sie auch nicht gedacht, daß Sie heute abend bei Marta Miguel sitzen würden, hä?»

«Stimmt.»

«Soll ich Ihnen die Wahrheit sagen?»

«Es ist eine Frage der Menge. Die ganze Wahrheit ist zu viel für einen Abend.»

«Die Wahrheit ist, daß ich dieses Zusammentreffen herbeigeführt habe. Ich wollte gerne mit Ihnen reden.»

Carvalho aß den Chorizo auf und griff nach dem nächsten, mit denselben Fingern, mit demselben besitzergreifenden Blick, mit derselben Bereitschaft des Geruchs- und Geschmackssinnes, das Aroma dieser Mumie aus Schwein und Paprika zu genießen, die wahrscheinlich aus Extremadura stammte.

«Ich sagte, daß ich gerne mit Ihnen reden wollte.»

«Ich hab's gehört.»

«In letzter Zeit geht es mir sehr schlecht. Das mit Celia hat mich sehr mitgenommen. Jeder hält mich zwar für eine starke Frau, aber ich bin es nicht. Es bleibt einem nichts anderes übrig, als stark zu wirken. Dann ist da meine Mutter. Ich verausgabe mich von Tag zu Tag mehr, aber ich will mich nicht von ihr trennen, ich weiß, es ist Blödsinn, aber wenn ich sie eines Tages weggeben würde, wenn sie nicht mehr bei mir leben könnte, wäre sie nach einer Woche tot. Sie ist sehr sensibel, sie beobachtet mich genau, hat Angst, ist abhängig von mir. Wenn mir eines Tages etwas zustoßen sollte, dann weiß ich auch nicht. Was meinen Sie?»

«Wozu?»

«Zu dem allem, zu der Geschichte mit Celia.»

Carvalho suchte einen Winkel im Universum, um sich zu verkriechen, und er fand ihn in einer Ecke der Küche, neben einem Kochtopf, genau zwischen dem Topf und einem weißlackierten Brotkasten aus Blech. Dorthin richtete er seinen Blick, sein ganzes Bewußtsein, als fürchte er nichts mehr, als Marta Miguel ins Gesicht zu sehen. Er wollte nichts anderes tun, als auf diese Stelle zu starren. Er wollte ihr nicht zuhören. Er wollte sie nicht dazu ermutigen, sich ihm anzuvertrauen.

«Sie haben sie gekannt, stimmt's?»

«Wen?»

«Celia.»

«Ich glaube, ich habe sie einmal gesehen, in einem Supermarkt.»

«Es war schwer, sie zu vergessen. Sie war ein Mädchen aus Gold.»

«Pat Savage.»

«Wer ist Pat Savage?»

«Die Nichte von Doc Savage, einem Helden aus einer Abenteuerserie mit dem Titel ‹Kühne Männer›. Doc Savage, Pete Rice, Bill Barnes.»

«Celia war ein Mädchen aus purem Gold, innerlich und äußerlich. So etwas ist angeboren.»

«Haben Sie noch Wein?»

Carvalho war wieder aus seiner Abwesenheit aufgetaucht und sah nun Marta Miguel an, die ihm mit Hingabe zuhörte, mit halbgeöffnetem Mund und weit aufgerissenen Augen, die ihn jetzt an die Augen seiner Mutter erinnerten. Wortlos stand sie auf, kramte in einem Schrank und kam mit der nächsten Flasche zurück. Mit einem Ohr hörte Carvalho Bruchstücke aus der Fernsehserie, die durch die angelehnte Tür in die Küche drangen, aber gleichzeitig mit den dramatischen Dialogen war ein sanftes Schnarchen zu hören, das nur aus den winzigen Lungen der alten Frau kommen konnte. Carvalho sah, daß Marta Miguel auf ihn zukam, wie ein dunkler Berg, leidend, obszön in ihrem Schmerz und ihrer Angst, und er fürchtete sich vor ihrem Mund, er fürchtete sich vor dem, was diese Lippen ihm die ganze Zeit sagen wollten, fürchtete sich vor der Last der Beichte, die sie bei ihm auskotzen wollte, und er streckte eine Hand aus, fuhr ihr damit unter den Rock, zwischen die speckigen Schenkel und umschloß mit den Fingern ganz fest ihr heißes, behaartes Geschlecht. Marta Miguel wich mit einem Satz zurück und runzelte bestürzt und angewidert die Brauen, um dem Wort Nachdruck zu verleihen, das sie ihm entgegenschleuderte: «Dreckschwein!»

Carvalho erhob sich, verließ die Küche, nickte der alten Frau zu, die ihn mit ihren riesigen Augen verfolgte, stahl sich in der Empfangsdiele an dem Spiegel vorbei, trat auf den Treppenabsatz hinaus und schloß die Tür hinter sich in dem Wissen, daß Marta Miguel in der Küche geblieben war und weinte.

Biscuter wirkte diesen Morgen melancholisch, wie verwaist. Er bot Carvalho nicht einmal sein neuestes Gericht an, so daß dem Detektiv nichts anderes übrigblieb, als nachzudenken, sich alles mögliche vorzustellen, Erinnerungen nachzuhängen – alles Tätigkeiten, die ihn normalerweise in schlechte Laune versetzten. Um elf Uhr klingelte das Telefon, und an der Stimme und der Vorsicht in der Wortwahl erkannte Carvalho seinen Gesprächspartner.

«Señor Carvalho?»

«Ja.»

«Hallo, ist dort eine Detektei, ein Herr namens Carvalho?»

«Ja.»

«Ist Señor Carvalho da?»

«Das bin ich.»

«Ich hab's mir doch gedacht. Hier Daurella. Daurella, erinnern Sie sich? Der mit den Sonnendächern. Wie geht's, Señor Carvalho?»

«Gut, und Ihnen?»

«Na ja, es muß eben.»

«Na, hören Sie mal!»

«Sehen Sie, Sie werden mich wahrscheinlich für einen Trottel oder einen aufdringlichen Menschen halten, aber neulich blieb da noch so eine Sache offen, ich weiß nicht, also wenn ich Sie jetzt nicht angerufen hätte, wäre ich explodiert!» Er sprach mit leiser Stimme, als fürchte er, belauscht zu werden.

«Alle halten mich für einen Dummkopf, aber ich bin alles, nur das nicht, Señor Carvalho! Das können Sie mir glauben!»

«Daran habe ich keinen Zweifel.»

«Aber die Enkel, die Tochter, die Frau, deshalb halte ich mich zurück, verstehen Sie? Verstehen Sie mich wirklich, Señor Carvalho?»

«Ich verstehe Sie.»

«Haben Sie den Scheck schon eingelöst?»

«Habe ich.»

«Ohne Probleme, nicht wahr?»

«Stimmt.»

«Ich bin Ihnen sehr zu Dank verpflichtet, Señor Carvalho; Sie haben mir die Augen geöffnet, aber was soll ich machen. Ich schließe sie wieder und spiele den Dummkopf. Die Tochter, die Enkel, die Frau ... Ich tue es nicht für ihn, nein, er ist ein Schmarotzer, ein Taugenichts, aber die Enkel, die Tochter, die Frau! Ich will Sie nicht länger aufhalten, Señor Carvalho, ich mußte Sie einfach anrufen, ich weiß nicht, ob Sie das verstehen.»

«Stets zu Ihren Diensten. Sie wissen ja, wo ich zu erreichen bin, wenn Ihnen wieder mal Geld unterschlagen wird.»

«Das wird er nicht tun, nein, nein, ich passe jetzt genau auf ihn auf.»

Aber nach dem Ton seiner Stimme zu urteilen, paßte jemand auf ihn auf.

«Also nichts zu befürchten, Señor Carvalho, bleiben Sie gesund und viel Glück in diesen schlechten Zeiten!»

Scheiße, dachte Carvalho, und begründete diesen geistigen Ausrutscher mit der Vorstellung, daß der arme Daurella auf seine alten Tage nicht mehr in der Lage war, seinem Hurenbock von Schwiegersohn ordentlich in den Arsch zu treten.

«Wenn ich fünfundfünfzig bin, Biscuter, machst du mir Stockfisch Al pil pil und etwas Zyankali dazu.»

«Das würde man sofort schmecken, Chef. Der Geschmack von Stockfisch Al pil pil ist unverwechselbar.»

Damit versank er wieder in seine stummen Selbstvorwürfe. Was war er doch für ein schlechter Sohn gewesen. Das Telefon klingelte, und als Carvalho am anderen Ende die Stimme von Charo erkannte, biß er die Zähne zusammen und machte sich auf eine Gardinenpredigt gefaßt.

Zuerst kam ein «Hallo, Pepe», dann Schweigen und nach einer vielsagenden Pause ein Ausbruch von Tränen und verzweifeltem Schluchzen.

«Es ist aus zwischen uns, stimmt's, Pepe?»

«Ich hab einfach eine Menge Arbeit, das ist alles. Aber sobald ich damit fertig bin, packen wir die Koffer und fahren nach Meranges, schnuppern Seeluft und gehen gut essen im *Can Borell*.»

«Im Ernst?»

«Ganz im Ernst.»

Die Tür des Büros war aufgegangen, und ganz langsam, im Schneckentempo, kam Señora Marsé ins Zimmer.

«Ich muß jetzt auflegen, ein Klient ist da.»

Das Schnalzen des telefonischen Kusses hallte noch im Büro wider, bis der Hörer ruhig auf der Gabel lag. Señora Marsé kam schüchtern näher und setzte sich, als Carvalho sie dazu aufforderte.

«Hier arbeiten Sie also. Ein sehr hübscher Ort, sehr typisch. Die Ramblas sind das Schönste an Barcelona.»

Sie saß da und hielt die Hände auf der Handtasche, die auf ihrem Schoß lag, den Blick auf Carvalhos ausdrucksloses Gesicht gerichtet.

«Ich komme wegen der Sache gestern. Wir müssen miteinander reden, Sie und ich. Aber bitte, sagen Sie meinem Mann nichts davon! Für wieviel Geld wären Sie bereit, sich auf die Suche nach meiner Tochter zu machen?»

«Ich habe es Ihnen gestern schon gesagt. Ich habe feste Tarife.»

«Ich habe alles noch einmal durchgerechnet, und ich kann die Summe nicht aufbringen, die Sie verlangen. Ich habe ein kleines Bankkonto, von dem Higinio nichts weiß, aber alles in allem besitze ich höchstens hundert- oder hundertzwanzigtausend Peseten, dazu kämen natürlich die Reisekosten, die mein Mann übernehmen würde. Ich könnte noch ein Schmuckstück versetzen, das stimmt, aber ich besitze nur wenige, und mein Mann würde es bemerken. Haben Sie etwas Geduld, mit der Zeit kann ich Ihnen mehr geben!»

Carvalho schnaubte: «Es gibt nichts Deprimierenderes als reiche Leute ohne Geld.»

«Ich biete Ihnen alles, was ich habe. Und ich tue es genausogut für Teresa wie für Ernesto, der Ärmste ist ganz verzweifelt, er hängt sehr an seiner Mutter. Er ist ein Leidender, genau wie ich. Seine Mutter ist dagegen wie mein Mann, sie leiden wegen nichts und niemandem.»

«Sie wollen, daß ich zu Wohltätigkeitspreisen arbeite, und ich sehe keinen Anlaß, dies zu tun!»

Die alte Frau sagte nichts mehr, und man konnte ihr ansehen, daß sie sich selbst bedauerte. Biscuter hatte schweigend das Gespräch mit angehört, und Carvalho war nicht entgangen, daß er immer mehr Symphatie für die Frau empfand. Biscuter war bereit, sie in die Familie aufzunehmen und sich in ihre aufnehmen zu lassen.

«Außerdem ist die Reise sehr beschwerlich und unsicher. Im Reisepreis ist nur eine Besichtigungstour enthalten, aber wer weiß, wo diese Frau tatsächlich steckt!»

«Im Lauf der Zeit kann ich Ihnen alles bezahlen, was Sie verlangen.»

«Südostasien befindet sich jetzt mitten in der Regenzeit.»

«Hier regnet es auch.»

«Ich müßte mich impfen lassen und ein Visum beantragen.»

«Nein. Man braucht jetzt keine Impfung und auch kein Visum mehr, wenn man weniger als fünfzehn Tage dort bleibt. Ich habe mich erkundigt, und hier bringe ich Ihnen das Geld.»

Sie hatte die Handtasche aufgemacht, entnahm ihr ein Bündel Geldscheine, das von einem Gummiband zusammengehalten wurde, und reichte es Carvalho. Einhundertsiebenundzwanzigtausend Peseten. «Mein Mann bezahlt Ihnen die Reise und die Spesen bis einhundertfünfzigtausend. Der Rest bleibt offen.»

«Ich hasse nichts mehr als Reisen! Es gibt nichts Schlimmeres, als jemanden zu suchen, der nicht gefunden werden will!»

«Meine Tochter will gefunden werden. Sie hat Sie angerufen, stimmt das etwa nicht?»

«Wer würde das glauben, daß ein Freiberufler seine Arbeit, sein Büro, seine ganzen Verpflichtungen im Stich läßt, um ein Flugzeug zu nehmen und zu den Antipoden zu fliegen? Die Zeiten sind schwierig. Es gibt Wahlen, und ich möchte zur Wahl gehen!»

«Machen Sie doch Briefwahl! Ich habe meinen Hauptwohnsitz in Barcelona und lebe in El Maresme. Ich werde auch per Brief wählen. Es ist ganz einfach. Man muß nur zum Einwohnermeldeamt gehen und dort mit einem Beamten sprechen, der dann alles für Sie regelt.»

«Stellen Sie sich vor, die Sozialisten gewinnen, es kommt zum Staatsstreich, und das alles überrascht mich in Thailand.»

«Es ist viel besser, es überrascht Sie in Thailand als hier, Chef.» Das war Biscuter, der sich einschaltete und mit Entschlossenheit dem ärgerlichen Blick standhielt, mit dem Carvalho ihn anschaute. Die alte Dame erhob sich. Sie legte das Geld auf den Tisch und wandte sich zum Gehen. Von der Tür her sagte sie: «Denken Sie darüber nach, und rufen Sie uns an! Es gibt keine andere Lösung!»

Carvalho nahm das Geld und erhob sich, um ihr nachzugehen. Aber mit einem Antritt, der einem Mittelfeldspieler alle Ehre gemacht hätte und der Carvalho an die Sprints von Bobby Charlton erinnerte, beschleunigte sie plötzlich ihren Schritt, und als er die Tür erreicht hatte, sah er von der Señora Marsé nur noch ein weißhaariges Köpfchen in der Tiefe der unteren Stockwerke.

«Hundertfünfundzwanzigtausend Peseten sind hundertfünfundzwanzigtausend Peseten, Chef!» Carvalho schleuderte das Geld knapp über Biscuters Kopf an die Wand und ging aufs Klo, um gegen die ganze Welt und gegen sich selbst anzupinkeln. Dann ging er wortlos an Biscuter vorbei zur Tür hinaus und auf die Straße hinunter, mit dem alleinigen Ziel, die Umgebung hinter sich zu lassen, wo das alles geschehen war. Als er sich auf den Ramblas befand, ging er langsamer und ließ sich treiben zwischen den morgendlichen Passanten und den Wahlplakaten, die über Nacht aufgetaucht waren. Die Stadt quoll über von den vertrauten Bildern von Felipe Gonzáles und von militanten Bildern von Führern der Kommunisten, von denen einer, Gutiérrez Díaz, wie in Trance die Wähler segnete, ob sie ihn nun wählten oder nicht. Es wurde ihm erst klar, was er eigentlich vorhatte, als er sich auf den Stufen des Einwohnermeldeamtes wiederfand und einen Pförtner fragte: «Wo muß ich hin wegen der Briefwahl?»

Er fuhr mit der flachen Hand über Charos nackten Rücken, als wolle er etwas von ihr wegnehmen, um es dann in der hohlen Hand ganz aus der Nähe zu betrachten. Charo erkundigte sich schlaftrunken: «Um wieviel Uhr fliegst du?»

«Um eins.»

Ihre Frage löste ihn von der Verpflichtung, auf ihren Schlaf Rücksicht zu nehmen. Er streckte die Beine unter dem Laken hervor und betrachtete sie, als hätte er vergessen, wie sie aussehen. Dort an der Wand wartete die Reise auf ihn oder dort, hinter der halboffenen Tür von Charos Badezimmer. Die Reise, das war sein Projekt, seine Zukunft. Hast und Müdigkeit mischten sich mit seinem Wunsch, wegzugehen, egal wohin.

Charo bemühte sich, wach zu werden.

«Ich mache dir einen Kaffee.»

«Ich gehe im Büro vorbei, Biscuter macht mir einen.»

«*Ich* möchte dir den letzten Kaffee machen.»

Charo richtete sich auf ihrer Seite des Bettes auf, bedeckte die Brüste mit den Händen und erhob sich, um zur Toilette zu gehen. Carvalho zog sich in ihrer Abwesenheit schnell an, und als sie im Nachthemd wiederkam, war er schon dabei, den zweiten Fuß in die verformte Öffnung des Schuhs zu zwängen, dem man seine übliche Nachlässigkeit ansah.

«Warte noch!»

«Laß doch. Mach mir den Kaffee in ein paar Tagen! Es wird nicht lange dauern, bis ich wieder hier bin.»

«So eine tolle Reise! Das würde mir auch gefallen.»

Carvalho küßte sie und wurde wiedergeküßt, und als der Aufzug sie trennte, machte er sich Vorwürfe, ihr in der letzten Minute nicht noch etwas Bedeutungsvolles gesagt zu haben. Es war schon mehr als zwanzig Jahre her, daß er zu jemandem gesagt hatte: Ich liebe dich! Und vielleicht war es ehrlich genug, wenn er es nicht sagte.

Die Reise machte auch auf Biscuter großen Eindruck.

«Thailand ist ganz in der Nähe von China.»

«Ja, ganz in der Nähe.»

«Und nicht weit von Vietnam. Soll ich Ihnen für unterwegs etwas zurechtmachen?»

«Im Flugzeug bekommt man immer etwas zu essen.»

«Ist das sehr teuer?»

«Es ist im Flugpreis inbegriffen.»

«Also, dann kann es nicht besonders gut sein.»

«Man überlebt es. Falls mir etwas zustoßen sollte, weißt du ja, was du zu tun hast. Fuster hat mein Testament. Ich habe dir einiges vermacht und möchte, daß du dafür jedes Jahr an meinem Todestag den Pasodoble ‹Suspiros de España› anhörst.»

Biscuter war den Tränen nahe. «So ein schöner Pasodoble!»

«Ein harmonisches Eselsgeschrei!»

Er klopfte Biscuter auf die Schulter und ging hinab auf die Ramblas, um ein Taxi zu nehmen. Auf dem Flughafen entdeckte er die Reiseleiterin, die die Gruppe schon um sich versammelt hatte.

«In Bangkok wird Ihnen ein Führer zur Verfügung stehen, aber bitte, wenden Sie sich mit allen Problemen an unseren dortigen Geschäftspartner!»

Carvalho wollte gerade zur Paßkontrolle gehen, als er ein seltsames Abschiedskomitee auf sich zukommen sah, bestehend aus einem Jungen mit Pferdeschwanz, einer schwangeren Flötistin und einer alten Dame aus viktorianischer Zeit, die mit leichtem Schritt vor dem Jungen herging.

«Wir kommen, um Sie zu verabschieden und Ihnen zu danken.»

Carvalho befürchtete schon, die Flötistin würde ihre Flöte herausziehen, um sich in die Attraktion des Flughafens zu verwandeln, oder die alte Dame würde ihm ein Brot mit Tortilla zustecken, oder hundert Peseten, damit er sich unterwegs etwas kaufen könne. Bei diesen Leuten ohne jeglichen Sinn für die Realität mußte man mit allem rechnen.

«Benachrichtigen Sie uns sofort, wenn Sie etwas erfahren haben!»

«Sparen Sie nicht an Spesen!» riet ihm Ernesto, und Carvalho konnte bei diesem Angebot nicht die geringste Spur von Zynismus entdecken. Er hob zum Abschied die Hand und ging zur Paßkontrolle, um sie loszuwerden.

Auf dem ersten Flug nach Frankfurt vertrieb er sich die Zeit, indem er versuchte zu erraten, wer von den Passagieren auf dem Flug von Frankfurt nach Bangkok seine Reisegefährten sein würden. Um ihn herum wimmelte es von Leuten aus Mallorca mit dem typischen baskischen Akzent, wenn sie spanisch sprachen, und der Fähigkeit zu Begeisterung und Boshaftigkeit, die die Inselbewohner auszeichnet. Die Leute aus Mallorca scharten sich um eine etwa dreißigjährige Blondine, die sich ihrer Reize sehr wohl bewußt war und auftrat wie die geschiedene Ehefrau eines skrupellosen Wurstfabrikanten. Allmählich stellte sich heraus, daß sie hauptberuflich Reiseleiterin war, und während des Flugs von Frankfurt nach Bangkok sprach sie eifrig dem Whisky zu, der in Strömen floß, nachdem ein junges Ehepaar aus Mallorca im Duty-free-Shop eingekauft hatte. Einer der Mallorquiner hatte entdeckt, daß es die Asiaten tatsächlich gibt, er war ganz besonders fasziniert von einem Chinesen, mit dem er Mallorquinisch sprach, und dem Chinesen blieb nichts anderes übrig, als den Tönen dieser unerwarteten Sprache mit einem Lächeln zu antworten.

«*Ascolta, xinet, a Mallorca tens la teva casa!*» *

Der Chinese lächelte und nickte. Der Mallorquiner betrachtete ihn wie ein tropisches Insekt, das noch in seiner Sammlung fehlte.

Carvalho setzte den Kopfhörer auf, den ihm die Stewardess gebracht hatte, und probierte die verschiedenen Kanäle aus: Yves Montand, Stevie Wonder, Ella Fitzgerald und Karajan, der ‹Das Meer› von Debussy dirigierte. Die Lufthansa versprach ihm den Himmel über Jugoslawien, Rumänien, der Türkei, Iran und Indien, aber über Istanbul schlief Carvalho ein. Er erwachte, als plötzlich alles verdunkelt wurde, um einen Film zu zeigen, der ihnen anderthalb Flugstunden lang die Zeit vertreiben sollte. Er kannte ihn schon aus Spanien, es war ‹Georgia›, ein Titel aus einer Kinoserie, die sich mit der Kultur der verschiedenen Einwanderergruppen in den USA auseinandersetzte. Es ging diesmal um die Serbokroaten, die Hauptdarstellerin hatte zwei kleine jugendliche Brüste und einen magersüchtigen Körper. Dafür entfachte sie um so größere Leidenschaften, und die männlichen Hauptdarsteller besaßen ungeheure Fähigkeiten, zu leiden und Schuldgefühle zu haben.

In Delhi eroberten die Inder das Flugzeug, einige von ihnen, um es unter den skeptischen Blicken der Mallorquiner und der Deutschen, die rassisch die Mehrheit ausmachten, zu säubern. Andere, um bis Bangkok oder Manila ebenso ungern gesehene Passagiere zu sein. Es kam den Europäern unwahrscheinlich vor, daß diese dunkelhäutigen Wesen gekommen waren, um sauberzumachen oder um mitzufliegen. Der Mann aus Mallorca wandte für ein paar Minuten seine neugierige Aufmerksamkeit von dem Chinesen ab und den wenigen Indern zu, die ihre Plätze einnahmen, dunkle Inseln in dem strahlenden Ozean des weißen Europa. Carvalho war nicht

* «Hör mal, lieber Chinese, auf Mallorca bist du mir immer willkommen!»

mehr müde, hatte aber auch keine Lust, sich umzusehen. Ab und zu streifte die blonde Reiseleiterin sein Blickfeld, sie hatte sich allmählich an die Nähe der Tropen angepaßt und zeigte ihre schönen Arme, goldbraun von der Sonne ihrer letzten Reisen.

Der Morgen dämmerte schon, als die Zwischenlandung in Delhi beendet war. Carvalho sah durch das Seitenfenster hinaus und wartete auf das Auftauchen des Bengalischen Golfs, als sie Kalkutta überflogen. Dann kam der Dschungel von Burma, ein Ansturm von Farben, die der Regen und die Hitze der Tropen hervorgebracht hatten, und plötzlich glaubte er etwas zu hören, was er nie erwartet hätte: Die Spanier sangen. Ein Lied, daß sie bei jedem Omnibusausflug sangen: ‹Asturias, patria querida›. Carvalho machte sich auf das Schlimmste gefaßt. Er sah es kommen, daß sie als nächstes das Lied vom Wein aus Asunción anstimmen würden, der weder weiß noch rot sei. Diese Spanier waren imstande, eine DC 10 mit 300 Sitzen in einen Omnibus zu verwandeln, der zum Schulausflug fährt. Chinesen, Inder und Deutsche lauschten ehrfürchtig der asturischen Hymne, als sei es ‹Deutschland, Deutschland über alles›. Schließlich und endlich fühlt sich jeder Engländer, Franzose, Deutsche, Amerikaner, Chinese, Inder oder Araber in Asien wie zu Hause, nur die Spanier fühlen sich fremd, sobald sie ihr Fischerdorf verlassen haben. Das Flugzeug flog über dunklen Urwäldern und durchsichtigen Fluten einer Welt aus dem Geographieunterricht entgegen.

Der Mallorquiner sagte zu dem Chinesen: «Wenn du nach Mallorca kommst, essen wir erst mal tüchtig Paprikawurst, und dann gehen wir beide zusammen in den Puff!»

«Was du dem für Sachen beibringst!» schimpfte die Frau des Mallorquiners, aber er ließ sich nicht stören. Er war hingerissen von seinem Chinesen, und der Chinese ließ sich lächelnd vereinnahmen; es war allerdings möglich, daß er sich im Innern vornahm, diesen lästigen Typen bei der ersten sich bietenden Gelegenheit den Krokodilen zum Fraß vorzuwerfen.

Sie stießen durch die Wolken, und plötzlich tauchte Bangkok unter ihnen auf, aus der Vogelperspektive breitete es sich links und rechts des Chao Phraya aus. Plötzlich erinnerte sich Carvalho an eine Szene aus der Vergangenheit, er sah sie vor sich wie ein Foto aus der Truhe des Vergessens: Ein Thaimädchen mit einer Zigarette in der Vagina; nackt inmitten von amerikanischen Soldaten in Zivil und mit Urlaubsschein und Ehepaaren aus der ganzen Welt, rauchte sie mit der Vagina und bestätigte ihren Zuschauern wieder einmal, daß die Asiaten alles genau umgekehrt machen.

Am Flughafen empfing sie ein junger Fremdenführer, der sich als Jacinto vorstellte, obwohl sein Name, wie er versicherte, auf Thai sehr viel komplizierter sei. Die Leute aus Mallorca wurden einer anderen Gruppe zugeteilt, und Carvalho sah sich plötzlich von reichen alten Damen aus Zentralspanien umgeben, die staunten, wie viele Mallorquiner es auf der Welt gab, und von ein paar jungen Ehepaaren, die sich auf den erstbesten Tropenhelm stürzten, den sie entdeckten. Während der Fahrt vom Flughafen zur Stadt informierte sie Jacinto darüber, daß in Bangkok fünf Millionen Menschen lebten, von denen die meisten sehr arm seien und nur darauf warteten, den Señoras die Handtaschen zu entreißen. Wie amüsant, wie aufregend, sagte eine der Damen ein ums andere Mal und griff sich mit einer präventiven oder abwehrenden Bewegung an die Perücke. Die Nachricht, daß es in Bangkok von Asiaten wimmelte, war den Insassen des vollklimatisierten Reisebusses eine ernste Warnung gewesen. Sie fühlten sich jetzt wie eine Expedition von Abenteurern im Fernen Osten. Der Führer gab weitere Informationen. Sie befanden sich hier in einer kontrollierten Demokratie, in einer demokratischen Diktatur, ja, in einer militarisierten konstitutionellen Monarchie.

«Wel gewinnen Wahlen in Spanien?» fragte der Führer in perfektem Einheimisch, wobei er, genau wie in den schlimmsten Synchronisationen von Filmen aus der Kolonialzeit, jedes ‹R› wie ‹L› aussprach. «Felipe González gewinnen, nicht wahl?»

«Das hätte gerade noch gefehlt!» rief ein dicker, dunkelhäutiger Mann aus, dessen Tränensäcke von roten Äderchen durchzogen waren.

«Besser die Sozialisten als die Kommunisten!» meinte eine Señora aus Andalusien.

«Hiel keine Kommunisten. Kommunisten im Dschungel. In Bangkok nichts!» informierte der Führer und erregte Verwunderung und Erstaunen.

«Habt Ihr sie im Dschungel wie Affen?»

«Nix Affen, Guelillelos. Velboten in Bangkok, also gehen in Dschungel.» Jacinto war unerschöpflich. Er erklärte den Männern, welche Arten von Massage es gab, vom ersten bis zum dritten Grad und dann so, wie es Gott gefiel. Die älteren Frauen lauschten den Instruktionen über Massage in dem Bewußtsein, daß sie hier im Ausland waren, und sie glaubten, demonstrieren zu müssen, daß sie in der Lage waren, sich der Moral der Jahrtausendwende anzupassen.

«Ihr geht Saphire kaufen, und wir gehen zur Massage.»

«Saphile und Lubine nicht velgessen! Andele Steine stammen nicht von hiel. Hiel und in Bulma Saphile und Lubine!» Abgesehen von der vollklimatisierten Insel war Bangkok nicht anders als Mexiko-City oder Villaverde Alto oder Bellvitge, eine Stadt der wilden Emigration und außerdem ein Bordell für abgehalfterte amerikanische Soldaten. Das tropische Klima zersetzte die Imitationen westlicher Architektur und beschmutzte sie. Die Logik von Geisteskranken beherrschte den Fahrstil der Autofahrer, sie waren wie versessen darauf, mit ihren japanischen Autos russisches Roulett zu spielen. Es war üblich, daß auf zweispurigen Straßen dreispurig gefahren wurde, und man konnte ein faszinierendes Gedankenspiel daraus machen, abzuschätzen, welcher Fahrer aus welchem Grunde im letzten Moment einem Zusammenstoß ausweichen würde. Die Ampeln boten den Kindern Gelegenheit, Frontscheiben zu putzen, den Touristen frische, duftende Blumengirlanden anzubieten oder die *Bangkok Post* auszurufen.

«Wie hübsch sie sind! Kaum zu glauben, daß sie als Erwachsene so häßlich werden.»

«Die Frauen sind sehr hübsch.»

«Mein Problem ist, daß sie alle gleich aussehen.»

«Sie sind wirklich gleich, jedenfalls fast. Wir Europäer unterscheiden uns viel mehr voneinander.»

Eine Truppe von Junggesellen interessierte sich weder für Diskussionen noch für sonstige Ereignisse, sie waren besessene Gangster der Nacht, immer auf der Jagd nach Massagen, vor allem nach dem *body body*.

«Hör mal, Jacinto, wo gibt es das beste *body body*?»

«Viele Lokale. Mona Lisa ist am besten. Männel können mit Señolas hingehen, Mädchen in Schaufenstel angucken, und Señolas essen, wenn Mann Massage.»

«Oh, wie reizend. Hast du das gehört?»

«Jawohl, das ist es!» Die Ehemänner klatschten zufrieden Beifall.

«Wenn Señola wollen Massage, ist auch möglich. Massage fül Señolas machen auch Mädchen, abel wenn Señolas wollen, kann auch Mann kommen.»

Vollklimatisierte Grabesstille herrschte nach Jacintos letzten Enthüllungen. Unerschütterlich blieb er bei der näheren Beschreibung der Massage für Frauen. «Männel, welche machen Massage fül Flauen, haben Name, del in Spanien sehl häßlich.»

«Los, Jacinto, Mann, sag schon, wie sie heißen!» forderte ihn einer der Junggesellen auf.

«Stlichjunge», sagte Jacinto, ohne eine Miene zu verziehen, und machte sich daran, die Teilnehmerliste zu studieren und die Leute auf die verschiedenen Hotels zu verteilen. Als sie vor dem *Dusit Thani* angekommen waren, übergab Carvalho dem Führer die Karte, die ihm die Leute vom Reisebüro für ihn mitgegeben hatten. Jacinto wiegte den Kopf hin und her, als er über die Situation nachdachte, und sah Carvalho prüfend an, als wolle er wissen, ob er diesen Anforderungen gewachsen sein würde oder nicht.

«Heute nix machen können. Heute Sonntag.»

«Morgen möchte ich zur Botschaft gehen.»

«Ist gleich hiel, nicht weit.»

Er deutete auf einen Park, hinter einer markanten Statue, die eine große Kreuzung beherrschte.

«Lumpini-Palk. Botschaft ist dahintel.»

Beim Betreten des *Dusit Thani* hatte Carvalho das Gefühl, einem alten Freund wiederzubegegnen. Es war immer noch derselbe Portier, der in seiner Uniform wie ein thailändischer Peter Pan wirkte, dasselbe internationale asiatische Hotel, in dem die Einheimischen mit ihrer zerbrechlichen Grazie eine malerische Ausnahme bildeten unter den massigen, rohen Weißen. Die Häßlichkeit der Angelsachsen wurde unübersehbar durch den Kontrast zu dem kindlichen Wuchs und der Harmonie der Bewegungen junger Thailänderinnen, die den Fremden Informationen, Jasmin und Orchideen anboten. Letztere kamen frisch aus den Urwäldern, die rings um Bangkok auf die leiseste Unachtsamkeit dieser obszönen Stadt lauerten.

Carvalho brachte sein Gepäck aufs Zimmer und erkundigte sich, ob es den Wochenendmarkt noch gab. Es gab ihn noch, aber er war nicht mehr neben dem alten Königspalast. Es ist sehr weit, erklärte ihm der Chef der Taxiflotte des Hotels, um den Preis von hundertachtzig Baht zu rechtfertigen, die er von ihm für die Fahrt verlangte. Das weiße, klimatisierte Taxi fuhr durch Bangkok. Während der Fahrt reichte der Chauffeur Carvalho Prospekte der Geschäfte für Juwelen, Thaiseide, Schnitzereien und Silberarbeiten. Umsonst versuchte Carvalho mit Handbewegungen die Flut der Prospekte aufzuhalten, die aus dem Handschuhfach des Datsun quoll.

Sonntäglich herausgeputztes Volk bildete die Vorhut der Massen, die die Nähe des Marktes anzeigten, genau wie Vögel in der Nähe des Festlandes, und endlich erreichten sie einen freien Platz, auf dem sich bis zum Horizont ein Labyrinth von überdachten und nichtüberdachten Ständen ausbreitete. Kaum hatte er die klimatisierte Atmosphäre des Taxis verlassen, wurden seine Nase und seine Lungen von einer Welle heißer, fettgeschwängerter Luft überschwemmt. Es duftete nach in Kokosöl gebratenen Leckerbissen, nach asiatischer Petersilie, Schnittlauch und Ingwer. Carvalho hatte nicht genug Augen und nicht genug Vitalität, um das alles in seiner Gesamtheit zu erfassen, was ihm der Wochenendmarkt bot. Der Dschungel in Blumentöpfen, Käfigen und riesigen Goldfischgläsern, oder in Kartons, wo sich die Schmetterlinge in seltsame Blumen des Bösen verwandelt hatten, unbegrabene Leichen. Pökelfleisch, Bronzefiguren, Fliegen, ausgespuckter Betel, grüne Reiskörner, süße, eitrige Dauerwürste, getrocknete, mumifizierte Tiere, Marktaufseher, bedrohlich und nervös wie ganze Heerscharen afrikanischer Heuschrecken, federleichte Pilze, Töpferwaren, die seltsam valencianisch aussahen, stellenweise natürlicher Rasen, Hühner, Kolibris, Nashornvögel, Eidechsen, ein kleiner Tiger, Straßenküchen und Leute, die drum herum standen, Anhänger der Philosophie des Essens. Sirup in allen Farben, Wälder von Flaschen mit Fischsoße, dem Salz Thailands, ein langes, hartes, braunes Neunauge, schwarze Schweinchen, Bluejeans, Kobras ohne Giftzähne, Mungos in ihrem Irrenhauskäfig, Kassetten von Stevie Wonder und Supertramp, Kokosraspel, Kokosnüsse, die mit der Machete schon zurechtgestutzt waren – grüne Behälter mit einem Plastikstrohhalm; kleine Fertigdächer, wieder ein junger Tiger, der nicht mehr brüllen konnte, Schweinefleischspieße – mit einem dunklen Honig überzogen; feine Glasnudeln – Speise jungfräulicher Engel; Orchideen, die auf Kokosrinde wuchsen, Steppjacken aus Nylon für imaginäre Winter, ländliche Kleidung für die Stadtguerilla, Macheten, Schlüsselringe, eingelegte Eier, die wie Mulattenhoden aussahen, eine grüngestrichene Betonbadewanne und linke Agitatoren mit Megaphonen, die die Massen aufstachelten, während die Polizei in tolerantem, vorsichtigem Abstand so tat, als höre sie nichts. «Der studentische Protest gegen die Fahrpreiserhöhung der Omnibusse geht weiter!» verkündete die *Bangkok Post* auf ihrer Titelseite und zeigte einen alten Mann, der am Boden hockte und mit jungen Studenten diskutierte, die ebenfalls am Boden hockten. Ein Abgeordneter solidarisierte sich mit den real existierenden Forderungen. Carvalho schlenderte an dem Dschungel in Blumentöpfen vorüber und erwartete, in den Blumentöpfen Kommunisten zu entdecken.

Im *Dusit Thani* hatte er die Auswahl zwischen einem teuren internationalen Restaurant, einem mit einheimischer Küche und einem mit japanischer Küche, außerdem gab es einen etwas billigeren *Coffee Shop* mit westlichem asiatischen und orientalisiertem westlichen Essen. Carvalho hatte sich fest vorgenommen, nichts Westliches zu essen, ganz egal, wie lange sein Aufenthalt dauern sollte. Also betrat er das japanische Restaurant. Er wurde von einer scheinbar japanischen Bedienung empfangen, die in dem typischen Gruß beide Handflächen vor der Brust zusammenlegte und sich leicht verneigte. Er bestellte ein Sashimi und bekam eine mit Eisstückchen belegte Platte, worauf winzige rohe Fischfilets lagen, Goldbrasse, Karpfen, Thunfisch, und eine Tasse mit Sambai-yo, einer Sauce, dazu Eßstäbchen, eine weitere, leere Tasse und eine Kanne Tee. Es dauerte eine Zeit, bis er eine gewisse Fertigkeit im Umgang mit den Stäbchen erreicht hatte und die rohen Fischstückchen dazwischenklemmen, sie in die Sauce aus Senf, Essig und Öl tauchen und zum Mund führen konnte. Als er das Gericht beendet hatte, war ihm, als hätte er alle Früchte des Meeres aufgegessen, und er bestellte sich zum Nachtisch einen Sake-Reis, zu dem er mit zwei schnellen Schlucken einen eiskalten Sake trank.

Er schlenderte durch das Hotel, besah sich die Schaufensterauslagen, Juwelen, Seidenstoffe, Teakholzarbeiten, und vergeudete einige Zeit in seinem Zimmer damit, einen verzweifelten Kampf mit dem Fernsehapparat zu führen, der einen Videokanal hatte, bis er schließlich einen amerikanischen Film erwischte mit Rod Steiger und einer blonden Schönheit, die von ein paar Jägern, die es im Hosenschlitz juckte, vergewaltigt wurde. Hundert Meter vom Hotel entfernt erwarteten ihn die unbegrenzten Möglichkeiten der Silom Road und die drei aufeinanderfolgenden, engen Gäßchen des Patpong, des historischen Bordellviertels, das nach Meinung des als Peter Pan verkleideten Portiers auch nicht mehr das war, was es früher war.

«Es gibt andere Orte, die viel interessanter sind.»

Der Portier setzte zu einer Empfehlung an, für die er Kommission bekommen würde, aber Carvalho ließ sich nicht vom Patpong abbringen, und der Portier lenkte ein: «Es hat einiges verloren, aber es ist immer noch, was es früher war.»

Am Hoteleingang überfiel ihn die nächtliche, klebrige Hitze. Das *Dusit Thani* mit seiner westlichen Helligkeit war eine Insel in einem Meer von Dunkelheit, das nur ab und zu erhellt wurde durch ein paar vereinzelte schwache Glühbirnen, die die Silom Road säumten. Trotz des Sonntags und der vorgerückten Stunde waren die Läden noch offen, Carvalho schlug immer wieder Angebote mit Aktfotos aus, die professionelle Vermittler extra für die Ausländer bereithielten, begleitet von direkten Versprechungen der Freuden der Unzucht, manchmal sogar die türkische Art. Die Gassen des Patpong waren eine Mustersammlung chinesischer, vietnamesischer, thailändischer und japanischer Restaurants inmitten von Striplokalen, nächtlichen Passanten, Rikschas und Sammeltaxis, deren Fahrer versprachen, auf dem schnellsten Weg zu sexuellen Paradiesen zu fahren. Bauern hockten vor Straßenküchen und betrachteten die Herden ausländischer Touristen als Gratisschauspiel, über das sie sich halb totlachen konnten. Carvalho begegnete der Gruppe aus Mallorca wieder unter der Führung der blonden Reiseleiterin mit den schönen Armen, ebenso Jacinto, der an der Spitze einer Gruppe von jungen Ehepaaren zu der Vorstellung der Pingpongmädchen unterwegs war oder der Vorführung der vaginal gerauchten Marlboros mit original amerikanischem Geschmack. Carvalho wich den Gruppen aus, er schlug auch Jacintos Angebot aus, sich seiner Gruppe anzuschließen, aber kurz darauf überfiel ihn das Gefühl deprimierender Einsamkeit und nächtlicher Sinnlosigkeit, so daß er sich unbewußt doch auf die Suche nach den Spaniern machte, sie in mehreren Nachtclubs suchte und schließlich die Gruppe fand, die ihm am meisten zusagte. Er fand sie in einem kleinen Saal, wo nackte, kindhafte Thaimädchen den Europäern mit ihrer Doppelmoral eine aufreizende Mechanik vorführten. Mit ironischem Lächeln und sexueller Erregung in den Augen und am Südpol ihres Körpers sahen sich die Europäer die sexuellen Gymnastikübungen an, die ein wichtiger Bestandteil ihres Reiseprogramms waren. Vermittler mischten sich unter die erstaunten Paare und boten ihnen alle Varianten an: Mann mit Mann, Frau mit Frau, Kombinationen zu dritt oder zu viert. Wo? Hier gleich nebenan in dem mehrstöckigen Gebäude. Carvalho schaute zum Fenster hinaus und entdeckte an einem unbeleuchteten Fenster das Schild *Apollo*. Plötzlich fiel ihm ein, daß dort Archit der Prostitution nachgegangen war, Teresas Begleiter, und er machte sich auf den Weg zu diesem Massagesalon mit männlichem Personal. Zwei junge spanische Paare baten ihn, sie in ein großes Mietshaus nebenan zu begleiten, wo ihnen die Vorführung von zwei Männern angeboten worden war, die Analverkehr ausüben würden.

«Einmal im Leben muß ich mir so was ansehen!» sagte ein

Mann mit blondem Haar und Schnurrbart mit dünner, fast versagender Stimme.

«Ich auch», stimmte ihm seine Begleiterin zu.

Carvalho folgte ihnen und sah, wie sie ein großes Mietshaus betraten, das mit gerade so viel Watt beleuchtet war, damit nicht totale Finsternis herrschte. Die beiden Paare folgten zwei Thaijungen, und Carvalho überholte sie in dem Moment, als sie ein Zimmer betraten, das genauso schmutzig zu sein schien wie der Rest des Gebäudes. Er folgte dem Korridor, der in gelbes Halbdunkel getaucht war, und es dauerte eine Weile, bis er die Männer und Frauen bemerkte, die auf dem Fußboden saßen, die meisten von ihnen schweigend, kaum imstande, den Fremden wahrzunehmen, der sie interessiert betrachtete. Schmutzige, alte Kleidungsstücke ließen ihre Haut noch dunkler erscheinen und verstärkten die Unbestimmbarkeit des Alters ihrer scheinbar jungen Körper. Verstohlene Blicke reflektierten Carvalhos Spiegelbild auf dem rötlichen bis grünlichen Hintergrund kranker Augen. Diese erschöpften Drogensüchtigen boten ihren käuflichen Körper, ihre elenden Muskeln aufgeklärten Ausländern mit der Korruptheit der Unterentwicklung feil. Carvalho fragte einen Mann, der mit einem Stapel Bettücher auf dem Arm aus einem Zimmer trat, nach Archit. «Er arbeitete nebenan, im *Apollo*!» Die Undurchdringlichkeit, die asiatischen Gesichtern zugeschrieben wird, konnte nicht verhindern, daß sich diese Augen angstvoll weiteten und Carvalhos Blick auswichen. Der Mann ging wortlos weg. Carvalho wiederholte seine Frage einer alten Frau, die lustlose, halbverhungerte Zimmermädchen herumkommandierte. Die Alte antwortete mit derselben undurchdringlichen Angst und demselben Schweigen, machte ihm aber schließlich den Vorschlag, sich doch im *Apollo* zu erkundigen, wenn Archit dort gearbeitet habe. Die Antwort war logisch, und er kehrte um. Als er an der Tür des Zimmers vorbeikam, in das die Spanier gegangen waren, sah er, daß sie halb offenstand und daß der blonde, schnurrbärtige Mann durch den Spalt nach ihm Ausschau hielt.

«Hören Sie, hallo, Sie! Bitte, ich habe den Eindruck, daß Sie nicht das erste Mal hier sind, und wir verstehen nicht, was hier vor sich geht. Kommen Sie rein, kommen Sie rein!»

Carvalho betrat das Zimmer. Die beiden Frauen saßen auf den einzigen Stühlen, auf ihren Gesichtern lag gespannte Erwartung. Die Männer standen, aber sie trippelten nervös auf einem Fleck hin und her. Auf dem Bett waren zwei Jungen dabei, sich gegenseitig am Penis zu streicheln.

«Sie kriegen keinen Steifen, und sie sagen etwas Komisches zu uns, das wir nicht verstehen. Sie sprechen ein sehr seltsames Englisch.»

Die Jungen sahen Carvalho mit der totalsten aller Gleichgültigkeiten an und fuhren fort, ihre abgestorbenen Penisse zu streicheln. Carvalho fragte sie, was los sei. Ein zahnloser, kavernöser, schwarzer Mund öffnete sich, um zu sagen, daß sie nicht in Stimmung seien. Wenn sich eine der anwesenden Frauen zu ihnen ins Bett legen würde, dann wäre die Sache anders. Carvalho übersetzte den Vorschlag.

«Wir? Mit denen?»

Die beiden Spanier bissen die Zähne zusammen und ballten die Fäuste, um dann ein beherrschtes Lachen hören zu lassen.

«Die Sache hat ihre Tücken!» Der Entschlossenere von beiden trat ans Bett, deutete auf den Penis des einen und den Hintern des anderen Jungen.

«Du stecken das hier hinein!»

Der aufgeforderte Junge antwortete mit einem traurigen Lächeln.

«Ich lasse mir nichts vormachen!» versicherte der unerschrokkene Spanier. «Wir haben im voraus bezahlt, und jetzt wollen sie nicht dafür arbeiten.»

«Komm, wir gehen, Eduardo!» meinte die ängstlichere der beiden Frauen.

«Ich habe für die Vorführung bezahlt, und entweder will ich meine Kohle wieder, oder sie sollen arschficken, ich lasse mich nicht verarschen.»

Der Eingeborene sagte etwas, und Carvalho trat ans Bett, um ihn besser zu verstehen.

«Er sagte, wenn die Señoras ihnen nicht die Ehre erweisen, sich zu ihnen ins Bett zu legen, solle man ihnen erlauben, eine Frau anzuheuern, eine von denen, die auf dem Korridor sitzen.»

«Zum gleichen Preis natürlich!»

Der Thai war der Ansicht, ein Körper mehr koste zweihundert Bath mehr.

«Hundertfünfzig», widersprach der Spanier entschlossen, getreu der touristischen Devise, um alles zu feilschen. Der Eingeborene zuckte die Schultern, nahm die hundertfünfzig Bath, zog sich einen Slip an und ging auf den Korridor. Er kam mit einer jungen, aber alt aussehenden Frau zurück, sie war zerlumpt und genau wie der Junge ein Mitglied des Vereins der Zahnlosen Südostasiens. Die

Frau zog sich nackt aus. Sie schien Carvalho ein appetitliches Musterbeispiel für eine Vorlesung über den Aufbau des menschlichen Skeletts an jeder beliebigen medizinischen Fakultät. Die Frau konnte nicht nur die Jungen nicht stimulieren, auch die Gesichter der Europäer verzogen sich angewidert.

«Und nun, was ist los?»

«Sie kriegen immer noch keinen hoch.»

«Also hört mal her, das ist der reinste Nepp! Absoluter Nepp!»

Der Spanier schrie und begleitete seinen verkrampften Versuch, alles zu bekommen, wofür er bezahlt hatte, mit wilden Armbewegungen und stampfte dabei auf den Boden. Langsam ging die Tür auf und gab den Blick frei auf eine Gruppe von Einheimischen, die sich auf das Geschrei hin dort versammelt hatten. Die beiden weißen Frauen standen auf und klammerten sich schutzsuchend an ihre Männer, getreu der Epistel des Apostels Paulus. Die beiden, die eigentlich anal verkehren sollten, waren ebenfalls zornig geworden und blieben dem Spanier nichts schuldig. Dieser hatte sich inzwischen beruhigt und war verstummt angesichts der Gruppe, die sich in der Tür drängte.

«Wieviel haben Sie bezahlt?» fragte Carvalho.

«Insgesamt etwas über fünfhundert Bath.»

«Das sind noch nicht einmal dreitausend Peseten. Sind Sie noch nie um dreitausend Peseten geprellt worden?»

«In Spanien schon.»

«Also finden Sie sich mit dem Verlust ab, und gehen Sie mit einem Lächeln, denn die Sache wird allmählich kritisch.»

Carvalho ging mit gutem Beispiel voran und lächelte allen zu, drückte den beiden Jungen und dem weiblichen Skelett die Hand und gab eindeutig zu erkennen, daß er sich verabschieden wollte. Dann bahnte er sich einen Weg durch die murrende Gruppe, die sich an der Tür zusammengedrängt hatte, hinter ihm folgten die beiden Paare, die Atem und Sprache erst wiederfanden, als sie auf die Straße hinausgetreten waren. Der große, schwerfällige Spanier faßte wieder Mut und begann laut zu schimpfen. Es sei das letzte Mal gewesen, daß ihn diese Affen übers Ohr gehauen hätten! Aber als eine der Frauen in Gelächter ausbrach, hörte er sofort damit auf. Sie versuchte sich damit zu entschuldigen, daß ihr plötzlich das kleine Ding des einen Jungen eingefallen sei und der Nabel der Frau, der wie eine verwelkte Blume ausgesehen habe. Einer rechtfertigte sich vor dem anderen. Carvalho ließ sie stehen und ging wieder durch die Silom Road zum Hotel. Plötzlich faßte ihn jemand an und zog ihn am Arm. Er spannte die Muskeln und stieß den anderen zurück, um Abstand zu gewinnen. Dann erblickte er einen lächelnden Jungen, der, ohne seinen Arm loszulassen, zum Himmel zeigte. Carvalho schaute nach oben und sah auf den elektrischen Leitungen Millionen kleiner Vögel, schwarz und weiß wie Dominosteine. Der Junge gab ihm durch Gesten zu verstehen, es sei gefährlich, unter den Vögeln zu gehen, denn sie ließen ihren Kot auf die Passanten fallen, und zum Beweis deutete er auf den weißen Kotstreifen, der den Gehweg verzierte.

Carvalho entspannte sich, bedankte sich bei ihm, trat aus der möglichen Ziellinie der Vögel und fragte ihn, als der Thaijunge sich schon entfernen wollte, nach dem Namen der Vögel. Der Thai betrachtete sie noch einmal, dachte nach, zuckte die Schultern und antwortete mit einem Lächeln: «Es sind Vögel, einfach Vögel!»

Er erwachte mit dem Gefühl, daß er etwas Wichtiges zu erledigen hatte, und es dauerte nicht lange, bis er herausgefunden hatte, daß es sich dabei um das American Breakfast handelte, das auf dem Speisezettel versprochen wurde. Er trat ans Fenster und stellte fest, daß es eine Tür war. Sie führte auf einen ebenerdigen Balkon, der zu einem Swimmingpool und beleuchteten Kaskaden führte. Die Morgensonne war noch verdeckt durch Wolken und die Gebäudemassen des *Dusit Thani*. Carvalho nahm sich vor, die Sonne ausgiebig zu genießen und mit tropischer Bräune nach Spanien zurückzukehren.

Im Speisesaal erwartete ihn ein Büfett mit Spiegeleiern, rohem und gekochtem Schinken, Wurst, Rührei, Kartoffelpuffern, Aufschnitt, eingelegtem Räucherfisch und tropischen Früchten: Ananas, Bananen, Pampelmusen, Mandarinen, Litschis, Rosenäpfel oder Chomphoo, Mangostanfrüchte, Mangos, Jujuben, Rambutanen, Zalakas, Melonen, Kokosnüsse, Karambolen, Tamarinden, Papayas, Guaven, Lam-Yais, Noinas und Durians. Die Papayas mit Limettensaft und die Litschis waren ganz ausgezeichnet, und Carvalho nahm sich zweimal davon. Dann machte er einen Plan. Es kam alles darauf an, was man ihm in der Botschaft mitteilen würde, und er beschloß, etwas später dorthin zu gehen, denn sie würden sich eher nach den spanischen als den thailändischen Arbeitszeiten richten. Er ging durch das Hotel und entdeckte, daß ein Sonnenstrahl zwischen den Hotelgebäuden hindurchgedrungen war und eine Ecke des Swimmingpools erfaßt hatte. Er zog seine Badehose an, darüber einen Kimono und steckte Sonnencreme in seine Badetasche, die ihn vor der tückischen Tropensonne schützen sollte. Erst schwamm er eine Weile, dann cremte er sich ein und streckte sich auf dem immer größer werdenden sonnenbeschienenen Dreieck aus. Eine Stunde lang kämpfte Carvalho einen harten Kampf mit den Wolken um die Sonne, aber am Ende hatte er das prikkelnde Gefühl der Hitze in Besitz genommen und stellte sich optimistisch pfeifend unter die Dusche in seinem Badezimmer.

Das Schwitzen begann sofort, als er das Hotel verließ, und hörte auch nicht auf, als er den Lumpiniplatz überquerte und durch den Park zum Diplomatenviertel ging. Der Park war ein Versprechen schattiger, asiatischer Vegetation, und Carvalho war fasziniert von diesen Parkanlagen und ihrem Angebot des erfrischenden Müßigganges. Die Wireless Road war eine ruhige Straße mit Wohnhäusern, erdrückt von der Maßlosigkeit der amerikanischen Botschaft mit den Kanälen und künstlichen Seen einer privilegierten tropischen Gartenanlage. Unmittelbar daneben befand sich die spanische Botschaft, klein wie ein Pförtnerhäuschen. Sie war in einem Haus untergebracht, das die architektonischen Traditionen von Thailand und Tirol in sich vereinigte. Im Innern wurde Carvalho von zwei Thais empfangen, die ihm mitteilten, er müsse warten. Fast alles war mit Holz verkleidet und in einem cremigen Weiß gehalten, ein vierflügliger Ventilator versprach mit allen seinen schwachen Kräften, die Hitze zu bekämpfen. An den Wänden hingen Plakate, die für die galicischen Rías und den Sängerwettbewerb Tenor Viñas warben, und ein Bild des spanischen Königspaares, die mit dem thailändischen Königspaar eine rätselhafte Ähnlichkeit hatten.

«Sie wollten den Herrn Botschafter sprechen?» fragte ihn diplomatisch eine blonde Frau mit lateinamerikanischen Akzent.

«Jeden, der mir Informationen über den Fall Teresa Marsé geben kann.»

«Sind Sie der Abgesandte der Familie?»

«Genau.»

«Wenn Sie nichts dagegen haben, werde ich Ihnen selbst alle Informationen geben, über die wir verfügen. Der Herr Botschafter hat sehr viel zu tun.»

Auf Carvalhos Zustimmung hin entfernte sich die blonde Frau. Ein Einheimischer teilte mit ihm die Einsamkeit des Empfangszimmers; er befragte ihn über Stipendien für ein Studium in Spanien. Die Angestellte kam mit einem Ordner zurück, setzte sich neben Carvalho und schlug den Ordner auf ihren Knien auf.

«Inzwischen wissen wir mehr, aber nichts allzu Beruhigendes, und das Schlimmste ist, daß die Botschaft nicht weiter gehen kann, als sie schon gegangen ist. Die Polizei hat die Sache in die Hand genommen und wacht eifersüchtig über ihre Hoheitsrechte.»

«Ist der Aufenthaltsort von Teresa Marsé bekannt?»

«Nein. Aber sehr wahrscheinlich ist sie irgendwo an der Landesgrenze und versucht, auszureisen.»

«Warum wendet sie sich nicht an die Botschaft?»

«Die Botschaft wird Tag und Nacht überwacht. Der Fall hat sich zugespitzt.»

Sie war eine Frau, die ihre Gefühle beherrschen konnte. Sie hatte sich für ein Gespräch im Stil eines Kommuniqués entschieden und war nicht bereit, diesen Rahmen zu verlassen. Sie fuhr fort, ohne Carvalhos Reaktion abzuwarten.

«Die Spuren von Teresa und Archit verlieren sich in Chiang Mai, soviel wissen wir von der Polizei, und dieselbe Quelle teilte uns mit, daß das Paar von einer Gruppe bezahlter Gangster verfolgt wird, die verhindern wollen, daß sie das Land verlassen.»

«Warum?»

«Das ist eine lange und komplizierte Geschichte. Wir haben versucht, uns aus den verstreuten Hinweisen, die uns die Polizei ab und zu gab, ein Bild zu machen. Der Herr Botschafter hat über diese Angelegenheit persönlich mit dem Premierminister Prem Tinsulanonda gesprochen, aber die Sache hat schon zu viel Aufsehen erregt. Bei anderen Anlässen konnten wir eingreifen, im allerersten Moment, und mit Geld läßt sich hier fast alles erreichen. Aber in diesem Fall sind die Dinge zu weit fortgeschritten. Allem Anschein nach stand Archit in Verbindung mit einem der lukrativsten und von der Polizei am wenigsten verfolgten illegalen Geschäfte des Landes, dem illegalen Handel mit Edelsteinen, vor allem mit Rubinen aus Burma. Irgendwann muß er Teresa davon erzählt und ihr etwas von der Ware gezeigt haben, die sich in seinem Besitz befand. Sie überredete ihn, einen Teil davon zu behalten und mit ihr nach Europa zu kommen. Wir wissen nicht, wieviel Mühe es sie gekostet hat, ihn zu überzeugen, fest steht, daß Archit einen Paß besaß und daß die beiden alles für eine Unterbrechung ihrer Reise in Chiang Mai vorbereitet hatten, um von dort über Bangkok und Amsterdam nach Barcelona zu fliegen. In Chiang Mai scheiterte der Plan. Entweder wurden sie von der Bande gestellt, oder Archit wurde aufgefordert, die Ware herauszugeben. Der junge Mann war Mitglied einer Geheimgesellschaft, die den Handel mit burmesischen Rubinen kontrolliert, der sogenannten ‹Mai pen arai›. Das ist eine feste Redewendung, die hierzulande sehr häufig benutzt wird und etwa bedeutet: ‹Alles kein Problem.› Nun gut, die Leute des Geheimbundes spürten sie in Chiang Mai auf, und etwas Ernstes geschah, denn am Tag darauf fand die Polizei in der Hotelsuite, die Teresa und Archit bewohnt hatten, eine Leiche, und die beiden waren verschwunden, sie sind bis heute spurlos verschwunden.»

«Ein Vergeltungsakt wie tausend andere.»

«In der Tat. Allerdings war der Tote nicht irgendjemand. Er war an sich kein bedeutendes Mitglied der Geheimgesellschaft, aber anscheinend – ich betone, daß ich Ihnen nur weitergebe, was mir gesagt wurde – war er der Sohn einer bedeutenden Persönlichkeit der Unterwelt von Bangkok, einer fast legendären Persönlichkeit, die unter dem Decknamen Jungle Kid bekannt ist. Über ihn weiß ich nur, daß er früher Fremdenführer im Goldenen Dreieck war, zwischen den burmesischen Shan-Staaten, dem Norden Thailands und dem nördlichen Laos. Offiziell ist er immer noch Fremdenführer, aber es dient ihm nur als Tarnung für seine Geschäfte mit Rauschgift. Jungle Kid ist eine Institution, und der Tod seines Sohnes hat die Polizei und die gesamte Unterwelt alarmiert.»

«Die Polizei Seite an Seite mit einem Mafioso?»

«Der Polizei hat Jungle Kid oft einen Gefallen getan, und hierzulande weiß man nie genau, wo die Ordnung aufhört und das Chaos beginnt, wo die Legalität aufhört und das Verbrechen beginnt.» Die Botschaftsangestellte wich Carvalhos Blick nicht aus, und der Detektiv empfing eine unterschwellige, diplomatische Warnung, die in der ausdrucksvollen Beherrschtheit der Frau lag.

«Ist es möglich, mit der Polizei oder mit Jungle Kid selbst zu sprechen?»

Sie begann zu lachen. «Es ist seltsam, daß weder die einen noch der andere sich bis jetzt mit Ihnen in Verbindung gesetzt hat. Halten Sie die Augen offen! Jungle Kid können Sie im Hotel *Malaysia* treffen, ganz in der Nähe von hier, beim Einreisebüro. Es ist ebenfalls legendär, dieses Hotel, dort steigen Touristen ab, die viel Neugier und wenig Geld besitzen. Jungle Kid benutzt das *Malaysia* als Büro, von dem aus er seine Exkursionen organisiert. Er ist ein sehr vorsichtiger Mann, Chinese, ehemaliges Mitglied der Kuomintang-Division, die sich nach dem Sieg Mao Tse-tungs im Norden Thailands niedergelassen hat. Die Drahtzieher des Schwarzen Marktes für Heroin, Rubine und Frauen sind heutzutage alles Chinesen, und sehr oft solche, die mit Tschiang Kai-scheks 93. Division in Verbindung stehen.»

Die Frau schien ihre Notizen gut im Kopf zu haben, nur ab und zu griff sie darauf zurück.

«Mit welchem Angehörigen der Polizei muß ich mich in Verbindung setzen?»

«Die Polizei ist von Ihrem Kommen schon unterrichtet. Schreiben Sie sich bitte den Namen auf, den ich Ihnen jetzt nenne. Uthain Charoen. Er ist der Beamte des Innenministeriums, der mit dem Fall beauftragt ist.»

Im Blick der Frau lag Ironie, oder vielleicht war es auch ein Versuch der Einschätzung, bis zu welchem Punkt Carvalho in der Lage war, sich mit Jungle Kid, Uthain Charoen und der gesamten Situation erfolgreich auseinanderzusetzen.

«Was ist er für ein Typ?»

«Ich habe mich nur zwei- oder dreimal mit ihm unterhalten. Aber ich wiederhole, passen Sie gut auf! Er ist ein Mann mit heimtückischen Fangzähnen!»

Carvalho riß die Augen weit auf, um den ganzen Schrecken auszudrücken, den ihm diese Empfehlung eingejagt hatte.

«Welche Art von Unterstützung kann ich von Ihnen bekommen?»

«Moralische, und wenn Sie ins Gefängnis kommen, schicken wir Ihnen ab und zu ein Päckchen Tabak. Aber ich rate Ihnen, machen Sie das Unmögliche möglich, damit Sie nicht ins Gefängnis kommen! Das Gefängnis hier ist schrecklich. Zur Zeit sind sieben Spanier in Drogensachen verwickelt, und ich versichere Ihnen, daß einige von ihnen sich lieber aufhängen würden, als weiter dort einzusitzen.»

Das war ernst gemeint. Auf diplomatische Weise ernst.

Der Taxifahrer versuchte, Carvalho zu überreden, bevor er zum *Malaysia* fuhr, eine endlose Reihe von Geschäften mit Juwelen und Seidenstoffen anzusehen. Die Hartnäckigkeit des Mannes führte dazu, daß er die Gegend um das *Malaysia* ein ums andere Mal umfuhr, um dadurch Zeit zu gewinnen, seinen Fahrgast zu überzeugen. Carvalho hatte die Wahl, entweder aus dem fahrenden Taxi zu springen, oder einfach abzuwarten, bis sich sein Widersacher selbst von der Vergeblichkeit seiner Umwege und Erklärungen überzeugt hatte. Er entschied sich dafür, sich im Sitz zurückzulehnen und die Stadtlandschaft zu betrachten, dort stießen Massen von Einzel-

oder Sammeltaxis Wolken von Kohlenmonoxid aus, die zu den Fenstern des nichtklimatisierten Taxis hereindrangen. Der Chauffeur hielt Carvalho einen fünfzehnminütigen Vortrag über die Geschäfte, die er unbedingt besuchen müßte, schließlich ging er dazu über, Carvalho in Thai zu beschimpfen, denn er setzte seinen Monolog in der Landessprache fort, während er sich dazu herabließ, die Straße zum *Malaysia* einzuschlagen. Er vermied die großen, mehrspurigen Straßen, die die Stadt durchschneiden, und fuhr durch abgelegene Gäßchen, in denen die tropische Vegetation den fortschreitenden Verfall der Häuser wieder wettmachte. Schließlich bog er in den Hof des *Malaysia* ein. Vier oder fünf Boys ohne Uniform kamen ihnen entgegen, maulend akzeptierten sie, daß Carvalho sich direkt vom Taxi zum Hoteleingang begab. Zweitklassiges Teakholz, Bambus von einem Fluß, der wenig Wasser führte, Boys in Livreen aus zweiter Hand, bräunliche Skaisitze, ein Fußboden, der mit grünem Plastik ausgelegt war, alle Dinge waren von der Gebrechlichkeit des Alters gezeichnet, das Empfangspersonal und die Kellner des Restaurants, das sich an die Empfangshalle anschloß. Man sah Bluejeans in allen Variationen, Ausländer, die wie nordamerikanische Professoren armer Universitäten aussahen; junge, französische Späthippies; Damen in Sandalen mit Haut-goût und stämmigen, rosigen Waden; und kein einziges Auge war weiß um die Iris. In den Augen, die Carvalhos konventionelles Aussehen mit einer gewissen Gleichgültigkeit registrierten, herrschte Rot vor, die Farbskala reichte aber über unzufriedenes, eitriges Gelb bis Zitronengelb. Er ging zur Rezeption und erkundigte sich nach Archit und Teresa.

«Es sind zwei Freunde von mir, die in Bangkok sind, vielleicht haben sie hier ein Zimmer gemietet.»

Der Mann, der ihm zugehört hatte, wechselte ein paar Worte in Thai mit einer kleinen, schlecht gekämmten Frau, die Carvalho ins Gesicht lachte und ihn wahrscheinlich sogar auslachte.

«Die kennen wir nicht.»

«Ich bin sicher, daß sie in diesem Hotel waren.»

«In diesem Hotel kommen und gehen eine Menge Leute, und wir können nicht alle kennen!»

«Sehen Sie im Register nach!»

Die beiden zuckten die Achseln und zeigten weder Lust, noch hatten sie die Absicht, das Buch zu holen.

«Sehen Sie dort an der Wand nach, links neben dem Tischchen. Vielleicht haben sie eine Nachricht für Sie hinterlassen.»

An der Wand hingen persönliche Bekanntmachungen. Biete Französischunterricht, Zimmer 76. Karen und Leo warten auf dich in Zimmer 98. Verkaufe Schreibmaschine ‹Olympia Monica›. Carvalhos Augen blieben an einem Zettel hängen: ‹Jungle Kid, der beste Führer durch die Shan-Staaten›, aber irgend jemand hatte darunter gekritzelt: «Vorsicht vor Jungle Kid, er läßt dich mitten im Dschungel sitzen!» Carvalho beschloß, russisches Roulett zu spielen und den Mann am Empfang nach Jungle Kid zu fragen, aber jemand, der hinter ihm stand, hielt ihn auf.

«Sind Sie der Spanier, der neu angekommen ist?»

Er drehte sich um, vor ihm stand ein Thai in einem gelblichen Baumwollanzug mit schlechtsitzender Krawatte; die Jugend seines Gesichtes wurde verraten durch beginnende Krähenfüße und graue Haare, die an der linken Schläfe auftauchten. Seine halbgeöffneten, violetten Lippen verzogen sich zu etwas, das ein Lächeln andeuten sollte.

«Ihr Name ist José Carvalho Tourón?»

Er las Carvalhos Namen mit Schwierigkeiten von einem Zettel ab, den er aus der Tasche geholt hatte.

«Jawohl.»

«Ihren Paß, bitte.» Dabei zeigte er ihm seinen eigenen Ausweis, auf dem sein Foto in einem Meer von thailändischen Schriftzeichen zu sehen war.

«Ich verstehe nicht?»

«Hier steht mein Name, Uthain Charoen, und hier steht mein Beruf, Polizeibeamter.»

«Muß ich das glauben?»

Der Mann lachte kurz auf und behielt sein freundliches Lächeln bei. «Ich rate Ihnen, es zu glauben.»

Carvalho zog seinen Paß aus der Tasche und gab ihn dem Polizisten. Aus den Augenwinkeln sah er, wie sich die Angestellten an der Rezeption mit den Ellbogen aufstützten und die Szene beobachteten.

«Sehr gut, Señor Carvalho. Ich stehe zu Ihrer Verfügung. Wozu sind Sie ins *Malaysia* gekommen?»

«Ich habe den Eindruck, daß ich es bin, der zu Ihrer Verfügung steht. Sie sind es, der beginnt, Fragen zu stellen!»

«Entschuldigen Sie! Ein Berufskrankheit. Vergessen Sie die Frage. Aber ich dachte, Sie sind im *Dusit Thani* untergebracht, und ich glaube nicht, daß Sie das Hotel wechseln wollen.»

«Dieses hier scheint mir viel mehr Abwechslung zu bieten.»

«Es kommt ganz darauf an, welche Art von Abwechslung Sie lieben.»

Carvalho stand immer noch da und wartete ab, daß der andere die Initiative ergriff.

«Ihre Freundin ist nicht in diesem Hotel.»

«Wo ist sie dann?»

«Ich weiß es nicht.»

«Eigentlich habe ich nicht sie gesucht, sondern Jungle Kid.»

Charoen hob die Brauen, um Carvalhos Antwort zu beurteilen.

«Kaum in Bangkok angekommen, und schon kennen Sie Jungle Kid. Sie lernen schnell!»

«Vielleicht weiß Jungle Kid, was Sie und ich nicht wissen. Wo Teresa ist.»

«Nein. Zum Glück für Sie und Ihre Freundin weiß er es nicht.»

Charoen verneigte sich mit einer gewissen Höflichkeit und bat ihn zum Ausgang. Carvalho bemerkte, daß er mit einem Hünen, der in einem der braunen Plastiksessel saß, einen aufmerksamen Blick wechselte. Es war ein älterer, aber muskulöser Mann, dessen schwere Lider seine schräggeschnittenen Augen fast verdeckten, mit einem dünnen Schnurrbart über wulstigen Lippen gekrönt von einem Schädel, der total glatt rasiert war. Am Ausgang des *Malaysia* bot links ein Schnelldienst für Schuhreparaturen seine Dienste an, geradeaus standen die luftigen Schutzdächer für die Autos des Hotels, rechts war der Ausgang zur Straße und das Schild einer Bar, *Café Lisboa*. Dorthin wandte sich Charoen, er ging vor Carvalho her und forderte ihn mit den Bewegungen eines Pagen auf, ihm zu folgen. Drinnen im Café bat er ihn, Platz zu nehmen, und bestellte zwei Gläser Maekong.

«Es handelt sich dabei um Reiswhisky. Falls Sie ihn noch nicht kennen, er wird Ihnen sehr angenehm sein. Haben Sie ihn schon einmal probiert, vielleicht während Ihres früheren Besuches in Thailand, oder während Ihres jetzigen?»

«Sie wissen, daß ich schon einmal hier war?»

«Wir verfügen über kein besonders gutes Archiv, aber es genügt für unseren Bedarf. Bangkok ist nicht das Zentrum der Welt, aber sehr wohl eines der wichtigsten Zentren Asiens.»

Die beiden Gläser wurden gebracht. Sie waren gefüllt mit zerkleinertem Eis und einer Flüssigkeit, die in der Farbe an Whisky erinnerte. Carvalho begrüßte den altbekannten Geschmack des Maekong. Dieser Whisky schmeckte wie Naturreis, leicht, sogar angenehm.

«Schmeckt er Ihnen?»

«Er hat mir schon immer geschmeckt, daran wird sich nichts ändern.»

«Ausländer sind vom Maekong sofort begeistert. Er ist billig und dabei so rein wie schottischer Whisky.»

Charoen fuhr sich mit der Hand über das Haar, ließ sie dann sanft durch die Luft schweben und legte dann die Hand wie einen Deckel über sein Glas.

«Ich möchte gerne wissen, was Sie in Bangkok vorhaben.»

«In erster Linie will ich herausfinden, wie ich Teresa Marsé aufspüren und nach Spanien mitnehmen kann.»

«Sie aufzuspüren ist möglich. Aber sie nach Spanien mitzunehmen, das schlagen Sie sich aus dem Kopf. Es geht schließlich um ein Verbrechen!»

«Ich nehme nicht an, daß Teresa diesen Jungen umgebracht hat.»

«Sie sind also auch über das Verbrechen im Bild? Dann wissen Sie, um wen es sich handelt?»

«Ich verstehe die Bedeutung nicht, die Sie einem Gangster beimessen, dessen Vater ebenfalls ein Gangster ist.»

Charoen rollte die Augen und lächelte, als wolle er sich im Voraus für die Worte entschuldigen, die auszusprechen er im Begriff war. «Die Verbrecher sind nicht überall gleich. An einigen Orten der Vereinigten Staaten zum Beispiel haben sie es bis zum Bürgermeister oder Gewerkschaftsboß gebracht. Jungle Kid ist kein x-beliebiger Gangster, und für Thailands Polizei würden sich die Dinge sehr komplizieren, wenn sie sich den Zorn von Jungle Kid zuziehen würde.»

«Wo ist Jungle Kid?»

«Hier.»

«Hier? In dieser Bar?»

«Nein. Aber er war ganz in der Nähe. Er saß in der Empfangshalle des Hotels, als ich das Vergnügen hatte, Sie zu begrüßen.»

Das Bild des Mannes mit dem rasierten Schädel legte sich über das Gesicht Charoens.

«Sie grüßten ihn, als wir hinausgingen.»

«Ich habe mich darauf beschränkt, seine Gegenwart wahrzunehmen. Jungle Kid und ich haben niemals ein Wort miteinander gewechselt.»

«Sie wahren Distanz.»

«Er ist es, der sie wahrt. Er spricht mit meinen Vorgesetzten, nicht mit mir.»

«Er ist ein Fremdenführer.»

«Ein Fremdenführer, der in Flugzeugen nach Rangun, Taipeh, Hongkong und Paris stets Plätze reserviert hat. Bevor die Grenze nach Laos geschlossen wurde, verbrachte er die Hälfte der Woche in Vientiane. Er ist kein einfacher Fremdenführer, auch kein x-beliebiger Gangster.»

«Und er steigt immer noch in dieser Spelunke ab, dem *Malaysia*?»

«Er besitzt ein großes Anwesen in Koumintang, dem Dorf, das Tschiang Kai-scheks 93. Division aufgebaut hat, aber das *Malaysia* in Bangkok ist sein Milieu. So geht es uns allen. Ich bin an einem der Seitenkanäle geboren, am linken Ufer des Chao Phraya, in der Nähe des Klong Bangkok Yai. Heute habe ich eine Wohnung im Zentrum, mit Licht und fließend Wasser, Wasser aus dem Wasserhahn, verstehen Sie? Aber in Wirklichkeit fühle ich mich immer noch wie einer aus Bangkok Yai.»

Carvalho zog mit dem Finger spielerisch einen kleinen Fluß aus Whisky und geschmolzenem Eis und fragte, während er den Fluß über den Tisch lenkte: «Muß man Teresa ohne das Einverständnis von Jungle Kid suchen?»

«Ja. Denn diesmal wird Jungle Kid weder Ihnen noch der Polizei helfen, er will seine Rache.»

Während Charoen ihm die gleiche Geschichte erzählte, die er schon in der Botschaft gehört hatte, stellte sich Carvalho die Szene vor, wie Teresa Archit dazu überredet hatte, einen Teil der Steine für sich zu behalten. In Rom, Paris oder Barcelona hätte sie so etwas nie getan, denn dort war sie sich des Mechanismus der Repression bewußt, dort kannte sie Sprache und Rolle der Repression. Aber in Bangkok mußte alles wie ein chinesisches Märchen auf sie wirken, in dem Chinesen die Hauptrolle spielten und dessen Ausgang von Metro-Goldwyn-Mayer oder Paramount bestimmt wurde. Die Entfernung zwischen Barcelona und Bangkok war einfach zu groß, Moral und Logik konnten Teresa nicht einholen. Und Archit? Was für ein Mensch war dieser scheinbar verdorbene Junge, der trotz allem die Fähigkeit besaß, aus Liebe zu einer Ausländerin mit seinem Moralkodex zu brechen, ein Verbrechen zu begehen und ein Todesurteil zu riskieren?

«Was ist das für ein Junge?»

«Von wem reden Sie?»

«Von Archit.»

Charoen zuckte die Schultern. «Eine üble Geschichte, wie die von Millionen Kindern in Asien. Er mußte sich von klein auf seinen Lebensunterhalt auf der Straße verdienen. Sein Vater ist ein Rauschgiftsüchtiger, der alle Chancen vertan hat, die sich ihm boten. Auch die, die ihm Archit bot, als er noch mächtige Freunde hatte. Der Vater ist Abschaum. Er liegt im Sterben. Auf Befehl von Jungle Kid bekommt er kein Rauschgift mehr.»

«Kann man ihn nicht in ein Krankenhaus bringen?»

«In Thailand muß man lange warten, bis man einen Krankenhausplatz bekommt, und ein halbtoter Alter hat keine Chance. Außerdem bin ich nicht sicher, was Jungle Kid machen würde, wenn er im Krankenhaus wäre.»

«Jungle Kid!»

«Solange Sie hier sind, werden Sie diesen Namen noch oft zu hören bekommen. Ich hoffe, Ihr Aufenthalt wird nicht zu lange dauern. Thailand ist ein schönes Land für die Touristen, aber sehr häßlich, wenn man durch seine Kloaken waten muß.»

«Ich muß Teresa finden. Irgendjemand muß doch wissen, wo die beiden sind!»

«Wahrscheinlich.»

«Bestimmt hat Archit Freunde oder Verwandte um Hilfe gebeten.»

«Wir haben alle aufgesucht.»

Der Ernst, mit dem Charoen dies sagte, zeigte eine robuste Polizistenmoral und gleichzeitig die gespannte Erwartung, daß Carvalho von sich aus seinen Aktionsplan enthüllen würde.

«Was raten Sie mir, Charoen?»

«Kehren Sie zurück in Ihr Land, und überlassen Sie die Sache uns.»

«Das kann ich nicht.»

«Dann folgen Sie unseren Spuren, mal sehen, vielleicht haben Sie mehr Glück als wir. Ich habe Ihnen hier eine Liste mitgebracht mit den Namen von Archits Freunden und den Orten, wo er verkehrte.»

«Freunde, die ihm beim Verlassen des Landes helfen könnten ...»

«Davon hat er keinen einzigen mehr.»

Er sagte das mit einer brutalen Gewißheit und einem Ton, als gebe er das Kommando zur Exekution.

«Sie werden es sehr schwer haben, jemanden zu finden, der ihnen hilft, außer Landes zu kommen. Ich will Ihnen etwas sagen, von dem Sie denken können, was Sie wollen. Wenn Sie sie finden sollten, was ich nicht glaube, aber wenn Sie sie trotzdem finden sollten, dann denken Sie daran, was ich Ihnen jetzt sage: Versuchen Sie nicht, sie auf eigene Faust ins Ausland zu bringen, und vor allem nicht alle beide. Einer von ihnen muß die Zeche bezahlen.»

«Archit?»

«Genau.»

«Außer dem Mord ist da auch noch die Sache mit den Edelsteinen.»

Charoen antwortete nicht sofort. Er war sich der Wirkung bewußt, die seine Worte haben würden, wenn er Carvalho ein wenig auf die Folter spannte.

«Die Edelsteine stellen kein Problem mehr dar. Archit und die Frau ließen sie nach dem Mord denen zukommen, für die sie bestimmt waren. Es war ein Versuch, sie zu versöhnen. Das sage ich Ihnen im Vertrauen, ich glaube, nicht einmal die Botschaft weiß davon.»

«Und der Versuch schlug fehl?»

«Jungle Kid ist unversöhnlich.»

Charoen holte einen Stapel Zettel aus der Tasche, nahm einige davon und gab sie Carvalho.

«Das ist die Liste der Namen und Orte. An Ihrer Stelle würde ich mit den Personen beginnen, denn Orte sprechen nicht, das kann ich Ihnen versichern. Ich werde Sie mit Vergnügen zu diesen Treffen begleiten.»

«Ich würde lieber alleine hingehen.»

«Sie machen einen Fehler. Wir bieten Ihnen Schutz.»

«Ich glaube nicht, daß das nötig sein wird.»

«Es *ist* nötig.»

Charoen erhob sich, wiederholte die automatische Bewegung, mit der er sich übers Haar strich, und machte eine leichte Verbeugung. Carvalho blieb einige Sekunden sitzen und studierte die Notizen, bis ihm einfiel, daß er mit dem Polizisten keinen neuen Termin vereinbart hatte. Er lief ihm hinterher, Charoen war schon mit einem Bein in ein weißes Auto eingestiegen und schaute auf, als Carvalho nach ihm rief.

«Wir haben noch keinen Termin vereinbart!»

«Ausländer findet man in Bangkok immer.»

Charoen verbeugte sich nochmals, und kaum war er eingestiegen und hatte die Tür geschlossen, fuhr das Auto los. Carvalho war mitten auf der Straße stehengeblieben. Die schmuddeligen Boys des *Malaysia* beobachteten ihn, einer davon kam auf ihn zu und bot ihm Mädchen an, Mädchen, die sich offensichtlich dort im Hotel aufhielten. Als Carvalho nicht wollte, versuchte er es mit Jungen. Statt ihm zu antworten, ging Carvalho weg, aber einer der Boys folgte ihm. Carvalho war total verschwitzt und sehnte sich nach dem kleinen Swimmingpool des *Dusit Thani* und dem Sirenengesang des Ventilators. Es bedrückte ihn, daß ihm jemand folgte. Sein Verfolger hatte alle Vorteile auf seiner Seite, bestimmt schwitzte er nicht, und der Detektiv war sicher, daß er ihn während seines ganzen Bangkok-Aufenthalts nicht mehr loswerden würde, ein Asiate nach dem andern würde sich an seine Fersen heften, ganz Asien würde auf seinen sinn- und zwecklosen Wegen hinter ihm herjagen. Jetzt ins *Dusit Thani* zurückzukehren, wäre eine Verschwendung des Geldes des alten Marsé und der Zeit, die er hatte, um Teresa ausfindig zu machen. Als er auf eine breite Straße kam, entdeckte er in nächster Nähe die Sathorn Road, eine Schnellstraße zum Fluß oder zu den Kreuzungen des Lumpini-Platzes. Überall auf den Straßen standen Einheimische um die Straßenküchen herum. Weißer Reis wurde gekocht, und der Sud, in dem kleine Stückchen von Gemüse, Hähnchen und magerem Schweinefleisch gegart wurden, dampfte. Zu der scheinbaren Gleichförmigkeit der Gesichter kam die unverständliche Schrift der Schilder hinzu, zwischen denen ab und zu ein bekannter Markenname auf englisch zu lesen war. Plötzlich hatte Carvalho das Gefühl, er würde Teresa niemals finden, und in Bangkok würde sich das Sprichwort bewahrheiten, daß es unmöglich sei, eine Nadel in einem Heuhaufen zu suchen.

«Señol! Señol!»

Er schaute sich um und entdeckte Jacinto auf den Stufen eines vollklimatisierten Reisebusses.

«Wil besuchen die Tempel. Wil kommen vom Tempel des Goldenen Buddha, und jetzt fahlen wil zum Smalagdbuddha.»

Carvalho schaute ins Innere des Busses. Da saß Spanien und verfolgte mit dem Zeigefinger die kleinen gelben Chinesen, die auf den Straßen gingen. Die Aussicht, seinen Verfolger loszuwerden und die angenehme Atmosphäre der Klimaanlage zu genießen, kollidierte mit der Verpflichtung, an dem Rundgang durch die *wats* teilzunehmen, die ihn mit ihren Mosaiken in Weiß, Orange, Grün und Rot an die valencianischen *fallas* rinnerten, und mit der Aussicht, sich die Bemerkungen von Leuten anhören zu müssen, die zwar die theatralischen Vorstellungen des katholischen Klerus ernst nahmen, nicht aber buddhistische Mönche. Diese Europäer waren bereit, vor dem unverweslichen Arm der Heiligen Theresa auf die Knie zu fallen, lachten sich aber halb tot, wenn Jacinto erzählte, daß unter einem kolossalen Tempel ein Zahn von Buddha begraben war.

«Ich bedaure, Jacinto, aber ich bin müde und will ins Hotel.»

«Steigen Sie ein! Wil fahlen ganz in del Nähe volbei.»

Carvalho wurde mit einer gewissen Neugier empfangen. Er setzte sich zu den Junggesellen, die dem Buddhismus ziemlich skeptisch gegenüberstanden, mit dem sie tonnenweise bombardiert wurden.

«Wie geht's?»

«Diese Tempel, furchtbar.»

«Wir sind Nachteulen.»

Sie brachen in Gelächter aus. Einer der Junggesellen beugte sich zu Carvalho herüber und sagte augenzwinkernd: «*Atami*. Merken Sie sich diesen Namen.»

Eine Sekunde lang brachte Carvalho die geheimnisvolle Empfehlung mit seinem Fall in Verbindung. Glücklicherweise hatte die vertrauliche Mitteilung eine Fortsetzung.

«Das *Mona Lisa* ist vornehmer. Aber die tollsten Weiber sind im *Atami*!»

Carvalho bedankte sich für den Tip und notierte den Namen auf einem der Zettel, die er in der Tasche trug. Dann sah er sich nach den anderen Insassen des Busses um und streifte den Blick eines der beiden Männer, die mit ihren Frauen das gestrige Abenteuer erlebt hatten. Der Mann wollte ihn nicht wiedererkennen und sah weg.

Die Initiative war von Bromuro ausgegangen. Biscuter war melancholisch über die kleine Plaza del Arco del Teatro geschlurft, und Bromuro hatte ihn zu seinem Schuhputzerstand gerufen, wo er sich über die Mokassins des Besitzers von Alp Sport beugte, eines neuen Sportgeschäftes in der Calle d'Escudillers.

«Biscuter, was bist du so bleich, Junge!»

«Wie soll ich denn aussehen? Ich gehe ja nicht aus dem Haus. Und wenn ich hinausgehe, weiß ich nicht, was ich machen soll. Ich bin zur Zeit alleine und gehe den ganzen Tag die Treppe rauf und runter. Wenn ich oben im Büro bin, weiß ich nicht, was ich tun soll, und wenn ich unten auf der Straße bin, weiß ich's genausowenig.»

Bromuro hatte einen künstlerischen Vormittag und ließ die Bürste vor und hinter seinem Körper durch die Luft sausen.

«Schau mal her, was ich für Reflexe habe, Biscuter!»

Dabei sah er besorgt auf seinen unbeweglichen Kunden, der in seine Zeitung vertieft war.

«Also, wenn du dich langweilst, Biscuter, dann kommst du einfach herunter zu mir und unterhältst dich mit mir. Wo ist denn Pepe?»

«In Thailand.»

«Donnerwetter. Der ist aber weit gefahren!»

«Und warum kommst du nicht herauf zu mir?»

«Mein Leben gehört meiner Kundschaft!»

Dabei entblößte er sein gelbes, schartiges Gebiß und schenkte seinem Klienten ein strahlendes Lächeln, das nicht erwidert wurde.

«Ich habe ein Ossobuco im Kühlfach und weiß nicht, wer das essen soll.»

«Ist denn dieses Tier überhaupt eßbar?»

«Das ist doch die Haxe vom Rind, die Keule, aber anders zerteilt, in Scheiben geschnitten.»

«Und das schmeckt?»

«Ausgezeichnet.»

«Señor, Sie haben bestimmt schon einmal Ossobuco gegessen, stimmt's?»

Der Angesprochene nahm seine Zeitung beiseite, betrachtete verblüfft diese beiden Untermenschen, die sich da unterhielten, grunzte ein «Ja» und zog sich wieder hinter seine Zeitung zurück.

«Alles klar, ich komme, Biscuter, ich bin schon ganz krank von meiner schlechten Ernährung, oder weil ich zu wenig esse. Weil ich eben mißtrauisch bin, was heutzutage so alles verkauft und gekocht wird, deshalb esse ich nur noch rohes Gemüse. Gesund bin ich, das schon, aber ich habe immer Hunger wie ein Wolf!»

«Ich mache das Essen und warte auf dich!»

Ein kleiner Freudenfunke blitzte in Biscuter auf, er überquerte eilig die Ramblas und nahm, als er zu Carvalhos Büro hinaufstieg, immer zwei Treppenstufen auf einmal. Ohne die Tür hinter sich zuzumachen, ging er direkt zum Kühlschrank und nahm einen Aluminiumbehälter aus dem Kühlfach, in dem zwei Scheiben Ossobuco zusammen mit echten Reizkern einen tiefgekühlten Schlaf schliefen. Sobald der Duft von Salbei und Knoblauch das Büro durchzog, eilte Biscuter zur Eingangstür, weil er Bromuro kommen hörte. Auf Bromuros Nase machten sich geplatzte Äderchen und Mitesser jeden Quadratmillimeter streitig. «Hölle und Teufel, Biscuter, du kochst wie meine Mutter! Bei dir in der Küche riecht es wie früher zu Hause bei meiner Mutter.»

Dieser Kommentar löste bei Biscuter einiges aus, seine Augen wurden feucht, und er mußte schleunigst in seinem Zimmerchen verschwinden, um sich die unvermeidlichen Tränen aus den Augen zu wischen.

«Was ist los?»

«Meine Mutter ist vor ein paar Tagen gestorben.»

«Mein herzliches Beileid, Biscuter. Pepe hat mir nichts davon erzählt. Sonst wäre ich zur Beerdigung gekommen.»

Biscuter räumte vorsichtig Carvalhos Papiere beiseite, legte für jeden ein Leinenset auf und stellte die Schüssel mit dem dampfenden Ossobuco auf einen Untersatz aus Stroh. Dann brachte er zwei Teller aus der Küche mit je einem kleinen Berg Pilaf, dazu zwei Gläser und eine Flasche Torres Santa Digna, den Carvalho angebrochen hatte stehenlassen. Biscuter genehmigte sich jeden Mittag ein Glas davon, abends wagte er es nicht.

«Ich mach mir ins Hemd! Ein Markenwein! Es ist lange her, seit Pepe mir eine Flasche von seinem Wein geschenkt hat. Was der für gute Sachen trinkt, der Alte!»

Und was für gute Sachen er ißt, hätte er Sekunden später hinzufügen können, als er sich ein Pfund Fleisch auf einen Schlag in den Mund schob.

«Und du hast das gekocht, Biscuter? Du bist ja ein Meister, alle Achtung! Wenn ich eines Tages ein Restaurant aufmache, dann zähle ich auf dich!»

Biscuter nickte, nicht ohne Bromuros physischen Zerfall abzuschätzen, mit seinen Runzeln, geplatzten Äderchen, Mitessern und den ranzigen Schmutzrändern auf seinem kahlen Schädel.

«Gestatten Sie?»

Bromuro und Biscuter legten automatisch die Hände über ihre Teller, als wollten sie sie schützen oder verstecken, und starrten auf die Frau, die da so plötzlich eingedrungen war.

«Mein Name ist Marta Miguel, und ich möchte zu Señor José Carvalho.»

Biscuter wischte sich über die fettigen Lippen, rollte die Augen und räusperte sich; seine Stimme versagte ihm ihren Dienst.

«Señor Carvalho ist leider nicht da. Er ist verreist.»

«Für wie lange?»

«Das läßt sich leider nicht genau sagen», antwortete Biscuter und machte Anstalten, der Gattin des Generals einen Stuhl anzubieten, die soeben in einen Londoner Club eingeführt wurde.

«Nein danke, ich möchte nicht stören. Ist er weit weggefahren?»

«Nach Bangkok. Einer unserer Fälle machte es erforderlich. Von Zeit zu Zeit müssen wir reisen. Denn, wie Señor Carvalho immer sagt, ein Luftzug in Kalkutta verursacht einen Schnupfen in Tarassa.»

«Wie recht Sie haben!» orakelte Bromuro, der Messer und Gabel wieder zur Hand genommen hatte und wie Waffen bereithielt, um sich entschlossen auf das restliche Essen zu stürzen, sobald es die Situation erlaubte.

«Aber bitte, essen Sie doch! Wenn das Essen kalt ist, schmeckt es nicht mehr! Guten Appetit!»

«Möchten Sie?»

«Nein danke, ich habe gerade gegessen.»

«Also, wenn Sie gestatten, Señora!»

Mit dieser Vorwarnung stieß Bromuro das Messer in sein Ossobuco und hörte erst auf, als nur noch ein Stück Knochen mit Mark einsam und verlassen auf dem Teller lag.

«Wenn es Ihnen nichts ausmacht, komme ich später wieder, oder ich warte hier, bis Sie mit dem Essen fertig sind, denn es interessiert mich zu erfahren, wann Señor Carvalho zurückkommt und ob er eine Nachricht für mich hinterlassen hat.»

«Wir sind eigentlich schon fertig mit dem Essen.»

«Gibt es nichts mehr?» Biscuter beantwortete Bromuros Frage damit, daß er in die Küche ging und mit allem, was an Fleisch, Soße und weißem Reis noch übrig war, zurückkehrte.

«Biscuter, ich schwöre dir, daß ich nicht mehr so gut gegessen habe seit damals, als Pepiño mich ins *Agut d'Avignon* eingeladen hatte, und selbst damals hatte ich die Umgebung gegen mich, obwohl ich mir eine Krawatte umgebunden hatte – vielleicht auch gerade deshalb, denn ich hatte die ganze Zeit das Gefühl, wie einer auszusehen, der zum Galgen geführt wird. Hast du was zum Nachtisch, Biscuter?»

«Ja, Eidotterkonfekt aus Ronda!»

«Mensch, sagenhaft! Biscuter, woher weißt du, daß ich das so gerne esse?»

«Aber es ist ein bißchen eingetrocknet.»

«Dann schmeckt es um so besser! Auch wenn man gerade das Gegenteil erwartet, es schmeckt so am besten, das kannst du mir glauben! Ich wäre ja beinahe der Sohn eines Konditors geworden, der erste Verlobte meiner Mutter hatte eine Konditorei in Atienza.»

Als er sah, mit welcher Geschwindigkeit sich Bromuro das Eidotterkonfekt einverleibte, schenkte ihm Biscuter auch noch den Rest der Schachtel und sah zu, wie der Schuhputzer die Weinflasche bis zur Neige leerte und sich dann den Mund abwischte – mit dem Ärmel seiner Prince-of-Wales-Jacke, die wie seine Hände von einer Patina alter, verkrusteter Schuhcreme bedeckt war, deren Ursprünge bis in die Zeit zurückreichten, als er die Jacke aus einem Container gerettet hatte.

«Dabei ist sie noch wie neu!»

Bromuro sah an seiner Jacke hinunter.

«Ich fand sie, als Fraga noch Innenminister war!»

«Ich habe noch einen Anzug von meinem Vater, er hatte Ihre Statur. Sie können ihn geschenkt haben. Wohin soll ich ihn bringen?»

«Ich würde mich sehr darüber freuen, Señora. Sie finden mich immer hier unten, fragen Sie irgendjemanden hier auf den unteren Ramblas nach mir, jeder kennt mich, denn ich bin in diesem Viertel der Dienstälteste aller Arbeiter, die auf Kosten anderer arbeiten.»

«Wieso auf Kosten anderer?» fragte Biscuter verdutzt.

«Man arbeitet immer auf Kosten anderer, Biscuter, vergiß das nie, was ich dir sage, und auch nicht, wer es dir gesagt hat!»

Als Biscuter den Tisch abräumte, gab er sich die größte Mühe, dies so zu tun, wie es seiner Meinung nach ein Kellner in einem feinen Restaurant machen würde. Sein Verhalten war ganz von der Anwesenheit Marta Miguels bestimmt, die unbeweglich auf ihrem Stuhl saß, die Hände im Schoß gefaltet hatte und keine Anstalten machte zu gehen. Biscuter bereute schon, daß er der Dame erst einen Kaffee, dann ein Gläschen Wein und schließlich einen Kaffee mit Cognac angeboten hatte. Am meisten schmerzte ihn der Kaffee mit Cognac, und er hätte sich selbst dafür ohrfeigen können, während er das schmutzige Geschirr in der Spüle stapelte und sich überlegte, wie er mit der Dame in Abwesenheit seines Chefs verfahren sollte. Er begutachtete sich in dem fleckigen Spiegel über dem Waschbekken in seinem Zimmerchen, befeuchtete seine Hände und versuchte, die Büschel seiner blonden, schütteren Haare zu glätten, die hinter seinen Ohren der Stratosphäre entgegenstrebten. Er wühlte in seinem Faltschrank mit dem Reißverschluß, nahm eine Krawatte mit Punkten heraus und schlang sie um seinen Vogelhals. Dann zog er sich die Cordsamtjacke über, die einmal Carvalho gehört hatte und in einer Änderungsschneiderei seinen Maßen angepaßt worden war, fuhr mit derselben Bürste über seine Schuhe, die er auch für die Kleidung verwendete, und präsentierte sich Marta Miguel mit halb aufmerksamer, halb besorgter Miene.

«Bitte schön», sagte er, als er sich ungezwungen in Carvalhos drehbaren Sessel fallen ließ.

«Hat Señor Carvalho bestimmt keine Nachricht für mich hinterlassen?»

«Wie war Ihr Name, was sagten Sie?»

«Marta Miguel.»

«Ich erinnere mich nicht daran. Als wir zum letztenmal alles besprachen, trug er mir so viele Dinge auf, daß ich Ihren Namen wahrscheinlich vergessen habe. Moment, ich will in der Schublade für dringende Angelegenheiten nachsehen.»

Er zog ein Schubfach auf, in dem drei volle Flaschen Treberschnaps zum Vorschein kamen.

«Nein, da ist nichts. Aber vielleicht erklären Sie mir einfach, worum es sich handelt.»

«Es ist eigentlich nichts Konkretes. Ich hatte nur gedacht, Señor Carvalho hätte meinen Fall mit Ihnen besprochen. Ich bin keine Klientin von ihm, ich bin eine Freundin.»

«Mein Chef behandelt alle seine Klienten wie Freunde und ...»
... und seine Freunde wie Klienten, hatte er sagen wollen, aber dann befürchtet, daß er damit eine Dummheit gesagt hätte, und war verstummt.

«Die Polizei macht mir Schwierigkeiten, weil ich Zeugin war, Augenzeugin. Ich war mit einer Person zusammen, die kurz darauf ermordet wurde. Vielleicht haben Sie es in der Zeitung gelesen? Es war der Mord an dem blonden Mädchen, Celia Mataix.»

«Der Champagnermord hat einiges Aufsehen erregt. Ich weiß, der Chef interessierte sich sehr dafür, und jetzt verstehe ich das auch, Sie sind ja seine Freundin, und es war klar, daß er sich Sorgen machen würde. Man könnte ihn für einen kaltherzigen Menschen halten, der sich nicht um andere kümmert, aber hören Sie, ihm bleibt nichts verborgen, und er sorgt immer großzügig für mich, für seine Verlobte, Señorita Charo, und Bromuro. Für mich hat er ein Sparbuch angelegt und mich sogar zu seinem Erben eingesetzt, mich! Wie finden Sie das? Nicht, daß ich viel erben würde, aber es ist eine schöne Geste, auch die Art, wie er sich darum kümmert, was ich brauche. ‹Diese Schuhe zieht nicht einmal mehr ein Bettler an, Biscuter, los, zieh dir andere an!› Und er läßt mir keine Ruhe, bis ich andere angezogen habe. Ich esse dasselbe wie er. Ich kaufe es ein, ich bereite es zu, und ich esse es. Bezahlt werde ich nicht, das nicht. Aber ich bin sozialversichert wie jemand vom Putzdienst, und ich habe meine Krankenversicherung. Nichts davon habe ich von ihm verlangt. Es ging alles von ihm aus. Señor Enric hat alles für mich geregelt, sein Freund und Berater aus Vallvidrera, und auf diese Weise bekomme ich sogar eines Tages Rente. Manchmal sage ich es zu mir selbst und kann es gar nicht glauben: Mensch, hast du Glück, Biscuter!»

«Die Polizei macht mir wieder Schwierigkeiten. Sie klammern sich an das, was sie in der Hand haben.»

«Sie können mir ruhig alles erzählen, Señora. Heute bin ich ein ehrlicher Mensch, aber früher, da nahm ich gerne das erstbeste Auto mit, das ich sah, je toller, desto besser. Sobald dann ein Auto verschwunden war, griffen sie mich, und ich mußte die Suppe auslöffeln, egal, ob ich es wirklich gewesen war oder nicht. Einmal erwischten sie mich mit einem geklauten Gordini, und als ich gerade das Geständnis unterschreiben wollte, sah ich, daß sie mir den Diebstahl von so vielen Autos in die Schuhe schieben wollten, daß man die ganze Calle Pelayo damit hätte füllen können. Klar, daß ich nicht unterschrieben habe ...»

«Ich möchte Sie nicht länger aufhalten. Ich gehe.»

«Sie halten mich überhaupt nicht auf. Ich werde etwas für Sie tun. Eine Sekunde.»

Mit zwei Fingern zeigte ihr Biscuter die genaue Kürze der Sekunde. Er nahm den Telefonhörer ab und wählte eine Nummer.

«Señorita Charo, hier Biscuter. Hier ist eine Señora bei mir, die sehr gut mit dem Chef befreundet ist. Ihr Name ist Miguel. Nein, das ist ihr Familienname. Hat der Chef Ihnen vor seiner Abreise irgendwas über sie gesagt? Ihr Name ist Marta Miguel. Denken Sie nach!»

Er hob die rechte Augenbraue, um das ganze Gewicht der tiefschürfenden Ausführungen zu ertragen, die ihm Charo anvertraute.

«Was soll dieser Quatsch, Biscuter! Seit wann hätte Pepe mir jemals etwas über seine Techtelmechtel oder seine Geschäfte erzählt?»

Biscuters rechte Augenbraue nahm wieder ihre horizontale Lage ein. «Also, er hat Ihnen gar nichts erzählt?»

«Hör schon auf, Biscuter, und ruf mich nicht wieder an, um mit mir über deinen Chef zu sprechen! Ich habe ihn satt!»

Ein Schluchzen unterbrach das Gespräch, noch bevor sie aufgelegt hatte. Biscuter tat so, als gehe das Gespräch weiter, verabschiedete sich und legte mit einem ärgerlichen Seufzer auf.

«Tut mir leid, aber da ist nichts zu machen.»

Marta Miguel war in Gedanken versunken, und Biscuter mußte seine Schlußformel wiederholen, um gehört zu werden.

«Ich danke Ihnen für alles. Vielleicht, wenn ich selbst mit dem Mädchen reden könnte, würde sie sich an etwas erinnern!»

«Ich gebe Ihnen gerne Telefonnummer und Adresse von Señorita Charo!»

Biscuter schrieb sie auf einen der Zettel, die Carvalho für Notizen benutzte, und gab ihn Marta Miguel.

«Sie wohnt ganz in der Nähe. In einem neuen Wohnblock, in der Calle Peracamps. Na ja, neu ... Im Vergleich zu den anderen Häusern sieht er neu aus, aber er steht auch schon über zehn Jahre dort.»

Marta Miguel steckte den Zettel in ihre Handtasche, die sie geschultert hatte. Sie drückte Biscuters ausgestreckte Hand und stieg wie eine Schlafwandlerin die Treppe hinab, ohne darauf zu achten, was das für eine Treppe war und warum sie sie hinabstieg. Sie trat auf die Ramblas hinaus und ließ sich von dem Strom der Fußgänger mitnehmen, nach Süden, zum Hafen. Dann bog sie nach rechts ab und blieb stehen, als sie die Königlichen Arsenale erreicht hatte, und betrachtete die Perspektive der Calle Peracamps, einer Bresche in den grauen Mauern des Chinesenviertels. Sie nahm den Zettel aus der Handtasche, den Biscuter ihr gegeben hatte, und machte sich auf die Suche nach Charos Hausnummer. Als sie das Haus gefunden hatte, schätzte sie genau seine Höhe ab, als sei dies ein wichtiges Problem oder als hätte die Höhe des Hauses mit etwas ganz Wichtigem zu tun, das sie vergessen hatte. Sie ging sogar auf die andere Straßenseite hinüber, um das Haus aus einer besseren Perspektive betrachten zu können. Das Mädchen mußte dort im Dachgeschoß wohnen, wo Pflanzen, Blumen und sogar ein Bäumchen zu sehen waren. Sie ging weiter die Straße entlang, überquerte die Calle del Conde del Asalto und betrat die grauen Eingeweide des Puffviertels von Barcelona. In der Calle Robadors blieb sie stehen, aber die Blicke der herumlungernden Männer trieben sie die Straße hinauf zur Calle del Hospital und dem Schauplatz ihrer ersten Begegnung mit Carvalho im Park. Ihr Auto stand auf der Plaza Gardunya. Die Luft war erfüllt vom Gestank der überquellenden Abfallcontainer und der Kruste von Abfällen, die auf dem Asphalt und auf den Gehwegen klebte wie eine vermoderte archäologische Schicht. Vier alte, kaputte, schmutzige Männer hatten ein Feuerchen angezündet und besahen sich, was sie beim Durchsuchen der großen Abfallkübel der Marktstände erbeutet hatten. Ein Stangenbrot, dreckige, zerknickte Salatblätter, eine matschige Tomate, ein paar Äpfel, einen Hühnerhals und ein fast leeres Parfumfläschchen, an dem einer der Männer schnüffelte und es dann seinen Gefährten anbot, um das kurze, kostenlose Wunder auf dem Boden des Fläschchens mit ihnen zu teilen. Einer der Männer bemerkte Martas Anwesenheit und ihren starren Blick. Er sagte etwas zu seinen Gefährten, und vier braune Gesichter, vier rotgeränderte Augenpaare, vier Köpfe mit einer Kruste aus Haar, Kälte, Schlaf, Frechheit und Nichts wandten sich ihr zu, als sei sie ein Container, in dem man vielleicht noch etwas finden könnte. Aber sie taten dies mit der präventiven Erklärung besiegter Tiere, daß sie auf jede andere Art von Gewalt verzichteten, außer der ihres Blickes. Marta näherte sich dem, der der Abschrankung des Parkplatzes am nächsten stand, und reichte ihm hundert Peseten über die Absperrung hinweg. Er öffnete den Mund, um «Danke, Prinzessin» zu sagen, aber seine Augen drückten klar und deutlich aus, daß er es nicht verstanden hatte.

«Thailand erhielt gestern im Zuge der Unterstützung im Kampf zur Vernichtung des Piratenunwesens im Golf von Siam von den Vereinigten Staaten ein Patrouillenboot.» Der Swimmingpool des *Dusit Thani* schien das gute Einvernehmen zu bestätigen, das zwischen den Regierungen der USA und Thailands herrschte und sich laut Information der *Bangkok Post* vortrefflich weiterentwickelte. Carvalho legte die Zeitung beiseite, um darüber nachzudenken, was wohl diese vielbeschäftigten Amerikaner in Bangkok suchten, die vormittags eine Runde schwammen, dann ihre Frauen am Swimmingpool allein ließen, um erst abends wiederzukommen und ein letztes Bad zu nehmen, das sie nach ihren Gängen durch die Stadt wieder frisch machte. Der größte Teil der Touristen stammte aus Europa oder aus Australien; die jüngeren Nordamerikaner schienen nur gekommen, um Tennis zu spielen, und die älteren mit ihren dicken Ärschen, um Geschäfte zu machen und dann ihr aus der Form geratenes Fleisch dem letzten Sonnenstrahl darzubieten, der durch eine Lücke zwischen zwei Gebäuden des Hotels hereindrang. Fleisch, das mit fünfzig aus dem Leim gegangen war, Gesichter mit einer gewissen leidenschaftslosen Langeweile, sie liebten das Ritual des Bourbon mit Eis, den Kuß vor dem Abendessen für die sonnengebräunte, besser erhaltene Ehehälfte, irgendwelche Bemerkungen, den Roman von McLean. Die jungen Nordamerikaner spazierten mit ihren großen Skeletten und ihren Tennisschlägern in der Empfangshalle des Hotels umher oder streckten sich mitten auf dem Fußboden aus, um Entspannungsübungen zu machen. Das Hotelpersonal tolerierte dies und wich den Leibern geschickt aus, die da zwischen Gepäckstücken ausgestreckt lagen, inmitten von Fremdenführern und Scharen älterer Reisender, die sich mit Vorsicht bewegten, um auf keinen der jungen Tennisspieler dieser Weltmacht zu treten. Carvalho taxierte die vollschlanke Figur einer grünäugigen, dunkelhäutigen Schönheit, die ihren Mann begrüßte, als käme er gerade aus dem Vietnamkrieg heim und sei ihr eine Erklärung schuldig, warum er sie so lange im Stich gelassen hatte. Auf der einen Seite ein volles Glas Maekong mit Eiswürfeln, auf der anderen die *Bangkok Post* und auf der Haut die zärtliche Kühle, erzeugt von der künstlichen Kaskade, deren Fluten sich jetzt über die Kieselsteine ergossen, bemühte sich Carvalho nicht nachzuprüfen, ob der Mann wirklich Charoen war, der sich neben seinem hölzernen Liegestuhl niedergelassen hatte, denn es war mit Sicherheit Charoen. Er wartete darauf, daß der Polizist etwas sagte.

«Zwischen dem Thailand der Touristen und dem anderen Thailand scheinen Sie sich für das touristische entschieden zu haben.»

«Ich war dabei zu vertrocknen. Der Schweiß hatte schon das Lederarmband meiner Uhr zersetzt.»

«Sie haben keinen Fuß vor das Hotel gesetzt.»

Das war keine Frage, das war eine Bilanz und der Ausdruck einer gewissen Frustration. Soviel Personal stand bereit, um Carvalho zu beschatten, aber Carvalho kam einfach nicht.

«Die Liste, die Sie mir da gegeben haben, ist ziemlich unübersichtlich. Es werden mehr Bars und Geschäfte als Personen aufgezählt, und was die Personen betrifft, so weiß ich nicht, wo anfangen.»

«Dabei kann ich Ihnen helfen.»

«Das glaube ich Ihnen gerne.»

«Von all den Namen, die ich Ihnen gegeben habe, ist einer von ganz besonderem Interesse. Es wäre sehr wünschenswert, wenn Sie heute noch hingehen würden.»

Carvalho nahm das Stück Papier aus seiner Tasche und gab es Charoen.

«Bitte, zeigen Sie es mir selbst.»

«Essen Sie gerne vietnamesisch?»

«Ich weiß nicht, wie das schmeckt.»

«Gleich hier in der Nähe gibt es ein vietnamesisches Lokal, es heißt *Annam*. Ich empfehle Ihnen, dort heute abend essen zu gehen.»

Er gab ihm das Stück Papier zurück und ließ seinen Blick über das Personal schweifen, das schlapp um das Schwimmbecken herumlungerte.

«Um acht», präzisierte Charoen und wechselte das Thema, ohne seinen Tonfall zu verändern.

«Ein Schmuckstück, dieses Hotel!»

«Können Sie mir verraten, warum es hier nur so von Amerikanern wimmelt?»

Charoen brach in Gelächter aus. «Die sind überall!»

«Was tun sie?»

«Sie assistieren und überwachen; Bangkok ist ihre Hauptstadt in diesem Teil Asiens. Was würde aus uns werden ohne die Amerikaner?»

«Sie beschützen Sie vor den Piraten.»

«Und vor den Kommunisten. In den Urwäldern des Südens gibt es wieder Guerillakämpfe. Unser Premierminister ist nach China gefahren, aber unsere Kommunisten hier gehorchen der Sowjetunion. Von Laos und Kambodscha aus infiltrieren sie unser Land und führen jetzt wieder Krieg, um die Reise des Premierministers zu beeinflussen. Gibt es in Spanien Kommunisten?»

«Es gibt noch ein paar davon.»

«Bewaffnet?»

«Nein, sehr entwaffnet.»

«Was machen sie?»

«Sie verlieren die Wahlen.»

«Die Kommunisten verlieren niemals.»

«Sind alle diese Amerikaner hier, um gegen eine Handvoll Kommunisten zu kämpfen?»

«Nein. Sie überwachen auch den Rauschgifthandel.»

«Bekämpfen sie ihn?»

«Nein, sie wollen nur den Rauschgiftschmuggel in die USA verhindern. Was nach Europa und nach Australien geht, interessiert sie nicht. Haben Sie von der DEA gehört? Es ist eine ständige Kommission der Amerikaner hier in Bangkok, die verhandelt und verhindern will, daß das Heroin aus dem Goldenen Dreieck in die Vereinigten Staaten gelangt. Das ist das einzige, was ihnen wichtig ist. Sie kennen die Anbaufelder und die geheimen Labors besser als wir. Besser als fast alle von uns», korrigierte sich Charoen.

«Halb Thailand bekämpft die Droge, die andere Hälfte fördert sie. Halb Thailand bekämpft den Mädchenhandel, die andere Hälfte profitiert davon, und zwar vom höchsten Staatsmann bis zum kleinsten Zwischenhändler. Ein General steckt die Trafikanten ins Gefängnis, und ein anderer General holt sie wieder heraus, weil er den Schwarzen Markt dirigiert. Verstehen Sie? Das Resultat ist ein gewisses Gleichgewicht, eine kluge Balance. Würde man das Gute denn wahrnehmen ohne die Existenz des Bösen?»

In Charoens Worten lag keine Spur von Zynismus, er hatte einfach Respekt vor der objektiven Wahrheit, denselben Respekt, mit dem Jacinto seine touristische Klientel informierte, und dieselbe Ehrlichkeit, die der Führer gerade an diesem Vormittag bewiesen hatte, als er auf den Bauch eines seiner Schützlinge gezeigt und gesagt hatte: «Schlange. Da dlin Sie haben Schlange.»

«Was wollen Sie damit sagen?»

«In Thailand sagt man immel, wenn man einen dicken Mann sieht: El hat Schlange im Bauch.»

Charoen hatte einfach festgestellt, daß das Land eine Schlange im Bauch hatte, das war alles.

«Um acht Uhr im *Annam*.»

«Werden Sie da sein?»

«Nein. Aber machen Sie sich keine Sorgen.»

«Muß ich mich nach etwas Bestimmtem erkundigen?»

«Nein.»

Charoen machte eine leichte Verbeugung und ging über die Stufen neben den Kaskaden davon. Carvalho sammelte seine Sachen zusammen und ging auf sein Zimmer. Nachdem er geduscht hatte, streckte er sich auf dem Bett aus und sah zu, wie der Schatten ihn allmählich einhüllte und die Leere der Dunkelheit ihn umgab; der einzige Orientierungspunkt war der mattschimmernde Fernsehschirm. Er knipste das Nachttischlämpchen an und studierte die Liste. Bancha Soponpanich, Boxer, Jugendfreund von Archit, Trainingszentrum Lampun oder Umkleideräume des Stadions im Lumpini-Park; Thida, Archits ehemalige Verlobte, Nummer 2 im Massagezentrum *Atami;* Archits Eltern, in Damnoen Saduak, eine Autostunde von Bangkok entfernt. Sollte Carvalho die ersten

Schritte unternehmen, oder sollte er lieber warten, bis Charoen ihm etwas vorschlug? Der Polizist benutzte ihn offensichtlich als Angelhaken und hoffte darauf, daß Archit und Teresa sich irgendwo versteckt hielten und versuchen würden, mit ihm Kontakt aufzunehmen, oder daß ihm einer von Archits Freunden etwas verraten würde, was er der Polizei verheimlicht hatte.

Das Restaurant *Annam* war ganz in der Nähe seines Hotels, im Kern des Puffviertels von Bangkok, aber Carvalho fand es in keinem der Prospekte, die er zur Hand hatte und die behaupteten, daß man in Bangkok alles essen könne, von der Elefantenhaxe bis zur Paella in einem spanisch-französischen Restaurant. Er durfte sich Charoen nicht zum Gegner machen, also blieb ihm nichts anderes übrig, als eine günstige Gelegenheit abzuwarten, um selbst die Initiative zu ergreifen. Es war für ihn von Nutzen, weiterhin die Rolle des Europäers zu spielen, der die Situation nicht überblickte und stets zwischen Hedonismus und Pflicht hin- und herschwankte. Carvalho dachte mit Respekt an Charoen.

Er trat auf den Balkon hinaus. Die liebeshungrige Dunkelhäutige lag immer noch neben dem Schwimmbecken, im Mondlicht, während ihr Gatte mit den sparsamen Bewegungen eines Krokodils seine Runden schwamm. Die liebeshungrige Dame hob den Kopf und entdeckte Carvalho hinter dem Vorhang. Er glaubte, ein Lächeln auf ihrem Wachsgesicht aufblitzen zu sehen, konnte es aber wegen der Dunkelheit nicht genau erkennen, und der schwimmende Gatte war einen Meter neunzig groß bei einem Gewicht von hundertzwanzig Kilo. Einfach zu viel.

Bangkok schien völlig im Dunkeln zu liegen, bis auf die Gäßchen, die die Touristen anzogen wie Fliegen auf der Suche nach dem Honig der Lenden. Die Gasse, in der sich das *Annam* befand, war nicht besonders bevorzugt, was die Beleuchtung anging, und diese Watt-Armut setzte sich im Innern des Lokals fort. Es sah aus wie ein drittklassiges Restaurant für Arbeiter mit wenig Zeit zum Essen und wenig Lust, das auch zu sehen, was sie aßen. Aber das Publikum bestand lediglich aus einer asiatischen Nonne in Grau und Weiß in Begleitung von drei Asiaten, die lachte wie eine fröhliche Heilige, und einer alten Frau, die mehr auf die Fernsehsendung achtete als auf ihr Essen. Es gab mehr Bedienungen als Gäste. Zwei unlustige Mädchen drückten sich vor der Arbeit, um die Fernsehsendung nicht zu versäumen, und eine Frau, offensichtlich ihre Mutter, versuchte nicht einmal den Anschein zu erwecken, als wolle sie die Gäste bedienen. Sie hatte sich mit der klaren Absicht, sich durch nichts stören zu lassen, vor dem Fernseher niedergelassen. Der gute Wille eines blutarmen Kellners, dessen eine Gesichtshälfte verbrannt war, genügte nicht, um einem das Gefühl zu vermitteln, im *Annam* – wenn auch schlecht – essen zu können. Schließlich ließen sich die Mädchen herbei, Carvalho als Gast anzuerkennen, und stießen ihre Mutter an. Diese wandte sich um zu dem Detektiv und fragte sich, welche Nationalität dieser einsame Weiße besitzen könnte. Sie beschloß, es auf eigene Faust herauszufinden, und übergab ihm persönlich die Speisekarte.

«Haben Sie schon einmal ein vietnamesisches Fondue gegessen?»

«Nein.»

«Heute können Sie es bei uns probieren. Aber Sie hätten es auch in jedem vietnamesischen Restaurant in New York oder San Francisco bekommen können.»

«Ich bin kein Amerikaner.»

«Franzose?» Aber sie ließ ihm keine Zeit zu antworten. Über Carvalho ergoß sich ein Redeschwall auf französisch, mehr gesungen als gesprochen, denn die Dame hatte ungeheures Heimweh nach Saigon. Dort hatte sie bis 1970 ein Restaurant geführt. Dann hatte sie geahnt, was geschehen würde, und war mit ihrer Familie ausgewandert. Sie seufzte resigniert. Bangkok war eben nicht Saigon. Wer Saigon vor der Revolution nicht erlebt hat, weiß nicht, was Asien einmal war, sagte Madame Rony, die sich selbst als Witwe eines französischen Sergeanten vorstellte, der vor einem Jahr an einer unbekannten Krankheit gestorben war. Carvalho wollte sie nicht enttäuschen und spielte den Franzosen in der Hoffnung, daß seine Aussprache nicht allzu schlecht sein würde.

Das vietnamesische Fondue entsprach etwa dem Fondue Bourguignon, aber anstatt Fleisch in Öl zu braten, wurden hier kleine Stücke Hühner- oder Schweinefleisch, Garnelen oder Tintenfisch in einem milden Sud gegart, in den auch Glasnudeln und Kohl gegeben wurden. Jeder Bissen wurde in eine starke, scharfe Sauce getunkt, und am Ende wurde der Sud mit den Glasnudeln und dem Kohl ausgelöffelt. Es hätte ein fröhliches und aufregendes Essen sein können, wäre das Lokal besser beleuchtet gewesen, hätten die Mädchen nicht bei jeder Tat des aufgeblasenen Helden der TV-Serie erwartungsvolle Schreie ausgestoßen, wäre der Elektrotopf, in dem der Sud kochte, nicht aus glanzlosem Aluminium gewesen, hätte die Nonne nicht während des ganzen Essens vor Lachen gebrüllt, ohne Zweifel über obszöne theologische Witze, und hätte die Witwe größere Portionen und weniger Wasser gereicht. Ein weiterer störender Faktor war, daß gerade in dem Moment, als sich Carvalho daranmachte, die Glasnudeln zu verzehren, vier wie italienische Mafiosi gekleidete Einheimische seinen Tisch umstellten.

«Kommen Sie mit!»

«Ich bin noch nicht fertig mit dem Essen.»

Einer der Männer zog den Stecker des Aluminiumtopfes aus der Steckdose, damit war das Essen beendet. Carvalho sah sich im Lokal um, um festzustellen, welchen Eindruck das Eindringen der Schlägertypen auf die übrigen Gäste gemacht hatte. Die Gespräche und der Fernseher waren leiser geworden, aber es war offensichtlich, daß sich niemand dafür interessierte, was mit dem einsamen Europäer geschehen würde.

«Kommen Sie von Charoen?»

Er wurde an den Schultern gepackt, und sie zeigten ihm den kürzesten Weg zum Ausgang. Carvalho nahm ein Bündel zerknitterter Geldscheine aus der Hosentasche und versuchte, bei der Wirtin sein Essen zu bezahlen, aber sie hielten ihn fest, nahmen ihm das Geld aus der Hand, einer der Schläger zählte 70 Baht ab und legte sie auf den Tisch. Damit war das Essen bezahlt. Den Rest bekam er zurück und wurde zum Ausgang gestoßen.

«Wenn Sie so weitermachen, kommt kein Tourist mehr hierher.»

Das hätte er besser nicht gesagt. Kaum waren sie draußen auf der dunklen Gasse, spürte er einen harten Schlag im Nacken, und eine schneidende Stimme zischte ihm ins Ohr, er solle still sein und keine Schwierigkeiten machen. Das alles erinnerte Carvalho an Szenen aus nordamerikanischen Kriegsfilmen. Ein japanischer Sergeant verpaßt einem amerikanischen Offizier ein paar demütigende Ohrfeigen und flüstert ihm dann unverschämterweise direkt ins Ohr «*tanaka, tanaka*» oder so ähnlich. Ein Dodge von der Größe einer etwas heruntergekommenen königlichen Suite wartete auf sie, und Carvalho mußte erkennen, daß er die Gesellschaft von zwei weiteren Schlägertypen genießen würde. Der eine war der Fahrer, der andere ein übler Bursche, der ihm statt einer Begrüßung ins Gesicht spuckte. Während der Fahrt durch ein Labyrinth finsterer Straßen hatte Carvalho den Eindruck, daß sie absichtlich die ganze Zeit in ein und demselben Viertel umherfuhren. Sie sagten mehrmals «*tanaka, tanaka*» oder so etwas, der Todesinstinkt des Detektivs verstand es sofort. Schließlich hielt das Auto vor einer hölzernen

Tür, die im Scheinwerferlicht auftauchte und sich öffnete, um die Einfahrt in einen Hof freizugeben, wo sich jemand die Zeit damit vertrieben hatte, eine komplette Sammlung aller Bangkoker Abfälle anzulegen.

Von Rippenstößen getrieben, sah er sich gezwungen, eine Treppe an der Hauswand hinaufzusteigen, dann gingen sie durch einen Flur, dessen Boden und Wände mit rotem Samt ausgeschlagen waren, um schließlich ein kleines Zimmer zu erreichen, in dem ein einziger Stuhl genau in der Mitte eine Frage-und-Antwort-Sitzung vorhersagte, während der Carvalho fast nichts zu sagen, aber um so mehr einzustecken haben würde. Aber noch wurden ihm keine Fragen gestellt. Sobald sie ihn auf den Stuhl gesetzt hatten, stieß einer der Männer einen Schrei aus, sprang in die Luft und versetzte Carvalho einen leichten Fußtritt an die Schulter, so daß er mitsamt dem Stuhl zu Boden fiel. Als er am Boden lag, brauste ein Wirbelsturm von Schreien und Fußtritten über ihn hinweg, die ihn nicht verletzten, aber gewaltig einschüchterten. Jemand half ihm wieder auf die Beine, Carvalho stellte selbst den Stuhl wieder an seinen Platz, setzte sich, schaute sich um und fand sich mit der Ausweglosigkeit seiner Lage ab.

Ein Asiatengesicht kam ihm so nahe, daß er es fast küssen konnte, es beschränkte sich aber darauf, ihn auf englisch anzuschreien und ihm mitzuteilen, daß Madame La Fleur mit ihm sprechen wolle – und er solle sich gut merken, was Madame ihm sagen würde, sonst würde er heute nacht in einem Kanal verschwinden.

«Ich bin schon einmal in einen Kanal geworfen worden, in Amsterdam», erzählte Carvalho freudestrahlend und erhielt dafür einen Faustschlag hinters Ohr, der ihn wütend machte wegen seiner Überflüssigkeit und der Undankbarkeit gegenüber seinem Bemühen, liebenswürdig zu sein.

Da öffnete sich eine Tür in der Wand, die er bis jetzt nicht bemerkt hatte, und herein trat eine dicke Halbasiatin mit weißgefärbten Haaren, riesigen rotbemalten Lippen und einem chinesischen Kleid, das auf beiden Seiten bis zur Hüfte geschlitzt war und zwei Schenkel mit Zellulitis und Nylonkniestrümpfen sehen ließ. Jemand brachte der Dame einen Sessel mit Armlehne, auf dem sie sich Carvalho gegenüber niederließ.

«Wir sind einander noch nicht vorgestellt worden.»

«Madame La Fleur.»

«Noch eine französische Madame! Stammen Sie auch aus Saigon?»

Die fleischigen Gesichtszüge der Frau ließen auf einen schwerfälligen Geist schließen, dafür hatte sie die Augen einer Mörderkobra, die Carvalho keine Sekunde lang als Mensch betrachteten. Carvalho beschwerte sich auf französisch darüber, wie man ihn behandelt hatte, und drohte damit, er würde sich bei Inspektor Charoen beschweren.

«Cha-ro-en!» stieß die Frau hervor, als sagte sie *Schei-ße*.

«Charoen hat hier nichts zu sagen. Hier befehle ich!»

Jemand packte Carvalho an den Haaren und riß seinen Kopf nach hinten.

«Sagen Sie Ihren Hübschen, es ist nicht mehr nötig, daß sie mich einschüchtern. Ich bin schon eingeschüchtert.»

«Haben Sie ruhig Angst, solange Sie noch können, und geben Sie gut acht, was ich Ihnen jetzt sage. Suchen Sie weiter nach Ihrer Freundin und diesem armen Teufel, aber wenn Sie Bangkok lebend verlassen wollen, liefern Sie sie uns aus!»

«Wir werden uns bestimmt einig werden.»

Sein Kopf wurde losgelassen, und Carvalho strich sich mit einer Hand über die schmerzende Kopfhaut.

«Ich überlasse Ihnen den Jungen, und Sie erlauben mir, das Mädchen mitzunehmen.»

Madame schüttelte den Kopf, aber mit den Augen prüfte sie das Angebot. Es war ein Handel, sie feilschten, als ginge es um einen Elefanten aus Teakholz oder einen zweikarätigen Rubin.

«Diese kleine Nutte hat einen Denkzettel verdient. Finden Sie die beiden, und dann sprechen wir darüber.»

Damit war das Gespräch für Madame beendet. Als sie zur Tür ging, glaubte Carvalho das Geräusch sich aneinander reibender Schenkel zu hören.

«Hat Charoen dieses Treffen arrangiert?» fragte Carvalho, und die Frau wiederholte den Namen noch einmal zischend, als sei er ein Synonym für *Schei-ße*.

Auf der Fahrt durch die Gegend der Kanäle war Carvalho doppelt angespannt, einmal wegen der Furcht, möglicherweise wirklich in einem nächtlichen Klong zu landen, und wegen der hysterischen und provokativen Stimme eines seiner Bewacher, der begeistert ein Ohr von Carvalho als Mikrofon benutzte, um ständig eine Menge übler Drohungen zu wiederholen. Schließlich hielt das Auto in einer der dunkelsten Gegenden der Welt, die wahrscheinlich seit der gewaltsamen Trennung der Erde von der Sonne keinen Sonnenstrahl mehr gesehen hatte. Sobald Carvalho ausgestiegen war und versuchte, sich in der Dunkelheit zurechtzufinden, erhielt er einen Tritt in die Nieren, verlor das Gleichgewicht und rollte einen weichen Abhang hinunter, der verbrannt roch. Während des Fallens machte sich Carvalho auf einen Sturz ins Wasser gefaßt, und als er dann in einem Haufen aus weichem Material landete, der bei seinem Aufprall auseinanderfiel, blieb er ruhig liegen und wartete ab, was weiter geschehen würde. Er suchte nach dem Grund seines unangenehmen Gefühls, das aber kein Schmerz war. Es war der Gestank um ihn herum, ein fauliger Pesthauch, der von allen Seiten kam. Die Befürchtung, daß er eine Müllkippe hinuntergestoßen worden war, bestätigte sich, als er sein Feuerzeug anmachte und sah, daß er wie ein verpesteter Gulliver mitten im Land der Abfälle stand. Vor ihm erhob sich der Abhang, den er heruntergerollt war, und darüber wölbte sich wie ein Versprechen der sternenbedeckte Himmel. Es war unmöglich, aus dieser Situation herauszukommen, ohne sich bis zur letzten Konsequenz auf sie einzulassen, und diese letzte Konsequenz bestand darin, sich auf alle viere niederzulassen, mit den Händen im Müll zu wühlen, um Halt für die Füße zu suchen, damit sie den Körper hinauftragen konnten.

Er erreichte schließlich einen schlammigen Weg an der Rückseite eines Elendsviertels. Sobald er dort oben stand und sich zu orientieren versuchte, begannen alle mageren Hunde der Nacht wie auf Verabredung ein Konzert des Protestes anzustimmen. Die aneinandergelehnten Wellblechhütten waren entweder unbewohnt oder sie hatten sich zu einer Verschwörung der Stille und des Schlafes zusammengerottet. In der Ferne entdeckte er die Silhouette einer elektrischen Leitung und ging darauf zu. Mit dem Feuerzeug beleuchtete er den Weg, um nicht plötzlich in einem Kanal zu landen, und da war auch schon einer, der ihm den Weg zu der Überlandleitung versperrte, die zur Bahnlinie gehörte. Fünfzig Meter weiter fand er einen Übergang aus hölzernen Bohlen, die unter seinen Schritten ächzten und stöhnten, so laut sie konnten. Dann ging er eine kleine Treppe aus Steinen hinauf zu der Bahnlinie. Die Lichter von Bangkok waren rechts von ihm zu sehen, er ging auf den Schienen entlang darauf zu und hoffte, an einem der Haltepunkte ein Taxi zu finden.

Die erste Haltestelle, die er erreichte, machte einen ebenso verlassenen Eindruck wie jenes Slumviertel oder wie er selbst. Das einzige Lebewesen dort war eine zerlumpte alte Frau, die auf einem Haufen Zeitungen schlief. Im Hintergrund befand sich immer noch dieselbe Wellblechstadt, ohne ein Licht, ohne ein Geräusch, das die Anwesenheit von Menschen angezeigt hätte. Er folgte den Gleisen weiter, bis sie eine asphaltierte Straße kreuzten. Dort wartete er auf das erste Auto, das kommen würde. Es war ein Lieferwagen mit Schriftzeichen, die Carvalho nicht entziffern konnte, und der Fahrer achtete nicht auf sein Winken. Im Licht einer sanft im Wind schaukelnden Glühbirne ließ sich Carvalho auf den Boden nieder, holte ein Zigarrenetui aus seiner Jackentasche und zündete sich eine Condal Nr. 6 an. Die hast du jetzt verdient, sagte er zu sich selbst. Er zündete sie liebevoll an, und als er seine Lage überdachte, wurde ihm bewußt, daß er schlimmstenfalls bis zum Morgengrauen hier festsaß, dann konnte er sich im Tageslicht orientieren, im Hotel anrufen und sich mit einem Taxi abholen lassen. Seine Kleidung stank, als seien die ganzen Waren des Sonntagsmarktes auf seinem Körper verfault. Er zog die Jacke aus und legte sie in einer gewissen Entfernung auf den Boden, dadurch verringerte sich der Gestank erheblich. Er setzte sich unter einen Baum und nahm das Risiko auf sich, daß eine nächtliche Kobra ihn aufstöberte und sich kritisch mit ihm auseinandersetzen würde. Der Baum, an den er seinen schmerzenden Rücken lehnte, war bequemer als die beste gepolsterte Rükkenlehne, und seine Lider begannen schon die Morsezeichen des Schlafs zu tickern, da schreckte ihn das Geräusch quietschender Reifen hoch, und er sah sich nach einer möglichen Gefahr um. Nur mit Mühe erkannte er Charoen im abgeblendeten Licht des haltenden Autos.

«Charoen?»

«Ja, ich bin es. Wir sind seit Stunden auf der Suche nach Ihnen. Man rief uns an und teilte uns mit, daß man Sie hier in der Gegend ausgesetzt hätte.»

Carvalho nahm seine Jacke und ging zu der Autotür, die ihm Charoen offenhielt.

«Sehr aufmerksam von Ihnen! Übrigens, ein heißer Tip, dieses vietnamesische Restaurant, das Sie mir empfohlen haben. Ich lernte ein neues Gericht kennen, das ich verbessern werde, sobald ich wieder in Barcelona bin. Die Brühe war zu dünn und die Garnelen zu klein. Ich warne Sie, ich verbreite einen unerträglichen Gestank. Ich liebe es einfach, mich im Müll zu wälzen, nachdem ich gut gegessen habe.»

Charoen hielt ihm immer noch die Tür auf, und Carvalho stieg ein. Der Fahrer wandte sich lächelnd nach ihm um und fragte ihn, ob alles in Ordnung sei. Carvalho lächelte zurück und antwortete, es sei ihm noch nie so gut gegangen. Charoen setzte sich neben den Fahrer und gab ihm Anweisungen in Thai. Das Auto fuhr los, und ein paar Minuten lang herrschte Schweigen, während sie in die ausgestorbene Stadt hineinfuhren. Es war vier Uhr morgens, und Carvalho hatte einen Moment lang das Gefühl, Charoen sei eingenickt, aber er zerstreute seine Zweifel, indem er sich umdrehte und ihn fragte: «Sind Sie schlecht behandelt worden?»

«Im Restaurant?»

Charoen lächelte und machte eine vage Handbewegung, um ihm zu verstehen zu geben, er solle endlich aufhören, Witze zu machen, und vernünftig sein.

«Vielleicht wäre es klüger, damit zu warten, bis Sie mich zum Hotel gebracht haben, und Ihnen dann erst am Eingang zu sagen, daß ich mich morgen bei der Botschaft über Sie und über die Entführung heute nacht beschweren werde. Sie bringen mich doch zum Hotel?»

«Ja. Ich bringe Sie zum Hotel. Ich wußte nicht, was passieren würde, und hatte gehofft, daß Ihre Begegnung mit Madame La Fleur Ihnen für Ihre Nachforschungen dienlich wäre. Wenn Madame La Fleur will, kann sie Ihnen von großem Nutzen sein.»

«Gehört sie auch zu ‹Mai pen arai?›»

«Auch.»

«Wußten Sie, was die mit mir vorhatten?»

«Nein.»

Damit war das Gespräch beendet. Charoen legte den Kopf auf die Oberkante der Rückenlehne und versuchte, seine Körperhaltung der Situation anzupassen. Carvalho tat dasselbe auf seinem Rücksitz. Er entspannte sich, zufrieden, die ganze Rückbank für sich allein zu haben, streckte sich aus und schlief ein.

Charoen nahm seinen Arm und weckte ihn.

«Wir sind angekommen.»

Carvalho schreckte hoch. Sie waren am Eingang des *Dusit Thani*. Entweder arbeitete Peter Pan an der Pforte 24 Stunden am Tag, oder das Hotel besaß eine komplette Sammlung von Peter Pans.

«Haben Sie für morgen früh wieder einen guten Tip?»

Charoen zuckte die Achseln. «Nach allem, was geschehen ist, wage ich es nicht mehr.»

«Nur Mut, *hombre*, wagen Sie es! Mir geht *es mehr* um das Sonnenbaden und das Schwimmen. In meiner Heimat steht der

Winter vor der Tür, und ich bin lange genug unterwegs gewesen. Es genügt mir, wenn ich zurückkehre, einen Bericht vorlegen und sagen kann, daß der Fall in guten Händen ist.»

Charoen hatte mit gespannter Aufmerksamkeit zugehört. Er schien die Worte des Detektivs sehr genau zu überlegen und fragte dann plötzlich: «Sind Sie ein intimer Freund von Teresa Marsé?»

«Was verstehen Sie unter einem intimen Freund?»

Charoen streckte beide Zeigefinger aus und legte sie in der Luft mehrmals aneinander, als würden sie sich einer unterbrochenen, hastigen Kopulation hingeben. Während er die Finger Carvalho vor Augen hielt, lachte er und fragte: «Haben Sie mit ihr geschlafen?»

‹Sie haben eine Schlange im Bauch›, erinnerte sich Carvalho und lachte mit Vergnügen. Charoen interpretierte dieses Lachen als Zustimmung, er breitete die Arme aus, und sein Lächeln wurde noch breiter.

«Dann ist es nicht möglich, daß Sie sich damit zufriedengeben, in der Sonne zu liegen.»

«Ich bin sehr verärgert, weil Teresa mich wegen dieses Strichjungen verlassen hat.»

«Wenn Sie sie finden, geben Sie ihr eine Tracht Prügel, und sie wird es nicht wieder tun.»

Carvalho betrat das Hotel und wollte sich so schnell wie möglich von dem Gestank befreien. Er zog sich aus und steckte alle seine Kleidungsstücke in die Plastiktüte der Wäscherei. Durch die Balkontür sah er das wartende, vielversprechende Schwimmbecken, das sich undeutlich im ersten Zwielicht des heraufdämmernden Morgens abzeichnete. Er zog die Badehose an, öffnete die Tür zum Garten und stieg über das Treppchen ins Wasser, um nicht mit dem lauten Klatschen eines Hechtsprungs die Schläfer aufzuwecken. Er schwamm, bis er die Gliederschmerzen und den Gestank vertrieben hatte, dann lehnte er sich dort, wo das Wasser am niedrigsten war, an den Rand. Er hatte einen Ausschnitt aus dem Himmel Asiens für sich, den ihm die Gebäude des *Dusit Thani* zu sehen erlaubten. Ein Gefühl von Sommer überkam ihn, obwohl es Winter war, Morgengrauen, und sein Körper war von Wasser bedeckt. Eine ungewöhnliche Lebensfreude, wie die eines Tieres, das sich von der Erde angenommen fühlt, ließ ihn zufrieden aufseufzen und begreifen, daß sich das irdische Paradies ohne jeden Zweifel zwischen dem Wendekreis des Krebses und dem des Steinbocks befand.

Carvalho fand wieder einmal bestätigt, daß die Welt immer kleiner wurde, als er das Trainingszentrum Lampun betrat. Es unterschied sich in nichts von irgendeinem anderen Trainingszentrum der Welt, obwohl es sich in der Petchburi Road befand, einer Schnellstraße, die wie jede andere Schnellstraße der westlichen Welt für das Automobil maßgeschneidert war. Die eingeschlagenen Nasen der Gladiatoren erhöhten noch die Schwierigkeit, sie voneinander zu unterscheiden, und ihr Jargon und die Art, wie sie miteinander umgingen, schien ihm mehr vom nordamerikanischen Kino geprägt zu sein als von der rituellen Tradition des Thaiboxens. Der einzige Unterschied gegenüber einem westlichen Boxtrainingszentrum war der, daß die Kämpfer vor Beginn des Trainings oder des Kampfes niederknieten, die Handflächen vor der Brust zusammenlegten und sich gegen einen bestimmten Punkt der Halle verneigten. Es roch nach Schweiß, Staub, Desinfektionsmitteln, feuchten Duschen, vielleicht auch nach Muskeln, Energie und beherrschter Gewalt.

Als Carvalho mitten während des Trainings auftauchte, waren alle gespannt. Sie unterbrachen sogar ihre Scheinkämpfe im Ring, und ein älterer Mann in einem Frotteetrainingsanzug begrüßte Carvalho. Als er sich nach Bancha Soponpanich erkundigte, verzog der Trainer sein Gesicht zu einer Maske aus Ekel und Sarkasmus. Bancha, sagte er verächtlich und wies die Vermutung, der Genannte könne hier anwesend sein, mit beiden Händen zurück.

«Er kommt kaum noch hierher. Er ist jetzt Artist.» Er begann zu lachen und teilte der versammelten Mannschaft mit, daß dieser Mann auf der Suche nach Bancha sei. Eine Welle von Gelächter erhob sich, und ein kleiner Junge im Ring begann sich nach einer unhörbaren Musik zu bewegen und Sprünge zu machen, als würde er boxen und gleichzeitig Walzer tanzen. Die Sache mußte sehr amüsant sein, denn inmitten des allgemeinen Gelächters hatte einer sogar Tränen in den Augen. «Bancha, Bancha», riefen sie und zeigten mit den Fingern aufeinander, um wieder in brüllendes Gelächter auszubrechen. Carvalho wartete, bis sie sich ausgetobt hatten, und als das Getöse etwas abgeflaut war, wandte er sich wieder an den Trainer.

«Ich muß mit ihm reden. Wissen Sie, wo er wohnt? Boxt er im Lumpini-Stadion?»

«Der, im Lumpini-Stadion? Für solche Clowns ist kein Platz, weder im Lumpini- noch im Rajdamnoen-Stadion. Das ist etwas für richtige Boxer, nicht für Tänzer. Manchmal darf er an einem der

Vorkämpfe teilnehmen. Aber niemals an richtigen Kämpfen. Jetzt schon gar nicht mehr.»

«Warum jetzt gar nicht mehr?»

«Weil er im Rosengarten den Clown spielt. Ich habe ihm alles beigebracht, was er weiß, und wenn er jetzt den Clown spielt, ist es, als sei ich der Clown.»

Er sagte wieder etwas in Thai zu der Mannschaft und begann sich dann wie eine Tänzerin zu drehen. Wieder brachen alle in schallendes Gelächter aus. Ein lebensfrohes Völkchen, dachte Carvalho, und wartete wieder ab, bis die allgemeine Heiterkeit auf ein normales Maß zurückgegangen war.

«Was macht er im Rosengarten?»

«Er nennt es Boxen, aber er spielt den Clown. Dorthin werden die Touristen geführt, um sich eine Tanzvorführung anzusehen, um sich anzuschauen, wie ein Elefant einen Baumstamm vor sich herrollt und wie vier Clowns so tun, als würden sie boxen oder mit Schwertern kämpfen. Alles nur so als ob. Bancha hat sich darauf eingelassen, er wird nie wieder ein Boxer sein.»

«Wissen Sie, wo er wohnt oder wo ich ihn treffen kann?»

«Gehen Sie zum Rosengarten. Wer dort arbeitet, wohnt auch dort. Morgens müssen sie den Elefanten die Eier waschen und nachmittags den Clown spielen.»

Der Alte amüsierte sich köstlich über seinen Scherz und brach erneut in Gelächter aus, wiegte dabei den Oberkörper hin und her und schlug sich auf die Schenkel.

«Wie komme ich zum Rosengarten?»

«Er ist etwa vierzig Meilen von hier entfernt. Wer nach Bangkok kommt, besucht auch den Rosengarten. Es gibt keinen Touristen, der ihn nicht gesehen hat. Bestimmt gibt es in Ihrem Hotel täglich einen Ausflug dorthin. Wenn Sie das Taxi nehmen, ist es teurer, und mit dem Bus sind sie total erschöpft, bevor Sie ankommen. Ihr Europäer paßt nicht in unsere Autobusse, aber wir passen dafür in eure Metro! Ich war vier Jahre lang in New York, mein Freund.»

Es war schon zu spät, um vom *Dusit Thani* aus an einem der Ausflüge teilzunehmen. Auch Carvalhos Gruppe war schon unterwegs. Das Taxi sollte einhundertachtzig Baht pro Stunde kosten, der ganze Ausflug also etwa fünfhundert Baht; zweitausendfünfhundert Peseten, ein Preis, der ihm in Spanien spottbillig erschienen wäre, hier in Bangkok reizte er ihn allerdings zu einem zähen Handel, auf den sich der Chef der Taxiflotte des Hotels allerdings nicht einließ.

«Wir haben hier feste Preise», sagte er zu ihm mit tadelnder Stimme, als hätte er ihn gerade dabei ertappt, wie er mit den Händen aß.

«Besorgen Sie mir einen Fahrer, der mich nicht mit Katalogen von Edelsteinen und Seidenstoffen belästigt.»

«In ihrem Taxi können die Fahrer Ihnen anbieten, was sie wollen. Das gehört zum Service.»

Aber er mußte trotzdem etwas zu dem Fahrer gesagt haben, denn dieser war die meiste Zeit der Fahrt sehr schweigsam, schließlich fragte er ihn jedoch, woher er komme. Als Carvalho ihm antwortete, er sei aus Barcelona, tat er das mit der Erwartung, daß es für den Fahrer ein nicht identifizierbarer Ort auf der Milchstraße sein würde, mußte aber feststellen, daß das Wort Barcelona den Mann in lächelnde Begeisterung versetzte. «Barcelona. Maradona.»

Der Fahrer schrie es beinahe und wiederholte diese Namenskombination mehrmals. Dabei drehte er sich nach hinten zu Carvalho um und überließ das Auto dem Gutdünken jedes einzelnen, der Lust hatte, es zu rammen.

«Barcelona. Maradona.»

«Jawohl, Barcelona, Maradona!»

«Barcelona, Maradona!»

Carvalho war es müde, ihm zuzulächeln und «jawohl» zu sagen, um die Identität von Barcelona und Maradona zu bestätigen. Er lehnte sich zurück, schaute zum Seitenfenster hinaus und betrachtete, wie Bangkok allmählich zurückblieb und der Dschungel auftauchte, auf der Lauer liegend wie der Lotos, der jede übelriechende Pfütze sofort mit dem Glanz seiner rosa und weißen Blüten überschüttet. Die dunkle Farbe des Teakholzes war der Grundton der Farbe der Menschen und der Häuser, und auf diesem Untergrund leuchtete der Glanz der parasitären Orchideen hervor und das ursprüngliche Grün der Natur, völlig anders als das Grün einer Welt, in der es Kälte gibt.

«Wollen Sie einen Kampf zwischen Mungo und Kobra ansehen? Wir könnten dort vorbeifahren, bevor Sie in den Rosengarten gehen. Die Vorstellungen im Rosengarten beginnen sowieso erst später.»

«Was ist der Mungo für ein Tier?»

«Der Mungo ist das einzige Tier, das sich nicht vor der Kobra fürchtet. Auf dem Land wird in jedem Haus ein Mungo im Käfig gehalten, und sobald eine Kobra ins Haus kriechen will, riecht sie den Mungo und kriecht wieder weg.»

Carvalho wollte nicht, aber der Fahrer pries das Spektakel in den höchsten Tönen, ja, er verfiel irgendwann in seine Muttersprache und hielt einen ausdrucksstarken Monolog, dem Carvalho lauschte, ohne ein Wort zu verstehen.

Das Taxi hielt vor einem Palisadenzaun, und der Fahrer holte zwei Eintrittskarten. Er öffnete zuvorkommend die Autotür und zeigte ihm lächelnd die Eintrittskarten. Er schien ein begeisterter Fan dieser Kämpfe zu sein, und so hatte er sich selbst eingeladen. Jenseits des Palisadenzauns befand sich ein Hof, dahinter lag ein eingezäunter, überdachter Platz mit Holzbänken und einer Tribüne. Über dem Ganzen thronte eine Kanzel, auf der ein Einheimischer mit einem Mikrofon als Stadionsprecher fungierte. Hinter ihm waren Fotografien aufgehängt, Vergrößerungen von menschlichen Körperteilen mit Kobrabissen. Unter der Kanzel lagen ein paar weiße Säcke, einige davon voller Blutflecken. Sie verbargen die Gladiatoren. Der Mungo bewegte sich wie rasend in einem Gefäß, das in einer Ecke der Tribüne stand.

Unter dem Publikum entdeckte Carvalho die Leute aus Mallorca, mit denen er hergeflogen war. Die blonde Reiseleiterin hatte Ringe unter den Augen und zeigte ihre schlanken Beine. Jemand mußte dem Sprecher gesagt haben, daß sich Spanier unter dem Publikum befanden, denn er drückte sich auf englisch und auf italienisch aus. Als der Moment kam, um den seltsamen Körperbau der Schlange zu beschreiben und der Schlangenbändiger unter den Zuschauern umherging, um ihnen die Genitalien des Reptils zu zeigen, sagte der Sprecher, das Tier habe zwei *pichas** und bewies damit, daß ihm irgendein Spanier die Übersetzung beigebracht hatte. Das eigentliche Schauspiel war für Carvalho eine massige Amerikanerin, die in der gegenüberliegenden Bankreihe saß. Die gespannte Erwartung, die Überraschung, das Entsetzen und das Mitleid, das sich auf ihrem Gesicht widerspiegelte, beschrieb die Brutalität eines Schauspiels, bei dem die Kobras sich wohl wünschen müßten, sie wären nie geboren worden. Zuerst wurden sie von einem Schlangenbändiger lächerlich gemacht, indem er ihnen mit der zusammengerollten *Bangkok Post* Schläge gab. Ihre Mäuler waren voll Blut, weil man ihnen die Giftdrüse herausgeschnitten hatte, und die Schlangen, die sie noch besaßen, mußten in ein Glas beißen, damit das Gift blassen Gesichtern gezeigt werden konnte, die Übelkeit und Ekel ausdrückten. Dann wurden sie, zahnlos und von früheren

* Penisse

Kämpfen her verstümmelt, dem rasenden Mungo in seinem Käfig ausgeliefert. Zunächst versuchten die Kobras den Mungo zu ignorieren, ihm die kalte Schulter zu zeigen, aber schließlich mußten sie ihre Rolle annehmen und sich beißen lassen, von einer blutrünstigen Bestie, die sie noch ein wenig mehr verstümmelte. Wenn sie dann drauf und dran waren zu unterliegen, kam die Hand eines Menschen, holte sie aus der Urne des Schreckens heraus und steckte sie wieder in den Sack, wo sie den nächsten Kampf erwarten würden, und die nächste Touristenhorde, die sie begafften, als würden sie mit einem der beiden Penisse Winston rauchen und aus dem anderen einen feuchtglänzenden Pingpongball ausstoßen.

Als sie weiterfuhren, kommentierte der Taxifahrer den Kampf voller Enthusiasmus, als brauche Carvalho zusätzliche Erklärungen.

«Die Kobra will nicht kämpfen, weil sie weiß, daß sie verlieren wird. Aber es bleibt ihr gar nichts anderes übrig. Die Kobra ist böse. In jedem Jahr sterben in Thailand zweihundert Menschen an ihren Bissen.»

Im Rosengarten gibt es zwanzigtausend Rosenstöcke, kündigte ihm der Taxifahrer an. Einer hätte Carvalho gereicht.

«Er stammt von einem General. Ein General der Polizei ließ alles so herrichten, als er Bürgermeister von Bangkok war. Hier gehört fast alles den Generalen.»

Der Taxifahrer gab ihm einen Prospekt des Rosengartens. Ein Stück synthetisches, ländlich-idyllisches Thailand für Touristen, mit zwanzigtausend Rosenstöcken, fünf Hotels, zwei Schwimmbädern, Ruderbooten, Wasserski, Vorführungen von Elefanten bei der Arbeit, einem großen Stadion für das Thaiboxen und die Tänze – und das alles «an den Ufern des bukolischen Kachin-Flusses».

«Wie ist die Arbeit im Rosengarten?»

«Wer hier arbeitet, wohnt auch hier. Man braucht gute Zeugnisse, um die Arbeit zu bekommen. Nicht jeder wird genommen. Dieselben Leute, die morgens im Garten arbeiten, kämpfen oder tanzen am Nachmittag. Sie müssen alles beherrschen.»

«... an den Ufern des bukolischen Kachin-Flusses». Das Eigenschaftswort «bukolisch» konnte nur griechisch-lateinischen Ursprungs sein. Ein tropischer Fluß ist niemals bukolisch, aber trotzdem, der Kachin kam dieser Bezeichnung sehr nahe. Es war ein breiter, langsamer, sanfter Fluß, der Girlanden von Pflanzen mit sich führte, die er an den Ufern ausgerissen hatte. Carvalho erkundigte sich nach dem Namen dieser Pflanzen, die dem Fluß ausgeliefert waren. Der Taxifahrer wußte es nicht, fragte aber bei einer Gruppe von Kollegen danach, die mit Strohhalmen den Inhalt einiger Fläschchen schlürften, die aussahen, als kämen sie aus der Apotheke.

«Das sind Wasserhyazinthen. Der Fluß reißt sie weit weg von hier los und schleppt sie mit sich.»

«Was ist das, was die dort trinken?»

«Ein Tonikum, ein Aufbaumittel. Sehr gut, sehr süß. Mit Honig, sehr gesund.»

Carvalho wies den Fahrer an, auf ihn zu warten, und ging ins Innere des Rosengartens. Aber der Fahrer kam hinter ihm hergerannt und empfahl ihm, gleich hier in einem sehr guten Restaurant zu essen, sehr gut, sehr gut, wiederholte er. Alle Gebäude hatten die Würde einer sogenannten nationalen und patriarchalischen Architektur, ob sie nun Andenkenläden mit Kitsch und Kunst für die Touristen beherbergten oder ob sie die Vergangenheit vergegenwärtigen sollten. Carvalho betrat das Restaurant, das ihm sein Fahrer empfohlen hatte, und fühlte sich beleidigt angesichts des einzigen Tagesmenüs, das der Kellner ihm brachte: Consommé, Wolfsbarsch paniert und Hähnchen mit Beilage. Es war der Speisezettel eines politischen Banketts katalanischer Kleinbürger, aber der Kellner hatte ihm einen Platz auf der Terrasse direkt am Fluß angewiesen, und es lohnte sich, das Menü in Kauf zu nehmen und dafür das sich stets erneuernde Wunder des Wassers vor Augen zu haben, das Mysterium des leisen Selbstmordes der Wasserhyazinthen.

Die Consommé bewies ihm, was er schon vermutet hatte: die Internationalisierung des Brühwürfels. Was den Wolfsbarsch anging, so hatte dieser wie ein Wahnsinniger in den schwarzen Fluten des Golfs von Siam oder des Indischen Ozeans geschwelgt, denn er schmeckte wie pures paniertes Petroleum. Das Hähnchen war dafür mit Kartons und ungereinigtem Gips gemästet worden. Carvalho aß von jedem dieser gastronomischen Attentate nur einen kleinen Bissen, aber der Kellner schien Schlimmeres gewohnt, denn er räumte die fast unberührten Teller kommentarlos wieder ab.

Am jenseitigen Ufer des Kachin wucherte der Urwald, frei von Zäunen und Eintrittskarten. Dort gab es Palmen, Bananenstauden, Riesenhibiskus, Mango- und Durianbäume, Hütten aus Holz und Wellblech. Der Fluß nahm alles mit, die Scheiße des Kindes, das mal mußte, die Müdigkeit des Arbeiters, der sich wusch, das seifige Fett aus den Haaren der Mädchen, die sich mit Olivenöl aus der Apotheke eingerieben hatten, und die Boote, zarte, verdorrte Hülsen einer Frucht aus den Tiefen des Flusses.

«Sieh mal an, wie schön, wie klein doch die Welt ist!»

Es war Jacinto, der sich wunderte, wie oft sich ihre Begegnungen wiederholten.

«Wie kommen Sie denn hielhel?»

«Mit dem Taxi.»

«Taxi ist zu teuel. Mit Bus billigel. Sind Sie zuflieden? Hiel gutes Essen, eulopäisch!»

«Dies alles gehört einem General. In Thailand gehört alles den Generalen!»

Jacinto lächelte. «Als ich in Spanien wal, in Alicante, ich wal Student in Alicante, in Spanien auch legielte ein Genelal. Wollen Sie mit uns kommen? Die Volfühlung beginnt.»

Carvalho schloß sich seiner Gruppe an. Einer der Junggesellen ließ sich mit einer Schlange um den Hals fotografieren. Ab und zu gab er der Schlange Küßchen, und die älteren Damen riefen nervös oder bewundernd «Oh!». Spanier, Japaner, Australier, Franzosen und Amerikaner kamen und nahmen in dem schönen, überdachten Amphitheater Platz, das die Struktur eines typischen Thai-Hauses auf die Dimensionen des Massenbetriebes vergrößert hatte. Die Darsteller marschierten ein, allen voran ein Elefant. Dann folgten Tänzer, Kämpfer, Fechter, Takraw-Spieler, Männer mit Kampfhähnen und Träger mit den Aufbauten, die für die einzelnen Darbietungen gebraucht wurden. Feingliedrige Thaimädchen, die genau wie die Souvenirpuppen aussahen, führten Volkstänze auf, als ein riesenhafter, betrunkener Nordamerikaner in die Manege sprang, um ihre Bewegungen mitzumachen. Er wurde von Ordnern liebenswürdig wieder zu seinem Platz gebracht, aber er versuchte dann, sich in den Schwertkampf einzumischen, und als die Träger den Boxring aufgebaut hatten, begann er, an den Seilen zu zerren, um die Stabilität der Anlage zu prüfen. Jedesmal, wenn ihn die Ordner wieder an seinen Platz zurückgebracht hatten, verteilte der Amerikaner ein paar Dollars unter sie und die Artisten und erreichte damit, daß alle, die an den Vorführungen mitwirkten, ihn im Auge behielten und sich seine alkoholisierte Teilnahme wünschten.

Carvalho verließ seinen Platz und setzte sich in die erste Reihe, als die in Kimonos gehüllten Boxer auftraten, niederknieten, beteten, den Kimono auszogen und ihre stählernen Muskeln zeigten; ein Kranz von Jasmin um den Hals und bunte Bänder um Arme und Kopf, Amulette, die Glück bringen sollten, relativierten ihr gefährliches Aussehen. Vier Musiker spielten auf einer Java-Flöte, Zimbeln und zwei großen Tamburinen eine Musik, die getragen die ersten tänzerischen Bewegungen der Boxer untermalte und sich in dem Maß steigerte, wie der Kampf hitziger wurde. Tritte mit nackten Füßen, Fausthiebe, Bein- und Ellbogenschläge, immer oberhalb der Gürtellinie. Unter der stilisierten Überdachung des Amphitheaters war der Kampf nur eine Vorführung für Touristen, nie eine echte Auseinandersetzung. Nach drei Runden wurde der Ring abgebaut, und die Boxer zogen sich in die Tiefe der Kulissen zurück. Carvalho folgte ihnen, aber einer der Männer, die auch auf den Amerikaner achtgaben, versperrte ihm den Weg.

«Ich möchte mit Bancha sprechen. Ich komme von einem seiner Freunde.»

Der Mann horchte auf und verstärkte den Druck seines Armes auf Carvalhos Brustbein.

«Warten Sie hier!»

Er begab sich in die Tiefe der Kulissen und sprach dort mit einem der Boxer. Sie schauten zu ihm, und der Mann kehrte zurück, während der Boxer stehenblieb und den Ausländer anstarrte.

«Er fragt, von welchem Freund.»

«Von Archit.»

Eine erneute Beratung, der Boxer wich einen Schritt zurück, blickte aber dann den Ausländer wieder starr an. Der Vermittler winkte Carvalho, näher zu kommen, und zeigte ihm mit einer Armbewegung den Weg über eine der Seitentribünen. Carvalho ging an den Tänzern mit weißbemalten Gesichtern vorbei, die am Boden hockten; das Alter ihrer schwerelosen Körper war undefinierbar. Die beiden Männer warteten in einer Ecke vor der Bühne auf ihn. In der Arena war eine Gruppe kindlich aussehender Männer dabei, Takraw zu spielen, wobei sie den Ball mit allen Körperteilen einander zuspielten, außer mit den Händen.

Der betrunkene Amerikaner unterbrach das Spiel, wollte mitspielen, bezahlte, um mitspielen zu dürfen, aber seine Bewacher brachten ihn wieder in den Zuschauerraum zurück, trotz seiner Dollars und seines freundschaftlichen Protestes.

«Sie kommen von Archit? Wann haben Sie ihn getroffen?»

Von den Rängen aus hatte er wie ein Junge gewirkt, aus der Nähe betrachtet, erwies er sich als reifer Mann mit narbenbedecktem Gesicht und einem tätowierten Drachen auf der Brust.

«Ich möchte ihn besuchen.»

Bancha beschimpfte den Ordner in Thai, er habe ihn belogen,

dieser Mann komme nicht von Archit. Dann drehte sich Bancha um und ging zu einem Hinterausgang.

«Charoen gab mir Ihren Namen, Inspektor Charoen.»

Der Boxer wandte sich wieder um, in seinen Augen stand die Angst einer Kobra vor dem Mungo geschrieben, und seine Narben entsprachen den Verletzungen einer ohnmächtigen Kobra.

«Ich habe Archit nicht gesehen. Ich weiß nicht, wo er ist.»

«Ich bin alleine gekommen. Ich will Archit helfen!»

«Ich habe ihn nicht gesehen. Ich weiß nicht, wo er ist. Bitte!»

«Ich kann ihm helfen zu fliehen.»

Der Boxer bellte mehr als er redete, und zwei Männer stellten sich zwischen ihn und Carvalho. Zweimal Prügel in vierundzwanzig Stunden, das war zuviel. Carvalho wich zurück, Bancha tat dasselbe in der anderen Richtung und verschwand durch den Hinterausgang. Der Ordner nahm Carvalho am Arm und drängte ihn, auf seinen Platz zurückzukehren.

«Zuschauer haben hier keinen Zutritt.»

Carvalho schüttelte seine Hand ab und beeilte sich, seinen Platz wieder einzunehmen. Die Takraw-Spieler waren inzwischen von Kampfhähnen abgelöst worden. Carvalho konnte nicht zusehen, wie sich die beiden kleinen hysterischen Mörder zerfleischten, und dann entdeckte er Charoen, der mit Bancha sprach. Sie sahen dabei in seine Richtung. Der Polizist schien den Boxer zu irgend etwas überreden zu wollen. Carvalho sah, daß sie ihm winkten, und als er bei ihnen war, streckte Bancha zur Begrüßung die Hand aus, lächelte und sagte aufgeräumt: «Wie geht's, mein Freund? Ich hatte nicht richtig verstanden, was Sie mir sagten. Warum erwähnten Sie nicht, daß Sie ein Freund von Uthain Charoen sind? Die Freunde von Uthain Charoen sind auch meine Freunde.»

Charoen hörte zu und nickte. Carvalho hätte schwören können, daß er stumm vorgesprochen hatte, was Bancha gesagt hatte. Wie ein Bauchredner.

Archit war früher ein sehr guter Mensch gewesen, aber jetzt war er nicht mehr gut. Jetzt war er nur noch ein Mörder. Bancha hatte in wenigen Minuten eine große sprachliche Gewandtheit erworben, und Charoen sollte hören, wie entschieden er Archit verdammte. «Ich habe ihn nicht getroffen, und will ihn auch nicht sehen. Er weiß genau, daß ich meine Pflicht tun würde.»

Charoen nickte wieder, sein Nicken galt diesmal mehr Carvalho als den Worten des Boxers. Sehen Sie? Siehst du's, elender Ausländer?

«Hat Archit sich nie bei Ihnen gemeldet, seit er auf der Flucht ist?»

«Nein, niemals. Niemals! Er würde es auch nicht tun. Denn er weiß genau, daß ich meine Pflicht tun und Inspektor Charoen anrufen würde. Sofort!»

Bancha unterstrich seine Worte mit Handbewegungen, er hielt sich einen unsichtbaren Telefonhörer ans Ohr und an die Lippen, um Charoen anzurufen. Der Inspektor ließ Carvalho und Bancha mit der ausdrücklichen Absicht allein, daß sie unter sich sein könnten, ohne den möglichen Druck seiner Gegenwart. Als er weit genug entfernt war, sagte Carvalho leise: «Sagen Sie es mir, wenn Sie etwas wissen. Ich werde Charoen nichts davon berichten.»

Aber Bancha sprach nicht leise, im Gegenteil, er sprach lauter als zuvor und betonte noch einmal: «Wenn Archit mit mir sprechen will, telefoniere ich sofort mit dem Inspektor.»

Carvalho sah den Boxer verächtlich an und machte mit gespitzten Lippen ein schmatzendes Geräusch, als würde er ausspucken. Aber Banchas Gesichtsausdruck veränderte sich nicht, auch nicht sein energisches Kopfschütteln.

«Du bist kein Freund. Du bist schlimmer als ein Mungo.»

Er hatte Mungo gesagt, aber eigentlich die Kobra im Sinn. Vielleicht war es die Vertauschung von Gut und Böse, die Bancha unsicher machte, oder er hatte einfach keine Lust mehr. Er legte die Hände vor der Brust zusammen, verbeugte sich zeremoniell und ging weg. Seine Gegenwart wurde sofort durch Charoens Gegenwart ersetzt.

«Sehen Sie? Archit steht ganz alleine. Bancha steht als verantwortlicher Mensch auf der Seite des Gesetzes.»

«Seit wann arbeitet er hier?»

«Seit ganz kurzer Zeit.»

«Wer hat ihm die Stelle verschafft, Sie?»

«Ich weiß nicht mehr genau, könnte sein, daß ich es war. Vielleicht war ich daran beteiligt.»

«Sie machen es mir nicht leicht.»

Charoen lachte kurz auf. «Ich habe es Ihnen doch gesagt, die Dinge sind nicht einfach.»

Der eine General verfolgt die Rauschgifthändler, der andere handelt mit Rauschgift. Das ist Gleichgewicht. Auch Charoens eigenes Verhalten war davon bestimmt. Einerseits gab er ihm den Namen von Bancha, andererseits verhinderte er es, daß Bancha redete und Carvalho wirklich half.

Das Amphitheater leerte sich, und das Publikum verteilte sich auf die mit Strohmatten überdachten Bambusbänke unter dem Schild: *Spectator Stand for Elefant at Work*. Die Elefanten, angetrieben durch einen eisernen Haken, mit denen ihr Wärter sie stach, rollten Baumstämme in einen Teich und holten sie wieder heraus. Carvalho hatte für diesen Tag genug von thailändischen Gebräuchen und machte sich auf die Suche nach seinem Taxifahrer. Charoen kam hinter ihm her.

«Haben Sie Interesse daran, Archits Eltern zu besuchen? Wenn es jemanden auf der Welt gibt, der weiß, wo die Flüchtlinge zu finden sind, dann sie. Wir haben sie schon verhört, aber sie schwören, nichts zu wissen.»

«Wenn sie Ihnen schon geschworen haben, daß sie nichts wissen, was sollten sie mir dann sagen?»

«Moment. Moment.» Charoen legte seine Hand auf Carvalhos Arm und bewegte den Kopf, gleichsam um das Mißtrauen des Ausländers zu verscheuchen.

«Ich begleite Sie, mache Sie miteinander bekannt, und dann gehe ich, Sie können in Ruhe mit ihnen sprechen. Der Vater liegt im Sterben, weil ihm das Opium fehlt. Ich versprach, ihm welches zu geben, wenn er mir sagt, wo sein Sohn ist, aber er hat es mir nicht gesagt. Er ist eine elende Kreatur, das war er sein ganzes Leben lang, und wenn er etwas wüßte, er würde es mir sagen. Er würde seinen Sohn verkaufen, er würde hundert Söhne verkaufen, wenn er so viele hätte. Ich will, daß Sie sich selbst überzeugen. Vielleicht besitzen Sie eine bessere Überredungsgabe als ich.»

«Sollen wir jetzt hinfahren?»

«Nein, morgen. Sie wohnen außerhalb von Bangkok, in Ratchaburi, am Kanal Damnoen Saduak. Ich hole Sie frühzeitig vom Hotel ab.»

Carvalho spürte den sinnlichen Wunsch, so schnell wie möglich zum Swimmingpool und einem Glas Maekong mit Eis zurückzukehren. Der Taxifahrer hatte die Absicht, Versäumtes nachzuholen, und reichte ihm Kataloge mit Edelsteinen und Seidenstoffen. Diesmal war noch ein neues Produkt dabei, imitierte Siam-Orchideen aus vergoldetem Metall.

Carvalho beantwortete die Angebote mit Grunzen. Er schaute

nach dem Stand der Sonne und überlegte, ob sie wohl schon zwischen den Hotelgebäuden durchscheinen würde. Allerdings genügte auch der Widerschein der tropischen Sonne, um die Hautfarbe zu verändern. Als er seinen neurotischen Wunsch analysierte, dunkelbraun zu werden, obwohl er im Sommer nicht einmal fünf Minuten in der Lage gewesen war, es in der Sonne auszuhalten, kam Carvalho zu dem Schluß, daß dies ein Faktor mehr war, der ihn für die Reisekosten entschädigen mußte. Die amerikanischen Damen lagen da, als hätten sie sich seit dem Vortag nicht aus ihren Liegestühlen bewegt. Er sah auch die kleine Dunkelhäutige in ihrem schwarzen Badeanzug wieder, der ihre Fettpolster über den Hüften zusammenhielt, die massige Blonde mit dem Sonnenbrand auf den Knöcheln, die Dicke in ihrer mexikanischen Kutte, die ihr naß auf der Haut klebte, so daß sich beide Arschbacken abzeichneten, der Schwule *businessman* mit seinem goldbraunen kleinen Freund, und Seniorenehepaare, die die abendliche Frische und die seelischen Wohltaten des Wassers genossen. Carvalho tauschte verstohlene Blicke mit der Dunkelhäutigen, und als er genug hatte von diesem Spiel und von der Sonne, die durch den Korridor zwischen den Gebäuden schien, nahm er den Aufzug und fuhr hinauf zur Dachterrasse, die Tennisplatz, Sauna und Squashraum beherbergte. Zwei braungebrannte Jugendliche spielten Tennis, und im Squashraum waren vier Sportsüchtige dabei, einen Ball zu bearbeiten. Carvalho bestellte an der Bar noch einen Maekong mit Eis und ging dann in die Sauna, ohne genau zu wissen, warum. Als er versuchte, es herauszufinden, fiel ihm wieder eine zweckdienliche Antwort ein: es ging darum, sich für den Aufwand der Reise zu entschädigen und einen zusätzlichen Service des Hotels in Anspruch zu nehmen. Unfähig, sich zu entspannen, begann Carvalho in der engen Saunakabine hin- und herzumarschieren, bis er sein Soll an Schweiß erfüllt hatte. Als er naßgeschwitzt war, beschloß er, daß er den erforderlichen Nutzen erzielt hatte, und verließ die Sauna, duschte, trank seinen Maekong aus, ließ die Squash-Spieler weiter gegen die Wand kämpfen und die dünnen Tennis-Spieler einen Ballwechsel aus nächster Nähe versuchen, was genauso stupide war wie der Versuch, den Weltrekord im Verzehren gekochter Eier zu brechen.

Der Swimmingpool lag nicht mehr in der Sonne, aber dafür waren die Amerikaner nach Hause gekommen, schwammen träge ihre Runden und lärmten begeistert im Wasser unter den neutralen Blikken ihrer Gattinnen. Bestimmt rochen einige von ihnen unter der Achsel nach Schießpulver und konnten mit einem Blick Heroin dritter Klasse von Heroin vierter Klasse unterscheiden. Aber jetzt benahmen sie sich wie die Jungs von Mark Twain, die ausgelassen und befreit im Wasser spielten, befreit von dem Gewicht ihrer Rolle und ihrem Selbstüberdruß.

Carvalho wollte den schlechten Geschmack, den er noch von dem proteinhaltigen Menü des Mittags her im Mund hatte, loswerden und erkundigte sich nach einem China-Restaurant, das das Prädikat ‹chinesisch› auch wirklich verdient hatte. Die Meinungen von Peter Pan, dem Empfangschef, und einem rothaarigen Schotten, der dick und betrunken alleine an der Hotelbar saß und genügend Thai sprach, um sich mit den Kellnern verständigen zu können, gingen weit auseinander. Carvalho vermutete, daß die Meinung des Schotten am wenigsten durch die Zahlung einer Kommission zu beeinflussen war, und hörte aufmerksam zu, was er ihm riet. «Man wird Ihnen das *Bangkok Maxim* oder das *Chin Chao* des *Ambassador-Hotels* empfehlen, aber gehen Sie ins *Große Shangarila*, es ist ganz in der Nähe und ausgezeichnet.

Im Erdgeschoß des *Shangarila* befand sich ein riesiges volkstümliches Restaurant, in dem ein beträchtlicher Prozentsatz der tausend Millionen Chinesen, die es auf der Welt gibt, dabei waren, stäbchenklappernd ihre Gefräßigkeit zu befriedigen. Über eine Treppe gelangte man in die oberen Stockwerke, wobei sich das Etablissement von Stockwerk zu Stockwerk zu einem teuren Restaurant mauserte, mit Hostessen in langen, roten, seitlich geschlitzten Kleidern, die ihre herrlichen asiatischen Beine mit den Lackschühchen zur Geltung brachten. Ein Servierwagen mit einer Pekingente wurde an Carvalho vorbeigeschoben, und er folgte seinem Duft zu einem kleinen Tisch, der ihm zugewiesen wurde. Die nutzbringende Höflichkeit der Asiaten zeigte sich an der Tatsache, daß ihm angesichts seiner Einsamkeit ein schwuler Kellner zugeteilt wurde, der sich in zehn Zentimeter Entfernung von seinem Gesicht nach seinen gastronomischen Wünschen erkundigte. Dabei klimperte er mit den Wimpern wie die Freundin von Donald Duck und sprach Englisch wie eine mannstolle Gouvernante. Carvalho bestellte eine Portion gebratenen Reis nach Kanton-Art, eine halbe Portion Abalone in Austernsauce und Ente mit Teeblättern Long Jing Ya, eine Köstlichkeit, die auf spanisch genauso gut klang wie auf chinesisch. Auf diesem Stockwerk saßen die reichen und die neureichen Chinesen, die die fundamentalen Quellen des Reichtums des Landes beherrschten. Wie überall in Südostasien hatten auch die Chinesen Thailands im Lauf der letzten beiden Jahrhunderte, vom Hunger getrieben, ihr Land verlassen und ihren Überlebenswillen der Gelassenheit der tropischen Völker aufgezwungen. Auch jener zwanghaft essende Chinese war ein Neureicher, der die Geschwindigkeit der Nahrungsaufnahme seiner beiden etwas diskreteren Tischgenossen dirigierte. Er zerlegte mit Begeisterung den in Algen gekochten Fisch, vervielfachte seine Stäbchen über den Schüsseln, die den Tisch bedeckten, und verschlang allein fünf Schalen weißen Reis, die er sich an die Lippen hielt, um kein einziges Körnchen zu verlieren. Dieser Chinese aß aus Erinnerung und nicht nur aus seiner individuellen, sondern aus der kollektiven Erinnerung eines Volkes, das auf der Flucht vor dem Hunger war – seltsamerweise erweckte er Vertrauen in die historische Funktion des menschlichen Appetits. Carvalho war in bester Stimmung, als vor ihm die Servierteller mit Reis, Abalone und Ente aufgebaut wurden. Die Ente war etwas Neues für ihn, und als er den Kellner bat, ihm ihre Zubereitung zu erläutern, entschuldigte sich der Junge und erklärte, er verstehe leider nichts davon, aber der Oberkellner würde ihm gern Auskunft geben.

Der Oberkellner erklärte es ihm: Das Gericht müsse mit frischen Teeblättern zubereitet werden, möglichst aus der chinesischen Provinz Sezuan, aber weil man diese Teeblätter nicht das ganze Jahr über bekommen könne, hätten sie getrocknete Blätter benutzt, aber nur die besten, die mit dem feinsten Aroma. Die Ente wurde eingelegt in Ingwer, Zimt, Sternanis, Teeblätter und ein Glas Shao Hsing-Wein, nachdem sie vorher mit Zucker und Salz eingerieben worden war. Der Beize wurde ein Glas Wasser hinzugefügt, dann wurde die Ente darin im Wasserbad zwei Stunden lang gekocht. Danach mußte sie abkühlen, und man bereitete einen Topf Long Jing-Tee, in welchem die Ente weitere vier Minuten kochen mußte. Jetzt war sie praktisch fertig. Man mußte nur noch die Stücke der Ente in Erdnußöl anbraten, bis sie goldbraun waren, um sie dann schön heiß zu servieren.

«Wollen Sie den Shao Hsing probieren? Es ist der ideale Wein zu diesem Essen.»

Ob es nun der Wein war oder was auch immer, jedenfalls mundete diese Art von gelbem Sherry ausgezeichnet zu den tausend Wundern des Gerichtes, und Carvalho belohnte sich für seine gute Wahl mit einer Condal Nr. 6, die er dem Zigarrenetui aus seiner Tasche entnahm und anzündete, nachdem er den Nachtisch aus Litschis in Sirup und chinesischen Nüssen beendet hatte. Das Trinkgeld konnte das frustrierte Wimpernschlagen des Kellners nicht beruhigen, als er sah, daß Carvalho sich erhob und verabschiedete, ohne ihn auf den Mund zu küssen. Am Ausgang erwartete ihn ein Schwarm Kuppler, die Hände voller Fotografien bildhübscher Mädchen. Carvalho ließ sich von einem Taxi entführen, das ihm sozusagen den Weg versperrte, und gab die Anweisung: «Zum Massagesalon *Atami*!»

Das Taxi brachte ihn ans Ende einer Gasse, die von der Petchburi Road abging. Das erleuchtete Schild war in thailändischer Schrift, und Carvalho hatte kurz die Befürchtung, es sei nicht das *Atami*, sondern irgendein anderer Massagesalon. Gelbliches Halbdunkel empfing ihn, als er eintrat. Eine Menge Thais, Frauen und Männer, saßen im Dunkel vor einem hell erleuchteten Schaufenster, das an ein Aquarium erinnerte und in dem in Reihen ein paar Dutzend Frauen saßen. Carvalho hatte weder Zeit, sie sich anzusehen, noch zu registrieren, wieviel sie anhatten. Ein Türsteher stürzte sich auf ihn, deutete verächtlich auf das Schaufenster, winkte ab und führte Carvalho eine Treppe hinauf, wo er das Beste finden würde, was das Haus zu bieten habe. Der sparsame Umgang mit elektrischem Strom begleitete sie auf dem ganzen Weg. Immer wieder begegneten sie kleinen Gruppen von Einheimischen beiderlei Geschlechts, die ihre Gespräche unterbrachen, um dem Ausländer maliziös zuzulächeln. Im obersten Stockwerk kamen sie durch einen dunklen Korridor und standen plötzlich vor einem herrlichen zweiten Schaufenster mit mehreren Dutzend halbnackter, geschminkter Mädchen mit Pfirsichhaut in einem magischen, paradiesischen Licht. Sie begannen Lockrufe auszustoßen, als sie den potentiellen Kunden entdeckt hatten. «*Body body?*» fragte der Türsteher, hielt zwei Finger hoch und legte sie dann in der Luft zusammen, wie es Charoen getan hatte. Carvalho antwortete, er wolle das Beste vom Besten mit allen Extras, und sein Führer verlangte zweitausend Baht. Carvalho sah sich die Nummernschilder an, die die Mädchen auf der Brust trugen, und als er die Nummer 42 gefunden hatte, sagte er zu dem Türsteher, ein Mädchen namens Thida sei ihm empfohlen worden. Das ist Nummer zweiundvierzig, antwortete der Kuppler. Für Carvalho sahen sie alle gleich aus, sie hatten alle die gleichen geschwungenen Augenbrauen, rosigen Wangen und das gleiche helle Make-up, das die weiße Haut der Mädchen aus dem Norden noch heller erscheinen ließ. Die meisten waren chinesischer Abstammung, die begehrtesten stammten aus Pasang oder Lumphun, so hatte er in einem Prospekt von Chiang Mai gelesen. Carvalho zeigte auf die Nummer 42 und begann mit dem Kuppler um den Preis zu handeln, aber plötzlich schämte er sich, war zufrieden und gab sich geschlagen angesichts der Kaufkraft der thailändischen Währung und noch viel mehr angesichts des nationalen Bruttosozialprodukts. Das Mädchen kam aus dem Aquarium heraus und war plötzlich viel kleiner, als ob das Glas, das sie bis jetzt voneinander getrennt hatte, sie vergrößert und die Beleuchtung die Rundungen dieses zarten Mädchens übertrieben hätte.

Die Präliminarien waren nicht sehr erregend. Das Mädchen nahm eine der Luftmatratzen, die im Korridor auf einem großen Haufen lagen, und führte ihn in ein verlottertes Zimmer, dessen eine Hälfte für das Bett bestimmt war, die andere füllte ein Badebecken aus. Sie legte die Luftmatratze neben das Becken und fragte Carvalho wieder mit den Fingern, ob er mit der Massage auch den Anspruch auf Geschlechtsverkehr erworben habe oder nicht.

«Focking, focking?» fragte sie mit der dünnen Stimme eines verschnupften Schulmädchens. Carvalho antwortete mit einem Brummen, das das Mädchen als Bestätigung auffaßte. Mit der asiatischen Philosophie der käuflichen Sexualität setzte das Mädchen die Miene einer Geisha auf, die Fußpflege betreibt, und wandte bei dem nackten Carvalho die Griffe der sogenannten Thaimassage an, wobei sich eiserne Finger an strategischen Punkten in den Körper bohrten, der dies mit einem stummen Aufschrei beantwortete. Dann wurde die Elastizität der unteren Extremitäten mit einer Reihe von Griffen getestet, die vom zärtlichen Streicheln bis zum offenen Versuch reichten, sie auszureißen. Carvalhos Beine widerstanden auch diesem Versuch mit Erfolg, das Gesicht des Mädchens zeigte nicht den leisesten Haß, sondern das einfache Bestreben, es einem Ausländer in allen Dingen recht zu machen, der auf Empfehlung eines früheren Kunden gekommen war. Übrigens paßten ihre kleinen Brüste harmonisch zu ihren schmalen Hüften, genauso harmonierte die Zerbrechlichkeit ihrer Arme mit der Schlankheit ihrer Beine, und an der schönen Unschuld ihres vorzeitig geschminkten Schulmädchengesichts war nichts auszusetzen.

Sie hörte auf, mit den Fingern Carvalhos Körper zu bearbeiten, knetete ihm nun Hals und Schläfen und versuchte dabei, die Energie zu übertragen, die sie mit einem Vibrieren ihres ganzen Körpers erzeugte. Dann nahm sie Carvalhos Hand, er mußte aufstehen, und sie führte ihn zu dem Badebecken, das inzwischen mit heißem Wasser vollgelaufen war. Die Masseuse nahm eins von den fünf oder sechs Seifenstücken, die auf dem Boden lagen, mächtige Stücke – sie erinnerten Carvalho an die legendäre Lágarto-Seife, der die spanischen Kleidungsstücke über ein Jahrhundert lang ihre Sauberkeit verdankt hatten. Im Gegensatz zu ihrer kantigen Form war die Seife weich, und Carvalho wurde damit von den Zehenspitzen bis zu den Haarwurzeln eingeseift. Besondere Aufmerksamkeit schenkte sie dabei dem Penis, der unter einer kleinen Schaumhaube verschwunden war. Sie holte ihn mit kräftigen Fingern hervor, knetete ihn, zog ihn in die Länge und schob die Vorhaut zurück, damit kein Winkelchen ohne Seife blieb, und ließ ihn dann fallen wie eine Frucht, die sie an einem Marktstand betastet und als zu weich befunden hatte.

Das Mädchen streifte den Schaum von ihm ab in einen irdenen Topf, bat ihn dann, aus dem Becken zu steigen und sich auf der Luftmatratze auszustrecken, die sie vorher reichlich mit warmem Seifenschaum bedeckt hatte. Als er lag, wurde Carvalho auch von vorne mit Schaum überzogen, die Masseuse bedeckte sich ebenfalls mit Schaum und begann, mit ihrem ganzen Körper auf Carvalho hin und her zu rutschen. Wegen ihres kleinen Wuchses mußte sie sich an ihrem Kunden festhalten und schaffte es mit der Perfektion eines Schlittschuhfahrers, nicht über seinen Körper hinauszuschießen, obwohl die Geschwindigkeit ihrer Bewegungen Carvalho ab und zu befürchten ließ, sie könne nicht mehr rechtzeitig bremsen und würde wie ein Torpedo ins Badebecken sausen. In aller Bescheidenheit zeigte Nummer 42 zwei- oder dreimal auf ihre Brüste und meinte «Klein. Nicht gut. Nicht gut.»

Carvalho brachte keinen Ton heraus, um ihr zu widersprechen, obwohl er das eigentlich vorhatte, aber als sie ihre Brüste und ihren Venushügel an ihm gerieben hatte, war in seinem Penis die Lust am Leben erwacht; er hatte begonnen, sich zu strecken und sich diesem menschlichen Stück Seife entgegenzurecken. Das Mädchen arbeitete nach ihrem persönlichen, undurchschaubaren Zeitmaß, bis sie innehielt, sich erhob und begann, Carvalho abzutrocknen. Dann forderte sie ihn auf, sich wieder hinzulegen. Er machte es sich bequem, und sein liebstes Körperteil stand steil in die Höhe, geschmeichelt und gespannt durch die Reibungen, mit denen er bedacht worden war. Thida schaute seinen Penis an und fragte ihn, ob er wollte, daß sie ihn lutschte. Gleichzeitig verzog sie angewidert ihr Gesicht, um ihm zu verstehen zu geben, daß es sie ekeln würde, aber daß sie es für ein persönliches Geschenk tun würde, vor dem Fick, zu dem ihn die bezahlte Summe berechtigte.

Ohne zu wissen, warum, wählte Carvalho diesen Zeitpunkt, um Thida beim Namen zu nennen und ihr die entscheidende Frage zu stellen: «Weißt du, wo Archit ist? Ich muß ihn unbedingt sehen. Ich bin ein guter Freund!»

Thida kam gerade auf allen vieren auf Carvalho zu, ihre Lippen wölbten sich schon vor, um seinen Penis in Empfang zu nehmen, da verwandelte sie sich plötzlich in eine Katze mit gesträubtem Fell und schreckgeweiteten Augen, und ihr kindliches Gesicht wurde zu einer grotesken Maske. Sie betrachtete Carvalho als eine tödliche Gefahr, die sich zu ihr ins Bett geschlichen hatte, und begann zurückzuweichen, schließlich brachte sie sich mit einem Sprung aus der Reichweite Carvalhos, der sich aufgerichtet hatte.

«Ich kenne keinen Archit, ich weiß nicht, wer Archit ist.»

Carvalho fand sich selbst lächerlich in seiner Nacktheit, als er die Arme nach Thida ausstreckte in einer stummen Bitte, sich zu beruhigen und ihm Auskunft zu geben. Er hielt es für besser, wieder in die Rolle des Kunden zu schlüpfen, und befahl Thida, sich auf den Bettrand zu setzen. Sie tat es sehr langsam und ließ dabei die Tür nicht aus den Augen, als erwarte sie von dort Hilfe und Befreiung. Carvalho setzte sich neben sie.

«Ich suche Archit, weil ich ihm helfen will, ich will ihm helfen, ins Ausland zu fliehen. Du warst mit ihm verlobt.»

«Nicht mehr. Soll er doch bei dieser Frau bleiben, die ihn so in Schwierigkeiten gebracht hat. Ich will nichts mehr von ihm wissen.»

«Bitte merk dir: Wenn du Archit helfen willst, dann sag ihm, er soll mit mir Kontakt aufnehmen. Ich wohne im *Dusit Thani.*» Carvalho nahm einen Zettel und einen Hundert-Baht-Schein aus seiner Hosentasche. Auf den Zettel schrieb er den Namen seines Hotels und seine Zimmernummer, und den Hundert-Baht-Schein gab er Thida, die ihn nicht einfach ablehnte, sondern sofort beim Anblick des Geldes den Kopf geschüttelt hatte. Nachdem sie ihn gefragt hatte, ob sie ihre Arbeit fortsetzen solle, und Carvalho ihr mit Nein geantwortet hatte, weil er Rheuma habe und Schaumbäder ihm gar nicht gut bekämen, kleideten sie sich an. Bevor sie das Zimmer verließen, steckte er ihr den Zettel in die Tasche ihres Kimonos, dann drehte er sich um und ging den halbdunklen Gang entlang, dort hatten sich stumpfsinnige Voyeure versammelt, die beim Auftauchen des Fremden lachten und zur allgemeinen Erheiterung über dieses Ereignis debattierten. Thida kam nach ihm heraus, sie trug die Luftmatratze unter dem Arm und legte sie auf den Stapel zu den übrigen. Dann betrat sie wieder das Aquarium, wo sich die halbnackten Fischfrauen ohne weiteren Zuschauer vor der Glasscheibe über ihre eigenen Angelegenheiten unterhielten.

Carvalho war rechtzeitig in seinem Zimmer zurück, um auf dem Videokanal einen Film mit Walther Matthau und Glenda Jackson über die Erlebnisse eines ehemaligen FBI-Agenten ansehen zu können. Auf einem anderen Kanal lief eine Quizsendung, genauso langweilig wie entsprechende Sendungen im spanischen Fernsehen, auf einem weiteren Kanal verbreitete eine thailändische, jungfräuliche Kriegerin mit ihrem Schwert Furcht und Schrecken. Er schaltete wieder auf das westliche Programm um und schlief ein mit dem unfertigen Gesicht von Glenda Jackson vor Augen. Am nächsten Morgen weckte ihn das Summen des Fernsehers, eine rätselhafte Erscheinung, es dauerte lange, bis er ihre Ursache herausgefunden hatte. Charoen hatte angekündigt, daß er ihn früh abholen würde, und nach dem, was diese Leute unter früh verstanden, mußte er eine Zeit zwischen sieben und acht Uhr gemeint haben. Die Aussicht auf ein American Breakfast machte ihn munter, er empfand die Gier eines Raubtieres angesichts der überquellenden Theke, obwohl er später Zurückhaltung üben würde, aus der angeborenen Furcht der Spanier, was die Leute denken würden. Diese Furcht teilten die nordamerikanischen Gäste nicht, noch viel weniger die Franzosen – sie waren der Auffassung, daß Asien immer noch in ihrer Schuld sei wegen der Niederlage in Dien Bien Phu und die ganze Welt wegen Waterloo. In einem unterentwickelten Land vereinigt das American Breakfast in sich den Komplex des Kolonisators mit dem des Kolonisierten, den Komplex der Habgier mit dem des Hungers und den Instinkt des Raubtiers mit der Überwindung der Psychose des Beraubten, deshalb sind die Selbstbedienungsbüfetts in den Ländern der Dritten Welt einfach phantastisch. Carvalho erinnerte sich an eine Silvesternacht und das kalte Büfett im Hotel *Siam*. Die Langusten schienen an Orchideengirlanden hinaufzuklettern, und ein nicht unbeträchtlicher Prozentsatz der Krustentiere des Golfes von Siam machte den Tisch des Büfetts zu einem überquellenden Museum der Meeresfrüchte, unterbrochen von kilometerlangen Reihen Roastbeef, kleinen Reservaten von Krebssalat und ganzen Nationalparks von tropischen Früchten. Er nahm sich Obst, Schinkenrührei, geräucherten Fisch und einen halben Liter amerikanischen Kaffee. Schließlich verließ er den Speisesaal mit einem Lächeln auf den Lippen, zwischen denen eine Zigarre steckte.

Charoen stand am Telefon und war gerade im Begriff, die Nummer seines Zimmers zu wählen. Er hängte auf, als er den glücklichen Carvalho entdeckte, und zeigte ihm einen Weg durch den Wald von Westlern, die auf ihre Kindergärtnerinnen / Reiseleiterinnen warteten. Als sie aus dem Eingang traten, klebte sich die Hitze an Carvalhos Haut fest und erinnerte ihn daran, daß er wieder in den Tropen war. Das Auto des Inspektors tauchte ein in den Dschungel des Verkehrs und strebte aus der Stadt hinaus, wobei er die Spielregeln nicht so genau nahm wie die anderen Mitspieler. Charoen hatte sich auf den Beifahrersitz gesetzt und halb nach Carvalho umgewandt, der als einziger Passagier auf dem Rücksitz saß.

«Da ich annehme, daß Sie Schilder in unserer Sprache nicht verstehen, darf ich Ihnen mitteilen, daß wir zugleich nach Süden und nach Osten fahren. Wir werden ab Samut Sakhon am Golf entlangfahren, und in Samut Songkhram biegen wir ab zum Damnoen Saduak. Dort gibt es auch einen schwimmenden Markt, der ebenfalls von Touristen besucht wird, aber weniger als der Dao Kanong in Bangkok. In der Nähe des Damnoen Saduak nehmen wir ein Boot und fahren zu den Eltern von Archit. Sie wohnen an einem der Seitenkanäle. Ich warne Sie, ein großer Teil von dem, was Sie sehen werden, wird Ihnen nicht gefallen.»

Das erdige Wasser, von der Pflanzenwelt durchdrungen, die Mutter der mächtigen, grauen, glänzenden Wasserbüffel, verließ sie nicht auf dem ganzen Weg durch eine Ebene, in der Reis angebaut wurde, dazwischen wie Tupfer kleine Schöpfräder, zerbrechlich wie die Skelette der kleinen, dunkelhäutigen Menschen. Nach einer Stunde Fahrt erreichten sie einen hölzernen Bootssteg, wo eine Art Einbaum mit Außenbordmotor auf sie wartete, dessen kleine Schraube am Ende einer langen Welle saß. Diese Welle diente dem Steuermann als Steuer. Er fuhr ohne Rücksicht auf Verluste, das Wasser klatschte gegen die mit Obst und Gemüse beladenen Boote der Bauern, die dem schwimmenden Markt zustrebten, und gegen die Küchenboote mit ihrem Herdfeuer, das mit Holzkohle aus Tamarindenholz befeuert wurde, mit ihren Kesseln, Pfannen und Kochlöffeln in der Hand der Schiffsköchinnen, alten Frauen in Schwarz, die das Ruder und den Kochlöffel gleichermaßen geschickt handhabten. Unbeeindruckt von den rüpelhaften Motorbooten fuhren sie ihre tägliche Strecke durch die Kanäle, deren Ufer mit schwarzen Steinen und Baumstämmen befestigt waren, in denen alle Abfälle aus den Häusern landeten, Häusern auf schlanken Holzstützen, die wie die Beine eines Stelzvogels im Wasser standen. Carvalho fragte Charoen nach dem Namen dieses Bootes mit der wunderbaren Stabilität, und dieser schrieb auf einen Zettel ‹Hang yao!› «Es klingt etwa so.»

Das Polizeiboot bog vom Hauptkanal ab und fuhr in einen kleinen Seitenarm hinein, in dem es mehr faulendes Laub und Abfälle als Wasser gab, um am Fuß eines oft ausgebesserten Hauses zu landen. Charoen und der Steuermann mußten Carvalho helfen, aus dem Boot zu springen, ohne das Gleichgewicht zu verlieren. Sie befanden sich am Fuß einer Treppe aus schartigen Holzbrettern. Charoen zog die Schuhe aus und forderte Carvalho auf, dasselbe zu tun. Über die Treppe gelangten sie zu einem offenen Eingang und ins Innere des Hauses, dessen einziger Raum in drei Zonen aufgeteilt war. Eine erste Zone, die ein westlicher Innenarchitekt vielleicht den Naßbereich genannt hätte, diente dazu, das Geschirr zu spülen und sich zu waschen, zu kochen, zu essen und alles aufzubewahren, was man dazu brauchte. In der zweiten Zone schlief man auf dem Fußboden, es gab dort keine weiteren Einrichtungsgegenstände außer den Fotos der unmittelbaren Vorfahren und Haken, an denen die Kleidungsstücke hingen. Schließlich kam eine Ecke mit einem kleinen Altar, einer Buddhastatue und Blumen, das Gegenstück zu dem Spielzeugtempelchen, das draußen vor dem Haus stand, angeblich, um böse Geister fernzuhalten. Carvalho hatte keine Zeit, sich bei der Betrachtung der religiösen Zone des Wohnraums aufzuhalten, denn vor ihm lag der kohlensaure Körper eines alten Mannes, der Augen und Mund öffnete, spasmisch wie ein Wesen aus dem Meer, das vergeblich versuchte, die Luft des Festlandes zu atmen. Das lebende Skelett ruhte auf dem Boden auf einer grauen Ziegendecke, an seiner Seite hockte eine alte Frau auf ihren Fersen, die kaum aufblickte, als Carvalho und Charoen eintraten. Man hätte meinen können, die alte Frau schaue in sich hinein, denn sie schenkte den Ankömmlingen keinerlei Beachtung, sie achtete auch nicht im geringsten auf ihren verfallenden Gefährten. Charoen deutete einen traditionellen Gruß an und begann sofort in energischem Ton auf sie einzureden, wobei er ab und zu auf Carvalho zeigte. Carvalho war dieser Ton unangenehm. Er fürchtete, daß der Körper des alten Mannes unter der Erschütterung der Worte von Charoen zerfallen würde. Der Polizist trat beiseite und gab Carvalho die Möglichkeit, mit den beiden zu reden.

«Verstehen sie Englisch?»

«Das glaube ich kaum. Ich übersetze.»

Carvalho wiederholte noch einmal, daß er der Freund der Frau sei, die mit Archit zusammen war, und daß er ihnen helfen wollte, daß er sie finden mußte. Die Alte lauschte Charoens Übersetzung und antwortete nichts. Charoen legte ihr die Hand wie eine Geierkralle auf die Schulter und bellte sie mehr an, als daß er mit ihr redete. Da sagte die alte Frau etwas, das Charoen wütend machte und ihn reizte, ihre Schulter noch fester zu packen. Carvalho legte die Hand auf den aggressiven Arm des Polizisten, und dieser ging von Empörung zu Verständnis über.

«Ich tue es zu ihrem Besten, und damit Sie sehen, wie verstockt sie ist. Der Mann begreift schon gar nichts mehr, er ist ein Stück Holz, das ganze Heroin von Bangkok würde ihn nicht mehr zum Leben erwecken. Ein widerlicher Junkie. Aber sie ist bei klarem Verstand und weigert sich, mit uns zusammenzuarbeiten. Ich habe alles versucht.»

Carvalho schauderte bei dem Gedanken, was Charoen wohl alles versucht hatte. Der Polizist zuckte die Achseln und sagte, als er zur Tür ging: «Versuchen Sie es. Vielleicht sagt sie Ihnen etwas, was sie mir nicht gesagt hat.» Charoen ging zur Tür hinaus und die Treppe hinab, ohne Carvalho Zeit für eine Antwort zu lassen. Er stand hilflos da vor der Frau, in einem Haus, wo er nicht gern gesehen war und den Eigentümern nichts zu sagen hatte. Die Bilder an den Wänden erinnerten an Vergangenes, es waren Soldaten, Neugeborene und Brautpaare, genau wie auf den Bildern, die ihm seine Eltern hinterlassen hatten. Bilder mit unbekannten Personen, deren Lebensgeschichte die Alten mit ins Grab genommen hatten.

Er fühlte, daß die Frau ihn beobachtete. In diesem Gesicht, das mit der Zeit und dem Leiden eingeschrumpft war, stand jetzt keine Gleichgültigkeit mehr, sondern eine gewisse Neugier. Diese Augen sagten ihm, daß sie sich verständigen konnten, daß sie ihn vielleicht verstehen würde.

«Sie verstehen Englisch, nicht wahr?»

«Ein wenig.»

«Ich bin ein Freund der Frau, die mit Ihrem Sohn zusammen ist. Ich bin aus einem weit entfernten Land gekommen, noch weiter als Indien oder Amerika, verstehen Sie?»

Carvalho sprach und gestikulierte wie einer der alten fahrenden Sänger, wie Señor Daurella. Seine Hände verdeutlichten der alten Frau die Entfernung, die er zurückgelegt hatte, um Teresa zu suchen. «Ich komme von Teresas Eltern. Eltern wie Sie!» Das Bild des alten Marsé relativierte keine Sekunde lang die emotionale Ladung von Carvalhos Worten.

«Ich muß sie finden, bevor die andern sie finden.» Dabei zeigte er zur Tür hinaus. «Ich muß sie vor Charoen finden.»

«Er ist schlecht. Ein böser Mensch», sagte die alte Frau mit zittrigem Stimmchen.

«Er ist Polizist.»

«Sind Sie Polizist?»

«Nein. Wenn Sie etwas wissen, sagen Sie es mir. Ich schwöre Ihnen, daß Charoen nichts davon erfahren wird.» Die alte Frau horchte wieder in sich hinein und schien Carvalhos Anwesenheit völlig vergessen zu haben. Das Skelett ihres Mannes begann zu zittern, und aus der Kehle drang das Echo eines Stöhnens, das in irgendeiner Ecke dieses Körpers aus Haut und Knochen seinen Ursprung hatte. Carvalho senkte den Kopf und wandte sich zum Gehen. Nach zwei Schritten spürte er, wie sich eine Hand auf seinen Arm legte. Die Frau hatte sich mit unglaublicher Gewandtheit erhoben und zog ihn mit sich zum Altarwinkel.

«In Tam Krabok gibt es einen heiligen Mann, er heißt Chin Ramsun.» Die Frau legte beide Hände zusammen und ließ sie in der Luft flattern, als lade sie Carvalho zu einer Reise ein.

«Wo ist Tam Krabok?»

«Es ist ein heiliger Ort, und dort lebt der heilige Mann.»

Die Alte ließ Carvalho stehen und hockte sich wieder neben den Sterbenden. Carvalho ging an ihnen vorbei und drehte sich nicht mehr um.

Als er oben auf der Treppe stand, hatte er nichts Eiligeres zu tun, als verneinend den Kopf zu schütteln und seine Arme auszubreiten, um seine ganze Ohnmacht zu demonstrieren. Charoen nickte, als wolle er sagen: Sehen Sie? Carvalho schlüpfte wieder in seine Schuhe. Charoen spuckte einen erstaunlich langen Strahl in den Kanal, der wie ein schlaffer, klebriger Strahl Urin aussah.

«Ich bin auch zu dem Schluß gekommen, daß sie nichts wissen. Sie läßt den Alten eher sterben, als ihren Sohn zu verraten. Aber beim letztenmal hätte ich sie beinahe hier im Kanal ertränkt, um etwas aus ihr herauszubekommen. Nichts. Sie kann nichts wissen. Unmöglich!»

Carvalho bot ein Bild der Zerknirschtheit.

«Ich weiß nicht, wo ich anfangen soll.»

Charoen grinste.

«Ich habe es Ihnen gleich gesagt. Ihre Reise war umsonst. Dasselbe hatte ich dem Botschafter schon persönlich gesagt. Wenn wir es nicht schaffen, schafft es keiner.»

Das Motorboot brachte sie zur Anlegestelle zurück, und Charoen machte den Vorschlag, an einer Straßenküche zu essen.

«Wir sind nicht weit vom Meer entfernt, hier bekommen wir etwas Gutes zu essen.»

Weißer Reis bildete die Grundlage, dazu gab es kleine Schälchen mit Tintenfisch, Garnelen und knackigem Gemüse, und als Sauce konnte man wählen zwischen einer Vinaigrette, die so scharf war, daß die Lippen davon anschwollen, einer Tomatensauce, die an Ketchup erinnerte, und Fischsauce, dem Salz Thailands. Charoen und sein Begleiter hielten sich zurück, um Carvalho die besten Stücke zu überlassen. Der Polizist hörte nicht auf, über den dummen Widerstand von Archits Mutter zu schimpfen, und erzählte Carvalho die Geschichte dieses Ehepaares.

Sie waren Bauern aus dem Nordosten, der ärmsten Gegend Thailands. Als Archit noch klein war, waren sie nach Bangkok gekommen, wo der Vater Kampfhähne abrichtete und die Mutter in verschiedenen öffentlichen Einrichtungen als Putzfrau arbeitete. Plötzlich entdeckte der Vater das Heroin, und es ging mit der ganzen Familie abwärts. «Als Archit zu arbeiten begann ...» Charoen unterbrach sich und grinste gut gelaunt. «Also, Archit lernte einflußreiche Leute kennen und versuchte seinem Vater zu helfen, aber mit dem Alten wurde es immer schlimmer, und es kam so weit, wie Sie heute gesehen haben. Es ist nur eine Frage von Tagen, bis er stirbt.» Er zuckte die Achseln. «Je schneller man Abfall verbrennt, desto besser.»

«Gestern war ich bei Thida, der früheren Verlobten von Archit.» Charoen verzog keine Miene, woraus Carvalho schloß, daß er schon im Bilde war.

«Haben Sie etwas aus ihr herausbekommen?»

«Nein. Und ich bin gezwungen, Bilanz zu ziehen. Wenn Jungle Kid und die Chinesin nichts wissen und darauf warten, daß ich etwas herausfinde, heißt das, daß sie genau an demselben Punkt sind wie Sie und ich. Wenn nun weder Archits Freunde noch seine Eltern etwas wissen beziehungsweise nichts sagen wollen, was kann ich dann überhaupt noch tun? Andererseits will ich mich nicht schon geschlagen geben, nachdem ich erst ein paar Tage hier bin. Man fährt nicht einfach Tausende von Kilometern und macht so vielen Leuten Hoffnungen, um dann drei Tage später mit leeren Händen zurückzukommen. Charoen, lieber Freund, geben Sie mir einen guten Rat!»

Carvalho hatte nicht nur eine gewisse Wärme in seine Worte gelegt, als er Charoen einen lieben Freund genannt hatte, sondern ihm auch eine Hand auf den Arm gelegt. Er fürchtete schon, zu dick aufgetragen zu haben, denn Charoen blickte verblüfft auf die zudringliche Hand Carvalhos und schaute ihm dann in die Augen. Carvalho war bemüht, die ganze Naivität in seinen Blick zu legen, die in irgendeinem Winkel seiner Seele ohne Zweifel noch vorhanden war. Charoen lenkte ein: «Aber sagen Sie ja nicht, ich hätte Sie nicht gewarnt!»

«Wie wär's, wenn ich nach Chiang Mai fahren würde?»

«Nach Chiang Mai? Wozu?»

«Dort sind die beiden verschwunden. Vielleicht finde ich etwas Neues heraus. Ich muß die Berechtigung meiner Reise nachweisen, nebenbei lerne ich das Land ein wenig kennen.»

Charoen schaute Carvalho ab und zu an, als würden sich hinter seinen Worten noch andere Absichten verbergen.

«Ist Chiang Mai schön?»

«Es ist anders. Echter, ehrlicher als Bangkok, aber auch langweiliger. Dort lebt ein eigenartiger Menschenschlag. Als die Amerikaner noch in Vietnam kämpften, hatten sie Truppen zur Erholung in die Nähe von Chiang Mai verlegt und wollten ein Netz von Massagesalons und Puffs aufbauen wie in Bangkok. Aber, sehen Sie, die örtlichen Behörden von Chiang Mai haben sich geweigert. Sie wollten den Fortschritt nicht.» Charoen beschloß seine Ausführungen mit Gelächter, um gleich darauf wieder ernst zu werden.

«Nicht alle Ausländer haben unser Land ruiniert, aber einen großen Teil des Abschaums unseres Landes verdanken wir den Ausländern. Da gibt es den Fall Jim Thompson. Kennen Sie seine Geschichte?»

«Nein.»

«Er war ein nordamerikanischer Geheimagent aus New York. Eigentlich war er Architekt gewesen, aber während des Zweiten Weltkriegs arbeitete er für den Geheimdienst. Nach dem Krieg blieb er in Thailand. Er interessierte sich für die Seidenherstellung und für die Schönheit des Landes. 1946 ließ er sich in Bangkok nieder. Er stellte fest, daß die Seidenproduktion in der Hand von wenigen Familien lag, an einem Kanal von Bang Krua, einem alten Viertel von Bangkok. Darauf gründete er die Thai Silk Company, auf die unsere heutige Seidenindustrie zurückgeht, und ließ verschiedene Häuser von adligen Thais miteinander zu einem Palast verbinden. Heute ist er ein Museum, das Sie besuchen können und in dem der Geist von Jim Thompson lebt.»

«Ist er tot?»

«Nein, er verschwand unter mysteriösen Umständen 1967 in Malaysia. Thailand verehrt ihn als einen seiner ökonomischen Befreier. Er war eine Ausnahme. Er setzte den Sinnspruch in die Tat um, daß man einem Hungernden keinen Fisch schenken, sondern ihn das Fischen lehren soll.»

«Wo ist Thompson verschwunden?»

«In den Cameron Highlands. Kennen Sie Malaysia?»

«Nein.»

«Alles, was Thompson tat, war gut. Sogar der Eintritt, den man bei der Besichtigung seines Hauses bezahlt, dient wohltätigen Zwecken. Es soll damit eine Blindenschule aufgebaut werden.»

«Ich sehe, Sie nehmen sich die Geschichte zu Herzen.»

«Er war einer der wenigen Ausländer, der nicht kam, um uns etwas wegzunehmen, und uns auch noch lehrte, das Gute zu schätzen, das wir schon hatten, ohne uns dessen bewußt zu sein.»

War das der gleiche Charoen, der Archits Mutter im Kanal gefoltert hatte? Wie kann ein Beamter Nationalist sein, im Dienst eines Regimes, das einer Großmacht dient und von dieser in seiner Korruptheit ausgenutzt wird?

«Aber was würden Sie denn ohne die Ausländer machen? Die Amerikaner verteidigen Sie gegen die Kommunisten, und die Touristen geben Ihnen Arbeit.»

«Wir können uns selbst verteidigen und ohne Hilfe des Tourismus leben. Thailand war schon immer ein unabhängiges Land und hatte stets einen höheren Lebensstandard als seine Nachbarn. Wir haben einen sehr guten Boden, die Ebene zwischen Bangkok und dem Norden gibt uns alles, was wir zum Leben brauchen, und außerdem wurde Erdöl gefunden. Thailand ist heute zum erstenmal – dank dem König – als Nation vereinigt, alle Völker Thailands akzeptieren heute den König, und die Könige haben sich Paläste gebaut im Norden, im Süden, im Osten und im Westen, um zu sagen: Hier sind wir zu Hause, dies ist unser Land, und es ist das Land der Thai, der Chinesen, der Khmer, der Inder und der Malayen, das Land all derer, die in Thailand leben und arbeiten.» Jetzt war Carvalho derjenige, der sich beherrschen mußte, um nicht in Gelächter auszubrechen, denn Charoens nationalistische Propagandarede hatte ihn an andere, bekannte Breitengrade erinnert. Das Auto näherte sich schon Bangkok, als Carvalho Charoen bat, ihn im Chinesenviertel abzusetzen.

«Was wollen Sie denn im Chinesenviertel?»

«Ich bin neugierig. Ich möchte wissen, ob es noch dasselbe ist wie vor Jahren.»

«Es ist genau dasselbe geblieben. Ein stupides Viertel voller Juwelenläden und Straßenhändler mit ihren Karren. Weshalb?»

«Ich will mir etwas die Beine vertreten und dabei nachdenken. Ich glaube, ich werde nach Chiang Mai fahren.»

«Wann?»

«Das will ich noch mit dem Leiter meiner Reisegruppe absprechen. Wenn ich die Reise mit der Gruppe mache, wird es billiger.»

«Geben Sie mir Bescheid, wenn Sie sich entschließen sollten, nach Chiang Mai zu fahren!»

«Halten Sie das wirklich für nötig?»

Charoen verstand Carvalhos Ironie und lachte selbstgefällig.

Das Hauptproblem im Chinesenviertel von Bangkok war, Ordnung in dieses bunte Panorama kommerzieller Angebote zu bringen. Ein ästhetischer Alptraum für Carvalho, deshalb entschloß er sich, die Besichtigung dieses Viertels auf seinen nächsten Bangkokbesuch zu verschieben, und kaufte sich nur einen großen billigen Koffer in einem Warenhaus, dazu einen chinesischen Kalender für Biscuter und eine bestickte Seidenbluse für Charo. Für Bromuro wollte er kurz vor der Abreise eine Flasche Maekong kaufen und für Fuster in Chiang Mai eine Meo-Mütze. Er verstaute die Geschenke im Koffer, nahm ein Taxi und fuhr zum Hotel zurück, um von Charoens Zuträgern gesehen zu werden.

Von seinem Zimmer aus telefonierte er mit dem Geschäftspartner seines Reisebüros in Bangkok und erkundigte sich nach der Exkursion nach Chiang Mai. Sie hatten noch Plätze, aber er mußte noch einen Tag in Bangkok verbringen. Er ließ sich einen Platz reservieren und verließ das Hotel wieder, diesmal Richtung Botschaft. Dort verlangte er, von derselben Gesprächspartnerin empfangen zu werden, mit der er sich beim letztenmal unterhalten hatte. Wieder kam sie aus dem riesigen Portal, das den Empfangsraum von den wichtigsten Büros der Gesandtschaft trennte. Die Frau schien enttäuscht, als Carvalho ihr seine Abreise nach Chiang Mai mitteilte, sie verbarg es aber diplomatisch geübt.

«Ich habe hier in Bangkok nichts erreicht.»

«Wie sehr ich das bedaure!»

«Ich möchte Sie um einen Gefallen bitten. Kennen Sie einen Ort, der Tam Krabok heißt? Und können Sie es vor Charoen geheimhalten, daß ich mich danach erkundigt habe?»

«Sie hätten die zweite Frage zuerst stellen müssen. Denn mit der ersten Frage haben Sie das Geheimnis schon gelüftet.»

Sie hatte recht, und die Tatsache, einen Detektiv bei einem Fehler ertappt zu haben, steigerte ihre Liebenswürdigkeit bis zum Äußersten. Sie kam nach einigen Minuten wieder, mit allem, was sie über Tam Krabok herausgefunden hatte.

«Es ist eine Mischung aus Tempel, Kloster und Krankenhaus, das von einer Gemeinschaft buddhistischer Mönche getragen wird. Sie widmen sich der Therapie von Rauschgiftsüchtigen, und zwar gleichzeitig von der medizinischen und von der religiösen Seite her. Mehr wissen wir leider nicht darüber. Es liegt hinter Ayuthaya, zwischen Saraburi und Lopburi, sozusagen in dem Winkel zwischen den Landstraßen. Aber wenn Sie dort hinfahren müssen und Charoen nichts davon erfahren soll, seien Sie vorsichtig in der Wahl Ihres Fahrers. Diese Fahrt wird nicht oft gemacht, und alle Taxifahrer sind Zuträger der Polizei.»

«Es würde mir schon genügen, vor Charoen dort zu sein.»

Die Frau begleitete ihn zur Tür. «Haben Sie schon einen Hinweis?»

«Ich weiß nicht mehr als Sie. Ein Mann. Ein Ziel. Mehr nicht. Man hat mir von einem heiligen Mann erzählt, der dort leben soll. Was könnte damit gemeint sein?»

«Ein Mönch, nehme ich an.»

«Das dachte ich mir auch.» Er gab der Frau die Hand und trat hinaus in den Glanz der Wireless Road. An dem riesigen Garten der amerikanischen Botschaft vorbei, fast eine Enklave, ging er am Lumpini-Park entlang und überquerte die Rama IV Road an dem Platz, den eine fast schwarze Statue eines Königs mit einem sehr großen Kopf zierte. Jenseits des Platzes erwartete ihn das Hotel, seine vollklimatisierte Heimat mit dem Swimmingpool, und dorthin kehrte er heim wie ein Schiffbrüchiger zum Festland.

Mit dem Zimmerschlüssel wurde ihm eine Nachricht von Charoen ausgehändigt. «In Chiang Mai werden Sie im Hotel *Chiang*

Mai Inn wohnen. Mein Kollege Chuapiboon wird sich mit Ihnen in Verbindung setzen. Bis bald.»

Charoen hatte ihm wieder einmal die Effektivität seiner Überwachung bewiesen und ihm zu verstehen gegeben, er solle keinen Moment lang daran denken, sich selbständig zu machen. Carvalho steckte den Zettel ein. Im Zimmer schlüpfte er in seine Badehose, nahm sein Badezeug und ging hinaus zum Swimmingpool, dort warteten die Badegäste schon auf die Rückkehr der Sonne vom Westen. Er gönnte sich das Vergnügen und sprang in das leicht abgekühlte Wasser, legte sich dann in die untergehende Sonne und gab der Schläfrigkeit nach, die drei Gläser Maekong verursacht hatten.

Er erwachte mit dem Gefühl, daß sich irgend etwas in seiner Umgebung verändert hatte; es war Nacht geworden, elektrisches Licht brannte, das Schwimmbecken lag verlassen da, und in der Ferne hörte man das Piano im großen Salon des Hotels, das den Gästen die Zeit vor dem Abendessen mit verdauungsfördernder Musik vertrieb. ‹Echos de Paris› von Georges Feyer, und weiter mit ‹Les feuilles mortes›. Als er sein Zimmer betrat, erkannte er an dem Durcheinander, das dort herrschte, daß es durchsucht worden war, oberflächlich, aber gründlich genug, daß er es bemerken mußte. Sie hatten sogar eine halbe Tube Zahnpasta ausgedrückt, sie ringelte sich weiß und glänzend auf dem Glas der Ablage. Sie waren ins Zimmer eingedrungen, hatten alles durchwühlt und ihn beim Schlafen beobachtet. Keine fünf Meter von ihm entfernt. Das war ein Machtbeweis und eine Warnung, die nicht von Charoen stammen konnte. Madame La Fleur? Jungle Kid? Carvalho schloß nervös die Tür zum Garten ab, ebenso die zum Korridor, ließ heißes Wasser in die Badewanne einlaufen und nahm ein Schaumbad, das ihn wieder entspannte. Es entspannte ihn allerdings so sehr, daß er sich am Rand einer Depression befand. Die anderen Menschen und die Welt lagen jenseits des Badewannenrandes, und er, weit entfernt von jedem gefühlsmäßigen Halt, war umgeben von Opfern und Henkern, die ihn als Eindringling in ihre Gladiatorenarena betrachteten. Nur ein gutes Essen würde jetzt gegen das Gespenst der Depression helfen, und sein Verhalten teilte sich in den bewußten Impuls, sich anzuziehen und ein gutes Restaurant zu suchen, und einen zweiten, unbewußten Impuls, der ihn veranlaßte, die Ladenkette des Hotels zu durchstreifen und nach einem Geschäft mit Geschenkartikeln Ausschau zu halten, wo er ein Messer kaufen könnte. Aber die einzigen Messer, die es gab, waren angebliche Antiquitäten von den Stämmen im Norden. Man konnte sie weder in die Tasche stecken, noch würde sich jemand auch nur im mindesten davon beeindrucken lassen. Er brauchte eine Waffe, also ging er die Silom Road auf und ab, um nach Geschäften zu suchen, die noch offen hatten. Es waren fast nur Lebensmittel- und Souvenirgeschäfte. Als er einem Souvenirhändler seinen Wunsch erklärte, lächelte dieser rätselhaft und reichte ihm eine Opiumpfeife. Unter Carvalhos erstaunten Blicken nahm er die Pfeife in beide Hände, zog sie auseinander; sie öffnete sich der Länge nach, und ein schlankes, scharfes Stilett kam zum Vorschein. Carvalho hatte die Zweideutigkeit der Opiumpfeifen nie in Betracht gezogen, die in den Läden des Hotels als Souvenirs angeboten wurden. Er spielte mit den beiden Teilen des Gegenstandes, setzte sie zusammen und nahm sie wieder auseinander. Dann wählte er das Stilett aus, das ihm am wirkungsvollsten erschien; zufällig war die Pfeife, in der es verborgen war, auch die teuerste, und er ließ sich vom Fieber des Feilschens hinreißen, bis er fünfzig Prozent des ursprünglichen Preises heruntergehandelt hatte. Die Pfeife paßte weder in seine Jacken- noch in seine Hosentasche, und es war gefährlich, das Stilett ohne Scheide bei sich zu tragen. Er steckte sie sich in den Gürtel, dadurch drückte sie ihm rechts gegen die Rippen. Wahrscheinlich weil das Ganze so unbequem war, dämmerte es Carvalho, daß er eine Dummheit gemacht hatte, diktiert von dem unkontrollierten Impuls, den das Gefühl von Schutzlosigkeit und Ausgeliefertsein in ihm erweckt hatte. Er winkte einem Dreiradtaxi, denn er hatte Lust, sich die nächtliche Ruhe des Verkehrs zunutze zu machen, um im Freien sitzend zum Restaurant *Sea Food* zu fahren, das in einer Touristenzeitschrift des Hotels empfohlen worden war. Kaum hatte er das Restaurant betreten, verwünschte er seine Wahl, denn vor sich sah er eine Anzahl Männer und Frauen, die in Höhe der Gürtellinie von den Tischen unerbittlich in zwei Teile geteilt wurden, so daß es aussah, als säßen sie mit untergeschlagenen Beinen auf dem Boden. Er stellte dann fest, daß es nur so aussah, die Leute saßen auf niedrigen Bänken und hatten die Beine gerade unter der Tischplatte ausgestreckt, ohne die Möglichkeit, die Knie abzuwinkeln. Trotz dieses rätselhaften Zugeständnisses an ein undefinierbares Schönheitsideal war das Essen ohne Frage hervorragend. Es begann mit einer Platte voller Meeresfrüchte, in Dampf gegart, deren unbestrittener Höhepunkt eine Meeresspinne, gekocht im eigenen Panzer, war, gewürzt mit Anisblüte und begleitet von den unvermeidlichen Glasnudeln. Als Carvalho gerade begann, den tropischen Früchtesalat zu genießen, wurde das Lokal verdunkelt. Die ganze verbleibende Helligkeit konzentrierte sich auf eine Bühne, dort hatten sich Männer und Frauen in Tanzkostümen versammelt. Sie trugen turmartige, vergoldete Hüte und Masken von Ungeheuern oder Prinzen. Ein Sprecher erläuterte jeweils die Geschichte und die Besonderheiten der einzelnen Tänze einem Publikum, das größtenteils aus westlichen Ländern stammte und versuchte, sich in diese subtile Sprache der Gestik und der Mimik einzufühlen, bei der sich Hals, Handgelenke, Arme und Beine zu einem Alphabet beherrschter Bewegungen zusammenfügen, in einer bis zur Vollendung kultivierten Körpersprache. Plötzlich, im Verlauf einer derben Geschichte eines gehörnten Königs, der auf der Suche nach seiner untreuen Gattin war, machte ein Tänzer einen Satz, der ihn über die Bühne hinaustrug und direkt neben Carvalhos Tisch landen ließ. Die Maske des vorsintflutlichen Ungeheuers aus einem japanischen Film näherte sich Carvalhos Gesicht bis auf Millimeter, der gehörnte König leckte sich zur allgemeinen Belustigung die Lippen und wischte sich dann das Maul mit dem Arm ab, ganz so, als hätte er gerade den Ausländer aufgefressen. Schwaden von Maekongdunst kamen Carvalho aus dem brüllenden Maul des Königs entgegen. Als er sich wieder seinem Fruchtsalat zuwandte und sich nebenbei im Lokal umsah, das jetzt wieder hell erleuchtet war, entdeckte er an einem der Nachbartische Madame La Fleur mit vier von ihren Jungs. Überall an den Tischen wurde gegessen und gesprochen, nur nicht am Tisch von Madame La Fleur. Sie saßen alle wortlos da und starrten auf Carvalho.

Einer der Schlägertypen zog seine Beine unter dem Tisch heraus, stellte sich auf die Bank und übersprang mit einem Satz alle Hindernisse, die ihn von Carvalho trennten. Er verbeugte sich höflich vor ihm, wobei er die Hände vor der Brust zusammenlegte.

«Madame La Fleur läßt Sie bitten, sich zu ihr an den Tisch zu begeben und sich als ihr Gast zu betrachten.»

Vielleicht glaubte er, sich nicht deutlich genug ausgedrückt zu haben, und fügte hinzu: «Getränke gratis.» Das war keine Ironie, sondern die Erläuterung eines ebenso liebenswürdigen wie eindeutigen Angebotes. Carvalho schätzte eine Begegnung in der Öffentlichkeit viel mehr als eine private, und obwohl er sich zu erinnern glaubte, daß der liebenswürdige Bote von heute derselbe war, der ihm bei der letzten Begegnung ins Gesicht gespuckt hatte, zog er seine Beine aus der Vertiefung und stand auf, um dem Abgesandten zu folgen. Vor Madame La Fleur verschwand er wieder bis zur Hälfte in der Versenkung und streckte seine Beine zwischen denen der anderen aus. Madame La Fleur war immer noch wie eine asiatische Bandenchefin kostümiert, aber immerhin versuchte sie, die angewiderte Grimasse der vorangegangenen Nacht durch ein Lächeln zu ersetzen.

«Sind die Speisen und Getränke in diesem Lokal teuer?»

«Es ist ein teures Restaurant», antwortete Madame.

«Dann betrachte ich Ihre Einladung als Entschädigung für die Reinigungskosten meines Anzugs, den ich neulich trug. Ihre Angestellten warfen mich nämlich auf eine Müllkippe.»

«Sie irren sich. Sie selbst stürzten sich auf eine Müllkippe. Das haben sie mir erzählt, und sie belügen mich nie.»

«Caramba, vielleicht haben Sie recht. Es ist schwierig zu unterscheiden, ob man sich selbst bewegt oder ob man bewegt wird.»

«Ich habe über Ihren Vorschlag von neulich abend nachgedacht. Die Möglichkeit, zu einer Einigung zu gelangen. Sie können die Frau mitnehmen, und wir begügnen uns mit Archit. Wir sind zur Zusammenarbeit bereit.»

«Wie? Wissen Sie, wo die beiden zu finden sind?»

«Noch nicht. Sie werden versuchen, mit Ihnen Kontakt aufzunehmen. Aber sie wissen genau, daß Sie von der Polizei und von uns überwacht werden. Wenn wir nun die Überwachung abbrechen, werden sie sich über kurz oder lang bei Ihnen melden, entweder sie selbst oder ein Bote von ihnen.»

«Allem Anschein nach stehen sie ganz allein ... Nicht einmal Archits Mutter weiß, wo sie sich befinden.»

«Allem Anschein nach. Aber irgendjemand könnte sich plötzlich erinnern. Oder sie können aus ihrem Versteck auftauchen.»

«Kann sich hier jemand versteckt halten, ohne daß Sie es erfahren?»

«Hier in Bangkok kaum.»

«Außerhalb?»

«Auch schwierig, aber es ist eine Zeitlang möglich.»

«Ich fahre nach Chiang Mai.»

«Das wissen wir schon.»

«Glauben Sie, daß ich dort etwas finden werde?»

«Es geht nicht darum, daß Sie die beiden finden sollen, sondern daß die beiden Sie finden sollen.»

«Was soll ich dann unternehmen, wenn sie sich bei mir melden?»

«Teilen Sie es uns mit, und wir machen ein Tauschgeschäft: sie für ihn.»

«Ist Charoen damit einverstanden? Und Jungle Kid?»

Das Lächeln der Frau überschritt die mimische Grenze zur angewiderten Grimasse.

«Cha-roen, dauernd erwähnen Sie diesen Cha-roen. Machen Sie sich seinetwegen keine Gedanken.»

«Und Jungle Kid?»

«Jungle Kid will seinen Sohn rächen, und der Mörder seines Sohnes ist Archit.»

«Wie kann ich mich in Chiang Mai mit Ihnen in Verbindung setzen?»

«Vor Ihrem Hotel, dem *Chiang Mai Inn*, werden Sie viele Dreiradtaxis vor einem Juwelengeschäft stehen sehen. Fragen Sie nach Tochirakarn, einem der Fahrer.»

«Vor dem Hotel? Hatten Sie nicht gesagt, Sie würden die Überwachung abbrechen, um Archit in Sicherheit zu wiegen?»

«Unser Mann wird Sie nicht beschatten. Er ist Taxifahrer, das ist alles. Er arbeitet seit seiner Kindheit am Eingang des *Chiang Mai Inn*.»

Carvalho trank einen Schluck Maekong.

«Morgen habe ich einen ganzen Tag frei und weiß nicht, was ich tun soll. Ich bin zum erstenmal unbehelligt, wenn Sie mich nicht überwachen werden. Was könnte ich unternehmen?»

Madame La Fleur tuschelte in Thai mit ihren Angestellten. «Es wird mir ein Vergnügen sein, Ihnen einen Chauffeur zur Verfügung zu stellen, der Sie auf einen Ausflug begleiten kann. Sie könnten zum Schwimmen nach Pattaya fahren oder die Brücke am Kwae besichtigen, das sind nur zwei von vielen Möglichkeiten, ich weiß, den Rosengarten kennen Sie schon. Was halten Sie von einer Krokodilfarm?»

«Nein, danke. Diese Tiere machen mich nervös. Aber Ihr Familienname erregt meine Neugier. Waren Sie mit einem Franzosen verheiratet?»

«Mein Vater war Franzose.»

Madame La Fleur hatte sichtbar keine Lust, sich zu unterhalten, weder über ihren Vater noch über sich selbst, sie schaute ungeduldig auf Carvalhos Glas, in dem noch ein Fingerbreit Whisky war.

Carvalho trank aus, verabschiedete sich, zog seine Beine unter dem Tisch heraus, und als er auf der Bank stand und auf seine Begleiter herabsah, fragte Madame La Fleur: «Pattaya oder die Brücke am Kwae?»

«Den Film habe ich schon gesehen.»

«Pattaya?»

«Jawohl.»

«Um neun Uhr werden Sie vom Hotel abgeholt.»

Carvalho spürte ein Stechen in der Seite, das durch die Stilett-Pfeife hervorgerufen wurde. Er mußte dringend ins Freie gehen, um in Ruhe darüber nachzudenken, was geschehen war und was es für die Zukunft bedeutete. Von Mißtrauen gehetzt, erreichte er die Tür, aber niemand hinderte ihn, der liebenswürdigen Aufforderung eines Taxifahrers Folge zu leisten und einzusteigen. Während der ganzen Fahrt fürchtete er noch, das Taxi würde ihn an einen Ort bringen, den Madame La Fleur bestimmt hatte, nicht er selbst. Aber das Taxi lieferte ihn wohlbehalten bei Peter Pan im *Dusit Thani* ab, und vor Freude über seine Heimkehr gab er dem Fahrer ein Extratrinkgeld, wofür sich dieser mit einer Verbeugung bedankte, wie er sie sonst nur vor dem König gemacht hätte.

Die Zimmerdecke bestätigte ihm, daß er nicht mehr getan hatte als das, wozu er gezwungen gewesen war. Er hatte Archit verkauft, den er nicht hatte, gegen Teresa, die er auch nicht hatte. Erschwerend kam hinzu, daß er, seit er in dieser Stadt war, von allen Seiten durchs Mikroskop beobachtet worden war. Wenigstens wußte er jetzt, woran er war, außer bei Jungle Kid.

Seine innere Uhr weckte ihn, und die Armbanduhr gab ihm recht. Es war sieben Uhr morgens, er hatte noch Zeit zu frühstükken, eine halbe Stunde zu schwimmen, wobei er den Swimmingpool ganz für sich allein hatte. Im Badezimmerspiegel stellte er fest, daß der Kontrast zwischen den Zonen der Haut, die der Slip bedeckte, und denen, die von Asiens auf- oder untergehender Sonne beschienen wurden, immer stärker wurde. Pünktlich um neun Uhr klingelte das Zimmertelefon. Die Rezeption teilte ihm mit, das Auto sei da, das er bestellt habe. Das Auto und der Fahrer.

Es war der liebenswürdige Bote des gestrigen Abends, derselbe, der ihn vor der ersten Begegnung mit Madame La Fleur angespuckt hatte. Er trug eine dunkle Hose und ein langärmeliges Seidenhemd, bis zum Hals zugeknöpft, verbeugte sich wie ein professioneller Chauffeur, eilte mit tänzerischer Grazie vor Carvalho her zu der blauen Limousine und riß mit einer großartigen Geste den Schlag auf, die den diensthabenden Peter Pan sehr beeindruckte. Carvalho versank in einem Sitz, der mit feinstem weißen Leder bezogen war. Bevor er die Tür hinter ihm schloß, legte der Chauffeur einen Hebel um, und vor Carvalhos staunenden Augen öffnete sich eine eingebaute, hell erleuchtete Bar, die zwei Gläser enthielt, schottischen und thailändischen Whisky und ein Gefäß mit Eiswürfeln. Ohne dem noch etwas hinzuzufügen, was er durch Gesten ausgedrückt hatte, schloß der Chauffeur die Tür, setzte sich hinters Steuer und fragte Carvalho, ob er es vorziehe, durchs Landesinnere zu fahren, oder ob er lieber ab Pat Nam am Meer entlangfahren wolle. Carvalho wollte lieber am Meer entlangfahren. Die Limousine setzte sich in Bewegung, und von diesem Moment an blickte der Fahrer abwechselnd auf die Straße und in den Rückspiegel, wobei er Carvalho jedesmal mit einem Lächeln bedachte.

«Französisch?»

«Nein, Spanier.»

«Ah, spanisch-französisch!»

Und bevor sich Carvalho entschieden hatte, ob es sich lohnte, diesen Irrtum aufzuklären, begann der Gangster zu singen:

Frère Jacques, frère Jacques,
dormez-vous, dormez-vous?
Sonnez les matines, sonnez les matines,
Ding dang dong – ding dang dong

In Chom Buri hielten sie zum erstenmal an, weil man dort, wie der Chauffeur Carvalho mitteilte, zum Frühstück ein oder zwei Dutzend Austern schlürfen konnte. Die besten Austern Thailands findet man zwischen Chom Buri und Sattahip, berichtete er. Sattahip war ein großer Hafen, der extra gebaut worden war, damit die nordamerikanischen Kriegsschiffe während des Vietnamkriegs hier vor Anker gehen konnten. Die Austern wurden mit einer Flasche Bier begossen, obwohl sich der Chauffeur sehr bemüht hatte, Carvalho seinen verrückten Wunsch zu erfüllen und in jenem Dorf im Osten des siamesischen Golfes einen Chablis oder ersatzweise einen Riesling aufzutreiben. Als sie wieder im Auto saßen, schlug der Chauffeur vor, in Racha die nächste Pause einzulegen, einer Stadt, die berühmt war für ihre Nahrungsmittel und den Export von Orchideen.

«Orchideen für Madame?» fragte der Gangster, ließ das Steuer los und zeichnete mit den Händen eine kurvenreiche Frau in die Luft. Carvalho lehnte den Vorschlag ab. Sie fuhren an mehreren fast leeren Stränden vorbei, die Carvalho gut gefielen, aber der Chauffeur versprach ihm in Pattaya das Paradies auf Erden. Dort könne man sich Korallenriffe ansehen oder die schönsten Frauen Thailands bewundern, behauptete er und deutete wieder mit beiden

Händen in der Luft eine Skulptur an. Carvalho wollte diesen Tag ausnützen und die Absurdität einer Reise mit einem Messerstecher ergründen, der sich als Johannes der Täufer verkleidet hatte. Den Chauffeur erfüllte es mit Stolz auf sein Land, daß Carvalho Pattaya besuchte. Carvalho bereute es dagegen sofort, nicht an den Stränden von Na Klua geblieben zu sein, denn Pattaya war eine Art Benidorm mit tropischer Vegetation und nicht ganz so vielen Madridern. Sie waren aber dennoch zahlreich vertreten, mit dem Strohhut über den Genitalien und einem T-Shirt mit dem Aufdruck ‹Pattaya›. Das Auto fuhr über die Uferpromenade, die im Bogen um die Bucht herumlief und am Boatel Point endete. Dort ließ Carvalho den Chauffeur halten, zog sich im Auto um und stieg in Badekleidung aus, vor sich die tropische Vegetation und das warme, sanftblaue Meer. Auf einem Handtuch seines Hotels streckte er sich im Sand aus und verwöhnte sich mit drei Scotch, die ihm der Chauffeur im Verlauf seines zweistündigen Sonnenbadens servierte. Dann ließ er sich zu einem Restaurant mit einer offenen, mit Strohmatten überdachten Terrasse fahren, bestellte sich einen Reissalat mit Meeresfrüchten und einen schönen Fisch, der auf den Tamarindenholzkohlen leider etwas zu lange gegrillt worden war. Zum Reissalat bekam er eine Flasche Chablis, und der Chauffeur beantwortete Carvalhos fragenden Blick mit einem Lächeln. Er hatte die Flasche im Restaurant *Barbos* entdeckt, sie gekauft und in dem Strandlokal kaltstellen lassen, wo Carvalho vermutlich essen würde.

Da er befürchtete, seine Haut würde sich in der Tropensonne schälen, wollte Carvalho nach dem Essen nicht mehr an den Strand gehen, sondern sich den Mittelpunkt des touristischen Treibens ansehen. Besonders die Anlegestellen der Motorboote, mit denen man in die Bucht hinausfahren konnte, um die faszinierenden Korallengebilde am Meeresgrunde zu bewundern, waren von Touristen umlagert. Er blieb an einem Stand mit Meeresschnecken und Gegenständen aus Perlmutt stehen, kaufte eine Perlmuttschnecke und sah, als er sich wieder umdrehte, wie sich sein Chauffeur leise mit zwei Individuen zankte, die trotz ihrer kurzen Hosen und ihrer Strandmützen wenig freundlich aussahen. Carvalho blieb auf Distanz und beobachtete, nichts Gutes ahnend, wie die beiden Individuen auf einen Imbißstand zeigten. Sein Chauffeur legte den beiden je eine Hand auf die Schultern und schubste sie weg, um sie loszuwerden. Aber die Männer wehrten mit einer Handbewegung seinen Versuch ab und stießen ihn ihrerseits beiseite, um sich Carvalho zu nähern. In diesem Moment griff der Fahrer unter sein Hemd, zog eine Pistole und drückte sie dem Halunken in die Rippen, der ihm am nächsten stand. Der andere blieb auch stehen, beide zogen sich unter Flüchen und Verwünschungen zurück. Schließlich drehten sie sich um und verschwanden im Imbißstand. Der Chauffeur hatte seine Pistole schon wieder eingesteckt und kam nun mit treuherzigem Lächeln auf Carvalho zu.

«Was wollten die beiden?»

«Welche beiden?»

«Die, mit denen Sie gesprochen haben.»

«Sie fragten mich, wo sie Mädchen finden würden.» Er lachte und zeichnete wieder Kurven in die Luft. Aber es hatte sich etwas in seinem Benehmen verändert. Er hatte es plötzlich sehr eilig und ging schneller als Carvalho, den er zur Rückkehr zum geparkten Auto drängte. Ab und zu schaute er sich um, nicht nur, um festzustellen, ob sein Gast ihm folgte, sondern auch, um das unmittelbare Umfeld zu kontrollieren, in dem Carvalho nur tonnenweise Touristen mit rotem Fleisch und unnachahmlicher Bekleidung entdecken konnte. Mit einem Lächeln gab ihm der Fahrer zu verstehen, daß er auf ihn warten solle, ging zu einer Telefonzelle und telefonierte, wobei er mit derselben Heftigkeit gestikulierte, mit der er sprach. Besorgt kam er zurück und erklärte Carvalho, sie würden auf der Rückreise noch eine Person mitnehmen. Plötzlich verfinsterte sich sein Gesicht, etwas hatte ihn alarmiert, und als Carvalho sich umsah, entdeckte er, wie die beiden, die sein Chauffeur gerade mit der Pistole bedroht hatte, durch die Menschenmenge auf sie zusteuerten.

«Gehen Sie schon voraus zu dem Platz, wo das Auto steht. Ich muß schnell noch etwas erledigen.»

Carvalho gehorchte. Er ging etwa dreißig Meter weiter und drehte sich dann um, um zu sehen, wie der Chauffeur die beiden andern in der Mitte des Gehweges erwartete. Aber es kam nicht zum Zusammenstoß. Als die beiden ihn erreicht hatten, versperrten ihm zwei andere den Rückweg und alle zusammen verschwanden mit ihm in einem Seitengäßchen. Unschlüssig, ob er ihm zu Hilfe eilen oder sie die Sache unter sich ausmachen lassen sollte, blieb Carvalho stehen. Auf jeden Fall würde ihm das Auto ohne den Fahrer nichts nützen, denn der hatte den Schlüssel. Aber da Carvalho keine Waffe bei sich hatte, beschloß er, nichts zu unternehmen. Plötzlich ertönten Schreie, Leute stürzten aus dem Gäßchen heraus, und Carvalho rannte ebenfalls dorthin. Durch ein Spalier von Menschen gelangte er zu dem Körper, der in seinem eigenen Blut am Boden lag. Es war der Chauffeur, und er blutete nicht nur aus einer offenen Bauchwunde, sondern auch aus dem Mund und anderen Stellen am Kopf. Er war erbarmungslos zusammengeschlagen worden. Carvalho blieb wie angenagelt stehen, da streifte ihn jemand im Vorbeigehen, und raunte ihm zu: «Ganz ruhig!» – was ihn noch mehr lähmte als alles andere – und ging zu dem am Boden Liegenden. Der Mann, der Carvalho beruhigt hatte, beugte sich über den Verletzten, untersuchte ihn und rief dann, man solle ihm helfen. Er machte sich daran, den Verletzten hochzuheben, andere schlossen sich ihm an, aber der Verletzte verließ das Gäßchen nicht auf den Armen des Mannes, der die Rettungsaktion initiiert hatte. Dieser trat zu Carvalho und zeigte ihm den Schlüssel, den er eben dem Verletzten aus der Tasche gezogen hatte.

«Ich bin gerade noch rechtzeitig gekommen. Lassen Sie uns hier weggehen!»

«Wer schickt Sie?»

«Er rief mich vor einer Weile an, als er erkannt hatte, daß es hier Schwierigkeiten geben würde.»

«Für wen arbeiten Sie?»

«Für Madame La Fleur.»

Während er ihm dies alles erklärte, schob der Mann Carvalho vorwärts und schaute sich dabei nach allen Seiten um. Sie gingen nicht auf die Hauptpromenade hinaus, sondern liefen durch Seitengäßchen, bis sie sich auf gleicher Höhe mit dem Auto befanden.

«Laufen Sie jetzt hinter mir her!»

Sein Begleiter hatte eine Pistole gezogen, ohne daß es Carvalho bemerkt hatte, und lief nun mit gezückter Waffe die Straße entlang. Sie erreichten die Hauptpromenade, bahnten sich einen Weg durch die Touristen, und als sie die dreißig Meter zum Wagen zurückgelegt hatten, sprangen sie eher hinein, als daß sie eingestiegen wären. Der Fahrer startete und wendete energisch, so daß der Kühler jetzt nicht mehr nach Bangkok, sondern in die Gegenrichtung zeigte. Während dieser Operation hatte Carvalho gerade noch Zeit zu beobachten, wie eine Gruppe von Männern über den Gehweg auf das Fahrzeug zurannte. Zwei davon waren die mit den kurzen Hosen, und der dritte, der kräftigste, konnte mit dem rasierten Schädel und der eckigen Vitalität seines athletischen Körpers nur Jungle Kid sein.

«War das Jungle Kid?»

«Ja.»

«Aber er hatte doch ein gutes Verhältnis zu Madame La Fleur!»

«Davon weiß ich nichts. Das sind Probleme zwischen Chefs. Meine Aufgabe ist es, Sie hier herauszuholen und Sie nach Bangkok zu bringen.»

«Und Ihr Kumpan?» Der andere gab keine Antwort, er bemühte sich, so schnell wie möglich aus dem Gewirr von schlammigen Wegen herauszukommen, über die sie schließlich zur hinteren Umgehungsstraße von Pattaya gelangten.

«Ist er tot?»

«Ja.»

«Sie werden uns verfolgen.»

«Nein. Was sie erreichen wollten, haben sie bereits erreicht.»

«Verrückte Arschlöcher», dachte Carvalho, aber er war dankbar für die Schnelligkeit des Autos, die Schweigsamkeit des Chauffeurs und dessen regelmäßige Blicke in den Rückspiegel. Carvalho lehnte sich zurück, damit er den Überblick hatte über die Autos, die sie überholten, und die, die es vergeblich versuchten.

Er schloß die Tür seines Hotelzimmers sorgfältig ab und öffnete seine beiden Koffer. Den größten Teil seiner Sachen packte er in seinen eigenen Koffer und in den neu gekauften nur das, was er für eine zweitägige Reise dringend brauchte. Dann ging er hinunter in die Halle und wartete, bis sie sich mit Touristen in Abendkleidung füllte, um sich dem Empfangschef zu nähern und ihm zu erklären, daß er verreisen wollte, aber ins *Dusit Thani* zurückkommen werde und einen Koffer hierlassen wollte. Diese Erklärung und hundert Baht überzeugten den Empfangschef, und Carvalho ging zurück auf sein Zimmer, wo der Koffer fünf Minuten später abgeholt wurde. Er hatte ziemlich viel Maekong getrunken und war hungrig, aber da er das Hotel nicht verlassen wollte, bestellte er den Room Service, der nur westliches Essen anbot. Er ließ sich Krebssalat, Steak Sirloin und Obst kommen und überzeugte sich wieder einmal davon, daß es keine größere Einsamkeit gibt als eine Mahlzeit allein auf einem Hotelzimmer. Er überprüfte die Türschlösser, legte die Opiumpfeife unter sein Kopfkissen und sah sich zum Einschlafen eine neue Folge mit der jungfräulichen Kriegerin an. Er schlief ein über der Erkenntnis, daß der Sinn für das Komische in asiatischen Filmen dem der kirchlichen Theaterstücke seiner Kindheit sehr ähnlich war.

Jacinto kam und teilte Carvalho ausführlich mit seinen vielen ‹L› mit, daß fünf Leute aus seiner Gruppe nach Chiang Mai fahren würden. Die andern vier saßen schon auf der Pritsche des kleinen Lieferwagens, der den Bus ersetzte. Es waren zwei katalanische Ehepaare. Gleichmütig nahmen sie den politischen Bericht zur Kenntnis, den ihnen der Reiseführer gab: «Felipe González gewinnen mit gloßel Mehlheit Wahlen in Spanien. Felipe González, Sozialist.»

Dies war eine Mitteilung oder eine Frage, die andern nickten bestätigend mit dem Kopf.

«Und Convergència i Unió? Wissen Sie, wieviel die bekommen haben?»

Die Frage einer der Frauen wurde von den andern kritisiert: «Na hör mal, Remei! Woher sollen denn die hier wissen, was Convergència i Unió ist?»

«Er weiß doch auch über die Sozialisten Bescheid!»

Jacinto hörte sich diese Beweise historischer Klugheit und Unklugheit mit stoischem Gleichmut an.

«Und die Kommunisten?» fragte Carvalho.

«Nichts. Nichts. Wenig Abgeoldnete. Fünf, sagte das Felnsehen.»

«Du kannst dich gleich auf neue Steuern gefaßt machen, Quimet!» rief eine der Frauen, und die andere brach in ein Gelächter aus, an dem sie fast erstickt wäre, ein Gelächter historischer Atemnot, die die letzten Sekunden des Lebens damit verbringt, sich über ihr eigenes Ersticken lustig zu machen. Die *Bangkok Post* brachte die Ergebnisse der spanischen Wahlen noch nicht, dafür aber wieder schlechte Nachrichten von den Kommunisten: Die malaiische Armee habe vier Guerilleros getötet, und ein kommunistisches Thai-Ehepaar, die beide während der Studentenunruhen der siebziger Jahre Medizin studiert hatten, habe sich der Polizei gestellt, nachdem sie seit 1976 von Laos aus an mehreren Guerillaaktionen im Norden des Landes teilgenommen hatten. Carvalho zeigte Jacinto diesen Bericht.

«Viele Studenten gehen in Ulwald 1972 und 1973, weil Polizei und Militäl töten wollten.» Daß die Militärs Kommunisten töteten, behagte den Katalanen nicht, sie schüttelten mißbilligend den Kopf, und einer der Männer erklärte Carvalho, sein Einverständnis suchend: «Das ist auch nicht das Richtige, stimmt's?»

«Nein. So geht es nicht.»

Jacinto erklärte, daß die Beliebtheit der Militärs nach den Massakern an Streikenden und Demonstranten schlagartig gesunken sei. Die Massaker waren eine Konsequenz der Furcht, daß nach dem unmittelbar bevorstehenden Fall Vietnams in Thailand eine nationale Volksrevolution ausbrechen werde. Der Führer sprach leidenschaftslos, im gleichen Tonfall würde er ihnen erklären, wo es die billigsten Saphire und die raffiniertesten Massagen gab.

‹Ein ehemaliger Studentenführer, der mit seiner Frau 1975 beziehungsweise 1976 in den Dschungel gegangen war, um sich den Kommunisten anzuschließen, stellte sich gestern, wie aus offizieller Quelle verlautet, in Bangkok den Beamten des Operationskommandos für Innere Sicherheit.› So begann der Artikel in der *Bangkok Post*. Auf der Flucht vor den Verfolgungen der extremen Rechten war der Student in Paris, Peking und schließlich in Laos gewesen und dann von dort aus in den Nordosten nach Phupan geschickt worden, um sich als Genosse Kem den Guerilleros anzuschließen. Die Geschichte der Frau war analog verlaufen. Sie war 1976 nach dem Massaker an den Roten aus Bangkok geflohen und hatte sich im Dschungel mit ihm getroffen, um sechs Jahre lang zu kämpfen und sich schließlich zu stellen. Carvalho ersetzte im Geist die Palmen aus dieser Geschichte durch Pyrenäentannen, und schon erschienen vor seinem inneren Auge die Gesichter von spanischen Kommunisten, Kämpfern mit gealterten Gesichtern, die dann immer undeutlich wurden, aufgedunsen wie Gesichter aus der Masse. Sie hatten vierzig Jahre lang im Dschungel gekämpft, um es auf fünf Abgeordnete zu bringen.

Jacinto nahm höflich Carvalhos Koffer in Empfang, als er vom Lastwagen gesprungen war.

«Sehl leicht. Wenig Sachen!»

«Ich kann es nicht ausstehen, mit viel Gepäck zu reisen.»

«Koffel zu gloß fül so wenig Sachen!»

Carvalho zuckte die Schultern, nahm den Koffer wieder an sich und dachte besorgt, daß der Führer, während sie das Ticket für die Fahrt nach Chiang Mai lösten, ab und zu argwöhnische Blicke auf den großen Koffer werfen würde, in dem sich viel Luft, ein Reisenecessaire, eine Unterhose zum Wechseln und eine Badehose befanden. Carvalho reiste nach Chiang Mai in Gesellschaft wohlhabender, gutgenährter Franzosen. Ihre Gesichter waren nicht nur geprägt von guten Weinen, die sie im Laufe ihres Lebens genossen hatten, sondern man hätte auch behaupten können, daß an der Intensität der lila Äderchen das Anbaugebiet und die Jahrgänge abzulesen waren.

Carvalho schaute zum Fenster hinaus über die fruchtbaren Ebenen Zentralthailands. Es war ein einziges, endloses Reisfeld, das sich bis zu den Bergen des Nordens erstreckte. Dort begann eine andere Welt, wo die Shan-Staaten und Laos zusammentreffen und Thailand den Weg nach China versperren. Vor Jahren hatte er die gleiche Reise gemacht, und die Focker hatte sich mit Einheimischen gefüllt, die mit Geschenken aus der Hauptstadt nach Hause zurückflogen. Auf dem Rückflug hatten dieselben Einheimischen das Flugzeug mit Hühnern in Körben und Taschen voller frischgeschnittener Durians vollgestopft. Jetzt war er umgeben von Franzosen, Japanern und einer Anzahl von Katalanen, die alle nach der jugendlichen Mode des *Corte Inglés* ausstaffiert waren. Von so viel mittelständischer Gepflegtheit unterschied sich nur eine schöne Malayin mit sinnlichen Lippen. Sie suchte im Haar ihres Mannes nach Kopfläusen und knackte sie gleich mit der Pinzette, die sie aus ihrer Krokodilledertasche genommen hatte. Sie schenkte der Leuchtschrift keine Beachtung, die jetzt erschien und mahnte, sich anzuschnallen, da das Flugzeug zur Landung in Chiang Mai ansetzte.

Als er auf seinen Koffer wartete, sah er sie kommen. Zuerst hielt er beide für Polizisten, aber dann sah er, daß einer von ihnen die auffällige Plakette des Reisebüros trug. Es war der Fremdenführer, er sprach zwar kein Englisch, aber Französisch, und man hatte ihm versichert, daß die anderen vier Passagiere das auch verstanden. Sein Begleiter war Herr Chuapiboon. Er erklärte Carvalho, daß er ihm zur Verfügung stehe, und richtete ihm Grüße von Charoen aus, mit dem er soeben telefoniert hatte.

Der Führer teilte ihm mit, daß ein Lieferwagen schon auf sie wartete. Der erste Programmpunkt war, Elefanten bei der Arbeit zuzusehen und ein Meo-Dorf zu besuchen.

«Ich würde mich sehr gerne mit Ihnen unterhalten, Señor Chuapiboon, aber ich möchte auch die Reise nutzen, um etwas von Ihrem Land kennenzulernen.»

Es war ein kleines Männchen in einem cremefarbenen Anzug. Das Weiße seiner Augen hatte dieselbe Farbe angenommen. Als der Führer Carvalhos Koffer nehmen wollte, kam er ihm zuvor und verlangte, zuerst zum Hotel gefahren zu werden, um seinen Koffer dort zu lassen. Es war nicht möglich. Man konnte das Gepäck im Lieferwagen verstauen, nach dem Ausflug würden sie zum Hotel fahren. Die katalanischen Frauen setzten sich auf der Pritsche so nahe wie möglich zu dem Führer und befragten ihn von diesem

Moment an in einer neuen Sprache, die auf dem intelligenten Trick basierte, die Wörter auf katalanisch zu beginnen und mit einer französischen Endung zu versehen. Alles in allem funktionierte diese Erfindung, was wieder einmal Enric Fusters These bestätigte, daß Katalanisch mit allen Sprachen etwas gemeinsam hat und vielleicht die eigentliche Wurzel des Indogermanischen darstellt.

Die Ehemänner verhielten sich unterschiedlich. Der eine, ein zurückhaltender Mensch, beobachtete und schwieg, während der andere alles, was er sah, kommentierte. Er ging dabei von der philosophischen Grundannahme aus, daß er, wenn er erst wieder zu Hause in seinem Dorf sein würde, das alles gar nicht mehr glauben könnte, was er hier gesehen hatte. Die Bestätigung, daß Palmen wirklich existierten, hatte ihn seit seiner Ankunft in Bangkok tief beeindruckt, ebenso die Möglichkeit zu sehen, wie die Sojabohnen am Wegrand wuchsen, oder die Entdeckung, daß Orchideen die Geranien von Siam sind, daß Elefanten Baumstämme mit dem Rüssel hochheben können und daß daher Tarzan oder Sabú keine Kindheitsträume aus Groschenheftchen waren, sondern Realität. Die Begeisterungsfähigkeit dieses Dorfkaufmanns war erfrischend im Vergleich zu den vielen Dummheiten, die Carvalho im Verlauf der Reise von eingebildeten Spaniern gehört hatte. Sie sahen überall nur den Müll Asiens, ohne bereit zu sein, sich an den Dreck in Spanien zu erinnern. Der Dorfkaufmann wollte, daß die andern seine Begeisterung teilten, und die andern, das waren nicht nur seine Frau und die übrigen Katalanen, sondern auch Carvalho, den er ab und zu aufforderte, in seine Lobeshymnen einzustimmen, sei es über Meofrauen in der Tracht von Lagartera bei Toledo oder über das bukolische Bild friedlicher Bauern, die am Straßenrand entlanggingen. Carvalho verteilte seine Aufmerksamkeit gleichmäßig zwischen dem begeisterten Krämer und dem wortkargen Polizisten, der neben ihm saß.

«Als ob die Erde sie verschlungen hätte. Ich kann es Ihnen beweisen, daß sie nicht hier sind. Wissenschaftlich!» fügte er hinzu, hob eine Braue und verwandelte eines seiner Augen in eine gelbe Raute.

Auf dem Weg zu dem freien Platz, wo die Elefanten ihre Geschicklichkeit vorführen würden, blieb Carvalho bei einem jungen Mann stehen, der am Boden hockte und mit Hingabe daran arbeitete, Teakholzklötze in feingliedrige Elefanten zu verwandeln, die reinsten Gazellen im Vergleich mit den Millionen von Andenkenelefanten, die überall in Thailand verkauft wurden. Dieser Mann hatte soviel Achtung vor der Würde seiner künstlerischen Arbeit, daß er sich weigerte, mit den Touristen zu feilschen, und Carvalho kaufte ihm einen Elefanten ab, fasziniert von dem Geschick seiner Hände, wohl auch, weil er immer fasziniert war, wenn er geschickten Fleischerinnen oder Kellnern zusah, wie sie einen Fisch zerlegten. Das Zuschauen bei der handwerklichen Arbeit hatte den Vorteil, daß die Litanei des Polizisten zu einem tönenden Hintergrund wurde. Er begleitete ihn über den Steg auf die andere Seite des Flusses. Dort wurden sie von bettelnden, zudringlichen Elefantenbabies begrüßt, die genau wußten, daß sie ihnen keine Bananen mitgebracht hatten und sie nicht streicheln wollten. Ihre Väter und Mütter waren mit Fußeisen gefesselt und warteten, bis die Treiber sie losbinden und der Touristenherde die rituelle Waschung vorführen würden: mit Flußsand, Bürste, Wasser und dem spitzen Haken, ihrem Führer in ewigem Gehorsam. Dann würden sie vorführen, wie sie Baumstämme schleppten. Der Führer behauptete allen Ernstes, sie würden nach der Vorführung in die Berge an die Arbeit gehen, wenn sie ihre Zusatzarbeit als Elefantendarsteller erledigt und den Touristen ein paar tolpatschige Bewegungen vorgeführt hätten, die das Paradies ihrer Kindheit suchten.

«Wenn Sie gestatten, ich habe einen Plan vorbereitet, um zu beweisen, daß sich die Flüchtlinge nicht mehr in Chiang Mai aufhalten.»

«Haben Sie ihn mit Charoen besprochen?»

«Selbstverständlich, er ist einverstanden.»

Carvalho sollte sich an allen Orten zeigen, die Touristen üblicherweise besuchten. Das heute war schon ein guter Anfang gewesen, aber in den kommenden Tagen mußte er es auf sich nehmen und die Handwerkerdörfer besuchen, den Stamm der Karen, er mußte die zweihundertneunzig Stufen zum Tempel Doi Suthep hinaufsteigen, über den Nachtmarkt bummeln und sich vor allem oft mit Rikschafahrern und Taxifahrern unterhalten, ihnen erzählen, wo er herkam und daß er Freunde suche. «Wenn sie in Chiang Mai sind, werden sie Sie finden.»

Nach der Elefanten-Show fuhr der Pritschenwagen wieder über die asphaltierte Straße und, als diese zu Ende war, weiter auf einer Piste, die in die Berge führte. Carvalho erinnerte sich an eine ähnliche Fahrt zu einem in Schlafmohnfeldern versteckten Meo-Dorf, dort hatte man Opium und Opiumpfeifen kaufen können. Auch der Pritschenwagen fuhr zu einem Meo-Dorf, allerdings nur um zu sehen, wie die Frauen stickten und andere Beweise ihres handwerklichen Könnens lieferten. Der Weg führte durch Bananenplantagen, Sojafelder und Trockenreiskulturen.

Die Meos, berichtete der Führer, waren aus Südchina gekommen, aus der Provinz Yünnan. Dort hatten sie seit Urzeiten Opium angebaut. Wegen politischer und ethnischer Verfolgungen hatten sie sich am Ende des letzten Jahrhunderts im Norden Burmas, Thailands und Laos' ausgebreitet und dabei ihre alte Tradition des Opiumanbaues mitgebracht. Seit kurzer Zeit, verkündete der Führer, bot ihnen die thailändische Regierung die Möglichkeit, sich auf andere Produkte umzustellen, zum Beispiel Baumwolle und Kunsthandwerk, damit sie den Opiumanbau aufgaben.

«Stimmt das?»

Der Polizist nickte heftig mit dem Kopf, um jeden Zweifel aus Carvalhos Hirn zu verscheuchen.

«Aber es wird nach wie vor mit Rauschgift gehandelt, und im ganzen Opiumdreieck gibt es geheime Labors, die Heroin dritten und vierten Grades herstellen.»

«Wir können nicht alles kontrollieren.»

«Und daran sind Generale und Minister aus Burma, Thailand und früher auch Laos mit beteiligt!»

«Heute ist alles unter Kontrolle!»

«Aber es wird weiter produziert.»

«Aber alles unter Kontrolle.» Darauf bestand der Polizist. Sie erreichten das Meo-Dorf und wurden von Frauen überfallen, die die Tracht der Provinz trugen und Pfeifen aus Messing und Holz verkauften. Tabakspfeifen, Opiumpfeifen, Stilettpfeifen und einfache Pfeifen, alles Handarbeit, alles billig, angepriesen in einem Englisch, das hauptsächlich aus Infinitiven und Gesten bestand. Kleine schwarze Schweine, Kinder, die aussahen, als seien sie auf Emaille gemalt, verschrumpelte, schweigsame Frauen, die an der Tür ihrer Berghütte vor einem prähistorischen Webstuhl oder einem noch urtümlicheren Webrahmen saßen, kein einziger junger Mann, nur ein apathischer Schulmeister auf der Fensterbank der Dorfschule, aus der man den Chor der Emaille-Kinder hörte. Sie sangen ein französisches Lied: ‹Sous les ponts d'Avignon›. *

«Warum singen die auf französisch?»

* Im Orig., zu deutsch: *Unter den* Brücken ... Das Lied heißt richtig: Sur le pont d'Avignon, also: *Auf der* Brücke

«Hier gab es früher eine Menge französischer Missionare. Es ist noch gar nicht lange her», berichtete der Führer. Die Katalanen schwankten zwischen dem Stolz darauf, daß sie das Opiumdreieck erreicht hatten, und Mitleid angesichts der Verhältnisse, unter denen diese Leute lebten.

«Und die Männer? Wo sind die Männer?»

Der Führer zeigte auf die Berge.

«Auf den Trockenreisfeldern.»

«Und den Opiumfeldern?» fragte Carvalho mit komplicenhaftem Lächeln.

«Opium sehr wenig. Streng verfolgt. Heute nicht mehr viel angebaut.» Auf dem Rückweg wurden die vier Katalanen vor ihrem Hotel und Carvalho vor dem *Chiang Mai Inn* abgesetzt. Der Polizist sagte leise zu ihm, es sei wünschenswert, daß man sie von jetzt an nicht mehr zusammen sehen würde, um die Kontaktaufnahme von Archit und Teresa zu ermöglichen. Also betrat Carvalho das Hotel allein, belegte sein Zimmer und ging dann hinunter zum Schwimmbecken. Er tauchte zwischen betagten Franzosen, die sich spielerisch unter Wasser die Badehosen auszogen, während die Frauen von ihren Liegestühlen aus Erfolg und Mißerfolg kommentierten. Er genoß die letzten Strahlen der Abendsonne, ging dann zurück auf sein Zimmer, steckte das Necessaire zusammen mit der Unterhose und der Badehose in eine Plastiktüte, schloß den leeren Koffer in den Schrank ein, hängte das Schild ‹Nicht stören!› an den Türknauf und verließ das Hotel so, daß es jeder sehen konnte. Er nahm sich eine Rikscha, plauderte mit dem Fahrer und erzählte ihm den Beweggrund seiner Reise. Nach einer Rundfahrt durch die Viertel der Silberschmiede und der Teakholzschnitzer kehrte er ins Stadtzentrum zurück und verlangte, zum Nachtmarkt gebracht zu werden, der sich links und rechts der Chiang Mai Road ausbreitete. Jemand hatte die Idee gehabt, mittendrin ein deutsches Restaurant aufzumachen, zwischen den Ständen mit handwerklichen Arbeiten und Wundermitteln, Spielzeug für Meo-Kinder, die aus dem Tragetuch ihrer Mutter herauslugten, Auslagen mit burmesischen Zigarren, grünen Zigarren mit medizinischem Geschmack und Geruch, Spielzeugmusikinstrumenten, Edelsteinen, Glasperlen, Schalen voller Silberschmuck, indischen Wachstuchbildern, Meo-Mützen, wie sie Carvalho für Fuster kaufen wollte, und Lackarbeiten aus Chaing Mai und Burma. Die Frauen mit ihrer fast weißen Haut waren feingliedrig, zart, wie aus Emaille gemacht.

Als die Nacht kam, ließ sich Carvalho von einem Taxifahrer mitnehmen, der im Schritt neben ihm herfuhr und die üblichen Angebote machte: Mädchen, Männer, Massagen – alles, was er wollte.

«Tut mir leid.» Carvalho lächelte ihm zu. «Ich muß ganz dringend nach Bangkok.»

«Jetzt?»

«Jetzt!»

«Kein Flugzeug! Kein Zug!»

«Ja, ich weiß!»

Der Taxifahrer sprang aus dem Auto und kam auf Carvalho zu. Er würde ihn nach Bangkok bringen! Jetzt? Jetzt sofort, er würde ihm Zeit lassen, ins Hotel zu gehen und seine Sachen zu holen, inzwischen würde er selbst seiner Familie Bescheid sagen! Nein, unmöglich! Carvalho hatte es ungeheuer eilig. Seine Frau war plötzlich erkrankt, und er mußte so schnell wie möglich zu ihr, außerdem müßten sie sich noch über den Preis einig werden. Aber Carvalho saß schon in dem Taxi und der Fahrer war schon losgefahren, fasziniert von der Summe, die er mit dieser Fahrt zu verdienen hoffte.

«Dreitausend Baht!»

«Tausend!»

Das Feilschen wurde kurz unterbrochen, als der Fahrer sich zu Hause verabschiedete – er stieg nicht einmal aus, sondern rief nur vom Fahrersitz aus einer Frau etwas zu, die aus einer Hütte aus Holz und Wellblech herausschaute.

Schließlich einigten sie sich auf Grund beiderseitiger Erschöpfung auf eintausendsiebenhundert Baht, und Carvalho machte es sich auf dem Rücksitz bequem. Ein paar Minuten lang betrachtete er das in sich gekehrte Profil des Fahrers, beleuchtet von der Glut der burmesischen Zigarre, die er ihm angeboten hatte. Ab und zu nahm der Fahrer einen Schluck aus einem Fläschchen mit dem anregenden Getränk aus Kräutern und Honig. Er sah aus wie ein gelbes Gespenst, das sein eigenes Licht verbreitete, das einzige Licht in der finsteren Tiefe der Straße, auf der kaum ein Lastwagen fuhr. Carvalho schlief ein, während er sich den Tunnel vorstellte, den sie sich durch die wiedergefundene pflanzliche und tierische Unwirklichkeit der Nacht bahnten, eine dunkle Ganzheit, die schwer auf dem Auto lastete und versuchte, seine summende Fahrt aufzuhalten.

Er erwachte, als die Bremsen quietschten und das Auto schleuderte. Der Fahrer blinzelte schlaftrunken und kämpfte mit dem Steuer, um die Kontrolle über das Fahrzeug wiederzugewinnen. Er schaffte es, drehte sich zu Carvalho um und lächelte verschlafen. Er meldete, sie hätten schon Nakyon Sawaan hinter sich gelassen, seien inzwischen auf der Nationalstraße 1, und Bangkok sei schon ganz in der Nähe. Er fragte ihn, ob er Interesse daran hätte, in Ayuthaya haltzumachen, um die alte Hauptstadt kennenzulernen. Carvalho studierte die Karte und sah, daß Ayuthaya nicht weit vom Kloster Tam Krabok entfernt war, daß er sogar Zeit gewinnen konnte, wenn er mit demselben Taxi über die Abzweigung in Singburi Richtung Lopburi fahren würde, aber er hielt doch an seinem ursprünglichen Plan fest, er wollte keine direkten Spuren hinterlassen, um Charoen auf Trab zu halten, indem er ihm ein paar Nüsse zu knacken gab. Auch wenn er dieselbe Strecke zurückfahren müßte, wollte er doch zuerst nach Bangkok fahren, und dort das Auto wechseln. Als sie in die Hauptstadt einfuhren, fragte der Fahrer, wohin er ihn bringen sollte.

«*Siam Center.*»

Kaum hatte er vor den Stufen des Geschäftszentrums neben dem *Siam Hotel* angehalten, öffnete der Fahrer eine neue Flasche seines Tonikums, stieg aus, machte ein paar Kniebeugen zur Lockerung und beobachtete genau, wie Carvalho die Geldscheine nahm und die vereinbarte Summe abzählte. Als er die eintausendsiebenhundert Baht in Empfang nahm, brach der Fahrer in eine langatmige Klage aus über die lange Strecke, seine Müdigkeit und die Rückfahrt, die ihm bevorstand. Um die Litanei abzukürzen, legte Carvalho noch einmal zweihundert Baht dazu und erntete damit ein Lächeln und einen ernsten, zeremoniellen Gruß.

Er stieg schnell die Stufen hinauf, schlenderte gemächlich durch die Geschäfte und beschleunigte dann plötzlich seine Schritte. Er nahm ein Taxi zum Siegesdenkmal. Dort hielt er ein anderes an und feilschte mit dem Fahrer um den Preis der Fahrt zum Kloster. Er gab sich als italienischer Journalist aus, der eine Reportage über die Rehabilitierung Drogensüchtiger machen wollte. Tam Krabok war anscheinend ein nationales Diskussionsthema, denn der Taxifahrer erzählte ihm sofort die Geschichte dieser heiligen Männer, zweier Brüder, die das Klosterkrankenhaus leiteten.

«Sie haben alles aus dem Nichts aufgebaut. Sie hatten nur das Gelände, das ihnen ein General überlassen hatte.»

«Was, schon wieder ein General?»

«Ja, ein General der Luftwaffe. Es sind zwei Heilige. Zuerst waren sie Polizisten, dann wurden sie Mönche. Ich war auch einige

Monate Mönch, aber ich war nicht berufen und verließ das Kloster wieder.» Das Thema hatte zur Folge, daß Carvalho überall in der Menschenmenge die safrangelben Mönche entdeckte mit ihren Schalen für Almosen, um die sie nicht bettelten.

«Manchmal, je nachdem, wer es ihnen gibt, weisen sie es zurück.»

Carvalho hatte die Landschaft um Bangkok allmählich satt, und die Fahrt nach Saraburi wurde ihm lang. Er hatte seit dem Vortag nichts gegessen. Deshalb ließ er den Fahrer an einem Restaurant anhalten, um sich ein Hähnchencurry mit weißem Reis und Bananen zu bestellen, die, in ihre Blätter eingewickelt, gebraten worden waren.

Um drei Uhr nachmittags kamen sie im Kloster an und begegneten den ersten Insassen, die rosa Hemden und Hosen trugen und leere Kübel in den Händen hatten.

«Die können das Kloster bald verlassen.»

«Woher wissen Sie das?»

«Ich sehe es an der Farbe. Wenn sie eintreten, tragen sie Weiß, später Weiß und Rosa, und wenn sie fast geheilt sind Rosa.» Nichts erinnerte an ein Kloster oder ein Krankenhaus. Es war eine Ansammlung funktionaler Gebäude aus Holz und Backstein, Zement und Wellblech, integriert in die üppige tropische Vegetation, ohne daß man auf den ersten Blick hätte sagen können, welches Gebäude nun für Therapie, Gebet oder sanitäre Einrichtungen bestimmt war. Auch herrschte keine klare Trennung zwischen den safrangelben Mönchen und dem subalternen Personal, den Männern und Frauen, die langsam und ausdauernd ihrer Arbeit nachgingen. Da war der Bau einer neuen Halle, vor der sich ein großer Haufen Steine türmte. Ganz oben saß ein junger Mönch mit einem Hammer und zerkleinerte damit die Steine, auf denen er saß. Andere holten Wasser aus großen Zisternen, wieder andere arbeiteten in der Küche unter freiem Himmel, die kein anderes Dach außer einer Strohmatte hatte. Mönche von unbestimmbarem Alter gingen vorüber, alte Männer mit Körben auf dem Kopf taperten mit arthritischer Vorsicht über den verschlammten Weg, Kinder rannten hinter halbverhungerten Hunden her, junge Mütter rührten mit einer Hand im Kochtopf und schaukelten mit der anderen das Baby in der Wiege und verscheuchten die blauen Fliegen. Saubere Armut sozialer Mission, ein ‹Brunnen des Onkels Raimund› in Asien. Den Sekretär, der Carvalho begrüßte, schmückte eine barocke Tätowierung am Arm, und er spuckte Betelsaft in einem langen, dünnen, roten Strahl auf eine

Orchideenkultur. Es war ein Mann von unbestimmbarem Alter, friedfertig und gelassen in seinen Gesten. Er war stolz darauf, ihm alles erklären zu können, was hier geschah, und er tat es der Reihe nach, beginnend mit dem Moment, in dem von der Droge versklavte Wesen zum Kloster kommen mit dem Wunsch, geheilt zu werden. Sie ziehen sich nackt aus, geben ihre Sachen ab und bekommen dafür eine grüne oder rosa Karte, je nachdem, ob sie Geld mitgebracht haben oder nicht. Die Karte ist ihr Ausweis. Von nun an gehören sie zu einer Welt, in der Geld nicht existiert. Sie beten, trinken ein Kräuterelixier und übergeben sich – und was der Ekel nicht vermag, das bringt der Trost des Gebets. Die Mönche führten Statistiken: 1970 war das Jahr mit den wenigsten und 1963 das mit den meisten Neuzugängen gewesen. Zwischen 290 und 7000 Leuten, es gab keine Erklärung für diese Entwicklung, denn jetzt, 1982, hatten sie schon fast 1200 Neuzugänge. Da waren sie. Eine große Halle war in zwei Zonen unterteilt, für die, die sich noch in der ersten Phase der Gesundung befanden, und für die in der zweiten Phase. Auf ein paar über Balken gelegten Brettern hockten vierzig oder fünfzig gelbliche Skelette, wanden sich in Krämpfen oder hatten sich in Decken gewikkelt, um sich vor einer grausamen inneren Kälte zu schützen, und aus ihrem körperlichen Zerfall heraus blickten sie auf den ausländischen Gaffer. Vor dieser Halle stand ein alter, starker, häßlicher Mönch, das krasse Gegenteil zu der Sanftmut des tätowierten Mönchs.

«Ich werde Sie jetzt dem Prior vorstellen», sagte er leise zu Carvalho.

«Ich habe eine Bitte. Mir wurde von einem Mönch erzählt, der hier lebt, ich soll ihm einen Gruß von seiner Familie ausrichten. Sein Name ist Chin Ramsun.»

Der tätowierte Arm hob sich und zeigte auf den Mönch, der voller Ausdauer auf der Höhe des Berges, den er selbst erarbeitet hatte, Steine klopfte.

«Darf ich ihn begrüßen?»

Der tätowierte Mönch neigte den Kopf und zog sich zurück. Carvalho ging zu dem unermüdlichen Steineklopfer; er schien einen Instinkt für die Steine zu besitzen, denn er traf jedesmal, wenn er den Hammer hob und als langsamen Blitz herabsausen ließ. Das Gehämmer brach ab, als Carvalho vom Fuß des Berges aus seinen Namen rief, und ihn traf der durchdringende und mißtrauische Blick Asiens.

«Ich möchte mit Ihnen sprechen.»

Der Mönch richtete sich auf, groß und schlank wie eine Pappel, und stieg vorsichtig herab, ohne einen Stein ins Rutschen zu bringen. Carvalho fürchtete schon um die Sohlen seiner bloßen Füße, aber der Abstieg wurde mit der Präzision eines Experten ausgeführt. Er war ein großer Mönch mit eiförmigem Kopf, kräftigen Muskeln und vom Fasten gelblichen Augen. Er verneigte sich vor Carvalho, akzeptierte den vertraulichen Ton seiner Worte und machte sich mit ihm auf einen Spaziergang, der sie aus dem Blickfeld des tätowierten Mönchs entfernte.

«Die Mutter von Archit hat mir Ihren Namen genannt.»

Carvalho erzählte ihm von seiner Reise, den Schritten, die er unternommen hatte, der Begegnung mit Archits Eltern, dem Täuschungsmanöver der Reise nach Chiang Mai, der Gewißheit, daß Charoen es nicht durchschaut hatte, und der Dringlichkeit, Archit und jene Frau zu finden, jetzt, weil ihm mit aller Sicherheit niemand folgte. Der Mönch hörte gespannt zu und bemerkte dann mit einer absichtlichen Beiläufigkeit in Worten und Gesten: «Ich danke Ihnen für die Grüße und bitte Sie, Ihren Besuch fortzusetzen. Es würde Verdacht erwecken, wenn Sie und ich uns jetzt lange unterhalten würden. Sobald Sie Ihre Besichtigung beendet haben, werde ich meine Oberen um die Erlaubnis bitten, nach Saraburi zu fahren, um etwas einzukaufen, und ich werde Sie bitten, mir zu erlauben, als weiterer Fahrgast in Ihrem Taxi mitzufahren.»

Aber Carvalho brauchte einen Vorschuß an Hoffnung, und bevor er sich zum Schein verabschiedete und zu dem tätowierten Mönch zurückkehrte, bat er ihn: «Sagen Sie mir wenigstens, ob Sie wissen, wo sie sind!»

«Ich glaube, ich weiß es!»

Der tätowierte Sekretär nahm Carvalho wieder unter seine Fittiche und führte ihn zu der großen offenen Halle, die sich im Bau befand. Ein Mönch war dort im Gespräch mit drei oder vier Bauarbeitern. Der Sekretär kniete nieder, verbeugte sich mit zusammengelegten Händen, erhob sich und sprach mit dem anderen. Dann forderte er Carvalho auf, näher zu treten, und der Detektiv begnügte sich damit, den Prior mit einer Neigung des Kopfes zu begrüßen. Er war ein kräftiger, vitaler Mann, schwarze und weiße Stoppeln standen von seinem kurzgeschorenen Kopf ab, und auch er hatte den gelblichen Farbton des Fastens in den Augen. Er rauchte lässig eine helle amerikanische Zigarete, die er aus einem Versteck in den Falten seiner Kutte geholt hatte, und lud Carvalho ein, sich den Ort anzusehen, dort seien die traditionellen Lieder Thailands und anderer Länder gesammelt. Sie betraten die große Halle, zogen die Schuhe aus, stiegen einige Granitstufen mit einem Plastikhandlauf hinauf und gelangten in einen Gebäudeflügel, der mit braungestrichenen Stellwänden unterteilt war. Überall sah man akustische Geräte und alte Karteikästen, die aus irgendeinem Büro stammten. Der Prior begann, Partituren herauszunehmen, die er selbst in westlicher Notenschrift geschrieben hatte. Er verglich sie in Carvalhos Beisein mit Transskriptionen der Aufzeichnungen von Tonbändern, die an Eisenstangen hingen.

«Es sind über hunderttausend Lieder aus der ganzen Welt», erklärte der Prior mit einem Stolz, der durch buddhistische Bescheidenheit gedämpft war, eine Tugend, die die anderen Mönche nicht teilten. Sie rühmten vor Carvalho die kulturelle Leistung eines Mannes, der bis vor drei Jahren noch nichts von Musik verstanden hatte und dem kein anderes Hilfsmittel zur Verfügung stand als ein altes Klavier.

«Die Lieder des Priors von Tam Krabok sind heute in ganz Thailand berühmt», teilte ihm der tätowierte Mönch mit und bat daraufhin seinen Chef, Carvalho ein italienisches Lied zu zeigen, das er aufgezeichnet hatte. Mit der Sicherheit des Experten öffnete der Prior ein Schubfach und zog mit einem Griff eine Karteikarte heraus, die er Carvalho überreichte. Es war ‹Una picolissima serenata›. Inzwischen hatten zwei Mönche einen Kassettenrecorder eingeschaltet und begannen, die einheimischen Lieder des Priors abzuspielen. Carvalho glaubte, sie schon überall gehört zu haben, aber vielleicht war dies nur die Übertragung einer optischen Erfahrung auf die Akustik, vielleicht setzte sich das Gefühl, unter lauter gleichen Menschen zu leben, in dem Eindruck fort, immer das gleiche zu hören.

Carvalho lobte die Arbeit, die Geduld und die primitiven Hilfsmittel derer, die dem Prior bei seinem Werk halfen, und erntete dafür einen Blick des Dankes von dem heiligen Mann. Seine anfängliche Steifheit war verschwunden, er nahm Carvalho beim Hinausgehen sogar am Arm und erzählte ihm, er kenne Italien aus seiner Zeit als Seemann. «Zuerst war ich Seemann und dann Polizist», sagte er. «Dann wurde ich einfach ein Mensch unter anderen Menschen, der das entdeckte, was Buddha den ‹analytischen Sinn für die bedingte Produktion› nannte. Das Dasein bedingt die Geburt, die Geburt bedingt das Leiden, das Alter und den Tod. Gegen das Alter und den

Tod kann man nicht kämpfen, wohl aber gegen das Leiden, vor allem, wenn das Leiden vom Willen abhängt. Wir kämpfen hier dafür, daß bei einigen zerstörten Wesen dieser mit dem Willen zur Lust verbundene Wille zum Leiden verschwindet.»

Das war das Schlußwort, und nachdem er ihn aufgefordert hatte, zu publizieren, was er für richtig hielt, und ihm ein Exemplar der Zeitung zu schicken, ging der Prior zu einem anderen Gebäude des Klosters, und der tätowierte Mönch brachte Carvalho zum Ausgang.

Dort wartete Chin Ramsun. Er wandte sich bescheiden an den Bruder Sekretär und begann ein Gespräch, das den Tätowierten etwas in Verlegenheit brachte.

«Bruder Ramsun muß nach Saraburi fahren, um ein paar Dinge einzukaufen. Würden Sie ihm gestatten, in Ihrem Taxi mitzufahren?»

Carvalho bejahte, achtete aber darauf, eher Großzügigkeit als Begeisterung in seine Worte und Gesten zu legen.

«Soll Ihre Reportage wirklich ohne Bilder erscheinen?»

Carvalho gab zu, es sei ein ungewöhnliches Verhalten für einen Journalisten, ohne Begleitung eines Fotografen eine Reportage zu machen.

«Ich vergaß es zu sagen. Mein Fotograf ist ein deutscher Profi, der in Bangkok wohnt, und heute war es ihm leider nicht möglich, mit mir hierherzukommen. Er kommt in fünf oder sechs Tagen, und ich bitte Sie, ihn ebenso liebenswürdig aufzunehmen wie mich!»

«Er wird uns willkommen sein», sagte der Tätowierte mit einer tiefen Verbeugung, die Carvalho nachzuahmen versuchte, während er rückwärts zum Taxi ging. Er fand noch Zeit, Ramsun davor zu warnen, in Gegenwart des Taxifahrers mit ihm zu sprechen. Dieser war niedergekniet und hatte sich mit zusammengelegten Händen verneigt, als er sah, daß der Mönch in sein Taxi steigen würde. Sie bogen auf die Nationalstraße ein, und Carvalho bat den Chauffeur, bei der ersten Bar am Weg anzuhalten, er sei durstig. Carvalho und der Mönch setzten sich an einen wackligen Tisch, und ein barfüßiges Kind brachte ein Bier für Carvalho und ein Glas Wasser für Ramsun.

«Vor einer Woche schickte mir Archit eine Nachricht. Er mußte mich unbedingt sehen. Wir verabredeten uns auf den Feldern, einen halben Kilometer vom Kloster entfernt, und er kam zu dem Treffpunkt in Begleitung der Frau, die Sie Teresa nennen.

Archit und ich sind Milchbrüder. Meine Eltern waren Bauern aus dem Nordosten wie die von Archit. Als meine Mutter bei meiner

Geburt starb, zog mich Archits Mutter auf. Bevor ich Mönch wurde, führte ich ein sehr schlechtes Leben, ich kam hierher in das Klosterkrankenhaus, um eine Entziehungskur zu machen. Dann blieb ich da und wurde Mönch. Ich will damit sagen, daß ich die Welt kenne, in der Archit lebt, in gewisser Weise ist es auch immer noch meine Welt. Ich habe immer noch Einfluß auf sie, da ich einer der ihren war und nun ein heiliger Mann bin.

Archit und die Frau waren verzweifelt. Verfolgt von der Polizei, den Leuten des ‹Mai pen arai› und vor allem Jungle Kid. Über Bangkok konnten sie nicht fliehen, auch nicht über die Grenze von Laos oder Kambodscha, die seit vier oder fünf Jahren geschlossen ist. Sie konnten auch nicht versuchen, heimlich über die Grenze zu fliehen, um dann in Laos oder Kambodscha zu bleiben. Dort hätte man kein Verständnis für ihren Fall gehabt und sie entweder ins Gefängnis gesteckt oder zurückgeschickt. Auch die burmesische Grenze ist nicht sicher. Ich gab ihnen schließlich den Rat, sich ein paar Tage an einem etwas außergewöhnlichen Ort verborgen zu halten und dann zu versuchen, über die Grenze nach Malaysia zu entkommen, nach Penang, und von dort aus nach Singapur und Europa zu fliehen. Zwei Probleme mußten gelöst werden, das ihrer Identität und das ihres Verstecks. Ich schickte sie zu einem alten Freund in Bangkok, und nannte ihnen eine Insel im Golf von Siam, Koh Samui, die ich kenne; ich war dort als Novize im Kloster des Großen Buddha des Meeres, am Strand von Bo Phut. Koh Samui liegt immer noch abseits des großen Touristenstromes, es gibt dort kaum Polizei – und die, die es gibt, ist tolerant, denn sie sind an den Tourismus junger Leute gewöhnt, den letzten, die Sie Hippies nennen. Dort, sagte ich ihnen, sollten sie einige Tage bleiben und dann bei Sadao die malaysische Grenze überqueren.»

«Also müßten sie jetzt in Koh Samui sein.»

«Nach den Gesetzen der Logik müßten sie noch in Koh Samui sein und werden in ein paar Tagen versuchen, nach Sadao zu gelangen.»

«Gibt es ein Flugzeug nach Koh Samui?»

«Nein, und das ist auch besser so. Flugpassagiere sind leicht zu kontrollieren. Man muß mit dem Zug nach Surathani fahren, dort ein Taxi zum Hafen Ba Don nehmen und dann mit der Fähre drei Stunden nach Koh Samui fahren.»

«Und das ist keine Mausefalle?»

«Manchmal muß man sich, um aus einer großen Mausefalle zu entkommen, in eine kleine Mausefalle begeben.»

«Wie kann ich nach Koh Samui gelangen, ohne daß Charoen und ‹Mai pen arai› davon Wind bekommen?»

«Ich gebe Ihnen die Adresse in Bangkok, er kann Ihnen bei Ihrem Identitätsproblem helfen, ebenso bei der Fahrkarte.»

Der Mönch erhob sich und ging zur Toilette, kam nach ein paar Minuten wieder und forderte Carvalho auf, mit ihm zum Taxi zu gehen. Als sie ihre Plätze eingenommen hatten und wieder fuhren, drückte er ihm ein Stück Stoff in die Hand, das er von seiner Kutte abgerissen hatte und in dem Carvalho einen Zettel vermutete.

«Diesen Stoff müssen Sie meinem Freund übergeben!»

In Saraburi verabschiedeten sie sich kurz, und Chin Ramsuns Augen drückten keine Gemütsbewegung aus, als er sagte: «Wir glauben, daß das Begehren, der Haß und das Entsetzen die Welt anzünden. So war es immer, und so wird es immer sein. Archit ist ein Opfer des Begehrens, des Hasses und des Entsetzens, und er wird wie ein Opfer sterben. Ich bedaure es, denn ich liebe ihn, und ich liebe seine Mutter. Aber denken Sie über meine Worte nach!»

Carvalho tat es, und es half ihm, das Geschwätz des Taxifahrers zu überhören, der sich bemühte, mit dem zu glänzen, was er über Tam Krabok wußte.

«Haben Sie zugesehen, wie sie in der Öffentlichkeit kotzen? Nein, natürlich nicht. Das ist morgens. Jeder Kranke stellt sich vor einen Kübel, kniet nieder, nimmt die Kräutermedizin und kotzt in den Kübel, im Garten, und alle sehen zu.»

«Was bist du doch für ein dummes Ding, ein dummes Gänschen!»

Rosa Donato gab dem Mädchen einen leichten Schubs, damit sie in der Mitte des Empfangszimmers stehenblieb und Marta Miguel sie betrachten konnte.

«Sie ist sehr scheu, zu schüchtern. Marta, das ist Merche, sie ist von jetzt an meine Sekretärin, meine rechte Hand.»

Marta Miguel küßte das Mädchen auf beide Wangen und trat einen Schritt zurück, um sie von oben bis unten ansehen zu können.

«Wie hübsch!»

«Und so intelligent, aber komm rein, die anderen sind schon alle da, und die Nervensäge Juli Rigol ist schon wieder besoffen. Kennst du ihn nicht? Er ist der Pferdemaler, der die Trapezkünstlerin geheiratet hat.»

Marta Miguel ging über die Schwelle in das große Wohnzimmer, das in zwei Zonen aufgeteilt war, eine, um Musik zu hören, und die andere zum Lesen.

«Ich lese für mein Leben gern, ich bin ganz verrückt nach Büchern», betonte Rosa Donato, spitzte dabei die Lippen, und alle Falten, die dort zusammenliefen, vertieften sich.

«Trink doch was, Merche, vielleicht kommst du dann in Stimmung. Ihr erlebt sie heute still, aber im Geschäft ist sie ganz ausgebufft, noch schlimmer als ich.»

Merche lachte belustigt über ihre eigene Schlechtigkeit. Für Marta Miguels Geschmack war sie zu schlank, zu sehr Hepburn, auf diesen Typ hatte die Donato immer ihren Appetit gerichtet, außer bei ihrer langdauernden Leidenschaft für Celia Mataix.

«Das ist keine gewöhnliche Party. Ihr habt hier zwei Mordverdächtige unter euch, Marta und mich. Wie unangenehm diese Polizei, wie lästig, hört mal!»

Die Übersetzerin feministischer Romane, die Preisträgerin des wichtigsten Kurzgeschichtenpreises der Provinz Murcia, der alte Pferdemaler und seine Frau, die ehemalige Trapezkünstlerin, lachten über Rosa Donatos Bemerkung.

«Und Sie, wo waren Sie am fraglichen Tag? Ach, wie dumm von mir, es war ja nicht am Tag, es war ja bei Nacht. Wie unangenehm, hört bloß. Und Marta, die arme Marta, sie sind wirklich zu weit gegangen, nur weil sie die letzte war. Kommen Sie, wir stoßen an, damit der Sekt nicht schal wird, heute feiern wir den Einstand von Merche, sie ist ein Juwel!»

Sie schenkte aus einer Flasche Juvé y Camps Reserva Familiar ein und verkündete, sie habe noch einen anderen, der ein bißchen trockener sei, ganz trocken, staubtrocken, nämlich ein vorzüglicher Brut Nature Torelló. Sie hoben die Gläser, und der Maler rief: «Auf Merche!»

Die anderen schlossen sich dem an, sie tranken, schauten einander in die Augen, vor allem Rosa Merche und Marta Rosa. Die neu in den Kreis Aufgenommene setzte sich aufs Sofa und Rosa neben sie. Erst legte sie ihr eine Hand auf das Bein, dann einen Arm um die Schulter und schließlich hob sie ihr das Kinn und küßte sie auf den Mund.

«Du siehst bezaubernd aus!»

«Jawohl, das ist sie!»

«Du hast eine wunderhübsche Wohnung, Rosa», bemerkte die Ex-Trapezkünstlerin, die, nach ihrem offensichtlichen körperlichen Verfall zu urteilen, mehr als einmal vom Trapez gefallen sein mußte.

«Es ist nicht üppig, aber es sind gute Sachen. Und das nur, weil ich vom Geschäft her weiß, was wirklich günstig ist und was nicht, und weil ich alles Geld für meine Wohnung und für mich selbst ausgebe. Wozu noch Geld anlegen? Ihr habt es ja gesehen, jetzt regieren Sozialisten.»

«Also, ich habe sie auch gewählt», sagte die Schriftstellerin.

«Ich auch», fügte die Übersetzerin hinzu. Die Ex-Trapezkünstlerin hatte ebenfalls sozialistisch gewählt, genauso ihr Mann und Marta Miguel. Rosa Donato lachte so sehr, daß sie sich verschluckte. «Wie amüsant! Ich auch!»

Sie hatten also alle sozialistisch gewählt.

«Ich habe mir gesagt, es soll kommen, wie Gott es will. Für mich ist das wie russisches Roulett. Ich weiß nicht, ob sie es besser machen werden, aber ich bin schon zufrieden, wenn sie es nicht schlechter machen als die anderen.»

«Also von Guerra bin ich ganz begeistert.»

«Felipe ist ein guter Junge, aber Guerra ist ein Genie. Er hat ein gewisses Etwas ... also, zuviel für seinen Körper, wie man heute sagt.»

Merche blickte die ganze Zeit von einem zum anderen, nickte und schenkte Sekt ein.

«Das Seltsame ist ja, daß man hier in Barcelona nichts von Freude über den Wahlsieg der Sozialisten bemerkt. Neulich kam ein sehr guter Artikel von Esther Tusquets zu diesem Thema in der *Vanguardia*.»

«Ich habe ihn auch gelesen, aber sie als Anhängerin der PSUC, sie kennt nur Lustprinzip oder Wut.»

«Nein, man kann sagen, was man will, der Artikel war gut. Es stimmt, hier herrschte nicht die Freude wie in Madrid.»

«Na klar, weil die katalanischen Sozialisten wissen, daß Felipe González die Wahl für sie gewonnen hat, und das hat seinen Preis.»

«Hauptsache, sie lassen mein Katalonien in Ruhe!» rief der Maler aus. «Denn vor allem anderen bin ich Katalane.»

«Ich bin vor allem anderen eine Frau», entgegnete ihm die Donato.

«Eine katalanische Frau», beharrte der Maler in alkoholischem Trotz.

«Dann schon lieber Eurasierin. Ach, Marta, Mädchen, ich glaube, diese Vielfraße haben kein einziges Kanapeé für dich übriggelassen.»

«Es waren zu wenig!» sagte die Ex-Trapezkünstlerin mit selbstmörderischer Offenheit.

«Was sagst du da, es waren fast drei Kilo! Marta, Liebes, schau doch im Kühlschrank nach, ob du nicht noch was findest. Geh, Merche, zeig ihr den Weg!»

Die beiden Frauen gingen hinaus, eine hinter der anderen, und die Donato rief hinter ihnen her: «Verlauft euch nicht, ja? Das Haus ist groß!»

Marta war empört. «Was bildet die sich eigentlich ein?»

«Nimm es nicht so ernst, sie macht gerne Witze!»

Merche hatte ein zartes Stimmchen, passend zu ihrem Knochenbau. Sie öffnete den Kühlschrank und beugte sich hinunter. Marta sah ihren seidigen Hals und die schwarzen Locken, die sich aus der Frisur gelöst hatten, und sie legte ihr eine Hand auf den Rücken, sanft, um ihre Bewegung zu unterstützen. «Hände weg!» Hinter ihr ertönte wie ein Donnergrollen die Stimme der Donato.

Marta zuckte zusammen und wandte sich um, die Donato kam aufgebracht auf sie zu.

«Ich wußte doch, daß du flinke Hände hast, zu flinke Hände!» Sie zog Merche beiseite und knallte die Kühlschranktür zu. «Du kommst in den Salon, und du kannst gehen, wohin du willst!» An der Tür bellte die erzürnte Donato noch: «Paß bloß auf deine Hände auf, sonst passiert was!»

«Was glaubst du eigentlich, wer du bist? Die Königin von Saba?»

Die Donato ließ nichts unbeantwortet, sie kam zurück in die Küche, trat ganz nahe an Marta heran und zischte: «Was ich bezahle, will ich auch aufessen, kapiert?»

«Also, was soll das blöde Geschwätz, es war nichts weiter als eine liebevolle Geste!»

«Das kannst du bei deiner Mutter machen, die bekommt viel zu wenig davon!»

Marta schlug der Donato mit der flachen Hand ins Gesicht, und die andere schlug sofort zurück. Sie standen sich Aug in Auge gegenüber, und es war Marta, die sich umdrehte und hinausging, gefolgt von dem unversöhnlichen Blick der Donato.

Marta Miguel war sich überhaupt nicht bewußt, was geschehen war, bis sie das Haus verließ und durch den Garten mit Swimmingpool ging, der dieser kleinen, exklusiven Gemeinschaft von Luxusnachbarn gehörte. Die Kälte der ersten Novembernacht linderte die Hitze des Champagners und der Ohrfeige. Sie spürte eine totale Wut auf sich selbst und auf die Donato, eine Wut, die sie mit ihrem alten Seat 127 abreagierte, als sie zum Stadtzentrum fuhr. Sie raste durch die Via Augusta, wo die Ampeln zufällig alle auf Grün standen, und sie raste weiter ohne Rücksicht auf Verluste durch die Calle Balmes zur Plaza de Catalunya und auf die Ramblas. In der Nähe der Kirche Santa Monica ließ sie das Auto stehen, und das Stakkato des Absatzgeklappers erfüllte die Nacht. Sie ging zu dem Haus, in dem Charo wohnte, blieb davor stehen, schätzte wieder seine Höhe ab, und gab sich diesmal einen Ruck, ging zur Tür und drückte die Klingel an der Sprechanlage.

«Wer ist da?»

«Sind Sie Charo? Ich bin Marta, eine Freundin von Pepe. Ich muß unbedingt mit Ihnen reden.»

«Aber um diese Zeit? Es ist zwei Uhr nachts!»

«Es ist dringend.»

«Ist Pepe irgendwas passiert?»

«Es ist dringend. Ich bitte Sie!»

«Ist gut. Kommen Sie herauf!»

Der elektrische Türöffner klapperte.

«Es ist wirklich keine Zeit, um Besuche zu machen!» sagte Charo mit erschrockenen Augen, die deutlich die Zeichen von Schlaf und zerflossener Wimperntusche trugen. Sie hatte ein fast durchsichtiges Negligé angezogen, und Marta entdeckte den Zigarrenstummel im Aschenbecher des kleinen Salons, in den sie sie führte, die Whiskyflasche und die beiden Gläser mit dem Wasser der geschmolzenen Eiswürfel, das der Alkohol etwas gefärbt hatte.

«Sie wissen nicht, wie leid es mir tut, aber Ihr Freund ist verreist, und ich mußte einfach mit Ihnen sprechen. Er fuhr so unvermittelt ab. Ich habe mich schon mit seinem Kompagnon unterhalten.»

«Mit welchem Kompagnon?»

«Ein sehr schlanker Junge mit Glatze und ein paar Haaren, so ...»

«Biscuter, aha, sein Kompagnon. Alles klar. Und was sagte er Ihnen?»

«Daß Sie vielleicht etwas wüßten.»

«Aber wir sprachen doch schon am Telefon darüber, in Ihrer Gegenwart, und ich sagte ihm, Pepe habe mir überhaupt nichts erzählt.»

«Ich dachte, Sie hätten aus Diskretion so geantwortet, aber wenn ich Sie dringend bitte, würden Sie sich an etwas erinnern ...»

«Er hat mir überhaupt nichts erzählt, weder von Ihnen noch von irgend jemandem sonst. Er spricht mit mir nie über seine Arbeit, außer wenn er mich dafür braucht, und in letzter Zeit weiß ich nicht, wo er sich aufhält, denn wir sehen uns kaum noch.»

Charo bemerkte Martas Niedergeschlagenheit.

«Ist ja gut, nehmen Sie es sich nicht so zu Herzen. Trinken Sie einen Schluck!»

«Ich habe Sie aus dem Schlaf gerissen!»

«Es ist sowieso keiner da, der mich in den Schlaf wiegt, und ein Schluck wird mir guttun.»

Charo nötigte Marta, sich zu setzen. Aus der Küche holte sie zwei saubere Gläser und Eiswürfel. Als sie wieder ins Zimmer kam, hatte Marta den Kopf zurückgelehnt und mit dem Unterarm ihre Augen bedeckt. Sie zog den Arm zurück, als sie die Eiswürfel klimpern hörte, nahm ein Glas und kühlte damit ihre geschlossenen Augenlider, als lindere sie den Schmerz eines Tumors.

«Was ist los mit Ihnen? Geht es Ihnen nicht gut?»

Martas kurze Haare waren durcheinander und nicht gerade sauber. Die Erschöpfung, das Getränk, die Migräne verschärften die Ungleichmäßigkeit ihrer Züge, ihre nach unten gezogenen Mundwinkel, und sie machte den Eindruck eines drittklassigen Tieres, das sich selbst satt hatte.

«Ihnen wird nie etwas zustoßen, sie sind so überlegen, sie haben so viel Geld. So viele Freunde.»

«Von wem reden Sie?»

Der angewinkelte Arm von Marta umfaßte eine unbegrenzte Menge von Gewinnern, zu denen sie offensichtlich nicht gehörte.

«Sie kennen sie nicht. Oder vielleicht doch, denn sie sind alle gleich. Haben Sie von dem Mord mit der Champagnerflasche gehört, von dieser Frau, die im Morgengrauen tot in ihrem Haus aufgefunden wurde?»

«Ja, ich habe davon gehört. Oberflächlich nur, aber ich habe einiges darüber gelesen. Bearbeitet Pepe den Fall?»

«Nein, ich bearbeite ihn.» Sie lachte auf. Das wäre ein Witz, ich und diesen Fall bearbeiten!

Während ihres unerklärlichen Heiterkeitsausbruchs beobachtete Marta Charos Reaktion, die Reaktion dieses braunen Mädchens mit den großen Augen und den vollen Lippen, mit den Ringen unter den Augen und den Krähenfüßen.

«Ich war dort in der Nacht, als es geschah. Es war eine Fete des Freundeskreises von Celia, das ist die Tote. Celia war eine enge Freundin von Rosa Donato, mit der ich mich gerade gestritten habe. Die Party war schrecklich, nur Schickeria, aber sie war die

Gastgeberin, sie war da, und ich hatte mich jahrelang nach diesem Moment gesehnt. Haben Sie das Foto in der Zeitung gesehen? In Wirklichkeit war sie noch viel schöner, und das, obwohl sie kein Mädchen mehr war, sie war schon eine Frau wie ich, über vierzig. Sie war blond, hatte herrliches Haar, ein Gesicht wie ein florentinisches Mädchen – ich weiß nicht, warum ich Ihnen das alles erzähle, ich weiß nicht einmal genau, wie florentinische Mädchen aussehen –, einen großen, schlanken Körper, dessen Bewegungen wie Musik waren, eine Luxushaut, reinster Luxus, eine Pfirsichhaut, wie die Schriftsteller sagen. Ich glaube, sie ist mit den Jahren immer schöner geworden. Als sie noch ein Mädchen war, war sie auch schon eine Schönheit, aber ihr fehlte der gewisse Reiz des Verfalls, ja, das ist das Wort, Verfall. Sie verfiel langsam, Celia Mataix, genau wie Sie und ich und die Donato. Aber sie verfiel in absoluter Schönheit.

Ich erinnere mich noch daran, wie sie vor mir stand, es war vor über zwanzig Jahren in der Universität. Waren Sie auf der Universität?»

«Nein.»

«Sie trug immer eine frische Rose bei sich und sehr schöne Pullover, die ich nie tragen kann – damals, weil sie zu teuer waren, und heute, weil mein Hals zu kurz ist. Es liegt bei uns in der Familie. Mein Vater hatte einen kurzen Hals, meine Mutter auch, die Ärmste, sie auch. Sie ist pflegebedürftig, meine Mutter. Sie besteht nur noch aus Haut und Augen. Die Arme.»

«Es tut mir sehr leid.»

«Ihnen tut es leid, weil Sie ein gutes Herz haben. Aber denen tut nichts leid. Sie brauchen keine Gefühle zu haben. Sie haben recht, denn von Kindheit an haben sie die Erfahrung gemacht, daß die Welt ihnen zur Verfügung steht und daß es genügt, sie von der Warte ihrer eigenen Interessen aus zu begreifen. Sie war genauso, ich meine Celia, aber sie hatte einen Anflug von Zerbrechlichkeit – sie war kein Haifisch. Sie war zerbrechlich. Manchmal bringen sie solche Leute hervor, Parasiten, die sie ernähren und verstecken, damit sie nicht die ganze soziale Klasse oder Rasse lächerlich machen, denn eigentlich sind sie schon eine eigene Rasse, klar, sie sind eine Rasse für sich. Eine soziale Klasse mit soviel Zynismus, soviel Herrschsucht wird schließlich zur Rasse, und sie spucken es einem mit jedem Wort, mit jeder Geste ins Gesicht: Du bist keine von uns – auch wenn man hundertmal mehr wert ist als sie und man sich die Ellbogen wundgescheuert hat, um so viel zu wissen wie sie, dasselbe wie sie, mehr als sie.

Aber man kann lernen, soviel man will, das eine wird man niemals erreichen, das, was sie wirklich unterscheidet, nämlich die Fähigkeit, sich selbst zu vergöttern und alles Fremde zu relativieren. Dafür sind wir nicht begabt. So stark wir auch werden mögen, auch wenn wir genug Geld besitzen, Bildung und Macht, wir werden immer um Verzeihung bitten, daß wir überhaupt da sind.»

«Von wem sprechen Sie da?»

«Von ihnen! Von diesem Pack.»

«Was hat mein Pepe mit dem allen zu tun?»

«Er suchte mich, weil er an dem Fall interessiert war, aber als er mich gefunden hatte, nahm er mich überhaupt nicht ernst, im Gegenteil, er ließ das Ganze sausen.»

Marta Miguel trank ein zweites Glas Whisky. Sie hob das Glas, prostete Charo wortlos zu und leerte es in zwei Zügen. Sie sah Charo plötzlich durch einen unerklärlichen Schleier und fand, daß sie ein hübsches Mädchen war, eher Ende als Anfang der Dreißig.

«Erlauben Sie ihrem Pepe nicht, daß er Sie so allein läßt. Sie sind jung und sehr hübsch.»

«Danke. Na ja, ich beklage mich zwar, aber er hat seine Arbeit und ich meine.»

Marta beugte sich vor und legte ihr eine Hand auf das Knie, über das das Negligé hochgerutscht war. Charo sah auf die Hand und dann in Martas verschwollenes Gesicht, auf dem ein lüsternes, dummes Lächeln lag. Sie zog ihr Knie zurück, aber die Hand blieb dort, als hätte sie sich festgesaugt. Charo nahm sie und schob sie weg.

«Es tut mir leid, Señora, aber darauf habe ich keine Lust.»

Martas Hand hing eine Sekunde lang in der Luft und kehrte dann zu ihrem Ausgangspunkt zurück. Sie seufzte. «So, darauf haben Sie keine Lust.» Sie lachte auf. «Klare Sache. Noch ein Whisky und ich gehe, ich schwöre es.»

«Daß ich darauf keine Lust habe, soll nicht heißen, daß ich Sie hinauswerfen will.»

«Ich war zufällig hier in der Gegend und kam nur vorbei, um Ihnen schnell guten Tag zu sagen.»

Sie lachte über ihren eigenen Scherz.

«Aber das Schlimmste von allem ist, daß ich nichts gegen sie unternehmen kann. Sie sind unverwundbar.»

«Morgen sehen Sie alles in einem anderen Licht. Sie müssen sich ausruhen. Wie sind Sie denn hierher gekommen?»

«Mit dem Auto. Ich habe nämlich ein Auto», setzte sie mit übertriebenem Stolz hinzu. «Ich bin die erste in der Familie, die es zu einem Auto gebracht hat.»

«Sie können doch jetzt nicht mehr fahren. Soll ich Ihnen ein Taxi rufen?»

«Ich habe ein Auto, und ich fahre mit meinem eigenen Auto nach Hause», rief sie trotzig aus, als sie aufstand. Sie würde sich von niemandem das Recht absprechen lassen, mit ihrem eigenen Auto zu fahren. Mit vorgetäuschter Sicherheit ging sie zur Tür und spitzte die Lippen, um Charo auf die Wange zu küssen.

«Jedenfalls vielen Dank. Sie verstehen mich! Könnten wir nicht Freundinnen werden?»

Ohne die Antwort abzuwarten, öffnete sie die Tür sperrangelweit und schloß sie lärmend. Sie war krampfhaft bemüht, sich nicht zu übergeben, bevor sie unten auf der Straße stand. Aber als der Lift abwärts fuhr, brach es wie ein saurer Strahl aus ihr heraus.

‹Gehen Sie zu Khao Chong an der Anlegestelle des *Oriental Hotel*. Er wird wissen, was aus unseren Freunden geworden ist, und er wird Ihnen helfen, sie zu finden.›

Carvalho lernte den Zettel auswendig und schrieb sich den Namen, falls er ihn vergessen sollte, mit Kugelschreiber unter dem Armband seiner Uhr aufs Handgelenk.

Als er die Anlegestelle des *Oriental* am Ufer des Chao Phraya erreichte, wurde es schon Nacht, aber Khao Chong war da. Er war der Chef des Büros, das Schiffe für Fahrten über die Kanäle vermittelte. Er lag in einer Hängematte, die für seinen kleinen, dürren Körper viel zu groß war, und fächelte sich Luft zu mit einem *pai pai* aus Stroh.

Carvalho gab ihm das Stück von Chin Ramsuns Kutte, und der Alte sprang aus seiner Hängematte, als hätte er ihm den Plan für Käpt'n Kids Schatz gegeben. Er ging zu einer Holzhütte und winkte Carvalho, ihm zu folgen. Carvalho wiederholte ihm seine Geschichte und erzählte ihm, welchen Rat ihm Chin Ramsun gegeben hatte. Er mußte unbedingt allen Verfolgern von Teresa und Archit zuvorkommen.

«Überall, wohin Sie auch gehen, werden Sie sich in den Hotels ins Register eintragen müssen, und dann werden Charoen oder Jungle Kid Sie finden. Sie brauchen einen Paß und ein Einreisevisum. Welche Nationalität ist Ihnen am liebsten?»

«Die italienische.»

«Morgen früh, hier.»

«Wo sind Archit und Teresa?»

«Das erfahren Sie morgen früh, und ich werde Sie mit allem versorgen, was Sie brauchen, um sie zu finden. Geben Sie mir zweitausend Baht und Ihren Paß, damit das Foto kopiert werden kann. Wo verbringen Sie die Nacht?»

«Gibt es ein Hotel, in dem ich mich nicht ausweisen muß?»

«Die Hotels, in denen keine Papiere verlangt werden, sind die gefährlichsten. Innerhalb einer halben Stunde hätten Sie Charoen oder Jungle Kid auf dem Hals. Bleiben Sie hier.»

Der Alte deutete auf eine dünne Matratze auf dem Boden. «Ich bringe Ihnen etwas zu essen und Wasser.»

Er ging weg und kam nach einer halben Stunde wieder mit einer Flasche Mineralwasser und zwei Sandwiches. Sie waren aus englischem Brot mit Salat, Mayonnaise, Thunfisch und rotem, scharfem Paprika.

«Wenn Sie sich langweilen, kann ich Ihnen ein Mädchen schikken.»

«Ich könnte sie nicht gebührend empfangen.»

Carvalho deutete auf das Wenige, das die Hütte zu bieten hatte.

«Ein hübsches Mädchen, sehr sauber und gesund, und sie wird alles verstehen.»

Carvalho stellte sich diese Hütte vor, erfüllt von gespieltem Stöhnen, und lehnte rundweg ab.

«Wenn alles gutgeht, können Sie Bangkok morgen nachmittag um vier Uhr verlassen. Aber ich muß mich beeilen. Und ich rate Ihnen, bleiben Sie hier in der Hütte, lassen Sie sich nicht sehen. Die Anlegestelle des *Oriental* ist ein vielbesuchter Ort.»

«Nachts auch?»

Sein Gastgeber lachte, behielt aber den letzten Grund seines Lachens für sich.

«Nachts kommt ein anderes Publikum. Die Reichen von Bangkok zeigen ihren ausländischen Gästen den Fluß. Eine Vergnügungsfahrt in einer Barkasse mit Musikanten, Essen, Trinken und hübschen Mädchen ist ein Genuß, den Sie zu einem geeigneten Zeitpunkt nachholen sollten.»

«Eines Tages werde ich nach Bangkok kommen, um mich richtig zu amüsieren.»

Der Alte ging, Carvalho streckte sich auf der Matte aus und rief den Gott des Schlafs an, ihm zu helfen. Aber statt dessen kamen alle

Moskitos des Chao Phraya, um sich auf seine Kosten den Bauch vollzuschlagen. Weil er glaubte, stehend ihren Attacken besser gewachsen zu sein, ging er in der Hütte wie in einer Gefängniszelle auf und ab. Vor den Fenstern glitten zerbrechliche Einbäume über das Wasser. Sie hatten eine Petroleumlaterne als Positionslampe und sahen aus wie Schmetterlinge, die zu einem Begräbnis unterwegs waren, Angehörige eines Geheimkultes des Todes auf dem Wasser.

Auf den Samphans, die am Ufer lagen, war kaum Leben, und das wenige, das sich regte, spiegelte das Trägheitsmoment des Lebens zu allen Zeiten und an allen Orten wider. Erwachsene und Kinder bewegten sich wie Nachttiere, Rauch stieg auf, es roch nach Gebratenem, Töpfe wurden ins Wasser getaucht, Rufe ertönten, Spieler lärmten, man schimpfte, in einer der Hütten am Wasser bewegten sich die Lichter eines Schwarzweißfernsehers, und man hörte die allgegenwärtige Melodie, der ganz Thailand zuhörte, ‹Shangarila›, eine Kombination aus traditioneller Musik und sanftem Rock, gesungen von den klagenden Stimmen kleiner Tiere, die sich am Arsch der Welt befanden. Vielleicht war es eine Melodie des Priors von Tam Krabok, der um diese Zeit die lange Nachtwache eines Musikers beginnen würde, an seinem braunen, verblichenen Piano, umgeben von Pentagrammen und Heften, in denen er mit der Akribie des Besessenen ein altes Khmer-Lied oder ‹Que viva España› aufschrieb, während Chin Ramsun auf seinem künstlichen Hügel immer noch Steine klopfen würde, im Licht des Mondes, des Mondes von Saraburi und Lopburi, von Bangkok, Chiang Mai, Koh Samui, Jungle Kid, Teresa, Archit und Charoen. Ach, könnte sich der Mond doch in einen Scheinwerfer verwandeln und die Entfernung verraten, die uns noch trennt, dachte Carvalho, als er ihn dort im Wasser sah wie den Kiel eines Bootes. Ab und zu konnte er die Silhouette eines Palmenwäldchens mit niedrigem Unterholz scherenschnittartig erkennen.

Barkassen fuhren vorbei, beladen mit Blumen, Musik und Gelächter, eine hatte sogar ein kleines Orchester mit Sänger an Bord.

Was würde Charo machen? Und Biscuter? Wahrscheinlich hatten sie alleine gegessen, oder Charo war Tapas essen gegangen, mit La Andaluza oder irgendeiner anderen heruntergekommenen oder aufgestiegenen Freundin. Marta Miguel drängte sich in seine Phantasien hinein mit ihrer massigen Erscheinung, sie stand hinter einem Pult, hielt in der einen Hand ein Sandwich mit panierten Calamares, in der anderen einen Zeigestock und untermalte damit einen professoralen Vortrag, einen Vortrag darüber, wie schwer sie es gehabt hat, ihren Weg zu machen. In Barcelona war es jetzt drei Uhr nachmittags, vielleicht schaute Marta gerade auf ihre Armbanduhr, in einer Zelle im Trinidad-Gefängnis. Es war das erste Mal gewesen, daß Carvalho Angst gehabt hatte vor der Absicht eines Mörders, ein Geständnis abzulegen. Marta Miguel versuchte, ihr Verbrechen als einen Akt von Celia Mataix' Besitzergreifung darzustellen. Was Celia anbetraf, sie sollte in Frieden ruhen und in ihrer Unschuld, die verraten worden war durch die Notwendigkeit zu leben, ohne auf die unerbittlichen Fragen eine Antwort zu finden.

Paare in Gala kamen an die Anlegestelle. Wichtige Bangkoker Persönlichkeiten mit Saphiren an den Fingern, in Begleitung westlicher Bekannter, Paare zwischen Reife und Alter, die gespannt waren auf das Abenteuer des nächtlichen Flusses. Reiche Thais verhielten sich genau so wie reiche Katalanen aus Camprodón oder S'Agaró oder wie reiche Madrider aus Somosaguas oder reiche Andalusier aus Jerez. Die Amerikaner dagegen verhielten sich einfach wie Amerikaner ohne weitere Kennzeichen und ließen sich in dem Netz feinsinniger Liebenswürdigkeiten einfangen, einer alten Kultur des sozialen Verhaltens, wobei ihnen bewußt war, daß sie früher oder später dafür bezahlen müssen würden, wie der betrunkene Amerikaner im Rosengarten dafür bezahlt hatte, sich betrinken zu dürfen, unflätig zu sein und sich über jenen Digest der Thai-Kultur lustig zu machen. Carvalho lauschte und sah, wie Expeditionen, die wie für die Oper gekleidet waren, vorüberfuhren, auf der Jagd nach dem erregenden Verwesungsgeruch des Flusses im Licht des Mondes und der Barkassen.

Er schlief ein und erwachte wieder von einem lauten Miauen, das von der Böschung am Flußufer herkam. Ein weißhaariger Gentleman ging in Begleitung von zwei Thaipagen zum Ufer hinab, die ihn links und rechts an der Hand führten. Die Pagen lachten und miauten in ihrer Sprache, und der Gentleman ließ sich führen wie ein dicker, gutmütiger König. Einen Schritt vom Fluß entfernt öffneten sie ihm die Gürtelschnalle, und die Hose des Königs fiel zu Boden wie die Haut eines besiegten, vorsintflutlichen Dickhäuters. Ein Page bemächtigte sich des Penis seiner Majestät, und der andere zog ihm das Alpaca-Jackett aus. Nun konnte der König die Arme heben und die Hände nach dem Mond ausstrecken. Der Page, der seinen Penis genommen hatte, zog mit einem Ruck an der halberwachten Schlange, und der Gentleman fiel, weil sich seine Füße in seinen eigenen Hosen verfingen, auf den Knien ins Wasser, während die beiden Pagen die Stufen hinaufrannten und das Jackett als schwerelose Trophäe mitnahmen. Es dauerte eine ganze Weile, bis dem König bewußt wurde, daß er ein beraubter, halbnackter alter Mann war, der in einem ebenso fruchtbaren und mächtigen wie faulenden Fluß auf der Schnauze lag, und als ihm dies in seiner ganzen Tragweite klargeworden war, nahm er wieder die Haltung eines donnernden und schimpfenden Weltmannes an, stellte die Ästhetik des Südpols seines Körpers wieder her, in dem er in die Hosen hineinschlüpfte, machte kehrt und versuchte, so schnell wie möglich den Abhang voller pflanzlicher Fäulnis hinaufzuklettern, um oben unter einer schwankenden Glühbirne wieder aufzutauchen, die sein Gesicht beleuchtete und wieder verschwinden ließ, das Gesicht eines keuchenden, dicken Weißen, zu langsam für einen Wendekreis, den er zwar kaufen, aber nicht verstehen konnte. Das Licht machte ihm klar, daß er besiegt war, und ließ den Schrei des Hochmutes auf seinen Lippen verstummen. Er ging davon, auf die Lichter des *Oriental* zu, auf der Suche nach der Würde, die er am Fluß verloren hatte, und dem Geld, das er für den Notfall im Tresor des Hotels deponiert hatte.

Carvalho döste mehr, als daß er schlief. Ab vier Uhr morgens saß er auf seiner Matte und fragte sich, was er, zum Teufel, in dieser öden Hütte an diesem öden Fluß verloren hatte.

«Es macht mich fertig. Und das alles wegen einer Frau, die mich genauso fertigmacht, und für eine Rechnung, bei der ich kaum etwas verdiene.» Sich bewegen oder bewegt werden. Ein Echo seiner verlorenen Bildung erreichte ihn, er ordnete es einem Werk von Beckett zu, das ihn einmal beeindruckt hatte. ‹Das ist kein Sich-Bewegen, daß ist Bewegt-Werden.›

Um sieben Uhr morgens tauchte Khao Chong auf und brachte ihm wieder ein Sandwich mit Thunfisch und Salat, dazu eine fast gefrorene Flasche des nationalen Tonikums. Carvalho probierte diesen Nektar, und es schmeckte wie ein Mittel für ein junges Mädchen, das die ersten Beschwerden und Schmerzen der Regelblutung ertragen muß.

Khao Chong wählte seine Worte mit Bedacht und achtete dabei genau auf die richtige Relation zwischen Form und Inhalt. Carvalho mußte die Hütte verlassen, denn in jeder Minute konnten die ersten Expeditionen vom Hotel aus eintreffen. Man würde die Touristen auf dem Fluß spazierenfahren und sie zu den schwimmenden Märkten bringen, wo sie sich von den geschicktesten Händlern Asiens ausplündern lassen konnten.

Gegen Mittag würde alles fertig sein, der Paß, das Visum und die Bahnfahrkarte nach Surathani. «Ich habe Ihnen einen Platz in der ersten Klasse besorgt. Sie werden ein Abteil mit Klimaanlage und Bett für sich alleine haben. Diese Abteile werden von der Polizei am wenigsten kontrolliert, denn normalerweise reisen darin reiche Leute. Sagen Sie dem Waggonschaffner Bescheid, daß Sie in Surathani aussteigen wollen. Dort nehmen Sie dann ein Taxi nach Ba Don; und sorgen Sie dafür, daß Sie die erste Fähre erwischen, die nach Koh Samui ausläuft! Die Fahrt dauert etwa drei Stunden. Wenn Sie im Hafen von Koh Samui ankommen, nehmen Sie ein Taxi nach *Nara Lodge*. Es sind ein paar neue Bungalows in der Nähe des Großen Buddha des Meeres. Dorthin habe ich die Señora geschickt, unter dem Namen Corti, und Archit sagte ich, er solle in einem bescheideneren Bungalow wohnen, der nicht weit von *Nara Lodge* entfernt ist. Er reist mit einem thailändischen Paß als Student Pong Sarasin.»

Als Carvalho sein Sandwich aufgegessen hatte, ging Khao Chong hinaus und fuhr einen Lieferwagen rückwärts an die Hütte heran, bis sich die Tür des Wagens direkt vor der Hüttentür befand. Carvalho stieg ein, ohne daß ihn jemand gesehen haben konnte, und setzte sich auf den Boden, während Khao Chong Gas gab und zur Charoen Krung Road fuhr. Das ging aus dem Stadtplan hervor, den Carvalho die ganze Zeit mit der wirklichen Stadt verglich. Er wollte in jedem Moment wissen, wo er war. Nach fünf Minuten war die Fahrt schon zu Ende. Der Lieferwagen fuhr an den Laderampen des Hauptbahnhofes vorbei und bog in eine kleine Seitenstraße ein, um vor einer Lagerhalle mit Teakholzarbeiten anzuhalten. Khao Chong wiederholte sein Rückfahrtmanöver, und Carvalho ging vom Lieferwagen in die Lagerhalle hinüber, dort wartete schon ein braunhaariges Mädchen auf sie und führte sie in ein Hinterzimmer, in dem es einen Tisch und eine kleine Kochgelegenheit gab.

«Sie werden hier bis zur Abfahrt des Zuges warten. An allen Punkten, von denen aus Bangkok verlassen werden kann, wimmelt es von Polizisten und Spitzeln. Um halb vier kommt ein Freund von mir, holt Sie ab und bringt Sie in Ihr Abteil. Sie brauchen sich um nichts zu kümmern. Sie werden den Hauptbahnhof wie ein Gespenst durchqueren, ohne daß jemand Sie sehen wird.»

Khao Chong lachte und sah Carvalho erwartungsvoll an. Carvalho verstand. Er zog den Geldbeutel und bezahlte die vereinbarte Summe, dann gab er ihm noch einen Hundert-Baht-Schein als Trinkgeld, was der Alte jedoch nicht annahm.

«Ich verdiene nichts an der Sache. Chin Ramsun ist mein Freund, und er ist ein heiliger Mann. Wenn er mich bittet, dies zu tun, dann hat es seine Richtigkeit. Wenn es Ihnen zu teuer erscheint, dann muß ich Sie daran erinnern, daß falsche Papiere überall auf der Welt teuer sind und daß Sie mit Klimaanlage reisen werden, sehr komfortabel. Sie können die ganze Nacht schlafen.»

«Das ist auch mein größter Wunsch!»

«Ich lasse Sie mit diesem Mädchen allein, aber ich möchte Ihnen noch sagen, daß sie keine Prostituierte ist.»

Das war weder ein Scherz noch eine Provokation. Eine objektive Wahrheit.

«Die Ausländer glauben, alle Thaimädchen würden den ganzen Tag nur Massagen erteilen. Diejenigen, die massieren, sind Masseusen, und die nicht massieren, sind keine Masseusen.»

Khao Chong lächelte ihm ein letztes Mal zu und ging. Carvalho sah sich in seinem neuen Gefängnis um und musterte der Reihe nach die Gegenstände, die dazugehörten. Was kann man in einer Küche anfangen, in der sich außer einem Tisch und zwei Stühlen nichts weiter befindet? Kochen? Carvalho sträubte sich nicht gegen die Logik der Situation; er rief das Mädchen und fragte sie, ob er die Küche benutzen und sie zum Einkaufen schicken könne. Der dialektische Widerstreit zwischen Erstaunen und Liebenswürdigkeit entschied sich zugunsten der Liebenswürdigkeit, und das Mädchen war nicht nur bereit einzukaufen, sondern half Carvalho auch dabei, die englischen Wörter zu finden, die er vergessen hatte, zum Beispiel das Wort für Artischocken. Er hatte sie überall auf den Märkten und sogar in den Pflanzungen um Chiang Mai herum gesehen. Das Mädchen ging, Carvalho nahm eine Pfanne vom Haken und balancierte sie wie ein vertrautes Werkzeug in der Hand. Plötzlich fiel ihm ein, daß er vergessen hatte, Olivenöl zu bestellen, und er verfluchte seine Unkonzentriertheit, ohne Zweifel bedingt durch die lange Zeit, die er dem Herd und dem Englischen ferngeblieben war.

Das Mädchen breitete die Einkäufe auf dem Küchentisch aus: ein Paket Reisnudeln, in Stücke geschnittenes Schweinefleisch und ein Hühnchen, Tintenfische, Krabben, eine Büchse Tomaten, zwei Paprikaschoten, Zwiebeln und Knoblauch. Und als Carvalho sie mit schlechtem Gewissen bat, noch einmal loszugehen und Olivenöl zu holen, lächelte sie nur und ging wieder hinaus, um sofort mit einer kleinen Flasche zurückzukehren, in der sich eine metallisch aussehende Flüssigkeit befand, die wie Olivenöl aussah. Das Mädchen sagte, es würde in Thailand in der Apotheke verkauft, die Frauen würden es zur Haarpflege verwenden. Carvalho schnüffelte an dem Haarpflegemittel, tauchte den Finger hinein und leckte ihn ab, und sowohl der Geruch als auch der Geschmack bewiesen ihm, daß es sich tatsächlich um Olivenöl handelte. Er nahm ein Messer zur Hand, benutzte den Tisch als Unterlage und begann mit der Vorführung. Er bereitete das Sofrito vor, putzte die Tintenfische, pulte die Krabben und kochte einen Sud aus den Panzern der Krustentiere und den Hühnchenknochen.

«Auch wenn Sie es vielleicht nicht verstehen werden, ich will jetzt ein Gericht zubereiten, das sich Fideua nennt und im heutigen Valencia sehr in Mode ist, in einem ungleichen Wettbewerb mit der traditionellen Paella. Unter meinen Händen und mit diesen Zutaten wird es sich in ein internationales Gericht verwandeln, das heute seine weltweite Premiere hat, denn noch niemals ist es unter Verwendung der feinen Reisnudeln zubereitet worden.»

Carvalho sprach spanisch, aber er gestikulierte heftig dabei, als seien seine Worte für seine Gefährtin durchaus verständlich. Sie lachte, als sei sie bei einer Show von Jerry Lewis, und zum erstenmal in seinem Leben gefiel es ihm, daß man über ihn lachte, und er genoß die Rolle des kochenden Clowns.

«Zuerst muß man das Fleisch anbraten und in dem Öl ein dickes, gut eingekochtes Sofrito herstellen, wie es die Kanoniker vorschreiben in den perfekten Erläuterungen von Josep Pla, einem bedeutenden katalanischen Schriftsteller, der, wie ich annehme, ins Thailändische übersetzt ist. Sobald das Sofrito aus Zwiebeln, Tomaten und Paprika fertig ist, gibt man das Schweine- und Hühnchenfleisch und die Tintenfische dazu, im letzten Moment auch die Krabben. Dann würden eigentlich die Nudeln darin gekocht, aber mit Rücksicht auf die zarte Konstitution der Nudeln, mit denen Sie mich versorgt haben, werde ich sie ebenfalls erst später dazugeben. Zunächst gieße ich den Sud über das Sofrito und lasse alles eine Weile kochen, damit sich die verschiedenen Aromen gut durchdringen. Dann erst gebe ich die Nudeln und Krabben hinzu. Zwei oder drei Minuten, bevor ich das ganze vom Feuer nehme, muß eine Mischung aus gehacktem Knoblauch und Olivenöl hinzugefügt werden, dann muß man die ganze Pampe ziehenlassen und abwarten, was dabei herausgekommen ist.»

Das Wunder geschah, und in der Pfanne entstand eine feine Fideua, in der die zarten Reisnudeln für eine beinahe pflanzliche Konsistenz sorgten. Nachdem sie fast Tränen gelacht hatte, war das Mädchen neugierig geworden und nahm zwar die Ehre nicht an, mit dem Fremden an einem Tisch zu essen, probierte aber doch das Gericht im Stehen, erst ängstlich und unentschlossen, aber dann mit immer mehr Begeisterung und Entdeckungsfreude, als sie gemerkt hatte, wie gut es schmeckte. Carvalho sagte ihr, er werde sich das Rezept patentieren lassen, sobald er wieder in Spanien sei, es würde bei den Italienern und den Valencianern bestimmt begeisterten Anklang finden, da es in sich die Kultur der Paella, des Reises und der Nudeln in einer gelungenen Synthese vereinige, die noch keinem der Propheten der Nouvelle Cuisine gelungen sei.

Nach diesem Höhenflug wurde Carvalho melancholisch und kam sich albern vor. Er ließ sich auf den Stuhl fallen. Das Mädchen wunderte sich über seine plötzliche Schweigsamkeit, nachdem er kurz zuvor so lebhaft gewesen war, und verstand es als Aufforderung, ihn allein zu lassen. Aber von Zeit zu Zeit streckte sie das Köpfchen zur Tür herein und lächelte oder lachte in einem unbezahlbaren Ausdruck der Solidarität mit dem verrückten Ausländer.

Plötzlich bemerkte Carvalho überrascht, daß statt des Mädchenköpfchens das pockennarbige Gesicht eines Riesen an der Tür erschien. Dem Gesicht folgte der vierschrötige Körper, dieser streckte zwei Pranken aus und blätterte zwei Pässe, eine Fahrkarte und eine Hotelrechnung für *Nara Lodge* auf den Tisch.

«In zwei Stunden bin ich wieder hier und hole Sie ab.»

Zwei Stunden später war der Riese wieder da, diesmal in der Uniform eines Briefträgers oder eines Bahnschaffners. Es war halb vier, und Carvalho ging an der Seite des angeblichen Eisenbahners direkt zum Bahnhof. Sie überquerten den von einem Säulengang umgebenen Parkplatz für Taxis und Lieferwagen und gingen durch eine Tür direkt auf die Bahngleise, in der Höhe von Gleis 1. Der Zug nach Songkhla stand schon bereit, und der Eisenbahner trat beiseite, um Carvalho in den ersten Wagen einsteigen zu lassen. Carvalho befand sich plötzlich in einer vollklimatisierten Atmosphäre, die sein verschwitztes Gesicht angenehm kühlte, und als er sich nach seinem Begleiter umsah, entdeckte er, wie dieser ihm einen Koffer reichte, die Schiebetür seines Abteils öffnete und einen Namen auf ein Kärtchen schrieb, das er neben der Tür in einen Metallrahmen steckte.

«Señor Calabró, Sie sind bereits registriert, und vergessen Sie beim Aussteigen Ihren Koffer nicht, Sie werden ihn vielleicht brauchen.»

Der Eisenbahner verschwand. Carvalho stand vor einem Rätsel. Er hätte schwören können, daß der falsche oder echte Eisenbahner beim Verlassen der Lagerhalle noch keinen Koffer in der Hand gehabt hatte. Er öffnete ihn und fand darin einen Schlafanzug, ein paar Jeans, zwei Hemden und eine Taucherbrille mit Schnorchel. Er packte den Inhalt seiner Plastiktüte dazu, um sich dann ganz dem Genuß der Kühle und der vorbeifliegenden Landschaft hinzugeben, nachdem das Rütteln und Schütteln des Zuges seiner eigenen Identität auf den Zahn gefühlt hatte.

Bangkok verschwand nur widerwillig. Es hörte nicht auf, seine beschämenden Kehrseiten zu zeigen, seine Hütten und fauligen Seitenkanäle, die Landschaft, in der er in der Nacht seiner ersten Begegnung mit Madame La Fleur unterwegs gewesen war. Jene gespenstischen Häuser an den Seitenkanälen waren Wirklichkeit, und wirklich waren auch die Bewohner mit ihrer asiatischen Müdigkeit unter mitleidigen, breit ausladenden Bäumen, die Kanäle mit stehendem Wasser und Wasserpflanzen, die Kinder, die in den Sackgassen Federball spielten, und das faulige, fast pflanzliche Wasser. Plötzlich kündigte sich der Dschungel an mit Wegen, die Elefanten und Tiger versprachen, oder Errol Flynn, der seinen Helm mit Palmblättern getarnt hatte. Carvalho fühlte sich wohl in diesem sterilen Privatabteil mit seinen Metallbeschlägen und Plastikbezügen und dem Klappwaschbecken. Die doppelte Verglasung des großen Fensters verzerrte die Landschaft, und er ging auf den Korridor hinaus, um durch einfache Scheiben zuzusehen, wie es Abend wurde. In den benachbarten Abteilen saßen junge Thai-Paare, die genauso aussahen wie die jungen Paare aus Miranda del Ebro, wenn sie nach einigen Tagen in Madrid mit dem Zug wieder nach Hause fahren. Ein Abteil belegte ein ranghoher Militär, dem eine koffertragende Ordonanz vorangegangen war. In einem anderen saß ein Geschäftsmann, der sich während der ganzen Fahrt unaufhörlich die gleiche Suppe aus dem Speisewagen bringen ließ, und in einem Abteil glaubte er einen Geistlichen hinter dem Vorhang zu erkennen.

Aus dem Waggon der Auserwählten ging er hinüber in den Waggon zweiter Klasse, dort waren die Schlafabteile mit hölzernen

Bänken ausgestattet, und die Luft war nicht klimatisiert, sondern genau so, wie sie zu den offenen Fenstern hereinkam, eine heiße Luft, die die Mehrheit der europäischen Reisenden auf den Korridor trieb. Als er an der Toilette vorbeikam, sah Carvalho darin einen riesigen irdenen Bottich für das Wasser stehen. Der Wagen mußte noch aus der Zeit stammen, in der Somerset Maugham in seinen Büchern ein Asien verewigte, das schon im Sterben lag, ein Asien, dem Ho Chi Minh schon näher war als Rudyard Kipling. Der nächste Wagen war dagegen eine utilitaristische Grundsatzerklärung, ein Musterbeispiel an Effektivität. Die mit grünem Plastik überzogenen Sitze konnten zu einem Bett für zwei Leute ausgezogen werden; über den Sitzen befanden sich Schlafkojen, und dort war ein Schaffner gerade dabei, die Guerillanester von Wanzen und Kopfläusen mit DDT auszuräuchern. Carvalho kämpfte sich durch eine Wolke des Insektizids, um den Speisewagen zu erreichen, in dem sich ebensoviel Personal wie Gäste in der alten Kunst des Essens auf Reisen übten. Carvalho nahm Platz neben einem Tisch, an dem zwei Thais gerade ihr Abendessen und eine Flasche Maekong beendeten. Sie unterhielten sich höflich darüber, was sie getan hatten und was sie tun wollten. Sie waren angetrunken und wohlgelaunt, und ihr Körper machte diesen entspannten Eindruck, den nur Bahnreisende an sich haben.

Carvalho bestellte sich einen Obstsalat und eine Portion Hähnchen mit Minze und Nelken. Er war der einzige Abendländer im Speisewagen und stellte fest, daß das nur sein Problem war, nicht das der anderen, die sich weiter unterhielten, weiter aßen und diesen rassischen Spion ignorierten.

Als er zurück in sein Abteil ging, fragte ihn der Waggonschaffner auf dem Gang, ob er ihm das Bett machen dürfe. Während er das tat, bat ihn Carvalho, ihm Bescheid zu sagen, wenn sie in Surathani ankommen würden. Der Schaffner versicherte ihm mehrmals, daß er es nicht vergessen würde, für alle Fälle gab ihm Carvalho noch zwanzig Baht, die er entgegennahm mit dem traditionellen Gruß, der genausogut einem Trinkgeld wie einem Buddha gelten konnte.

Carvalho zog sich aus und schlüpfte ins Bett. Mit dem ganzen Körper spürte er die Erschütterung des Zuges, dieses mühelose Gefühl, sich in einem Spielzeug zu befinden, das sich vorwärtskämpfte zu seinem Ziel, und im Halbschlaf war das Rattern des Zuges manchmal eine Aufforderung, aufzuwachen, und manchmal eine Aufforderung, einzuschlafen. Seine Armbanduhr zeigte ihm, daß es bald vier Uhr sein würde, um diese Zeit sollte der Zug in Surathani ankommen. Um halb vier stand er endgültig auf, er hatte noch Zeit, im Waschraum eine Dusche zu nehmen, und als der schläfrige Weckruf des Schaffners ertönte, fühlte er sich schon viel besser. Der Schaffner sah ohne seine Mütze und seine Uniformjacke aus wie ein Gastwirt, der die ganze Nacht noch keinen Schlaf gefunden hatte.

Carvalho trat auf den Gang hinaus und sah, wie aus einem anderen Abteil erst ein Koffer und dann ein großer Mann in geistlicher Tracht herauskam, der ihm einen neugierigen Blick zuwarf und sich dann damit beschäftigte, die Karbonlandschaft der Nacht zu ergründen. Um vier Uhr hatten sie ihr Ziel noch nicht erreicht, und der Schaffner, der inzwischen seine Uniform angezogen hatte, teilte erst dem Priester und dann Carvalho mit, daß sie mit einer halben Stunde Verspätung eintreffen würden.

Der Priester kam auf Carvalho zu und hielt dabei etwas in der Hand. Carvalho konzentrierte sich, um einen festen Stand zu haben, und sah ihm entgegen. Es war ein Päckchen Zigaretten, das er ihm anbot. Er war ein europäischer Priester, der nicht nur von der Sonne, sondern von Natur aus eine schwarzbraune Hautfarbe hatte, Carvalho hatte ihn zunächst für einen Mischling gehalten. «Sie fahren nach Surathani?» fragte er ihn auf englisch.

«Nein, nach Koh Samui.»

«Ah, Sie sind Tourist?»

«Ja.»

Der Priester wiegte besorgt seinen Kopf hin und her.

«Seien Sie vorsichtig. Es ist keine sehr gute Gegend. Nicht alle Besucher von Koh Samui sind nette Leute. Sind Sie Amerikaner?»

«Nein, Italiener.»

Die Augen des Priesters weiteten sich, und Freude breitete sich auf seinem Gesicht aus.

«Italiener! Ich auch!»

Ein Wortschwall ergoß sich aus dem Mund des gebürtigen Sizilianers. Woher Carvalho stamme? Aus Mailand, antwortete er mit dem besten Italienisch, dessen er fähig war, aber er teilte dem andern sofort mit, daß er seit langer Zeit in New York lebe und seine Muttersprache beinahe vergessen habe.

«Genauso geht es mir auch. Ich bin seit zwanzig Jahren bei der Mission in Bangkok. Jetzt mache ich einen Besuch in dieser Gegend. Ich fahre nach Ba Don. In Koh Samui gibt es einen katholischen Priester, ich gebe Ihnen seine Adresse, falls Sie mit ihm sprechen wollen.»

Zum Glück hatte der Geistliche so viel zu erzählen, und der Respekt vor dem Schlaf der anderen zwang sie dazu, leise zu sprechen, so daß Carvalhos sprachliche Mängel nicht auffielen. Lichter tauchten auf, woraus man schließen konnte, daß sie sich einer größeren Ansiedlung näherten. Der Schaffner öffnete die Verbindungstür zur Außenplattform. Carvalho trug seinen Koffer dorthin, und der Geistliche folgte ihm. Allmählich verlangsamte der Zug seine Fahrt, die Räder quietschten, und schließlich kam er zum Stehen. Der Luxuswagen war ganz am Ende des Zuges, die aussteigenden Fahrgäste mußten auf den Kies des Bahndammes springen und dann zwischen den Gleisen entlanggehen, um den Übergang zum Bahnhof zu erreichen. Als sie dort angekommen waren, verabschiedete sich der Priester von Carvalho und gab ihm den Rat: «Wenn Sie ein Taxi nach Ba Don nehmen, bezahlen Sie nicht mehr als siebzig Baht! Der normale Preis liegt zwischen fünfzig und sechzig Baht.»

«Wenn Sie auch nach Ba Don fahren, können wir zusammen ein Taxi nehmen.»

Der Priester hatte auf diesen Vorschlag gewartet und lächelte zufrieden. Zwanzig oder dreißig Ausländer umschwärmten die Taxis.

«Lassen Sie sie sich ruhig an den Ausländern schadlos halten. Nachher fahren wir auf billige Art.»

Carvalho drehte sich um, betrachtete den stehenden Zug und die Anzeichen der baldigen Weiterfahrt, die sich um das Ungeheuer herum zeigten, das sich mit seinem eigenen Gebrüll aufweckte. Man konnte nicht mehr vom Pfeifen der Lokomotive reden. Es war ein unpersönliches, barsches Kommando, ein breites, durchdringendes Hohngebrüll, das genau auf die Brust des Reisenden zielte, der in letzter Sekunde angerannt kam. «Alles klar. Ich habe ein Taxi.»

Der Priester winkte Carvalho, damit er aufhörte, den Zug zu betrachten. Der ruckte an, wie zur Probe, ob er wirklich losfahren könne, dann ein leichtes Gleiten auf den Rädern und ein langer Seufzer, um sich in Bewegung zu setzen und die Standfotos der Reisenden an den Fenstern mit Geschwindigkeit und Abschied zu erfüllen. Mit dem Koffer in der Hand und den Füßen schon in Richtung des wartenden Priesters stand Carvalho da und starrte wie hypnotisiert auf das altbekannte, ludische Wunder des fahrenden Zuges. Aber eine unvorhergesehene Erscheinung ließ ihn die Augen zusammenkneifen und eine Bewegung in Richtung des Zuges machen. Hinter den Doppelscheiben des letzten Waggons, dort, wo er bis jetzt gesessen hatte, hatte er eine Frau gesehen – und es war nicht zu glauben, wieviel Ähnlichkeit sie mit Teresa Marsé besaß.

Der Geistliche sprach mit dem Taxifahrer Thai und handelte den Preis soweit herunter, daß dieser seinen Kollegen einen kläglichen Blick nachsandte, die das Glück gehabt hatten, daß ihre Fahrgäste die Landessprache nicht beherrschten.

«Steigen Sie ein! Was ist denn? Sie sehen so besorgt aus!» Carvalho hatte immer noch das verschwommene Gesicht vor Augen, das er hinter der Scheibe erblickt hatte. Ohne Zweifel eine optische Täuschung.

«Ich bin noch nicht richtig wach.»

Alles schlief noch in Surathani, bis auf die Taxikolonne, die sich nach Ba Don in Bewegung setzte. Der Priester bedauerte Carvalho, daß er so lange auf seine Fähre würde warten müssen. «Nehmen Sie unbedingt die Neun-Uhr-Fähre, es ist die schnellste, obwohl sie drei Stunden braucht. Was wollen Sie in der Zwischenzeit machen? Sie könnten sich in einem Hotel ausruhen.»

«Ich sehe mir Ba Don an.»

«Da gibt es wenig zu sehen. Es ist ein Hafen ohne Charakter, das einzig Interessante ist der Markt.»

Er riet ihm noch einmal, in Koh Samui vorsichtig zu sein. Die Insel war früher ein Paradies und war es in gewissem Sinne immer noch, aber die Vorhut des Tourismus, junge Leute auf der Suche nach der Authentizität des Paradieses, waren schon angekommen. «Aber einigen von diesen jungen Leuten genügt das äußerliche Paradies nicht, und sie bringen Heroinspritzen mit. An den Stränden baden sie nackt und schockieren so die Einheimischen.»

«Kann man die Einwohner des Landes der Massagen tatsächlich mit Nacktheit schockieren?»

«Sehr wohl, auch wenn es Ihnen unglaublich erscheint. Sie machen einen Unterschied zwischen dem, was Prostitution ist – fast immer für Ausländer – und dem normalen moralischen Verhalten. Es gibt auch schon die ersten Ausländer, die sich in Koh Samui niederlassen wollen. Ein Spanier namens Martínez.»

Der Priester hatte dies in einem seltsamen Ton gesagt, als verschweige er etwas.

«Was ist mit diesem Martínez?»

«Erkundigen Sie sich in Koh Samui nach ihm. Fragen Sie den katholischen Kapellan, der dort wohnt. Er kann Ihnen alles erzählen. Martínez ist dabei, sich einen Bungalow zu bauen.»

Außerdem war er mit einer Italienerin oder Thailänderin verheiratet, Carvalho hatte es nicht richtig verstanden, weil das plötzliche Aufleuchten eines Scheinwerfers seine Aufmerksamkeit gefesselt hatte. Dahinter kamen nächtliche Wesen in Uniform zum Vorschein, die das eindeutige Zeichen gaben, anzuhalten.

«Eine Militärkontrolle. In dieser Gegend wimmelt es von Militär.»

«Weshalb?»

«Kommunisten! Die Guerillakämpfe sind wieder aufgeflammt. Und weiter im Süden, in Pattani, gibt es ab und zu malaiische Guerilleros, die Mohammedaner sind.»

Das Taxi hielt an, und eine Laterne beleuchtete ihre Gesichter. Sie wurde wieder zurückgezogen, und sie blickten genau in die Mündung des Maschinengewehrs, das der Soldat hielt. Er sprach mit dem Priester, dann stieg der Italiener aus, öffnete den Kofferraum, und zwei Soldaten kontrollierten das Gepäck. Kaum war der Priester eingestiegen, fuhr das Taxi wieder los.

«Zu ärgerlich! Es ist immer das gleiche.»

«Ist die Guerilla mächtig?»

«Das glaube ich nicht. Auch die Kommunisten sind nicht daran interessiert, daß sie mächtig ist. Thailands Stunde hat noch nicht geschlagen. Sie benutzen sie ab und zu, um daran zu erinnern, daß sie die Regierung in Schwierigkeiten bringen können, wenn sie wollen. Ebenso wie ihre Verbündeten, die Nordamerikaner.» Immerhin gab es in diesem Land mehr Kommunisten als Katholiken, das mußte der Priester zugeben. Aber grundsätzlich war das Land buddhistisch, es hatte seine eigene Variante des Buddhismus entwickelt, der stark an den ältesten Traditionen orientiert war und das unausrottbare, animistische Substrat in sich aufgenommen hatte, wie die Geisterhäuschen beweisen, die wie Spielzeugtempel aussehen und vor den Häusern aufgestellt werden.

«Buddhismus, Animismus und Amerikanismus. Und den Amerikanismus bringen nicht nur die Nordamerikaner, sondern auch die Japaner ins Land, und er wird über die Chinesen in der Bevölkerung verankert. Die Chinesen sind leistungsorientiert wie Teufel. Sie sind Teufel.»

Das Taxi fuhr durch die dunklen Straßen von Ba Don, wo schon die ersten Passanten um die Fähre herumstanden, bereit für das Hin und Her des Tages. Carvalho wollte das Taxi bezahlen, obwohl der Italiener weiterfuhr, und er bat ihn, es als kleinen Beitrag zur Ausbreitung des katholischen Glaubens in Asien anzunehmen.

«Wir Salesianer tun, was wir können. Aber es ist schwer. Entweder man hat eine Großmacht hinter sich, oder es ist schwer, Anhänger zu finden.»

Vor dem Taxi wartete schon ein Schlepper einer der Fährschiffkompanien und wollte Carvalho dazu überreden, bei ihm die Überfahrt zu buchen. Carvalho versprach es ihm und folgte dann dem Rat des Salesianerpaters, der noch einmal halb aus dem Taxi stieg und zu ihm sagte: «Gehen Sie dort in die Bar, in der das Licht brennt, und warten Sie dort. Es ist besser, Sie gehen um diese Zeit nicht spazieren.»

Das Taxi fuhr los, und Carvalho ging zu dem Lokal. Dort war die Welt noch in Ordnung. In der Küche wurde das Herdfeuer angezündet, der erste schmutzige Lappen wischte über den Tisch, die ersten Frühstücke für die Hafen- und Marktarbeiter wurden ausgegeben, er selbst bekam eine große Tasse Kaffee und ein süßes, in heißem Fett fritiertes Gebäck, das ihn an ein Madrider Café erinnerte. Es dauerte noch, bis es Tag wurde. Der neue Tag vertrieb die Nacht in den Hintergrund weit entfernter Urwälder mit Lianen und Palmen, die wie ein düsterer Bilderbogen wirkten, er enthüllte nach und nach eine schlafende Geschäftsstraße vor einem Meer, das so glatt wie ein See war. Von dort kamen allmählich die zerbrechlichen Einbäume mit Außenbordmotor an, die die Inselbewohnerinnen zum Markt brachten. Carvalho folgte ihnen dorthin. Der Markt füllte sich nach und nach mit Menschen und Lärm. Es gab grüne Miesmuscheln, schwarze Austern, Abalone, nervöse Chillies, mikroskopische Krabben, dunkle Innereien vom Schwein und grüne Bohnen, die einen halben Meter lang waren, als wollten sie ihre asiatische Besonderheit unterstreichen. Dagegen wirkten die Pagel-Fische sehr vertraut, wie Mittelmeerbewohner im Exil.

Zwischen acht und neun Uhr morgens begannen die Ausländer einzutreffen und sich um die Hütte zu scharen, um dort Fahrkarten zu kaufen. Nicht nur die Agenten der Fährschiffkompanien stürzten sich auf die Touristen, sondern auch Leute, die ihnen schon vor der Abfahrt einen Bungalow auf Koh Samui vermieten wollten. Diese Rucksackreisenden mit dem obligaten Ohrring in einem Ohr hatten wenig gemeinsam mit den Touristen des *Dusit Thani*, schon eher mit denen des *Malaysia*.

Auf der Fähre saßen Einheimische, die nach Koh Samui zurückfuhren, zwischen abendländischen Freaks auf der Reise zum Absoluten, jungen hetero- und homosexuellen Paaren, wie jener kleine Rothaarige mit seinem asiatischen Freund, der ein thailändisch-französisches Lexikon studierte, oder pensionierten Lehrerehepaaren mit weißer, wallender Mähne, die die Augen weit aufsperrten, um die Möglichkeit eines letzten exotischen Traums zu prüfen.

Durch die Fenster sah man einen grauen Himmel über Inseln, die aus der Ferne wie die Rücken von Drachen wirkten, auf denen eine abenteuerliche Vegetation wuchs, sich aber beim Näherkommen als unberührte Inseln der Ertrunkenen und der Robinsone entpuppten. Einer der Agenten unterhielt sich mit dem homosexuellen Pärchen, und plötzlich ging ihr Gespräch in einen leisen, vielleicht wegen des Wetters melancholischen Gesang über, sehr zur Begeisterung eines Thaimädchens, das den ganzen Vormittag schon auf ihrem Sitz hin und her gerutscht und dauernd auf den Reißverschluß ihrer Jeans und den Sitz unter ihrem Hintern geschaut hatte, ob sich irgendwo ein Fleck der infamen Regelblutung zeigte. Ihre Mutter hatte sie beruhigt und gesagt, sie würden bald in Koh Samui sein. Aber die Inseln zogen vorüber, und es dauerte noch lange, bis Koh Samui den ganzen Horizont ausfüllte und das Schiff an einer Anlegestelle anlegte. Dort warteten schon Touristen auf die Rückfahrt, Wagenladungen von Kokosnüssen, Agenten von Bungalows und Fahrer von Sammeltaxis.

Kaum war er an Land gesprungen, ging Carvalho auf die Leute zu und fragte die Fahrer, wer von ihnen nach *Nara Lodge* fahren würde. Keiner, und als sie den Namen *Nara Lodge* hörten, zeigte sich Respekt und Zurückhaltung auf den Gesichtern. Schließlich akzeptierte einer der Fahrer Carvalho als zusätzlichen Fahrgast, kündigte ihm aber an, es würde etwas teurer werden, da *Nara Lodge* weit ab von seinem eigentlichen Ziel liegen würde.

Rechts von ihm saß ein jugendliches französisches Pärchen, ein amerikanisches Ehepaar mit einem kleinen Mädchen und drei Holländerinnen, links saß der Rothaarige mit seinem Liebhaber, und zwei Thais hingen auf den Trittbrettern. Nach einer kurzen Strecke erreichte das Taxi den Dschungel mit seinen Palmen, Bananenstauden und Lianenranken. Es verteilte die Touristen auf die verschiedenen Ansammlungen von Bungalows aus dunklen Hölzern. Sie standen auf gebrechlichen Pontons, immer um ein Restaurant herum, zum Strand hin orientiert, einer Girlande von weißem Sand und schäumender Brandung, die sich um die aggressive Vitalität des Dschungels mit Wegen aus roter Erde und Kokosschalen rankte. Die Touristen stiegen nach und nach aus, und Carvalho blieb allein, bis das Sammeltaxi endlich die Bungalows mit dem Schild *Nara Lodge* erreicht hatte, das in thailändisch anmutenden Buchstaben gemalt war. Es regnete. Vier oder fünf Mädchen mit weißer Bluse und schwarzem Rock empfingen überrascht den unerwarteten Besucher und erklärten ihm lachend, er sei der einzige Gast.

«Der einzige? Ist sonst niemand da?»

«Doch, eine Ausländerin war da, aber sie ist gestern abgereist!»

Dies teilte ihm ein junger Mann mit, der der Verwalter sein mußte, nach der Autorität zu urteilen, mit der er sprach, und nach der vorsichtigen Zurückhaltung der Mädchen, als er aufgetaucht war.

«War es eine Italienerin?»

«Ja.»

«Geht heute nachmittag ein Schiff nach Ba Don?»

«Nein, erst morgen mittag um zwölf.»

Er ging unter dem Schattendach zwischen den Tischen hindurch zu der Aussichtsterrasse mit Blick aufs Meer, von der eine Treppe zum Strand und zu einem hölzernen Anlegesteg hinabführte. Die Bucht wurde zur Linken abgeschlossen von einem Kap, auf dem ein riesiger Buddha mit dem Rücken zum Meer thronte, umgeben von den roten Dächern einiger Bungalows, die auf Stelzen im Wasser standen. Am Horizont sah man die Silhouette der aufgereihten Inseln und die neblige, weit entfernte Erscheinung der Insel Ph-Ngan, die größer war als Koh Samui. Die Sonne versuchte, das Grau des Himmels zu durchstoßen.

Carvalho stand ganz im Bann dieser außergewöhnlichen Landschaft, einer absolut perfekten Küstenlandschaft, wie er sie bis jetzt nur in Formentor, auf Pathmos, an der Nordküste von Jamaika und an einem Nebeltag in Port Lligat gesehen hatte. Strände, die das Ziel einer Reise darstellen, Strände für Reisende in Ekstase, die endlich dem Nonplusultra gegenüberstanden. Mein Gott, sagte er und blickte aufs Meer, als sei er ein verirrter Fisch, der endlich seine Heimat wiedergefunden hatte. Und für die ganze bittere Enttäuschung, die die Abwesenheit von Teresa ihm bereitet hatte, entschädigte ihn die Identifikation mit der Landschaft, das Angebot der Hingabe, das in der Süße aller Dinge lag, auch in den Stimmen der Mädchen, die sich hinter ihm unterhielten, und in dem unvermeidlichen ‹Shangarila›, das aus den Lautsprechern im Garten ertönte. In der klaren Tiefe des Horizonts hatte alles Platz, was er bis jetzt gedacht hatte und was er noch denken würde, alles, was er erlebt hatte, und alles, was er nicht mehr erleben wollte. Hier bin ich, hier könnte ich bleiben. Hier bin ich, hier könnte ich sein. Er lachte innerlich über seinen Anfall von Existentialismus, aber das hinderte ihn nicht daran, zu überlegen, ob seine Phantasie realisierbar wäre, für immer hier leben zu können, mit Biscuter, Charo und Fuster, und vielleicht noch jemandem, den man zu einem nächtlichen Steinbutt mit gegrillten Bananen einladen konnte, unter tropischer Sternennacht. Aber jetzt, hier und jetzt, hatte er nichts zu essen. Er stellte seinen Koffer im Zimmer ab, verließ das ummauerte Gelände der *Nara Lodge* und ging einen roten Erdweg hinunter zu einem Palmenwäldchen. Die Bungalows standen in einem Halbkreis, mit Blick aufs Meer, leichte Holzkonstruktionen, in denen es außer einem Moskitonetz keine weiteren Einrichtungsgegenstände gab. Im Zentrum des Halbkreises befand sich das Restaurant, an einem Tisch saßen ein Mann und drei Frauen und unterhielten sich auf französisch.

Carvalho bestellte sich Reis mit Gemüse und Austernsauce, dazu einen Fisch vom Grill. Er war zu stark gegrillt, aber hatte noch etwas von einem vielversprechenden Wohlgeschmack bewahrt.

Er ging zurück zum *Nara Lodge* und setzte sich auf die Terrasse mit Blick auf die Inseln und den Buddha. Ein menschliches Wesen versperrte ihm plötzlich die Aussicht. Es war der junge Verwalter, der ihn zeremoniell begrüßte und ihn fragte, ob er mit seinem Bungalow zufrieden sei. Er teilte ihm mit, das gesamte Personal des leeren Hotels stehe ihm zur Verfügung, und schlug vor, am nächsten Morgen zum Fischfang hinauszufahren. «Wir können nicht weit hinausfahren, weil an der Ostküste stürmisches Wetter angesagt ist. Aber wir können zur gegenüberliegenden Insel fahren, um zu schwimmen und Fische zu fangen.»

«Ich bedaure, aber ich kann nicht hierbleiben. Ich bin gekommen, um mich hier mit einer Freundin zu treffen, und nun mußte ich erfahren, daß sie schon abgereist ist.»

Der Verwalter bedauerte Carvalhos Mißgeschick.

«Die Frau fuhr ganz plötzlich ab. Zunächst hatte sie gesagt, sie würde mehrere Tage bleiben; vielleicht hatte sie Angst vor dem grünen Fisch.»

«Vor einem Fisch?»

«Ja, es ist ein grüner Fisch, der aus dem Wasser springt und sticht, aber er lebt nur in der Zone des tiefen Wassers zwischen dieser Insel und der Nachbarinsel. Ich sagte ihr, daß sie nichts zu befürchten habe, aber sie fuhr sehr verängstigt ab.»

«War sie allein unterwegs?»

Dem spontanen Lachen folgte ein abschätzender Blick, als überlege er, ob er offen antworten könne.

«Ist diese Frau eine sehr enge Freundin von Ihnen?»
«Ja.»
Wieder das Zeichen der beiden Finger, die in der Luft kopulieren.
«Nein.»
«Gut, dann kann ich es Ihnen sagen. Sie war nicht allein, aber ihr Begleiter wohnte nicht hier im Hotel, sondern in den Bungalows dort drüben. Vielleicht haben sie sich auch dort kennengelernt. Fest steht jedenfalls, daß sie immer zusammen waren und mit mir zum Fischen hinausfuhren.»
«Und sie fuhr ab, weil sie vor dem Fisch Angst hatte?»
«Wovor sonst?»
Carvalho zuckte die Achseln. Der Verwalter hatte sich zu ihm gesetzt und zog eine Karte von Koh Samui aus der Tasche.
«Vor zwölf Uhr geht morgen kein Schiff. Sie haben also genug Zeit, um zum Fischen zu der anderen Insel mitzukommen, wir bringen Sie dann zum Hafen. Schade, daß Sie nicht bleiben, bis das Wetter wieder besser ist. Wir hätten mit dem Schiff um die ganze Insel fahren können.»
«Mit welchem Schiff?»
Er deutete auf eine Barkasse, die am Ende des hölzernen Steges angebunden war. Daneben lag ein Samphan, über dem sich der Rauch des Herdfeuers kräuselte.
«Es sind Schiffe für die Hotelgäste.»
«Sind immer so wenig Leute da?»
«Wir haben jetzt Regenzeit.»
«Schade.»
«Sind Sie alleine unterwegs? Schon lange?»
Carvalho nickte mit dem Kopf.
«Es ist nicht gut, alleine zu reisen. Auch alleine schlafen ist nicht gut. Wollen Sie ein Mädchen für heute nacht?»
In seinem Vorschlag lag weder Anzüglichkeit noch plumpe Vertraulichkeit. Carvalho deutete auf die eifrigen Bedienungen des Hotels. «Eine von denen?»
«Nein, ich würde sie Ihnen aus dem Dorf bringen. Sie ist sehr hübsch, sehr sauber und sehr gesund.»
Carvalho studierte das unbewegliche Gesicht seines Gegenübers.
«Lassen Sie sich Zeit, nach dem Abendessen können Sie mir Bescheid sagen. Wir laden Sie zu einem Fisch ein, den wir heute morgen gefangen haben. Morgen können wir mehr davon fangen, sehr früh. Sie haben genug Zeit für alles.»
Am Abend saß Carvalho wieder auf der Terrasse, hatte die Füße

auf die Brüstung gelegt und blickte hinaus aufs Meer, während die Bedienungen hinter ihm Karten spielten oder sich das Fernsehprogramm anschauten. Ein Blitz teilte den Himmel in zwei fast gleiche Teile, warmer Regen verstärkte mit seinen schweren Tropfen den Geruch des frischgemähten Rasens und der bauchigen Bananenstauden. Carvalho hörte den Verwalter hinter sich. «Sind Sie sicher, daß Sie kein Mädchen haben wollen?»

Carvalho hatte nicht den Mut, laut nein zu sagen, er schüttelte nur den Kopf, drehte sich aber nicht um.

Dem Ausflug zum Fischen schlossen sich mehrere Leute an, außer dem Verwalter und Carvalho fuhren noch der Besitzer und zwei junge Helfer mit. Zuerst näherte sich die Barkasse einem gegenüberliegenden Inselchen, ging dort vor Anker, und Carvalho wurde in einem Einbaum zum Strand gerudert. Er schwamm um das Inselchen herum und tauchte, um sich die Korallenformationen anzusehen, aber der Gedanke an den grünen Fisch ließ ihn nicht los.

Später fuhren sie wieder in tiefes Wasser, und alle begannen zu fischen, mit einer einfachen Seidenschnur, an deren einem Ende ein Haken und ein Bleigewicht befestigt waren und am andern Ende ein Stück Kork, das sie mit den Zehen festhielten.

Die Schnur glitt schnell durch seine Finger, unterwegs zu einem weit entfernten Punkt. Sie blieb lebendig in den Fingern, die sie festhielten, sie strafften und genau den Moment abpaßten, in dem der Fisch anbiß. In einer halben Stunde brachte es der Verwalter zur Verwunderung der übrigen Expeditionsteilnehmer auf drei wild zappelnde Fische. Carvalho schaffte es nur, daß sich der Haken mehrere Male in den Steinen und den Pflanzen am Grund dieses Binnenmeeres verfing.

Jenseits der Schranke des Riffs schwoll das Meer an und türmte sich auf im Rücken der Insel, wie um dem sitzenden Buddha das Schauspiel eines doppelten Wasserstandes zu bieten.

«Draußen vor dem Riff gibt es Haie!»

Die Schweigsamkeit des Verwalters war kein Zeichen von Unaufmerksamkeit. Zu einem bestimmten Zeitpunkt blickte er nach dem Sonnenstand und gab das Zeichen, den Fischfang einzustellen und den Anker zu lichten, um zurückzufahren.

Carvalho klammerte sich an den vorderen Mast, um mit dem ganzen Körper das Brechen der Wellen zu spüren. Plötzlich sah er den grünen Fisch, wie er phosphoreszierend aus dem Wasser sprang, durch die Luft flog und fiel, um erneut zu springen und zu fallen, bis er schließlich verschwand, bevor das seichte Wasser der Küste begann. Auf einen Ruf des Verwalters hin lief Carvalho hastig ans Heck, um den letzten Sprung des Fisches zu sehen.

«Das war er, der ihre Freundin so erschreckt hat.»

Im Hotel holte Carvalho sein Gepäck und ging zur Rezeption, wo ihn der Verwalter erwartete. An der Tür stand schon der Lieferwagen, der ihn wieder zum Hafen bringen sollte.

«Fahren Sie nach Bangkok zurück?»

«Möglich.»

«Sie könnten in Surathani mit der Zugfahrkarte Schwierigkeiten bekommen. Gehen Sie in Ba Don in ein Reisebüro und lassen Sie sich dort einen Platz reservieren.»

Der Mann wirkte irgendwie unschlüssig. Als Carvalho schon mit einem Fuß in den Lieferwagen eingestiegen war, reichte er ihm ein Stück Papier.

«Ihre Freundin hatte Angst vor dem grünen Fisch, aber sie hatte auch das da bekommen.»

Es war ein zerknittertes Telegramm.

‹Khao Chong krank. Ramsun.›

Carvalho bedankte sich, noch bevor er die ganze Tragweite der Worte begriffen hatte. Der Verwalter setzte einen möglichst durchdringenden Blick auf, aber Carvalho zog sich ins Innere des Lieferwagens zurück und las den Text noch einmal durch. Das Fahrzeug fuhr los, und er stellte sich vor, wie der Mönch Ramsun das Telegramm abgeschickt hatte und wie der alte Khao Chong von Charoen verhaftet worden oder den Häschern von Jungle Kid oder Madame La Fleur in die Hände gefallen war. Es mußte direkt nach der Abfahrt des Zuges passiert sein, der Carvalho aus Bangkok hinausgebracht hatte – oder vielleicht hatte der Alte den ganzen Vormittag schon der Folter widerstanden, um ihm Zeit zu geben, loszufahren und Teresa zu finden. Auf jeden Fall hatte er nicht die geringste Sicherheit, daß sie nicht schon auf seiner Spur waren. Ihm erschien die Strecke lang während der kurzen Fahrt, und lang war auch die kurze Wartezeit am Hafen, bis die Fähre ankam. Wieder war der Himmel grau, und ein plötzlicher Schauer ging nieder, den nur die Arbeiter nicht beachteten, die die Kokosnüsse von den Lastwagen in den Schiffsbauch umluden. Die Passagiere auf der Fähre schienen eine exakte Reproduktion der Passagiere der Hinfahrt zu sein. Carvalho wählte ein dunkelhäutiges Mädchen aus, um sie während der Überfahrt zu beobachten. Sie las ein italienisches Buch mit dem Thema Kitsch.

Seine ohnmächtige Wut über die sinnlose Hektik und die Unwahrscheinlichkeit, sein Ziel zu erreichen, machte dem Ärger über die langsame Fahrt des Fährschiffes Platz und dem Ärger über das langsame Vorübergleiten der Inseln, die immer wieder die Nähe des Bestimmungshafens vortäuschten.

In Surathani wurde ihm klar, daß er, um den Flüchtlingen zu folgen, wieder den Morgenexpreß nehmen mußte, diesmal in der Richtung, in der die flüchtige Erscheinung jener Frau gefahren war, die unmöglich Teresa Marsé gewesen sein konnte. In Songkhla, der Endstation des Zuges, mußte er dann versuchen, einen Bahnbeamten zu finden, der Bescheid wußte. Bis zur Abfahrt waren es noch mehr als zwölf Stunden. Plötzlich fiel ihm ein, daß eine Europäerin, die alleine oder in Begleitung eines Einheimischen reiste und auf einem asiatischen Bahnhof in einen Zug stieg, und zwar um vier Uhr morgens und nicht in Richtung Bangkok, unbedingt die Neugier verschiedener Bahnbeamter erregt haben mußte. Er nahm ein Taxi, eine halbe Stunde später stand er im Bahnhof von Surathani und versuchte dem Stationsvorsteher klarzumachen, daß er Reisegefährten suchte, die ihm vorausgefahren waren und die er unbedingt einholen mußte. Er beschrieb Teresa nicht nur, sondern zeigte ihm auch eine Fotografie, die er mitgebracht hatte. Der Stationsvorsteher schüttelte den Kopf, aber das galt nicht der Fotografie. «Ich war letzte Nacht nicht hier. Der Mann, der mich nachts vertritt, war hier.»

«Wo wohnt er?»

Er war in der Nähe in einem Lokal zu finden. Tagsüber arbeitete er als Kellner und nachts als Vertreter des Stationsvorstehers, eine Arbeitswut, die auf einen Chinesen schließen ließ.

Hundert Baht halfen dem Gedächtnis des Vielbeschäftigten auf die Sprünge.

«Große Frau, nachts.»

«Sie fuhr mit einem Mann, mit einem Mann von hier, einem Thai.»

«Wohin?»

«Ich weiß nicht!»

«Haben Sie ihr die Fahrkarte verkauft?»

«Ja, ich verkaufte ihre eine Fahrkarte nach Songkhla, aber wohin sie weiterfuhr, weiß ich nicht.»

Und er lachte, denn seine Gedanken gingen weiter als die des

Ausländers. Carvalho ging zurück zum Taxi und schlug dem Fahrer vor, ihn nach Songkhla zu bringen. Die Handbewegungen des Fahrers gingen auf und ab, wie der Preis, um den sie feilschten. Schließlich war er mit tausend Baht einverstanden, und Carvalhos geistige Rechenmaschine zeigte die Summe von eintausendfünfhundert Peseten an, die er vielleicht noch an diesem Fall verdienen würde.

Vor der Abfahrt kaufte Carvalho eine Flasche Maekong und ließ den Inhalt während der ersten fünfzig Kilometer durch seine Kehle rinnen. Er hatte die Reise satt, Teresa, Archit, sich selbst, und der Alkohol half ihm. Er sang ‹Alma, corazón y vida›, wie er es seit zwanzig Jahren nicht mehr getan hatte, und schlief dann mit lautem Schnarchen, das den Fahrer zum Lachen brachte.

Quietschende Bremsen und aggressive Stimmen weckten ihn. Eine Militärpatrouille hatte sie angehalten, und der Fahrer wurde mit Rippenstößen aus dem Auto gezerrt. Die hintere Wagentür wurde aufgerissen, und Carvalho stieg mit gezücktem Paß aus. In ein paar Metern Entfernung ging der Krawall mit dem Taxifahrer weiter. Diesmal schrie ihn ein höherer Dienstgrad an. Plötzlich hörte das Geschrei auf, der Taxifahrer grüßte den Offizier zeremoniell, und die Soldaten machten Carvalho klar, daß er seinen Platz wieder einnehmen könne.

Als sie wieder unterwegs waren, klaubte der Fahrer sein klägliches Englisch zusammen, um ihm zu erklären, daß sie in der Gegend von Phattalung waren, wo es von Banditen und Kommunisten wimmelte. «Banditen?»

«Banditen. Sie stehlen Autos und Omnibusse. Deshalb Soldaten. Banditen immer da sein, Kommunisten manchmal.»

Der Karte nach fuhren sie an einem Binnenmeer entlang, es mußte hinter dem dichten, nachtdunklen Urwald am Horizont liegen, und in Songkhla erwartete sie das offene Meer. Der Taxifahrer drehte sich ab und zu nach ihm um, strahlte ihn an und versuchte, das Lied zu trällern, das Carvalho vor Stunden gesungen hatte. Aber sein Passagier war ein anderer Mensch geworden, sein Magen rebellierte, und er fühlte eine Attacke von Harnsäure nahen. Deshalb wühlte er in den Taschen seiner Jacke und fand ein paar Tabletten Ziloric, die er als Amulett mitgenommen hatte und als letzte Hilfe, wenn der Donner ertönte.

Es war nicht nur schwierig, Songkhla zu erreichen, diese Stadt am Meer mit ihren weißen, blaubehelmten Minaretten, sondern ebenso schwierig, sie wieder zu verlassen. Übermüdet und verkatert, wirkte Carvalho wie jemand, der an Halluzinationen leidet, als er die Taxifahrer am Bahnhof fragte, ob einer von ihnen das ungewöhnliche Paar gefahren hätte. Alle verwiesen ihn an die Zentrale in der Phattalung Road. Nach dem aus Edelhölzern gearbeiteten Portal und der Kleidung des Geschäftsleiters, eines Chinesen, zu urteilen, mußte es ein sehr gutgehendes Unternehmen sein. Der Mann schlug sich mit seinen dicklichen Händen vor den Kopf, als hätte ihn Carvalho gebeten, ihm die Namen der Könige aller chinesischen Dynastien aufzuzählen. Er wies auf die vielen Papiere, die seinen Schreibtisch bedeckten, zeigte ihm Ordner und öffnete Schubladen, die von Papieren überquollen, und fragte ihn dann, wie er die Nadel in diesem Heuhaufen finden sollte.

«Aber es kann doch nicht so schwierig sein! Eine Ausländerin und ein Thai, die zusammen ein Taxi gemietet haben.»

«Wohin wollten sie denn fahren?»

«Nach Malaysia. Wir hatten verabredet, uns in Penang zu treffen, um dann eine Exkursion in die Cameron Highlands zu machen.»

«Die Cameron Highlands! Wie schön! Man braucht allerdings Spezialausrüstung und einen Führer. Eine sehr schöne Gegend! Aber Ihre Freunde mußten nicht unbedingt ein Auto mieten, sie konnten jederzeit mit dem Bus fahren. Die Busse von hier haben an der Grenze Anschluß an andere Busse, die nach Alor Star und sogar bis Butterworth fahren, das ist der Hafen, von dem aus man nach Penang übersetzt.»

«Gibt es keine andere Route?»

«Doch, aber sie ist sehr unsicher. Sie führt durch die Provinz Pattani. Dort gibt es Unruhen. Es sind schlechte Zeiten.»

«Wissen Sie über alle Taxifahrer von Songkhla Bescheid?»

«Nein, aber unsere Firma ist die größte, und es ist sehr unwahrscheinlich, daß eins der anderen Unternehmen eine Fahrt bekommt, die so weit über das Stadtgebiet hinausgeht.»

«Wäre es sehr schwierig für Sie, unter Ihren Papieren die Unterlagen für eine Fahrt zu finden, die innerhalb der letzten vierundzwanzig Stunden stattgefunden hat?»

«Kommen Sie in fünf Stunden wieder.»

Es hatte keinen Sinn. Als er wieder auf der Straße stand, fiel ihm ein, daß diese fünf Stunden Charoen oder Jungle Kid die Chance geben würden, seine Spur zu finden. Wenn der Chinese wirklich etwas gewußt hätte und auch die Absicht gehabt hätte, es ihm mitzuteilen, dann hätte er es getan.

Er ging zurück zum Bahnhof. Dort fuhren auch die Omnibusse nach Sadao ab, und er zeigte Teresas Bild dem Fahrdienstleiter, dem Fahrkartenverkäufer und allen Angestellten und Fahrern, die zusammengelaufen waren, um die Fotografie zu sehen. Einer von ihnen zeigte mit dem Finger darauf. «Sie fuhr mit uns nach Hat Yai!»

Nach einem Blick auf die Landkarte war Carvalho verblüfft. Warum waren sie nach Hat Yai gefahren? Warum hatten sie zwölf Kilometer vor der Grenze haltgemacht?

«Die Frau war krank, sehr krank.»

«War sie allein oder in Begleitung?»

«Ein Thai begleitete sie, ein Fremdenführer.»

«Sind sie alle beide in Hat Yai ausgestiegen?»

«Ja, alle beide.»

Carvalho schien das Interesse an der Sache verloren zu haben. Er zog sich in einen Basar hinter dem Bahnhof zurück und wartete dort bis zur Abfahrt des Busses. Eine Minute, bevor er losfuhr, stieg er als letzter Fahrgast ein. Er war der einzige Europäer unter den Thais und Malaien mit ihren Körben voller Früchte und Hühner und ihren kleinen, tragbaren Kohleherden ‹Made in Italy›. Es war eine Reise im Schatten der Gummibäume, das Land war dunkler als das, durch das er bis jetzt gefahren war, alles war dunkler, die Menschen, der Dschungel und die Erde – und ebenso dunkel war seine Vorahnung, wenn er an das Ziel seiner Reise dachte. Er fühlte, daß ihm Jungle Kid auf den Fersen war. Denn wenn es Charoen gewesen wäre, der seine Spur bis zu Khao Chong verfolgt hatte, dann hatte jener entweder heldenhaft geschwiegen, oder Carvalho wäre in Ba Don oder auf Koh Samui festgenommen worden. Als sie in Hat Yai ankamen, hatte er den Eindruck, am Arsch der Welt angelangt zu sein. Was sollte er in dieser Kleinstadt, in der mit Latex und Zinn gehandelt wurde? Eintrittskarten für einen Stierkampf wurden ihm angeboten, und ein Kind gab ihm mit miauenden Lauten, die englisch sein sollten, einen Prospekt, der ihm im Restaurant *Haivathene* die beste Haifischflossensuppe Asiens versprach. Er setzte sich auf die Terrasse eines Speisehauses und bereitete dem Wirt eine unangenehme Überraschung, weil er nur eine Flasche Mineralwasser bestellte. Er wollte darin seine Ziloric-Tabletten auflösen, denn er spürte im linken Knie das Stechen vieler kleiner Harnsäurekristalle. Das Gesicht des Wirtes sah aber nicht nur deshalb so böse aus, weil Carvalho ein unangenehmer Gast war, sondern auch durch die weißen Flecken, die dieses zweifarbige, von einer Säure zerfressene Gesicht entstellten.

Er erzählte wieder einmal die Geschichte von den Freunden, die er in Thailand verloren hatte und nun suchte, und fragte den wortkargen Wirt, was jemand seiner Meinung nach tun würde, der mit dem Bus in Hat Yai ankommt und sehr krank ist.

«Zum Arzt gehen!» antwortete ihm der Wirt mit der Sparsamkeit des Mineralwassers. Carvalho bezahlte und gab ihm ein Trinkgeld, das genauso hoch war wie die Summe, die er für das Mineralwasser verlangt hatte. Das zweifarbige Gesicht wurde freundlicher, und so etwas wie ein Lächeln ging dem Vorschlag voraus, er solle sich beim nächsten Arzt erkundigen, der gleich bei der Bushaltestelle seine Praxis hatte, an der Abzweigung der Straße nach Chana. Der Arzt war nicht da, aber die Frau, die ihm die schnörkelverzierte Glastür geöffnet hatte, sah sich die Fotografie Teresas genau an und nickte dann mit dem Kopf.

«Sie war hier. Sehr krank.»

«War sie allein?»

«Nein, mit einem Mann. Sehr krank, der Doktor sagte, sie würde bald sterben.»

«Haben Sie sie ins Krankenhaus gebracht? Wo ist sie?»

«Sie wollten nicht hierbleiben. Sie sind weitergefahren.»

«Nach Sadao?»

«Nein. Ich begleitete sie bis zum Ausgang. Sie fuhren nach Chana.»

Sie war ganz sicher, trotz aller Zweifel Carvalhos.

«Sie fuhren weg, in einem Auto.»

«War es ein Taxi?»

«Nein, kein Taxi. Sie fuhren in Richtung Chana. In Hat Yai gibt es nur Taxis nach Songkhla. Niemand wagt sich nach Pattani. Das Auto war ihr eigenes. Es war grün.»

«Wie komme ich nach Chana?»

«Mit dem Bus. Mit dem Taxi ist es schwierig.»

Es war schwierig bis zu der Summe von funfhundert Baht. Als er diesen Betrag genannt hatte, salutierte der Taxifahrer, als sei er sein Kapitän, und fuhr los mit einem Auto, dessen Chassis kaum die Karosserie hielt und dessen Reifen aussahen, als würden sie während des nächsten Fahrtkilometers platzen.

In Chana erzählten die Leute, das grüne Auto sei hier durchgekommen, aber in Richtung Thepha oder Pattani weitergefahren.

Der Taxifahrer weigerte sich, die Fahrt fortzusetzen, wenn Carvalho nicht bereit sei, die ursprüngliche Summe aufzustocken. Weitere fünfhundert Baht bewirkten nicht nur, daß er weiterfuhr, sondern auch, daß er bei jeder Hüttenansammlung anhielt und sich nach dem grünen Auto erkundigte.

Carvalho hatte sich inzwischen mit der Möglichkeit vertraut gemacht, daß Teresa wirklich krank war, und er befürchtete, es sei das Ergebnis eines blutigen Zusammenstoßes mit den Verfolgern. Zu der mechanischen Besorgtheit darum, seine Aufgabe zu erledigen, kam nun die Sorge um das Schicksal eines menschlichen Wesens, das er kannte. Die Gesichter von Ernesto und seiner Großmutter tauchten vor ihm auf, sie spornten ihn an, seine Suche fortzusetzen; sie würden ihm auch die Schuld geben, wenn seine Mission scheiterte.

Wenige Kilometer nach der Abzweigung in Richtung Thepha hielten sie bei einer Gruppe von Hütten an, und der Taxifahrer dolmetschte wieder. Er wandte sich zu Carvalho um und sagte mit traurigen Augen: «Sie sind hier. Die Frau ist tot.»

Die Dorfbewohner zeigten in den Dschungel. Dort stand ein grünes Auto verlassen zwischen den Gummibäumen.

«Die tote Frau ist am Ende dieses Weges. Man muß einen kleinen Fluß überqueren.»

Der Chauffeur lud das Gepäck aus, Carvalho war wie gelähmt, er reagierte nicht einmal, als das Taxi wendete, um nach Hat Yai zurückzufahren. Er saß fest bei diesen Dörflern, die ihm wortreich etwas mitzuteilen versuchten, was er nicht verstand, ja, dem er nicht einmal zuhörte. Das Taxi war tatsächlich weg, dort stand das grüne Auto, von dem alle gesprochen hatten, und am Ende dieses Weges hatte vielleicht auch der Sinn und Zweck seiner Reise ein Ende.

Durch das Fensterchen drang ein Sonnenstrahl herein, der sozusagen vom vielen Regen durchnäßt und etwas angerostet das Fußende eines behelfsmäßigen Bettes beleuchtete. Darauf lag eine reglose Gestalt, und am Boden saß oder hockte ein Mann, der die Arme über den Knien gekreuzt und den Kopf darin vergraben hatte. Carvalho trat an das Bett, und als er sich bückte, um der Liegenden ins Gesicht zu sehen, hob der Mann, der auf den Fersen hockte, den Kopf und zeigte sein rothaariges, bärtiges Gesicht. Zwei verquollene Augen blickten zunächst überrascht und lächelten dann, als die Lippen sagten: «Doktor Livingstone, nehme ich an?»

Carvalho erwiderte seinen Blick und gab keine Antwort. Er sah der Toten noch einmal ins Gesicht. Es war nicht Teresa. Aber es erregte sein Mitleid, dieses gealterte Kleinmädchengesicht mit dem gescheitelten Haar, bei dem das Grau das eingefärbte Blond schon bis in die Haarspitzen vertrieben hatte. Die kleinen runden Augen waren geschlossen, und in den Nasenlöchern ihrer Stupsnase steckten Pfropfen aus weißen Stoffetzen, die von dem Hemd des Mannes zu stammen schienen. Ihr Körper verschwand unter einem Laken aus einem groben, gelblichen Stoff.

«Haben Sie sie gekannt?»

«Nein. Und Sie?»

«Ich war dabei, als sie starb, so wie andere dabei waren, als sie geboren wurde. Ich bin aus rassischen Gründen hier. Sie war eine Weiße und lag im Sterben in einem Dorf voller Asiaten.»

«Wie ist sie hierhergekommen?»

«Mit mir. Ich brachte sie mit dem Auto hierher, mit dem Auto, das sie gemietet hatte.» Er begann zu lachen. «Sie war todkrank und hatte Angst davor, in Thailand Auto zu fahren. Sie sagte, diese Thais fahren wie die Verrückten.»

Er lachte wieder eigenartig, dann fuhr er sich mit der Hand übers Gesicht, um das Lächeln glattzustreichen, das dort stehengeblieben war. Man konnte ihm ansehen, daß er fror und übermüdet war.

«Ich glaube, sie ist eine Deutsche. Sie sprach Französisch wie eine Deutsche oder eine Holländerin oder eine belgische Flämin mit antifranzösischen Ressentiments. Ich bin Franzose. Hatten Sie es schon am Akzent festgestellt? Sagen Sie's ehrlich. Stimmt's, ich spreche ein perfektes Englisch? Ich bin nämlich ein Normalo. Wissen Sie, was das ist, ein Normalo? Ja? Sie dagegen haben einen Akzent wie ein Yankee. Sind Sie Nordamerikaner? Nein? Ich war Wirtschaftsexperte, bevor ich nach Afghanistan fuhr, um ein wenig frische Luft zu schnappen.»

Er erhob sich mit Schwierigkeiten und ließ dabei eine Flasche Maekong zu Boden fallen, die er zwischen den Knien gehalten hatte. Die Flasche folgte der Unebenheit des Fußbodens, rollte zur Tür hinaus und war verschwunden. Der Franzose winkte ihr mit der Hand nach und trat dann an das Lager.

«Adieu, meine Freundin. Wir haben zusammen versucht, irgendwohin zu gelangen.»

In seinem betrunkenen Zustand bewegte er sich wie ein wirbelloses Tier. Er fuchtelte mit den Händen vor Carvalho herum, als wolle er ihm eine Strafpredigt halten. «Sie wußte nicht, wohin sie fahren sollte, die Arme, und ich sagte zu ihr: Wenn man nicht weiß, wohin man fahren soll, muß man zwischen der Richtung der aufgehenden und der der untergehenden Sonne wählen. Es funktioniert immer. Die Frauen entscheiden sich immer für die Richtung der aufgehenden Sonne. Sie sind Mütter. Sie sind immer noch darauf konditioniert, Mutter zu werden, und sehen die Sonne lieber aufgehen.»

Er brach in ein schallendes Gelächter aus. «Was für'n Quatsch!» Dann wurde er ganz leise, als hätte er ein schlechtes Gewissen, weil er die Stille des Todes gestört hatte.

«Sie war so weiß, so mutlos und so traurig, als ich sie sah, daß ich mir sagte, François, endlich bekommst du wieder mal weißes Fleisch. Ich hatte kein weißes Fleisch mehr gehabt, seit ich in Goa war. Das ist schon fast ein Jahr her, seit dieser Zeit treibe ich mich in Burma und Thailand herum. Mein Name ist François Pelletier Lussac. Und wie heißen Sie?»

«Pepe Carvalho.»

«Pepe? Sind Sie Mexikaner? Argentinier? Chilene?»

«Spanier!»

«*Mon Dieu!* Ein Spanier. *Avez-vous un château en Espagne?*»

Das Gesicht des Franzosen war so nahe vor Carvalhos Gesicht, daß ihm sein alkoholischer Atem entgegenschlug. Carvalho wandte zuerst das Gesicht ab und trat dann zurück.

Pelletier war sich unschlüssig, ob er seine Aufmerksamkeit der Toten oder Carvalho zuwenden sollte, und ging schließlich mit weichen Knien zur Tür. Er lehnte sich in den Türrahmen und atmete tief in der regenfrischen Luft.

«Ich will schlafen. Seit fünf Tagen habe ich kein Auge zugetan. Es dauerte so lange, bis sie starb, die Ärmste.»

Er lehnte sich mit dem Rücken an die Hüttenwand, sein Körper rutschte nach unten, bis er mit gespreizten Beinen am Boden saß und in einen ohnmachtsähnlichen Schlaf verfiel.

Carvalho trat an das Lager, untersuchte alles, konnte aber nur feststellen, daß die Tote nackt unter etwas lag, das wie ein Laken aussah. Nichts, um sie zu identifizieren. Plötzlich erinnerte er sich an das Auto und stürzte aus der Hütte. Er lief über die Behelfsbrücke über den kleinen Kanal, in dem das Wasser strömte, als sei es ein reißender Fluß. Das Auto stand noch da, neben einem Pferch mit dunklen Schweinen. Im Handschuhfach fand er den Beleg des

Autoverleihers, er war auf den Namen Olga Schiller-Bulowa ausgestellt, geboren in Frankfurt am 27. Oktober 1936, wohnhaft in Bonn. Carvalho notierte sich die Daten auf der Rückseite einer Visitenkarte, um später die deutsche Botschaft zu benachrichtigen. Als er in die Hütte zurückkam, waren vier bis fünf Männer aus dem Dorf angekommen, angeführt von einem Alten, dessen Worten sie mit Respekt lauschten. Sie grüßten Carvalho mit zeremonieller Höflichkeit. Der Alte näherte sich in frommer Haltung der Toten, die anderen gingen zu dem Franzosen und machten lärmend und lachend ihre Bemerkungen über seinen alkoholisierten Zustand.

Der Franzose erwachte, schaute sich um, rieb sich mit einer Hand die Augen und öffnete sie weit, um den Leuten zuzulächeln. Der Alte versuchte, Carvalho eine Frage zu stellen. Er verstand zwar, daß er die Todesursache wissen wollte, wußte aber nicht, was er ihm antworten sollte. Der Franzose meldete sich vom Fußboden aus zu Wort. Er sprach so gut Thai, daß die Gruppe, die ihn umringte, zurücktrat und der Alte ihm aufmerksam zuhörte. Er nickte zustimmend und gab eine Reihe von Anweisungen. Der Franzose überlegte einen Moment lang, dann erhob er sich und wandte sich an Carvalho.

«Was meinen Sie? Sollen wir sie begraben oder verbrennen? Die Verwesung wird bald einsetzen.»

«Woran ist sie gestorben?»

«Sie hatte Krebs, er war vom Kopf ausgegangen und hatte schon die Füße erreicht.»

«Könnte jemand Nachforschungen anstellen?»

«Sie hat einen Sohn, der in Deutschland studiert. Ihr Mann hat sich vor zwei Jahren umgebracht.»

«Der Sohn also.»

«Dann begraben wir sie.»

Er sprach mit dem Alten, und wieder folgten Verbeugungen, Lächeln und Anweisungen.

«Es gibt keinen Friedhof für Ausländer. Nicht einmal Marco Polo ist hier durchgekommen. Man wird sie am Fluß begraben müssen, sie zeigen uns die Stelle. Wie steht's um Ihre Muskeln?»

«Ich werde graben.»

Die Provinz Pattani versank langsam im Meer, aufgedunsen von Regengüssen und Überschwemmungen. Man brauchte schon eine

Brücke mit Geländer, um das lebendige Wasser zu überqueren, das so dickflüssig war, als hätte man den Kakao der ganzen Welt darin aufgelöst.

Immerhin besaßen sie ein Auto, dachte Carvalho und betrachtete besorgt das Fahrzeug am Wegrand. Seine Arme zitterten noch von der Anstrengung, die Erde aufzugraben, um ihr die sterblichen Reste von Olga Schiller zurückzugeben. Mit einer Schaufel voll Erde hatte er ihr Gesicht und Augen bedeckt, und in dem Moment, als er die Erde hinabwarf, hatte er eine tiefe innerliche Panik empfunden, die keiner bemerkt hatte, auch nicht der pedantische Franzose, der, obwohl er als Intellektueller nicht sehr kräftig war, mit der Strenge des Rationalisten grub und schaufelte. Auch die Einheimischen hatten nichts bemerkt, die ihnen beim Ausschachten geholfen hatten, aber jetzt beim Zuschütten nur zuschauten. Er hatte schließlich die Schaufel weggeworfen und sich Hände, Arme und Oberkörper im Fluß gewaschen. Der Strom nahm die Erde mit, die an seiner Haut haftete, und nahm sich ihrer mit einer elementaren Natürlichkeit an, genau wie die Erde sich Olga Schillers angenommen hatte.

Was tun? Teresas Weg hatte den der toten Deutschen gekreuzt, und alles sprach dafür, daß Teresa und ihr Begleiter versuchten, nach Malaysia zu gelangen, aber die üblichen, vielbefahrenen Wege über die Grenze mieden. Das Dorf war in nächster Nähe oder schon innerhalb der Provinz Pattani, und die Warnung, sie könnte von mohammedanischen Guerilleros kontrolliert sein, verunsicherte Carvalho und hob seine ganze Logik aus den Angeln. Sollte er dem Fluß bis zur Stadt Pattani folgen, ein Flugzeug nach Bangkok nehmen und auf die Ramblas zurückkehren, oder sollte er versuchen, die unsichere Grenze zu überqueren und weiter den Spuren des flüchtigen Paares zu folgen? Die Landkarte flatterte in seinen Händen und drohte durch die heftigen Bewegungen zu zerreißen. Ein Schatten fiel darauf, und Carvalho schaute auf. Pelletier hatte sich ebenfalls am Fluß gewaschen und sah jetzt wie ein gepflegter Europäer aus. Seine Jeans waren steif vor Dreck, sein amerikanisches Seemannshemd war durchgeschwitzt, und aus dem langen, rothaarigen Gesicht starrten die Stacheln eines alten, unregelmäßig gewachsenen Bartes. Vielleicht lag es daran, daß er sich die Haare ordentlich gekämmt hatte – jedenfalls hatte er eindeutig die Identität eines gepflegten Europäers wiedergewonnen, vielleicht auch, weil die Spuren des Alkohols und des Schlafmangels beseitigt waren. Aber er hielt schon wieder eine Flasche Maekong in der Hand und bot sie Carvalho an.

«Es ist der beste Armagnac, den ich auftreiben konnte.»

Carvalho trank durstig, und weil er das Bedürfnis hatte, einen anderen Bewußtseinszustand zu erreichen. Dann überlegte er es sich anders. Hier in der letzten Ecke der Welt das klare Urteilsvermögen zu verlieren, war ein zu großes Risiko. Er gab die Flasche zurück, der Franzose nahm sie wieder und fragte ihn: «Übrigens, was suchen Sie überhaupt hier in dieser Gegend, Stanley?»

«Ich suche die Quellen des Nils.»

«Welch geographische Unkenntnis herrscht in Spanien!»

«Ich suche eine Frau.»

«Ist sie mit einem anderen weggelaufen?»

«Mehr oder weniger.»

«Ist sie Ihre Frau?»

«Nein.»

«Also, hören Sie mal, das ist ja der Gipfel der Unmoral! Es geht ja noch, wenn sich jemand auf die Suche nach seiner Ehefrau begibt, aber eine Geliebte zu suchen! Mir fehlen die Worte.»

«Ich bin beruflich in diesem Fall unterwegs. Ich bin Privatdetektiv.»

«Und ich Martin Bormann.»

«Wirklich! Ich bin ein Privatdetektiv, der sich auf der Suche nach der Tochter eines Klienten befindet.»

Der Franzose studierte Carvalhos Gesicht und suchte nach einem Riß in der Maske. Wortlos zückte Carvalho seine Brieftasche und zeigte ihm seinen Detektivausweis.

«Unglaublich! Wenn ich das meiner Mutter erzähle, wird sie es mir nicht glauben! Da fährt man nun zwanzigmal um die Welt, man geht mit den kaputtesten Völkern der Welt kaputt, und das alles, um in einem gottverlassenen Kaff auf der malaiischen Halbinsel Philip Marlowe zu treffen. Es gibt doch noch Überraschungen! Was haben Sie jetzt vor?»

«Ich möchte nach Penang fahren. Man muß die Dinge zu Ende führen, die man angefangen hat. Es ist meine letzte Chance, sie zu finden. Und Sie?»

«Ich müßte eigentlich dieses Auto irgendwo bei einer Filiale der Firma Hertz abgeben. Sie hat es vor drei oder vier Wochen in Bangkok gemietet. Andererseits kann jetzt niemand mehr Erklärungen verlangen, wenn sie es nicht zurückgibt. Wenn Sie wollen, überlasse ich Ihnen das Auto.»

«Nein, nein, es gehört Ihnen!»

«Nein. Aber ich habe eine gewisse moralische Autorität darüber.»

Carvalho machte sich auf den Weg zur Straße.

«Warten Sie! Ich bringe Sie in eine bewohnte Gegend, von dort aus können Sie sich ein Taxi nehmen oder den Zug oder den Bus. Was ist Ihnen lieber, wollen Sie nach Hat Yai zurückfahren, oder soll ich Sie lieber nach Pattani bringen? In Pattani gibt es Flugzeuge, und vielleicht gibt es auch einen Flug nach Penang, obwohl Penang schon in Malaysia liegt.»

«Ich habe gehört, daß die Gegend von Pattani gefährlich sein soll.»

«Märchen, die die Regierung erfindet, damit sie die Leute besser einwickeln kann. Sie erfinden moslemische oder kommunistische Guerilleros im Süden, burmesische Banditen an der Grenze nach Burma oder Infiltrationen aus Laos und Kambodscha. Wir sind bereits in der Provinz Pattani, und noch ist uns nichts passiert.»

«Ich möchte es möglichst vermeiden, ein Flugzeug nehmen zu müssen.»

«Oh, là là! Das wird ja immer interessanter! Was haben Sie zu verbergen! Womit schmuggeln Sie? Los, steigen Sie ein! Ich bringe Sie aus dieser gottverlassenen Gegend heraus.»

Das Auto verließ den Urwald und machte einen Satz auf die Straße nach Hat Yai.

«Sterben Sie mir bloß nicht auch noch! Zwei Tote auf einer einzigen Reise, das ist zu viel», bemerkte Pelletier, als er sah, wie Carvalho mit schmerzverzerrtem Gesicht sein Knie bewegte.

«Es geht schon wieder.»

«Aber Sie haben noch Schmerzen. Was ist es?»

«Gicht.»

«Gicht? Die Krankheit französischer Könige. Ich denke gerade darüber nach, lieber spanischer Freund, daß ich nichts Bestimmtes vorhabe und daß es vielleicht interessant wäre, die Grenze nach Malaysia zu überqueren und zu den tiefen Urwäldern zu fahren, die noch keines weißen Mannes Fuß betreten hat. Ich gehe davon aus, daß Sie das Benzin bezahlen. Dieses Auto verbraucht ziemlich viel, und ich möchte keinen Centime der armen Olga anrühren. Ihre Reise interessiert mich. Eine Begegnung mit einem Mann, der sich Reisen und unbekannte Frauen ausdenkt, um seinem Leben einen Sinn zu geben!» Damit hatte Pelletier gar nicht so unrecht, dachte Carvalho. Nach der Erleichterung darüber, daß Teresa noch am Leben war, hatte er wieder dasselbe Gefühl von Absurdität und Vergeblichkeit, das ihn schon in Koh Samui überfallen hatte, vielleicht verstärkt durch den nicht erfüllten Wunsch, auf der Insel zu bleiben und dort die nächsten zwanzig Stunden verstreichen zu lassen, die nächsten zwanzig Jahre. Aber der Franzose brauchte Carvalhos Zustimmung nicht. Er fuhr mit seinem neurotischen Vortrag fort, der gespickt war mit Betrachtungen über den Sinn des Lebens.

«Manchmal spiele ich mit dem Gedanken, nach Paris zurückzukehren. Ich habe noch einen ganzen Schrank voller Anzüge im Haus meiner Mutter. Meine frühere Frau ist jetzt mit einem steinreichen Professor verheiratet, der sehr gern einen Frack trägt und dauernd in *Jours de France* erscheint. Wenn ich mich hinsetze, meine Bücher noch einmal lese, und die Ausgaben von *Le Monde Diplomatique* aus den letzten sieben oder acht Jahren, bin ich wieder auf dem laufenden, und ich bin sicher, ich würde eine sehr gute Stellung finden, wenn ich die Miene des reumütigen Sohnes aufsetze und ihnen erzähle, daß ich der Welt des Marxismus und der Subkultur den Rücken kehre, weil ich erkannt habe, daß die einzige Wahrheit bei Milton Friedman und im ökonomischen und politischen Neoliberalismus liegt. Die Bourgeoisie hält ihre Führungsrolle mit Hilfe der methodologischen und sprachlichen Anleihen aufrecht, die sie bei Dissidenten des Feindes und bei ihren eigenen Söhnen macht, die Marxisten oder Buddhisten oder Drogensüchtige waren und dann in den Schoß des Vaterhauses heimgekehrt sind.»

Er redete unaufhörlich. Carvalho tat, als schlafe er, und Pelletiers Vortrag wurde immer leiser, bis er zu einem Flüstern herabsank und dann in einen Singsang überging, den er vor sich hinsummte, um nicht allein zu sein oder um die entspannte Konzentration aufrechtzuerhalten, mit der er am Steuer saß. Die ersten Schatten der Nacht verdunkelten die Straße. In Hat Yai bog Pelletier ab nach Sadao, zur malaysischen Grenze. Carvalho öffnete im Schutz der Dunkelheit die Augen und schaute besorgt zu Pelletier hinüber. Er fuhr mit einem Lächeln, als sei das alles ein Traum, in dem er am Steuer saß und über eine Traumstraße fuhr. Als sie in Sadao ankamen, rüttelte er Carvalho an der Schulter.

«Halten Sie Ihren Paß bereit, wir sind gleich an der Grenze.»

Carvalho zog seine beiden Pässe aus der Tasche, wog sie in der Hand, steckte schließlich den spanischen wieder ein und behielt den italienischen.

«Sieh mal einer an, Spanier, das nennt sich organisiert reisen! Ich sitze wohl neben einem dicken Fisch der internationalen Verbrecherszene? Wozu in aller Welt brauchen Sie den italienischen Paß?»

«Italien ist meine zweite Heimat.»

Vor der Grenze tankten sie an einer Tankstelle, die wie ein Autofriedhof aussah und auch so, als wären die Fahrzeuge an dem Benzin gestorben, das dort verkauft wurde. Gleich vor der Tankstelle begann die Autoschlange, die sich bis zur Grenzstation hinzog. Sie warteten im gelblichen Leichenhallenlicht der Straßenlampen, die im Wind schaukelten. Die thailändische Polizei nahm das Blatt mit dem Visum aus dem Paß und ließ sie ohne weitere Formalitäten weiterfahren. An der malaysischen Grenzstation mußten sie ein provisorisches Einreiseformular ausfüllen. Sie wurden genau durchsucht, und der malaysische Zollbeamte war sehr überrascht, als er sah, wie wenig Gepäck Carvalho bei sich hatte. Er erklärte, er habe den größten Teil seines Gepäcks in Bangkok gelassen, wohin er nach einer kurzen Besichtigungsfahrt durch Malaysia zurückkehren wolle. «In der Tat will ich in Penang schwimmen gehen», fügte er hinzu und schwenkte die Badehose.

«Sehr aufschlußreich, das Detail mit der Badehose!» bemerkte Pelletier ironisch, als die Grenze hinter ihnen lag. «Keiner wird je etwas Schlechtes vermuten bei einem Mann, der mit einer Badehose durch die Welt fährt. Wollen Sie das Steuer übernehmen? Ich bin müde.» Carvalho hatte befürchtet, nun der Redelust Pelletiers hilflos ausgeliefert zu sein, aber er sah, daß dieser rot entzündete, trübe Augen hatte, und setzte sich hinters Steuer. Pelletier setzte sich neben ihn, schloß die Augen und schlief auf der Stelle ein. Carvalho hatte den Eindruck, sie würden jetzt schneller fahren, aber die Nadel des Tachometers zeigte dieselbe Geschwindigkeit an, die der Franzose eingehalten hatte. Sie fuhren durch das dunkle und menschenleere Jitra und dann durch Akor Setar; ein Straßenschild an der Straße versprach die Existenz eines Flughafens, und Carvalho hatte plötzlich das Gefühl, ganz dringend ein Flugzeug nehmen und das Abenteuer so schnell wie möglich beenden zu müssen. Aber Penang war ein vernünftiges Ziel, und er hatte sich selbst dazu erzogen, vernünftig zu sein. Der Morgen dämmerte schon, als sie in Butterworth einfuhren. Carvalho lenkte das Auto zum Hafen, der genauso aussah wie jeder Hafen irgendwo in Thailand, nur die Gesichter der Malaien waren anders, ihre Haut war heller und im Gegensatz zu den Thais und Chinesen hatten sie runde, klare Augen.

Pelletier dehnte und streckte sich wie ein Tier auf der Suche nach seinem eigenen Körper und kam dabei in Konflikt mit den begrenzten Dimensionen des Autos. Carvalho fuhr zum Kai und erkundigte sich, von wo das Fährschiff nach Penang ablegte. Das nächste sollte in einer halben Stunde gehen. Die beiden Männer stiegen aus und verwandelten sich in zwei gestikulierende Silhouetten, als sie versuchten, ihre von der langen Fahrt steifen Glieder wieder zu lokkern. Carvalho ging zu der kleinen Hütte, um die Fahrkarten zu kaufen. «Warten Sie! Ich weiß noch nicht, ob ich mitkomme. Ich entscheide mich erst im letzten Moment.» Carvalho holte für sich einen Fahrschein, und als er sich dann nach Pelletier umsah, entdeckte er ihn auf der Terrasse einer Bar, auf der kompliziert geflochtene Korbstühle und kleine, runde Plastiktischchen standen. Das Tageslicht ließ die Umrisse der Schiffe größer erscheinen, und Penang nahm als grüne Masse den ganzen Horizont ein.

Carvalho setzte sich zu dem Franzosen.

«Ein anderes Land, Spanier, andere Gesichter, eine andere Kultur, eine andere Religion. Ich glaube, in Europa ist man allem Islamischen gegenüber sehr aufgeschlossen, seit man bemerkt hat, wie sehr man vom arabischen Öl abhängig ist. Armes Europa! Es glaubt alles. Im Grunde ist sowohl die islamische wie die buddhistische Religion nur ein musealer Überbau über die ökonomischen Gesetze, die die Welt beherrschen.»

Der Vortrag war unvermeidlich. Carvalho umklammerte mit beiden Händen seine Kaffeetasse und begann zuzuhören.

«Für diese Orientalen ist der Buddhismus und das alles reine Routine, genau wie es jener unwidersprochene Katholizismus unter der Diktatur des Thomismus war. In der Stunde der Wahrheit hat der Buddhismus sie nicht bewahrt vor dem Niedergang und der Integration in das weltweite Supersystem. Die materiellen Gesetze sind ebenso abstoßend wie unabänderlich, wenn man etwas von der Weltgeschichte verstanden hat. Eben deshalb muß man sich weigern, irgendwelche Lehren aus der Geschichte zu ziehen. Die Obszönität des Handelns. Wer oder was hätte sich nicht schon durch sein Handeln besudelt? Und wohin führt jedes Handeln? Zur Inbesitznahme von Dingen und Personen. Der Mensch kann nicht handeln, ohne aggressiv zu sein. Jegliche Moral ist Heuchelei. Das Gute, das heißt, zu siegen, und das Böse, zu verlieren. Dies wird im Westen schon bis ins Extrem verwirklicht, denn letzten Endes ist der große Tugendwächter der christlichen Kultur, Gott, ein exquisiter Kadaver, und das weiß alle Welt. Sogar der Papst in Rom. Aber auch hier hat die Dialektik von Siegen und Verlieren schon die Begriffe Gut und Böse ersetzt.

Die da oben, das ist eine Handvoll von Zynikern, und wenn ich sage ‹die da oben›, dann meine ich das Establishment des Geldes, die politisch-militärische und die kulturelle Macht. Und die da unten haben Angst, noch mehr zu verlieren, als sie schon verloren haben. Ich würde mich niemals als Buddhist bezeichnen. Ich bin Taoist.»

«Wie lange noch?»

«Ihre Ironie können Sie sich sparen. Der Taoismus wird mich unsterblich machen. Er erlaubt es mir, dem gegenüber geistig indifferent zu bleiben, was ihr Gut und Böse nennt, was im eigentlichen Sinne Gewinnen oder Verlieren bedeutet. Ich erkenne mich wieder in dem Dualismus von Yin und Yang, und ich strebe nach dem Tao. Das heißt, ich weiß, daß ich ein Franzose und ein beschissener Normalverbraucher bin und meine Erlösung darin liegt, das Tao zu erstreben. Wie Sie sehen, habe ich meinen jüdisch-christlichen Schuldkomplex noch nicht abgelegt.»

«Ist das Tao jetzt in Mode?»

«Was sagen Sie da? Entweder sind Sie tatsächlich verrückt, oder Sie stammen aus einer Requisitenkammer, die mit der Titanic untergegangen ist. Man richtet sich nicht mehr danach, was gerade ‹in› ist. Als ich Frankreich verließ, war der Antimarxismus ‹in› und die Nouvelle Cuisine. Aber, wie ich gehört habe, gibt es heute nicht einmal mehr das.

Die Welt wird immer sozialdemokratischer, und in einem gewissen Sinne leben wir schon mitten im Zeitalter des Tao. Der Weise, sagt das Buch des Tao, herrscht, indem er das Herz leer- und den Bauch vollmacht, indem er den Ehrgeiz schwächt und die Knochen stärkt. Das Problem besteht darin, herauszufinden, wer dieser Weise ist. Mitterand, Reagan, Breschnjew? Die Furcht. Die kluge Furcht oder die furchtsame Klugheit. Was ist Gott? fragten sich die christlichen Philosophen, als man ihnen erlaubt hatte, selbständig zu denken. Und sie fanden seltsame Antworten darauf. Sie kamen zu dem Schluß, Gott sei der Ur-Impuls, als könne man zu dem ursprünglichen Impuls vorstoßen. Wer ist der Weise, der die Welt mit Klugheit und Furcht beherrscht? Die Stufe Null der Wirtschaftsentwicklung. Das sage ich Ihnen als Normalverbraucher, und ich habe Aktentaschen aus vorzüglichem Leder mit Berichten über die ökonomische Krise des französischen Südens getragen, und zwar nicht nur einen Tag lang! Auch nicht zwei, auch nicht eine Woche, auch nicht nur einen Monat lang, sondern zehn Jahre! Als ich im Mai 1968 von den Barrikaden stieg, ging ich, um die Abrechnungen einer Tochtergesellschaft von Unilever zu holen.

Ein Freund von mir hatte einen Traum: er wollte den Weg des Odysseus nachfahren, so, wie er in der Odyssee beschrieben wird. Ich nahm mir vor, den Weg von Malraux nachzuvollziehen, und hier stehe ich. Keine Spur von Malrauxschen Gestalten! Aber alles wimmelt von Russen, Amerikanern mit ihrer Angst und Japanern mit ihren Kameras.

Man richtet sich nicht mehr nach der Mode. Die Rockstars, das sind die Helden unserer Zeit!»

«Haben Sie den französischen Mai 1968 mitgemacht?»

«Ja, wie alle. Ich kenne keinen, bis heute nicht, der im Mai 1968 nicht mitgeholfen hat, einen Pflasterstein aus dem Pflaster zu brechen, oder der nicht auf den Barrikaden von Monod behandelt worden ist. Geismar, Cohn Bendit, Seauvageot und Krivine, die haben sich die größte Scheibe von dem Kuchen abgeschnitten, aber wir andern, wir versuchten auch, unseren Kopf über die Masse zu erheben. Es war die Revolution einer Studentengeneration, die die kommende Arbeitslosigkeit ahnte.

Ich schaffte es einmal, mich vor Geismar auf ein Auto zu schwingen und schrie: ‹Scheiße, Scheiße und noch mal Scheiße!› Das hat Geismar überhaupt nicht gefallen. Natürlich!

Ist Ihnen schon mal aufgefallen, wie alt die Rockstars sind? Alles von den Multis vorprogrammiert. Wenn Sie achtgeben, können Sie feststellen, daß jeder zehnte Rockstar sich umbringt oder an einer Überdosis von irgend etwas stirbt. Rockpoesie? Scheiße. Die Multis bringen sie um, damit die romantische Spannung erhalten bleibt. Interessieren Sie sich überhaupt für Rock?»

«Nein.»

«Und auch nicht für das Tao.»

«Genausowenig.»

«Woran sind Sie eigentlich interessiert?»

«In Würde alt zu werden.»

«Idiot.»

Er ließ sich in seinen Korbsessel zurückfallen, um den Abstand zu Carvalho zu vergrößern, um ihn besser sehen zu können oder um einfach besser atmen zu können und die verworrenen Turbulenzen des Alkohols besser in den Griff zu bekommen. Er rezitierte:

Wenn die Lebewesen die Reife erreichen,
beginnen sie zu altern.
So geschieht es mit allem, das dem Tao nicht entspricht,
und was dem Tao nicht entspricht, hört bald auf zu sein.

Er beugte sich zu Carvalho hinüber und klopfte ihm mit einem Finger gegen die Brust.

«Sie sind ein toter Mann. Um unsterblich zu werden, darf man nicht an das Altwerden glauben. Alles beginnt damit, daß man an das Alter glaubt, und schließlich endet es mit dem Tod.» Er goß sich den Rest Maekong ein, schnupperte an dem Glas, unterdrückte einen Anfall von Übelkeit, trank es in einem Zug leer und rief mit schwerer Zunge und schweren Lidern: «Leben ist Ankommen, und Sterben ist Zurückkehren. So sagt das Buch des Tao.»

«Sagt es auch etwas über schwere Besäufnisse?»

«Es ist eine liberale Philosophie. Im Grunde basiert es auf dem *laisser faire, laisser passer*, aus der tiefen Überzeugung heraus, daß die Fülle des Lebens nur mit der richtigen Geisteshaltung zu erleben ist. Um diese Fülle des Geistes zu erlangen, brauche ich zwei Flaschen von diesem verfluchten Zeug hier. Und man bedenke, daß ich in meiner Zeit als dynamischer Manager nie mehr als ein Gläschen Rémy Martin nach dem Kaffee getrunken habe! Wissen Sie, daß ich zehn Jahre lang mit Schlips und Kragen herumgerannt bin?»

Es trat ein, was Carvalho befürchtet hatte. Er hatte versucht, es auf ein Zwiegespräch zu beschränken. Aber Pelletier erhob sich, in der einen Hand das Glas, und machte mit dem freien Arm eine Bewegung, die die Leute an den Nachbartischen erwartungsvoll aufblicken ließ. Seine Augen glänzten, er starrte mit der Beharrlichkeit eines Ochsen auf eine mögliche Erscheinung und deklamierte:*

Zwischen «Gewiß» und «Jawohl»:
was ist da für ein Unterschied?
Zwischen «Gut» und «Böse»:
was ist da für ein Unterschied?
Was die Menschen ehren, muß man ehren.
O Einsamkeit, wie lange dauerst Du?
Alle Menschen sind so strahlend,
als ginge es zum großen Opfer,
als stiegen sie im Frühling auf die Türme.
Nur ich bin so zögernd, mir ward noch kein Zeichen,
wie ein Säugling, der noch nicht lachen kann,

* Aus: Laotse «Tao te king» übersetzt und mit einen Kommentar von Richard Wilhelm, Köln, 1978

unruhig, umgetrieben, als hätte ich keine Heimat.
Alle Menschen haben Überfluß;
nur ich bin wie vergessen.
Ich habe das Herz eines Toren, so wirr und dunkel.
Die Weltmenschen sind hell, ach so hell;
nur ich bin wie trübe.
Die Weltmenschen sind klug, ach so klug;
nur ich bin wie verschlossen in mir,
unruhig, ach, als wie das Meer,
wirbelnd, ach, ohn Unterlaß.
Alle Menschen haben ihre Zwecke;
nur ich bin müßig wie ein Bettler.
Ich allein bin anders als die Menschen:
Doch ich halte es wert,
Nahrung zu suchen bei der Mutter.

Sein Blick kehrte aus den Tiefen des Universums zurück, um das freundliche Lächeln der übrigen Kaffeehausgäste entgegenzunehmen und die Wirkung des zwanzigsten Gesangs des Tao auf Carvalho zu prüfen, aber der Detektiv war nicht mehr da, und der Umstand, daß er ihn nicht mehr sah, ließ Pelletier schwanken, als sei Carvalho eine physische und nicht nur eine optische Stütze gewesen.

Der Detektiv stand im Innern des Lokals, bezahlte und ging mit dem Koffer in der Hand zur Fähre, die schon unter Dampf stand und mit der Sirene Alarmsignale gab. Pelletier erwartete ihn am Fuß der Gangway.

«Hier verabschiede ich mich. Penang macht mich nervös. Früher war es eine interessante Stadt voller Opiumraucher, heute ist das alles verboten, und es wird nur noch Batik verkauft. Ein schrecklicher Stoff, den nur Amerikaner und dicke Holländerinnen tragen können.»

Carvalho gab Pelletier die Hand. Dem Franzosen wäre es lieber gewesen, wenn er sich mit einer Geste oder einem Bonmot verabschiedet hätte, aber er nahm die Hand Carvalhos und drückte sie mit einer gewissen Wärme.

«*Adiós,* Spanier, und viel Glück!»

Vom Deck aus beobachtete Carvalho, wie Pelletier sich dem grünen Auto näherte, es beschnupperte und schließlich einen Koffer herausnahm, in den man die ganzen Galeries Lafayette hätte einpacken können. Dann ging er die Straße hinauf, um nach kurzem

Zögern umzukehren und in die entgegengesetzte Richtung zu marschieren.

Auf dem Flughafen von Penang war niemand bereit, sich die Mühe zu machen, in den Passagierlisten die vier Namen zu suchen, die Carvalho ihnen nannte, als seien es vier verschiedene Personen. Carvalho zückte einen Zwanzig-Dollar-Schein, er verschwand in der Hand eines der Bürokraten des Informationsbüros. Der teilte ihm mit, es würde eine Stunde dauern, bis er alles durchgesehen hätte. Der Flug Penang-Singapur war ein internationaler Flug, denn Singapur war ein souveräner Staat, also mußten Archit und Teresa irgendeinen Paß vorgelegt haben, obwohl man natürlich auch versuchen kann, das Ticket unter falschem Namen zu kaufen, im Vertrauen darauf, daß die Polizei nur nachprüft, ob das Paßfoto mit dem Gesicht übereinstimmt. Plötzlich hatte Carvalho eine Eingebung, die auch die Überlegung nicht aufhalten konnte, was das kosten würde. Er erkundigte sich am Informationsschalter, ob es möglich sei, ins Ausland, nach Europa, zu telefonieren, und ein Trinkgeld von einem Dollar bewirkte, daß ein Mädchen mit einem großen Kopf eine ebenso große Zähigkeit entfaltete und so lange an den Nerven der internationalen Telefonkabel zerrte, bis am anderen Ende der Leitung Biscuters Stimme zu hören war.

«Hier Detektivbüro Carvalho.»

«Biscuter, ich bin's.»

«Sie sind's, Chef? Rufen Sie von hier aus an? Sind Sie schon da?»

«Ich rufe von Malaysia aus an, aus Penang!»

«Also, es klingt, als ob Sie in Prat wären, Chef. Besser sogar!»

«Hör zu, Biscuter, das Gespräch wird sündhaft teuer. Was gibt es für Neuigkeiten?»

«Señorita Teresa ist zurückgekommen. Vor ein paar Minuten hat sie hier angerufen, ob Sie da seien, und sie hat sehr gelacht, als sie hörte, daß Sie in Thailand sind und nach ihr suchen.»

«Sie hat sehr gelacht?»

«Ja, sehr, Chef. Sie fährt wieder weg, um sich zu erholen. Sie hat mir irgendeine Adresse hinterlassen.»

«Scheiße, Biscuter, Scheiße!»

«Also, ich, Chef ...»

«Ich komme sofort.»

«Sofort?»

Aber Carvalho hatte schon aufgelegt. Er mußte sich sehr beherrschen, um das Telefon nicht an die Wand zu werfen und die Quittung über tausend Baht in winzige Stücke zu zerfetzen, die er vor dem Anruf bezahlt hatte.

Er mußte sich entscheiden. Er konnte nach Bangkok zurückkehren und sein Gepäck abholen, würde dabei aber riskieren, von einem verärgerten Charoen verhört zu werden. Oder er konnte seine Sachen ganz abschreiben und von Singapur aus zurückfliegen. Wenn er heute noch nach Bangkok zurückkehrte, hätte er die Möglichkeit, sich noch rechtzeitig seiner Gruppe anzuschließen und mit ihnen in dieser Nacht um halb elf Uhr zurückzufliegen. Er würde sein Gepäck wiederbekommen und hätte die Chance, einen minimalen Verdienst aus dieser gescheiterten Mission zu ziehen. Wenn er über Singapur zurückflog, dann konnte er sein Gepäck vergessen und hatte nicht die geringste Aussicht darauf, daß die Familie Marsé die zusätzlichen Kosten bezahlen würde. Um die Mittagszeit ging der letzte Flug nach Bangkok, mit ihm würde er rechtzeitig dort sein, um sein Gepäck abzuholen und sich seiner Gruppe anzuschließen.

Er schrieb an die deutsche Botschaft in Bangkok eine Mitteilung vom Tod Olga Schillers und beschrieb ihnen den Ort, wo sie begraben war, und nachdem er den Brief ausreichend frankiert, in den Kasten geworfen und seiner Bestimmung übergeben hatte, kaufte er sich ein Flugticket nach Bangkok und verschob die Zornesexplosion auf später, zu der ihn die einfache Vorstellung von Teresas Gesicht reizte. Er verbrachte die Wartezeit damit, die Kaufwut der Touristen in den zollfreien Läden zu beobachten. Sie kauften Batikarbeiten, Teakfiguren, Marmor, Musikinstrumente und die schrecklichen Andenken, die alle in derselben weltweiten Zentrale hergestellt wurden, aus der alle Souvenirs aus Glasperlen und Perlmuttschnecken stammen.

Schließlich stieg er ins Flugzeug, und der Flug über die Halbinsel wurde ihm ungeheuer lang. Er befürchtete, daß Charoen ihm nicht einmal Zeit lassen würde, ins Hotel zu gehen, sondern ihn am Fuß der Gangway abfangen würde. Aber er stand nicht da, also vermutete Carvalho, er würde ihn eine Stunde später treffen, wahrscheinlich in dem Moment, wenn er sich dem Pult des Empfangschef im *Dusit Thani* nähern und ihn um die Herausgabe seines hinterlegten Gepäcks bitten würde.

Entweder erkannte ihn Peter Pan nicht mehr, oder es war ein anderer Peter Pan, der genauso aussah. Carvalho betrat das *Dusit Thani* und ging schnurstracks zur Rezeption. Er gab seinen Beleg ab, und während ein Boy seinen Koffer holte, betrachtete Carvalho das vertraute Bild der Eingangshalle. Dieselbe Spezies von Leuten wartete auf dieselbe Spezies von Führern. Dieselben Bangkoker Honoratioren, gekleidet für ein Hochzeitsbankett oder das Abschlußbankett einer internationalen Konferenz, dieselben amerikanischen Ladies am Swimmingpool, jetzt gerüstet, um mit ihrem Gatten die nächtlichen Sensationen zu erleben, die dieser während des Tages in seinem Büro bei der DEA statistisch erfaßt hatte. Der Koffer kam, und Carvalho hatte den Eindruck, einen Teil seiner Gefühlswelt wiederzubekommen.

Er bat um ein Zimmer, um zu duschen und seine Sachen zu ordnen, und er bekam es für eine Stunde, eines der Zimmer im Erdgeschoß, die zum Swimmingpool hinausgingen.

Carvalho zog seine Badehose an, ging in den Garten hinaus, ließ sich einsam ins Wasser gleiten und nahm das letzte Bad eines fiktiven Sommers. Dann packte er den Koffer und ließ den anderen leer zurück, den er im Chinesenviertel gekauft hatte. Er trat in die Halle hinaus und erkundigte sich, ob sich seine Gruppe auf dem Flughafen treffen würde, und er erfuhr, daß ein Omnibus um acht Uhr kommen und sie abholen würde. Es dauerte nicht mehr lange. Er erkannte einige Gesichter unter den Gestalten in der Halle wieder, während er sich umschaute und darauf wartete, daß Charoen auftauchte oder die Jungs von Jungle Kid oder Madame La Fleur. Aber der einzige, der auftauchte, war Jacinto, dessen normalerweise starrer Gesichtsausdruck sich plötzlich veränderte, als er ihn sah, und eine gewisse Freude ausdrückte.

«Wil machen uns Solgen. Sie velschwinden aus Chiang Mai, ohne etwas zu sagen.»

«Ein Mädchen, Jacinto, ein Mädchen.»

«Haben Sie die velschwundene Flau gefunden?»

«Nein.»

«Es tut mil leid.»

Jacinto versammelte seine Schäfchen. Es waren nicht viele aus dem *Dusit Thani*. Die Touristen aus dem *Ambassador* oder dem *Nara* saßen schon im Bus, und Carvalho verabschiedete sich von der leuchtenden Insel des *Dusit Thani*, als der Bus sich schon auf die Fahrspur zum Flughafen einordnete.

Es grenzte fast an ein Wunder, daß sich Charoen ihm nicht in den Weg gestellt hatte, aber er wollte auch nicht den Teufel an die Wand malen, indem er Jacinto fragte, ob er sein Verschwinden der Polizei gemeldet hätte.

Jacinto gab den Spaniern die letzten Anweisungen, die jetzt ihre Hautfarbe gewechselt hatten. Die Katalanen von Chiang Mai winkten ihm aus ihren Sitzen, und Carvalho versuchte, ihnen aus dem Weg zu gehen, um keine Erklärungen abgeben zu müssen. Allerdings schloß er aus dem anzüglichen Grinsen der Frauen, daß sie schon eine Erklärung gefunden hatten. Als sie am Flughafen ankamen, wiederholten sich die Szenen von Hektik und Gedränge, jeder wollte so schnell wie möglich am Schalter sein, in der unbezähmbaren Furcht, die Plätze würden nicht für alle reichen. Jacinto nahm Carvalho am Arm, zog ihn beiseite und deutete in eine Ecke der Flughafenhalle. Dort wartete Charoen.

«Ich hole Ihnen inzwischen das Ticket.»

«Raucher, Fensterplatz. In genügender Entfernung von der Leinwand, damit ich den Film sehen kann. Und vergessen Sie den Koffer nicht!»

Er wartete nicht ab, was Jacinto sagen würde, sondern ging entschlossen zu Charoen, der sich respektvoll vor ihm verbeugte. Charoen begann einen Spaziergang, überzeugt, daß Carvalho sich ihm anschließen würde.

«Ich hoffe, Sie haben eine schöne Zeit verbracht?»

«Ich kann mich nicht beklagen. Plötzlich hatte ich die Nase voll und fuhr in den Süden, um mich in der Sonne an den Strand zu legen.»

«Es war gut, daß Sie den Koffer im Hotel zurückließen. Man reist besser ohne Gepäck.»

«Und hier, immer dasselbe?»

«Bangkok bleibt nie gleich. Es gibt ein paar Neuigkeiten. Der Vater von Archit starb an dem Tag nach unserem Besuch. Es war ein natürlicher Tod. Dagegen wurde ein paar Tage später im Fluß die Leiche des Managers der Anlegestelle des *Oriental Hotels* gefunden, er hieß Khao Chong. Man hatte ihn gefoltert, ermordet und schließlich in den Fluß geworfen. Khao Chong.» Charoen wiederholte den Namen, als wolle er, daß er sich unauslöschlich in Carvalhos Gedächtnis einprägte.

«Haben Sie die Flüchtlinge gefunden?»

«Nein», antwortete Carvalho und erwiderte Charoens Blick, der ihm plötzlich fest in die Augen sah. Charoen lächelte, wie um sich selbst recht zu geben.

«Sehen Sie? Asien ist sehr vielschichtig. Aber eines Tages werden sie auftauchen. Sollten sie sich mit Ihnen in Verbindung setzen, dann sagen Sie ihnen bitte, daß sie zwar Charoen entfliehen können, aber niemals Jungle Kid. Jetzt gehen Sie! Sie müssen gleich zur Paßkontrolle.»

Auf einem Werbeplakat der Swissair schnäbelten zwei Vögel vor dem Hintergrund von Wolken und einer passenden Landschaft miteinander, und Carvalho hielt Charoen zurück und fragte ihn: «Wahrscheinlich halten Sie die Frage für blödsinnig, aber ich will nicht ohne eine Antwort aus Bangkok abreisen. Es handelt sich um den Namen bestimmter Vögel, jener Vögel, die zu Tausenden auf den elektrischen Leitungen sitzen, wenn es Abend wird.»

Charoen schloß die Augen und suchte in seinem Gedächtnis nach einer Antwort oder nach einem eventuellen Hintersinn der Frage oder einer möglichen Verulkung. «Swallow», antwortete er. Schwalbe, übersetzte Carvalho im Geist und grinste über sich selbst.

«Schwalben, einfache Schwalben!»

«Chinesische Schwalben. Sie kommen aus den kalten Gebieten Chinas; wenn es dort Winter wird, ziehen sie in die Tropen.»

«Schwalben!» wiederholte Carvalho, als koste es ihn Mühe, es zu glauben, und als sei es ihm unmöglich, den stummen Vorwurf zu vertreiben, der in Charoens Blick lag, als er sich endgültig verabschiedete.

«Ich habe auch die Sozialisten gewählt, wen denn sonst! Die von der PSUC sind zerstritten, und die PCE ist unmöglich. Die Sozialisten hatten wenigstens Chancen zu gewinnen, und sie haben gewonnen. Aber ich traue ihnen nicht. Das hat man schon bei der Geschichte mit der LAU gesehen; zuerst war Peces Barba bereit, die Lösung des Dozenten-Problems zu unterstützen, aber als er seinen Lehrstuhl bekam, entwickelte er plötzlich auch Corpsgeist, und änderte seine Meinung. Also geht es uns Dozenten weiterhin beschissen.»

Marta Miguel schob ihr Eßgeschirr beiseite, sie hatte ihr Essen kaum angerührt und interessierte sich nicht für das Gesprächsthema in der Mensa der Universität. Sie stand auf und trat an eines der Fenster und blickte auf den Campus. Welke Wiesen, kahle Baumreihen, die Natur war auf ihr Skelett reduziert und wartete auf das weit entfernte Wunder des Frühlings.

«Marta!»

Sie drehte sich um. Vor ihr stand eine Studentin, die ihr einen Ordner gab.

«Das ist der Entwurf meiner Diplomarbeit, von dem ich dir erzählt habe.»

«Was hast du mir erzählt?»

«Von der Pädagogik Joaquín Costas.»

«Ach ja, gib ihn mir. Ich sehe ihn mir an und sage dir meine Meinung dazu.»

«Was ist das?» fragte Nacho Riells vom Historischen Institut.

«Der Entwurf einer Diplomarbeit einer Studentin.»

«Die Pädagogik Joaquín Costas! Den Namen kenne ich. Sag deiner Studentin, sie soll die Artikel von Tamames in *Tiempo* lesen, dann weiß sie Bescheid über die Pädagogik von Costa. Tamames ist vom Marxismus auf den Regenerationismus umgestiegen, ohne dabei den Umweg über Gandhi zu machen. Das muß man ihm zugute halten.»

Marta beantwortete den gebildeten Scherz mit einem Lächeln und gab vor, arbeiten zu müssen. Ihre Absätze klapperten durch die mittäglich verlassenen Korridore, und sie betrat das Büro, das sie mit zwei anderen Institutskollegen teilte. Sie setzte sich auf ihren Sessel, stützte die Ellbogen auf den Tisch, ließ den Kopf auf die Hände sinken und überließ sich einer Menge angstvoller Gedanken und Erinnerungsfetzen, von denen ein Erlebnis ganz im Vordergrund stand. Sie sah sich als Kind, umgeben von Verwandten, nach dem Mittagessen eines großen Festes. Sie hatte allen ihr Sparschwein gezeigt und es hochgehoben, um zu beweisen, wie schwer es schon war. Plötzlich hatte eine Tante ihr einen Stoß gegeben, die blöde Tante Tadea, das Sparschwein war zu Boden gefallen, zerbrochen, und die Münzen waren im ganzen Zimmer umhergerollt, die Zehn-Centimo-Stücke mit dem Gesicht von Franco, und ihr Vater hatte sie geohrfeigt.

«Dieses Kind ist ein Wirrkopf!»

Ich bin ein Wirrkopf. Du bist ein Wirrkopf, Marta, ein Wirrkopf. Eigentlich hatte sie gar keine Zeit für diese Erinnerungen. Sie mußte so schnell wie möglich nach Barcelona fahren und rechtzeitig dort sein, um neue Gummihosen und Gaze für ihre Mutter zu kaufen. Das Gummiband der alten Hose war ausgeleiert, und jeden Morgen war das Bett vollgeschmiert mit eingetrockneter, grüner Scheiße, die an den Rändern der Gummihose herausgequollen war. Sie würde dem Apotheker wieder erklären: Sie müssen groß sein, groß. Nein, nicht für ein dickes Kind, für einen alten Menschen, der sehr mager ist. Und die Gaze, diese Schachteln voller Gaze, die halfen, das Leben dieser dahinvegetierenden Frau zu verlängern, ohne daß sie wund wurde. Tag für Tag mußte man sie wechseln, und es wurde immer schwieriger, jemanden zu finden, der sich nachmittags um sie kümmerte und dafür einen Preis verlangte, der die Mittel einer Dozentin mit Fünfjahresvertrag nicht überstieg.

Sie würde ihre Mutter saubermachen, ihr das Abendessen geben, Examensarbeiten korrigieren, den Entwurf der Diplomarbeit durchsehen, die neue Folge von ‹Dallas› ansehen und lustlos die neue Nummer von *Cuadernos de Pedagogía* zur Hand nehmen, um noch einmal ihren Artikel zu lesen über den Einfluß von Montessori auf die Pädagogik der Zweiten Republik.

Sie seufzte, um sich zu ermutigen, einen Entschluß zu fassen. Sie stand auf, um sich selbst aufzufordern zu gehen. Wenn sie erst einmal auf den Korridoren sein würde, dann würde der Weg zum Auto automatisch sein, die Fahrt durch das Universitätsviertel, die Campusausfahrt Richtung Sabadell. Einen Augenblick lang stellte sie sich vor, wie sie vor der Hauptwache in der Via Layetana bremste und das Auto stehenließ, mitten im Parkverbot, ohne abzuschließen.

«Señorita, hallo, wohin gehen Sie, Señorita?»

Das würden die Wachen rufen, aber sie würde die Stufen hinaufgehen, ohne sich umzudrehen, und nicht stehenbleiben, bis sie das Büro von Kommissar Contreras betreten hatte. Dort würde sie stehenbleiben.

«Haben Sie sich endlich zu einem Geständnis durchgerungen? Ich fragte mich schon, wann Sie sich dazu entschließen würden. Aufrechte Menschen wie wir können solche Dinge nicht lange mit uns herumschleppen.»

«Ich schwöre Ihnen, es war reine Notwehr.»

«Notwehr? Celia Mataix hat Sie angegriffen?»

«Sie war drauf und dran, mich zu vernichten. Sie machte mich zu einem Nichts. Zu weniger als einem Nichts. Zu einem schmutzigen Tier, das sie aus ihrem Haus jagte.»

Das war zuviel für Kommissar Contreras. Es war besser, in der Nähe der Apotheke einen Parkplatz zu suchen, dort, wo sie beim letztenmal einen gefunden hatte, neue Gummihosen und Gaze zu kaufen und dann in ein Musikgeschäft zu gehen und eine neue Kassette mit ‹Zarzuelas› von Marcos Redondo zu holen. Ihrer Mutter gefiel Marcos Redondo immer noch. Sie machte ihre riesigen Augen auf und zu, wenn sie ihr eine Kassette von Redondo in den Radiorecorder steckte, den sie ihr aus Andorra mitgebracht hatte.

«Ich bin's, Mama.»

Sie ging gleich zu dem Wiedergabegerät und legte die Kassette ein.

Der Ladenbesitzer soll kommen
und uns Wein bringen,
vom dunkelsten Rot, das er hat,
von dem, der am wenigsten süß ist!
Ein Maultiertreiber bin ich,
und deshalb ist's der Rotwein vom Stier,
den ich begehr!

«Weißt du, wer das singt, Mama?»

Die alte Frau spannte die Lippen an und formte den Namen von Marcos Redondo.

«Ja, Marcos Redondo. ‹Die Safranrose›.»

Die Alte schüttelte den Kopf.

«Ist es nicht die ‹Safranrose›?»

Wieder schüttelte die alte Frau den Kopf und formte mit den Lippen den Titel des Liedes.

«‹Der Gesang des Maultiertreibers›, ja. Dir entgeht aber auch nichts.»

Marta zog die Decke weg, die die mageren Beinchen bedeckte, knöpfte die Strickjacke auf und schnüffelte.

«Bist du schmutzig, Mutter?»

Nein, sagte sie wieder mit dem Köpfchen, und ihre Augen drückten Selbstzufriedenheit aus.

«So gefällt es mir. Sag es mir immer, wenn du kannst, Mutter. Behalte es, solange du kannst, und gib mir Bescheid!»

Sie legte ihr die Decke wieder über die Beine. Dann nahm sie aus dem Kühlschrank Gemüse und gekochten Fisch, gab alles in den Mixer, zerkleinerte es und goß schließlich das Püree in einen Aluminiumtopf. Sie drehte das Gas auf, horchte, wie es ausströmte, und zündete ein Streichholz an. Aber sie benutzte es nicht sofort, um das Gas anzuzünden. Sie ließ es zwischen ihren Fingern ausgehen und drehte dann abrupt das Gas ab. Unschlüssig blieb sie vor dem Herd stehen. Schließlich drehte sie das Gas wieder auf, zündete ein Streichholz an, hielt es an das ausströmende Gas, eine gelbe und blaue Blume erblühte auf der weißen Emaille des Herdes, und auf diese Blüte stellte sie den Topf.

Dann ging sie ins Wohnzimmer zurück. Sie schob den Rollstuhl an den Küchentisch, damit ihre Mutter selbst den Löffel zum Mund führen konnte.

«Etwas mußt du tun, Mutter. Sonst kannst du dich eines Tages überhaupt nicht mehr bewegen.»

Sie hatte Kopfschmerzen. Aus der Hausapotheke im Badezimmer holte sie zwei Brausetabletten Aspirin, aber sie brachte auch noch ein Röhrchen Schlaftabletten und die Tabletten ihrer Mutter mit, die sie zerstoßen mußte, damit sie sie mit dem Früchtepüree zu sich nehmen konnte. Sie legte die Tabletten ihrer Mutter in den Mörser und begann, sie zu zerkleinern. Dann hörte sie wieder auf, stützte sich mit dem ganzen Körper auf die Hand, die den Stößel hielt, und betrachtete gedankenverloren die Wassertropfen, die in regelmäßigen Abständen aus dem undichten Wasserhahn fielen. Sie warf die Trümmer der Tabletten weg und zerstieß dagegen lustlos vier Schlaftabletten, es war beinahe, als weigere sich ihr Arm, ihren Willen auszuführen. Die übrigen Schlaftabletten gab sie in ein leeres Glas. Dann überlegte sie es sich wieder anders, schüttete die Tabletten aus dem Glas in ihre Hand und füllte das Glas mit Wasser. Sie schluckte die Tabletten eine nach der anderen und nahm nach jeder einen Schluck Wasser. Das Pulver mischte sie in das Früchtepüree und gab es ihrer Mutter, nachdem sie ihr den hungrig leergegessenen Topf weggenommen hatte. Und als sie am Herd vorbeiging, drehte sie mit einer beinahe automatischen Bewegung das Gas auf, so wie man das Licht beim Betreten oder Verlassen eines Zimmers ein- oder ausschaltet. Dann wühlte sie in ihrer Handtasche und nahm ein Notizbuch und einen Kugelschreiber heraus. Sie setzte sich neben ihre Mutter, die den Früchtebrei aß, aber immer wieder aufschaute und nachsah, was ihre Tochter da auf die zwei herausgerissenen Blätter schrieb. Als Marta damit fertig war, schob sie die Blätter weit aus dem Bereich der Augen ihrer Mutter weg und lenkte sie mit Süßstoff für Diabetiker ab. Allmählich nahm der Gasgeruch feste Gestalt an und bemächtigte sich ihrer Nase. Die Alte riß die Augen auf, brummte aufgeregt und bewegte den Kopf zum Herd hin. Mit den Lippen formte sie die Nachricht, daß sie den Gashahn offengelassen habe.

«Mach dir keine Sorgen, Mutter, es ist nichts.»

Marta nahm eine Hand der alten Frau, den Rest dünner Knochen mit Haut, die noch eine zarte Färbung von Leben zeigte. «Mach dir keine Sorgen, Mutter, wir schlafen jetzt, und morgen tut dir nichts und niemand mehr weh.»

Die Alte nickte und schloß die Augen, hin- und hergerissen zwischen dem Vertrauen zu ihrer Tochter und dem entsetzlichen Gasgeruch, der ihre Nase mit der Vorahnung des Todes erfüllte. Die

Schlaftabletten begannen zu wirken, Marta blinzelte schon, und sie bedeckte mit einer Hand die fragenden Augen der Mutter und versuchte, sie zu schließen.

«Schlaf jetzt, Mutter!»

Die Alte sagte etwas mit den Lippen.

«Das Fernsehen? Ach, laß jetzt das Fernsehen. Ich schalte es dir später ein. Jetzt schlaf!»

Die Alte zuckte die Schultern, als sei ihr das Fernsehen nicht mehr wichtig, viel wichtiger war ihr die zärtliche Hand ihrer Tochter, auf die sie nun ihrerseits ihre Hand legte. Marta Miguel ließ den Kopf auf die Tischplatte sinken, und dort, so schien ihr, war der Gasgeruch noch stärker. Die beiden Hände blieben ineinander verschlungen und streichelten einander, immer schwächer, wie zwei sterbende Tauben, und die Alte warf einen letzten Blick auf den Herd, von dem der Tod ausging. Sie dachte, ihre Tochter würde gleich munter werden, sie saubermachen, parfümieren, den Fernseher einschalten und den Gashahn zudrehen.

Carvalho setzte sich zu einer Gruppe buddhistischer Mönche. Er wollte möglichst weit entfernt von den Spaniern sitzen, die auf die Aufforderung warteten, sich an Bord des Flugzeugs zu begeben. Sie nahmen etwas von der tropischen Sonne mit, die Illusion des Sommers vor der Realität des spanischen Winters, ferner Ringe mit Saphiren, kilometerlange Seidenbahnen, Orchideen und einiges mehr. Dafür machten sie alles schlecht, was sie nicht verstanden hatten, und überboten sich während der Wartezeit gegenseitig mit Witzen über die Bewegungen der Thaitänzerinnen, die Sprechweise der Fremdenführer oder die Schweinereien, die diese Leute aßen. Sie bemerkten nicht einmal, daß aus den Lautsprechern das ‹Concierto de Aranjuez› erklang.

Das Flugzeug füllte sich mit Spaniern, die nach Spanien zurückkehrten, und Deutschen, die nach Deutschland zurückkehrten. Die Plätze der Pakistanis, die in Karachi zusteigen würden, um zur Arbeit nach Deutschland zu fliegen, blieben frei. Die Spanier hatten die Parole ausgegeben, den Kontakt mit den Pakistanis zu vermeiden, weil sie nicht gut riechen, und kaum hatten sie abgehoben, begannen schon die Verhandlungen mit den deutschen Stewardessen, die Reihen zu schließen, damit man unter sich oder wenigstens unter Europäern blieb.

Carvalho hörte sich an, was die Radiosender zu bieten hatten. Auf fast allen Kanälen wurden Weihnachtslieder gesendet. Wir haben schon November, sagte er sich, als er die Weihnachtszweige entdeckte, mit denen das Flugzeug geschmückt war.

Als in Karachi die Tür geöffnet wurde, warf Carvalho einen letzten Blick hinaus auf Asien und verabschiedete sich von seiner angenehmen Wärme und der elementaren Wahrheit seiner Natur. Vielleicht würde er nie mehr hierherkommen. Er hatte ein Alter erreicht, in dem man sich allmählich von gewissen Dingen verabschieden mußte, und in dem er schon ungefähr wußte, was er noch erwarten konnte. Falls er jedoch einmal das große Los ziehen sollte, würde er gerne mit Biscuter zusammen eine Weltreise machen wie Phileas Fogg, um zu entdecken, daß es immer noch Abenteuer zu erleben gab.

Während der Zwischenlandung in Frankfurt nutzte er die Zeit damit, um Räucherlachs und westfälischen Schinken einzukaufen, Kabeljaurogen, aus dem er so etwas wie den griechischen Taramá machen wollte, und einen schönen Käse aus Munster, der die nötige Frische hatte. Er würde Biscuter aus der Gewürzhandlung in der Calle Princesa Kreuzkümmel holen lassen und die Zeit genießen, die dieser Käse die richtige Weichheit besaß, denn er war dazu bestimmt, jung verzehrt zu werden.

Aber diese Tätigkeiten während der erschöpfend langen Dauer einer sechzehnstündigen Reise konnten nichts an der Wut und Rachsucht ändern, die er in seinem Innern gegenüber Teresa Marsé hegte, vielleicht einfach deshalb, um sich nicht noch einmal an all die kleinlichen Verhandlungen erinnern zu müssen, die ihn veranlaßt hatten, die Flucht nach vorn anzutreten und diese Reise nach Bangkok zu machen.

Wie ein beliebig programmierter Roboter setzte er sich nach dem ersten Bodenkontakt auf dem Flughafen von Prat automatisch in Bewegung, holte seinen Koffer ab, nahm ein Taxi auf die Ramblas, ging die Treppe zu seinem Büro hinauf und fragte Biscuter, der ihn entgeistert anstarrte: «Wo ist die Nachricht von Teresa?»

«Chef! Ist das eine Freude! Ich kann's noch gar nicht fassen! Gestern riefen Sie mich von so weit her an, und heute sind Sie schon hier!»

«Die Nachricht, Biscuter!»

‹Pepe! Es tut mir sehr leid, was vorgefallen ist, aber ich bin dir sehr dankbar. Ich werde dir später alles erklären. Mein Vater schäumt vor Wut. Ich fahre mit Archit zur Erholung ans Mar Menor. Ich rechne nicht mit Sonne, aber ich brauche Distanz, um nachzudenken und zu lieben. Archit hat es verdient.› Carvalho knüllte das Papier zusammen und schleuderte es in den Papierkorb.

«Irgendwelche Neuigkeiten?»

«Eine Frau war hier, die mit Ihnen sprechen wollte. Es ging um den Champagnermord. Dann war sie in einer Nacht bei Señorita Charo. Sie scheint nicht ganz richtig im Kopf zu sein, jedenfalls rief mich die Señorita Charo später an, sie war sehr empört und sagte, ich würde sie nur in Schwierigkeiten bringen. Sie war sehr aufgebracht.»

«Ist diese Frau wiedergekommen?»

«Nein. Señor Daurella hat ein paarmal angerufen. Er hatte gerade aufgelegt, als Sie hereinkamen. Soll ich Ihnen was zu essen machen? Ich habe noch eine gute Suppe. Nach so einer langen Reise ...»

Carvalho öffnete den Koffer und gab Biscuter eine seidene Krawatte und den chinesischen Kalender.

«Ganz toll, Chef! Die trage ich am Sonntag!»

Carvalho war schon dabei, Daurella anzurufen, als Biscuter mit umgebundener Krawatte wieder aus dem Badezimmer trat.

«Señor Daurella? Ich bin's, Carvalho!»

«Sie wissen gar nicht, wie sehr ich mich freue, Ihre Stimme zu hören! Können wir uns treffen?»

«Was ist passiert? Wieder eine Unterschlagung?»

«Schlimmer, Carvalho, viel schlimmer. Ein Unglück, das unsere ganze Familie zerstören kann. Dieser Schmarotzer, dieser Elende – verflucht sei die Stunde, als er dieses Haus betrat! – ist mit meiner Schwiegertochter, der Holländerin, verschwunden.»

«Einfach so, Knall auf Fall?»

«Es hat den Anschein, als hätten sie schon länger etwas miteinander gehabt. Mein Ausiàs, der Ärmste, hat sich seine Gedanken gemacht und den Schlüssel zu Ereignissen und Verhaltensweisen gefunden, die er vorher nicht verstanden hatte.»

«Haben sie Geld mitgehen lassen?»

«Auf den ersten Blick sieht es nicht danach aus. Aber es ist ja so, meine Schwiegertochter machte die Buchführung, und sie besaß mein vollstes Vertrauen. Stellen Sie sich vor, wieviel die beiden beiseite geschafft haben können!»

«Und welche Rolle spiele ich bei der ganzen Sache?»

«Sie haben mir die Augen geöffnet, Señor Carvalho!»

«Das ist eine Verantwortung, die ich nicht mein ganzes Leben mit mir herumschleppen will!»

«Und jetzt will ich, daß Sie die beiden finden und den Kerl zum Krüppel schlagen!»

«Wie meinen Sie das, ihn zum Krüppel schlagen?»

«Sie sollen ihm ein Ding verpassen, diesem Elenden, daß er nicht wieder aufsteht oder den Rest seines Lebens im Rollstuhl verbringen muß!»

«Dafür müssen Sie sich einen andern suchen.»

«Wir müssen miteinander reden, Carvalho, denn wenn ich nicht mit Ihnen rede, dann explodiere ich!»

«Und Ihre Frau?»

«Weint.»

«Und die Frau des Schmarotzers?»

«Weint auch.»

«Lassen Sie sie ein paar Tage weinen, dann werde ich sehen, was sich machen läßt!»

Carvalho legte auf. Er legte die Pässe in eine Schublade und wühlte dann im Koffer, um eine vollständige Wechselgarnitur und das Necessaire herauszunehmen. Er stopfte alles in eine Plastiktüte.

«Biscuter, ruf Charo an und sag ihr, die Sache sei noch nicht erledigt, und ich würde sie in ein paar Stunden anrufen.»

«Wohin fahren Sie, Chef?»

«Ans Mar Menor.»

Carvalho ließ Biscuter mit offenem Mund und baumelnder Krawatte stehen. Er sprang mit großen Sätzen die Stufen hinunter und trat auf die Straße hinaus. Dort hielten ihn zwei Individuen auf.

«Sind Sie Carvalho? José Carvalho Tourón?»

Sie rochen nach Polizei, waren aber als Ausfahrer von Tiefkühl-Hamburgern getarnt.

«Inspektor Contreras will Sie sehen.»

«Ich habe keine Zeit. Ich fahre weg. Grüßen Sie ihn von mir, und versichern Sie ihm, daß ich ihm nach meiner Rückkehr einen Besuch abstatte.»

«Kommen Sie, *hombre*, besuchen Sie ihn!» Damit schoben sie ihn sanft vorwärts.

«Bin ich festgenommen?»

«Eine reine Routinesache, aber bitte, machen Sie keine Schwierigkeiten!»

Sie gingen zu einem Auto mit tiefgekühlten Hamburgern.

«Sie haben mir Ihre Plaketten gar nicht gezeigt!»
Er bekam sie zu sehen.

Contreras war felsenfest davon überzeugt, daß Carvalho ein zwielichtiges Element war, ein Individuum, dem man auf die Finger sehen mußte. Deshalb war der Detektiv nicht überrascht, als er ihn mit zusammengepreßten Lippen empfing und mit einem Blick, der wie ein Faustschlag in die Leber war.

«Wie gut der Herr aussieht! Waren Sie zum Skilaufen in den Schweizer Alpen?»

«Nein, zum Sonnenbaden an den berühmtesten tropischen Stränden.»

«Ihnen geht es wie dem Mädchen von Nummer 27: ‹Woher nimmt sie das Geld für all das, womit sie sich schmückt?›»

Diese Zeile aus einem Chanson hatte Contreras mehr gesungen als gesprochen.

«Ich warne Sie! Dies ist eine ungesetzliche Festnahme, und wir leben in einem sozialistischen und demokratischen Staat!»

«Wollen Sie einen Anwalt? Zwei, drei, hundert? Wissen Sie, wohin ich mir Anwälte stecke? Und zwar alle miteinander!»

«Nutzen Sie lieber die große Chance, die sich demokratischen Polizeibeamten bietet! Die Sozialisten werden demokratische Fachleute bei der Polizei brauchen!»

«Hören Sie auf, Witze zu machen. Mir gefällt es auch nicht, meine Zeit mit einem Unterhosenschnüffler zu vertrödeln. Welche Rolle spielen Sie bei dem Mord mit der Champagnerflasche?»

«Ich bot einer Anzahl Verdächtiger meine Dienste als Privatdetektiv an.»

«Zum Beispiel?»

«Dalmases, Rosa Donato, Marta Miguel.»

«Aha, Marta Miguel!» Er sah seine beiden Assistenten vielsagend und Carvalho finster an. «Wann haben Sie Marta Miguel das letzte Mal gesehen?»

«Vor etwa vierzehn Tagen.»

«Wo?»

«Bei ihr zu Hause. Sie lud mich zum Abendessen ein, es gab ausgezeichnete Chorizos aus Salamanca.»

«Chorizo aus Salamanca. Kommen Sie mit! Ich zeige Ihnen mal einen guten Chorizo aus Salamanca!»

Diesmal stiegen sie in ein offizielles Polizeiauto ein. Contreras fluchte über den Fahrer, der nicht schnell genug am Steuer saß, über die Kippen auf der Fußmatte und über den chaotischen Verkehr. Die beiden Hamburger-Ausfahrer hoben die Brauen und pfiffen durch die Zähne, um Carvalho zu verstehen zu geben, daß Contreras einen seiner schlechtesten Tage hatte. Als sich das Auto dem Gerichtsmedizinischen Institut näherte, überlegte Carvalho, wessen Leiche sie sich wohl ansehen würden, denn nur darum konnte es sich handeln. Er liebäugelte mit dem Gedanken, es sei Rosa Donato, ein neues Opfer der aufgestauten Wut von Marta Miguel.

«Haben Sie sie verhaftet?»

«Wen?»

«Marta Miguel.»

«Das wäre das erste Mal!»

Er war darauf gefaßt gewesen, stundenlang Auto zu fahren, um Teresa und Archit zu finden, aber nicht darauf, sich mit den Rätseln oder sprachlichen Mängeln des Inspektors herumschlagen zu müssen. Der Streit um die Überschreitung der Befugnisse, die sich Carvalho zuschulden kommen ließ, war zur reinen Rhetorik geworden, die die Rolle jedes Beteiligten mit Sinn erfüllte, das war alles.

Carvalho wollte die Sache möglichst schnell hinter sich bringen, er ging sogar vor den Polizisten her durch die Flure des Institutes. Sie erreichten die Leichenhalle, und Contreras befahl dem Diensthabenden, die Fächer zwölf und dreizehn zu öffnen. Zwei, dachte Carvalho und fügte noch Dalmases hinzu.

Aber die rollenden Schubfächer zeigten ihm das quadratische, violette Gesicht von Marta Miguel und das abgezehrte Vogelgesicht ihrer Mutter. Es war nicht möglich gewesen, ihr die Augen ganz zu schließen. Carvalho atmete so tief wie möglich ein, um gegen die Beklemmung anzukämpfen, die ihm die Brust zusammenschnürte, und er wurde sie erst los, als er den Leichen den Rücken zukehrte und Contreras anschnauzte, der ihn kritisch beobachtet hatte.

«Das hätten Sie mir auch in Ihrem Büro mitteilen und mir diese Farce ersparen können!»

«Was meinen Sie dazu?»

Er gab ihm ein Blatt aus einem Terminkalender, auf dem zu lesen war: ‹Señor Carvalho, ich flehte zum Himmel, und er erhörte mich nicht. Sie hatten es erraten, wollten mir aber nicht helfen, mich meiner Last zu entledigen. Jetzt gilt: Wenn der Hund tot ist, ist auch die Tollwut vorüber.›

«Ist das alles, was sie hinterlassen hat?»

«Da war noch ein Zettel für den Richter. Konventionell, wie aus einem Roman. Er begann sogar mit den Worten ‹Herr Richter, verurteilen Sie niemanden ...›»

«Sie war eine gute Schülerin, aber sie konnte sich nicht ausdrükken. Das geht vielen hochintelligenten Menschen so.»

Carvalho sagte dies mit so ernster Miene, daß Inspektor Contreras nicht die leiseste Ironie heraushören konnte.

«Wissen Sie, was Beweishinterziehung bedeutet?»

«Das weiß ich ganz genau, und ich bin daher überrascht, daß ich bei dieser Posse mitspielen muß. Ich habe keinen einzigen Beweis unterschlagen. Es stimmt, ich hatte sie verdächtigt, Celia Mataix getötet zu haben, aber nur deshalb, weil sie ein so großes Mitteilungsbedürfnis hatte.»

«Auf dem Kommissariat hatte sie das nicht, und es war ihr schon beinahe gelungen, uns zu überzeugen, obwohl wir sie nie von der Liste der Verdächtigen gestrichen hatten.»

«Ich will Ihnen die ganze Wahrheit sagen, lieber Freund Contreras. Ich weiß, Sie betrachten sich nicht als meinen Freund, aber ich bin immer noch in der glücklichen Lage, mir meine Feinde selbst aussuchen zu können. Ich hatte keinen Auftrag und las in der Zeitung von dem Mord mit der Champagnerflasche. Aus den Begleitumständen der Tat und der Art der Verdächtigen schloß ich, daß es dort für mich etwas zu holen gab. Es sind Leute, die Schwierigkeiten verabscheuen und gewohnt sind, Makler, Psychiater und Anwälte zu bezahlen – also warum nicht auch einen Privatdetektiv? Sie brauchen eine zusammenhängende Argumentation für ihre Verteidigung, eine bestimmte Methode, ihre Alibis glaubhaft zu machen, und so bot ich ihnen meine Dienste an. Dalmases und Donato hätten mich bezahlen können, die Miguel nicht. Aber die beiden Erstgenannten waren ebenso unschuldig wie geizig und engagierten mich nicht. Die Miguel besaß keinen Centimo. Was ging mich also die ganze Geschichte noch an? Ich verlor jegliches Interesse daran, denn schließlich arbeite ich nicht aus Liebe zur Kunst. Ein anderer Auftrag bot sich an. Ich hatte diesen Fall schon längst vergessen, und nun kommen Sie und bombardieren mich mit Leichen! Ich bin gerade aus Asien angekommen, mein Kreislauf ist völlig durcheinander. Es sind sechs Stunden Zeitunterschied, wenn man hier ißt, schläft man dort. Ich bin körperlich völlig aus dem Gleichgewicht, ich muß verreisen.»

Der Angestellte kam Contreras' Befehl nach und schob die Leiche von Marta Miguel wieder in ihr Tiefkühlfach. Carvalho wollte noch einen letzten Blick auf die winzige Leiche der Alten werfen – die Mutter von Archit, seine eigene Mutter, das Ende, das schmutzige Ende der Hoffnung unter der Folter des Verfalls. Er würde gerne in einem bequemen Sessel sterben, mit einer Flasche Weißwein in einem Eiskübel an seiner Seite und in der Hand ein Häppchen mit Kaviar oder Morteruelo, unter Bäumen, und mit der Vorstellung, daß sich sein Bewußtsein vom Körper lösen und zu den Zweigen hinaufsteigen würde, um aus der Vogelschau die schwachsinnige Obszönität seines Todes zu betrachten. Aber der Gedanke an die Möglichkeit, ausgezehrt von einer Krankheit Stück für Stück zu sterben und sich selbst etwas vorzumachen, aus dem Wunsch heraus, weiterzuleben, brachte ihn an den Rand eines mörderischen Wahnsinns, der die Erinnerung und die Begierde auslöschen würde, die beiden Kupplerinnen, die das wahre Gesicht des Todes verstecken.

«Carvalho, ich habe Sie schon hundertmal aufgefordert, im Gesetzbuch die Bestimmungen nachzulesen, die das Verhalten von Privatdetektiven regeln. Ihr habt eure Grenzen! Ihr seid nicht autonom, ihr könnt euch nicht einfach die Rolle der Polizei anmaßen! Untersuchen Sie den Fall der geraubten Lithiumformel, verdammt, aber stecken Sie Ihre Nase nicht in Dinge, die Sie nichts angehen. Womit sind Sie im Augenblick beschäftigt?»

«Eine Frau ging auf Reisen, ließ sich mit einem Ausländer ein, wurde deshalb verfolgt, und ich versuchte, sie aus der Klemme zu befreien, in der sie steckte.»

«Sehen Sie? So ist's recht. Und solche Fälle können Sie haufenweise bekommen, denn Sie verstehen Ihr Handwerk. Warum die Nase in Dinge stecken, die einen nichts angehen? Es ist nicht der erste Fall von Lizenzentzug, ich warne Sie zum letztenmal!»

«Kann ich jetzt gehen?»

«Ja, Sie können. Wenn Sie wollen, bringen wir Sie zu Ihrem Büro!»

Carvalho bedankte sich für das Angebot, aber er wollte so schnell wie möglich aus diesem Haus des Todes, der unter jedem nur möglichen Verdacht stand, als sei nicht der Tod in sich selbst das Ziel und Ende.

Contreras fand noch die Zeit, den Fall abschließend zu würdigen. «Die Geschichte mit Celia Mataix war ein Mord unter Lesbierinnen.»

Carvalho nickte.

«Die Donato ist bei uns registriert, diese Unglückliche nicht.»

«Holen Sie es nicht nach! Wozu sollte das gut sein?»

Contreras wurde steif.
«Tote werden bei uns nicht registriert!»
Ein faires Spiel.

Er hatte diese Strecke zum erstenmal im Mai 1966 zurückgelegt und plötzlich den Duft der Orangenblüte entdeckt, etwas, das ihm bis damals nur als literarisches Zitat bekannt gewesen war, als obsoletes sprachliches Versatzstück aus seiner Kindheit. Jenes Aroma, das über die Lehmmauern von Benicarló herüberkam und sich als nächtlicher Ozean nach Sagunto ergoß, das war der Duft der blühenden Orangenhaine, denn es war Mai, und der Mai brachte Blüten wie der April den Regen und der August die Hitze. Wenn er die Gabe der Sprache besäße, sagte sich Carvalho, würde er Gedichte schreiben und philosophische Bücher, Bücher mit der kleinen Philosophie eines Kaffeehausphilosophen in einer Zeit, in der es keine Kaffeehäuser mehr gab.

Sobald er das Mar Menor erreicht und Teresa gefunden hätte, würde er ihr dieses Gefühl des Gescheitert-Seins vor die Füße schleudern, das er mit sich herumschleppte, diesen Grabstein, den sich alle diejenigen teilten, die in den letzten drei Wochen gestorben waren, von Celia Mataix über Archits Vater und den Gangster von Madame La Fleur bis zur Mutter von Marta Miguel. Aus dieser Welt der Gräber konnten nur die flüchtigen Silhouetten der Holländerin und des Schmarotzers, Archits und Teresa entkommen, die auf Kosten der anderen lebten, der zum Tode Verurteilten. Er wollte diesem verwöhnten Kind sagen, daß der Tod hinter ihr hergereist war, daß sie Leben umgeworfen hatte wie Dominosteine, nur um ihr eigenes zu retten – und daß ihr Leben das stupide Ende einer Affäre sei, an einem winterlichen Strand voll verlassener Wolkenkratzer zwischen zwei Meeren, die beide in einem unterschiedlichen Todeskampf lagen. Aber das Denken fiel ihm immer schwerer, seine Lider waren schwer wie Blei, er konnte nicht mehr Auto fahren. Seine Augen brannten, sie zogen sich zurück in die Augenhöhlen, um dann wieder herauszuquellen, erschrocken über das plötzliche, blinde Schleudern des Autos. Er beschloß, sich auf einem Parkplatz schlafen zu legen, bis sein Körper wieder die Fähigkeit haben würde, sich zu bewegen und sich nicht mehr im Zustand des Bewegt-Werdens befand.

Später ließ er den Streifen Land zwischen den Meeren links liegen und suchte das nächste Lokal an der Straße auf, vor dem Klappstühle und Wirtstöchter mit Besen in der Hand herumstanden. Ihr Vater war auf die Fischauktion nach Palos gefahren, und alles, was sie für Carvalho tun konnten, war, ihm ein paar Sardinen zu braten und eine Flasche kalten, roten Jumilla für ihn aufzumachen, der fünfzehn Grad einer methaphysischen Temperatur hatte.

Carvalho bestellte Brot, Tomaten, Salz und Öl und gab den Mädchen eine Vorstellung, der sie interessiert zusahen, genau wie das Thaimädchen in Bangkok.

«Und was ist das, was Sie da machen?»

«Pan con tomate.»

«Und das essen Sie!»

«Ja, und es schmeckt wunderbar!»

«Das klingt aber sehr katalanisch.»

Carvalho bestätigte diese Vermutung und gab den Mädchen etwas zu probieren. Er verdiente sich damit Dank und Respekt, aber kein Verständnis. Er stieg wieder ins Auto, legte ein Stück der Strecke zurück und begann auf der Suche nach Teresa und Archit die Hotels abzuklappern. Schließlich, an der Rezeption des *Galúa Hotels*, bestätigte ein Mann, daß bei ihnen eine Señora mit einem japanischen Begleiter abgestiegen war, die Teresa Marsé hieß. Aber sie waren nicht im Hotel. Sie waren morgens weggegangen, zuerst zur Fischauktion nach Palos und dann vermutlich, wer weiß, wahrscheinlich nicht zum Schwimmen, obwohl sie um Badetücher gebeten hatten, aber doch mit der Absicht, sich gegen Mittag in die Sonne zu legen, denn hier hatte die Sonne Kraft, auch im Winter, wenn der Himmel wolkenlos war.

«Wohin könnten sie gegangen sein, um sich in die Sonne zu legen?»

«Folgen Sie der Hauptstraße, bis die neuen Siedlungen und die hohen Gebäude aufhören, fahren Sie über die Brücke und an dem Haus mit Garten vorbei, das Sie linker Hand sehen werden. Leute, die ungestört in der Sonne liegen wollen, gehen normalerweise dort noch weiter hinaus, und in dieser Jahreszeit wird es nicht schwer sein, sie zu finden. Es sind nicht viele, die so mutig sind. Übrigens sind Sie nicht der erste, der sich nach ihnen erkundigt.»

Der Mann an der Rezeption konnte die plötzliche Reaktion im Gesicht dieses Mannes nicht erklären.

«Jemand hat nach ihnen gefragt?»

«Ja, ein anderer Japaner, es ist noch gar nicht so lange her. Er fragte mich nach dem Herrn und nach der Dame, und ich sagte ihm dasselbe, was ich Ihnen gesagt habe.»

«Können Sie mir den Mann beschreiben, der nach ihnen gefragt hat?»

«Es war ein kräftiger Mann mit Schnurrbart, ein Chinese oder Japaner natürlich, na ja, er hätte auch ein Mongole sein können, denn die Leute von dort sehen ja alle gleich aus, und er trug einen schwarzen Hut.»

«Einen normalen Hut?»

«Ja, einen Hut mit einer Krempe, normal, eben einen Hut.»

Als Carvalho dann allein in seinem brummenden Auto saß und zwischen Dünen und neuen Häusern hindurchfuhr, machte er sich Vorwürfe wegen der Frage nach dem Hut. Sie erinnerte ihn an die Frage damals, als er das Haus in Vallvidrera gekauft hatte. Nachdem alles inventarisiert war, was mit verkauft werden sollte, von den Möbeln bis zum letzten Dachziegel, hatte ihn eine seltsame Angst befallen, das Gefühl, daß irgend etwas fehlte, und er hatte gefragt: «Und die Glühbirnen?»

«Was ist mit den Glühbirnen?»

«Sind die Glühbirnen auch im Kaufpreis enthalten?»

Auch wenn die Frage damals als Witz aufgefaßt worden war, war sie doch voller realer Angst gewesen. Carvalho gönnte dem Gaspedal keine Ruhepause. Er machte sich die Verlassenheit der Straße zunutze, überfuhr jedes Stoppschild, und obwohl ihm sein gesunder Menschenverstand sagte, es sei unmöglich, daß der Schatten von Jungle Kid Länder und Meere überqueren würde, um in jenem Hotel am Kap von Palos aufzutauchen, öffnete er das Handschuhfach und wurde ruhiger, als er sah, daß seine Luger immer noch an ihrem Platz lag.

Die Beschreibung der Gegend, die der Mann an der Rezeption abgegeben hatte, bestätigte sich. Plötzlich tauchten die Dünen auf, die beiden Meere näherten sich einander, die Straße führte über eine Brücke in der Nähe einer ansehnlichen Villa mit Bootssteg und Garten, und die Einsamkeit des Strandes lud dazu ein, anzuhalten, auszusteigen und mit dem großen Zeh Linien in den Sand zu ziehen.

Er entdeckte sie auf einer abfallenden Düne, wenige Meter vom Kommen und Gehen der kalten Wellen des offenen Mittelmeeres entfernt, mit dem Rücken zum lauwarmen Wasser des abgetrennten Mar Menor. Sie lag auf dem Rücken im Sand, hatte ihre Bluse an, aber keinen Rock, der Kopf des Mannes lag auf ihrem Schoß, und sie streichelte ihn im Rhythmus der Wellen.

Aber von Carvalhos Standpunkt aus konnte man sehen, daß sie nicht allein waren. Mächtig und unausweichlich näherte sich der hünenhafte Körper eines Mannes mit einem Hut ihrer Düne. Carvalho stieg aus, aber er wandte sich noch einmal um und holte die Luger aus dem Handschuhfach, entsicherte sie und umklammerte sie mit der Faust, bevor er zu dem voraussichtlichen Schauplatz der kommenden Szene zu laufen begann. Er sah wie in Zeitlupe, daß der Mann anhielt, die Arme hob und mit einem Gewehr auf das Paar zielte, und Carvalho schrie Teresas Namen mit aller Kraft, einen Namen, der sich in einen Schrei aus Worten verwandelte und das menschliche Gleichgewicht der Landschaft zerstörte. Teresa kauerte sich zusammen, Archit sprang auf, der Mann mit dem Hut wandte sich nach Carvalho um und zeigte ihm einen Moment lang sein Gesicht – es war Jungle Kid mit entschlossen zusammengekniffenen Augen. Er wandte sich wieder um und zielte auf das Paar. Archit breitete die Arme aus und bedeckte Teresa mit seinem schlanken Knabenkörper. Er wurde von einer Kugel getroffen, bäumte sich auf, fiel nach vorn und blieb reglos liegen. Carvalho schoß, die Kugel schlug wenige Meter von Jungle Kid ein und ließ den Sand auffliegen. Jungle Kid drehte sich um und schoß auf Carvalho, um dann zu einem wartenden Auto zu laufen. Carvalho zwang sich, mit einer Hand über die Stirn zu fahren, und sah, daß sie voll Blut war. Es tat nicht weh, aber er wußte, daß er getroffen war. Er lief los zu der Pietà, die aus einer gellend schreienden Teresa bestand, die weinte und fluchte und Archit hin und her wiegte. Als sie Carvalho sah, dauerte es eine Weile, bis sie ihn durch einen Vorhang von Haß und Furcht erkannte.

Carvalho war übel. Er kniete neben Archit, legte ihn im Sand auf den Rücken und schaute ihm in die Augen, die zum Himmel irrten und einen Halt suchten, um nicht in den Abgrund des Todes zu fallen. Carvalho sah auch zum Himmel in der Hoffnung, Archit dabei helfen zu können, einen Halt zu finden. Keiner der beiden achtete auf das weise, herzzerreißende Schluchzen der Frau. Aber am Himmel zeigten sich nur Schwärme von Vögeln, die die Schüsse der Menschen aufgescheucht hatten, und Carvalho fühlte sich verpflichtet, Archit zu erklären: «Swallows. Es sind Schwalben.»

Archit versuchte, etwas zu sagen, bevor die Starre des Todes ihn lähmte. Carvalho war überzeugt, daß er versucht hatte, den Namen der Vögel zu wiederholen. Er hatte die Vögel erkannt und mit ihnen die große Heimat des Himmels.

SERIE PIPER

Manuel Vázquez Montalbán

Wenn Tote baden

Ein Pepe-Carvalho-Roman. Aus dem Spanischen von Bernhard Straub. Durchgesehen von Anne Halfmann. 288 Seiten. SP 3146

Pepe Carvalho, Meisterdetektiv aus Barcelona, kämpfte einst gegen das Franco-Regime. Jetzt kämpft der passionierte Feinschmecker mit seinem Gewicht: Er ist auf Abmagerungskur in der international renommierten Kurklinik Faber & Faber im idyllischen Tal des Río Sangre. Die langweilige Routine des Speiseplans aus Rohkost und Mineralwasser wird jedoch jäh unterbrochen: Im Swimmingpoll wird die Leiche einer reichen Amerikanerin gefunden. Als sich noch weitere Tote einstellen, wird Pepe Carvalho aktiv. Inmitten der dekadenten Bourgeoisie Europas, die hier bei Diäten und Schlammbädern hungert, forscht er nach dem Mörder und seinem Motiv.

Die Küche der läßlichen Sünden

Ein Pepe-Carvalho-Roman. Aus dem Spanischen von Bernhard Straub. Durchgesehen von Anne Halfmann. 320 Seiten. SP 3147

Die Einsamkeit des Managers

Ein Pepe-Carvalho-Roman. Aus dem Spanischen von Bernhard Straub und Günter Albrecht. Durchgesehen von Anne Halfmann.240 Seiten. SP 3148

1975 kehrt Privatdetektiv Pepe Carvalho, Ex-Kommunist und Ex-CIA–Agent, aus dem Exil nach Spanien zurück. General Franco liegt im Sarg, die Demokratie steckt noch in den Kinderschuhen. Da wird ein alter Bekannter von Carvalho ermordet: Jaumá, Manager eines internationalen Konzerns, dessen Leiche man mit einem Damenslip in der Hosentasche gefunden hat. Mord im Milieu, wie die Polizei glaubt? Oder wußte Jaumá einfach zuviel über die geheimen Pläne seines Arbeitgebers? Als Pepe Carvalho eingeschaltet wird und Nachforschungen anstellt, beißt er nicht nur auf Granit, sondern der Konzern tritt ihm auch kräftig auf die Füße.

Die Meere des Südens

Ein Pepe-Carvalho-Roman. Aus dem Spanischen von Bernhard Straub. Durchgesehen von Anne Halfmann. 243 Seiten. SP 3149

PIPER

Manuel Vázquez Montalbán
Unmoralische Rezepte

Aus dem Spanischen von Stefanie Gerhold und Albrecht Buschmann. 128 Seiten mit Illustrationen von Manfred Bofinger. Geb.

Landläufig setzt man den Autor Vázquez Montalbán mit seinem literarischen Geschöpf Pepe Carvalho gleich – und das nicht ohne Grund: Als leidenschaftliche Freunde guter Küche und verwandter sinnlicher Vergnügen sind sie nicht zu übertreffen.
Gemeinsames Essen, so argumentiert Vázquez Montalbán, wirkt aphrodisierend und fördert die Erotik. In freier Assoziation erläutert er, warum sich Zucchiniblüten in Bierteig besonders dazu eignen, rothaarige Schönheiten zu becircen, warum eine Pilzpaté unvermeidich zu noch höheren Genüssen führt, oder wie ein Omelett zum unendlichen Quell lasziver Phantasien werden kann. Mit Gespür für das entscheidende Detail und einer guten Prise Satire hat Vázquez Montalbán ein ungewöhnliches Kochbuch zusammengestellt, das sich nicht nur vorzüglich zum Nachkochen eignet, sondern auch Lust macht auf mehr...

PIPER

Manuel Vázquez Montalbán

Quintett in Buenos Aires

Ein Pepe Carvalho-Roman. Aus dem Spanischen von Theres Moser. 544 Seiten. Geb.

Zwanzig Jahre nach seiner Flucht ins spanische Exil reist Raúl Tourón nach Buenos Aires, um seine verschwundene kleine Tochter zu suchen. Pepe Carvalho ist nicht nur Privatdetektiv, sondern zudem Raúls Cousin, und so verläßt er widerwillig seine geliebten Ramblas in Barcelona, um Raúl von der gefährlichen Reise in die Vergangenheit abzuhalten und nach Hause zurückzuholen. Raúl, und auf seinen Fersen Pepe, irren durch das Dickicht aus Politik und Tango in der argentinischen Metropole. Dabei wird immer offensichtlicher, daß die Täter von damals auch heute beste Beziehungen zu den einflußreichen Kräften im Lande pflegen und vor drastischen Mitteln nicht zurückschrecken.
In gewohnt eigenwilliger und respektloser Art geht Pepe Carvalho auf die Jagd nach den Verbrechern – natürlich nicht ohne die nötigen Abstecher in die richtigen Restaurants.

Ippolita Avalli

Die Göttin der Küsse

Roman. Aus dem Italienischen von Sigrid Vagt. 283 Seiten. SP 3069

Aus der Sicht des kleinen Mädchens Giovanna erzählt Ippolita Avalli die Geschichte einer italienischen Dorfkindheit in den sechziger Jahren. Klug, lebensmutig und mit ungebrochenem Optimimus gelingt es der kleinen Giovanna, sich in einer archaischen, für sie immer grausamer werdenden Welt zu behaupten. Nach dem frühen Tod ihrer Mutter muß sie ihren Platz neben einem übermächtigen, unberechenbaren Vater und dessen neuer Frau Maria behaupten. Zusammen mit ihrem Freund Omero und ihren Tieren, einem Lamm und einem Hund, schafft sie sich eine eigene Welt voller Poesie und ist im Einklang mit der eigentlich unwirtlichen Natur. Je härter ihr Leben wird, desto mehr wächst ihre innere Stärke. Doch eines Tages macht sie die schokkierende Entdeckung, daß ihre Eltern gar nicht ihre leiblichen Eltern sind, sondern sie aus dem Waisenhaus geholt haben. Giovanna begibt sich auf die Suche nach ihrer wahren Herkunft.

Susanna Kearsley

Mariana

Roman. Aus dem Englischen von Karin Diemerling. 350 Seiten. SP 2769

«Das ist mein Haus«, erklärte die fünfjährige Julia Beckett ihren Eltern, als sie zum ersten Mal »Greywethers« sah, das große Bauernhaus aus dem 16. Jahrhundert. Julia, inzwischen dreißig und erfolgreiche Illustratorin, erfüllt sich ihren Kindheitstraum und kauft das Haus. Sie liebt ihr neues Leben auf dem Land und findet schnell gute Freunde unter den Dorfbewohnern. Doch kaum ist Julia eingezogen, geschieht Seltsames mit ihr und läßt sie an ihrem Verstand zweifeln: Sie meint, das Leben von Mariana zu führen, einer unglücklich verliebten Dienstmagd, die 1665, zur Zeit der großen Pest, in diesem Haus gelebt hatte. Julia fällt es immer schwerer, zwischen Vergangenheit und Gegenwart zu unterscheiden. Susanna Kearsley ist mit diesem Buch eine spannende Mischung aus romantischer Liebesgeschichte und Historienroman gelungen.

Carlo Lucarelli

Autostrada

Geschichten im Schrittempo. Aus dem Italienischen von Barbara Krohn, 116 Seiten. Serie Piper

»Wir stecken schon wer weiß wie lange auf der Autobahn fest, zuerst im Schrittempo in der prallen Sonne, dann im Tunnel im Stau. Sie fährt auf der Überholspur, links von mir, und jedesmal, wenn es weitergeht, überholen wir uns abwechselnd. Aber sobald wir dann wieder auf gleicher Höhe sind, dreht sie den Kopf zur Seite und sieht mich an.« Menschen in ihren Autos – hintergründig und amüsant erzählt Carlo Lucarelli vom ganz alltäglichen Inferno.

»Wenn Sie das nächste Mal auf einen Zweireiher aus warnroten Bremslichtern zusteuern und Ihr Copilot über Schlangeweile jammert, dann könnte es hilfreich sein, Lucarellis ›Autostrada‹ im Handschuhfach zu haben!«

Westdeutsche Allgemeine Zeitung

05/1509/01/L

Carlo Lucarelli

Der trübe Sommer

Ein Fall für Commissario De Luca. Aus dem Italienischen von Barbara Krohn. 147 Seiten. Serie Piper

Es ist der Sommer des Jahres 1945, und Commissario De Luca ist inkognito unterwegs nach Rom. In einem kleinen Dorf in der Emilia Romagna macht er eine schauerliche Entdeckung – sämtliche Mitglieder der Familie Guerras liegen erschlagen auf ihrem Grundstück. Weshalb mußten sie sterben? War es ein politischer Mord? Die Lösung des Falles wird für De Luca zu einer gefährlichen Gratwanderung, denn auch er hat ein dunkles Geheimnis.

»Mit großer Kunstfertigkeit öffnet Lucarelli in diesem kleinen und ungemein spannenden Krimi den großen Resonanzraum von Schuld und moralischer Verstrickung.«

Abendzeitung

05/1352/01/R

SERIE PIPER

Antonio Skármeta

Die Hochzeit des Dichters

Roman. Aus dem chilenischen Spanisch von Willi Zurbrüggen. 311 Seiten. Serie Piper

Auf der winzigen Mittelmeerinsel Gema bereitet man sich auf die Hochzeit des Jahrhunderts vor: Hieronymus soll die schöne Alia Emar bekommen, von der so viele junge Männer träumen und die auch Stefano schon seit geraumer Zeit den Schlauf raubt. Doch die alte Welt befindet sich im Umbruch, und schließlich macht Stefano sich auf in eine bessere Zukunft jenseits des Atlantiks. Eine Liebeserklärung an das alte Europa, voll vitaler Sinnlichkeit und Melancholie.

»Jemand wie Roberto Benigni könnte einen Film aus diesem Buch machen, das voll ist von unaufdringlicher Weisheit und von aufdringlicher Qualität.«
Tagesspiegel

05/1481/01/L

Antonio Skármeta

Das Mädchen mit der Posaune

Roman. Aus dem chilenischen Spanisch von Willi Zurbrüggen. 335 Seiten. Serie Piper

Auf der Flucht vor den Nazis landet die kleine Magdalena 1944 in Begleitung eines Posaunisten in der chilenischen Stadt Antofagasta. Hier wird sie liebevoll aufgenommen von Stefano Coppeta, dem Besitzer eines kleinen Gemischtwarenladens. Sie wächst zu einer schönen, aufgeweckten jungen Frau heran, voller Träume und Phantasie. Und ihr größter Traum, der heißt: Amerika. Dort will sie hin, nach New York, wo die Menschen ihr Glück finden ...

»Eine anrührende und politische Geschichte, aus der eine tiefe Liebe zu Chile, seinen Menschen und seiner volkstümlichen Musik spricht.«
Süddeutsche Zeitung

05/1484/01/R

Jean Rouaud

Die Felder der Ehre

Roman. Aus dem Französischen von Carina von Enzenberg und Hartmut Zahn.
217 Seiten. SP 2016

Jean Rouaud erzählt in seinem mit dem Prix Goncourt ausgezeichneten Debütroman auf sehr persönliche Weise wichtige Stationen unseres Jahrhunderts nach, indem er sich an die Geschichte seiner eigenen Familie erinnert. Eine Saga also, die drei Generationen umspannt, ohne sich jedoch den Regeln der Chronologie zu unterwerfen. Anlaß zum Öffnen dieses Familienalbums geben drei Todesfälle, die sich alle im selben Winter ereignen und um die sich die Geschichte zentriert: der Großvater, ständig von einer Wolke dichten Tabakqualms umgeben, der mit seinem zerbeulten 2CV die Gegend unsicher macht; die bigotte Tante Marie, die jeweils den Heiligen des Tages auf ihrer Seite hat und die für ihren im Großen Krieg gefallenen Bruder Joseph, den sie so liebte, ihre Weiblichkeit hingab; schließlich der Vater des Erzählers, dessen früher Tod die so subtil humorvolle und skurrile Chronik überschattet und ihr unausgesprochene Tragik verleiht.

»Nicht nur der Regen ist das philosophische Element dieses wunderbar zärtlichen Romans über ein grausames Jahrhundert. Mehr noch ist es der giftgrüne Nebel, der die Anfänge unserer Moderne bedeckt.«
Die Zeit

Hadrians Villa in unserem Garten

Roman. Aus dem Französischen von Carina von Enzenberg und Hartmut Zahn.
224 Seiten. SP 2292

»Ein hinreißendes Buch. Es hat alles, was ich mir von einem Buch wünsche: Witz, Wärme, eine feine, sehr poetische Sprache, eine großartige Geschichte, es hat Menschlichkeit und Spannung und berührt den Leser über das Persönliche der Familiengeschichte hinaus auch da, wo es weh tut.«
Elke Heidenreich

Die ungefähre Welt

Roman. Aus dem Französischen von Carina von Enzenberg und Hartmut Zahn.
275 Seiten. SP2815

SERIE PIPER

Sándor Márai

Bekenntnisse eines Bürgers

Erinnerungen

Aus dem Ungarischen von Hans Skirecki. Herausgegeben von Siegfried Heinrichs. 420 Seiten. SP 3081

»Bekenntnisse eines Bürgers«, 1934 erschienen, ist die beeindruckende Selbstbiographie eines Europäers, der 1900 in der Provinz der Donaumonarchie als Sohn deutschstämmiger Ungarn geboren wurde. Feinsinnig und amüsant schildert er seine Kindheit und Jugend im Städtchen Kaschau. Seismographisch genau zeichnet er dann den Zusammenbruch der alten Ordnung im Ersten Weltkrieg auf und schließt seine Studien- und Wanderjahre in Deutschland, Frankreich, Italien und England an, nun an seiner Seite Lola, die er, mittellos, aber gierig nach dem »ernsthaften Leben«, noch als ganz junger Mann heiratete. Seine Begegnungen mit Künstlern, Schriftstellern und Schauspielern der wilden zwanziger Jahre führen den Narrenreigen der Bohème seiner Zeit vor allem in Berlin vor. Sándor Márais feine Lakonie, sein warmer Humor, die Eleganz und Brillanz seiner Sprache einerseits, die präzise Beobachtung und kühle Distanz seiner Erzählhaltung andererseits stellen ihn an die Seite von Autoren wie Elias Canetti, Gregor von Rezzori oder Max Aub, wurzellose Europäer mit enormer erzählerischer Kraft.

»Die ›Bekenntnisse‹ sind von einer Wahrhaftigkeit, die das Leiden bis zum Kippmoment unerträglicher Intensität vorantreibt. Erst dort, am Boden eines scheinbar zerstörten Lebens, beginnt der Aufstieg.«
Frankfurter Allgemeine Zeitung

Sándor Márai

Das Vermächtnis der Eszter

Roman. Aus dem Ungarischen von Christina Viragh. 165 Seiten. Serie Piper

Vor zwanzig Jahren hat der Hochstapler Lajos, Eszters große und einzige Liebe, nicht nur sie, sondern auch ihre übrige Familie mit Charme und List bezaubert. Eszter hat es ihm nicht verziehen, daß er ihre Schwester Vilma geheiratet hat. Nun kehrt er zurück, um die tragischen Ereignisse von damals zu klären und die offenen Rechnungen zu begleichen. Bei dieser Gelegenheit kommen drei Briefe zum Vorschein, die für Eszter gedacht waren, die sie aber nie erhalten hatte …

»Mit großem Geschick, in einer aufs Wesentliche verknappten und suggestiv aufgeladenen Sprache, verknüpft Márai die Fäden einer desaströsen Liebes- und Lebensgeschichte, die in einem existentiellen Kampf gipfelt, den die Frage bestimmt: Wird Lajos wieder siegen und seinen letzten großen Betrug erfolgreich abschließen?«
Süddeutsche Zeitung

05/1381/01/L

Sándor Márai

Die Glut

Roman. Aus dem Ungarischen und mit einem Nachwort von Christina Viragh. 224 Seiten. Serie Piper

Darauf hat Henrik über vierzig Jahre gewartet: Sein Jugendfreund Konrád kündigt sich an. Nun kann die Frage beantwortet werden, die Henrik seit Jahrzehnten auf dem Herzen brennt: Welche Rolle spielte damals Krisztina, Henriks junge und schöne Frau? Warum verschwand Konrád nach jenem denkwürdigen Jagdausflug Hals über Kopf? Eine einzige Nacht haben die beiden Männer, um den Fragen nach Leidenschaft und Treue, Wahrheit und Lüge auf den Grund zu gehen.

»Sándor Márai hat einen grandiosen, einen quälenden Gespensterroman geschrieben, einen Totengesang der Überlebenden, denen die Wahrheit zum Fegefeuer geworden ist. Die Glut hat ihnen das Leben zur Asche ausgebrannt.«
Thomas Wirtz in der Frankfurter Allgemeinen Zeitung

05/1382/01/R